수
림
愁霖

바다멍게 단편소설집

초판 1쇄 인쇄일 | 2017년 12월 15일
초판 1쇄 발행일 | 2017년 12월 22일

지은이 | 바다멍게
펴낸이 | 박성면
펴낸곳 | (주)동아

출판등록 | 제406-2012-000056호
주소 | 경기도 파주시 문발로 115, 세종출판벤처타운 201호
전화 | (031)8071-5201
팩스 | (031)8071-5204
E-mail | bear6370@hanmail.net

정가 | 12,800원

ISBN 979-11-5641-100-0 (03810)

수림

愁霖

• 바다멍게 단편소설집

수림 愁霖 : 근심을 생기게 하는 장마, 또는 우울하고 긴 장마

동아

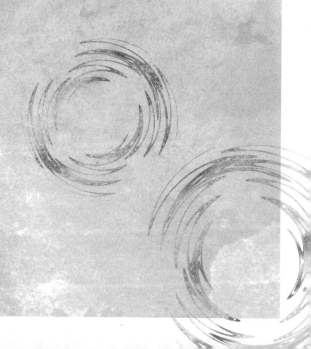

학교
생활

학교생활

　현은 잘났다. 엄마 배 속에서부터 잘났던 현은 어제도 오늘도 내일도 잘남을 뽐내며 성장했다. 주변에서 하는 소리뿐만 아니라 본인 스스로도 그렇게 생각했다. 때문에 칭찬에 익숙했고, 또한 뻔뻔했다. "잘생기셨네요?"라는 소리에 당연하다는 듯 바라보며 "제가 좀 그렇죠?"라고 대답할 만큼 그랬다. 적어도 겸손이 최고의 미덕인 이 작은 나라에서 현은 겸손이란 것을 모르는 사람처럼 굴었다. 왜냐하면 사실이었으니까. 사실은 있는 그대로 거짓 없이 받아들여야지 굳이 에이 아니에요, 라며 왜 그런 마음에도 없는 겸손을 떨어야 하는지 몰랐으니까.

　예상 못 한 대답에 상대방이 뭐라 생각하든지 말든지 하등 상관없었다. 그 생각들로 인해 본인이 잘났다는 사실이 변하는 것도 아니었으니 말이다. 농담도 잘한다는 듯 웃는 상대방에게 현이 잘생긴 거 실컷 보세요, 라며 뻔뻔하게 웃어 보이는 것 또한 진심이었다. 하지만 그게 묘하게 상대방에게는 유머러스하다는 식으로 통하는 게 문제라면 문제였다.

그런 현에게 요즘 고민이 하나 생겼다. 고민이라기엔 조금 거창한 감이 있었지만 물 흐르듯 잘 흘러가던 현의 인생에서 이것도 고민이라면 고민이었다. 어느 날부터인지 현의 책상 서랍 안에는 쪽지가 들어 있었고, '오늘도 멋있었어요♡' '오늘도 잘생겼어요♡' 등등의 당연한 내용이 구구절절 적힌 쪽지가 이어진 지 어언 한 달. 그리고 그 쪽지가 끊긴 지 오늘로 3일째였기 때문이다.

처음에야 무덤덤하게 이게 뭐지 하며 넘겨 버렸던 현도 어느 순간부터는 차츰 이 쪽지를 보낸 주인의 정체가 누구일까 궁금해지기 시작했고, 그 궁금증이 절정에 달한 때에 하필 쪽지가 끊겨 버렸다.

대체 왜. 아무리 당연한 소리여도 매일같이 해 주던 사람이 그 소리를 해 주지 않으면 '요즘은 자신이 멋있지 않아서 그런가?'라는 생각이 가장 먼저 들기 마련이었다. 현은 교실 뒤에 있는 거울을 바라보며 고민했고, 여전한 자신의 외모에 그건 아닌 거 같다는 쪽으로 생각이 기울었을 때였다.

"야, 선우현! 쪽지 있잖아, 여기."

준일이 현의 책상 서랍 안쪽에서 꺼낸 쪽지를 흔들며 외쳤다. 거울 앞에 서 있던 현은 그 말에 쏜살같이 자신의 자리로 돌아와 쪽지를 낚아챘다. 그럼 그렇지. 하지만 쪽지를 받아 든 현은 문득 자신이 익명의 누군가에게서 오는 쪽지를 이토록 기다렸던 건가 싶을 만큼 반가운 마음이 드는 것이 의아했다.

그러다가도 지금 그게 다 무슨 상관인가 싶었다. 어쨌든 쪽지는 왔고, 작은 편지지 뒷면에는 무려 귀여운 딸기 그림이 있었는데 말이다. 평소와 다른 편지지에 조금 설렌다. 예쁜 딸기 그림이 그려져 있는 편지지를 보고 있으니 마치 그 애가 딸기처럼 상큼할 것만 같은 기분마저 드는 현이다. 얘는 어쩜 골라도 이런 편지지를 다 골랐냐고 하는 현의 말에 곁에 있던 준일이 어련하겠냐는 듯 대꾸했다.

현은 그 쪽지를 서둘러 펼쳐 보았다.

점심시간에 컴퓨터실에서 기다릴게.

그렇게 쓰여 있는 글자를 눈에 담자마자 어째서인지 가슴이 두근거렸다. 왠지 그 두근거림이 조금 곤란했다. 마치 설레는 것만 같은 가슴속 울림에 현은 태연한 척 일부러 표정을 굳혔다. 현의 옆에 있던 준일과 민호는 뭐라고 쓰여 있냐며 궁금하다는 듯 고갤 기웃거렸고, 현은 아무것도 아니라며 쪽지를 접어 주머니에 넣었다. 그리고 벽에 걸린 시계를 확인했다. 점심시간. 점심시간. 머릿속을 둥둥 떠다니는 그 시간을 현은 기다렸다.

그 뒤 점심을 먹자마자 어디 가냐는 준일과 민호의 물음도 무시하고 기다렸다는 듯이 현은 컴퓨터실로 달렸다. 하지만 막상 그 앞에 다다라 손잡이를 잡으려는데 손이 이상하게 떨렸다. 살면서 자신이 이토록 긴장하고 떤 적이 있었던가 생각하던 현은 문득 깨달았다. 이 얼굴도 모르는 사람에게 실은 엄청난 호감을 느끼고 있었다는 것을 말이다. 호감을 넘어선 무언가마저 느끼려고 한다는 것 또한. 그러나 실망할까 봐, 혹시라도 자신이 그 애를 보는 순간 상상했던 이미지가 무너져 자신도 모르게 실망하게 될까 봐, 망설이는 현이었다.

하지만 두렵다고 한 발 내딛는 것을 주저한다면 아무것도 이룰 수가 없었다. 그래서 현은 용기 있게 컴퓨터실의 문을 열었고, 문을 열자 보이는 사람이라고는 단 한 명뿐이었다.

불 꺼진 컴퓨터실 안에서 컴퓨터 모니터를 끌어안은 채 눈을 감고 있는 사람. 저 사람은 현에게 매우 익숙한 사람이었다. 왜냐하면 현 자신과 같은 반이었으니까. 지금 현의 눈에 담긴 사람은 늘 교실에서는 말이 없었고, 그래서 조용한 분위기를 풍기던 녀석이었다.

얼굴선은 고우나 분명 여자는 아니었다. 현이 아는 바로 저 녀석은 현과 같은 반인 그 박연수가 맞았다.

믿을 수가 없어 현은 눈을 깜빡였다. 지금 이 상황을 믿고 싶지 않아서 현실을 부정하며 눈을 감았다 떠 보아도 박연수였다. 이 컴퓨터실 안을 아무리 둘러봐도 눈에 담기는 사람이라고는 박연수 저 녀석뿐이었다.

굴곡 없이 흘러가던 현의 인생에 아주 작은 굴곡이 생겼다면 바로 지금일 것이다. 크지는 않았지만 그렇다고 무시할 수는 없을 만큼의 크기였다. 신경이 쓰이는 정도. 아니다. 현은 정정했다. 아무리 작다, 작다 스스로를 세뇌해 보려 하지만, 지금 눈에 담긴 누군가의 존재를 현은 자꾸만 부정하고 싶은 것으로 보아 지금 닥친 이 굴곡은 그리 작지 않은 것이 분명했다.

그 순간 인기척에 눈을 뜬 연수와 현의 시선이 마주치는 바람에 현의 가슴은 철렁 내려앉았다.

"아……. 어……."

"……."

"음……. 그러니까……."

"……."

더듬거리던 현은 아직 희망을 버리지 않아 보려 다짐했다. 불 꺼진 컴퓨터실 안으로 몸을 꾸역꾸역 밀어 넣은 현은 연수와 최대한 멀리 떨어져 앉았다.

그 애가 아마도 좀 늦으려나 보다. 긍정적으로 생각하며 시계를 바라보았다. 그러나 30분이 흘러도 컴퓨터실 안에는 현 자신과 여전히 모니터를 끌어안고 있는 연수 단둘뿐이었다. 안 그래도 그러한 사실 때문에 짜증이 난 현은 대체 모니터는 왜 아까부터 끌어안고 있는지 모르겠다고 연수를 향해 눈을 부라렸다. 불 켜진 모니터에서는 전자파가 한가득 연수의 얼굴로 쏟아지는 중이었다. 왜인지 느긋하기만 한 연수를 보며 억울한 마음까지 샘솟으려 했다.

현이 자리에서 벌떡 일어나자 의자가 뒤로 밀리는 소리가 났다. 정적을 가르는 그 소음에 얼핏 연수의 시선이 현 자신에게 닿는 게 느껴졌다. 그래서 그대로 방향을 돌려 나가려던 현의 걸음이 연수의 앞에 다다랐다.

"여기 너랑 나, 둘뿐이냐?"

"어."

"……."

연수는 현이 지금 대체 그것을 자신에게 왜 묻는지 의아했다. 누가 봐도 이곳엔 자신과 현, 둘뿐이었으니까. 진짜 여기 아무도 안 왔어? 그리 다시 한번 물어 오는 현에게 연수는 고갤 끄덕였다. 그리고 덧붙여 말했다.

"여기 컴퓨터 존나 느려서 안 와, 아무도."

"……."

왜인지 그 덧붙인 말에 현의 표정이 점점 안 좋아지는 것이 느껴졌지만, 연수는 굳이 너 표정이 왜 그러냐고 묻지 않았다. 그런 것까지 물을 만큼 친하지 않았으니까. 그 사이 현이 제 주머니에서 쪽지를 꺼내 연수의 앞으로 내밀었다.

"그럼, 너 이거……."

"……."

"이거……!"

현은 막상 말을 꺼내려니 쉽지 않아 평소답지 않게 말을 더듬었다. 그리고 흥분했다. 연수는 여전히 컴퓨터 모니터를 끌어안은 채 귀찮다는 얼굴로 그런 현을 바라보았다. 웅웅 돌아가는 컴퓨터의 기계 소리가 현의 목소리와 함께 연수의 귓속으로 파고들었다.

"네 거야?!"

"……."

애가 나를 좋아한다. 박연수 애가 나를 좋아한다고. 그 생각들을 다시 한번 곱씹어 보던 현은 어처구니가 없었다. 그리고 아까부터 내내 거슬리던 연수의 어깨를 힘껏 잡아 세워 모니터에서 떨어뜨렸다. 씨발, 사람 여기까지 불러 놓고 말도 없이 이건 대체 왜 끌어안고 있는 건데? 속으로 그리 생각하느라 짜증이 한껏 담긴 현의 손길로 인해 휘청거리던 연수는 신경질적으로 얼굴을 구겼다.

현의 사나운 시선에도 연수는 쫄지 않고 현이 들이민 편지지를 가만 바라보았다. 정확히는 편지지에 그려진 딸기 그림을 말이다. 난데없이 현이 자신에게 그것을 들이밀며 물으니 조금 황당한 연수였다. 딸기 좋아하냐고 묻는 건가? 생각하던 연수는 자세히 바라보니 그 편지지가 자신의 것이 맞는다는 것을 알 수 있었다. 오전에 예쁜 편지지 없냐고 키득거리던 준일에게 연수가 뜯어 준 것과 같았다.

"내 건데. 왜?"

그래서 연수는 맞는다고 대답했다. 하지만 현은 대답이 없었다. 그저 연수를 망연자실하게 바라볼 뿐이었다. 물어보기에 짧게 대답을 한 연수였지만, 그 대답에 자신을 바라보는 현의 표정이 세상 무너지는 표정인 게 의아했다.

지금 현의 친구 준일과 민호는 꽤나 곤란한 얼굴로 서로를 바라보고 있었다. 그러니까 일이 이렇게까지 커질 줄은 몰랐다는 시선이었다. 컴퓨터실에 다녀오고 나면 당장이라도 달려와 아무도 안 왔다고 실망할 현에게 여태까지 자신들이 벌였던 짓이라고 밝히고 놀려 먹을 생각이었다. 그러면 현이 자신이 속았다는 것에 분해할 줄 알았던 둘은 교실로 돌아왔을 때부터 얼빠진 얼굴로 앉아 있는 현을 보며 곧바로 눈치챘다. 뭔가 잘못됐다고.

"야. 놀라지 마."

내내 심각한 얼굴로 앉아 있던 현이 드디어 입을 열자 준일과 민호는 긴장했다. 대체 컴퓨터실에서 뭘 보고 왔길래 저럴까. 텅 빈 컴퓨터실에서 혼자 점심시간 내내 쓸쓸하게 앉아 있다가 시무룩해진 얼굴로 현이 돌아오면 멍청한 새끼야, 그걸 속느냐고 매일같이 위풍당당하기 그지없는 현의 기세를 좀 꺾어 볼까 준비했던 말들은 이미 준일과 민호의 목 안으로 넘어간 지 오래전이었다.

"쪽지 그거, 박연수였어."

"……."

"그 새끼가 나 좋아하는 것 같은데 어쩌지."

"……."

준일과 민호는 현의 입에서 나온 말에 서로를 바라보았다. 예상도 못 한 말이었다. 그래서 둘은 둘만 아는 은밀한 눈빛을 교환했다. 정말로 뭔가 잘못돼도 단단히 잘못됐다고.

둘 중에 그나마 용기 있는 준일이 입을 열었다.

"뭔 소리야. 박연수? 무슨 박연수가 그걸……."

"내가 다 확인했어……."

"확인했다고?"

확인까지 했다고 하는 그 말에 준일과 민호는 화들짝 놀라 또다시 눈빛을 교환했다. '이 새끼가 지금 뭐라는 거야.' '너도 들었어?'라고 묻는 준일의 그 눈빛에 민호는 자신도 똑똑하게 들었다고 고갤 끄덕였다.

그만두려고 했다. 처음엔 분명 그랬다. 그렇지만 현은 평소에 좀 재수가 없었으니까 이 정도 골려 주는 건 괜찮다고 서로 납득을 해 대며 질질 끌었던 게 화근일지 몰랐다. 10대에는 철없다는 것을 무기로 쓸데없는 것에 열과 성을 다해 에너지를 쏟아붓곤 한다. 준일과 민호 또한 그런 10대 중의 하나였으니 열과 성을 다해 현을 골려 먹을 준비를 했던 것뿐이었다.

민호는 눈짓했다. 그러니까 자신이 그만두자고 하지 않았냐고. 그에 준일 또한 눈짓했다. 너도 즐기지 않았냐고. 그 안에서 망연자실한 표정으로 앉아 있던 현이 갑자기 번뜩 눈을 빛내며 어딘가를 노려보았다. 준일과 민호의 시선이 현을 따라가자 그 끝에는 막 교실로 들어오는 연수가 보였다.

"······나는 내가 남자한테도 통하는 줄 몰랐어."

"······."

현의 자못 진지한 중얼거림에 준일과 민호는 어떻게 해야 할지 모르겠다는 표정을 지었다.

현은 자리에 바른 자세로 앉아 있는 연수를 바라보며 생각했다. 얼굴을 공개하지 않으니 호기심이 증폭된 것이라고 말이다. 아주 똑똑한 새끼가 아닐 수 없다고 생각한 현은 연수를 계속 노려보았다. 자신의 호기심을 파고든 다음 자연스럽게 마음을 장악하려 들었던 연수를 열심히 노려보며, 실망할까 봐 컴퓨터실 문 앞에서 망설였던 그때 곧바로 교실로 돌아갔어야 했다고 후회했다. 이것은 실망을 넘어서 충격이었으니까.

현은 그래서 그날 이후로 연수를 향해 나는 네가 넘볼 만한 그런 사람이 아니라는 것을 뽐내는 중이었다.

현은 아까부터 여러 명의 여자애들과 연수의 근처에 둘러앉아 연수를 향해 들으라는 듯 대화를 나눴다. 까르르 오가는 대화 속의 화기애애함을 보여 주며 이것 보라고, 나는 이렇게 인기가 많으니 너 같은 건 들어올 틈도 없다는 것을 어필하는 중이었다.

연수는 그런 현을 아, 정말 싫다, 라는 눈길로 힐끔거렸다. 왜냐하면 그러한 현으로 인해 교실이 너무 시끄러웠기 때문이다. 연수는 지금 읽고 있는 책의 같은 곳을 벌써 세 번이나 읽고 있었다. 옆에서 하도 떠들어 대는 탓에 집중이 안 됐기 때문이다.

"저기, 우현아. 좀 조용히 해."

그래서 참다 참다 연수가 말했다. 그 말에 현이 멈칫했다. 저 새끼 지금 나더러 우현이라고 한 거? 현은 옆에 있는 준일과 민호에게 물었다. 하지만 현의 물음에는 대답 없이 우현이래, 미친, 이라며 웃기 바쁜 준일과 민호였다.

벌써 5월 초인 지금, 새 학기가 시작되고 시간이 한참이나 흐른 지금, 자신의 이름을 당당하게 틀리는 연수를 향해 현은 고민했다. '얘가 지금 자신의 관심을 끌려고 저러는 걸까?' 하고. 아무리 생각해도 납득할 수 있는 이유는 그것뿐이었다.

"우현? 우현이라고?"

"응."

다시 한번 물어도 변함없는 연수의 당당한 태도에 현은 짜증이 나서 말했다.

"현이거든?"

"뭐가?"

"내 이름."

"선이 성 아니었어?"

"선우가 성이거든? 존나, 왜 그것도 몰라? 일부러 그러지 지금, 너."

"……."

"그딴 짓 한다고 내가 너한테 관심 가질 거 같아?"

"미안해."

"나한테는 안 통하니까! 어? 알겠냐고."

연수는 지금 현이 말하는 그 안 통한다는 것이 뭔지는 몰랐지만, 다시 한 번 더 "알겠냐고!" 하며 현이 다그치는 탓에 알겠다고 대답했다. 연수의 대답에 만족한 현은 다시금 자신의 주변에서 함께하고 있는 여자애들과 떠들기 시작했다. 오늘 노래방 가자, 현아, 하는 시끄러운 소리를 들으며 연수는 잠시 자신이 이상하게 손해를 본 기분이 들었지만, 생각하기를 그만두었다. 그리고 다시 읽던 책을 마저 읽으려고 할 때였다.

"저기, 연수야."

현의 친구인 준일이 연수를 불렀다. 연수는 뭐냐는 듯 준일을 바라보았고, 준일은 머뭇거리다가 "그, 저기, 혹시, 그러니까……." 하며 선뜻 말을 꺼내기 어려운지 뜸을 들였다. 하지만 늘 느긋한 연수는 준일이 더듬거리는 것을 바라보며 가만 기다려 주었다.

"혹시, 컴퓨터실에서 현이랑 마주친 적 있었어?"

"컴퓨터실?"

컴퓨터실이라는 물음에 연수의 기억이 거슬러 올라갔다.

그날은 벌써 봄이 온 지는 한참이나 지났지만 추워서 컴퓨터실 모니터를 켜 놓고 끌어안고 있었던 날이었다. 원래 연수는 추위에 약했다. 조금이나마 따뜻해지려는 노력을 하고 있던 그때 현이 컴퓨터실로 나타났고, 말없이 텅 빈 컴퓨터실에 혼자 앉아 있는 현을 보며 연수는 '쟤도 나처럼 추워서 왔나?' 생각했었다. 하지만 아무것도 하지 않고 가만 앉아만 있기에 왜 저러고 있지, 궁금해했었다.

그 뒤 다짜고짜 네 거냐고 편지지 한 장을 들이밀 줄은 몰랐지만. 그리고 그게 정말로 자신의 것일 줄은 또 몰랐지만.

그날 연수의 아침은 일어나라고 깨우는 일곱 살 여동생으로부터 시작됐다. 연수의 여동생은 졸린 연수의 눈앞에 "오빠. 이거 어제 엄마가 사 줬어!" 하고 뜯어 쓰는 편지지 묶음을 흔들다가 오빠 하나 가져, 라며 멋대로 연수의 가방에 그것을 넣었다.

잠결의 일이었기 때문에 연수는 그대로 학교로 가 가방을 열었다가 편지지를 발견하자마자 여동생이 자신의 가방에 편지지를 넣었던 것이 꿈이 아니었구나 생각했다. 그러곤 이걸 대체 어디다 쓰라고 한 장도 아니고 통으로 자신에게 주었을까, 필기할 때라도 써야 하나 생각하던 차에.

'오늘만 하고 끝내자.'

'나중에 현이 개지랄하면 어떡하냐, 근데.'

'그건 나중 일이고. 일단 어디 예쁜 편지지 없냐? 나 안 가져왔는데.'

준일과 민호의 대화를 들었다.

'나 있는데. 이거 쓸래?'

그래서 불쑥 연수는 여동생이 주었던 편지지를 그 둘에게 내밀었고, 그 둘은 고맙다고 연수에게서 편지지를 뜯어 갔었다.

그날의 일들을 하나하나 떠올리던 연수는 준일이 "연수야?" 하고 부르는 소리에 생각을 끊어 냈다. 아, 미안. 작게 사과를 건넨 연수는 대답했다.

"응. 만났었어."

준일은 연수의 대답에 힐끗 현의 눈치를 살피듯 바라보다가 연수에게 소곤거리며 조용히 물었다. 연수는 왠지 준일의 그 태도가 무언가 숨겨야만 할 듯 은밀하다 여겨져 덩달아 상체를 숙이게 되었다.

"혹시 저 새끼한테 네가 뭐라고 했는지 기억나?"

"별말 안 했는데."

"무슨 말 했는데?"

"편지지 내 거냐고 묻길래, 내 거라고 그랬어."

"아."

별말 하지 않았다고 하는 연수의 대답과는 달리, 준일은 그게 별말이라고 연수를 다그치고 싶었다. 편지지, 아, 편지지. 그렇구나……. 준일은 혼잣말처럼 그리 중얼거렸고, 그런 준일에게 연수가 말했다.

"한 장 또 줄까? 아직 많거든."

"아니야, 괜찮……."

연수가 준일에게 편지지를 뜯어 가라며 내밀었을 때였다.

"그거 저리 집어 치워."

대뜸 팔을 뻗어 그것을 쳐 내는 현이다. 그 덕분에 연수의 손에 들렸던 편지지 묶음이 바닥으로 떨어졌다. 연수는 생각했다. 대체 저 새끼는 왜 저러는 것일까 하고. 그리고 여기까지 팔을 뻗어 온 걸로 보아 팔이 참 길다고.

그런 연수의 시선에 준일이 대신 미안하다 사과하며 편지지를 주워 주었다.

"너는 남자 새끼가 딸기 편지지를……. 하필 딸기를……."

남자 새끼도 그래, 딸기 편지지 좋아할 수도 있다. 근데 그게 왜 하필 너였어야만 했냐고 현은 괜스레 원망스러운 시선을 연수에게 날렸다. 준일과 민호는 그 눈빛에서 남자의 순정에 상처가 난 것이 분명하다는 것을 읽어 내고선 입을 다물었다.

눈빛 봤어? 들키면 우린 작살이야. 준일과 민호는 서로를 향한 은밀한 눈빛을 주고받았다. 그리고 그날 이후 암묵적인 동의를 마친 준일과 민호는 현이 연수에게 알 수 없는 지랄을 떨어 대면 서둘러 연수의 뒤를 얼른 따라가 친구가 신세를 많이 지고 있다는 말과 함께 빵이며 음료수며 사탕이며 이것저것을 갖다 바쳤다.

그러한 사정을 모르는 현은 오늘도 연수의 맞은편에 자리하고 앉아 고민했다. 멀뚱히 자신을 바라보고 있는 연수를 보며, 너무 강경한 태도는 오히려 상대를 자극할지 모르니 노선을 조금 변경해야할까 하고.

"박연수."

"왜?"

"너 이러면 안 돼. 정신 차려. 어?"

"……."

"너랑 나는 안 된다고. 다 널 위해서 하는 소리야."

"나?"

"그래, 너."

현은 진지했다. 그러나 요즘 연수의 최대 의문은 자꾸만 자신의 자리로 다가와 다짜고짜 안 된다는 말을 해 대는 진지한 현이었다. 연수는 현을 향해 네가 무슨 말을 하는지 모르겠다는 말을 하기 위해 벌렸던 입술을 다시 자연스럽게 일자로 다물었다. 지금까지의 경험으로 미루어 짐작해 볼 때 현에게 그 말을 꺼냈다가는 현이 끊임없이 자신에게 말을 쏟아 낼 것만 같았기 때문이다. 말을 쏟아 대는 현을 상대하기에 연수는 기력이 부족했다.

현은 무슨 말을 해 대도 심드렁한 얼굴로 자신을 가만 바라보는 연수를 보자 의욕을 상실했다. 이런 식으로 자신의 힘을 다 빼놓은 다음에 뒤에서 덮치려는 수작인 건 아닐까. 현의 생각은 거기에까지 미쳤고 괜히 뒤통수가 서늘해졌다. "내가 왜 너한테 이러고 있어야 하냐, 대체?" 하고 묻는 현의 말에 연수가 대답했다. 그러니까,

나도 그게 몹시 궁금한데. 현은 연수의 그 대답에 정말 이 새끼는 강적이라고 생각했다.

현은 2교시 내내 연수와의 통하지 않는 대화로 인한 피곤함에 절어 책상 위에 늘어져 있었다. 3교시는 체육이었기 때문에 마지못해 자리에서 일어나 체육복으로 갈아입던 현은 저 새끼 때문에 체육 시작하기도 전에 힘이 다 빠진 것 같다고 중얼거렸다. 현이 연수를 노려보려 고갤 돌렸을 때였다. 현의 시야로 의외의 것이 들어왔다. 그것은 바로 잘빠진 연수의 다리였다.

매끈매끈한 다리는 군더더기 하나 없이 완벽하게 뻗어 있었다. 멈칫하고서 홀린 듯 연수의 다리를 바라보던 현은 '다리가……. 내 스타일이야.'라고 저도 모르게 그런 생각을 했다. 그러느라 오랫동안 연수의 아무것도 걸치지 않은 맨다리를 바라보고 있었다는 사실을 눈치채지 못했다.

"저기, 선우야."

그런 현을 연수는 조심스레 불렀다.

"어?"

"네가 내 다리를 그렇게 너무 쳐다보면 내가 굉장히 민망한데."

"……."

연수는 노골적으로 자신의 다리를 보고 있던 현을 향해 조금의 표정 변화도 없이 말했다. 현은 그제야 정신을 차렸다. 현의 내면에선 미친 거 아니냐며 현의 또 다른 자아가 비명을 내질렀다. 연수의 다리에 홀린 듯 시선을 빼앗겼다는 사실이 치욕스러웠다. 하지만 긴 체육복 바지 속으로 사라지려 하는 연수의 다리에 묘하게 아쉬움이 엉겼다. 치욕스러움과 아쉬움 사이에서 갈팡질팡하던 현은 뒤늦게 연수에게 소리쳤다.

"야, 근데 너 자꾸 내 이름 네 멋대로 부를래?"

현이 짜증을 내듯 연수에게 말했지만, 연수는 그저 현을 향해 한 글자로 된 이름은 어쩐지 부르기가 좀 그렇다며, 너무 친한 척하는 것 같다며, 더 친해지고 난 다음에 노력해 보겠다는 소리를 했다. 현은 연수의 그 말에 대체 뭔 소리냐고 따지고 싶었지만, 자꾸만 자신의 시선이 연수의 다리로 향하는 것만 같아 입술을 움찔거리기만 했다. 연수의 긴 바지 속을 투시하려는 자신의 시선에 미칠 노릇이라 현은 결국 하고 싶은 말을 삼킨 뒤 서둘러 교실을 빠져나왔다.

제정신이 아니다. 다리에 홀려 가지고 아주 제정신이 아니었다. 그런 생각을 하며 현은 달렸다. 하지만 그렇게 자신의 마음에 쏙 드는 이상향의 다리를 실제로 맞닥뜨린 것은 처음이었기 때문에 현은 조금 흥분이 된 상태였다.

체육 시간. 아이들은 운동장 한가운데 자리한 뜀틀을 차례차례 뛰어넘고 있었다. 연수는 자신의 차례에 뜀틀을 넘으려고 했지만 넘지 못하고 그 위에 주저앉았다. 매가리 없는 새끼, 그럴 줄 알았다 하고 소리친 현은 자신의 차례가 오길 기다렸다. 마치 아까의 치욕을 갚아 주겠다는 듯, 허접한 녀석에게 자신이 얼마나 그와 급이 다른지 보여 주겠다는 기세로 현은 기가 막히게 구름판을 밟아 도움닫기를 했다. 그로 얻은 속력으로 마무리까지 완벽한 자세로 현은 뜀틀을 훌쩍 뛰어넘었다. 오, 쩌는데, 라는 소리들이 곳곳에서 들려와 으쓱하던 현은 문득 연수가 자신에게 또 반하면 어떡하지 싶어 서둘러 연수의 위치를 확인했다.

그러한 현의 걱정과는 달리 연수는 눈을 감은 채 햇볕 아래 늘어져 있었다. 현은 연수가 자신을 보고 있지 않았다고 생각하니 그건 그거대로 이상하게 기분이 나빠 연수의 앞으로 다가가 확인하듯이 물었다.

"나 방금 뜀틀 넘은 거 봤냐?"

"아. 미안 못 봤어."

"아, 뭐야. 왜 안 봐. 네가 가장 먼저 봐야 할 거 아니야."

"……알았으니까 해 좀 가리지 말고 저리 가 줄래?"

지금은 5월이었지만, 이상 기후로 오늘따라 날씨가 추워 떨고 있던 연수였다. 자신의 곁으로 다가와 "가라고? 지금 한 말 진심이야? 후회하지 마. 어?" 하며 떽떽거리는 현이 귀찮았다. 연수는 그만하고 저리 가라고, 다음부터는 네가 뜀틀을 넘는 걸 잘 지켜보겠다고 말하며 현을 밀었다. 그러나 그 순간 현과 닿은 맨살이 따뜻해 연수는 멈칫했다. 반쯤 감고 있던 눈을 제대로 뜬 연수는 현의 팔을 더듬거리기까지 하다가 물끄러미 현을 바라보았고, 갑작스러운 연수의 접촉에 현은 당황했다.

"어딜 만져."

"어, 잠깐만."

현은 연수를 쳐 내려 했지만, 힘도 없는 새끼가 제 힘을 최대한 끌어와 자신을 붙잡은 채 놓아주질 않자 의아했다. 멍하니 생각에 잠긴 연수에게 "야, 놓으라고."라며 다시 한번 현이 말을 꺼냈을 때였다.

"나 좀 안아 주라."

"……."

연수가 현에게 안아 달라고 말했다. 이게 미쳤나……. 순간 자신이 잘못 들었다고 생각한 현은 연수를 바라보며 얼굴을 찌푸렸다. 아주 이젠 대놓고 노골적이었다.

연수는 완강한 시선으로 현을 바라보았고, 완강한 그 시선을 보자 현은 자신이 잘못 들은 것이 아니라는 것을 깨달았다. 현은 연수의 눈빛에 주춤거렸다. 존나 뭐가 이렇게 간절한 건데, 라고 생각하는 현에게 연수는 다시 한번 안아 달라 말했다. 연수는 현의 체육복을 붙잡은 채 놓아줄 기미가 보이질 않았다. 매사에 의욕 없이 나무늘보처럼 굴던 연수였다. 하지만 이 순간만은 그 누구보다 눈빛에 의욕이 한가득한 것을 본 현은 뭔가 이건 아닌데, 라고 생각하면서도 결국 팔을 뻗게 되었다. 내칠 수 없게, 쓸데없이 간절한 연수의 눈빛 때문이었다. 팔을 뻗은 현은 연수를 안아 주었고, 연수는 현의 품에 안겨 "와, 따뜻하다……."라고 감탄하며 중얼거렸다.

"너 열이 많은 체질이네?"

"뭐?"

"아니야."

"아, 씨. 뭔데 이거. 야, 이거 언제까지 이러고 있어야 돼?"

"……."

"씹지 말고 대답해. 야! 박연수."

"……."

"계속 씹네, 이게……."

좀 시끄럽긴 해도 따뜻하니까 넘어가기로 한 연수는 현의 품으로 더욱 파고들며 그의 말을 전부 무시했다. 그리고 둘의 모습을 우연히 보게 된 준일과 민호는 대체 쟤네 왜 저러고 있냐고 쑥덕거렸다.

"아까 뭐야, 둘이? 둘이 좀, 너무, 막 그렇더라. 섣불리 다가갈 엄두가 안 나더라고."

진짜 사귀기라도 하냐? 이어지는 민호의 물음에 준일 또한 우리는 축하해 줄 수 있다고 말했다. 우리는 고등 교육을 받고 있으니까 그 정도쯤은 이해할 수 있다고, 우린 존나 지식인이라고 덧붙이는 준일의 말에 현은 뭐 그런 얼토당토않은 소리를 하냐는 표정으로 준일과 민호, 둘을 향해 꺼지라고 말했다.

그런데 그 체육 시간 이후로 이상하게 현에게 먼저 다가오는 연수였다. 연수는 현의 옆에 서서 현의 팔을 만지작거리기도 했고, 불쑥 뒤에서 현을 끌어안기도 하는 적극적인 태도를 보였다. 현은 식겁을 하며 그때부터 연수를 피해 다니기 시작했다.

"선우 어디 갔어?"

웬일로 현을 찾는 연수의 모습에 준일과 민호는 잠시 어리둥절한 표정으로 잘 모르겠는데, 라고 대답했다. 그러고 보니 준일과 민호 또한 그제야 오늘 현의 얼굴을 본 적이 수업 시간 외에는 없다는 사실을 알게 되었다. "진짜 이 새끼 어디 갔냐?" 묻는 준일의 말에 민호는 "내가 알겠냐?"라고 답했다. 그 둘을 가만 보고 있던 연수는 다시 자신의 자리로 돌아갔다.

평소에는 짜증 나게 앞에서 알짱거리던 현이 막상 필요하니 안 보여 연수는 개똥도 약에 쓰려면 없다는 속담을 떠올렸다. 딱 이럴 때 쓰는 말이라고 생각했다. 오늘은 너무 춥다며 따사로운 햇살이 쏟아지는 창문 근처에 달라붙어 있는 연수였다.

"박연수 그 새끼가 갑자기 너무 적극적이야. 왜 저러지?"

쉬는 시간마다 숨어 있다가 나타나길 반복하던 현은 점심시간에도 연수를 피해 숨어 있었다. 현은 존나, 그 새끼가 내 매력에 빠져도 단단히 빠졌다고 중얼거렸다. 그에 준일과 민호는 말을 아꼈다. 가라앉은 둘의 침묵이 무엇을 의미하는지 모르는 현은 그저 방금 전 아는 여자애가 숨어 있는 자신에게 마시라고 준 딸기 우유로 목을 축이다가, "어! 박연수다!"라고 외치는 준일의 목소리에 놀라 마시던 우유를 전부 쏟았다. 그 바람에 딸기 우유가 현의 교복 셔츠를 달콤하게 적셨다.

아, 씨발! 현은 욕을 했다. 하여간 뭐 이리 되는 일이 없는지 모르겠다고 현은 욕을 내뱉으며 재미있다고 웃어 대는 준일의 목을 졸랐다. 미친놈아, 뒈지고 싶냐, 어? 죽고 싶어? 딸기 향이 풍기는 현에게선 그 향과는 어울리지 않는 살벌한 목소리가 나왔고, 준일은 그제야 미안하다고 현에게 사과했다.

장난이었다고 말하던 준일이 "기다려 봐, 내가 책임지고 갈아입을 만한 체육복 가져올게!"라고 아주 믿음직스럽게 말했다. 그렇게 자리를 박차고 달려 준일은 교실에 도착했지만, 도착하고 나서야 깨달았다. 자신은 체육복이 없다는 것을. 그리고 민호의 체육복은 너무나 상태가 쓰레기라 이걸 가져갔다간 또다시 목이 졸릴 판이라는 것을. 준일은 고민하다가 그 순간 자신의 시야에 걸린 사람에게로 다가갔다.

"연수야, 혹시 체육복 있어? 있으면 좀 빌려줄래?"

"체육복?"

연수는 책상 위에 누워 잠을 자고 있다가 준일의 목소리에 눈을 떴다. 그러곤 고갤 끄덕이면서 자신의 체육복을 내밀었다. 다행이라고 말한 준일이 그것을 가지고 막 교실을 빠져나가려다가 생각났다는 듯 돌아서서 말했다.

"아, 맞다. 이거 현이 빌려줘도 되지?"

"선우?"

빨아 온 체육복의 개시를 현이 한다는 사실이 연수는 내키지가 않았다. '개는 좀 그런데……'라며 잠깐 망설였지만, 부탁하는 준일의 눈빛에 어쩔 수 없이 허락하는 연수였다. 그렇게 연수의 체육복은 준일의 손을 거쳐 현에게 도착했다. 현은 자신의 교복 셔츠를 벗어 던지고 그것으로 갈아입은 뒤 빨아 오라며 딸기 우유에 젖은 교복 셔츠를 준일에게 던졌다.

딸기 우유로 젖은 교복 셔츠가 해결되고 나니 다시금 연수에 대한 생각으로 고민하는 현이다. 학교 뒤 후미진 곳에 모인 10대의 고민은 담배와 함께였다. 아, 머리 아파. 나직이 중얼거리며 양미간을 찌그러뜨리던 현은 대체 자신과 어울리지 않게 연수를 피해 다니는 짓을 언제까지 해야 하는 건지 모르겠다고 생각하다가 결심한 듯 자리에서 벌떡 일어났다.

그런 현을 향해 민호가 물었다.

"어디 가?"

"교실. 먼저 들어간다. 박연수랑 담판을 지어야겠어. 존나 스트레스야, 이거. 은근히."

"……."

당당히 맞서겠다는 패기로, 연수를 뻥 걷어차겠다는 기세로, 그렇게 교실에 도착한 현은 제 책상 위에 늘어져 누워 있는 연수를 보며 잠시 마른침을 삼켰다. 그리고 연수의 자리로 가까이 다가갔다. 오늘도 변함없이 늘어져 있는 연수를 보며 현은 이 나무늘보 같은 새끼, 라고 생각했다.

"야."

현은 연수를 불렀다. 그 부르는 소리에 연수가 눈만 위로 치켜떠 현을 바라보다 이내 얼굴을 찡그렸다. 자리에서 일어나기까지 한 연수가 현에게 가까이 다가갔다. 갑자기 불쑥 상체를 자신에게로 들이밀자 당황한 현이 주춤 뒤로 물러섰지만, 아랑곳 않고 연수는 현에게 가까이 다가가 어깨와 목 사이로 고갤 파묻고서 냄새를 맡았다.

살랑살랑 흔들거리던 연수의 머리카락이 현의 뺨을 간질였다. 뭐 하는 거야! 놀라며 한 발 물러서는 현의 가슴이 두근두근 몹시 빠르게 요동을 쳤다. 현은 허락도 없이 너무나 불쑥 가까워진 연수 때문에 기분 나빠서 이 두근거림이 멈추지 않는다고 생각하며 가슴을 움켜쥐었다.

"대체 어디 다녀오는 거야?"

"……."

연수는 내내 보이지 않다가 나타난 현이 하필 자신의 체육복에 담배 냄새를 잔뜩 묻히고 나타난 것 때문에 얼굴을 찌푸렸다. 이 개똥 같은 자식이 매너가 너무 없다고 연수는 생각했다. 하지만 현은 연수가 벌써부터 자신을 구속하려 드는 건가 싶어 얼굴을 찌푸렸다.

현은 자신이 그렇게 우리 둘은 안 된다고 말했음에도 불구하고 연수가 너무나 당당하게 교실 한가운데서 이리 나오니 난감했다. 안 되겠다, 일단 한발 후퇴해야겠다고 생각한 현은, "뭐래. 네가 알아서 뭐하려고."라며 신경 끄라는 듯 중얼거린 뒤 연수에게서 돌아서려 했지만, 곧바로 연수에게 붙잡히고야 말았다.

"누구랑 있었는데 이런 냄새가 나?"

"⋯⋯."

"나는 내 거에서 다른 냄새 나는 거 싫어."

"⋯⋯."

"앞으론 절대 그러지 마."

"⋯⋯."

당황한 현은 전혀 표정 변화 없는 연수를 데리고 교실에서 빠져나와 후미진 구석으로 급하게 끌고 갔다. 그러곤 다급하게 주위를 둘러본 뒤 목소리를 꾹 눌러 속삭이듯 말했다.

"너는 애가 왜 이렇게까지 서슴없냐?"

내 거라니. 벌써부터 자신을 그리 칭하는 연수의 발 빠름을 현은 따라갈 수 없었다. 이 새끼, 머릿속에선 나와 진도를 어디까지 얼마나 빼고 있기에 이럴까. 현은 잠시 자신에게 이렇게까지 밀고 들어온 사람이 있었던가 고민해 보았다. 현은 의외로 적극적인 어필에 약했다. 그리고 하필 매끈하게 잘 뻗었던 연수의 다리가 이 순간 아른아른 떠올라 현은 연수를 보고 있으려니 아주 많이 심란해졌다.

"⋯⋯생각해 볼게."

"뭘?"

"그냥 다! 여러 가지로 다!"

"⋯⋯."

"됐지?"

너에 대해 다시 한번 잘 생각해 보겠다고 말하는 현이었지만, 연수는 현과의 대화를 따라가지 못하는 중이었다.

연수는 고개를 기우뚱 기울였다. 현의 대화를 따라가 보려고 생각에 잠긴 듯 잠시 침묵하다가 이내 포기했다. 포기와 동시에 연수는 현을 참 유난스럽고 남다르다고 판단했다.

"알겠으니까, 일단 입고 있는 체육복이나 돌려줄래?"

"왜?"

"내 거니까."

"뭐야. 이거 네 거였어?"

그제야 자신이 입고 있는 옷의 주인을 알게 된 현은 불쾌한 표정을 지었다. 하지만 연수는 그런 현의 표정 따위는 아랑곳하지 않고 꿋꿋하게 현이 입고 있는 자신의 체육복을 잡아당기며 말했다.

"당장 돌려줬으면 좋겠어."

"벗으라고, 지금? 여기서?"

"그러면?"

"……나 안에 아무것도 안 입었거든?"

"아."

자신을 바라보는 현의 시선에 연수는 현이 그답지 않게 부끄러워서 저러는가 보다 생각했다. 그래서 최대한 배려심이 가득한 말투로 말했다.

"괜찮아. 보는 사람 없잖아. 여기 우리 둘뿐이니까."

"……."

현은 연수에 대해 막 깊이 생각해 보겠다는 큰 다짐을 했다. 그러나 이렇게나 바로 당당하게 옷을 벗으라고 말하는 거침없는 연수의 태도에서, 찰나와 같은 순간 현은 깨달았다. '이 새끼가 지금 자신의 벗은 몸을 보겠다고 수를 쓰는 거였구나!' 하고. 현은 얼굴을 찌푸렸다. 그러곤 벌써부터 자신의 맨몸을 연수에게 드러내는 그런 짓을 할 수 없다고 생각하며 연수를 뿌리친 뒤 그대로 도망쳤고, 연수는 걱정 마, 너 갈아입을 거 내가 가져올게, 라고 하고 싶었던 말을 끝마치지도 못한 채 도망치는 현의 뒷모습만 망연자실 바라볼 뿐이었다.

그 뒤, 자신이 연수에 대해 생각해 보겠다는 말을 꺼냈기 때문에 현은 정말로 생각이란 것을 해 보려고 연수를 관찰했다. 그렇게 며칠을 지켜본 결과 현은 일단 한 가지는 알게 되었다. 연수의 취향과 자신의 취향이 매우 어긋난다는 것을 말이다.

"……그거 네 거야?"

현의 시선이 연수의 샤프에 머물렀다. 정확히는 샤프 맨 위의 토끼 대가리가 있는 곳이었다. 토끼는 굉장히 방긋 웃고 있었다.

"샤프?"

"어."

연수는 물끄러미 자신의 샤프를 바라보다가 얼마 전 동생이 "이거 오빠 써!" 하고 던져 주었던 것을 자연스레 떠올렸다. 연수의 동생은 늘 새것을 쓰기 위해 연수에게 헌것을 던져 주곤 했는데, 이 샤프도 그것들 중 하나였다. 사실 연수는 이게 필통에 들어 있길래 그냥 쓰는 것뿐이었다. 동생의 것이지만, 이젠 자신이 쓰고 있으니 생각해 보면 자신의 것이 맞았다. 생각을 마친 연수는 현의 물음에 고갤 끄덕였고, 잠시 말이 없던 현은 고작, "……아, 그래?"라고 대꾸한 뒤 연수의 샤프를 한동안 바라보았다.

그리고 몇 시간 뒤 현과 연수는 매점에서 마주쳤고, 지갑이라고 연수가 꺼내 든 것에 현은 저도 모르게 멈칫했다. 현의 시선은 저도 모르게 연수의 손에 들린 동전 지갑에 머물렀다. 많이 쳐 줘야 초등

학교 저학년, 그 정도의 어린이들이나 들고 다닐 법한 곰돌이 동전 지갑을 어떻게 설명해야 할지 모르겠다고 생각하던 현은 긍정적인 생각들을 최대한 끌어내 보았다. 존나 푹신해 보이긴 하네, 저 푹신함 속에서 동전들이 참 안락하게 지내긴 하겠다는 그런 긍정적인 생각들을 말이다.

"혹시……. 그거 네 거야?"

연수는 현의 물음에 물끄러미 자신의 지갑을 바라보았다. 푹신한 재질의 곰돌이 얼굴 모양 동전 지갑이 연수를 향해 방실방실 웃고 있었다. 해맑기 그지없는 이 지갑을 바라보고 있자 연수는 "오빠, 이거 써!" 하고 동생이 헌것을 자신에게 준 뒤 곧바로 새것을 쓰던 모습이 떠올랐다. 연수는 현에게 이게 사실은 자신의 동생 거라 말하고 싶었지만, 설명하자니 이래저래 말이 길어질 것 같아 귀찮아 포기했다. 그리고 어찌 됐든 일단은 자신이 쓰고 있으니 자신의 것이 맞는다고 생각한 연수는 달리 대꾸하지 않았다.

현은 고갤 끄덕이는 연수를 바라보며 가끔씩 박력 터지게 행동할 때랑은 참 다른 취향을 가졌다고 생각했다. 제발 일관되게 행동해 달라 말하고 싶었던 현은 연수를 참으로 알 수 없는 새끼라고 생각했지만, 취향이란 것은 존중받아야 하는 것이기 때문에 말을 삼켰다. 그 정도의 상식은 당연하게 몸에 배어 있었기 때문에, 그리고 현은 본인이 취향이란 것을 존중할 줄 아는 사람이라고 생각했기 때문에 연수의 지갑을 칭찬했다.

"그래, 뭐 귀엽네. 잘 어울린다, 너랑."

"고마워."

그리고 국어 시간. 조별 발표를 하겠다는 국어 선생님 덕분에 교실은 다들 조를 짜느라 분주했다. 하고 싶은 사람끼리 빨리 조를 짜라는 말에 둘러앉아 있던 현과 준일과 민호였다. 한 명이 더 필요해. 민호의 그 말에 준일이 서둘러 어딘가를 향해 외쳤다. 그곳엔 연수가 있었다.

"연수야! 우리 조 할래?"

조를 찾아 헤매던 연수는 준일의 목소리에 고갤 돌렸고, 이리 오라 손짓하는 준일을 바라봤다. 나 재네들이 오랬는데, 라고 연수가 다른 곳을 가리키며 대꾸하자 안 된다고 준일은 다급하게 연수를 끌고 왔다. 그 와중에 현은 아, 뭔데, 난 재랑 안 해, 라고 말했지만, 그냥 같이해, 우리 한 명 모자라잖아, 라고 말하는 민호의 말로 인해 의견이 묵살됐다. 그렇게 네 명이 한 조로 둘러앉게 되었지만, 자신의 의견이 묵살된 현은 기분이 그리 유쾌하지 못했다. 그래서 현은 그 유쾌하지 못한 자신의 기분을 연수를 향해 눈을 부라리는 것으로 드러냈다. 그에 준일이 현을 향해 말했다.

"야, 그만해. 알고 보면 애 존나, 그 뭐냐, 그거, 소인배 그거 같은 새끼 아니냐?"

"소인배? 나 소양인은 알아."

"아니야. 선우는 태양인이야."

태양인? 연수의 말에 민호가 물었고, 열이 많은 체질이더라고. 무심하게 대답하던 연수는 자신의 국어 노트를 꺼내 책상 위에 올려놓다가 탄식을 내뱉었다. 아…… 자신이 바로 방금 책상 위에 올려둔 노트가 동생의 것이었기 때문이다. 노트 앞면에 그려진 아이 엠 프리스타 애니메이션의 화려한 그림을 바라보며 연수는 이건 또 언제 바뀐 거지, 고민하다 어쩔 수 없다는 표정으로 그 노트를 펼쳤다. 그리고 놓치지 않고 연수의 노트를 본 현은 연수에게 더 이상은 참을 수 없다는 듯 말했다.

"내가 아무리 생각해 봐도 너랑 나랑은 일단 취향이 너무 안 맞아."

"……."

"그 노트는 진짜 존나 극단적이라 어떻게 취향을 맞춰 가 볼 엄두조차 안 나게 하잖아. 너랑 나랑 엄청 거리감 느껴지게 한다고. 네가 일곱 살이야?"

"어떻게 알았어?"

"뭘."

"어떻게 알았냐고, 일곱 살인 거."

"……."

현은 자신을 난데없이 경계하는 연수를 바라보며, 왜 갑자기 연수가 자신을 경계는 하고 난리인지 몰라 의아했다. 그 사이 "아, 존나. 태양인은 이제마지!" 하고 외치는 준일의 목소리가 들렸다. 역시 이 새끼는 역사 쪽으로 강하다며 떠드는 민호의 목소리가 이어졌다. 일곱 살인 거 어떻게 알았냐니까? 거기다가 보태는 듯 연수가 현에게 따지듯 물었다. 현은 생각했다. 이 조는 왠지 망했다고.

"우린 1930년대 현대 문학의 특징으로 하자."

하지만 현의 망했다는 생각과는 달리 어느 틈에 발표 주제가 정해졌다. 착실하게 발표 주제를 정하는 조원들과는 달리 현은 책상 위에 엎드려 심란한 한숨을 내쉬며 연수의 아이 엠 프리스타 노트를 바라보았다. "존나 대체 저게 뭐야. 사람 괜히 심란해지게. 저런 거 좋아하나? 너무 신경 쓰이는데 진짜……."라고 중얼거리던 현의 시선이 아래로 아래로 향해 다다른 곳은 연수의 발목이었다. 현의 시선은 연수의 드러난 발목과 복숭아뼈에 한참을 머물렀고, 저건 왜 저렇게 하필 만져 보고 싶게 생겼냐고 생각했다. 현은 만지고 싶다는 자신의 욕구를 억누르려고 입술을 깨물었다.

"선우야, 혹시 허리 아파?"

"뭐?"

연수의 발목 근처를 서성거리던 현의 시선은 연수의 느닷없는 물음으로 인해 연수의 얼굴로 향했다. 연수는 짐짓 심각한 표정으로 "태양인은 허리가 약해서 오래 앉아 있거나 서 있지를 못하고 기대거나 드러눕기를 좋아한다더니 진짜네……." 혼잣말처럼 말했다. 허리가 약하다는 그 말에 현은 몹시 기분이 상했다. 강하다는 걸 어떻게 보여 줄 수도 없어 답답한 현이 네가 뭘 아냐고, 봤냐고 반문하려 할 때였다.

"근데 너 얼굴에 뭐 묻었어."

그 순간 연수의 손이 뻗어 와 현의 뺨에 닿는 바람에 아무런 말도 하지 못했다. 공부도 안 하면서 대체 얼굴엔 왜 잉크가 묻었냐고 중얼거리던 연수의 손가락 끝이 스치고 지나간 자리가 낯간지러웠다. 책상에 엎드려 있던 현은 화들짝 놀라 벌떡 상체를 일으킨 뒤 자신의 뺨을 급하게 문질렀다.

아주 약간 따뜻하게 달아오른 뺨을 그저 방금 전 자신이 문지른 마찰력 때문이라 스스로에게 그럴듯하게 변명하며 현은 왜 마음대로 허락도 없이 만지고 난리냐고 연수에게 소리쳤다. 그런 현을 바라보던 연수는 뭐 묻어서 닦아 줘도 난리냐며 심드렁하게 중얼거렸다.

"알았어. 그럼 허락이 있으면 만져도 되는 거지?"

심드렁한 중얼거림 뒤 아주 당연하게 흘러나오는 연수의 말에 말이 왜 또 그렇게 되는가 싶어 현은 멈칫했다.

"나는 되도록 사이좋게 지내고 싶은데, 너랑."

"……."

"네가 화내는 짓은 줄여야지, 그러니까."

"……."

"너는 아직 내가 별로 마음에 안 드는 거 같지만 뭐, 차차 맞춰 가자."

연수의 말은 현이 예상치 못한 말이었다. 아니, 어쩌면 예상은 가능했을 수도 있지만, 연수가 대놓고 말해 올 줄은 몰랐던 현은 이렇게 모두가 다 있는 자리에서 별 부끄러움도 없이 말을 건네는 연수에게 물끄러미 시선을 두었다.

현을 따뜻한 난로 취급하며 벌써부터 겨울을 준비하려는 연수의 마음도 모르는 현에게는 그 말을 건네는 연수의 얼굴이 왜인지 조금 수줍어 보이기까지 했다. 아주 미미했지만, 현은 그렇게 느꼈다. 현의 시야로 연수의 다물린 입술과 그 끝에 존재하는 보조개가 들어왔다. 피부는 어디 한군데 울퉁불퉁한 구석도 없이 부드러워 보였다. 연수의 늘 무심하기 그지없는 눈동자는 현을 빤히 바라보고 있었다.

갑작스레 자신의 시야를 꽉 메우는 그것들로 인해 현은 잠시 당황스러움을 느꼈다. 뒤늦게 너무나 구석구석 연수를 뜯어보았다는 사실을 알게 된 현은 연수에게 제대로 된 대답을 내놓지 못하고 그저 "아, 어, 으, 어?" 따위의 얼빠진 소리만 잔뜩 내뱉었다.

현은 인생을 살며 단 한 번도 자신이 잘났다는 사실을 부정한 적이 없었으나 얼빠진 소리만 내뱉는 지금 이 순간만큼은 자신이 너무나 잘나지 못한 것은 물론, 바보 같다는 생각까지 들었다. 그래서 연수에게서 고갤 돌리는 것이 지금 현이 할 수 있는 최선의 방법이었다.

턱을 괴고 입가를 가린 채 현은 왠지 연수가 의식이 된다고 생각했다. 그리고 그건 생각보다 꽤 불편한 일이었다. 왜냐하면 그런 생각을 하고 나자 자꾸만 제멋대로 연수에게 시선이 향하려 했으니 말이다. 하지만 현은 절대 그럴 리가 없다고 생각했다.

그리고 다음 날. 아침부터 횡단보도 앞에서 서서 자고 있는 연수를 본 현은 어제 자신이 느꼈던 감정은 착각이 분명하다고 확신할 수 있었다. 지금껏 종종 연수가 복도를 걸어 다니면서도 자는 모습을 봐 왔기 때문에 그리 새로운 모습은 아니었지만, 여전히 아무 데서나 졸고 있는 연수의 이런 모습이 현에게는 신기하게 다가왔다. 이것 봐, 이렇게 이상한데. 서서 자잖아. 현은 잠시나마 어제 연수를 두고 착각했다는 것이 몹시 못마땅했다.

아무리 생각해도 이 새끼는 나무늘보로 태어났어야 했는데 잘못 태어난 것 같다고 현이 그런 생각을 하는 중, 연수는 밀려오는 졸음을 이기려 가까스로 눈을 떴다. 눈을 뜬 연수는 주머니를 뒤져 무언가를 꺼낸 뒤 입에 넣었다. 뒤이어 자신에게서 당최 떨어질 생각을 안 하는 현의 시선을 눈치챘다. 자신을 뚫어져라 바라보고 있는 현에게 연수는 어쩔 수 없다는 듯 주머니에서 꺼낸 무언가를 넌지시 건넸다.

"너도 먹을래?"

"뭔데, 이건."

"포도당 캔디. 가끔씩 피곤해서 들고 다녀."

얼결에 연수에게서 포도당 캔디를 건네받은 현은 자신의 손바닥 위에 놓인 것을 바라보았다. 가끔씩이 아니고 매일같이 피곤해 보이는 연수가 건네는 거라 꽤 신빙성이 낮아 보이는 포도당 캔디를 한참이나 바라보던 현은 물었다.

"효과는 있냐, 이거."

"별로 효과는 없는 거 같은데, 맛있어서 계속 먹게 되네."

"효과도 없는 걸 왜 줘."

"……."

탐탁지 않아 하는 현을 가만 바라보던 연수가 말했다.

"선우야. 너는 되게 까탈스럽다는 말 많이 들을 거 같아."

"뭐? 아니거든?"

"그래, 파란불이야. 건너자."

연수는 유유히 횡단보도를 건넜다. 멀어지는 연수를 바라보던 현은, '뭐야, 저거 시비지?'라고 생각하며 연수를 뒤따라갔다. 그러곤 바글바글 등교 중인 인파 속에 섞이려는 연수를 재빨리 찾아내 연수의 가방을 잡아당겨 자신과 발걸음을 나란히 하게 했다. 왜 먼저 가고 지랄이야, 라고 말하며 얼굴을 찡그리는 현을 힐끗거리던 연수의 시선은 다시 앞을 향했다.

현이 연수를 탐탁지 않아 하는 것과는 별개로 준일과 민호는 매번 연수에게 친한 척을 해 댔다. 무리 생활을 싫어하는 건지 현이 볼 때마다 연수는 혼자 늘어져 있거나 혹은 혼자서 사색을 즐기고 있었다. 그런 연수였기 때문에 연수는 오늘도 혼자서 밥을 먹고 있었다. 급식실에서 연수를 발견한 현은 그쪽과는 정반대쪽으로 가려고 했으나, 현과는 달리 준일과 민호는 연수를 발견하자마자, "연수야!"라고 외치며 요란하게 그쪽으로 다가갔다. 그랬기 때문에 현은 마지못해 그쪽으로 다가가 함께 자리에 앉을 수밖에 없었고, 어쩌다 보니 연수와 마주 보고 앉게 되었다.

자발적으로 혼자 다니는 연수는 함께 둘러앉아 밥을 먹게 된 이 순간이 낯설어 자신의 맞은편에 앉은 현을 바라보았고, 현은 그런 연수를 향해, "뭘 봐. 나도 싫어."라고 말을 건넸다. 그에 연수는 "나 아무 말도 안 했어."라고 대답한 뒤 무심히 시선을 내리떴다. 그러곤 식판에 있는 데친 브로콜리를 건져 내기 시작했다. 그것을 놓치지 않고 본 현이 말했다.

"야, 네가 그런 걸 안 먹으니까 맨날 서서 자는 거야."

"……."

"왜, 뭘 봐."

"선우야. 사실 난 꿈이 있어."

"……꿈?"

느닷없이 꿈이 있다는 연수의 말에 현은 말을 멈추며 연수를 응시했다. 연수의 표정은 자못 비장하기까지 했다. 자신이 골라 놓은 데친 브로콜리를 아주 잠시 바라보던 연수는 조심스러운 기색으로 상체를 숙여 현에게 다가갔다. 마치 브로콜리가 들으면 안 될 말을 하기라도 할 듯 신중한 자세였다.

"이 세상에 존재하는 브로콜리들을 전부 다 조져 버리는 게 내 꿈이야."

"……."

"내가 이걸 안 먹는 건 그런 내 꿈을 위해 실천하는 거라고 생각해 줄래?"

하지만 지나치게 허무한 그 말에 덩달아 상체를 숙여 조심스럽고 신중한 자세를 취했던 현은 짜증이 났다.

"놀리냐?"

"아닌데."

"너 되게 설득력 없으면서 설득력 있다?"

"고마워."

"미친. 칭찬 아니거든?"

"어감이 그랬어. 칭찬 같았어, 마치."

"비타민이랑 엽산은 어쩔 건데. 여기 그게 엄청 풍부한 건 아냐?"

"괜찮아. 그깟 비타민이랑 엽산은 다른 걸로 해결하면 돼."

"……."

"음식은 맛있자고 먹는 건데 이걸로 입맛을 버릴 순 없어."

편식을 구체적으로 하는 연수 때문에 현은 그냥 밥이나 먹자고 마저 숟가락을 들었다. 존나 괴혈병에 걸려야 저런 소릴 안 하지, 라고 현이 무시무시한 생각을 하는 그 사이 연수의 옆에 앉아 있던 준일이 그럼 자신이 연수의 비타민과 엽산을 대신 섭취하겠다고 소리치며 산만하게 젓가락질을 했다. 연수는 고맙다는 인사를 준일에게 건넸다. 하하 호호, 왜인지 다정한 그 두 사람에게 현의 시선이 물끄러미 닿았다.

"뭐야, 왜 째려봐."

그러나 준일은 분명 물끄러미 바라봤다고 생각하는 현에게 따지 듯 물었다.

"내가 언제."

"바로 지금?"

현은 그냥 준일을 바라보았을 뿐이었다. 하지만 준일은 또다시 왜 자신을 노려보냐고 소리쳤고, 그에 왜인지 짜증이 난 현이 대꾸했다.

"아, 뭐. 내 눈이 이렇게 생겼는데 어쩌라고."

"내가 네 눈을 하루 이틀 봐? 느낌이 달랐다고."

"착각이겠지. 존나 남의 비타민도 뺏어 먹어 놓고 시력은 왜 그따위냐."

그러한 현과 준일이 익숙한 민호는 그저 밥을 먹기만 했고, 상대적으로 둘의 모습이 생소한 연수는 실랑이를 벌이는 그 모습을 바라보다가 준일의 어깨를 두드려 주었다.

"남 생긴 걸로 지적하고 그러면 안 돼."

연수가 그 말을 건네는 바람에 현은 왜인지 화가 나서 연수의 식판에 브로콜리를 던져 버리고 싶은 충동에 사로잡혔다.

평소에도 그랬지만, 점심시간 이후로 연수가 도통 마음에 들지 않았던 현은 복도에서 연수와 마주치면 괜히 연수의 앞길을 가로막고 "뭐, 뭐!" 소리치기도 하고, 교실에선 내내 째려보기도 했다. 그런 식으로 한참을 시달리던 연수는 또다시 자신의 앞을 가로막은 현에게 한숨을 내쉬며 말했다.

"이제 좀 그만해."

"……내가 뭘?"

"하고 싶은 말 있어?"

"없어."

"그럼 좀 비켜 줄래?"

"……."

왠지 비켜 주기 싫었지만, 현은 아무리 생각해 봐도 연수에게 길을 터 주지 않을 만한 이유가 떠오르질 않았다. 어쩔 수 없이 현은 연수를 가로막았던 앞을 내어 주었고, 연수가 유유히 자신에게서 멀어지는 모습을 바라보았다.

그때부터 뭔가 되는 일이 없다고 생각한 현은, 하굣길에서 개를 만났다. 현의 손목에서 팔꿈치까지 정도 되는 크기의 작은 강아지는 으르렁거리며 현에게 이를 드러냈고, 현은 그곳에 발이 묶인 채 서서 꼼짝도 하지 못하고 있었다. 정말로 되는 일이 없다고 생각하던 그 순간 현은 연수와 마주쳤다.

"거기서 뭐 해?"

연수가 묻는 말에 화들짝 놀란 현의 입에선 "아……." 탄식이 흘러나왔다. 현은 연수가 자신을 바라보는 시선에 아주 작아지는 기분을 느꼈다. 하지 마. 아무 말도 하지 마. 현은 마음속으로 그리 외쳤지만, 멍하니 자신을 보고 있던 연수의 입술이 현의 바람과는 달리 천천히 열리는 것이 보였다.

"너 설마 저 강아지 무서……."

"아무 말도 하지 마."

"……."

"……."

"응."

현은 부디 연수에게서만은 '쫄보'라는 말을 듣고 싶지 않았다. 이 세상에서 브로콜리를 조져 버리는 게 꿈인 사람에게서만은 그런 말을 듣고 싶지 않았던 현이다. 하지만 아무런 말을 듣지 않았음에도 불구하고 현은 기분이 상했다. 그리고 상해 버린 기분을 따라 자존심도 상했다. 그로 인해 한껏 기분이 가라앉은 현이 연수에게 구경났냐고, 빨리 가 버리라고 소리쳤다. 하지만 연수는 말없이 현을 바라보았다.

어째서인지 화가 가득해 보이는 이 목줄도 없는 작은 강아지는 여전히 현을 향해 이를 드러내고 있었다.

"진짜 가도 돼?"

"……."

"……."

"……아니."

그랬기 때문에 자신의 도움이 정말로 필요 없냐는 연수의 그 마지막 물음에 결국 현은 연수에게 도와 달라 손을 뻗을 수밖에 없었다.

"야, 웃기면 웃어."

"……."

"웃기면 그냥 비웃으라고."

"웃기다고 한 적 없는데……."

연수는 현의 가까이 다가갔고, 힐끗 강아지를 바라보다가 말했다.

"안 물 거 같은데."

"물린 적 있어, 어렸을 때."

그러한 이유로 현은 작든 크든 개를 싫어했다. 연수는 현에게 자신의 한쪽 팔을 내주었다. 현이 그것을 보고 있기만 하자 잡으라고 재촉하듯 팔을 흔들었다. 현은 울고 싶은 기분으로 이것을 잡아야 할까, 말아야 할까 자신과 싸웠다. 하지만 별수 없었다. 자신은 연수의 팔을 잡아야만 했다.

현은 마지막 자존심이라는 듯 겨우 손가락만으로 연수의 옷자락을 붙잡았다. 연수는 현의 그 모습이 너무나 어울리지 않아 웃음이 나올 것 같았지만, 그랬다가는 현이 길길이 날 뛸 것만 같아 꾹 참았다.

현은 분명 손가락으로 연수의 옷자락을 붙잡고 있었으나 어느 틈인지 내려다본 자신의 시선으로는 다정하게 맞잡은 두 손이 보였다. '아니, 대체 어느 틈에?!'라고 생각하며 화들짝 현이 연수의 손을 떨쳐 냈다. 하여간 박연수 앞에선 작은 틈을 보일 수 없다고 생각한 현이 "왜 손은 잡고 난리야?" 하고 물었고 현의 그 물음에 연수는 떨어져 나간 자신의 손바닥을 말없이 바라보며 아주 잠시 현이 참 배은망덕하다고 생각했다.

분명 강아지에게서 구해 준 것은 자신인데 왜 그러한 자신을 현이 도둑놈 취급 하는 눈길로 바라보는지 알 수 없었기 때문이다. 그러한 연수에게 현이 말했다.

"존나 소문내기만 해."

"안 내."

하지만 현은 왜인지 연수가 믿음이 가지 않아 진짜 안 낸다니까, 라고 덧붙이는 연수를 계속해 의심했다. 그래서 매일같이 따라다니며 감시하기로 결심했다. 이동 수업 때도 먼저 나가려는 연수를 붙잡아 왜 먼저 가냐, 어떤 새끼한테 내 비밀을 소문내려고 혼자 나가냐 따지며 자신의 곁에 두었고, 소문낼 사람도 없어, 나 친구 없어서, 라고 연수가 말했음에도 불구하고 현의 의심은 가실 줄을 몰랐다.

체육 시간이 되어 체육복을 갈아입을 때는 아예 연수의 옆에 찰싹 달라붙어 일거수일투족을 감시하기에 이르렀다.

"야. 다 보이잖아. 어? 다 보인다고."

"뭐가 보여?"

"다리랑 팔이랑. 야씨, 너 왜 이렇게 하얗냐? 자꾸 만지고 싶…….
미친, 아무것도 아니야."

"……무슨 말인지 모르겠어."

"아무것도 아니라고. 얼른 갈아입기나 해, 멍청아."

현은 필사적으로 연수를 가리려고 들었다. 그 옆에서 연수는 대
체 현이 무엇 때문에 이토록 필사적인가 고민했다. 강아지를 무서
워하는 게 그렇게 쪽팔릴 일도 아닌데 뭘 이렇게까지 자신의 존재
를 숨기려고 애쓸까, 그리고 지금 빨리 갈아입으라고 닦달하는 게
강아지와 무슨 상관이 있는 것일까. 그러한 고민을 하느라 뭉그적
거리는 연수의 느린 움직임에 현은 이유 없이 답답했다.

체육 시간 운동장으로 나와 따스한 햇볕 아래 늘어져 있던 연수
는 차례차례 자신의 번호순대로 뜀틀을 뛰고 있는 모습을 바라보며
여러 가지 상념에 빠졌다.

현이 자꾸만 자신의 존재를 숨겨 안 그래도 흐린 존재감을 더
욱 흐려지게 만들려는 게 목적일까. 그렇게 된다면 강아지 앞에서
벌벌 떨던 현의 비밀이 감추어진다고 생각해서 저러는 것일까. 멍
한 연수의 시선이 뜀틀을 뛰기 위해 대기 중인 현에게 닿았다. 그리
고 머지않아 연수의 시선이 현과 마주쳤다.

체육 시간에도 햇볕 아래 늘어져 있는 연수를 눈을 부릅뜨며 지
켜보느라 현은 평소와 달리 뜀틀을 제대로 뛰어넘지 못했다. 연수
를 감시하느라 요즘 자신의 일상이 제대로 굴러가지 못한다고 느끼
는 현이었다. 이러한 일상이 뭔가 피곤한 현이지만 연수를 지켜보

는 일을 게을리할 순 없었다. 결국 흐트러진 집중력으로 인해 엉망으로 뜀틀을 뛰고 난 뒤 잠시 땅바닥에 풀어놓았던 시선을 다잡아 다시 연수를 바라보았는데, 어느새 연수가 준일과 민호와 나란히 앉아 이야기를 나누고 있는 모습이 보였다.

늘 느끼고는 있었지만, 무시하고 있던 사실 하나를 다시 한번 눈앞에서 확인하게 되었다. 연수가 자신보다 제 친구들과 더 다정해 보인다는 그 사실을 말이다. 그 모습을 가만 바라보던 현은 묘하게 자신보다 저 둘을 편하게 생각하는 연수가 탐탁지 않았다.

"뭐 하냐?"

그래서 곧장 그쪽으로 다가간 현은 연수를 노려보며 물었고, 그 시선을 느낀 연수는 현이 자신을 왜 저렇게 노려보는 건지 고민하다가 깨닫곤 대답했다.

"나 아무 말도 안 했어."

연수의 그 대답을 듣고도 현은 무언가 성에 차지 않았다. '아무 말도 안 하긴 뭘 안 해, 어? 존나 말하면서 애들이랑 웃고 있는 거 다 봤어.' 하고 당장이라도 다그치고 싶었지만, 입술은 움찔거리기만 하고 생각처럼 그 말이 내뱉어지질 않았다.

결국 아무 말도 하지 못한 채 현은 자신의 입술 언저리에서만 맴돌던 말을 삼켰다. 영 마음 한구석이 떨떠름했다. 현은 자신이 무엇을 놓치고 있는지 고민하며 연수의 옆에 앉았다.

"그럼 무슨 얘기 중이었는데."

현이 묻자, 연수를 대신해 준일이 대답했다.

"1930년대 현대 문학의 특징, 새끼야."

"그건 왜?"

"우리 국어 발표 주제잖아."

"발표?"

"신경 좀 쓰고 있어라, 제발."

별로 그러고 싶지 않다고 자신의 일이 아닌 것처럼 대답한 현은 연수의 어깨 위에 머리를 기댔다. 연수는 묵직해지는 어깨 위 무게를 느끼며 현에게 무겁다고 말했지만, 현은 너 때문에 피곤하니까 가만히 좀 있으라 대답했다. 연수는 나름대로 현이 태양인이니 그럴 수 있다 생각하며 자신의 어깨를 내주었다. 그대로 눈을 감은 현은 고민했다. 뭔데 이렇게 고작 기대는 것 하나에 기분이 좋을까 하고. 분명 뭔가 굉장히 불편했던 마음이 녹아내리며 편안해지는 이유가 뭘까 하고.

"연수야."

그 와중에 준일이 연수를 불렀다.

"우리 현이, 잘 부탁해."

"부탁? 왜?"

"있어, 그런 게."

그리 말하며 현을 곁눈질한 준일이 존나 저 새끼는 솔직하지 못해서 탈이야, 라고 하는 소리에 민호가 동조하듯 고갤 끄덕였다.

체육 시간이 끝나고 교실로 돌아오자마자 연수가 가방에서 무언가를 꺼냈고 그걸 놓치지 않고 본 현이 물었다.

"그건 뭐야?"

"도라지즙."

"도라지즙?"

"기관지가 별로 안 좋아서."

현은 얼굴을 찌푸렸다. 미세 먼지가 판을 치는 요즘인데 걱정되
게 기관지는 왜 안 좋고 난리인가, 생각하다가 스스로 했던 그 생각
에 현은 '나 지금 애 걱정한 거야?' 하며 자기 혼자 소스라치게 놀라
고야 말았다. 그러고는 자신을 빤히 바라보고 있는 연수를 향해 소
리쳤다.

"뭐, 왜, 뭘 보는데!"

그러한 현의 반응에 연수는 가방에서 도라지즙 하나를 더 꺼냈
다. 너도 먹을래? 연수가 건네는 그 말에 평소라면 먹긴 뭘 먹느냐
고 저리 치우라고 연수의 손을 쳐 내야 마땅했으나, 현은 그러지 못
하고 연수가 건네는 도라지즙을 받아 챙겼다. 돌았나. 드디어 내가
돌았나? 현이 속으로 그리 생각하며 도라지즙을 뜯었다. 그리고 연
수와 함께 그것을 마셨다. 브로콜리도 안 먹는 주제에 도라지즙은
마신다고 생각하며 현은 연수를 찬찬히 뜯어보기 시작했다.

"맛은 없지?"

"……."

맛은 없지만 엄마가 한 박스를 시켜서 어쩔 수 없어. 이번에 다
안 먹으면 한 박스 더 시킨대. 그러니까 도와주라. 혼자서 연달아
중얼거리는 연수의 목소리를 듣던 현은 자신도 모르게 말을 늘어놓
는 연수의 입가를 바라보느라 잠시 멍하게 있었다. 그러다가 무심
코, "귀엽다 너." 생각한 것을 스스럼없이 입 밖으로 얘기해 버렸다.
혼잣말처럼 말을 늘어놓던 연수는 입을 다물곤 현을 바라보았다.
정작 말을 해 놓고 자신이 더 놀라 당황한 현은 굳은 듯 멈췄고, 연
수는 물끄러미 현에게 시선을 둔 채로 대답했다.

"그런 소리 종종 들어."

평소라면 기가 막힌다는 표정이 되었어도 백번은 되었을 현은 이 순간 그게 잘 되지 않았다. 그래서 마음이 복잡해졌다. 복잡한 와중에 현은 자신이 납득할 수 있는 이유를 끄집어내려 애썼다. 쏟아지는 이유들 중에서 가장 적당한 것을 찾기 위해 고군분투하던 현은 결국 마땅한 대답을 찾지 못해 말없이 연수를 바라보기만 했고, 연수는 그런 현을 향해 기우뚱 고갤 기울이며 물었다.

"왜 그래?"

그리 물어 오는 말에 현은 그저 아무것도 아니라며 말끝을 흐리곤 시선을 떨어뜨렸다. 왜냐하면 자꾸만 가슴이 두방망이질을 쳤고, 아주 잠깐이지만 연수와 자신 이외의 교실 속 그 어떤 것도 움직임을 멈춘 것만 같았기 때문이다. 그랬기 때문에 현은 말끝을 흐리는 것 말고는 달리 뭘 해야 할지 몰랐다.

아무래도 현은 자신이 이 도라지즙을 마시고 머리가 돈 게 분명하다고 판단했다.

"혹시 도라지즙에 약 탔냐?"

"아니."

"그래……. 그럴 거 같았어."

현은 그냥 한번 물어봤지만, 막상 약을 안 탔다는 말을 듣자 그건 그거대로 심란해졌다. 잠시였지만 연수를 보고 떨렸던 현은 규정지을 수 없는 자신의 감정에 몹시 혼란스러웠다. 연수의 얼굴을 자세히 바라봐 이 혼란스러움을 가까스로 외면해 보려고 했지만, 또다시 연수와 마주치는 시선에 예고도 없이 부끄러운 기운이 현을 와락 덮쳐 왔다.

"아니, 미친! 그럴 리가 있겠냐! 어?!"

"······왜 그래."

"몰라, 씨발! 아니야! 아무튼 그럴 리가 없어. 알겠어?"

"······."

"알겠냐고."

"응."

"뭘 알고나 대답해, 지금?"

"······."

연수는 현의 물음에 대답하지 못했다. 뭘 알고 대답한 게 아니었으니까. 연수는 종잡을 수 없는 현을 바라보며 온화하게 웃었다. 왜냐하면 이 상황을 대충 웃음으로 넘기고 싶었기 때문이다. 하지만 그 미소에 현은 또다시 소리를 질렀다. 꼬셔? 지금 나 대놓고 꼬시냐고. 연수는 이번에도 대답을 할 수가 없었다. 연수는 현과의 대화는 도무지 따라잡기가 힘들다고 생각했다.

그 이후로 현은 연수에게서 최대한 멀찍이 떨어지려고 했다. 아무리 뚜렷하게 규정지을 수 없다 해도, 한번 그런 감정을 겪고 나니 똑같은 상황이 되면 똑같은 반응을 보이기 시작했기 때문이다. 연수만 보면 현의 평온하던 심장이 느닷없이 쿵쾅거렸고, 현은 그게 조금씩 두려워졌다. 그래서 거리를 두는 게 좋을 것 같았다.

하지만 국어 시간만큼은 피할 수가 없었다. 조별로 둘러앉은 지금 현의 옆에는 연수가 앉아 있었고, 그걸 의식하지 않으려고 현은 연수의 국어 노트인 아이 엠 프리스타 그림이 그려진 노트를 바라보며 시선을 흐리면서, 흐려진 그 시선처럼 집중력을 흐트러뜨리고 있었다.

"1930년대는 모더니즘이지."

"일단, 염상섭 '삼대'랑……."

"'운수 좋은 날'은? 설렁탕, 설렁탕!"

"그건 1924년도야."

"개똑똑하다, 연수야."

그러나 이상하게 현은 연수에게서 멀찍이 떨어져 있고 싶은 한편, 떨어져 있고 싶지 않았다. 감정의 모순에 시달리며 현은 무척이나 괴로웠다. 자신은 이토록 괴로운데 연수는 저와 달리 ≪운수 좋은 날≫을 얘기하며 누군가와 즐거운 시간을 보내는 듯했다. 그래서 현은 괜히 책상 위에 있던 지우개를 집어 연수에게 던졌다. 그덕분에 연수와 시선이 마주쳤지만 현은 고갤 돌렸다. 연수가 현의 손등을 찔렀다. 하지만 돌아보지 않았고, 연수는 현의 손 언저리에 지우개를 돌려놓았다. 뒤숭숭한 마음 때문에 잠시 생각에 잠긴 현의 시선이 이리저리 풀어져 하염없이 떠돌고 있을 즈음이었다.

"나는 이주희. 걔가 제일 예쁜 거 같지 않냐?"

어째서인지 셋의 대화의 흐름은 흐르고 흘러서, 이주희가 제일 예쁜 것 같다는 민호의 말까지 다다라 있었다. 분명 설렁탕 타령을 하던 대화가 어째서 여기까지 흐른 것인지는 정확히 알지 못했다. 왜냐하면 현은 대화에 집중하고 있지 않았기 때문이다.

"맞아. 이주희 걔 예쁘지. 연수, 넌?"

"나? 난 이주희가 누군지 모르는데."

"그럼 어떤 스타일 좋아해?"

어떤 스타일을 좋아하냐는 준일의 물음이 연수에게로 향하자 집중하고 싶지 않아도 현은 자신이 가진 집중력을 전부 끌어모아 대화에 집중을 하게 되었다. 연수는 "별로, 딱히 없는데, 그냥 뭐……."
라고 어물어물하다가 "예쁘고, 착하고?"라고 대답했고, 연수의 말을
듣고 있던 현은 움찔거리며, '저거 존나 나쁘잖아!'라고 생각했다.

며칠을 그랬다. 현은 연수와 떨어져 있고 싶으면서 떨어져 있고
싶지 않았고, 현의 시선을 사로잡는 것은 대부분 연수였다. 복도를
졸면서 걷다가 넘어질 뻔한 연수를 따라다니며 잡아 세워 주기도
했고, 시야에 걸리지 않으면 어딘가에 나자빠져 있을까 봐 불안했
다. 졸린 듯 고갤 떨구다가 포도당 캔디를 먹는 연수의 모습을 보며
이상하게 바람 새는 웃음을 지었고, 뒤늦게 누가 볼세라 서둘러 표
정을 가다듬기도 했다. 체육 시간에는 운동장 한가운데 서서 얼굴
위로 흩뿌려지는 햇빛과 어우러진 연수의 모습을 보며, 마치 호수
위로 떨어지는 조각난 빛들이 반짝거리는 것처럼 연수가 반짝거려
서 현은 눈을 여러 차례 비벼 보기도 했다.

"돌았나, 진짜……."

그래서 정말로 돌았다고밖에 생각할 수가 없었다. 하다 하다 현
은 이젠 연수의 꿈까지 꿨기 때문이다.

꿈속에서 현은 연수와 에덴동산을 뛰놀았고, 춤도 추고, 함께 동
산의 이곳저곳을 뛰어다녔다. 에덴동산이니 물론 다 벗고 있었다.
연수의 잘빠진 맨다리가 꿈에서 깬 현이 시선을 두고 있는 하얀 천
장 위로 아른거렸다. 현은 앓는 소리를 내며 양손으로 얼굴을 덮었
다. 결국 현은 연수가 자신의 꿈까지 나온 것으로 보아 연수에게 흔
들리고 있다는 걸 이젠 어느 정도 인정해야 한다고 생각했다.

그리고 때마침 등굣길 학교 앞 횡단보도 앞에서 변함없이 졸고
있는 연수를 발견한 현은 연수의 곁으로 빠르게 다가가 손목을 붙

잡았다. 연수는 갑작스레 자신의 손목으로 감기는 누군가의 손길에 깜짝 놀라 눈을 떴고, 그게 현이라는 것을 확인하며 안도했다. 연수는 안녕, 하고 인사를 건네려고 했지만 현이 더 빨랐다.

"컴퓨터실에서 그때 너 무슨 말 하려고 했었어."

인사를 하기 위해 연수의 반쯤 벌어졌던 입술이 다물렸다. 현은 이제 슬슬 어느 정도 연수의 진심이 담긴 고백을 들을 마음의 준비가 되어 가니 연수가 말만 건네면 자신의 감정이 확실해질 것 같았다. 그래서 현은 빨리 말해 보라 눈으로 재촉했다. 그러나 연수는 아리송한 얼굴로 현을 향해 말했다.

"컴퓨터실? 무슨 컴퓨터실?"

"그때 네가 편지로 나 불러냈잖아."

"그런 적 없는데."

"……."

"……."

소란스러운 아침 등굣길에 돌연 침묵이 감돌았다. 신호등은 파란 불로 바뀌었고, 연수와 현의 주변에 서 있던 아이들이 횡단보도를 건넜다. 움직이지 않고 서 있는 그 둘을 힐끔대는 시선도 있었다. 연수는 파란불인데 그만 건너가자고 하는 말을 차마 건네지 못했다. 현의 얼굴이 드물게 심각해진 탓이었다.

현은 자신의 표정을 살피며 의아함이 가득 담기는 연수의 눈동자를 바라보았다. 어리둥절한 연수의 표정에 현은 점점 더 심각해지며 그제야 무언가 잘못됐다는 것을 본능적으로 직감했다.

"내가 그때 너한테 편지지 보여 줬잖아. 네 거냐고 물으면서."

"……."

"네 거라며."

연수는 생각에 잠겼다. 기억을 끄집어내려고 미간을 찌푸리며 고민하다가 불현듯이 그날의 기억이 떠올랐다. 현은 대답이 없는 연수를 보자 초조해져서 재촉하듯 물었다.

"네 거라고 했잖아."

"아, 그거."

"……."

"편지지 그거 내 거 맞아. 준일이가 필요하다고 그래서 내가 그때……."

"잠깐만."

"왜?"

자신의 말을 가로막는 현을 보면서 연수는 여전히 어리둥절해했고, 연수의 그 어리둥절한 모습이 미처 깨닫지 못한 것을 현에게 일깨워 주는 듯했다.

"그럼 너……. 그러니까 네가 날……."

"……."

"좋아……. 좋……."

"……."

"아니야?"

"무슨 말 하는 건지 모르겠어."

"아니라고?"

"……."

현은 마른침을 삼켰다. 연수의 손목을 붙잡고 있는 자신의 손바닥의 감각은 예전과 달라졌다는 것을 어렴풋이 깨달았는데, 이 모든 게 자신의 착각에서 비롯되었다고 연수의 어리둥절한 표정이 자신에게 말하고 있는 것만 같았다.

* * *

준일은 지금 엄청난 생명의 위협을 느꼈다. 그것은 민호도 마찬가지였다.

바로 몇 분 전, 준일은 교실로 들어서는 현에게, "안녕, 우리 현이!" 하고 정다운 아침 인사를 건넸다. 하지만 그러한 자신을 무시하고 지나쳐 청소 도구함을 벌컥 여는 현의 거친 태도에 준일은 멈칫했다. 청소 도구함에서 대걸레를 꺼낸 현이 그것을 들고 자신을 후려치려는 것을 가까스로 피한 준일은 민호와 눈이 마주쳤다. 그 순간 둘은 자신들의 생명이 위험하다는 교감에 성공했다.

현이 이렇게까지 열 받을 만한 이유는 단 한 가지뿐이었다. 그 이유를 눈치 빠르게 알아차린 준일의 목울대가 위아래로 크게 일렁였다. 준일이 바라본 현의 눈빛은 맛이 가도 상당히 가 보였다. 준일은 민호를 향해 눈짓했다. 우리 큰일 났다고. 민호 또한 동의하는 바라는 듯 고갤 끄덕였다.

현이 진심으로 화가 났다는 것을 표정과 눈빛에서 이미 읽어 냈기 때문에 준일과 민호는 현이 정말로 자신들을 저 대걸레로 후려칠 것을 한 치의 의심도 하지 않았다.

현은 시선을 주고받는 준일과 민호를 보고서 나직이 중얼거렸다.

"그래. 이 새끼 혼자 그랬을 리가 없지."

준일을 노려보던 현의 시선이 천천히 대걸레와 함께 이번엔 민호를 향했다. 민호는 뒷걸음질을 쳤다. 현이 천천히 한 걸음 다가가면 그보다 빠르게 두 걸음 뒷걸음질 쳤고, 그렇게 교실 뒷문으로 도망치는 것에 성공했다. 준일 또한 민호를 따라 도망치려고 했으나, 현이 재빠르게 준일의 멱살을 잡고 말했다.

"말해."

"갑자기 왜 이러는······."

"내가 왜 이러는지 다 알잖아. 그러니까 말해."

"······."

준일은 이곳으로 쏠리는 교실 속 시선들을 의식하며 현을 설득하려고 했다. 이곳에서 우리 이러지 말고, 응? 조용한 곳으로······. 하지만 현에게는 그 설득의 목소리가 들리지 않았다. 말해, 이 새끼야. 대가리 깨 버리기 전에. 그 말에 준일은 자신의 소중한 머리통을 부여잡으며 생각했다. 진짜 화가 많이 났구나, 우리 친구 현이가, 라고. 긴장한 준일은 현의 시선을 슬그머니 피하며 더듬더듬 말을 꺼냈다.

"그게 그러니까, 장난으로, 그러니까······."

"······."

"장난으로······. 사실 우리도 네가 컴퓨터실에서 그렇게 될 줄은 몰랐는데, 어······. 음······."

"사람을 병신 취급 해?"

"아니······. 야, 병신 취급이라니. 그런 거 아니야. 진짜 미안하다. 미안해! 우리도 이렇게까지 될 줄은 몰랐어. 연수랑 마주치는 건 계획에 없었단 말이야······."

"계획?"

현은 준일의 목을 조를 듯 멱살을 잡았다. 장난질에 희롱당한 자신이 한심했다. 그래서 어떻게 준일을 조져야 아주 잘 조졌다고 모두가 그리 말해 줄 수 있을까 고민하던 그때, 도망쳤던 민호가 돌아왔다. 물론 옆에 연수를 달고서 꽤나 치사한 모양새로 말이다. 연수의 한쪽 팔을 마치 하늘에서 내려온 동아줄인 양 붙잡고 있는 민호를 보자마자 현은 눈에 띄게 불쾌함을 드러냈다. 민호는 현의 시선에 움찔거렸다. 그러한 팽팽한 공기를 가르고 연수의 목소리가 들려왔다.

"너희 싸워?"

"……."

아까 전 연수는, 혼자서 계속해 "아니야? 아니라고?" 하며 자신에게 다그치듯 물어 대다가 욕을 내뱉으며 먼저 서둘러 학교로 향하는 현을 보다가 신호를 놓쳤다. 그래서 현보다 한발 늦게 학교에 도착했고, 교실로 향하는 복도에서 민호와 마주쳤다. 안녕, 하고 인사를 건네려는 연수보다 이번에도 민호가 한발 빨랐다. 연수야, 살려 줘. 다짜고짜 그리 말하는 민호에게 이끌리다시피 교실에 도착한 연수가 보게 된 것은 한 손엔 대걸레를 다른 한 손엔 준일의 멱살을 쥐고 있는 현의 모습이었다. 누가 봐도 싸우고 있는 모양새였기 때문에 연수는 물었고, 현은 아무런 말 없이 연수를 바라보기만 했다.

방금까지는 요란하게 살벌했다면, 이번엔 침묵이 감도는 살벌함이었다. 현의 침묵이 더 무서웠던 준일은 눈짓으로 연수에게 살려 달라고 말했다. 연수는 대체 왜 자신에게 이 둘이 살려 달라 애원하는지 알 수 없었다. 그래도 일단은 자신의 도움이 필요해 보였기 때문에 말없이 자신을 뚫어져라 바라보고 있는 현에게 가까이 다가갔다. 그리고 진정하라는 듯 살며시 현의 팔을 잡았다.

"선우야."

"……만지지 마."

하지만 현은 그러한 연수의 손을 쳐 냈다. 그리고 준일의 멱살도 놓아주며 동시에 대걸레를 바닥에 집어 던졌다. 끓어오르는 화를 참아 보려 현은 깊게 숨을 들이쉬고 내쉬길 반복했다. 현은 하고 싶은 말이 한가득 있었지만, 대체 뭐부터 그리고 어디서부터 뭘 어떻게 말을 꺼내야 할지 두서가 잡히지 않아 입술만 달싹거렸고, 연수는 현에게서 내쳐진 자신의 손을 물끄러미 바라보는 채였다. 현은 답답함에 터질 것만 같은 자신의 가슴을 진정시켜 보려고 애썼지만 쉽지가 않았다. 결국 연수에게서 돌아선 현은 자신의 자리로 향했다.

의자를 빼내는 소리에도 가라앉지 않은 현의 화가 한가득 담겨 있었다. 준일은 바짝 졸렸던 자신의 목을 매만지며 연수에게 다가갔고, 연수는 한참이나 현에게서 내쳐진 자신의 손바닥을 바라보다가 고갤 들었다. 괜찮아? 준일의 물음에 연수는 고개를 끄덕였지만, 사실은 그리 괜찮지 않은 기분이 들었다. 그래서 뒷모습도 화가 나보이는 현에게 한동안 시선을 두었다.

"선우야, 화학실 가자."

연수는 한동안 계속해 같이 다녔던 습관대로 이동 수업을 가기 위해 현에게 다가갔다. 현은 자신의 곁으로 다가온 연수에게 이제 너랑 안 가, 라고 말했다. 그런 뒤 자리에서 일어나 연수를 지나쳐 교실을 빠져나가려고 했으나, 그런 현을 연수가 붙잡았다.

연수는 명백하게 자신을 피하는 현의 태도에 얼굴을 찌푸렸고, 현은 비스듬히 연수의 시선을 피해 교실 바닥에 굴러다니는 먼지

같은 것에 시선을 두었다. 데굴데굴 굴러다니는 저 하찮은 먼지가 마치 저인 것만 같은 물아일체의 경지에 다다르고 있는 현에게 연수가 물었다.

"나한테 화났어?"

"......."

"왜?"

"......."

연수는 자신의 손을 그토록 매정하게 쳐 냈던 거하며 지금의 이러한 태도하며, 모든 것을 종합해 선우현이 화가 많이 났구나, 라는 합리적인 결과를 끌어냈다.

"안 났어."

그러나 누가 보아도 화가 난 것 같은 현은 자신이 화가 나지 않았다고 말했고, 연수는 그 못 미더운 대답에 얼굴을 찌푸렸다.

"난 거 같은데."

"......안 났다고."

사실 연수에게 화가 난 것은 아닌데도 현은 이상하게 연수에게 섭섭했고, 연수가 자신을 좋아하지 않는다는 것에 이루 말할 수 없이 아쉬운 감정을 느꼈다. 애먼 곳에 화풀이하고 있는 것을 알고 있었다. 하지만 연수를 향한 서운한 감정으로 인해 현은 우울했다. 자신이 분명 연수에게 우리 둘은 안 된다고 그렇게 말하고 다녔고, 정말로 그렇게 되었음에도 뭐가 문제일까 고민했다.

현은 분명 자신이 연수를 좋아해서 그러는 것은 아니라고 생각했다. 그냥, 단지 그냥, 연수가 좋아한다고 말하면 그 말을 들을 준비가 되어 있었던 것뿐이라고 생각했다. 그러면서도 현은 자신이 이렇게나 서운한 것을 연수가 알아주었으면 했다.

현은 달싹거리던 입술을 이로 깨물며 결국 아무런 말도 하지 못했다. 그저 연수를 피해 달아나듯 교실을 빠져나왔다. 한동안 현은 연수 쪽은 되도록 보지 않으려고 애썼다. 그러나 누군가 연수와 말을 나눈다든지 할 때면 방해하고 싶어서 온몸이 움씰움찔하기 일쑤였다.

그 와중에도 준일과 민호를 소지는 것은 게을리하지 않는 현이었다.

"현이 아무래도 개빡친 거 같아."

"나는 어제 복도에서 넘어졌어. 현이 그 새끼가 날 밀었거든."

"존나 잔인한 새끼."

요즘 자신들을 대하는 현을 보며 준일과 민호가 이를 어쩌느냐고 쑥덕거리고 있을 때였다. 슬그머니 뒤에서 누군가 목을 감싸 오는 손길에 "꺄악!" 비명을 내지르는 준일이었다. 그 비명 소리에 더 놀란 민호도 덩달아 "꺄악!" 소릴 질렀다. 준일과 민호는 동시에 뒤를 돌아보았다.

"이번엔 성공할 줄 알았는데."

아쉽다는 듯이 말하는 현의 목소리에 이 새끼가 진심으로 자신을 목 졸라 죽이려고 했구나, 준일은 벌렁거리는 심장을 부여잡으며 생각했다. 그리고 유유히 멀어지는 현의 뒷모습에 준일은 존나 나 너무 무서워, 라며 울음을 삼켰다.

그러한 사정을 알 리 없는 연수는 몰려오는 잠의 기운을 떨치지 못하고 오늘도 복도를 걸으며 졸았다. 그러다가 넘어졌는데, 주변에서 "어머, 어떡해!" 하는 소리를 들으며 분명 이렇게 넘어지기 직전에 어디에선가 현이 늘 불쑥 튀어나와 자신을 잡아 주었던 것을 떠올렸다.

그런데 지금, '눈 좀 뜨고 걸어 다니라고 했지, 어?! 존나 자빠져서 이라도 깨져야 정신 차릴래?'라고 수백 번은 얘기 했어야 할 현이 나타나지 않았다.

여전히 복도 바닥에 엎어져 있던 연수는 일어날 생각도 하지 못하고 요즘 들어 조용한 현을 떠올렸다. 종종 너무 시끄럽고 대화의 흐름을 잘 따라갈 수 없게 정신 사나운 현이지만, 뜬금없이 나타나서 귀찮게 굴던 사람이 막상 옆에 없으니 연수는 문득 허전했다.

"연수야, 뭐 해! 일어나!"

그때 누군가 자신을 일으켜 주는 손길에 연수는 고갤 들었다. 그리고 그 누군가가 민호라는 사실이 이상하게 실망스러웠다. "왜 그러고 있었어?" 묻는 민호에게 "아, 넘어졌어."라고 대답한 연수는 민호의 손을 잡고 그제야 자리에서 일어났다.

"너도 현이 밀었어?"

"아니. 그냥 혼자 넘어졌어."

"그랬구나, 난 또……."

연수는 그렇게 묘한 허전함을 떨치지 못한 채 교실로 돌아왔고, 예전처럼 다른 여자애들과 둘러앉아 떠들고 있는 현을 발견했다. 연수는 현에게 다가갔다. 연수의 기척을 느낀 현은 최대한 연수를 의식하지 않는 척 굴었다.

"선우야, 요즘 왜……."

"……."

할 말이 있는 듯 운을 뗐지만 막상 무슨 말을 하려고 했더라, 잘 모르겠는 연수였다. 자신을 똑바로 보지도 않는 현을 잠시 바라보던 연수는 아무것도 아니라고 말하며 돌아섰다.

음……. 연수는 고민했다. 이상하게 자신을 똑바로 보지 않았던 현이 신경이 쓰여 연수는 가방을 뒤져 도라지즙을 챙긴 뒤 다시 한 번 현에게 다가갔다.

"이거 마실래?"

"……"

현은 연수가 내미는 것을 물끄러미 바라보다가 필요 없다고 밀어냈다. 연수는 얼굴을 찌푸렸다. "요새 왜 그래?" 하고 연수가 묻는 말에 현은 "뭐가? 내가 뭐가?"라고 대답하면서도 시선은 연수가 아닌 엉뚱한 곳에 둔 채였다. 그 때문에 무시당한다는 기분을 느낀 연수는 양손으로 현의 얼굴을 잡아 자신을 보게 했다. 자신의 뺨으로 닿는 연수의 손바닥에 화들짝 놀란 현이 연수의 손을 쳐 내며 뭐 하는 짓이냐고 소리쳤다. 그리고 연수의 손길이 닿아 화끈해진 자신의 뺨을 문질렀다.

"자꾸 너한테 무시당하는 기분 들잖아. 대화할 때는 상대를 좀 봐."

"……"

"이건 필요 없어도 받아. 너 주려고 했던 거니까."

"……"

연수는 도라지즙을 던지듯 현의 책상 위에 올려 두곤 자리로 돌아갔다. 현은 착잡하다는 듯 그것을 바라보며 한숨을 내쉬었다. 왜 그래? 둘이 싸웠어? 묻는 주변의 목소리에 별일 아니라고 현은 고갤 저었지만, 사실은 무척이나 별일이었기 때문에 심란했다.

집으로 돌아가는 길, 하루 종일 심란했던 현의 시선을 사로잡는 것이 있었다. 초등학교 앞 문방구 뽑기 기계의 그림을 오랫동안 바라보며 현은 생각했다. 저 그림, 박연수의 국어 노트 그림과 똑같다. 현은 손바닥 위에 얼굴을 파묻었다. 아니야, 진짜 아니라고. 속으로 열심히 아니라고 말해 보지만, 사실 연수가 눈에 계속 밟히는 것을 현은 부정하지 못했다.

그래서 자신의 눈을 쑤셔 버릴까 생각했다. 하지만 너무나 잔인하니 그 생각은 그만두었다. 사실 아침부터 저녁까지 그리고 밤에도 새벽에도, 낮과 밤 시간을 가리지 않으며 자신의 사방, 곳곳에 머무는 연수로 인해 현은 제대로 잠을 자지 못한 지 며칠째였다. 그로 인해 자신의 판단력이 흐려졌기 때문일까. 혼란스러웠던 현은 다음 날, 괜히 복도를 잘 지나가던 연수의 앞을 막아섰다.

"왜?"

"……."

"할 말 있어? 길은 왜 막아?"

할 말 있냐고 묻는 연수의 시선에 현은 복잡한 자신의 마음을 도저히 헤아릴 수가 없었다. 피해 다니긴 했지만, 막상 이렇게 보고 있으니까 좋은 것 같다. 아니, 좋다. 안 보이면 어디 있나 궁금하기도 했고, 다른 사람들이랑 있으면 불안했고, 방해하고 싶었다. 그리고 연수가 나오는 꿈을 꾸면 도중에 깨어난 것이 아쉽기도 했다. 꿈속에서 뭘 더 할 수 있을 것 같은 아쉬움에 사로잡혀 천장을 하염없이 바라보다가 다시 꿈을 이어 꾸기 위해 눈을 감기도 했다.

현은 멀뚱멀뚱 자신을 바라보고 있는 연수를 끌어안고 싶었다. 안고 싶다고, 안고 싶다고 계속해서 생각하던 현은 결국 충동처럼 무작정 연수를 끌어안았다. 그리고 별다른 저항 없이 자신의 품에 얌전히 안겨 있는 연수의 어깨 위에 이마를 기대며 중얼거렸다.

"다행이라고 생각해. 네가 날 안 좋아해서 천만다행이라고 생각한다고, 난."

그래. 이상하잖아, 이런 거. 존나 말도 안 되게 이상하다고. 하지만 그렇게 부정하면 할수록 현은 길을 잃은 듯했던 자신의 마음이 진실에 한 발짝씩 더욱더 가까워지는 것만 같았다. 쿵쿵 뛰어 대는 가슴이 그걸 증명했다. 연수를 끌어안고 있는 지금, 공기를 흔드는 소음들이 들리지 않을 만큼 외부와 격리돼 고립된 것만 같았다. 이렇게 마주 안은 채 현실을 까맣게 잊었으면 했다.

"그 말 하려고 길 막았어? 근데 선우야, 다들 쳐다보는데……."

"존나 엄청 다행이라고 생각하고 있거든, 나는?"

"……."

"너 같은 건 조금도 생각 안 난다고."

"……."

"아쉽지도 않아."

아니다. 나는 얘를 좋아하는 게 아니다. 현은 그렇게 끊임없이 스스로를 세뇌해 보려 했지만, 끝끝내 실패하고 말았다. 그래서 그만 인정해야만 했다. 고작 선을 하나 넘었을 뿐이었다. 그로 인해 이제부터 연수의 말과 행동, 표정, 그 외 모든 게 현 자신에게는 파급력이 어마어마해질 것이라고 직감했다. 그리고 연수의 사소한 눈짓 하나도 더 이상 자신에겐 사소하지 않으며 어마어마한, 우주적인 의미를 갖게 될 것임을 또한 깨닫고야 말았다.

아아, 구슬픈 현의 노랫소리가 들렸다. 감성을 온몸에 칭칭 감고서 세상 슬픈 기운을 만끽하는 중인 현은 이 당치도 않은 감정 때문에 무척이나 혼란스러웠지만 이젠 어쩔 도리가 없다는 것을 알고 있었다. 연수가 눈만 찡긋거려도 가슴이 떨리고, 전엔 서서 자는 것도 이상해 보이더니 이젠 그것마저도 귀여워 보일 지경이었으니 말이다.

하지만 좋아한다고 고백하지 않았음에도 차인 것만 같은 이 개운치 못한 기분은 좀처럼 떨어져 주질 않았다. 그래서 현은 슬픈 노래 가사 속에 자신을 이입하며 난생처음 겪어 보는 감정에 슬퍼했고, 그런 현의 모습을 한동안 바라보던 두 친구는 말했다.

"저 새끼 저거, 지금 그거지?"

"어. 염병 떠는 거 맞는 거 같은데……."

지금까지 현은 자신의 얼굴을 무기로 삼아 왔다. 너는 성격은 조금 별로일 때도 있지만 얼굴 때문에 봐준다, 라는 말도 들어 봤다. 그런데 문제는 지금 이 얼굴이 아무래도 연수에게는 먹히지 않는 것 같다는 점이다. 현은 귀에 꽂고 있던 이어폰을 빼냈다. 그러한 현의 행동에 준일과 민호는 자신들의 이야기를 들었을까 흠칫 어깨를 떨었다.

현은 깊은 한숨을 내쉬었다.

"나 짝사랑은 해 본 적이 없어."

"……."

느닷없이 던져 온 현의 그 말에 두 친구는 침묵했다. 납득은 가지만 인정하고 싶지 않았기 때문이었다. 한참의 침묵 끝에 "모르면 이제부터 배워야지, 뭐……."라고 중얼거리는 준일의 말에 현은 또다시 한숨을 내쉬고는 저 멀리 창가 쪽에 자리한 연수의 자리를 바라보았다.

무의식중에 연수의 위치를 찾아 움직인 현의 시선을 함께 따라간 민호가 물었다.

"그 짝사랑 상대가 혹시 박연수야?"

그에 화들짝 놀란 현이 말했다.

"아니?! 미쳤냐?!"

"……."

하지만 도리어 두 친구는 현의 호들갑스러운 반응에 연수가 맞구나, 확신했다.

현의 이러한 답답한 심정을 알 길이 없는 연수는 선우야, 선우야, 부르며 현을 따라다녔다. 연수가 현을 따라다니는 것에는 딱히 이유가 없었다. 그저 습관이었다. 지난 시간 동안 현이 연수를 길들여 놓은 것뿐이었다. 어디 가면 어딜 가냐고, 왜 말도 안 하고 가냐고 하도 뭐라고 해 댔으니 시달릴 바에야 먼저 행선지를 고하는 편이 낫겠다고 판단한 연수가 저도 모르는 사이 이젠 습관처럼 행하게 된 행동이었다.

연수는 현에게 늘 그랬듯이 선우야, 나 화장실 간다, 하고 말했고, 현은 같이 가자며 따라나섰다. 그런 둘을 바라보던 준일과 민호는 쟤네 지금 소름 끼치게 뭐 하는 거냐고 서로에게 물었다.

"맞다. 나 저번에 여기에서 넘어졌었는데."

복도를 걷던 연수가 문득 떠오른 얼마 전 일을 혼잣말처럼 중얼거렸다. 심드렁한 연수와는 달리 현은 결코 심드렁할 수가 없었다. 넘어졌다고? 언제? 왜? 어쩌다가? 다쳤어? 쏟아지는 현의 물음에 연수는 물끄러미 현을 바라보았다. 현은 별안간 자신이 너무 많은 질문을 한꺼번에 연수에게 쏟아부은 것을 깨닫고는 뒤늦게 아차 싶었다. 그리고 자신에게 오랫동안 머무는 시선을 피하지 않으려고 투지를 불태웠다.

자신은 숨기는 게 하나 없는 척, 켕기는 게 하나 없는 척, 현은 연수의 시선을 떳떳하게 마주 보려 애썼지만, 버티고 버텨 보려 해도 결국엔 부끄러움을 견디지 못했다. 존나, 대체 이게 뭐라고 이렇게까지 창피한 거야…… 속으로 울먹이며 현은 연수에게서 고갤 돌렸다. 고작 부끄럼 따위에 지는 바람에 고갤 돌려 버린 자신에게서 마치 패배자의 기운이 물씬 풍기는 것만 같았다. 머저리같이 행동하고 싶지 않았다. 현은 지금 연수에게 우주를 정복할 만큼 멋있어 보여야 했는데 그게 뜻대로 되지 않는 것이 한탄스러웠고, 그러한 현에게 연수는 내내 다물고 있던 입을 열었다.

"그날 네가 나타날 줄 알았는데, 안 나타나서 서운하더라."

"……"

"그냥 그랬다고."

"……그럼 그때 나 기다렸어?"

"그랬나?"

"……"

"그랬나 봐."

"……"

현은 지금 연수의 이 말을 어떻게 해석하면 좋을지 고민했다. 사실 연수는 별생각 없이 한 소리일지도 모르지만, 이젠 그것을 사소하게 넘길 수 없는 처지인 현의 가슴은 난동을 부렸다.

"야. 갑자기 그런 말을 하면 내가 설레잖아……."

"아, 미안해."

그럴 의도는 아니었는데, 라고 덧붙여 중얼거리던 연수는 멈춰 선 현을 지나쳐 화장실로 들어가 버렸고, 현은 그 자리에 우두커니 서서 설레는 가슴을 추슬러야만 했다.

현은 연수를 향한 갈증과 같은 이것을 시원하게 해소해 줄 만한 방법을 찾기 위해 부단히 노력했다. 길을 걷다가 다가오는 종교인이 얼굴에 복이 많아 보이시네요, 말을 건네자 답답했던 현이 "저기요, 제가 요즘 진짜 힘들어서요. 제 얘기 좀 들어 주실래요?" 하고 그곳에 호소할 만큼 말이다.

그러한 현의 노력을 알고 있는 준일과 민호는 연수에게 "연수야, 너 이거 좋아해?"라고 시시때때로 물으며 음료수나 과자 등등을 건넸고 "응, 좋아하는데."라고 대답할 때마다 눈에 띄게 움찔거리는 현을 보며 자신들끼리 통하는 은밀한 미소를 걸쳤다.

며칠 뒤, 아침부터 비가 내렸다. 어지간히도 퍼붓는구나 싶던 현은 등굣길에 두 사람이 우산 하나를 함께 쓰고 가는 모습을 보며 생각했다. 나도 박연수랑 저렇게 가고 싶다, 라고. 부질없다는 것을 알면서도 현의 생각은 늘 그러한 바람에 닿아 스스로를 울적함에 사로잡히게 만들었다.

하늘은 온통 잿빛이었다. 바닥에 파인 물웅덩이에 비친 하늘 또한 새카맣기만 했다. 상대가 나에게 쥐뿔도 관심이 없다는 게 이토록 사람을 초라해지게 만드는 것일까. 생각에 잠겨 새카만 물웅덩이를 바라보던 현은, 준일과 민호가 건네는 것들을 보며 응, 좋아하는데, 그거 좋아하는데, 나도 좋아해, 라고 대답하던 연수의 말을 괜히 곱씹어 보다가 빗물이 퍼지고 있는 이 물웅덩이가 마치 초라한 자신과 같다고 생각했다. 나한테 하는 소리도 아닌데 그딴 말에 설레기나 하고. 아주 머저리가 따로 없다고 생각했다. 그리고 그러한 생각을 거듭하면 할수록 현의 얼굴 또한 잿빛이 되어 가고 있었다.

"진짜 내 꼴이 말이 아니야⋯⋯. 자존심 상해서 미칠 것 같네⋯⋯."

현은 현기증이 느껴져 머리를 짚으며 비틀비틀 걸었다. 머지않아 학교 앞 횡단보도 앞에 다다른 현은 연수를 발견했다. 다가가지 않고 한 걸음 떨어진 곳에 서서 연수를 바라보던 현은 또다시 생각했다. 그리고 그 생각을 실행에 옮기기로 결심했다.

이렇게까지 치사한 방법을 써야 하나 생각하면서도 연수와 우산을 같이 쓰고 가고 싶은 마음이 더욱 컸기 때문에, 현은 연수의 우산을 숨기기로 했다. 점심시간에 그 계획을 실행에 옮겼고, 하교할 때만을 내내 기다렸다. 그리고 자신의 자리에 걸어 두었던 우산이 없어져 찾고 있는 연수에게 다가간 현은 이때만을 기다렸다는 듯이 드디어 말을 꺼내려 했다.

"우산 없냐? 어쩔 수 없네, 멍청아. 나랑 같이 쓰⋯⋯."

"이럴 때를 대비해서 하나 더 챙겨 뒀어."

"⋯⋯."

하지만 사물함에서 비상용을 하나 꺼내 들며 뿌듯한 표정으로 자신을 바라보는 연수의 시선에 뭔데 준비성이 저렇게까지 철저하지 싶어 슬퍼졌다.

이상하게 빈틈이 없었다. 빈틈투성이일 거라고 생각했는데 아주 철옹성이었다. 맹해 보여서 만만하게 생각했더니 그게 아닌 것 같았다. 복도를 함께 걷는 내내 우울한 현은 자신의 가방 속에 들어 있는 우산이 쓸모없어진 것만 같아 말이 없었고, 연수는 난데없이 우울해진 현의 기색을 살폈다.

현과 연수는 건물 입구에 다다랐고, 여전히 비는 쏟아지고 있었다. 현의 눈앞에서 자꾸만 기웃거리는 연수의 얼굴을 보던 현은 계획이 어그러진 게 심통이 나서 말을 툭 던졌다.

"왜. 뭘 자꾸 쳐다봐."

"너 근데 우산은?"

"……."

그 순간 가만 자신을 바라보는 연수의 시선에 현의 본능은 말했다. 이건 기회라고. 우산을 가방에 넣어 두어 참 다행이라고 생각한 현은 잽싸게 나도 누가 훔쳐 갔다고 대답을 했다.

"안됐네……. 비 많이 오는데."

그러나 돌아오는 연수의 대답은 그게 다였다. 현은 우산을 펼치며 빗속으로 한 걸음 내디디려 하는 연수를 급하게 붙잡았다.

"그게 다야?"

"뭐가?"

"우산 없냐고 물어보지나 말든가. 약 올려?"

"……."

"같이 쓰자고 물어봐야 할 거 아니야. 어?"

"그럼 같이 쓸래, 나랑?"

"당연한 거 아니야?"

"이리 와."

당당하게 자신의 옆을 내어 주는 연수를 보며 현은 왜인지 엎드려 절 받기 같아 억울했다. 하지만 막상 연수의 옆에 서서 아침에 보았던 사람들처럼 한 우산 속에 둘이 함께 나란히 들어가 있자 뭔가 더 따져 물으려던 입은 저절로 다물리고, 가슴 안쪽이 쿵 내려앉았다. 그렇게 현은 자신이 연수를 좋아하는 것을 새삼스러운 방법으로 한 번 더 깨닫게 되었다.

힐끗 현이 바라본 연수는 그저 앞을 응시하고만 있었다.

"무슨 생각 하냐."

"우산 쌔벼 간 놈 빗길에 자빠졌으면 좋겠다는 생각……."

"……그래."

침묵이 감돌았다. 하지만 지루하진 않았다. 둘을 가려 주기엔 충분치 않은 우산 덕분에 빗물에 젖은 한쪽 어깨는 차가웠다. 연수와 스치는 소매는 현에게 여러 가지를 상상하게 만들었다. 흐린 날 덕분에 어둠이 빨리 찾아와 곳곳에 켜진 불빛들은 마치 현의 마음을 투영한 듯 불안하고 어수선하게 반짝거리는 것만 같았다.

"좀 더 이쪽으로 붙어야겠다고 생각 안 해?"

현은 넌지시 물었고, "하고 있었어." 연수는 곧바로 대답했다.

"그럼 실천을 해라, 좀."

"난 네가 나랑 붙는 거 별로 안 좋아할까 봐 그랬어."

"……"

"내가 붙는 거 안 좋아하잖아, 너."

그럴 리가 없었다. 현은 과거에 자신이 작작 좀 만지라고 연수를 내쳤던 행동이 이토록 후회스러울 수가 없었다.

"좋아해. 나 그런 거 좋아하니까 붙어. 최대한 붙으라고."

"응."

붙으라는 말이 떨어지기가 무섭게 연수는 현에게 달라붙었다. 틈없이 어깨와 팔이 닿았다. 비 오니까 춥다고 나직이 말하는 연수의 목소리를 듣자 현은 목구멍으로 울컥 심장이 튀어 올라올 것만 같았다. 꿈에서 이미 이런 거 저런 거 다 해 봤다고 생각했는데도 고작 어깨 닿는 게 뭐라고 이렇게나 설레는지 알 길이 없는 현이었다.

파랑새를 찾아 떠난 남매 치르치르와 미치르는 혀 빠지게 고생하고 집으로 돌아왔을 때 자신들 집에 있던 새장 안의 그 새가 바로 파랑새라는 것을 깨달았다. 그러나 새장을 열자마자 새는 저 멀리 날아가 버렸다. 이 명작 동화에서 파랑새가 의미하는 바는 행복이다. 행복은 먼 곳이 아닌 가까운 곳에 존재하며 억지로 손에 넣으려고 하면 변질될 수 있다. 그것을 교훈 삼고, 또한 가까이에 존재하는 행복을 억지로 손에 넣으려다 큰 화를 입을 수 있다는 것을 반면교사 삼아 현은 참았다.

연수가 자신의 바로 옆에 어깨를 나란히 하고 있다는 게 어디냐는 듯, 행복은 바로 옆에 있으니까 그걸로 괜찮다는 듯, 참고 또 참았다. 억지로 새를 손에 쥐려고 하면 새는 죽는다. 그러므로 현이 설레는 이 기분에 취해 억지로 연수를 끌어안는다든지, 뭐 그것과 비슷한 행동을 하면 연수는 죽을 것이다.

극단으로 치닫는 현의 머릿속 사정을 알 길이 없는 연수는 혼자서 주절주절 떠들고 있었다. 경쾌하게 우산을 튕기는 빗소리와 어우러진 연수의 목소리가 들려왔다. 나는 완두콩을 싫어해, 왜인 줄 알아? 맛이 없잖아. 근데 내 우산은 누가 훔쳐 갔을까? 대부분 이런 내용이었지만, 현은 주절주절 떠드는 연수가 귀여워 쳐다보느라 너무 정신이 빠져 있던 탓에.

"근데 선우야, 너 지렁이 밟았어."

그만 발밑을 제대로 확인하지 못했다.

연수의 그 말에 현의 발걸음이 절로 멈추고, 자신을 따라 멈춰 선 연수에게 현은 "……지렁이?" 하고 되물었다. 연수가 고갤 끄덕였고, 그와 동시에 현의 운동화 밑 사정은 난감해졌다.

"아, 너무 싫어……."

"지렁이가 완전히 뭉개졌……."

"말하지 마. 무슨 말 할지 다 알 것 같으니까 아무 말도 하지 마."

"응."

멈췄던 발걸음을 가까스로 다시 움직였다. 머지않아 다다른 연수네 아파트 입구 앞에서 연수는 "내가 먼저 도착했으니까 우산은 너 쓰고 가."라고 현에게 인심 쓰듯 말하며 돌아섰다. 현은 "야, 잠깐만!" 하고 연수를 붙잡았으나 막상 눈을 마주하니 달리 할 말이 없었다. 현은 머뭇거렸고, 난생처음 누군가의 앞에서 머뭇거리는 스스로가 어색했다.

"왜?"

"……."

그냥 아쉬워서 붙잡았으니 왜라고 묻는 연수의 말에 할 말이 없었다. 현은 결국 아무것도 아니었다며 연수의 손을 놓았고, 할 말 있었던 거 아니냐고 재차 묻는 연수의 말에 고갤 저었다. 잘 가. 연수가 손을 흔들었다. 현도 그만 간다는 듯 손을 흔들었다. 하지만 연수가 사라지고 난 뒤에도 현은 그곳에 덩그러니 혼자 서서 생각했다. 정말로 미련 같은 건 한 톨도 없다는 듯 연수가 그냥 가 버린

게 너무 아쉽고, 섭섭하다고.

"……아, 진짜……. 이게 아닌데."

망했다. 왠지 그냥 다 망한 것 같았다. 불현듯 연수의 앞에서 자꾸만 나약한 모습을 보였다는 생각 때문에 절로 망했다는 소리가 현의 입 밖으로 튀어나왔다. 강아지랑 지렁이를 무서워하는 모습을 들켜서 이미 우주를 정복할 만큼 멋있어 보여야 하는 것은 물 건너가 버린 현은 이를 어쩌지 한참을 고민했다.

그러나 현이 어떻게 해야 연수와 한 걸음씩 더 가까워질 수 있을까 고민하는 게 무색할 정도로 연수는 현에게 점점 익숙해지고 있었다. 이동 수업 시간과 점심시간은 물론, 꼬박꼬박 연수는 현에게 자신의 행선지를 고했고 그때마다 현은 연수를 따라나섰다.

"선우야, 나 화장실 가."

"같이 가."

곁에 있던 준일과 민호는 "야, 너희 그거 진짜 이상하거든!" 소리치며 화장실을 함께 가려는 둘을 떼어 놓으려 했으나 어림없었다.

"현아!"

그렇게 연수와 현이 복도를 걷고 있을 때, 누군가 불쑥 튀어나와 현을 불러 세웠다. 연수가 처음 보는 그 여자애는 자연스럽게 현의 옆자리를 차지하고, 현과 이야기를 나누었다. 연수는 물끄러미 그 둘을 바라보았다. "그럼 내일은 진짜로 오는 거다? 어? 온다고 했다? 내일 봐!" 멀어지는 그 애의 말에 현은 손을 흔들어 주었고, 연수는 "누구야?" 하고 물었다.

"뭐?"

"왜?"

"그걸 왜 물어봐?"

"물어볼 수도 있는 거 아니야?"

현은 웬일로 연수가 남에게 관심을 보이는가 싶어 경계했다. 준일과 민호 그리고 연수 셋이서 1930년대의 모더니즘과 염상섭의 ≪삼대≫, 그리고 ≪운수 좋은 날≫에서 이주희로 흐르던 어느 날의 국어 시간 대화를 떠올린 현은 떨떠름한 표정으로 뭉뚱그리며 대답했다.

"……그냥 아는 애."

현은 방금 전 자신에게 내일은 애들과 모이기로 했으니 이번엔 빠지지 말고 꼭 나오라고 말을 건네던 이주희를 떠올렸다. 이주희에게 관심이 있나? 현은 경계심을 늦추지 않았고, 연수는 별 의도가 있어 물어본 것은 아니었으나 막상 현에게서 두루뭉술한 대답이 돌아오자 대답을 듣기 전보다 홀가분함을 느끼지 못해 다시 한번 물었다.

"그냥 아는 애?"

"어, 뭐……. 있어. 너는 몰라도 돼."

"……."

연수는 더 이상 자신이 물으면 안 되는 것처럼 말을 자르는 현의 대답에 결국 입을 다물 수밖에 없었다. 그 뒤 생각에 잠긴 듯 현은 말이 없었고, 그런 현의 모습을 보던 연수 또한 덩달아 말이 없어졌다.

"맞다, 너 아까 복도에서 이주희랑 만났다며? 내일 빠지지 말라고 그랬다던데."

그러나 교실로 돌아오자마자 준일과 민호가 현에게 하는 말을 들게 된 연수였다. 현이 그토록 감추고 싶었던 이주희의 정체가 까발려지고야 말았다. 연수는 준일과 민호와 현을 바라보았고, 현은 연수의 눈치를 살피듯 자꾸만 연수를 힐끗거렸다.

"안 가. 자꾸 오라고 하니까 간다고 그냥 뻥친 거지."

현은 내일 할 일이 있었다. 바로 연수와 함께 하교를 하는 것이다. 현의 그 말에 준일은 아쉽다는 투로 말했다.

"너 와야 이주희도 오는데. 아, 맞다. 연수야, 방금 현이랑 같이 있었으면 복도에서 봤겠네. 걔가 이주희야. 예쁘지 않냐?"

"어. 예쁘더라."

준일의 물음에 망설임 없이 튀어나온 연수의 대답은 현을 충격에 빠뜨렸다.

"예쁘다고……?"

그리고 준일과 민호는 그러한 현을 보며 세상 웃긴다는 얼굴로 "그치? 우리가 저번에 그랬잖아."라며 더 말해 보라는 듯 연수를 부추겼다. 현은 망연자실하여 가슴이 답답해졌다. 연수는 둘을 향해 "근데 나 이런 대화 별로 안 좋아하는데."라며 말을 끊어 냈지만, 이미 현의 귀에는 들리지 않았다. 이럴 줄 알았다고, 쟤도 남자니 관심이 생긴 게 분명하다며 그저 암담함을 느낄 뿐이었다.

그래서 체육 시간, 현은 평소와 달리 뜀틀을 넘지 못했다. 연수가 이주희를 예쁘다고 말하며 관심을 보인 것 때문이었다. 사방에 무관심한 데다 나무늘보 같기만 한 연수의 입에서 나온 관심의 씨앗과 다를 바 없는 그 말이 무척이나 현에겐 충격적이었고, 그래서 상심하는 중이었다.

연수는 뜀틀 위에 앉아 있는 현을 물끄러미 바라보며 생각했다.

이주희같이 예쁜 애들은 현을 좋아하는구나 하고. 아무리 여기저기에 별 관심을 두고 살지 않는다고 하지만, 알아 달라고 풍기는 기색이었으니 어렵지 않게 이주희가 현을 좋아한다는 사실을 연수는 눈치챌 수 있었다.

생각해 보니 현의 주변은 늘 사람들로 붐볐다. 이주희같이 예쁜 애들도 많았고, 준일과 민호처럼 시끄럽게 구는 놈들도 많았다. 빨리 내려오라는 체육 선생님의 말도 무시하고 여전히 뜀틀 위에 앉아 그곳을 주먹으로 내려치고 있는 현에게 시선을 둔 채 연수는 자신과 비슷한 사람이 현의 주변에 한 명이라도 있었던가 생각해 보았다. 아무도 없었다. 그래서 현이 왜 자신과 함께 다니는지 연수는 갑작스레 의문을 느꼈다. 요즘 들어 너무나 당연하게 붙어 지내고 있었지만, 사실 현과 자신은 그다지 어울리는 사이가 아니었다.

"근데 선우 말이야."

"응?"

"왜 나랑 놀지?"

새삼스러운 깨달음에 연수는 옆에 앉아 있던 민호에게 물었다. 민호는 느닷없는 연수의 물음에 '쟤가 널 좋아하니까 찝쩍거리는 거야.'라고 대답할 수는 없어 그저 난감한 얼굴로 "잘 모르겠네……. 하하." 어설프게 웃으며 대답을 얼버무렸다. 그러곤 또 다른 질문이 자신에게 쏟아지기 전에 슬금슬금 연수에게서 떨어졌다.

체육 시간 이후 현은 바빠졌다. 생각해 보니 연수의 이상형이 '예쁘고 착하다'였던 것이 떠올라 연수가 관심을 가질 만한 예쁜 인물들이 연수의 주변에 오기 전에 차단해야 했기 때문이었다. 특히나 이주희라든가, 이주희 같은.

연수의 시야에는 오로지 자신만이 담겨야 한다는 생각으로 교실로 들어왔다. 그 후 "현아!" 하고 자신을 부르는 사람들을 데리고 교실 밖에서 얘기를 나누었고, 최대한 빨리 보냈으며, 대화 중에 연수가 알은척하려고 자신에게 다가오면 빠르게 대화 상대를 데리고 자리를 피했다.

연수를 피해 학교 뒤편 후미진 곳에 쭈그리고 앉아 현은 물었다. 그래서 할 말이 뭔데. 현의 손에 이끌려 이곳까지 온 여자애는 대체 왜 여기까지 와서 굳이 비밀스럽게 얘기를 해야 하나 싶으면서도 물었다. 오늘 노래방 갈래?

그러한 현의 사정을 알 길이 없었기 때문에 연수는 오늘따라 얼굴 보기가 힘들었던 현을 점심시간이 되어서야 겨우 마주 볼 수가 있었다. 현은 연수의 맞은편 자리에 앉아 아까부터 두서없는 말을 주저리주저리 떠들고 있었다.

"야, 얼굴이 다가 아니야. 어? 마음을 보라고 마음을. 박연수, 알겠냐? 듣고 있어? 예쁜 게 다가 아니라니까? 착한 건 중요하지만, 뭐……. 나처럼?"

그러다 현은 곧 제풀에 지쳐 연수의 책상 위로 늘어지듯 엎드렸다. 쭉 뻗은 팔 위에 머리를 기대고 누워 있는 현을 물끄러미 바라보던 연수는 생각에 잠겼다. 매일 시끄럽게 떠들기만 해 대서 몰랐는데, 자세히 보니 현이 꽤 잘생겼다고. 그래서 여자애들이 현을 좋아하는 것도 이해가 간다고.

그런 생각에 빠져 있던 연수에게 현이 물었다.

"박연수. 이주희가 네 눈에도 진짜 예쁘냐?"

"예쁘던데."

"걔보단 내가 외모는 좀 나을……. 아니다. 야, 됐다."

"……."

"아무것도 아니야. 아니라고."

"……."

"……근데 사실 아무것도 아닌 건 아니야. 너 괜히 걔한테 관심 안 주는 게 나을걸?"

"……."

"너 상처받을까 봐 하는 소리야, 알겠냐?"

"응."

연수는 현이 두서없이 떠드는 동안 계속해서 생각했다. 자신이 간과해선 안 될 한 가지가 당연함이 익숙함으로 발전할 가능성이 충분하다는 것임을 말이다. 그리고 그 당연하고 익숙한 존재의 부재 속에서 느낄 허전함은 이루 말할 수 없다는 것 또한 말이다.

"있잖아."

"어?"

내내 말이 없던 연수가 할 말이 있다는 듯 운을 뗐다. 현은 혼자서 떠들어 대던 입을 다물며 시선만 들어 연수를 바라보았다.

"뭐 하나만 물어봐도 돼?"

"뭐."

"우리는 친구야?"

"……."

"준일이랑 민호같이 너랑 나도 그런 거 맞아?"

현은 한동안 침묵했다. 머뭇거리던 현은 씁쓸하게 웃으며 연수를 바라보던 시선을 아래로 떨어뜨리고 대답했다.

"어."

"……."

하지만 연수는 현의 늦은 대답과 침묵이 신경 쓰였다.

현은 마치 연수에게서 확인을 받은 기분이었다. 현도 물론 알고 있었다. 표면상으로 연수와 자신의 관계는 친구가 가장 그럴듯하다는 것을 말이다. 하지만 본질마저 그러고 싶지는 않았다. 껍데기는 그러할지언정 안에 있는 것은 달랐으면 했다. 늘어지듯 연수의 책상 위에 누워 있던 현은 내리뜨고 있던 눈을 다시 들어 연수를 바라보았다. 그리고 연수의 시야 속에 담기는 것은 역시 자신뿐이었으면 좋겠다는 생각을 했다.

"야, 안아 줄까?"

"아니야. 아직은 괜찮아."

"……'아직은'은 뭔데."

한번 해 본 소리였지만 막상 거절당하니 기분이 썩 좋지는 못했다.

그 무렵 교복의 소매는 짧아지기 시작했다. 국어 조별 발표는 무사히 끝이 났으며, 태양의 열기는 계절이 여름이라는 주장을 강하게 펼쳤다. 날이 더워지고 있었다.

시간이 흐를수록 현은 애써 참던 감정이 드러날까 재빨리 감추다가도 막상 알아주지 않는 연수를 향해 괜한 심통이 들어 괴로워하길 반복했다. 비록 현실은 괴로우나, 현의 꿈속 사정은 달랐다. 오늘도 현의 꿈에 나온 연수는 현실에서는 절대 하지 않을 말을 내뱉어 현을 행복하게 만들었다. 이를테면 좋아한다든지, 좋아한다든가 같은 그러한 말들을 말이다. 그리고 막 입술이 닿으려는 찰나.

"선우현, 너 빨리 안 일어나?"

현은 꿈에서 깨고 말았다. 가까이에 드리워져 있던 연수의 입술 대신에 자신의 방 천장이 눈에 들어왔다. 멍하니 천장을 보고 있던 현은 천천히 고갤 돌려 방금 자신을 깨운 사람을 바라봤다. 너는 대체 언제 일어나려고 아직까지 자고 있냐, 벌써 8시다, 지각이다, 라고 말하는 엄마를 멍한 시선으로 보았다. 그러다 점차 꿈과 현실의 경계선이 명확해지자 이내 엄마를 향한 원망스러운 마음이 피어올랐다.

"아. 엄마……. 진짜……."

시간을 확인하자 아직 7시 20분이었다. 8시라며……. 원망이 섞인 현의 목소리가 방 안을 왕왕 울렸다. 현은 이불을 끌어안으며 그곳에 얼굴을 파묻었다. 5분만 늦게 깨우지. 그랬으면 위대한 역사가 이루어졌을지 누가 알겠는가. 시간 개념이 40분이나 빠른 어머니 덕분에 현은 아침부터 그렇게 눈물을 머금었다. 그래서 현의 등굣길은 오늘따라 조금 서글펐다.

학교 앞 횡단보도에 서 있던 연수는 자신의 곁에 서는 누군가의 기척에 고갤 돌렸고, 현인 것을 확인하곤 인사를 건네려 했다. 그러나 눈에 띄게 풀이 죽은 현의 기색에 연수는 인사 대신 무슨 일이 있었냐고 물었다. 현은 연수를 말없이 바라보다가 대뜸 끌어안았다. 야, 우리 거의 키스할 뻔했어. 존나 아쉬워서 미칠 거 같다. 현은 결코 하지 못할 말을 속으로 중얼거렸다.

"추워?"

"……."

"왜 그래?"

무더위로 인해 피부 위로는 땀이 축축해졌으나, 연수는 뻣뻣한 자신의 팔을 들어 현의 등을 마주 안아 주며 물었다. 주변에서는 아침부터 서로를 애틋하게 끌어안고 있는 모습을 의아하게 곁눈질했다. 뭐 하는 거지? 모르겠는데. 쟤 근데 선우현 아니야? 수군거리는 소리를 들은 현은 그제야 연수에게서 몸을 떨어뜨리며 대수롭지 않은 말투로 파란불이니 건너자고 말했고, 연수는 기운 없어 보이는 현을 얼굴을 살폈다.

기분이 울적할 때는 단것을 먹으면 조금 낫다고들 했기 때문에 현을 위해 연수는 매점에서 초콜릿을 샀다. 그리고 그것을 현에게 주려고 했다. 그래서 복도에 서 있던 현을 발견하곤 "선우야!" 하고 불렀으나, 연수의 부름에 돌아선 현은 몹시 다급한 동작으로 연수를 교실 뒷문으로 밀어 넣었다.

현의 경계심은 여전했다. "선우야!"라는 연수의 목소리보다 한발 빠르게 들려온 "현아!"라는 목소리에 몸이 먼저 반응한 것이었다. 복도 저 끝에서 자신을 부르며 달려오는 사람을 본 현은 서둘러 연수를 교실 안으로 밀어 넣었다. 매우 다급하고 재빠른 손길이었다. 그 다급한 손길로 인해 얼떨결에 교실 안쪽으로 떠밀리듯 들어간 연수는 자신은 저리 가라는 듯 밀어 놓고서, "현아!" 하고 부르며 다가온 애와는 단둘이 구석에서 얘기를 나누는 현의 모습을 바라보았다. 그것을 바라보던 연수는 별것도 아닌 걸로 왜 이러지 싶다가도 언젠가 현이 매정하게 자신의 손을 쳐 냈던 기억이 떠올랐다.

연수는 자신에게 등을 돌린 현의 뒷모습에 묘하게 섭섭했다. 그런 연수의 마음을 알 길 없는 현은 경계심 어린 눈동자로 자신에게

다가온 이주희를 바라보며 입을 열었다.

"이주희. 너는 되도록 우리 교실에 오지 말라고 몇 번을 말해."

"왜? 내가 왜 그래야 하는데?"

"누가 너 보는 거 싫으니까."

"……."

"앞으로 무조건 따로 연락하고 와."

"……알겠어."

에둘러 말했지만 사실은 연수가 보는 게 싫은 것뿐이었다. 이주희의 얼굴이 빨갛게, 빨갛게 가을날 단풍처럼 무르익어 가는 것도 모르는 현은 연신 교실 뒷문 쪽을 힐끔거리며 연수가 갑자기 튀어 나오진 않을까 경계했다.

현이 대화를 마치고 교실로 들어갔을 때, 연수는 자신의 자리에 앉아 생각에 잠겨 있었다. 현이 자신을 밀쳐놓고 다른 사람과 둘이서만 얘기를 나눈다든지, 혹은 자신의 손을 매정하게 쳐 낼 때 왜 그리도 섭섭한 걸까. 그 생각이 끊어진 것은 현이 책상 위로 무언가를 던지듯 툭 올려놓은 덕분이었다. 연수는 자신의 책상 위에 현이 올려놓은 홍삼 한 상자를 바라보았다.

"먹어."

"……."

"딱히 너 주려던 건 아니었지만……. 뭔가 기운 없어 보이니까, 너 먹어라."

"……."

사실 그것은 현이 아침에 식탁 위에 있던 아버지의 홍삼을 몰래 훔쳐 온 것이다. 너무 고마워하지는 말라고 생색내는 현을 말없이 바라보던 연수는 자신이 현에게 왜 섭섭함을 느끼는 것인가 다시 한번 생각을 거듭했다. 그러나 끝내 결론을 내지는 못했다. 연수는 자리에서 일어났고, 민호에게 다가갔다. 그리고 주머니에 넣어 두었던 초콜릿을 민호에게 주었다. 왜인지 현에게는 주고 싶지가 않았기 때문이다.

"민호야, 너 먹어."

"나?"

민호는 갑작스러운 연수의 행동에 당황해 연수의 어깨 너머부터 살폈다. 그곳에는 현이 서서 눈으로 욕을 하며 민호에게 이 상황을 설명하라 말하고 있었다.

며칠 뒤, 이주희가 현에게 고백을 했다. 하필 그곳을 지나가던 준일과 민호와 연수는 고백의 현장을 보게 되었다.

"야, 난 거절했어."

"응."

"거절했다니까?"

"……."

"네가 이주희한테 관심 있는 거 같아서 거절했다고. 애초에 난 마음도 없었지만, 일단 친구끼리 그런 거……. 그런 거 있잖아. 우정을 헝클어뜨리는 짓. 뭐, 아무튼 나는 별로 그러고 싶지가 않아서……."

"무슨 말인지 모르겠어."

"아무튼!"

현은 어떻게든 연수에게 해명하려고 했다. 현이 살펴본 연수는 조금 기분이 가라앉아 보였다. 그로 인해 현은 연수가 정말로 이주를 늘 좋아했구나, 확신하게 되었다. 연수가 자신이 아닌 다른 사람을 좋아한다는 것에 망연자실함을 느끼면서도, 현은 연수에게서 미움을 받고 싶지 않았기 때문에 연수를 따라다니며 애써 해명해 보려고 했다.

"박연수가 나 싫어하면 어쩌지……."

현은 어째서인지 자신의 해명이 연수에게 통하지 않아 지친 듯 중얼거렸고, 그러한 현에게 준일은 ≪미움받을 용기≫라는 책을 추천해 주었다.

한편, 멀찍이 떨어진 곳에서 연수는 머리카락을 쥐어뜯고 있는 현을 보았다. 실은 누군가에게서 고백을 받는 현을 보자 마치 현을 빼앗긴 기분을 느꼈다. 연수는 '이런 건 좀 이상하지 않나?' 그런 생각을 하는 중이었다. 몰랐을 때는 모르고도 살았으나, 알게 된 이상 더 이상 모를 수 없었다. 연수는 혼자 덩그러니 떨어진 기분을 느꼈다. 이건 차라리 몰랐으면 편했을 감정이었다.

붙어 있으면 자꾸만 그런 불편한 기분을 느꼈기 때문에 연수는 그날 이후로 되도록 현과 떨어지려고 했다. 떨어져 있을 때는 마음이 편했으니까. 그랬기 때문에 현이 이건 명백히 이주희의 고백 사건 이후로 연수가 자신을 피하는 것이라고 판단할 수밖에 없었다.

"박연수, 같이 가."

"……"

어느 틈에 교실을 빠져나온 건지 재빨리 자신의 앞길을 막아선 현을 연수는 난감하게 바라보았다. 눈을 굴리는 모습을 보면서 현은 연수가 핑곗거리를 내세우려고 한다는 것을 눈치챘다. 오늘은 무슨 핑곗거리를 내세운다고 해도 막무가내로 굴 생각이었다.

"너랑 가기 싫은데."

"……."

"그냥 나 혼자 가면 안 돼?"

하지만 너무나 솔직한 대답이 돌아오자 현은 오히려 말문이 막혔다. 그 틈에 연수는 자신의 앞길을 막아섰던 현을 지나쳐 가 버렸다. 멀어지는 연수의 뒷모습만 망연히 바라보며 현은 대체 자신이 뭘 그렇게 잘못했나 생각했다. 인생이 늘 자신에게 유리하게 돌아가던 과거가 그리웠다. 현은 비틀비틀 걸었다. 누군가를 좋아하는 일이 이렇게까지 힘든 일이라니, 왜인지 억울하고 또 억울했다.

해가 질 때까지 연수에게 차인 기분으로 정처 없이 서성거리던 현의 발걸음이 어느 공원에까지 다다랐을 때 현은 강아지를 발견했다. 첩첩난관이 아닐 수 없었다. 하아. 무서워……. 이를 어쩌지. 강아지는 현을 향해 으르렁거렸고, 이 난관을 뚫을 방법을 아무리 생각해도 도무지 몰라 발이 붙은 듯 서 있던 현은 그 순간 자신에게 머무는 시선을 느꼈다. 설마라고 생각하며 고갤 들었다. 부디 아니었으면 했지만 역시나 그 시선의 주인은 연수였다.

"거기서 뭐 해?"

"……."

일단 물어는 봤지만 연수는 현과 대치 상황 중인 강아지를 보자 현이 거기서 뭘 하는 건지 금방 알 수 있었다. 현은 양손을 들어 자신의 얼굴을 가리며 울컥울컥하는 마음을 삼켰다. 대체 왜 이러한 상황에서 자꾸만 연수와 마주치는지 몰라 암담하기만 한 현의 마음을 모르는 연수는 말없이 다가와 현에게 손을 내밀었다. 현은 이 첩

첨난관을 극복하기 위해서는 그 손을 잡을 수밖에 없다는 것을 알았다.

해는 졌어도 낮 동안 쏟아부었던 뜨거운 열기가 아직 전부 가라 앉지는 않았다. 그러한 여름날의 더위를 물리쳐 보려 사람들은 손으로 연신 부채질을 했고, 축축하게 스며드는 습기에 불쾌한 얼굴을 했지만, 현은 주위의 그런 것들을 잊을 만큼 고요한 지금이 좋았다. 어쩌다가 한 번씩 공원 바로 옆에 있는 도로 위에서 차들이 지나가면 정적을 가르는 그 소리가 크게 울려 공기를 흔들었다.

잡은 손을 놓을 생각은 없었다. 딱히 연수도 놓자는 말이 없었다. 현은 분명 아까까지만 해도 차인 것만 같아서 발길이 닿는 대로 걸을 만큼 충격에 사로잡혀 있었으나, 지금은 또 그저 좋기 만한 자신이 등신 같았다.

그러한 현에게 연수는 넌지시 물었다.

"여기서 뭐 하고 있었어?"

"그냥 걷다 보니까 여기였어. 넌."

"산책 중이었어."

"산책 좋아하냐?"

"좋아해."

"……."

아니라는 것을 알면서도 현은 그 말에 반응하는 게 꼴사나웠다. "내가, 내가 음료수 사 줄게."라고 서둘러 화제를 돌려 보려 꺼낸 말조차 더듬거리는 것 또한 한없이 바보 같았다.

"어? 나 이거 좋아하는데. 난 이걸로 할게."

어느새 자판기 앞에 다다랐고, 그 앞에 서서 서슴없이 내뱉어지는, 좋아한다는 연수의 무의미한 말을 현은 또다시 곱씹게 되었다. 음료수 캔에도 붙을 수 있는 말이 왜 나에겐 붙을 수 없는 걸까. 나를 좋아해 주었으면 좋겠다. 가망성이 없다는 것을 알면서도 그저 한 번씩 그런 생각을 해 보던 현은 충동처럼 말을 내뱉었다.

"나도 좋아해."

"……"

"나도 좋아한다고."

"……"

"……그거."

그리고 뒤늦게 수습하듯 현은 턱 끝으로 연수의 손가락 끝이 머문 곳을 가리킨 뒤 요란스러운 마음을 숨기기 위해 괜히 바닥만 바라봤다. 정작 보고 싶은 상대방의 얼굴은 차마 볼 수가 없었다.

연수는 현이 자신에게 한 말에 들어찬 미묘함을 느꼈다. 말없이 자판기에서 손가락을 거둔 연수는 허공으로 시선을 던졌다. 눈썹 언저리를 문지르다가 방금까지 함께 손을 잡고 있었던 손을 말아 쥐었다. 역시 이런 건 뭔가 좀 이상하지 않나? 연수가 그런 생각을 하고 있을 때, 현은 돈을 넣은 뒤 자판기 버튼을 눌렀다. 음료수가 떨어지는 둔탁한 소리가 울렸다. 현이 건네는 음료수 캔을 손에 쥐고 말없이 한동안 그것만 바라보던 연수는 작게 중얼거렸다.

"그렇구나……"

"……"

가슴속에서 들썩거리는 생소한 감정이 이 순간 연수는 참 난감했다.

어색함이란 것들은 대부분 미묘한 틈을 매와 같은 눈으로 파악한 뒤 능구렁이처럼 파고들었다. 현과 연수는 30센티미터 정도의 거리를 둔 채 나란히 앉아서 막 뽑은 음료수를 마시는 중이었고, 어색함은 현과 연수의 그 30센티미터 작은 틈을 놓치지 않고 흘러 들어가 그곳에 똬리를 틀었다. 덕분에 아까부터는 침묵이 흘렀다. 현과 연수는 벤치에 나란히 앉아 각자 다른 생각에 잠겨 있었다.

연수는 별스럽게도 현이 낯설었다. 그래서 고민했다. 대체 현이 왜 낯설까 하고. 울렁거렸던 아까의 그 생소한 감정은 대체 뭘까 하고.

처음이라는 것에 사람들은 종종 의미를 부여하곤 했다. 처음이라서 특별하고, 또 처음이라는 이유로 아주 사소한 것도 깊게 각인이 되어 방대한 의미를 품게 만들었다. 따지고 보면 연수에게 현은 처음 사귄 친구랄 수 있었고, 그것 때문에 자신도 모르는 사이 현에게 의미를 부여하고 특별하게 생각해서 그런 것일까 연수는 고민에 고민을 거듭했다.

미지의 세계에 한 발을 내딛는 것은 늘 두려운 일이다. 생소한 감정은 마치 두려운 미지의 세계와 같았다. 그리고 사람들은 종종 두려우면 그것으로부터 반대로 고갤 돌려 버리곤 했다. 그래서 연수는 현에게서 고갤 돌려 공원 어디쯤을 멍하니 바라봤고, 현은 그러한 연수를 힐끗거리다가 넌지시 물었다.

"……산책 자주 하나 봐?"

"응."

"그렇구나……."

대화가 끊어지고 정적이 흘렀다. 현은 다시 한번 연수에게 물었다.

"이 공원에서 자주 하냐?"

"응."

"그래······."

"집이 이 근처니까."

"아······."

대화는 또다시 끊어지고 2차 정적에 휩싸였다. 현은 대화가 제대로 이어지지 않아 조급해지기 시작했다. 이런 적이 없었던 것 같은데 오늘따라 대화의 흐름이 뜻대로 흘러가 주질 않았다. 그럼에도 불구하고 현은 무슨 말이라도 건네기 위해서 머리를 굴렸고, 그러한 현을 연수가 불렀다.

"선우야."

"왜."

"우리 왜 이렇게 어색하지······?"

"너도 그래?"

"응."

이상하게 연수는 이 정적을 견딜 수가 없었다. 그래서 자리에서 일어나며 말했다.

"그만 갈래."

그러나 연수가 자리에서 일어나자 반사적으로 손을 뻗은 현은 연수를 붙잡았다. 연수는 우두커니 서서 자신의 붙잡힌 손목을 바라봤고, 벌떡 일어선 연수를 향해 아쉬운 시선을 던지던 현이 입을 열었다.

"왜 벌써 가."

"······."

연수는 현이 의식됐다. 그걸 깨달으니 가슴이 뛰기 시작해 자꾸만 불편한 기분에 사로잡혔다. 그러한 연수의 사정을 알 길이 없는 현은 미련 없이 자리를 뜨려는 것처럼 보이는 연수를 어떻게든 붙잡아서 좀 더 같이 있고 싶었다.

"데려다줄까?"

"아니야, 괜찮아. 여기서 별로 멀지도 않고……."

"……."

연수의 그 말을 들으며 현의 아쉬움이 커져 갔다. 붙잡고 있던 연수의 손목 안쪽을 저도 모르게 엄지로 문지르듯 여러 번 쓸며 좀 더 같이 있을 만한 핑곗거리가 없을까 고민했다. 현이 그곳을 만지작거릴 때마다 연수가 움찔거리는 것도 모르는 채 말이다.

살살 좌우로 움직이며 엄지가 부드러운 손목 안쪽을 건드렸고, 연수는 간질거리는 기분에 사로잡혔다. 그래서 현에게 자신의 손목을 놓으라고 말한 뒤 그곳을 빠져나왔다. 뒤늦게 집으로 향하는 발걸음이 평소와 달리 꽤나 빨랐다는 것을 알게 됐고, 그로 인해 자신이 현에게서 도망쳤다는 것을 덩달아 깨달았다.

잘못을 저지른 것이 없으면 도망칠 이유가 없었다. 그러나 도망쳤다. 덕분에 연수는 새벽에 누군가를 떠올리며 잠 못 들었다. 밤새 뒤척인 그 이유가 어째서 선우현인지 연수는 갈피를 잡을 수가 없어 딜레마에 빠진 기분이었다. 분명 정확한 이유는 모르겠지만, 모든 상황에 현을 데려다 놓으면 설명이 되는 것만 같아 연수는 스스로를 향해 의문을 품었다. 설명이 안 되는데 설명이 된다는 아이러니한 결론에 연수는 결국 생각하기를 포기해 버렸다.

다음 날 아침. 언제나처럼 현과 연수는 학교 앞 횡단보도에서 마주쳤다. 연수는 눈이 마주쳤던 순간 분명 현을 향해 인사를 건네려고 했으나, 정신을 차리고 보니 현을 피한 뒤였고 현은 그것을 눈치챘다. 너 나 봤지? 봐 놓고 왜 도망가. 복도 한가운데서 붙잡힌 연수는 현의 물음과 시선이 부담스러워 괜히 눈동자를 굴려 다른 곳을 바라봤다. 어제와 마찬가지로 현에게 붙잡힌 손목이 신경 쓰였다.

엉뚱한 곳에 초점을 두고 있는 연수를 향해 현이 왜 자신을 똑바로 안 보냐고 따지려는 찰나였다.

"안녕!"

경쾌하게 둘의 곁으로 다가온 민호가 인사를 했다. 연수는 서둘러 민호의 곁에 붙었다. 그러자 현을 향해 느끼던 불편함이 조금이나마 덜어졌다. "뭐 하는 거야?"라고 묻는 민호의 말에 물끄러미 민호를 바라보던 연수는 그때부터 민호와 붙어 다니기 시작했다. 이곳은 마치 마음의 안식처처럼, 불안하게 가슴이 뛰지도 않았고 마음과 생각이 평화로울 수 있었기 때문이다. 연수는 민호의 곁에 붙어서 미소를 지었고, 민호는 별안간 이러는 연수가 난감했다.

"연수야, 이러지 말아 줄래? 내가 좀 곤란한데."

"괜찮아."

"……."

민호는 연수의 대답을 듣고 대체 무엇이 괜찮다는 걸까 고민했지만 답이 나오질 않았다. 그저 엉겁결에 현에게 멱살을 잡힐 뿐이었다. 연수가 안 보는 틈에 민호의 멱살을 잡아 구석으로 끌고 들어간 현은 민호에게 해명하라는 듯 눈으로 말했고, 민호는 억울해서 소리쳤다.

"왜 이러는데!"

"너야말로 박연수랑 뭐 하는 건데."

"뭐?"

"사이좋네?"

"⋯⋯무슨 상관이야, 너 설마 연수 좋아하기라도 해? 이러는 거 존나 수상하다?"

"⋯⋯."

"⋯⋯."

"⋯⋯아니? 안 좋아하는데?"

"⋯⋯."

현의 거짓말하는 솜씨가 글러 먹었다고 민호는 생각했다. "너는 정직하지도 않은 새끼가 왜 이렇게 구라를 못 쳐?" 하는 민호의 물음에 현은 "뭐, 새끼야. 아니라니까?"라고 일단 우겼다. 여전히 현의 거짓말 솜씨가 참으로 글러 먹었다고 생각하던 민호는 현이 안쓰러우니 속아 주기로 했다.

그러한 와중에 연수는 자신이 움직일 수 있는 한 빠르게 움직였다. 빛이 물체를 반사하면 인간은 빛에 반사된 물체를 그제야 인식하기 때문에 빛의 속도로 달리면 사물을 제대로 인식할 수가 없다. 연수는 자신이 빛과 같은 속도로 빠르게 돌아다니면 현을 제대로 볼 수 없다고 굉장히 이론적이고 과학적으로 접근해서 도망치고 있었다.

그러나 미술 시간, 빛의 속도로 돌아다녔음에도 불구하고 현에게 붙잡혀서 나란히 미술실에 앉게 된 연수는 망연자실 스케치북을 바라보고 있었다.

"박연수, 얼굴 들어 봐. 그러고 있으면 나더러 어떻게 그리라는 건데."

오늘은 초상화를 그리는 시간이었고, 대상은 옆에 앉은 상대방의 얼굴이었으며, 연수의 옆에는 하필 현이 앉아 있었다. 현은 빨리 얼굴을 보여 달라며 연수를 닦달했지만, 연수는 현을 마주 볼 수가 없었다. 연필을 쥔 손에 힘을 실어 의지를 다잡곤 다시 한번 고갤 들어 보려 했지만 실패하고 말았다. 그래서 연수는 결국 손을 들었다.

"선생님, 짝 바꿔 주세요."

그 말에 현은 충격을 받았다.

"갑자기 뭐야. 너 나한테 뭐 화난 거 있냐?"

"아니."

"아니라고?"

"응."

"……."

사람 할 말 없게 한다는 현의 말에도 연수는 정말로 현에게 화난 것이 없었기 때문에 방금 한 말은 결코 거짓말이 아니라고 대답할 뿐이었다. 현은 그저 자신의 미술 도구를 챙겨 민호의 곁으로 향하는 연수의 뒷모습만 망연히 바라봤다. 그리고 연수가 짝을 바꿔 달라고 한 탓에 빈약하기 그지없는 준일의 얼굴을 그리며 울적해했다.

"너무한다, 진짜."

준일은 상처받았다. 눈, 코, 입이 그려져 있으니까 사람의 얼굴이라 볼 수 있다 해도 이 그림은 정말 아니었다. 자신과 닮지는 않았지만, 자신을 보고 그린 결과물이다 보니 그림과 모델을 아무리 따로 떨어뜨려 생각해 보려고 해도 쉽지가 않았다. 준일은 다시 한번 그림을 자세히 봤다. 역시 불쾌했다.

"진짜로 이거 나야?"

"그럼 누군데. 존나 똑같잖아."

"존나 똑같……? 존나 똑같다고 했어, 지금?"

"아, 귀찮게 하지 말고 저리 좀 비켜 봐."

앞길을 막아 대는 준일을 밀어 놓고 현은 연수에게 다가갔다. 연수는 스케치북과 하나가 될 듯 집중하고 있었다. 연수의 뒤에 서서 어깨 너머로 연수의 스케치북을 바라보던 현의 얼굴이 구겨졌다. 왜냐하면 연수가 민호의 얼굴을 명암까지 넣어 매우 정성 들여 그리는 중이었기 때문이다. 현은 자신을 버리고 간 연수에게 이미 1차로 속이 상한 상태에서 정성까지 들여 민호를 그린 연수의 그림에 2차로 속이 상했다.

"박연수."

"……."

나직이 연수를 부르는 현의 낮은 목소리에 연수는 느닷없이 가슴이 쿵 내려앉았다. 화들짝 놀라 가슴팍을 부여잡으며 몹시도 당황한 얼굴로 뒤를 돌아본 연수는 현을 바라봤다.

"아……."

"뭐야, 왜 그래?"

"갑자기 가슴이 아픈데 왜 이러지?"

아프다고? 언제부터, 갑자기 왜. 대답을 하기도 전에 질문만 쏟아 내는 현과 시선이 마주치자 연수는 또다시 가슴이 쿵 내려앉았다. 덜컥거리는 가슴이 버거울 정도라 안 되겠다 싶어 고갤 숙인 연수는 민호의 얼굴이 그려진 스케치북을 바라보며 안정을 되찾으려 노력했다.

떨렸다. 연수는 종합적으로 자신의 증상을 살펴본 결과 현을 보고 무척이나 떨린다는 것을 알았고, 이건 누군가를 좋아할 때 나타나는 반응과 비슷하다는 결론에 다다랐다. 말도 안 되는 결론에 어리둥절해하던 연수는 갑작스레 자신의 어깨를 붙잡는 현의 손길에 움찔거렸다.

"가슴이 왜 아픈데."

"……."

"어디 안 좋은 거 아니야?"

"……."

"양호실 가야 하는 거 아니야?"

"……이제 괜찮아졌어. 그러니까 선우야, 그만 저리 가 줄래?"

"……."

매우 상냥한 말투였지만 저리 가 달라는 그 말에 현은 3차로 속이 상해 버렸다. 이미 상할 대로 속이 상한 현은 다짜고짜 연수의 양쪽 어깨를 붙잡아 흔들었다. 민호야, 나야. 민호야, 나야! 누구야! 골라 빨리! 선택하라고! 현은 매정하게 자신에게서 고갤 돌린 연수의 어깨를 붙잡아 흔들며 물었고, 그 난리 법석 때문에 기어이 미술 선생님의 제지를 받아 자리로 돌아갈 수밖에 없었다. 연수에게서 돌아서서 마지못해 자신의 자리로 돌아가는 현의 뒷모습은 마치 패잔병의 모습과 흡사했다.

"나……. 교무실 가."

"……."

"선생님이 오라고 그랬거든."

"……."

연수는 여전히 현에게 자신의 행선지를 고했다. 이것은 습관과도 같았기 때문에 연수에겐 이미 아주 자연스러운 행동이었다. 하지만 자연스러운 와중에 부자연스러운 것은 연수의 시선이었다. 현은 연수가 자신을 똑바로 보지 않고 애매한 곳에 시선을 두고 있다는 것을 알았다.

물끄러미 교실을 빠져나가는 연수의 뒷모습만 바라보던 현은 깊은 한숨을 내쉬며 곁에 앉아 있던 준일과 민호에게 말했다.

"화났나 봐. 아무리 생각해 봐도 나한테 화난 거 맞지, 저거."

"……."

"짐작 가는 게 너무 많아서 도대체 뭐 때문인지는 모르겠어."

"……."

준일과 민호는 대체 누가 봐도 수줍어 보이는 연수의 저 행동을 어째서 화가 났다고 판단하는지 현을 이해할 수가 없었다.

점심시간. 연수는 빠르게 밥을 해치우고 학교 화단에서 교감 선생님 몰래 꽃을 꺾어 학교 건물의 후미진 구석으로 들어가 심호흡을 했다. 시간이 지날수록 현을 향해 떨리는 자신의 이해할 수 없는 감정을 이젠 하늘의 운명에 맡길 수밖에 없다고 생각하며 꽃잎을 하나씩 뜯기 시작했다. 좋아한다, 안 좋아한다, 좋아한다, 안 좋아한다…….

다소 원시적이지만, 이것만큼 정확한 것도 없다고 판단한 연수가 꽃잎을 하나하나 뜯던 손을 멈췄다. 마침내 꽃잎은 마지막 한 장을 남겨 두었고, 그것을 뜯어내며 확실한 결론을 내리려고 크게 심호흡하던 그 순간, 연수는 누군가에게 어깨가 붙잡혀 돌려세워졌다.

"이래도 아니라고? 이렇게 피해 다니면서. 이래도 아니라고?"

"……."

"내가 너 찾으려고 학교를 얼마나 뒤지고 다녔는지 알아?"

그 누군가는 바로 현이었다.

느닷없는 현의 등장에 꽃점을 치고 있던 연수는 당황했지만, 그에 아랑곳하지 않고 현은 여태까지 쌓아 온 서운함을 더 이상 참을 수 없다는 듯 연수에게 쏟아 내기 시작했다.

"야, 화가 난 게 있으면 말을 해. 이런 식으로 피해 다니지 말고."

"……."

"나도 답답해서 이러는 거 아니야. 말을 해야 알잖아. 아무리 생각해 봐도 내가 몰라서 그래."

"……."

"네가 나한테 그러지 않았냐? 대화할 땐 상대방을 보라고."

"……."

"사람 자꾸 무시하지 마."

"……무시한 적 없는데."

"무시한 적이 없다고? 그럼 존나 나야, 민호야. 빨리 말해."

"……."

연수는 현을 향한 불편함이 어디에서 기인하는 것인지 생각했다. 생각만 해도 가슴이 뛴다는 것은, 그리고 지금처럼 마주 본 상태에서도 떨림이 멈추지 않는다는 것은, 남은 꽃잎 한 장과 같은 결론일 수밖에 없었다. 그리고 계속해서 현을 피해 다녔던 이유가 안전한 곳에만 머물고자 했었기 때문이란 것을 더불어 깨닫게 되었다.

아직 뜯지 못한 마지막 꽃잎은 바람에 팔랑거렸고, 아슬아슬 매달려 있던 그곳에서 기어이 툭 떨어지고야 말았다. 말없이 바닥에 떨어진 꽃잎을 바라보던 연수는 고갤 들었다.

"선우야."

"이 새끼가 끝까지 이름 한번 제대로 불러 주……."

"아무래도 나 너 좋아하나 봐."

"……."

말을 뱉어 놓고 나니 더더욱 확신에 찬 연수는 반쯤 입술을 벌린 채 다물지 못하고 자신을 바라보는 현을 마주 보았다.

"아니, 좋아하는 게 확실해."

"뭐야, 갑자기……."

그리고 예상치 못한 연수의 입 밖으로 터져 나온 그 말에 당황한 현은 말을 더듬거렸다. 너, 지금 무슨, 너……. 아씨, 야, 너, 그……. 지금 나한테 무슨……. 계속 횡설수설하던 현은 감당할 수 없는 속도로 뛰어 대는 가슴이 벅찼다.

"너 지금 네가 한 말이 무슨 뜻인지는 알고 말하는 거 맞아?"

연수를 향한 현의 물음에 연수는 고갤 끄덕였다. 연수의 긍정으로 인해 현의 생각은 뒤죽박죽이어서 자꾸만 아무렇게나 말이 쏟아져 나오려 했다. 그래서 입을 틀어막았다. 왈칵왈칵 무언가 자꾸만 입 밖으로 튀어올 것만 같았다.

"잠깐만, 나 토할 거 같아……."

"……매너 없다, 너."

"그게 아니라 너무 떨려서 토할 거 같다고."

현은 "존나 너무 떨려…… 이거 봐." 하며 덜덜 떨리는 자신의 손을 연수의 눈앞으로 내밀었고, 연수는 현의 그 손을 잡으며 말했다. 일단 심호흡부터 하자, 라고.

현은 주체할 수 없을 만큼 마음이 부풀어 올라 일단은 연수의 말대로 심호흡을 했다. 침묵에 휩싸인 이곳엔 들숨과 날숨만이 이어졌다.

"내 고백이 그렇게까지 충격적일 줄은 몰랐어. 미안해."

호흡 사이로 고갤 숙인 연수의 시무룩한 목소리가 들렸다. 현은 서둘러 숨을 고른 뒤 그런 게 아니라고 말했다. 그럼 뭐 때문이냐고 묻는 듯한 연수의 시선에 현은 내내 망설이던 말을 그제야 할 수 있었다.

"나도야. 나도, 그러니까…… 나도 너 좋아한다고."

"……."

"……야, 이거 너무 부끄러운데. 넌 어떻게 그렇게 아무렇지도 않게 말했냐."

"……."

현은 정작 자신이 말을 내뱉어 놓고 그게 부끄러워 손바닥 위에 얼굴을 파묻었다. 또다시 이곳엔 침묵만이 존재했고, 손가락 틈 사이로 힐끗거리며 자신의 고백을 들은 연수의 이어질 말이 궁금해 눈치를 살펴보던 현을 연수는 한참이나 지나 조용히 불렀다.

"……선우야."

"왜?"

"나도 토할 거 같아."

고백을 받은 연수는 그제야 현의 토할 것 같다는 말을 이해할 수 있었다.

즐거운 생활

연수와 사귀기로 한 이후 현이 며칠간 지켜본 연수는 생각하고 있던 것 이상으로 바빠 보였다.

사귀기로 했으니 당연히 데이트를 해야 했다. 데이트의 가장 기본이자 첫걸음인 영화를 보자고 말하며 요즘 무슨 영화가 재미있다던데, 민호가 재미있다고 그랬는데, 라고 현이 넌지시 운을 떼자마자 연수는 곤란한 표정을 지었다. 현은 그러한 연수의 표정을 보곤 단박에 토요일의 영화는 물 건너갔구나, 깨달았다.

"왜, 토요일에 뭐 하는데?"

"동생이랑 어린이 뮤지컬 보러 가야 돼. 아이 엠 프리스타 어린이 뮤지컬이라고 알아?"

"……알겠냐, 내가?"

"어쨌든 미안해. 동생이 너무 기대하고 있어서……. 미루기가 좀 그래."

망할. 그놈의 아이 엠 프리스타 가만 안 둔다고 생각하던 현은 그래도 다시 한번 연수를 설득해 보려고 했다.

"엄마, 아빠랑 가라고 그러면 안 돼?"

"일하셔."

"……."

"요즘은 다들 맞벌이잖아."

우리 집이라고 다를 거 없어. 덧붙여 말하는 연수를 보며 현은 아쉬움을 삼켰다. 적어도 현이 봤을 때 연수도 몹시 곤란한 얼굴을 하고 있었으니 더 이상 조르기도 뭐했다. 현은 이내 다음을 기약했다.

그리고 다음 주가 되었다. 하지만 여전히 연수는 주말마다 바빴다.

"야, 이번엔 내가 먼저 토요일 찜할 거야."

"아, 미안……."

"또?"

"동생 밀린 학습지 해 줘야 해서 바쁠 거 같아."

"……."

현은 이해해 보려고 했다. 하지만 평일에도 학교 끝나면 뭘 해 볼 겨를도 없이, 붙잡을 새도 없이, "잘 가!" 하고 인사하며 헤어져 버리는 연수였기 때문에.

"학습지……. 하아, 학습지?"

"응."

"나 지금 학습지한테 밀린 거야?"

현은 더할 나위 없이 밀려오는 섭섭함에 마음이 상하고야 말았다. 나만 아주 맨날 아쉬워, 지금. 나만 맨날 아쉽고 난리라고. 조금이나마 같이 있어 보려고 집에 가는 길 빙빙, 공원을 세 바퀴 이상은 돌다가 집에 가고 싶은 것도, 주말마다 만나고 싶어서 안달하는 것도 오로지 자신만인 것 같다는 느낌을 지울 수가 없었다. 현은 점심시간, 어디선가 아카시아 잎을 뜯어와 연수의 맞은편에 앉았다.

"박연수가 나를 좋아한다, 안 좋아한다, 좋아한다, 안 좋아한다……."

"지금 뭐 하는 거야?"

"보면 몰라?"

그러고는 보란 듯이 아카시아 잎을 하나씩 뜯어 대며 점을 치기 시작했다. 네가 날 좋아하나 안 좋아하나 궁금해서, 라고 연수에게 말하던 현은 '안 좋아한다'를 외치며 나뭇잎을 뜯으려고 했으나 그게 마지막 잎이라는 것을 깨닫고는 멈칫했다. 이거 뭔가 잘못됐는데……. 그런 심각한 상황에 빠져 있는 현을 향해 연수가 말했다.

"좋아하는 게 당연하잖아."

"……그치?"

"응."

뭐가 문제냐며 당연하다는 투로 망설임 없이 말하는 연수를 보자 섭섭함에 상했던 마음을 아주 조금이나마 위로받은 현이었지만, 그럼에도 불구하고 자신만 연수에게 푹 빠져 있다는 이 기분을 완전히 떨쳐 낼 수는 없었다.

현은 손에 들고 있던 아카시아 잎을 미련 없이 바닥에 던지며 말했다.

"진짜 학습지까지만이야."

"……."

"학습지까지만이라고. 다음 주 토요일부터는 나랑 만나. 일요일도, 다다음 주도, 그 다다음 주도. 전부 다 이제부터 내가 먼저야. 어? 알겠냐? 내가 3주 이상 밀리는 건 말이 안 되잖아."

"……."

"아, 또 왜!"

연수가 침묵하자 현은 돌연 불안해져 목소리를 높였다. 자신을 대체 어디까지 미뤄 둘 셈인가 싶어 못마땅해진 현을 연수는 물끄러미 바라봤다. 어째서 그런 흐린 눈으로 자신을 바라보냐며 현이 연수를 향해 소리치며 눈을 부라리자, "내 눈이 왜. 그냥 뜨고 있었는데."라고 연수는 심상하게 중얼거렸다.

"설마 또 다음 주에 그 어린이 연극인지 뮤지컬인지 보러 가야 돼? 아니면 망할 그 학습지? 동생이 학습지 그런 거 밀렸다고 자꾸 해 줘 버릇하면 안 되는 것도 모르냐? 어? 넌 지금 네 동생을 망치고 있는 거야. 존나 나쁜 오빠 되는 거라고."

"선우야, 나 아무 말도 안 했어."

"몰라, 아무튼 안 돼. 다음 주는 무조건 나랑 만나."

현은 이제 막무가내로 나가야겠다고 계속 우겼고, 연수는 "음……." 하고 뜸을 들이다가 고갤 끄덕였다. 하지만 현은 그런 연수의 끄덕임에 기뻐할 새도 없었다.

"그래, 알겠어. 그럼 만나서 우리 시험공부 하는 거야?"

"뭐?"

"곧 시험이잖아."

"……."

잊고 있었던 시험이 코앞으로 다가와 있었기 때문이다.

그리고 드디어 현이 그렇게 기다리던 주말이 되었으나 정작 현은 아까부터 혼자 뚱하게 앉아 있었다. 다 함께 모여 앉아 있는 도서관 테이블을 둘러보았다. 현은 준일과 민호로 인해 연수와 자신이 단 둘이 있을 수 없다는 것이 불만이었다.

그것을 모르는 연수는 그저 공부하기 바빴고, 비록 시험공부 때문이긴 했지만 그래도 단둘이 무언가를 한다는 느낌을 원했던 현은 내내 못마땅했다.

그 때문에 벼르고 별렀던 현은 집에 가는 길, 연수에게 말했다.

"시험공부 말인데, 내일은 우리 둘만 같이 하자. 우리 집으로 와. 내일 비니까."

"왜?"

"왜냐고? 왜냐고? 그거야 너랑 나, 둘만 있고 싶은 게 당연하잖아. 그 꼽사리 같은 새끼들은 무조건 빼고 만나. 알겠어?"

알겠다고 고갤 끄덕이는 연수를 향해 현은 만족스럽게 웃고는, 연수와 헤어졌다. 그러나 다음 날 약속 장소인 현의 집에 연수의 뒤를 따라 들어온 준일과 민호를 발견하곤 현은 그만 또다시 망연자실 넋을 놓을 수밖에 없었다.

사실 현에게는 연수가 매우 바쁜 일상을 보내는 것 외에 고민 한 가지가 더 있었다.

열심히 시험공부 중이라—비록 현은 연수를 곁눈질하는 시간이 더 많았으나—방 안은 고요했고, 난데없이 연수의 배에서 꼬르륵 소리가 났다. 잠시 침묵이 흐르고, 현은 배고픈 연수가 귀여워서 입을 틀어막은 채 어깨를 떨다가 먹을 것을 가져오려고 자리에서 일어나려 했다.

"아……. 미안."

자신의 배에서 난 소리에 멋쩍은지 연수는 일어나는 현을 향해 미안하다 말한 뒤 배고프다, 라고 작게 중얼거렸다. 그런 연수의 작은 소리도 놓치지 않고 들은 준일과 민호는 "괜찮아, 괜찮아! 창피해할 거 없어, 연수야! 우리도 배고파! 우리도 소리 나! 이것 봐!"라며 자신들의 배를 쥐어짜 비틀고 위장의 빈 소리를 내려고 했다. 그래서 자리에서 일어났던 현은 얼굴을 구겼다.

그뿐만 아니라 연수가 복도에서 넘어질 때면 현이 괜찮으냐고 달려가기도 전에, 그런 현보다 빠른 준일과 민호가 "연수야!" 부르며 달려가 그 옆에 나란히 누워 "괜찮아, 괜찮아! 우리도 넘어졌어!"라고 말해 주곤 했다. 그러한 것들로 뜨거운 동지애를 다지며 날이 갈수록 저 셋이 두터운 우정을 쌓아 가는 것이 바로 요즘 현의 두 번째 고민이었다.

현은 이 셋 사이에서 어쩐지 자신만 정상인 것 같아 괴로운 것은 둘째 치고, 저 셋은 대체 왜 쓸데없이 저딴 걸로 하루가 다르게 우정이 돈독해지고 지랄인가 못마땅했다.

"연수야. 너 아까 보니까 후식으로 나온 파인애플 푸르트 잘 먹더라. 그래서 다른 애 거 하나 훔쳐 왔어."

"이 새끼 손버릇. 우와."

"고마워."

주말에 연수와 단둘이 있을 수 있는 시간을 준일과 민호로 말아먹었다. 그런데 평일마저 자신은 끼어들 틈 없이 급식실에서 훔쳐 온 파인애플 푸르트로 셋이 하하, 호호 하고 있는 모습을 보자 더 이상 못 참겠다는 듯 마침내 짜증이 터져 나온 현이 준일과 민호, 둘을 향해 꺼지라고 소리쳤다.

"이 새끼들아, 너희 다 저리 꺼져!"

그러곤 현은 연수를 잡아당겨 한쪽 팔로 끌어안아 자신의 품에 가두었다. 눈을 가늘게 뜬 준일과 민호의 시선에 현은 여차하면 도망칠 기세로 연수를 안고 있는 한쪽 팔에 힘을 실었다.

"뭔데 넌, 갑자기."

"둘이 뭐 사귀기라도 해? 네가 뭔데 꺼지라 마라야?"

"……."

사귄다. 그러나 아버지를 아버지라 말할 수 없었던 홍길동처럼 사귀는데 사귄다고 말할 수 없는 처지인 현은 뭉텅이진 말을 차마 내뱉지도 못하고 서 있었다. 내가 얘 거고 얘가 내 거인 그런 관계인데, 서로가 서로에게 종속되어 묶인 몸인데, 그런 말들을 할 수가 없었다.

"존나 그런 게 있거든? 아, 그런 게 있다고."

현의 답답한 외침은 허공에 부서졌다.

"우리 모두의 연수인데 왜 너 혼자 독차지하려고 하냐?"

"엄석대야, 뭐야. 완전 독재자 새끼네."

연수를 이리 내놓으라고 손짓하는 준일과 민호에게서 도망치듯 그대로 현은 내달렸다. 얼결에 때 아닌 사랑의 도피 중인 현과 연수는 그렇게 준일과 민호를 피해 달려 체육 창고로 숨어들었고, 10단까지 쌓여 있는 뜀틀 뒤에 몸을 숨겼다. 연수의 머리카락까지 꼭꼭 숨기겠다는 듯 품에 끌어안고서 주위를 경계하던 현이 체육 창고 밖의 소음들에 귀를 기울이며 푸념 섞인 중얼거림을 내뱉었다.

"너는 나랑 사귀는데 대체 저 또라이들이 왜 저러는 거야?"

"……."

"조만간 저것들 너 조각내서 나눠 갖자고 할 판이야."

"……너희들 좀 잔인하네."

현은 경계심을 늦추지 않았다. 연수도 현의 품에 안긴 채 체육 창고 밖의 소음들에 귀를 기울였다. "연수야." 하고 부르는 준일과 민호의 목소리가 점점 희미해지다가 더 이상 들리지 않는 것 같아 "이제 간 거 같은데."라고 말하며 그만 들어가자고 자리에서 일어났으나, "잠깐만. 조금만 여기 더 있다가."라며 현은 그런 연수를 붙잡았다.

"간만에 둘이 있는 건데. 더 여기 있다가 들어가자."

"……."

자리에 반쯤 일어나 엉거주춤한 자세로 있던 연수는 자신을 붙잡은 현을 물끄러미 바라보다가 이내 자리에 앉았다.

"너랑은 단둘이 있기 뭐가 이렇게 어렵냐?"

"……."

또다시 현의 품에 안긴 채 생각에 잠긴 듯 말이 없는 연수를 곁눈질하던 현은 대체 연수와 함께하기 위해 자신이 싸워 이겨야 할 것들이 몇 개인지 모르겠다고 생각했다. 일단 차근차근 준일과 민호부터 조지고 그 다음은 아이 엠 프리스타와 학습지인가, 라고 현의 생각이 흘러갈 즈음이었다.

"선우야."

자신을 부르는 소리에 현은 연수를 향해 고갤 돌렸고, 고갤 돌리기가 무섭게 연수와 입술이 닿았다. 매우 짧고 가벼우며 스치듯 닿았다 떨어진 입술이었지만, 비록 매우 짧은 시간인 찰나와 같은 순간이었지만, 현은 방금 자신에게 일어난 일을 도무지 믿을 수가 없어 그만 멍해지고야 말았다.

"어……. 지금……. 뭐야?"

"……."

"너……. 나한테……? 뽀뽀한 거야?"

연수는 호들갑스러운 현의 모습을 보자 왠지 머쓱해서 시선을 피하기 위해 현의 가슴팍에 얼굴을 파묻었고, 그러한 행동이 현의 심장을 더욱 요동치게 한다는 것을 몰랐다. 아무것도 모르는 연수는 그렇게 현의 가슴팍에 얼굴을 파묻은 채로 웅얼거렸다.

"선우야, 시험 끝나고는 시간 꼭 빼놓을게."

"……."

"같이 영화 보러 가자."

일생 뻔뻔하기 그지없던 현이었지만, 현은 연수에게 고백을 받았던 순간과 더불어 지금 이 순간만큼은 얼굴이 화끈해져서 멍하니 그저 허공을 바라볼 수밖에 없었다.

슬기로운 생활

아흥, 아흥, 아, 아, 하는 야릇한 신음만이 울리는 방 안. 마우스를 손에 쥔 채 연수는 드물게 당황한 낯으로 컴퓨터 모니터를 바라봤다. 모니터 속 덩치 큰 남자가 또 다른 남자의 가슴을 입에 물고 빨아 당기자 축 늘어진 남자의 몸이 전기 오른 듯 움찔거렸고, 신음은 더더욱 간드러지기 시작했다.

"……."

연수는 자신이 현의 컴퓨터에서 무엇을 실수로 클릭했는지를 확인했다. 여러 가지 새 폴더들 사이에 숨어 있던, 하필 음흉한 폴더 하나. 그게 이 방 안을 울리는 소리의 정체였다. 현의 컴퓨터에서 우연히 야동을 틀어 버렸다. 그것도 남자끼리의 그렇고 그런 영상에 연수는 금세 난감해져서 얼른 그것을 끄려 했으나, 그 순간 연수의 등 뒤에서 들려온 쨍그랑 소리가 연수의 모든 행동을 멈추게 만들었다.

연수는 뒤를 돌았다. 플라스틱 컵은 바닥에 나뒹굴고 있었으며, 그 안에 담겨 있었을 내용물로 바닥이 흥건하게 젖어 있는 것이 연수의 시야에 담겼다.

"……."

"……."

자신의 눈앞에 펼쳐진 상황에 놀라 숨이 턱 막힌 현이 그만 손에 들고 있던 컵을 놓친 것이었다. 현은 '미친? 이런 미친!' 속으로 그리 외치며 이 침묵이 흐르는 분위기를 어쩌면 좋을지 몰라 난감해했고 연수는.

"아니, 나는 영화를 틀려고 그런 건데……."

"……."

"이게 틀어졌네."

이렇게 변명했다. 그러다가 "음……." 하고 잠시 생각에 잠겨 있던 연수가 다시 입을 열었다.

"근데 이런 스타일이 취향이야?"

"……."

"……어쩌지."

"……."

연수는 방금 전 보았던 영상이 떠올라 자신의 밋밋한 가슴팍을 괜히 한번 쓸어 봤다. 어쩌느냐는 말만 턱 던져둔 채 물끄러미 현을 바라보는 연수의 시선에 현은 지금 연수가 자신을 저렇게 물끄러미 바라볼 때인가 싶어 얼른 연수의 등을 떠밀다시피 해 일단 방 밖으로 내쫓아 버렸다.

방 안에는 아직도 틀어져 있던 영상의 소리가 한가득 차 있었다. 찰싹찰싹 살끼리 맞붙는 노골적인 소리가 현의 귓가를 휘감았다. 으아, 진짜! 틀어도 하필 이걸 틀었어! 현은 호들갑스레 영상을 꺼 버렸다. 그러자 이번엔 방문을 쾅쾅 두드려 대는 연수의 목소리가 들려왔다. 이렇게 내쫓는 게 어디 있느냐, 민망한 건 너인데 왜 나를 내쫓고 그러느냐, 자신은 다 이해한다, 우리 때는 다들 혈기 왕성하니까, 라고 외치는 그 목소리를 들으며 현은 자신의 손바닥 위에 얼굴을 파묻었다. 아아…… 미친, 뭔가 쪽팔려. 왠지 쪽팔려. 마치 울음과 같은 현의 한탄 섞인 한숨은 그렇게 손바닥 위로 한가득 쏟아졌다.

이런 게 현의 취향은 아니었다. 단지 어떻게 하는 건지 미리 알아 두어서 나쁠 건 없지 않을까 하는 생각에 받아 두었던 영상일 뿐이었다.

"선우야. 나 가? 너 쪽팔린 거 같은데 그냥 갈까?"

"……연수야, 제발 일단 조용히 좀 해 봐. 네가 너무 시끄러워서 내가 생각을 정리할 수가 없잖아."

"문 열어 봐. 안 놀릴게!"

"……"

몇 분이 흐르고 문득, '그래, 뭐 그렇게 쪽팔릴 일도 아니지 않나?' 하는 생각이 든 현은 방금 전 일을 훌훌 털어 넘기려 했다. 생각을 추스른 현은 그제야 자신의 얼굴 위를 가리고 있던 손바닥을 치워 냈다. 그리고 일단 바닥에 쏟은 음료수부터 닦으려고 몸을 숙이자마자 그대로 머릴 감싸며 주저앉아 버렸다.

아무렇지 않은 척 생각을 훌훌 털어 내고 싶었지만 왜인지 만약 자신이 지금 당장 죽는다면 그 사인은 쪽팔림일 것이라는 생각이 다시 한번 마음을 흔들어 놓았기 때문이다. 그깟 야동이라며 아무리 털어 내려고 해도 왠지 모를 쪽팔림은 느닷없이 훅 찾아오는 법이었다.

"문 열어! 선우야, 문 열……!"

"박연수."

한참 뒤 방문이 열렸다. 쾅쾅 문을 두드리던 연수가 그제야 주먹질을 멈췄다. 다시금 연수를 마주 보자 현은 영 의식이 되는 게 안 되겠다 싶었다. 세상 쪽팔려 죽을 것 같은 것은 둘째 치고 지금 이대로 단둘이 방 안에 함께 있다가는 방금 전까지 방 안 한가득 울려 퍼졌던 찰싹찰싹 살 부딪치던 소리가 다시금 환청처럼 들려올 것만 같았기 때문이다. 그건 아주 낯 뜨거운 일이었기 때문에 잠깐의 상상만으로도 왠지 얼굴이 화끈거렸다. 현은 비스듬히 연수의 시선을 피하며 자신의 목덜미를 쓸었다.

"……우리 영화는 나중에 보고 일단 산책이나 하러 나가자."

"갑자기?"

"어, 갑자기 그러고 싶네."

그렇게 연수를 끌고 집을 나와 산책하며 현은 그 일을 유야무야 넘겼다고 생각했다. 그러나 그때부터 시작이었다. 현의 평범했던 아침이 전과 달리 평범해지지 못한 것이 말이다.

현은 아침 알람 소리에 눈을 뜨고도 몽롱함을 떨쳐 내지 못했다. 간밤에 꾸었던 꿈 때문이었다. 꿈은 나날이 구체적이 되어 갔고, 그 때문에 현은 베개를 끌어안으며 가슴으로 울었다. 그 와중에도 꿈에서 보았던 연수의 하얀 살결이 눈앞에서 아른거려서 현은 괴로웠다. 아니, 씨발. 왜 이래, 나. 뭐에 환장한 것처럼 왜 이러냐고 대체.

그랬기 때문에 학교 앞 횡단보도에서 마주칠 때마다 아무것도 모르는 얼굴로 자신을 보며 "안녕?" 하고 인사를 건네는 연수의 산뜻한 얼굴을 볼 때면 괜한 죄책감에 사로잡히는 것이었다.

"죽겠네, 존나 의식되는데……."

"뭐가아?"

혼잣말을 하는 현의 귓가에 나직한 목소리가 들려왔다. 귓바퀴로 감겨 오는 뜨끈한 숨결에 화들짝 어깨를 움츠리며 귀를 감싼 현이 뒤를 돌자 게슴츠레한 눈길로 현을 바라보는 준일이 서 있었다. 현은 금세 불쾌해져서 짜증을 냈다.

"소름 끼쳐. 이 미친 새끼야. 누가 가까이서 숨 쉬래, 안 떨어져?"

"뭐가 의식되는데. 응?"

"……."

현의 짜증에도 아랑곳 않는 준일의 태도에 현은 괜히 만청을 부렸다.

준일은 방금 전 스치듯 보았던 현의 표정을 놓치지 않았다. 그리고 분명 연수의 뒤통수를 보며 의식된다고 중얼거렸던 것 또한. 요즘 한숨이 잦은 걸로 봐서, 현이 연수를 두고 무슨 고민이 생겼다는 것을 눈치 빠르게 알아차린 준일은 현을 떠보려고 했다.

하지만, 뭔데? 뭐가? 무슨 일인데? 누가 의식돼? 준일이 아무리 현의 어깨를 움켜쥐고서 흔들어 봐도 현은 꿈쩍도 하지 않았다.

"선우야, 시간표 바뀌었대. 나 윤리책 없어서 빌리러 갔다 올게."

"어? 어."

"같이 갈래?"

"……아니, 됐어."

하지만 연수가 불쑥 나타나 현의 등을 찌르는 것에 움찔, 윤리라는 단어에 또 한 번 움찔거리는 것으로 보아 백 퍼센트 연수를 두고 윤리에 어긋나는 짓을 생각하고 있었던 게 분명하다고 준일은 짐작했다.

현은 자신이 이러는 게 과연 자연스러운 것인가 아니면 변태 같은 것인가에 대해 고민했고, 하굣길에까지 이어지는 그 생각에 대한 뚜렷한 답을 내놓지 못하고 있었다. 자연스러운 거 아닌가? 좋아하니까 만지고 싶고, 만지고 싶고. 그냥 존나 만지고 싶다, 라는 생각에 잠겨 있을 때였다.

"토요일에 너희 집에 가도 돼?"

"우리 집?!"

난데없이 집에 찾아오겠다는 연수의 말에 화들짝 놀란 현을 향해 연수는 숙제하고 그때 못 봤던 영화 같이 보자, 라고 여상하게 말을 늘어놓았다. 그러다가 어물거리는 현을 향해 "왜? 안 돼? 바빠?" 하고 물었고, 현은 "안 될 건 없는데……."라며 말끝을 흐리기만 했다.

그리고 토요일, 현의 마음을 찌르고 들쑤시려고 작정이라도 한 듯 반바지를 입고 온 연수를 보자 현은 착잡해지고야 만다. 나는 지금 위험한 짐승인데, 손이 닿으면 미지의 까마득한 어둠이 될 것만 같은데, 그런 자신과는 달리 해맑기 그지없는 연수를 보고 있자니 자신의 앞서가는 생각으로 인해 현은 역시 자신이 너무 확장한 것 같다, 라는 생각을 떨칠 수가 없었기 때문이다.

"과자 사 왔어. 너 이거 좋아하지? 내가 너 좋아할 만한 맛있는 걸로 사 왔어."

"……."

과자. '과자보단 네가 더……'라는 생각을 재빨리 떨쳐 낸 현이 후다닥 거실 한가운데 책상을 깔았다.

현은 경건한 마음으로 연수와 숙제를 하려고 했다. 하지만 자꾸만 매끄러운 연수의 다리로 시선이 멋대로 향하려 했다.

오늘따라 홍조가 깃든 볼이 빵실빵실한 게 참……. 아예 턱까지 괴고서 연수를 관찰하던 현은 그 순간 불쑥 자신의 앞으로 내밀어진 손에 움찔했다.

"현아, 나 빨간색 펜 좀."

"어?"

"펜."

"……."

연수는 문제지에 시선을 박은 채였다. 어째서인지 현에게로 손을 뻗은 지 한참이나 지났는데도 아무것도 쥐어지지 않아 뒤늦게 고갤 든 연수는 맞은편에 앉아 있는 현을 보며 고갤 기우뚱 기울였다.

"왜 그래? 더워?"

"……."

"얼굴이 빨간데."

에어컨에선 바람이 나오고, 선풍기까지 윙윙 돌아가는 중이었으니 더울 리가 만무했다. 그럼에도 불구하고 현의 얼굴은 마치 뜨거운 여름 햇살에 익기라도 한 듯 붉었다.

"네가 이름 불러 준 건 처음이라서……."

"내가?"

의식도 하지 못한 연수는 자신이 현을 어떻게 불렀더라, 기억을 되짚어 보는 중이었고, 그런 연수를 바라보는 그 짧은 순간 동안 왕성한 시기의 청소년인 현은 상상의 나래를 끝도 없이 펼치는 중이었다. 하나에 몸짓에 지나지 않았던 그를 불러 주었을 때 나에게로 와서 꽃이 된다는 시처럼 고작 부름 하나에 현은 팔랑팔랑 꽃이 되어 당장이라도 연수에게로 날아갈 듯했다.

현의 자제력은 생각보다 약했고 또한 허술했다. 나쁜 마음을 먹지 않으려고 하면 할수록 사람의 심리라는 게 더욱 나쁜 마음만 먹게 된다는 것을 보여 주는 듯 마음을 추스르는 게 쉽지가 않았다. 마음을 다잡아 보려 눈을 꽉 감았다가 떠 보아도 소용없었다. 현의 시야를 언뜻언뜻 스치는 연수의 다리 또한 자꾸만 현의 음흉하고 그렇고 그런 마음을 더욱 자극해 왔다.

그런 현의 사정을 알 길이 없는 연수는 현의 표정을 살피며 걱정스러운 듯 물었다.

"근데 선우야. 어디 아파? 너 오늘 좀 이상해."

"어, 그……."

현의 머릿속은 뒤죽박죽된 상황이었지만 한 가지 분명한 사실은 지금 연수를 덮치고 싶다는 것이었다. 온갖 번뇌와 망상에 시달려 평화로운 반응을 보이지 못하는 현의 하체가 그것을 증명하고 있었다.

어느새 피가 쏠리는 하체에 아랫입술을 꽉 깨문 현은 고갤 푹 숙였다. 연수를 볼 낯이 없었다. 연수야 미안해. 그렇지만……. 그렇지만……. 그 순간 현의 생각이 끊겼다. 뻗어 온 연수의 손이 예고도 없이 화끈화끈한 현의 뺨에 닿았기 때문이었다.

현의 시선은 어느새 느슨하게 풀린 채 연수를 향했고, 난데없이 풀린 현의 시선과 눈이 마주친 순간 연수의 가슴이 쿵쾅거리며 뛰기 시작했다. 그 시선이 무엇을 의미하는지 연수는 본능적으로 느꼈다.

"저기, 선우야……?"

이성을 따라잡지 못한 현의 손은 연수의 목덜미를 움켜쥐었다. 에어컨 바람에 차가워진 손이 자신의 목을 감싸자 연수는 어깨를 움츠렸다. 연수의 가슴은 아까보다 더욱 가열하게 두방망이질 치기 시작했다. 그러나 연수가 어떠한 위기감을 느끼기도 전에 현의 행동이 한발 빨랐다.

입술이 닿았다. 차가운 입술을 가르고 뜨거운 숨이 엉켰다. 장애물 같은 책상을 옆으로 치워 버린 현이 성큼 연수에게로 다가갔다. 머리카락 속을 파고들었던 현의 손가락이 슬금슬금 연수의 셔츠 안쪽으로 기어 들어가자 가슴 속에 이는 열기로 엉킨 숨결이 더욱 더 뜨거워지기 시작했다.

연수는 평소와 달리 무언가 조급하게 달려드는 것이 버거워 현의 가슴팍을 짚었다. 그러나 아랑곳하지 않고 틈 없이 달려드는 현의 기세에 떠밀려 바닥에 눕게 되었다. 곧이어 입술이 떨어지고, 현의 내려다보는 시선을 받은 연수는 부끄러운 기분을 느꼈다. 정적 속에서 들리는 소리라고는 달뜬 숨소리뿐이었다.

문득 연수의 머릿속으로 얼마 전 현의 컴퓨터에서 우연히 보았던 영상이 스쳐 지나갔다. 꿀꺽 침을 삼키는 연수의 목울대가 크게 일렁였다. 전에 없이 흥분한 현의 얼굴이 연수는 생소했지만, 그로 인해 아랫배가 들끓는 느낌이 마냥 싫지만은 않았다.

현은 긴장한 표정으로 유심히 연수를 바라보다가 입을 열었다.

"싫으면 발로 차."

"……."

"진짜 세게 차야 돼."

현은 연수의 손을 그러쥐었다. 손바닥끼리 완전히 밀착하게 꼭 잡아 쥔 손에 연수가 또다시 마른침을 삼켰다. 현은 자신의 이성을 한껏 끌어와 쏟아지는 상상과 충동, 그리고 욕구들 사이에서 티끌만 한 평온함을 찾기 위해 고군분투하며 너무 조급함을 드러내지 않으려고 했다.

"……진짜로 힘껏 차. 안 그러면 도중에 그만 못……."

"내가 그럴 리가 없잖아."

"……."

지금 이 팽팽한 긴장감 속에서 연수가 그런 말을 해 오면 심장이 내려앉지 않을 리가 없는 현의 심장은 역시나 쿵 바닥으로 떨어지고야 만다. 그리고 그와 동시에 현의 이성의 끈은 날아가 버렸다.

꽃가루

꽃가루가 날렸다. 이맘때면 늘 코끝이 간질거리기 일쑤였다. 공기 중을 떠다니는 하얀 가루로 인한 간지러움을 참지 못하고 기어이 재채기가 터져 나왔다. 짧게 재채기한 뒤 고갤 들자 나를 빤히 바라보고 있던 누군가의 시선이 마주쳤고, 상대는 나와 우연히 마주친 시선에 놀라 반사적으로 서둘러 고갤 돌렸다.

저 애와 이렇게 우연히 눈이 마주친 건 오늘로 벌써 일주일째였다. 아침마다 늘 같은 버스 정류장에서 마주쳤으며, 내가 별생각 없이 주변을 둘러보다 시선이 마주치곤 하는 거로 보아 저 애가 항상 나를 지켜보고 있다는 것 정도는 어렵지 않게 알 수 있었다.

누군가에게 관찰당하고 있다고 생각하자 기분이 묘했다. 같은 교복인 걸 보면 학교는 같은 것 같았지만, 학년은 잘 모르겠다. 그저 얼굴이 조금 앳되어 보이는 거로 나보다 어릴 거라고 지레짐작할 뿐이었다.

"진짜 멋있었어요!"

"……."

어딘가 익숙하다고 생각했다. 지금 막 자신이 들고 있던 음료수 캔을 불쑥 내민 낯선 이 애가 말이다.

어디서 봤더라…….

그러한 생각을 하던 중 어느 틈인가 내 손에는 음료수 캔이 쥐여 있었고, 반짝거리는 눈동자는 부담스럽게 나를 향해 있었다. 내 얼굴은 그 열렬한 시선으로 인해 조금 찌푸려졌다. 내 어깨 위로 팔을 두르고 있던 경환이 귓속말하듯 고갤 기울여 내게 이 애가 누구냐고 속삭였다. 그에 모르겠다고 고갤 가로저었다.

하지만 얼떨결에 손에 쥐게 된 음료수 캔의 차가운 표면을 만지작거리면서 어딘지 이 애가 익숙하다는 생각을 떨쳐 내지는 못하고 있었고, 그 순간 문득 기억 하나가 빠르게 머릴 스치고 지나갔다.

"어? 버스 정류장?"

생각과 동시에 말이 튀어 나갔다. 그 말에 내 앞에 서 있던 그 애는 자신을 기억하냐는 듯 반색하는 표정을 지었다. 자길 기억하냐고 목소리가 높아져 물어 오는 것에 가만 고갤 끄덕였다. 딱히 해 준 것도 없는데 부담스러울 정도로 나에게 호의적인 태도에 어쩐지 주춤거리게 됐다. 여전히 내 어깨 위에 팔을 두른 채 서 있던 경환이 의아한 듯 나와 눈앞에 서 있는 녀석을 번갈아 바라보았다.

녀석은 내가 자신을 기억하는 게 신기하다는 말투였지만, 오히려 매일 관찰당하던 입장에서 의식하고 있던 사람을 곧바로 떠올리지 못한 게 내겐 더 신기한 일이었다.

녀석은 나를 향해 웃어 보였다. 퍽 살가운 미소였다.

"저 사실은 여기서 형 농구 하는 거 맨날 보고 있거든요. 그게, 꼭 한번 말을 걸어 보고 싶어서……."

"……형?"

언제 봤다고 벌써부터 친한 척을 해 오는 건지 부담스러웠다. 이런 것을 반기는 성격이 아니다 보니 곧바로 내 표정 위로는 부담스럽다는 그 생각이 드러나기라도 한 모양이었다. 맞은편에 서 있던 녀석이 내 얼굴을 살펴본 뒤 멋쩍은 미소를 지었기 때문이다.

"형이라고 불러도 되죠? 저보다 두 살 많으시니까……."

"……."

"저 형이랑 친해지고 싶어서요."

"나랑?"

'왜?'라는 의문이 떠오름과 동시에 넉살도 좋다고 생각하던 나는 문득 내가 저보다 두 살이나 나이가 많은 것은 또 어떻게 알고 있는 걸까 의아해서 바라보았다. 하지만 그것에 대해 따져 물을 새도 없이 내게 음료수 캔을 건네준 녀석은 꾸벅 허리를 숙여 인사하고는 먼저 들어가 보겠다며 제 할 말만 끝낸 뒤 도망치듯 황망하게 자리를 피해 버렸다.

나는 그저 망연한 눈길로 내 앞에서 순식간에 사라진 그 애의 빈자리만 바라보았다. 경환이 옆에서 킬킬거리며 웃는 소리가 들렸다.

"네 팬인가 봐. 좋겠다야."

"됐어, 좋기는 뭐가 좋다고. 쟤 대체 뭐야?"

웃지 말라고 팔꿈치로 옆구리를 찔러도 여전히 재미있다는 얼굴로 경환이 나와 내가 손에 들고 있는 음료수 캔을 번갈아 바라보다가 말했다.

"뭐긴 뭐야, 팬?"

"꺼져, 진짜."

다시 한번 그 애가 도망치듯 달아난 곳을 바라보며 별 희한한 놈을 다 보겠다고 생각했다.

그리고 패기 있게 내 앞에서 형, 형 하던 그 애와의 재회는 어김없이 아침 등굣길 버스 정류장에서였다. 기웃기웃 내가 나타날 방향을 살펴보던 녀석은 불과 얼마 전과는 달리 내가 나타나자 기다렸다는 듯이 코앞까지 다가와 "안녕하세요!" 하고 인사를 건네 왔다.

"형이랑 같이 등교하고 싶어서 기다렸어요."

"아, 어……."

바로 코앞에서 인사를 건네 오니 무시하기도 뭐하고, 그렇다고 마주 인사해 주기도 왜인지 껄끄러웠던 나는 별다른 대꾸 없이 고개만 끄덕여 주었다. 내가 할 수 있는 최선이었다.

그러곤 묵묵히 앞만 바라보며 뺨으로 꽂히는 시선을 계속 무시해 보려고 했지만, 쉽지가 않았다. 자신을 봐 달라고 저렇게 구는 걸까? 별수 없이 돌아보자 생글거리는 낯으로 나를 보고 있던 녀석과 당연하게 눈이 마주쳤다. 하지만 나와 시선이 마주치자 재빨리 나를 보지 않은 척 고갤 돌리며 딴청을 부리는 게 어이없었다. 저렇게 허술해서 어디에다가 써먹을까 싶었다. 기가 차서 나도 모르게 헛웃음이 터졌다.

"그렇게 훔쳐보는 짓 좀 그만둘래? 기분 나쁘니까."

"아, 죄송해요."

"할 말 있어?"

"아니요. 그냥, 신기해서요."

"······신기할 것도 많다."

생글생글 웃는 얼굴을 보며 정말 별 희한한 놈이라고 생각했다.

그 이후로 녀석은 틈만 나면 우리 반에 올라왔고, 그 짧은 쉬는 시간마다 1층에서 5층까지 뛰어 올라와서는 "이거 드세요, 형!" 하고 자다 깨서 멍한 상태의 내 손에 난데없이 피자빵을 쥐여 주고는 도망쳤다. 이걸 왜 날 주냐고 물으려고 해도 늘 이미 눈앞에서 사라지고 보이는 거라곤 교실을 빠져나가는 뒷모습뿐이었다.

오늘도 나는 잠결에 내 손에 쥐어진 피자빵을 황당하게 바라보며 재빠르게 우리 반 교실 뒷문으로 도망쳐 버린 녀석이 그저 어처구니가 없어 헛웃음을 지었다. 그러자 내 옆자리에 앉은 놈이 신기하다는 얼굴로 내게 물어 왔다.

"누구야, 쟤?"

"몰라. 나랑 친해지고 싶다던데."

"친해지고 싶다고?"

"있어. 그런 이상한 애."

"혹시 빵 셔틀이야?"라며 친구는 키득거렸다.

그로부터 얼마간의 시간이 지났을 때, 그 애의 이름이 이윤성이고, 1학년 7반이며, 매점에서 파는 피자빵을 좋아하고, 중학교 때까지만 해도 키가 별로 크지 않아 고민이었는데 요즘 조금씩 크고 있어 그 고민은 해결되는 중이며, 체육 시간에 수행 평가로 스포츠 댄스를 추는 게 정말 싫어서 요즘은 그게 새로운 고민거리라는 것을 알게 되었다. 내가 녀석에 관한 이 쓸데없는 것을 알고 있는 이유는 간단했다.

"너 참 한가하네. 매번 우리 교실까지 찾아오고."

별로 궁금하지도 그리고 알고 싶지도 않은 사실을 내게 본인이 시간만 생겼다 하면 찾아와 주저리주저리 떠들어 댔기 때문이었다. 3학년 교실이 위치한 5층까지 1학년 교실이 위치한 1층에서부터 쉬지 않고 뛰어 올라오는 게 어찌 보면 참 대단하다 싶었지만, 그것과는 별개로 시끄러우니까 좀 가라는 말을 어떻게 돌려 해야 할까 고민하는 내게 녀석이 우물쭈물하며 대답했다.

"한가한 게 아니라 그냥……. 그냥 점심 먹고 지나가다가 들러 본 건데요."

"……."

"……진짠데."

"그래. 알겠으니까 그럼 그만 가. 곧 종 치니까."

"형, 있잖아요."

"뭐가 있어."

"저 형이랑 같은 독서실 다니면 안 돼요?"

"뭐?"

하다 하다 대체 내게 왜 이렇게까지 열렬하게 구는지 이유를 알 수가 없었다. 매일 5층까지 올라오는 정성도 모자라 독서실까지 따라다니겠다고 구는 녀석을 말없이 바라보았다. 독서실 다니는 건 또 어떻게 알았나 싶어 황당할 지경이었다. 그런데도 녀석은 순진한 얼굴로 나를 보고 있으니 어처구니가 없을 따름이다.

"대체 꿍꿍이가 뭐냐, 너?"

"꿍꿍이 있는 거 아닌데요."

"그럼 나한테 왜 이러는 건데."

"그거야……."

"……."

"아, 그걸 어떻게 말해요."

"안 어울리는 소리 하네."

"이런 거 갑자기 형 앞에서 제 입으로 말하려니까 저 좀 쑥스러운
데……."

"……."

쑥스럽다며 혼자서 수줍은 척하기에 별스럽게 굴지 말라는 듯 얼
굴을 구기자, 녀석은 가벼운 제 입을 기다렸다는 것처럼 나불거리
기 시작했다. 운동장에서 우연히 형을 봤는데 너무 멋있어서 친해
지고 싶다고 생각했어요. 제가 형이 없거든요. 형 농구 하는 모습도
너무 멋있고……. 아무래도 반했나 봐요. 아, 이상한 의미는 아니에
요. 근데 알고 보니까 형이 3학년이라 올해 아니면 기회도 없을 거
같아서 좀 더 적극적으로 행동하려고……. 여기까지 말을 들은 나는
더 이상 들을 가치도 없다는 듯 녀석의 말을 가로막았다.

"친구 없냐, 넌. 너희 반으로 가. 나 좀 방해하지 말고."

"저 교실에 친구 없는데."

"……."

"진짜예요."

히죽 웃으며, "저도 여기서 공부하려고 영어 단어장 가지고 왔어
요!"라고 하는 소리에 정말로 할 말을 잃었다. 점심시간은 고작 10

분 남았는데 이제야 주머니에서 영어 단어장을 꺼내 외우는 척하는 모습이 하도 어이가 없어 헛웃음만 나왔다.

"지나가다가 들렀다며."

"겸사겸사요……."

게다가 변명 한번 참 허접하다고 생각했다.

"형, 이거 드세요!"

어김없이 오늘도 내게 피자빵을 던져 주고서 도망치려는 뒷덜미를 낚아챘다. 내게 붙잡힌 녀석은 영문을 모르겠다는 표정을 지었다.

"이런 거 자꾸 사 오지 마."

"……왜요, 주고 싶은데요."

"부담스러우니까 사 오지 말라고."

"혹시 형 피자빵 싫어해요?"

"싫고 좋고의 문제가 아니라……."

"그럼 제 마음이라고 생각해 주시면 안 돼요?"

"그런 거면 더더욱 필요 없으니까 가져가."

"아, 형!"

도로 녀석의 손에 빵을 쥐여 주고 돌아섰다. 그러나 몇 걸음 채 걷지 못하고 붙잡혔다. 녀석의 손아귀에 붙잡힌 내 셔츠를 놓으라는 듯 눈길을 주어도 녀석은 아랑곳하지 않으며 말했다.

"그럼 제가 모르는 거 있을 때마다 물어보러 올 테니까 그 사례라고 생각해 주세요. 그럼 되겠다. 그쵸?"

"되긴 뭐가 돼. ……그리고 뭐든 내 손해 아니냐?"

시간 낭비다. 이 쓸데없는 실랑이를 그만두려고 얼른 가라며 등을 떠밀었다. 아, 형, 형! 잠시만요! 녀석이 소리치며 버티고 있는 모습을 드문드문 곁을 지나가던 우리 반 놈들이 이미 익숙하다는 표정으로 지켜보며 뭐 하냐고 웃어 댔다.

"꽉우!"

그때 누군가 나를 불러 왔다. 돌아보자 빨리 노트 내라며 경환이 자신의 노트를 흔들며 소리치는 모습이 보였다. 경환은 곧 내 옆에 서 있는 녀석을 발견하곤 알은체를 했다. 오늘도 왔네. 안녕? 그답지 않게 상냥한 인사에 나는 기가 찬다는 듯 경환을 바라봤고, 경환은 내 시선을 읽어 내곤 뭐 어떠냐는 듯 제 어깨만 가볍게 으쓱해 보였다.

경환에게 잠시만 기다리라 말하며 고갤 돌렸을 때 녀석과 시선이 마주쳤다. 따가운 시선이었다.

"······뭘 그렇게 봐."

"아니 그냥, 형이랑 저 형이랑 친한 거 같아서 부러워서요."

경환이 나를 부른 호칭을 들은 녀석이 마치 자신도 나를 그렇게 부르고 싶어 부럽다는 듯 바라보는 것 같아 황당했다. 어림도 없다는 듯 그만하고 얼른 가라며 다시 한번 녀석의 등을 밀었다. 그러자 이번엔 웬일로 순순히 물러나며 그럼 갈게요, 하기에 방금까지 실랑이를 벌였던 게 어쩐지 허무해질 정도였다. 하지만 그런 내가 몇 초 만에 다시 황당해져 헛웃음을 터뜨린 이유는 어느새 내 손에 피자빵이 들려 있었기 때문이었다.

"야, 나는 네가 부럽다. 나도 누가 나한테 맨날 뭐 좀 갖다 바쳤으면 좋겠다. 쟤 혹시 너 좋아하는 거 아니냐?"

내 곁으로 다가온 경환이 내 옆구리를 팔꿈치로 가볍게 치며 그리 말해 왔고, 나는 그런 농담은 하지도 말라는 듯 경환을 노려보았다.

녀석은 나를 곧잘 형, 형 하며 따라다녔고, 점심시간은 물론 쉬는 시간마다 올라와서 알은체를 하고 지나갔다. 게다가 독서실마저도 같은 곳을 끊어 와 결국 내가 졌다고 포기하게 되었다. 처음엔 왜 저러나 싶었던 나도 차츰 익숙해지기라도 한 건지, 우리 이제 제법 친해진 거 같다며 너스레를 떠는 녀석의 모습을 보며 어처구니가 없으면서도 웃어넘기는 정도에 이르렀다. 뭐가 그렇게 좋으냐고 내가 헛웃음을 터뜨릴 때면 녀석은 그저 아무것도 모르면서 그냥 좋은데요, 라는 대답과 함께 나를 막연히 따라 웃곤 했다.

독서실 가는 길, 학교에 가는 길, 집으로 가는 길마다 지치지도 않고 녀석은 내 곁에서 종알거렸고, 처음엔 그저 시끄럽다고 여겨지던 모든 것이 어느 순간부터인가 나쁘지 않았다. 스스로 또한 그게 조금 낯설 정도로 나는 녀석에게 빠른 속도로 익숙해지고 있었다.

어김없이 우리 반 교실에 찾아온 녀석을 발견할 때면 경환은.

"오오, 곽우진 존나 연예인."

"시끄러."

녀석을 향해 내 광팬이냐고 놀려 댔고, 매번 시끄럽다고 타박하는 나와는 달리 녀석은 놀림당하면서도 뭐가 좋은지 생글거리며 웃어 대곤 했다.

"형, 아까 진짜 멋있었어요! 되게 멀었는데 그게 어떻게 한 번에 들어가요?"

오늘도 점심시간에 농구를 하고 돌아와 화장실에서 땀을 씻고 있을 때였다. 불쑥 다가오는 누군가의 목소리는 이젠 놀랍지도 않았다. 굳이 얼굴을 확인하지 않아도 누구인지 알 수 있었고, 역시나 세면대에 처박고 있던 고갤 들자 예상했던 그 얼굴과 거울 위로 시선이 마주쳤다.

"넌 대체 내가 어디에 있는지 어떻게 알고 매번 따라와?"

"전 형에 관해서라면 다 알아요!"

"……그래."

내 대답이 못 미더웠던지 "진짠데요?"라며 거리낌 없이 내 쪽으로 다가오려는 녀석을 막았다. 땀 냄새 나니까 저리 가라고 밀어내도 싱글벙글 웃기만 하며 녀석이 말을 늘어놓았다.

"형 땀 냄새 안 나요. 형한테선 항상 좋은 냄새만 나는데."

"야, 넌."

"네?"

"……아니야, 됐어. 시끄러우니까 조용히 좀 있어."

서슴없이 늘어놓는 녀석의 말에 민망함은 어쩐지 내 몫이었다. 민망한 소리를 해 놓고도 말끔한 얼굴로 나를 보고 있는 녀석의 시선을 피해 다시 고갤 숙인 나는 세면대에 얼굴을 처박았다. 그리고 얼굴 위로 서둘러 찬물을 끼얹었다.

점심시간 이후 막 떨어지기 시작한 빗방울이 유리창 위에 사선을 그렸다. 무심코 창문 밖을 보다가 사선으로 묻어 있는 빗방울 너머 운동장을 본 내 시야로 익숙한 누군가가 담겼다. 체육 시간인지 운동장에는 아이들로 북적였다. 그러한 붐비는 틈에서 스탠드 주변화단 근처를 서성거리며 친구와 장난치고 있는 녀석을 보니 언젠가 저 교실에 친구 없는데, 라며 웃던 모습이 떠올랐다.

뒤늦게 턱을 괸 채 꽤 오랫동안 친구들과 장난치고 있는 녀석을 보고 있다는 것을 깨달았다.

처음부터 친구가 없다고 했던 말을 믿었던 건 아니었지만, 막상 눈으로 녀석이 친구들과 있는 모습을 보는 것은 처음이었다.

꽤 친해 보이는 그 모습에서 고갤 돌렸다. 친구가 별로 없다고 그러더니 그것도 아닌가 보네, 라고 생각하다가 이상하게 기분이 묘해졌다. 녀석은 나에 관한 거라면 다 안다며 자신 있게 소리쳤지만, 나는 녀석에 관한 것을 잘 모르는 것만 같았다. 이내 알 게 뭐냐는 듯 생각을 털어 냈다.

그렇게 내리던 비는 고작 그게 다였다. 사선을 그렸던 물방울이 증발한 지도 오래였다. 수업이 끝나고 시끌벅적해지기가 무섭게 "형!" 하고 교실 안으로 녀석이 뛰어 들어왔다. 여전히 체육복을 입고 있는 것으로 보아 체육 시간이 끝나자마자 뛰어온 듯싶었다. 왜인지 허물어지려는 입가를 나는 꾹 손가락으로 눌렀다.

"비 오는 줄 알고 좋아했는데……. 그럼 오늘 체육 안 할 줄 알았거든요."

맞은편에 자리를 잡고 앉자마자 내 책상 위로 늘어지듯 상체를 숙인 녀석이 어울리지 않게 기운 빠진 목소리를 냈다.

"금방 그치더라."

축 처진 모습을 보고 있으니 나도 모르게 손을 뻗어 머리카락을 만져 주고 싶다는 생각에 사로잡혔다. 하지만 다행히 곧바로 녀석이 숙였던 고갤 들어 나를 바라본 덕분에 그 생각을 실행에 옮기지 않을 수 있었다. 나는 괜히 목덜미를 주물렀다.

"그래서 결국 오늘 체육 시간에 오래달리기 했어요. 최악이었어요."

"왜?"

"제가 달리는 건 진짜 못하거든요."

"거짓말하지 마, 도망칠 땐 잘하잖아."

"그건……. 그렇긴 한데요. 아무튼, 저 오늘 진짜 힘들었어요."

"그래, 고생했겠네."

"힘든데도 체육 끝나자마자 5층까지 올라왔어요, 형 보려고."

"……."

그 말이 떨어짐과 동시에 어째서인지 나는 아무런 대꾸를 하지 못했다. 할 수 없었다고 보는 편이 맞았다. 장난처럼 맞받아칠 수도 있었는데, 그 순간 괜히 책상 서랍을 뒤적거리기만 했다. 녀석의 서슴없는 말투를 모르는 척하기 위해서 무언가를 해야 할 것만 같아 나온 동작이었다.

"그러니까 이따가 독서실 갈 때 저 아이스크림 사 주면 안 돼요?"

녀석은 그런 나를 향해 생글거리며 웃었다.

* * *

청소 시간, 무심코 창밖을 내다보다가 파란색 쓰레기통을 들고 친구와 분리수거장 쪽으로 향하는 녀석을 발견했다. 도대체 무슨 대화를 나누고 있는 건지 보는 것만으로도 덩달아 여기까지 시끄러워지는 것만 같았다.

그 순간 우연히 이곳을 올려다보던 녀석과 눈이 마주쳤다. 나를 발견하자마자 아래를 내려다보고 있는 내게 어떠한 망설임조차 없이 "형!" 하고 크게 외치며 손을 흔들어 보였다. 힐끗거리는 주위를 의식조차 하지 않는 녀석의 기세에 덩달아 나 또한 얼떨결에 녀석을 향해 손을 마주 흔들어 주었다.

"이따 봐요!"

그러자 아예 파란 쓰레기통을 바닥에 내려놓고서 양팔을 흔들어 댄다. 웃음기가 묻어 있는 외침이 듣기 좋아 가벼운 웃음이 새어 나갔다.

녀석은 제 곁에 선 친구가 재촉하자 그제야 다시금 분리수거장 쪽으로 향했고, 그런 녀석이 시야에서 완전히 사라질 때까지 오랫동안 눈에 담고 있던 나는 어째서인지 가슴 어딘가가 간질거리는 것만 같았다.

마주 흔들어 주었던 손을 잠시 바라보다가 말아 쥐었다. 창문을 통해 들어온 부드러운 바람이 머리카락 사이를 스치고 지나갔다. 나는 다시 한번 창밖을 내려다보았다. 마치 누군가를 찾는 듯 두리번거리는 시선이 스스로도 부산스럽다 느껴졌다. 문득 뭐 하는 짓인가 싶어진 나는 이내 목덜미만 주무르다가 다른 곳으로 자리를 옮겼다.

독서실에서 나와 집으로 향하는 적막한 길을 어느덧 녀석과 함께 걷는 것에 꽤 익숙해져 있는 것을 문득 깨달았다. 분명 시끄럽고, 성가시다고 생각했던 것 같았는데 잔잔한 공기를 가르고 들려오는 목소리가 듣기 좋다고 느껴지기 시작한 게 언제부터였을까. 새삼스러웠지만, 돌아보면 옆에 있는 녀석이 오늘따라 새로웠다. 그 사실을 의식하고 나자 평소처럼 눈을 마주치는 것이 이상하게 불편해져 주변을 둘러보는 척하고 있을 때였다. 느닷없이 한쪽 팔이 붙잡혔고, 걸음을 멈춘 녀석을 따라 나도 멈춰 섰다.

"형, 배고프지 않아요?"

별로 배가 고프지는 않았지만 왜인지 나는 고갤 끄덕였고, 출출하다는 녀석을 따라 편의점 앞 파라솔 의자에 앉아 컵라면에 물을 붓고 기다렸다. 그 와중에도 뭐가 그렇게 즐거운지 녀석의 목소리는 한껏 들떠 있었다.

"저희 조만간 수학 쪽지시험인데 벌써 망했어요."

"……."

"전 수학이 제일 싫거든요."

"……."

"제 친구 중에 형민이라고 있는데, 제가 형한테 형민이 얘기 했던 적 있어요? 걔 되게 웃긴 앤데, 아무튼 걔가 도와준다고는 하긴 했는데 그래도 망한 거 같아요."

"……."

"독서실에서도 자꾸 졸려서 큰일이에요."

녀석에게로 이끌리듯 눈길이 향했다. 컵라면에 물을 부어 넣고 면이 익기를 기다리는 3분이 느릿하게 흘러가는 듯했다. 갑자기 마음이 불편한 이유를 모르겠다. 알 수 없는 심란함과 함께 속이 채워지지 않은 허전함을 느꼈다. 그렇게 얼마간의 시간이 흘렀을 때, "형?" 하고 불러오는 소리에 멍하니 풀어놓았던 초점이 돌아왔다.

"면 불어요, 그러다가."

"……."

나와 눈이 마주친 녀석은 그리 말하며 씩 웃었고, 나는 서둘러 컵라면으로 시선을 떨어뜨리며 어쩐지 내가 조금 부자연스럽다는 생각을 했다.

어김없이 아침 등굣길 버스 정류장에서 녀석과 마주쳤다. 잠기운이 남아 있는 녀석의 얼굴을 보자 자연스레 웃음이 나왔다. 퉁퉁 부어 있는 얼굴을 바라보며 가볍게 웃으니 제 뺨을 만지작거리던 녀석이 의아한 듯 내게 물어 왔다.

"왜요? 뭐 묻었어요?"

"어."

"어디요?"

"버스 온다."

"아, 형. 어디 묻었는데요? 어디요?"

나를 붙잡겠다며 녀석이 뻗어 온 손이 내 손끝에 스쳤고, 스치는 손끝이 이유 없이 아릿했다. 돌아보자 어느새 곁에 선 녀석이 자신의 뺨을 문지르며 치사하다고 툴툴거리고 있었다. 나는 어쩐지 아무런 말도 하지 못한 채 서 있다가 녀석이 빨리 타자고 이끄는 손길로 인해 버스에 겨우 올라탈 수 있었다.

녀석은 나와 달리 아무렇지 않은데, 나는 공연히 손가락 끝을 의식하며 매만지게 된다. 어제 잠시 그러다 말 줄 알았던 불편함이 다시 한번 고개를 내밀었다. 또다시 밀려오는 알 수 없는 심란함과 허전함의 원인을 도통 모르겠다.

"윤성아."

"네?"

"여기 묻었어."

뻗어 간 내 손가락이 녀석의 뺨 언저리에 닿았다. 아무것도 묻어 있지 않은 뺨 위를 손가락이 훑어 내려갔다. 그제야 녀석이 날 보고 고맙다며 웃는데 이상하게 마주 볼 수가 없어 고개가 반대쪽으로 돌아갔다. 그러곤 한사코 버스 창밖만 건너다보았다.

버스 창문으로 들어온 바람이 열이 오른 얼굴 위를 스쳤다. 열린 창의 밖으로 아무렇게나 멍하니 시선을 풀어놓으며 생각했다. '쟤가 언제부터 저렇게 생겼었지?' 하고. 기분이 이상했다. 왜인지 모르게 또다시 스스로가 너무나 부자연스럽다는 생각이 들었다. 가슴 어딘 가가 조이는 것만 같았다. 문득 달라진 것은 녀석이 아니라 나일지 도 모른다고 직감했다. 손가락 끝에 남아 있는 감각이 신경 쓰이는 것도 그것과 아주 관련이 없지 않을 것이다.

"이따 봐요, 형."

학교에 도착해 교실로 향하는 녀석은 내게 그리 말하며 눈앞에서 사라졌다. 하지만 온종일 녀석은 모습을 드러내지 않았다.

"맨날 너 보러 오는 개, 오늘은 왜 안 오냐?"

경환의 물음에 나도 모르게 멈칫하고 말았다. 차라리 눈앞에 보 이지 않으면 덜 신경 쓰일 거라고 생각했지만, 하루 종일 녀석을 생 각하고 있는 걸로 보아 그것도 그렇지 않은 모양이었다.

"모르지."

관심 없는 척 대답했다. 경환이 고개를 기웃거리며 교실 뒷문을 살펴보곤 오늘은 정말 안 오려나 보네, 중얼거렸다. 그 말이 어쩐지 신경 쓰였지만 나는 꿋꿋하게 책상 위에 시선을 둘 뿐이었다.

이따 보자고 그랬던 건 그냥 해 본 소리였을까. 무슨 일이 있나. 한번 내려가 봐야 할까. 하지만 어울리지도 않는 짓 말자는 듯 덥석 안겨 드는 충동을 애써 가라앉혔다. 매일 정신없게 굴던 녀석이 없으니 이상하게 어색한 기분을 느꼈다. 그리고 조금 허전했다. 단지 그것뿐일 거라고 생각하며 동요하지 않으려고 했다.

"근데 걔 자주 보다 보니까 좀 귀엽더라."

"……."

"윤성이랬나?"

하지만 생각이 멈춘 것은 경환의 말 때문이었다. 교실 뒷문을 바라보며 경환이 녀석의 이름을 중얼거렸고, 그 말에 괜히 기분이 좋지가 않았다. 나는 내내 숙이고 있던 고갤 들었다.

"네가 걜 귀여워해서 뭐 어쩔 건데."

"……."

"관심 꺼."

내 말이 떨어지기가 무섭게 침묵만 남는다. 경환이 어처구니없다는 듯 숨을 뱉었고, 자리에서 일어나는 내 동선을 따라 시선을 움직이며 입을 열었다.

"존나 예민하네……. 왜 나한테 갑자기 시비야?"

"누가."

"귀엽다고 말도 못 하냐?"

"……."

"네가 걔 엄마야, 아빠야. 아주 싸고도네."

경환이 내게 무어라 따져 댔지만, 나는 그저 대구도 없이 교실을 빠져나왔다. 이유 없이 자꾸만 짜증이 일었다. 걸음은 이끌리듯 어딘가로 향했고, 다다른 곳은 1학년 7반 앞이었다. 교실 안에서 친구와 시시덕거리는 녀석의 모습을 보게 된 나는 '대체 내가 여기까지 내려와서 뭐 하는 거지?'라고 뒤를 잇는 그 생각에 기가 막힐 지경이었다. 서둘러 그곳에서 벗어났다. 불현듯 까마득한 기분을 느낀 나는 양손으로 얼굴을 가볍게 쓸어내리며 그 떨떠름한 기분을 떨쳐 내려 했다. 그러곤 달려드는 상념들을 피해 다시 급하게 계단을 밟아 올라갔다.

내가 오늘 녀석의 반까지 내려갔다 왔다는 것을 모르는 녀석은 수업이 끝나자마자 우리 반으로 달려와 내게 독서실에 가자고 해 왔다. 아무 일도 없었다는 듯 웃는 얼굴이 어째서 이토록 못마땅한지 모르겠다. 시끌벅적한 교실 안에서 우리 반 몇몇이 녀석을 향해 오늘은 왜 안 보였냐고 장난스럽게 묻는 모습이 보였다.

히죽 웃으며 우리 반 놈들과 자연스럽게 대화를 하는 녀석에게서 시선을 거두고 먼저 교실을 빠져나왔다. 어, 형! 같이 가요! 다급하게 외치며 녀석이 그런 내 뒤를 따라왔고, 대꾸도 없는 나를 향해 왜 그러냐고 묻고 싶은지 녀석은 한참이나 내 눈치를 살폈다.

"형, 화났어요?"

화가 난 건 분명 아닌데, 이상하게 짜증이 났다. 지금 충분히 유치하게 굴고 있다고 스스로도 인식하고 있었지만 녀석의 물음에 도무지 입이 열리지 않았다.

오늘 하루 종일 보이지 않았던 것도, 교실에서 다른 놈들과 시시덕거리던 것도 내가 짜증을 낼 만한 이유가 못 되는데도 나는 그런 것들로 인해 짜증이 났다. 내 감정이 내 감정 같지가 않았다.

그러나 이 순간 가장 어처구니가 없는 것은 녀석이 그런 내 기분을 알아주었으면 한다는 점이었다. 녀석이 내 그런 기분을 알아차려 주지 못하는 것에 내가 이토록 유치하게 굴고 있는 것만 같았고,

그걸 자각하고 나자 내가 대체 뭐 하고 있는지 모르겠다는 기분이
들었다.

"제가 뭐 잘못했어요?"

그 순간 불쑥 내 앞으로 고갤 내밀며 녀석이 가까워진 탓에 반사
적으로 밀어냈다. 내가 생각해도 민망할 정도로 녀석을 세게 밀어
내 주춤 뒤로 물러난 녀석이 당황한 듯 나를 바라봤고, 나조차도 놀
라서 그대로 멈춰 섰다.

"아, 미안……. 갑자기 놀라서."

"아니에요."

"……"

녀석은 시무룩하게 대답했고, 축 처진 녀석의 어깨 위에 시선이
머문 나는 짧게 한숨을 내쉬었다.

"……오늘 왜 안 왔어."

결국 참지 못하고 최대한 아무렇지 않은 질문인 것처럼 가장해
녀석에게 물었다. 녀석은 느닷없는 내 질문이 의아했는지 잠시 뜸
을 들였다.

"어, 그냥……. 사정이 좀 있어서요."

그러곤 어색하게 웃으며 애매한 대답으로 묘하게 내 질문을 피해
갔다. 웃음으로 때우려는 그 기색이 못마땅했다. 나는 낮에 보았던
교실 속 녀석의 얼굴을 떠올렸다.

"사정이 뭔데."

"네?"

"그 사정이 뭐냐고."

"어, 그냥 저도 가끔은 바쁘기도 하고……. 그런데 갑자기 그건 왜

요? 형 혹시 저 기다렸어요?"

"……."

기다렸냐는 물음에 말문이 막혔던 나는 뒤늦게 미쳤냐고 따졌고, 그런 내게 저도 알아요, 그냥 해 본 소리였어요, 라며 녀석은 웃어 넘겼다.

사실은 녀석이 이유 없이 나를 미뤄 두는 게 싫었다. 그리고 그 생각을 하는 지금 도저히 그런 스스로를 이해할 수가 없었다. 빤히 바라보는 내 시선이 평소 같지 않았는지 그제야 웃음으로 대충 넘기려던 녀석의 얼굴 위에 남아 있던 웃음기가 사라졌다. 이내 우물쭈물하다 한숨을 내쉬었다. 내 침묵으로 인해 녀석은 결국 애매한 대답으로는 지금 이 상황을 넘길 수 없다는 것을 눈치챘는지 여러 번 달싹이던 입술을 떼었다.

"그게."

"……."

"오늘 수학 쪽지시험 재시험 보느라 그랬어요. 계속 통과를 못 해서……. 오늘 종일 그거 때문에……."

"……."

"아, 형."

"……."

"저도 숨기고 싶은 게 하나쯤은 있는데 왜 자꾸 물어봐요 그러니까……."

아, 쪽팔려요. 머릴 푹 수그린 채 기어들어 가는 녀석의 변명을 들으며 그제야 나는 안도했다. 그러는 한편 어처구니가 없었다. 이러는 스스로가 여전히 이해할 수 없는 것은 마찬가지였기 때문이다. 그리고 고작 녀석의 그 한마디로 인해 하루 종일 바닥을 치던 기분이 나아졌으니 말이다.

다음 날 점심시간, 잠시 자리를 비우고 교실로 돌아왔을 때 내 자리에는 녀석이 앉아 있었다. 하지만 그런 녀석을 향해 반가워하기도 전에 우리 반 아이들 몇몇과 서슴없이 얘기를 나누고 있는 모습을 보고 가장 먼저 든 생각은 '언제 저렇게 다른 애들과 친해졌지?'였다.

내가 없는데도 아쉬운 기색 하나 없어 보였다. 나는 녀석이 다른 사람들과 즐겁게 얘기하는 모습을 바라보며 지금 내가 느끼고 있는 불안하고 불편한 기분을 곱씹었다. 그리고 다른 놈들이 지금처럼 녀석의 머리카락을 헝큰다든지, 팔로 목을 조르며 장난을 치는 것을 보며 그 손길에 묻어 있을 다른 의미는 없을지에 대해 생각했다.

나야말로 녀석의 뺨을 손가락으로 훑었을 때 다른 의미는 없었을까?

번뜩 정신을 차렸을 때, 어느새 내 앞에는 녀석이 서 있었다. 정확히 말하자면 내가 녀석의 손목을 움켜쥐고서 다른 사람들 틈에 섞여 있던 녀석을 데리고 교실을 빠져나온 것이었다. 뒤늦게 충동을 못 이기고 생각보다 행동이 앞서 버린 것을 깨달았다. 그런 내 행동을 뭐라고 변명해야 할지 몰랐다.

"왜 그래요, 형?"

"……."

"무슨 일 있었어요?"

둘 곳을 몰라 눈동자는 끊임없이 바닥 위를 돌아다녔다. 내가 왜 그랬지……. 당황스러웠다. 하지만 아무리 생각해 봐도 상식선에서 낼 수 있는 적당한 답이 떠오르질 않았다. 변명의 여지가 없었다.

나는 녀석이 다른 놈들과 함께 시시덕거리는 꼴을 보고 싶지 않았던 것이다.

"앞으로 교실에 오지 마."

침묵 끝에 내뱉은 내 말에 녀석은 눈을 크게 떴다. 시간은 마치 무언가의 영향이라도 받은 듯 언젠가 그랬던 것처럼 느리게 흘러갔다. 생각해 보면 어느 순간부터 늘 그랬다.

녀석의 눈이 깜빡거릴 때마다 동작 하나하나가 느릿하게 눈에 담겼다. 창문으로 쏟아져 들어오는 햇빛에 반사된 갈색빛 눈동자가 밝았다. 조금 처진 눈꼬리에는 방금 내가 한 말로 인한 당황스러움이 묻어 있었다. 헝클어진 머리카락을 정리해 주고 싶어 일순 뻗어나갈 뻔한 손바닥을 세게 움켜쥐었다. 손톱자국이 새겨질 만큼 움켜쥔 주먹이 저릿했다. 녀석을 찬찬히 뜯어보는 건 이상하게 나답지가 않다고 생각하면서도 그만두지를 못하겠다.

"네?"

"점심시간마다 올라오는 거 그만두라고."

"왜요? 형, 제가 뭐 실수한 거 있어요?"

"그냥 그······."

우리 반 교실에서 내 친구들과 서슴없이 지내던 모습이 떠올랐다. 차마 그 모습이 보기 싫어서 그런다는 유치한 소리를 할 수는 없으니 입술이 떨어지질 않았다. 자꾸만 무언가를 감추려고 하다 보니 아무래도 목소리는 평소보다 더 딱딱하게 흘러나왔다.

"······시끄러워서 방해돼, 너."

"아······."

"······."

"그럼 앞으로 조용히 할게요. 네?"

녀석의 말에 긴 한숨을 쏟아 내고, 그만 조르라는 듯 눈을 치켜뜨자 그런 내게, "앞으로 형 교실에서 입도 뻥끗 안 할게요. 저 진짜 조용히 할 수 있어요."라고 강력하게 어필한다. 침울한 얼굴을 바라보고 있자니 마음에 동요가 일어나려 했다. 어떻게 하면 좋을지 모를 문제에 맞닥뜨린 채 그저 입술만 바짝 말랐다.

"······그럼 음악실로 와."

"네?"

"점심시간에 음악실에서 보자고. 거기 애들 별로 안 오는 거 같으니까."

"제가 형 교실로 가는 거랑 뭐가 다른 건지 잘 모르겠는데······."

"싫으면 말고."

"아니요, 싫다는 게 아니라요. ······알겠어요. 음악실로 가면 되는 거죠?"

녀석은 내 마음이 바뀌기 전에 서둘러 대답하며 웃어 보였고, 그 모습을 마주 본 채 잠시 뜸을 들이던 내가 입을 열었다.

"그래도 쉬는 시간에는 힘드니까 올라오지 마."

"네?"

"쉬는 시간 짧은데 5층까지 오르락내리락하는 거 힘들잖아. 그러지 말라고 하는 소리야."

"······형, 진짜 화난 거 아니죠?"

"화 안 났어."

"아니, 갑자기 여기까지 끌고 와선 앞으로 교실 오지 말라고 그러니까······. 저 엄청 긴장했잖아요."

"……."

"앞으로는 진짜 조용히 할게요."

"……어."

녀석이 그만 교실로 돌아간다며 멀어지고, 나는 한동안 그 자리에 선 채 질서도 없이 쏟아지는 생각들을 정리해 보려 했다.

녀석에게 내가 뒤로 밀리는 게 싫었고, 다른 사람들과 친하게 어울리는 모습이 싫었다. 그런 생각을 했다는 것 자체가 어이없고, 스스로 생각해 봐도 너무나 유치해서 말문이 막혔다. 여전히 녀석은 내가 오지 말라는 말 한마디에 섭섭해하고, 내가 좋다고 하는데도 도대체 뭐가 문제라서 이러는지 알 길이 없었다. 유치하다는 생각을 넘어 불안했고, 그 불안함은 감당하기가 조금 벅찼다.

그 이후로도 계속해 쏟아지는 생각들 때문에 도무지 수업에 집중할 수가 없었다. 하루 종일 멍청하게 어딘가 나사 빠진 사람처럼 정신이 멍했다. 독서실에서도 마찬가지였다. 같은 페이지만 펼쳐 둔 지 벌써 한 시간째였다. 코앞에 놓인 시험 때문에 공부 중이었지만 책장이 넘어가지를 않았다. 독서실 안은 사각거리는 펜 소리조차도 들리지 않을 만큼 고요했다.

"형."

어깨를 두드리는 손짓과 함께 고요함을 가르고 들려오는 소곤거리는 목소리에 고갤 돌리자 녀석의 검지가 볼에 푹 박혔다. 그러자 녀석은 제 입술을 깨물며 소리 내지 않으려고 애쓰면서 웃었다. 뭐가 재미있다고 어깨가 들썩이기까지 하며 웃는지 모르겠다. 소리를 내지 않으려고 애쓰느라 녀석의 표정이 이상했다.

"……재밌냐."

"형도 웃었으면서 뭘 그래요."

"……."

나지막한 목소리가 내게 속삭였다. 내가 웃었던가? 그런 생각을 하는데 내 어깨를 다시 한번 녀석이 살며시 건드려 왔다. 집중이 안 돼요, 잠깐 바람 쐬러 나갈까요? 그 말에 이끌려 독서실 밖으로 나왔다. 빽빽하게 들어선 건물들의 간판이 듬성듬성 빛을 밝히고 있었다. 늦은 시간 간간이 차도를 달리는 자동차 소리가 들리고, 이따금 주변을 스쳐 지나가는 사람들이 보였다.

나와 녀석은 독서실을 나와 마실 것을 사 들고 근처 산책로를 걸었다. 나뭇잎이 바람에 흔들려 들려오는 소리가 시원했다. 손에 캔을 쥔 녀석이 제 입술 근처로 가져다 대고, 조금씩 입안으로 음료를 흘려 넣는 것을 나도 모르게 바라보았다. 미치겠네……. 이끌리듯 향했던 시선을 거두며 작게 한숨을 쉬던 그 순간 등 뒤에서 찌르릉, 울리는 자전거 소리에 재빨리 녀석의 팔을 잡아 곁으로 끌어당겼다. 동시에 녀석의 곁을 빠르게 자전거가 스쳐 지나갔고, 나를 향해 녀석이 고맙다고 말하며 웃었다. 괜히 그 시선을 피하며 서둘러 녀석을 놓아주었다. 내 걸음은 아까보다 조금 빨라졌다.

"형, 같이 가요."

스치듯 차가운 손이 닿자 기분이 좋았다. 천천히 좀 걸어요, 라고 말하며 나를 붙잡았던 손이 떠나가려는 것을 급하게 다시 붙잡았다. 손을 붙잡은 것은 나인데 오히려 내가 더 놀랐고, 녀석은 그저 의아한 듯 나를 볼 뿐이었다.

"왜요?"

"……아니야, 아무것도."

삽았던 손을 놓았다. 혼잣말에 가까운 내 대답에 녀석은 그저 장난스러운 웃음을 짓기만 했다. 그에 무덤덤한 척 시선을 돌리지만, 실은 그렇지가 못했다. 대체 왜 이러지 싶어 짜증이 났다. 밤공기는 선선했다. 그런데도 열기가 식지 않은 뺨은 어딘지 들뜬 내 마음을 보여 주는 것만 같았다.

"우와!"

그때였다. 갑자기 하늘을 올려다보던 녀석이 난데없이 걸음을 멈추며 소리를 질렀다.

"왜 그래?"

"방금 그거 봤어요?"

손가락은 까마득한 하늘을 가리키고, 표정은 한껏 상기되어 내 교복 셔츠를 잡아당기던 녀석이 호들갑을 떨었다. 녀석의 손끝이 가리키는 곳을 덩달아 바라보았다. 그저 아득하고 고요하기만 한 밤하늘이었다. 새삼스러울 것도 없이 평소와 같은 밤하늘을 가리킨 녀석이 내게 말했다.

"봤어요? 저 별똥별 처음 봤어요."

"……."

"별이 갑자기 막 길게 지나가는데, 깜짝 놀랐네. 형은 못 봤어요?"

"못 봤어."

"소원 빌었어야 했는데! 아쉽다. 근데 너무 빨라서 그럴 시간도 없었어요."

"……."

"그래도 진짜 신기하다."

녀석이 나를 향해 활짝 웃었고, 한순간 마주친 눈길에 일순 거짓말처럼 소란스럽던 모든 것이 멎었다. 나는 걸음을 멈췄다. 호흡하는 것조차 잊고 녀석을 바라보았다.

엄청난 폭발이 뒤따르고 동시에 자기 은하의 모든 별빛을 순간적으로 가릴 만큼 어마어마한 빛을 내뿜는 별과 같았다. 초신성의 반짝거림은 우주적 시간으로 보면 아주 찰나에 불과하지만 폭발할 때 방출하는 에너지는 태양이 일생 방출하는 에너지와 맞먹을 정도라고 한다.

미동도 없이 고요한 밤. 마음속에 그런 방대한 반짝거림이 일어났다. 깨달음은 그러한 초신성과 같은 반짝거림이었다. 멈춰 선 나를 향해 왜 그러냐며 기우뚱 고개를 기울인 녀석이 아무것도 모른 채 웃음을 머금었다. 그런 녀석을 나는 도저히 똑바로 마주 볼 자신이 없었다.

녀석을 떠올리면 문장이 풍부해졌다. 그로 인해 막연하기만 해서 짜증과 불안을 안겨 주던 감정이 정확해졌다. 와락 한꺼번에 덤벼드는 깨달음에 멍하니 나는 내 발끝만 보고 서 있었다.

최악이었다.

흐드러지게 피었던 꽃들은 어느새 바닥에 볼품없이 뭉개져 있었다. 시야를 가득 메우는 그것들이 마치 지금 내 기분인 것만 같았다. 한마디로 엉망이었다.

* * *

"윤성아."

"네?"

"집까지……. 데려다줄까?"

깜깜한 밤. 독서실을 나와 헤어지는 길목에 이르자 기어코 아쉬운 마음에 녀석을 붙잡게 되었다. 단지 말을 건넨 것뿐인데 이상하게 긴장되는 것을 보며 평소와 다른 마음을 품고 있기 때문일까, 생각했다. 밀려드는 긴장감 때문에 바닥이 흔들리는 듯했다. 이런 자신이 생각할수록 어처구니가 없었다.

"형, 새삼스럽게 무슨, 갑자기 그러니까 안 어울려요……. 괜찮아요. 저 혼자 갈 수 있어요."

"어……."

"내일 봬요!"

"……."

녀석이 손을 흔들며 멀어지자 가로등 밑으로 너울거리던 그림자도 멀어졌다. 그 모습을 바라보며 그냥 내가 좀 더 같이 있고 싶어서 그랬던 건데, 라는 생각을 했다. 아쉬움이 묻어나는 내 눈길은 녀석의 뒷모습을 좇았다.

아무리 녀석이 내가 좋다고 굴지만, 결국 아쉬운 것은 내 쪽일 수밖에 없는 건 이러한 차이에서였다. 절로 쏟아지는 한숨은 짙고 길었다. 양 손바닥 위에 얼굴을 파묻은 채 손을 흔들며 멀어지던 녀석을 떠올렸다. 헤어질 때 웃지나 말든가. 약 올리나. 애꿎은 녀석을 탓하며 다시 한번 한숨을 내쉬었다.

녀석은 음악실로 오라는 내 말을 착실히 이행했다. 우리는 점심시간마다 음악실에서 시답잖은 얘기를 주고받곤 했다.

나는 마음을 깨달은 이후로 전과 달리 두서없이 혼자 떠드는 일이 잦아졌다. 말없이 지긋이 나를 보는 시선이 느껴져 멋쩍어지는 일 또한 늘어났다.

"······재미없는 소리만 했네. 왜 얘기가 여기로 흘렀지."

"아니에요, 재밌어요."

"······."

"진짠데."

"······."

음악실의 열어 놓은 창문으로는 운동장의 왁자지껄한 소리가 들려왔다. 녀석과 나 단둘이 앉아 있는 음악실 안으로 돌연 내려앉은 침묵이 녀석은 어색하지 않은 모양이다. 가져온 영어 단어장을 가만 넘기고 있는 녀석은 허우적거리며 여유를 잃은 나와는 달리 잔잔했다.

우려했던 일이다. 내 안의 변화는 피부로 느껴질 만큼 생각보다 빠르게 진행되고 있었다. 손이라도 닿으려 하면 마음이 복잡해지고, 지금처럼 아무것도 아닌 말 하나하나에 자꾸만 의미를 부여하게 되었다. 마음 한쪽에선 그런 나를 문책하곤 했다. 그런 내 마음을 알길 없는 녀석은 가볍게 웃으며 말을 늘어놓기 시작했다.

"사실 전 형이 말 늘어놓을 때 좋아요."

"······."

"처음엔 저 싫어했잖아요, 정색하고 그럴 땐 좀 무서웠는데. 근데 요즘은 형이 먼저 말도 많이 하고 그러니까 진짜 친해진 거 같기도 하고 그래서요."

"······."

"비록 저는 형을 '꽉우'라고 부를 수는 없지만 그래도요."

녀석은 뭐가 재밌는지 혼자서 소리 내 웃다가 마저 말을 이었다.

"저 사실 아침에도 형이랑 같이 등교하려고 시간 맞춰 일어나는데 며칠은 힘들어 죽겠더라고요. 저 형은 대체 왜 이렇게 학교에 일찍 가나 하면서 일어나고 그랬는데."

"……."

"이러다가 형 졸업하면 저 외로워서 어떡해요?"

"……."

"음악실 올 때마다 형 생각날 거 같아요."

"……."

"아무래도 제가 형을 많이 좋아하나 봐요. 형 졸업하면 너무 쓸쓸할 거 같아요."

혼자 신이 나서 떠드는 녀석을 바라보며 감정은 치열하게 싸워댔다. 도무지 좋아하지 않을 만한 이유가 없다는 생각에 다다르고만 그 순간 나는 녀석을 부르지 말았어야 했다.

"윤성아."

녀석의 말을 가로막는 내 부름에 말을 멈춘 녀석이 가만 나를 바라보았고, 결국 이기지 못한 충동에 손이 뻗어 나갔다. 녀석의 목을 감싸고 끌어당겼다. 입술이 닿았다. 이 모든 게 찰나와 같이 이루어졌다.

"……."

"……."

닿았던 입술이 떨어지자 침묵만이 감돌았고, 또다시 음악실의 열어 놓은 창문으로는 운동장의 왁자지껄한 소리만 들려왔다. 이 순간 흐르는 공기의 불확실함 속에서 나는 바닥으로 한없이 가라앉는 기분을 느꼈다. 이곳과 창 너머 저곳은 마치 다른 세상인 것만 같았

다. 내려앉은 침묵에 아까와 달리 이번엔 녀석이 어색해했다. 그제
야 가슴이 덜컥 내려앉았다.

그런 게 아니라는 걸 알고 있었으면서, 그래도 나는 망설임도 없
이 녀석이 내뱉은 좋아한다는 그 말에 혹시나 하는 마음이 있었던
걸까. 생각에 잠겨 바라본 녀석의 얼굴 위에 내려앉은 당황스러움
이 고스란히 느껴졌다. 녀석이 자신의 입술을 만지작거리다가 시선
을 들었다. 마주치는 눈동자 위에도 당황스러움이 깃들어 있었다.

"지금, 어……."

"……."

네가 매일 나를 찾아오고, 내가 좋다는 말을 서슴없이 건네곤 해
서, 혹시나 너도 나와 같지는 않을까 하는 그 마음이 불쑥 생겨나기
라도 했던 걸까.

하지만 한껏 당황한 얼굴로 말을 잇지 못하는 모습을 보자 내 충
동으로 인해 결국 실수를 저질렀다는 것을 깨닫고야 말았다. 그래서
후회했다. 한순간의 섣부른 행동으로 관계를 망쳐 버린 셈이었다.

"전 그러니까……."

"……."

"그런 의미로 형을 좋아한다는 게 아니었는데……."

그제야 내가 무슨 짓을 저질렀는지 눈앞에 보였다. 더 내려앉을
곳도 없다 여겼지만 가슴은 또다시 덜컥 내려앉았다. 공기 또한 무
겁게 가라앉아 나를 짓눌렀다.

"……미안해."

"아……. 형, 죄송해요."

가까스로 내뱉은 내 사과에 녀석 또한 이유를 알 수 없는 사과를

해 왔다. 바라보자 녀석은 내 눈길을 피해 고갤 돌렸다.

"뭐가."

"네?"

"뭐가 죄송한데. 네가 왜 죄송해."

"그게……."

하염없이 바닥만 바라보는 녀석을 향해 묻자 우물쭈물하기만 한
다. 어쩌자고 그랬는지 모르겠다는 생각에 한숨이 터져 나오고, 내
한숨 소리에 움찔거리는 녀석을 보자 후회는 더더욱 깊어만 졌다.
내가 손을 뻗어 괜찮으냐 묻고 싶어도, 보기에도 그다지 괜찮아 보
이지 않는 모습에 결국 아무런 말없이 주먹만 말아 쥐었다. 뻗어 나
간 내 손에 녀석이 또다시 움찔거릴 것만 같았다.

"내가 미안해. 멋대로 그래서."

"……."

"괜찮으니까 신경 쓰지 마. 잊어버려."

실은 전혀 괜찮을 리가 없었다. 형……. 불러오는 소리에 자리에
서 일어났다. 그러곤 먼저 간다며 도망치듯 그곳을 벗어나 달렸다.
일을 저질러 놓고 도망치는 모습이 꼴사나워 욕이 나왔다. 정신없
이 밀려드는 공기가 폐 속을 채웠다. 끝도 없이 밀려드는 막막함을
나는 어쩌지 못했다.

그날 이후로 며칠째 녀석을 피해 다녔다. 등교는 아주 늦은 시간
이나 혹은 아주 이른 시간에 했고, 쉬는 시간이면 자리를 비워 두
고 다른 곳에 가 있기 일쑤였다. 점심시간 또한 두말할 필요도 없
었다. 운동장이며 교실이며 이곳저곳 나를 찾으러 다니는 녀석을

피해 다니면서 스스로도 이게 대체 뭐 하는 짓인가 싶었고, 세상 비겁하고 찌질해서 돌아 버릴 것 같지만 도저히 얼굴을 볼 용기가 나지 않았다.

"······갔냐?"

"가긴 갔는데······."

숨어 있다가 나타나는 나에게 경환이 대답하며 말끝을 늘어뜨렸다. 궁금한 게 있다는 말투와 얼굴을 모르는 척했지만.

"너희 둘이 뭐 하는 거야? 숨바꼭질?"

기어코 내게 물어 왔다. 나는 자리에 앉으며 경환의 물음에 성의 없이 대꾸했다.

"그런 게 있어."

"뭔데 그래. 야, 설마 걔가 너한테 고백이라도 했냐?"

"······미쳤냐?"

"아니, 그거 말곤 네가 걜 피해 다닐 이유가 없으니까 그러지."

"······."

순간 철렁했지만, 지나가는 말처럼 별 의미를 두고 한 소리는 아니었는지 경환은 대체 뭐 때문에 그러냐고 궁금하다는 듯 다시 한 번 내게 물어 왔다. 마른침을 삼켰다. 쓸데없이 촉이 좋은 새끼였다. 다행이라면 그 촉이 조금 어긋났다는 점이었다.

이렇게 언제까지고 피해 다닐 수 없는 노릇이란 것을 안다. 하지만 내게서 고백을 받은 것과 다름없는 녀석은 나를 피해 다니기는커녕 매일같이 우리 반 교실로 올라왔고, 나는 몇 번이고 녀석과 마주 보려고 했지만 그게 쉽지가 않아 피해 다녔다. 아무렇지 않은 척하고 싶었지만, 나에겐 아직 시간이 필요한 모양이었다.

실은 그날 이후로 다시는 얼굴을 볼 일 따위는 없을 줄 알았다. 답답함을 토하듯 한숨을 내쉬자 그런 나를 힐끗거리던 경환이 말했다.

"뭔지는 모르겠지만, 적당히 해. 어깨 늘어뜨리고 나갈 때마다 걔 좀 불쌍하더라."

"……."

"근데 진짜 개한테 고백 받은 건 아니지?"

"……아니라니까, 그런 거."

차라리 그랬다면 하고 바랄 지경이었다. 며칠간 그런 답답한 과정이 이어졌다.

집으로 가는 길, 버스에서 내려 정류장 벤치에 앉았다. 눈앞의 차도에선 쉴 새 없이 자동차들이 지나갔고, 붉은색 미등이 반짝거리는 그곳에 시선을 둔 채 휴대폰을 만지작거리며 한참을 머뭇거렸다. 언제까지고 나를 찾아오는 녀석을 피할 수는 없다는 것을 알고 있었다. 두 번 다시는 나를 보러 오지 않을 줄 알았는데. 대체 무엇 때문에 자꾸만 녀석이 나를 찾아오는 것인지는 모르겠지만 일단 제대로 사과를 해야 했다. 하지만 가슴을 쑤셔 대는 불편한 감정 때문에 손가락은 휴대폰 액정 위에서 머물며 섣불리 번호를 누를 생각을 못 했다.

그렇게 한참을 망설이고 있을 때였다.

"형, 이제 독서실도 아예 안 오는 거예요?"

익숙한 목소리가 들려온 쪽으로 고갤 돌리자 녀석이 서 있었다. 예상치도 못한 마주침에 놀라 멈춘 듯 저를 보고 있는 나에게 녀석이 한 발짝씩 다가왔다. 차분하게 가라앉은 표정으로 나를 바라보는 녀석과는 달리 당황스러워 동요가 일어난 내 시선은 방황했다.

흐르는 침묵 사이를 자동차 소음들이 채워 주어 다행이라 생각했다. 내 바로 앞까지 다가와 내내 말이 없던 녀석이 입을 열었다.

"형 교실에도 매일 갔었는데, 처음엔 그냥 자리를 비웠나 보다 생각했어요."

"……."

"저 피하는 거 맞죠."

"……."

"왜 피하는 건데요?"

"……."

"……혹시 그날 일 때문에 그러는 거면 저는 괜찮아요."

"내가 안 괜찮아."

"형."

"내가 안 괜찮아서 그랬어, 미안해."

"……."

"너도 나랑 마주치는 거 불편할 거야."

"안 불편해요."

"어떻게 안 불편해. 이제부턴 같이 있을 때마다 내가 널 다른 눈으로 볼 텐데."

"그래도……."

그 사이 차도의 신호가 여러 번 바뀌었다. 그날 음악실에서의 내 행동은 결코 가벼운 호기심에서 나온 행동이었다고 말할 수 없었다. 하지만 물끄러미 나를 바라보는 시선은 내가 그런 호기심에서 그랬다고 말해 주길 바라는 것만 같았다.

손끝이 떨렸다. 그걸 들키고 싶지 않아 손바닥 위에 자국이 날 만큼 세게 주먹을 말아 쥐었다.

"……형, 저는 정말로 괜찮아요."

녀석이 내뱉은 괜찮다는 말이 나에게는 상처로 돌아왔다. 대체 뭐가 괜찮다고 말하고 있는 건지 알고는 있는 걸까. 내가 저에게 입을 맞춰도 자신은 아무런 상관도 없다는 뜻일까. 그만큼의 감정도 없다는 뜻일까.

"너 진짜로 몰라서 물어?"

"……."

그래서 목소리가 조금 높아졌다.

"넌 좋겠다. 너 좋을 대로 해도 아무렇지 않아서."

"……네?"

"근데 나는 안 그래."

"……."

"나, 너 좋아해."

"……."

"좋아하는 사람한테 차여 놓고 그 사람 앞에서 아무렇지 않게 행동하는 거 못 한다고."

울컥 목구멍을 치받고 무언가가 올라올 것만 같았다. 내가 낼 수 있는 최선책은 녀석과 더 이상 보지 않는 것뿐이었는데.

"저한테 괜찮다고 그랬잖아요."

"……."

"형이 괜찮다고 그래서 전 여태까지 그랬던 것처럼 잘 지낼 수 있을 거라고 생각했는데……."

아무것도 모른다는 듯한 녀석의 말에 기어코 참았던 것이 터지고야 말았다. 결국 내가 이런 말까지 해야 하는 걸까. 공기는 텁텁하다 못해 숨이 막힐 지경이었다.

"당연히 거짓말이지. 내가 괜찮을 리가 있겠냐?"

"그럼 제가 어떻게 하면······."

"······."

우물쭈물하는 녀석을 바라보았다. 대체 무슨 생각을 하는 것인지 짐작해 보려고 애썼지만 잘 모르겠다.

"어떻게?"

"······."

녀석이 나를 향해 품은 마음이 도무지 이해가 가질 않았다. 도망칠 기회를 주어도 제 발로 기어들어 오겠다고 구는 것만 같았다. 녀석은 내 앞에서 자꾸만 무방비하게 굴었다. 나를 붙잡고 서 있는 모습을 보며 나는 충동처럼 고백하지 않을 자신이 없었다. 그래서 보지 않으려고 했던 건데 오히려 녀석은 나를 붙잡을 듯이 굴었다. 고집부리는 것처럼 내 앞에 서 있는 녀석을 향해 나는 제대로 알아들으라는 듯이 말을 던졌다.

"그럼 나랑 사귈래?"

"······."

그 말에 놀란 듯 나를 보는 녀석의 얼굴은 마치 내 입에서 그런 말이 나올 줄 몰랐다는 얼굴이었다. 오히려 나는 녀석이 나를 붙잡았을 때 이 정도의 말을 들을 각오는 되어 있을 거라 생각했기 때문에 그저 덤덤히 말을 이어 갔다.

"뭘 놀라. 내가 너랑 그거 말고 뭐가 하고 싶을 거라고 생각하는데."

"……"

정적이 흘렀다. 고백을 거절당한다고 해도 어쩔 수 없다는 걸 알고 있었다. 비록 홧김에 던진 말이었지만, 녀석에게 더 이상 내가 왜 너와 같이 있을 수 없는지 그 이유를 알려 주기 위한 고백이었기 때문이다. 그럼에도 씁쓸해지는 것은 어쩔 수 없겠다는 생각을 하고 있을 때였다. 내 고백을 들은 지 몇 초도 지나지 않아 녀석이 고갤 끄덕였다.

어째서인지 그 바람에 황당한 쪽은 내가 됐다.

"……너 지금 뭘 제대로 알긴 알고 고갤 끄덕이는 거야?"

"저는 형이랑 이런 식으로 끝내고 싶지 않은데, 제가 안 사귄다고 하면 형이 저 계속 피할 거잖아요."

"……"

그래서 물었더니 이런 대답이 돌아왔다. 할 말을 잃었다.

"사귀는 게 뭔지 몰라? 그렇게 생각 없이 고갤 끄덕일 일이야, 너?"

"충분히 생각하고 대답한 건데요……."

"충분히? 내가 묻고 고작 몇 초 지났어."

"……"

하지만 녀석은 뜻밖에 고집을 부리듯 물러서지 않았다.

그날 밤 결국 한숨도 자지 못했다. 뜬눈으로 밤을 지새우고 아침이 되었을 때, 버스 정류장에서 나를 기다리고 있던 녀석이 내 앞으로 다가왔다. "형!" 하고 크게 부르는 목소리와 얼굴 위로 떠오르는 반가운 기색에 나는 한없이 심란해졌다.

이후 녀석은 전과 달라진 것 없이 굴었다. 형, 형, 하며 다시금 나를 따라다니기 시작했고, 멋대로 내 자리 위에 먹을 것을 올려 두고 가기도 했다. 어김없이 오늘도 잠시 비웠던 내 자리 위에 올려 둔 음료수를 바라보며 생각에 잠겼다. 이쯤 되자 대체 뭐라고 생각하고 나와 사귄다는 말에 서슴없이 그러겠다고 한 걸까 궁금했다.

그 생각은 점심시간 음악실에 앉아 영어 단어장을 펄럭거리고 있는 녀석을 바라볼 때까지 이어졌다. 한가로워 보이는 얼굴에 나만 초조한 걸까. 내 시선에 돌아보고, 마주치는 시선에 아무렇지 않게 왜 그러냐고 웃는 얼굴을 보고 있으니, 내 감정은 결코 가볍지 않은데 녀석에게 미치는 정도가 고작 그 정도밖에 안 되는 건가 싶어서 괜스레 비참해지는 기분마저 들었다.

그래서 그 순간 손을 뻗어 녀석의 목덜미를 감싸고, 끌어당겨 입을 맞췄다. 들이켜면 기분 좋은 상상을 하게 하는 향이 코끝에 스쳤다. 나에게 붙잡힌 녀석은 긴장한 듯 뻣뻣하게 굳어 있었다. 밀어내야 할지, 어떻게 해야 할지 갈피를 잡지 못한 녀석의 양손은 내 어깨 위에 어정쩡하게 놓였다. 내 손바닥 안에 감기는 녀석의 목덜미가 뜨거워지기 시작했다. 입술이 부드럽게 감겼다. 밀어 넣은 혀끝은 어설프게 도망치려는 혀를 움직이지 못하게 옭아맸다.

얼마나 그렇게 있었는지 모르겠다. 점심시간 끝을 알리는 예비종 치는 소리에 입술이 떨어졌다. 몰아쉬느라 서로에게 닿는 숨결이 덥다. 붉게 물든 얼굴을 바라보며 또다시 입술을 겹치고 싶은 충동을 억눌러야 했다. 녀석의 어깨 위에 이마를 기대고 몇 초간 마음을 추스르던 나는 여전히 긴장한 듯 뻣뻣한 어깨를 알아차리곤 헛웃음을 터뜨렸다.

"왜 긴장해?"

"갑자기······. 그냥 조금 놀라서요."

"이제 알겠냐. 내가 너랑 뭘 하고 싶은지."

"······."

"너는 그냥 나랑 전처럼 한가하게 시시덕거리고 싶은 모양인데, 나는 아니야."

입 밖으로 내놓고 나니 그 마음은 더욱 커진다. 그만 가자고 녀석에게서 몸을 떨어뜨리자 갈 곳을 잃은 눈동자가 보였다. 그럴 줄 알았다는 듯 잠자코 녀석을 바라보기만 했다. 급격하게 말수가 줄어든 모습을 보며 더 이상 녀석이 나를 찾아오지 않는다고 해도 나는 이해할 수 있을 것 같았다.

하지만 수업이 끝나고 우르르 빠져나가는 틈에 섞여 교실을 빠져나가던 발걸음이 멈췄다. 복도 벽에 기대서서 나를 기다리고 있던 녀석을 발견했기 때문이었다. 곁에 있던 경환이 녀석을 보며 낄낄거렸다. 열렬하기 그지없다고 경환이 내게 속삭이곤 먼저 간다며 툭 가볍게 어깨를 건드린 뒤 멀어졌지만, 나는 한참이나 움직이지 않고 그대로 서 있었다.

한꺼번에 빠져나가던 인파가 잦아들자 아직까지 내가 나오지 않았나 싶어 그제야 고갤 들어 주변을 살피는 녀석과 곧바로 눈이 마주쳤다. 마주치는 눈길에 나는 한숨을 쉬었고, 내 앞까지 다가와서는 "형, 독서실 같이 가요." 하고 말해 오는 것에 괜히 울컥했다. 마음이 복잡했다. 녀석이 나를 다시 찾아와서 좋았지만, 이걸 마냥 좋아할 수만은 없었으니까.

독서실로 향하는 길 내내 침묵만이 감돌았다. 결국 참지 못하고 그 침묵을 깨듯 입을 연 내 말을 녀석은 무슨 말을 할지 안다는 듯 가로막았다.

"너는 대체."

"형이라면 괜찮을 거 같아요."

"……뭐?"

"그냥, 그런 생각이 들어서요……."

"그래서 날 좋아하기라도 한다는 거야?"

"……."

그런 말을 던져 놓고서 머뭇거리는 기색이 나를 어처구니없게 했다. 하지만 그러면서도 결국 내가 아쉬운 처지라는 것만 실감했다. 대체 녀석은 나를 어디까지 받아 주려고 이러는 걸까. 마음이 복잡했다.

어두운 밤. 독서실에 갔다가 집으로 돌아가는 길, 한사코 말리는 녀석의 집 앞까지 기어코 데려다주겠다고 하며 같이 걸었다. 그러곤 녀석의 집 앞에 다다르기 직전 골목 안에서 걸음을 멈췄다. 새벽 거리는 고요했고, 들리는 소리라고는 적막뿐이었다. 벽에 녀석을 밀어붙여 놓고 바라보고 있으니, 녀석 또한 내가 무엇을 할지 안다는 듯 말없이 시선을 내리깔기만 했다. 마치 내가 받아 달라고 떼라도 쓰고 있는 기분이 들어 녀석의 어깨를 움켜쥔 손에 힘이 들어갔다.

하지만 막상 키스하려고 다가가자 움찔거리는 녀석을 물끄러미 바라보다가 결국 물러섰다. 몇 분이 지나도 아무런 일도 일어나지 않으니 질끈 감았던 눈을 천천히 뜨는 녀석과 눈이 마주쳤다. 아무런 행동도 하지 않는 내가 의아한지 녀석의 시선이 묻는 듯했다. 그에 대답해 주기 위해 입을 열었다.

"그렇게 싫으면 무리하지 마."

"싫은 게 아니……."

"들어가."

나는 그대로 돌아섰고, 골목을 빠져나가는 동안 녀석의 시선을 의식한 등 뒤가 불편했다.

"……형. 저 정말 무리하는 거 아니에요."

아침 등굣길 마주친 녀석은 내내 말이 없다가 한참 뒤 교문 앞에 다다라서야 나를 붙잡으며 그리 작게 말해 왔다. 나는 그 말을 믿지 않았기 때문에 달리 해 줄 말이 없었지만, 나를 바라보는 녀석의 눈길은 별수 없이 알겠다고 고갤 끄덕일 수밖에 없게 했다.

그 뒤 청소 시간이 되었을 때, 나는 청소하는 척하며 창가 근처를 서성거렸다. 창밖을 바라보는 내 시야로는 녀석과 녀석의 친구가 스탠드 화단 근처에 서서 한 손엔 빗자루를 들고 서로의 어깨 위에 한쪽 팔을 올린 채 춤을 추고 있는 것이 담겼다.

그러고 보니 전에 체육 수행 평가로 남녀 파트를 나눠 스포츠 댄스를 춘다고 그랬는데 파트너가 저 애인가. 교실에 친구 하나 없다고 말했던 것과는 달리 녀석은 늘 볼 때마다 저런 식으로 친구들과 어울려 소란스럽게 웃으며 장난치는 모습이었다. 그 모습을 바라보며 생각에 잠겼다.

'형이라면 괜찮을 것 같아요.'

무리하는 주제에 내게 무리하는 게 아니라고 하는 그 말을 대체 어떻게 받아들여야 하는 걸까. 녀석의 그 배려가 대체 누굴 위한 것일까. 물끄러미 바라보며 두서없이 엉키던 생각이 끊긴 것은 녀석의 친구가 녀석을 찌르며 내가 있는 곳을 가리켰기 때문이었다. 눈길이 마주치고, 녀석이 나를 향해 손을 흔들었지만, 어딘지 전과 다르다는 것을 느낄 수 있었다. 어색해 보이는 손길을 바라보기만 하던 나는 창밖을 내려다보던 것을 그만두고 돌아섰다.

입만 열면 거짓말을 하는 주제에.

창가에서 돌아선 나는 꾸역꾸역 모르는 척을 하려고 했던 사실과 기어코 마주쳤다. 그래서 결국 학교가 끝나고 독서실로 향하던 길, 발걸음을 돌려 녀석을 데리고 어둑한 골목으로 들어갔다.

나를 자꾸만 착각하게 한다. 사실 나는 그게 착각인 걸 알면서도 넘어가고 싶었다.

"……."

"……."

또다시 녀석은 내가 저를 벽에 밀어붙여도 피하지 않고서 가만 나를 보기만 했다. 내리깐 시선이 수줍어서 그러는 거라면 좋겠다. 나를 좋아해서 그러는 거라면 좋겠다. 저녁 어스름이 깃들었던 골목은 어느새 어두워지고, 어차피 어둑한 골목은 어슴푸레한 빛에 잠겨 사방이 뚜렷하지 않으니 그 속에서 보이지 않는 것은 제대로 보지 않으며 그냥 이대로 착각한 채로 있고 싶었다. 나를 가만 바라보고 있는 이 시선이 나를 좋아한다 말하는 거라고 잘못 보고 싶었다.

입술을 겹쳤다. 입술을 겹치면 만지고 싶어 뺨을 움켜쥐게 되고, 안달하는 손가락은 뺨과 턱을 따라 내려와 더 많은 곳을 만지고 싶어 했다. 안기듯 몸을 기울여도 마치 내가 덮치듯이 끌어안는 모양새였다. 초조하지 않은 척하려고 해도 결국 이런 식으로 내 초조함은 드러나고야 마는 것 같았다.

입술이 떨어진 뒤 서먹한 공기가 한동안 주변을 맴돌았다.

"형, 저요……."

"……."

여전히 녀석을 끌어안고 있는 나를 얼결에 팔을 뻗어 녀석이 등을 감싸오며 운을 떼었다.

"……아니에요."

하지만 할 말이 있는 듯 머뭇거리던 녀석은 결국 나에게 아무런 말을 하지 않았다.

그리고 다음 날, 음악실에 웬일로 평소답지 않게 쭈뼛거리는 기색으로 들어온 녀석은 혼자가 아니었다.

"……형."

"……."

나도 모르게 녀석의 뒤를 따라 들어오는 녀석의 친구를 보자마자 입가가 굳었다. 안녕하세요, 라고 살갑게 인사를 건네는 녀석의 친구를 자세히 바라보니 청소 시간에 밖에서 같이 춤을 추고 있던 그 애였다. 자연스레 명찰로 눈길이 향하고, 그제야 이 애가 전에 말하던 형진인가 했던 그 애라는 것을 알게 되었다.

"시험 기간인데 저도 모르는 게 있어서요."

형진이라는 애는 녀석만큼이나 살가운 기색으로 내게 말을 걸어왔다. 힐끗 녀석을 바라보자 내 시선을 비스듬히 피한다. 입안은 묘하게 쓴 것을 삼킨 것처럼 씁쓸해졌다.

반갑다며 녀석의 친구를 향해 웃어 보이는 게 지금 내가 할 수 있는 일이었다.

며칠 동안 그랬다. 애당초 내가 음악실에서 녀석과 단둘이 있고 싫었던 이유를 모르는 건지, 그게 아니라면 그냥 모르는 척을 하려는 건지 잘 모르겠다. 나와 녀석 단둘만의 공간에 다른 사람이 서슴없이 들어오고, 녀석은 요즘 들어 나를 어색해하며, 말수가 줄어든 것 같은 이 모든 게 내 기분 탓이려니 생각하려고 해 보지만, 적어도 그게 기분 탓은 아니라는 것쯤은 눈치채고 있었다.

녀석이 슬슬 나를 불편해하는 듯한 느낌이 들었다. 결국 이럴 줄 알았다. 비로소 녀석은 내 감정을 감당하기가 벅차다고 느끼는 모양이었다. 그런 것은 감추려고 해도 은연중에 드러나기 마련이었다.

"둘이 있기 불편한 거면 말해."

"네?"

"매번 괜히 친구 데려오지 말고."

"……."

내 말이 떨어짐과 동시에 독서실로 향하던 걸음이 돌연 멈췄다. 녀석이 걸음을 멈추고 내 셔츠를 붙잡은 탓이었다. 녀석의 시선은 제 발끝을 바라본 채였다. 녀석의 구겨진 얼굴을 나는 잠자코 바라보기만 했다.

"그런 거 아니에요."

"……."

"전 싫다고 그랬는데 형 공부 잘한다고 하니까 형진이가 자꾸 형한테 자기도 뭐 물어보고 싶은 거 있다고 그래서……. 그래서 그런 거였어요."

"……."

"형 불편하면 앞으론 걔 절대로 안 데려올게요."

"체육 수행 평가 그거 언제 끝나?"

"네? ……이번 주에 시험 봐요."

다소 뜬금없는 내 물음에 녀석이 그제야 고갤 들었고, 찡그리고 있던 얼굴이 조금 펴졌다.

"그럼 그때까지는 걔랑 계속 붙어 있어야 하겠네."

"……."

"걔가 싫은 건 아니지만, 그렇다고 좋은 것도 아니야. 너 때문에 같이 있어 주는 것뿐이니까."

"……."

"내가 불편하면 걜 절대로 안 데려오겠다고?"

"……."

"처음부터 데려오면 안 되는 거였어."

녀석은 나를 빤히 바라보다가 더듬더듬 말을 꺼냈다.

"형, 그거 혹시 지금……. 질투를……."

"질투해. 당연한 거 아니야?"

말문이 막힌 듯 말이 없는 녀석을 보면서 녀석과 내가 각기 다른 시간 안에 존재하는 것만 같았다. 어쩔 줄 모르겠다는 얼굴을 바라보며 왜 알아주지 못하냐는 갈증을 느꼈다. 내리막을 굴러가듯 멈추지 못하고, 딱 집어서 말할 수 없는 마음은 주체할 수가 없었다.

"윤성아."

"……."

결국 나는 도발하듯 말을 꺼냈다.

"우리 집 일요일에 비는데. 올래?"

"……네?"

내 말에 놀라 당황스러움이 가득한 표정을 바라보며 나는 덤덤히 말을 이었다.

"싫으면 말고."

"아뇨, 그게 싫은 게 아니라……!"

"그러면?"

"……."

그렇게 한참 뜸을 들이던 녀석은.

"……네."

기어코 내게 그러겠다는 대답을 했고, 나는 예상을 했음에도 견딜 수 없는 허무함을 느꼈다.

거실 벽에 걸린 시계를 확인했다. 약속 시간이 되어도 오지 않는 게 의아했다. 늦는다면 연락을 주었을 텐데 어째서인지 연락도 없었다. 대체 뭘 하길래 늦나 싶어, 혹시 바로 근처에서 헤매는 건 아닐까, 라는 생각을 하며 밖으로 막 나설 채비를 마친 뒤 현관문 앞에 서서 전화를 걸었다. 그러자 바로 현관문 너머 아파트 복도를 울리는 누군가의 휴대폰 벨 소리가 들렸다.

"……너 뭐 하냐."

설마는 역시나 늘 그렇듯 설마라는 추측으로 끝나지 않았다. 현관문을 열자마자 문 앞에 쭈그리고 앉아 있는 녀석을 발견한 나는 어이가 없었다. 황당하다는 내 표정을 읽어 낸 녀석은 제법 당황한 얼굴이었다.

"아니, 그게요……."

녀석에게 걸던 전화를 끊었다. 그러자 동시에 녀석이 손에 쥐고 있던 휴대폰의 벨 소리가 멈춘다. 아파트 복도 한가득 울리던 녀석의 휴대폰 벨 소리가 멈추자 정적이 내려앉았다. 머뭇거리는 녀석을 바라보던 나는 나도 모르게 현관문 손잡이를 마치 무언가를 참아 보려는 듯 꽉 힘을 실어 잡고 있었다는 것을 깨달았다. 뒤늦게 그걸 의식하고 손의 힘을 풀었다.

"들어와."

쭈그려 앉아 있는 녀석에게 말했다. 그러자 서둘러 자리에서 일어난 녀석이 내 팔을 붙잡으며 "형, 화났어요?"라고 다급하게 물어왔다. 뒤이어 내 표정을 살피며 기어들어 가는 목소리로 "죄송해요, 그게……. 제가 마음의 준비를 해야 할 것 같아서……. 그런다는 게……." 어물어물 변명하는 모습을 보며 나는 결국 화가 나지 않았다고 말해 줄 수밖에 없었다.

녀석과 내가 집 안으로 들어서자 텅 빈 공간으로 어쩐지 서먹한 기운이 감돌았다. 나는 애써 그 공기를 모르는 척하며 말을 꺼냈다.

"밥부터 먹을래?"

"아, 네."

쭈뼛거리던 녀석이 내 곁으로 다가오고, 곁에 선 녀석이 나를 어색해한다는 것쯤은 어렵지 않게 느낄 수 있었다. 평소와 다른 자신의 어색한 태도를 어떻게든 감춰 보려 애쓰는 것까지 전부 느껴졌다. 녀석은 그렇게 괜히 부산을 떨다가 기어코 컵을 깨뜨렸다.

쨍그랑거리는 소리에 일순 동작이 멈췄다. 발밑에 조각난 유리컵과 나를 번갈아 보던 녀석이 "……죄송해요."라고 말했다. 녀석은 안절부절못하고 손끝을 움직였고, 나는 그런 녀석을 바라보다가 기어이 한숨을 터뜨렸다. 그러나 저쪽으로 가 있으라며 밀어 놓고 무릎을 굽히고 앉아 깨진 유리 조각들을 치우고 있는 나를 "형." 하고 불러오는 목소리가 끝내 내 어딘가를 건드린 듯싶었다.

"그렇게 불편할 거였으면 처음부터 온다고 하지 말지 그랬어."

"……."

"왜 그렇게 매번 대책 없이 구냐, 넌."

"불편해서 그런 게 아니라……."

무슨 말을 하려 입술을 달싹거리던 녀석은 이내 말을 삼키곤 그저 또다시 내게 죄송하다 말해 왔다. 그 말에 유리 조각을 치우던 내 동작이 멈췄다. 자리에서 일어나 녀석의 바로 앞까지 성큼 다가가 움찔 뒤로 물러서는 녀석의 손목을 틀어쥐었다. 놀라 커진 눈동자가 나를 바라보았다.

"너는 아까부터 나한테 뭐가 그렇게 죄송한 건데."

"……."

숨기려고 해 봤자 결국 터져 나온다. 너를 쫓아다니며 마음 한 조각 얻어 보려 대체 나는 어디까지 꼴사나워져야 하는 건지 모르겠다.

틀어쥔 손목을 잡아끌어 그대로 소파 위로 녀석을 눕히고, 두 팔 사이에 가두었다. 맥없이 소파 위에 누운 녀석과 한참 동안 시선이 맞물렸다. 굳이 만져 보지 않아도 긴장으로 뻣뻣해져 있을 어깨와 팔이 보였다. 갈팡질팡하던 녀석의 시선이 나를 피해 내 어깨 너머 천장을 향했다.

"내가 널 어떻게 하기라도 할까 봐 그래?"

"……."

"근데, 나랑 사귀겠다고 마음먹었을 때 이 정도는 각오했을 거 아니야."

"……."

정적이 흘렀다. 정말이지 이렇게까지 하는 나 자신이 꼴사납기 그지없다고 생각했다. 내가 만약 이대로 녀석을 덮친다 해도 녀석은 결국 또 나를 피하지 않을 것이다.

"그만두자."

그래서 다 그만두고 싶어졌다.

"너랑 이게 뭐 하는 짓인가 싶어서 도저히 못 하겠어."

"형."

"이제 그만하자."

"……."

"너도 적당히 해."

"……형!"

"날 좋아하지도 않는 주제에 대체 어디까지 할 작정인데."

"……저도 형 좋아해요."

"……."

"좋아해요."

그 말에 가슴이 떨리지만, 단지 습관처럼 그냥 그래야 할 것 같다는 느낌에 떠밀려 녀석은 나를 붙잡는 것뿐이라고 생각했다. 녀석이 나를 좋아한다는 것과 내가 녀석을 좋아한다고 하는 것에는 큰 차이가 있다는 것은 이미 알고 있었다. 그래도 이렇게 지내다 보면 네가 나를 언젠간 좋아하게 되지 않을까, 라는 부질없는 희망을 기대한 내가 바보였다. 이대로 가다가는 자꾸만 나와 녀석의 마음이 같아지지 않는 것에 초조해지고, 그래서 도발하며 녀석을 괴롭히는 짓밖에 할 수 없을 게 분명했다.

"착각이야."

"착각 아니에요."

"그럼 그냥 분위기에 휩쓸려서 그런 거겠지."

"형!"

"그만 가."

그대로 자리에서 일어나 녀석을 잡아끌었다. 현관문을 열고 밖으로 녀석을 밀어내자 다급하게 내 팔을 잡아 왔다. 나는 또다시 내가 착각한 채로 녀석이 나를 좋아하는 거라고 믿고 싶었지만, 더 이상은 그럴 수 없다고 마음을 다잡곤 녀석의 손길을 떼어 냈다. 망연히 나를 바라보는 시선에 잘 가라고 말을 건넨 뒤 문을 닫았다. 쾅쾅 문을 두드리며 한참이나 "형!" 부르는 소리가 시끄럽게 울렸다.

머지않아 그 소리가 멎었다. 쾅쾅거리던 소리가 멈추자 갑자기 싸한 기분에 휩싸였다. 정말로 다 끝나 버렸다는 생각에 현관문을 등진 채 멍하니 서 있던 나는 뒤늦게 서둘러 문을 열었다. 텅 비어 아무도 없는 아파트 복도를 확인하자 나도 모르게 욕이 터져 나왔다.

도저히 더는 못 하겠다고 생각했는데, 어째서 가 버린 녀석의 뒤를 따라 이렇게나 서둘러 달리고 있는 건지 모르겠다. 엘리베이터는 올라올 생각을 하지 않아 버튼을 때리다시피 누르던 것을 멈추고 계단으로 향했다.

붙잡아서 뭘 어째야 할지도 실은 모르면서 본능적으로 녀석을 붙잡아야만 할 것 같았다. 내가 싫다고 하면 어쩌지. 그래도 어쩔 수가 없었다. 나는 오로지 지금 당장 사라진 녀석을 따라잡아야 한다는 생각뿐이었고, 어느덧 1층에 다다라 아파트 현관을 막 벗어나려던 순간이었다.

입구 앞 맨 밑 계단에 쭈그려 앉아 있는 녀석의 뒷모습이 눈에 담겼다. 달리던 것을 멈추자 한꺼번에 열이 쏟아지고, 숨을 몰아쉬느라 정신없던 나는 그저 멍청하게 녀석의 뒷모습만 바라보며 서 있었다. 둥그렇게 굽은 등을 막상 발견하자 허무해졌다. 맥이 빠지고, 대체 무엇 때문에 그렇게 초조했던 건지 어처구니가 없으면서도 이 순간 그래도 녀석이 멀리 가지 않았다는 것에 안도했다.

대체 저렇게 불쌍하게 앉아 무슨 생각을 하고 있는지 궁금했다. 그러나 막상 다갈 엄두가 나질 않았다. 위로가 필요해 보이는 뒷모습이었지만 결국 내가 그렇게 만든 것이었고, 또 이제 와서 위로한다고 해서 달라질 것도 없었으니까. 하지만 돌아서야 하는 발걸음은 땅에 붙어 버린 듯 떨어지질 않았다. 그런 스스로가 너무나 한심하고, 진짜로 머저리가 따로 없다는 생각에 짜증스레 머리를 쓸어넘기고 있던 나는 그만 자리에서 일어나 다시 아파트 현관 안쪽으로 들어오려던 녀석과 떡하니 마주치고야 말았다.

멈칫하는 나를 발견하고 녀석의 눈이 커졌다.

"형!"

망했다고 속으로 욕을 내뱉었다. 도망칠 타이밍을 놓친 내 앞으로 빠르게 다가온 녀석은 내 옷자락을 서둘러 붙잡았다. 녀석은 일단 그런 식으로 내가 도망치지 못하게 붙잡고서 제 입술만 씹어 대며 발밑을 바라보았다.

"죄송해요. 형 말대로 그냥 가려고 했는데⋯⋯. 여기서 이러고 있으면 형이 싫어할 거 같아서 그냥 가려고 그랬는데 도저히 그냥 못 가겠어요."

"⋯⋯."

내내 할 말을 고르는 듯 말이 없던 녀석이 그 말과 함께 그제야 고갤 들었다.

"그동안 제가 이기적으로 굴어서 죄송했어요."

"……."

"그러지 말았어야 했는데……."

사과를 듣고 싶었던 건 아니었다. 그리고 막상 녀석에게서 정말로 사과를 듣고 나자 이젠 다 끝이라는 생각에 문득 씁쓸해졌다. 가슴 한쪽이 답답하게 눌린 듯한 압박감을 느끼면서도 또다시 나는 마음에도 없는 신경 쓰지 말라는 말을 하려 했지만.

"그치만 진짜 형을 좋아하게 돼서……. 저도 요즘 어떻게 해야 할지 몰라서 그랬어요."

이어지는 녀석의 말로 인해 말문이 막혀 버렸다. 나는 입술을 반쯤 벌린 채 무슨 영문인지 모르겠다는 듯 얼떨떨하게 녀석을 바라봤다. 내가 잘못 들은 것은 아닐까 싶었다. 녀석은 한번 말문이 터지기 시작하자 쉴 틈 없이 내게 말을 쏟아 내기 시작했다.

"자꾸 형이 의식돼서 그랬어요."

"……."

"갑자기 너무 의식이 되니까, 똑바로도 못 보겠고……. 그래서 그랬어요. 떨리고 부끄럽고……. 진짜 너무 떨려서 그랬던 거였는데……."

"……."

"오늘도 불편해서 그런 게 아니라 진짜 너무 떨려서요. 의식하고 나니까 한도 끝도 없이 형이 다르게 느껴져서 그랬어요."

예상치도 못한 소리를 듣느라 잠시 얼빠진 표정을 수습했다. 하아, 깊은 한숨이 터져 나오고 그것과 함께 양손으로 얼굴을 쓸어내린 내가 말했다.

"내가 그걸 어떻게 믿어."

"……."

"내가 네 말을 어떻게 믿느냐고."

"제가……. 제가 앞으로 형한테 잘할게요."

"……."

그 말을 들으며 어이가 없고 황당하면서도, 나를 향해 초조한 듯 굴며 어쩔 줄 모르겠다는 녀석을 보고 있으니 기분이 좋아지려 했다. 내가 당장이라도 도망치기라도 할까 봐 붙잡고 있는 손길의 단호함은 생소한 느낌으로 다가왔다.

"……장난치지 말라고, 진짜. 기껏 마음 정리 하려고 하니까 이제 와서 뭐 하자는 건데, 너."

"장난 아니에요……."

"……."

"……제가, 앞으로 형이 믿을 수 있게 정말로 잘할게요."

"……."

"진짜로 잘……."

정말로 대책 없다고 생각했다. 내가 어디까지 어떻게 할 줄 알고 저러는 것일까. 더 이상 여기서 이러고 있을 수만은 없어 일단 장소를 옮기기 위해 걸음을 떼자.

"형, 가지 마요. 좋아해요! 형, 저 진짜로 형 좋아해요!"

녀석은 내가 도망가는 줄로 알고 꽤나 다급한 어조로 나를 불러 세우며 옷자락을 잡아당겼다. 녀석의 성마른 그 손길에 나를 불안과 두려움에 빠뜨렸던 모든 것이 사라지려 했다. 내 앞에서 우물쭈물하고, 어쩔 줄 모르겠다는 듯 굴며, 내가 도망칠까 봐 불안에 떠는 모습이 실은 나쁘지 않았다.

좋아한다고 계속 소리를 지르는 녀석의 손목을 틀어쥐었다. 놀라 바라보는 눈길을 모르는 척하고 그대로 끌고 한적한 골목을 찾아 들어가 걸음을 멈췄다.

"소문낼 일 있냐? 조용히 좀 해."

"저 좋아한다고 그랬잖아요."

"넌 지금 이 상황에서 그걸 말이라고⋯⋯. 야, 이윤성. 야, 뭐 하는 거야. 너 지금 울어?"

인적이 끊긴 골목길은 아직 날이 저물지 않았음에도 불구하고 어슴푸레한 빛조차 미치지 못해 어둑한 느낌을 주었다. 그리고 그 순간 갑자기 눈물을 터뜨리는 녀석을 보고 당황한 나는 하던 말을 멈췄다. 어떻게 해야 할지 몰라 일단은 다 제쳐 두고 울지 말라고 달래 주려던 참이었다.

"요즘 형만 보면 가슴도 너무 떨리고, 책을 펴도 형만 생각나요. 입술 보면 키스하고 싶어져서 형 잘 쳐다보지도 못하겠고, 근데 자꾸 나 혼자서만 안달하는 것 같고⋯⋯."

"⋯⋯."

"제가 좋아한다고 느끼는데 왜 형이 제 감정을 착각이라고 그래요."

"⋯⋯."

"형, 가지 마요."

"⋯⋯."

"좋아한단 말이에요."

"⋯⋯."

녀석의 봇물 터지듯 나오는 울음과 함께 쏟아지는 그 고백 때문에 달래 주려 뻗어 나가던 손이 멈칫했다. 여전히 옷자락을 붙잡은 채 밀어 달라고 재차 중얼거리는 녀석을 보고 있으니 하마터면 웃음이 터질 뻔했다. 나는 그것을 감추기 위해서 녀석의 어깨 위에 이마를 기댔다. 툭 어깨 위에 이마를 기대자마자 녀석은 서둘러 내 등을 감싸 안아 왔고, 머리카락 위로 뺨을 기대며 중얼거렸다. 형, 좋아해요, 진심이에요. 착각 같은 거 아니에요. 아무리 들어도 지긋지긋하지 않은 그 고백에 가슴이 두근거렸다. 결국 나는 녀석이 이렇게 나오면 어쩔 수 없이 상했던 마음이 풀어지고야 마는 모양이었다.

"네가 나한테 얼마나 잘할지 기대된다."

그래서 오랜 침묵 끝에 그렇게 대답할 수밖에 없었다. 그 대답과 동시에 내 등을 감싸 끌어안고 있던 녀석의 팔로 힘이 실리며 더욱 꽉 끌어안는 것이 느껴졌다. 나는 그렇게 녀석의 품에 안긴 채 녀석의 울음이 그칠 때까지 한참을 기다렸다.

"……그만 쳐다보면 안 돼요?"

다음 날 점심시간까지도 퉁퉁 부은 눈이 웃겨서 눈길을 떼지 못하자, 내 시선을 피하던 녀석이 제 눈 위를 문지르며 중얼거렸다. 사람 눈이 저렇게까지도 부을 수가 있구나, 하는 내 생각을 마치 읽어 내기라도 한 듯 녀석이 눈살을 찌푸렸다.

"아, 대체 왜 안 가라앉는지 모르겠어요. 안 그래도 오늘 애들이 모기 물렸냐고 계속 놀려 대서 짜증 났는데, 형도 그렇게 보지 마요."

"그렇게 안 봤어, 난."

"오늘 얼굴이 좀 못생겨져서……. 아, 진짜."

제 눈가를 문지르며 중얼거리던 녀석이 곧 책상 위로 얼굴을 파묻었다. 그러곤 자신의 얼굴이 못생겨져서 이를 어쩌느냐고 웅얼거렸다. 뒤이어, 못생겨졌다고 벌써 싫증 내고 그러면 안 된다고 눈만 내놓고 말하는 게 웃겨서 웃으니 대답을 강요해 왔다. 나는 뜸을 들이다가 손가락으로 녀석의 눈가를 꾹 눌렀다.

"안 못생겼어. 괜찮아. 귀여워, 진짜로."

"……."

내 대수롭지 않다는 듯한 기색에 녀석은 저 혼자 입을 벌리고 나를 보았다.

"그런 말을 그렇게 갑자기 하면……. 저 좀 부끄러운데요."

그러곤 혼자서 웃어 대는 꼴을 보고 귀여워 덩달아 웃고 있으니, 갑자기 어디선가 나타난 경환이 지금 이 연분홍색 분위기는 뭐냐고 따져 대다가 "아주 사귄다? 이렇게 된 거 그냥 아예 사귀어라, 둘이. 아예 그냥 사귀라고." 질색하며 말을 던지곤 교실을 빠져나갔다. 나는 심드렁하게 경환이 빠져나간 교실 뒷문을 바라보다가 다시 고갤 돌렸고, 볼이 빨개져서는 내 책상만 뚫어져라 보는 녀석을 물끄러미 바라보다가 말했다.

"……티 내지 마."

"……네."

그리 대답하면서도 녀석은 결국 고갤 푹 숙인다. 그리고 어째서인지 녀석의 기분이 나에게도 옮아오는 것만 같아서 괜히 창밖을 바라보며 딴청을 부려야만 했다.

어느새 해의 길이는 줄어들어 점차 밤이 길어지기 시작했다. 머지않아 수능을 앞두고 있는 시점이라 부쩍 공부하는 시간이 늘어나자 피곤함이 쏟아지는 게 일상이 되었다. 막 수업이 끝나 쉬는 시간 잠시 휴식을 취하기 위해 자고 있던 나는 1분도 채 지나지 않아 부스럭거리는 소리에 눈을 떴고, 눈을 뜨자마자 내 책상 바로 옆에 쭈그리고 앉아 나를 관찰하듯 바라보고 있던 녀석과 눈이 마주쳐 놀라 일어났다.

"여기서 뭐 해. 왔으면 깨우지, 뭘 그렇게 보고 있어. 사람 민망하게."

"그러고 싶었는데, 형이 너무 피곤해 보여서요."

"괜찮아."

눈을 감고 그 위를 꾹 눌렀다가 뜨자 녀석이 나를 바라보며 여전히 생글거리고 있었다.

"저 신경 쓰지 말고 더 자도 돼요."

"그렇게 보고 있는데 신경 안 쓰는 게 더 어려워."

"전 형 그냥 보고 있는 것도 좋은데."

"……"

"아, 너무 부끄럽다! 어떡해요. 저 날이 갈수록 형이 너무 좋아져요."

녀석은 날이 갈수록 서슴없는 소리를 내뱉곤 했고, 그래 놓고 저 혼자서 부끄럽다며 호들갑을 떠는 일도 잦아졌다. 그 모습을 보는 건 꽤 재미있었기 때문에 내가 가볍게 웃으며 녀석을 놀리는 일 또한 늘어났다. 그건 이제 거의 일상과 다름없었다. 방금도 녀석은 저 혼자 내 귓가에 속삭이듯 말해 놓고 혼자서 부끄럽다고 호들갑을 떨어 댔다.

"다행이네. 근데 이런 거 말고 넌 부끄러워해야 할 게 따로 있는 것 같던데."

"어떤 거요?"

"성적."

"……."

그래서 평소처럼 놀렸을 뿐인데 어쩐지 되돌아오는 말이 없어 의아하게 바라보자, "형 진짜 잘생겼네요." 내게 다소 뜬금없는 소리를 해 왔다. 대화 내용이 갑자기 엉뚱한 쪽으로 튀어 무슨 소리냐며 조금 얼굴을 찌푸린 나와는 달리 녀석의 눈동자는 가만히 나를 응시한 채였다.

"새삼스러운 소리긴 한데요. 진짜 잘생겼어요, 형."

"……."

멈칫한 내게 별다른 표정 변화 없이 다시 한번 그리 중얼거리는 녀석이 어딘지 울적해 보이기까지 하는 게 이해가 가지 않았다. 방금 전까지만 해도 기분이 좋아 보였는데, 대체 어느 부분에서 녀석이 울적해진 건지 짐작도 되질 않았다.

또다시 부스럭거리는 소리가 들려왔다. 부스럭거리는 소리의 정체는 녀석이 손에 쥐고 있던 피자빵 봉지였던 모양이다. 또 저걸 주려고 올라 온 건가? 내 시선이 잠시 녀석의 손에 쥐여 있던 피자빵에 머물렀다가 다시금 목소리를 내는 녀석에게로 옮겨 갔다.

"갑자기 형이 수능 끝나고 졸업한다고 생각하니까 벌써 섭섭해요."

"섭섭할 게 뭐 있어. 못 만나는 것도 아닌데."

"아니, 그렇잖아요. 형도 없는 학교를 전 2년이나 더 다녀야 하는데……."

"그럼 안 다니려고?"

생뚱맞은 소리에 헛웃음을 지으니 녀석이 얼굴을 찌푸렸다. 대체 뭐가 마음에 안 들어 오늘따라 종잡을 수 없는 소리만 늘어놓는 걸까 궁금해 잠자코 바라보자 푸념을 늘어놓듯 녀석이 말을 이어 가기 시작했다.

"형은 대학 가면 더 잘나질 텐데. 내가 따라잡으려고 해도 형은 항상 2년이나 앞서 있는 거 같단 말이에요."

"……."

"대학 가면 예쁘고 잘생긴 사람들도 많을 거 아니에요……."

"……."

"아, 형이 너무 잘생겨서 자꾸 걱정돼요, 요즘."

"……."

"저 그래서 정신 차리고 공부 진짜 열심히 하고 있어요. 형이랑 같은 대학 가고 싶어서. 근데 안 될 거 같고……."

"……."

"친구들도 그건 너무 무리 아니냐고 놀리잖아요."

녀석이 늘어놓는 푸념 섞인 말에 웃음이 터질 것 같았으나 가까스로 참아 냈다. 본인은 상당히 큰 고민거리라는 듯 말하고 있었지만 내 입장에서는 정말 쓸데없는 고민을 하고 있다고밖에 볼 수 없었다. 하지만 나를 두고 불안해하는 모습을 보고 있자니 이기적이어도 역시나 기분이 좋아지려 하는 건 어쩔 수가 없었다.

쏟아지던 잠이 달아나고 머릿속이 조금 맑아졌다. 어디까지 하나 가만 두고 보고 있으니 녀석의 걱정은 끝도 없이 이어졌다.

"형이 대학 가서 미팅이나 그런 거 하면 저 어떡해요?"

"안 해, 그런 거. 왜 해, 그걸."

"막 어쩔 수 없는 상황이라는 게 있잖아요. 아, 상상도 하기 싫은데 그거 알아요? 생각을 안 하려고 하면 오히려 더 생각나는 거요."

"……."

"어쩔 수 없는 상황이라면 마음 넓게 그걸 이해해 주고 싶은데, 그래도 사실은 안 나갔으면 좋겠어요."

"……."

"형 미팅 나가면 안 돼요, 진짜로."

녀석은 내 책상 위에 피자빵을 올려 두곤 양손으로 제 얼굴을 감싸며 저 혼자 상상의 나래를 펼치는 듯 앓는 소리를 냈다. 쭈그리고 앉아 있는 모습까지 더해져 안 그래도 불쌍해 보이는데 그에 한몫을 더 한다. 나는 책상 위에 놓여 있던 피자빵 봉지를 뜯었다. 그리고 빵을 조금 떼어 녀석의 입안에 넣어 주고 나도 조금 떼어 입에 넣었다. 준다고 받아먹으면서도 녀석은 쓸데없는 고민에 빠져 나가지도 않은 미팅에 이미 내가 나가기라도 한 듯 단호한 목소리를 내며 사뭇 진지한 표정을 지었다.

벽에 걸린 시계를 바라보자 이제 곧 쉬는 시간이 끝날 듯싶었다. 한없이 진지한 녀석을 향해 그만 떠들고 늦기 전에 교실로 돌아가라는 말을 꺼내기도 전에 녀석이 무언가 생각났다는 듯 갑작스레 목소리를 높였다.

"형 대학 가면 알바 할 거죠?"

"그러겠지."

"그럼 저 과외 해 줄래요?"

뭔 소리냐는 듯 바라봐도 녀석은 자신이 생각해 낸 아이디어가 아주 기가 막힌다는 듯 얼굴에 화색이 돌았다.

"그럼 우리 매일 볼 수 있어요!"

독서실을 나와 집으로 향하는 길, 아직도 녀석은 자신의 과외를 하는 게 어떠냐는 소리를 늘어놓고 있었다. 말이 되는 소리를 하라고 해도 녀석은 자신이 낸 아이디어가 퍽 마음에 드는지 뿌듯한 표정까지 지으며 매일 볼 수 있다는 소리나 늘어놓았다.

"과외를 한다고 해도 누가 매일 해."

"저요. 전 월, 화, 수, 목, 금, 토, 일 다 할 건데요."

"야, 자꾸 장난칠래?"

"왜 장난이에요? 저 진짜 매일 할 수 있어요."

"지금도 공부 안 하면서 그때 간다고 매일 할 거 같아?"

"형은 가끔 보면……. 사람을 너무 섭섭하게 하는 거 알아요?"

"뭐?"

금세 시무룩해져서는 걸음을 멈춘 녀석이 중얼거렸다. 덩달아 멈춰 선 나는 바닥을 내려다보며 한숨을 크게 내쉬는 녀석을 바라보았다.

"형이 졸업 안 했으면 좋겠는데."

"윤성아."

내 부름에 고갤 든 녀석과 시선이 마주쳤다. 낮이었다면 사람들이 오가느라 붐볐을 가로수가 늘어선 이 길 위에는 밤의 정취만이 한껏 감돌았다.

"그래서 내가 어떻게 해 줄까."

"……뭘요?"

"불안하다며."

"……."

"졸업을 안 하는 건 불가능하니까. 그거 말고 다른 거 해 줄 순 있어."

"그럼 과외를……."

"그것도 일단 빼고."

빙글빙글 웃는 내 얼굴을 보며 심통이라도 난 건지 녀석은 잠시 생각에 잠긴 뒤 내가 곤란해할 법한 소리를 골라 내뱉는다.

"안아 주세요."

"여기서?"

고갤 끄덕이며 재차 길 한복판에 서서 안아 주세요, 라고 하는 소리에 망설이던 팔을 들었다. 그러자 곧바로 품에 안겨 들며, "형이 진짜 졸업 안 했으면 좋겠어요."라고 웅얼거린다. 이따금 지나가는 몇몇이 길 한복판에 서서 뭐 하는 건가 우리 둘을 힐끗거리는 시선이 느껴졌다. 크게 신경 쓰지 않으며 가볍게 웃은 나는 중얼거렸다.

"난 네가 빨리 졸업했으면 좋겠는데."

그러나 내 중얼거림을 듣기는 한 건지 녀석은 계속해서 형 소개팅 같은 거 나가면 절대 안 돼요, 라는 소리를 할 뿐이었다.

나는 녀석이 생각하는 것만큼 잘나지도 않았고, 꽤 유치한 구석도 있었다. 녀석의 불안함을 통해 지금처럼 확인받고 싶어 할 만큼 말이다. 그러나 구태여 그 사실을 알려 주고 싶은 마음은 없었다. 그리고 사실은 네가 부탁하지 않았어도 어떻게든 나와 같은 대학에 반드시 가게 만들 거란 것 또한.

순정 변태

왜 살지. 대체 왜 사는 걸까, 라는 질문을 스스로에게 던져 본다. 어차피 뚜렷한 답도 나오지 않는 질문이기 때문에 생각 끝에 허무해지기 딱 좋은 질문이 아닐 수 없었다. 하지만 나는 어차피 답을 내리지 못할 것을 알면서도 계속해 질문을 던졌다. 왜냐하면 나의 이 질문은 답을 원해서라기보단 너무나 한심한 나 자신에게 그것을 깨달으라고 타이르는 것과 같았기 때문이다.

교실 어딘가에 오랫동안 머무르는 시선을 뒤늦게 자각할 때마다 서둘러 시선을 거두었다. 그러곤 이러지 말아야지 다짐하면서도 자꾸만 시선은 다시금 그쪽으로 향하고야 말았다. 그것은 고작 시선하나도 내 의지로 어쩌지 못한다는 것을 깨달음으로써 나 되게 한심하구나, 라는 생각으로 자연스럽게 연결이 되었다.

한심했다. 그러나 머리를 싸매고 아무리 고민한다고 해서 답이 나오는 것은 아니었다. 가슴 깊숙한 곳에 틀어박힌 답답함을 꺼내려 깊은 한숨을 내쉬어 보지만, 답답함은 오히려 그곳에 자리를 틀고 앉아 빠져나올 생각을 하지 않았다.

그러한 생각들로 오늘도 머리가 복잡해 책상 위에 늘어져 누워 있을 때였다. 나는 심란해 죽겠는데 날씨는 또 왜 이렇게 좋고 지랄이냐며 괜히 창밖을 바라보며 꼬인 속마음을 감추지 못하고 있는 내 앞으로 누군가가 다가왔다. 책상 위에 늘어진 채 눈만 들어 내 앞으로 다가온 누군가를 바라보았다.

그 누군가는 대화 한번 해 본 적 없는 우리 반의 이우재란 녀석이었고.

"너 혹시 도형이 좋아해?"

"……."

느닷없이 던져 온 녀석의 말에 나는 그만 사색이 되었다. 우리 둘의 첫 대화는 상당히 갑작스러웠으며 또한 꽤나 당황스러운 주제였다.

그 말과 동시에 이우재가 손가락으로 가리킨 곳에는 김도형이 있었다. 여느 때와 마찬가지로 여러 명에게 둘러싸여 웃고 있는 김도형은 남자인 내가 봐도 늘 멋있다고 생각했다. 운동도 잘하고, 공부도 잘하고, 인기도 많았다. 빠지는 게 없었다. 나와는 전혀 다른 그런 모습에 이끌리듯 시선이 향하곤 했다. 인정한다. 내 시선이 김도형에게 머무는 시간이 다른 아이들에게 머무는 것보다는 길었다는 것을. 지금도 그것에 대해 고민하고 있었으니까. 하지만 이런 식으로 김도형을 들먹이며 이우재가 내게 말을 걸어올 거라고는 상상도 못 했다.

이우재의 입에서 나온 좋아한다는 말에 지레 찔려 당황스러운 표정을 감출 수가 없었다. 방금까지도 왜 사는가, 라는 질문을 던지며 그것에 대해 고민하고 있었으니 더더욱 그랬다. 동경과 좋아함. 그 중간의 애매한 곳에 있는 내 감정을 들킨 것만 같아서 당황한 나머지 아니라고 대답할 타이밍을 놓쳐 버렸다. 그 탓에 이우재는 고개까지 끄덕이며 내 감정을 확신하는 듯했다. 제가 추측한 게 확실하다는 듯 고갤 끄덕이는 이우재를 향해 내 입이 뒤늦게 변명을 하려 열렸다.

"……미쳤어?"

"아니."

"……."

이우재와 나는 접점이 없었다. 그렇기 때문에 지금 이 상황이 내게 낯선 것은 당연했다. 나는 되도록 있는 듯 없는 듯 지내던 사람이었고, 이우재는 굳이 분류하자면 조금 조용하게 지내긴 해도 김도형과 나름대로 비슷한 부류였다. 다시 말하자면 나와는 정반대라는 것이었다. 그랬으니 이우재와 내가 사이좋게 대화를 나눌 만한 일은 그다지 없었다.

게다가 이우재와 김도형, 그 둘은 친한 사이였다. 내가 녀석과 대화는 나누어 본 적이 없어도 녀석에 관해 익히 잘 알고 있는 것은 늘 김도형을 관찰하는 동안 이우재가 옆에 붙어 있었기 때문이다.

"그럼 시비 거는 거야?"

"그것도 아닌데."

이우재와는 같은 반이 되고 계절이 바뀔 때까지도 제대로 된 대화 한번 나누어 본 적이 없었다. 그랬으니 첫 대화가 이런 식의 대화일 거라고는 전혀 상상조차 해 본 적이 없었다.

나에게는 이 대화의 주제가 꽤나 불편하고 껄끄러웠다. 김도형을 향한 나의 이 애매모호한 마음은 그런 존재였다. 누군가에게 들켰을 때 불편하고 껄끄러운, 그런 것 말이다. 그래서 이우재가 뚫어져라 나를 보는 시선 또한 불편해지는 것은 당연했다. 그러니 내 속을 다 꿰뚫어 보고 있는 것만 같은 그 눈을 피해 나는 슬그머니 시선을 아래로 내릴 수밖에 없었다.

나는 변명하듯 중얼거렸다.

"무슨 그런 소리를 해, 근데."

"맨날 보고 있잖아."

"……."

"너 맨날 김도형 보고 있던데."

난감했다. 이우재는 어째서인지 물러설 기미가 보이지를 않았다.

"내가 언제 맨날 그랬다고……. 아니, 나는 그냥 도형이가 멋있고, 인기도 많고 그게 부러워서 그냥……. 가끔씩……."

"그래서 맨날 보고 있던 거고?"

"……맨날 안 그랬다니까?"

"괜찮아, 나 그런 걸로 이상하게 생각하고 안 그래."

"아니라고 했잖아."

"진짠데."

"아니라니까?"

"……."

"아니라고."

"……."

기어코 짜증스러운 목소리가 크게 튀어 나갔다. 커진 내 목소리에 주변에 있던 몇몇이 힐끔거리는 게 느껴졌다. 이쯤에서 불편한 대화를 그만두고 싶은 나와는 달리 이우재는 대체 내게서 뭐가 궁금한 건지 나를 향해 애매모호한 표정을 짓고 서 있기만 했다. 그러다가 결국 수업 종 치는 소리에 마지못해 자신의 자리로 돌아갔다.

하마터면 들킬 뻔했다. 대체 뭔데 저 새끼는? 나는 가슴을 쓸어내리며 저 멀리 앉아 있는 이우재의 등을 죽어라고 노려보았다.

"아닌데. 너 분명히 도형이 좋아하잖아."

복도를 걷던 나를 대뜸 붙잡고서 한다는 소리가 가관이었다. 뭐 이렇게까지 예의가 없고 끈질긴가 싶어 나는 눈을 크게 뜨고 이우재를 노려보았다. "좀 놔줄래?"라고 다소 감정 섞인 목소리로 말하자 그제야 "아, 미안." 짧은 사과와 함께 손을 놓아준다.

녀석은 조금 전 내 손목을 붙잡았던 제 손바닥을 바라보다가 마치 뭐라도 움켜쥐는 듯 손바닥을 꽉 말아 쥐었다. 그러고는 다시 고갤 들어 내게 시선을 고정시키고서 물었다.

"진짜 아니야?"

"아니라고. 그만 좀 해. 내가 아니라고 몇 번을 말해?"

"거짓말."

"야, 이우재. 나 진짜로 너한테 화나려고 그래."

"……"

이우재는 내 말이 진짜인지 거짓말인지 가늠하려는 듯 나를 한참 바라보다가 결국 미안하다는 사과를 해 왔다. 하지만 사실 녀석에게서 사과를 받아 낼 때까지, 뚫어져라 사람을 관찰하는 듯했던 녀석의 시선을 떳떳한 척 견뎌 내느라 진이 다 빠질 지경이었다.

나는 서둘러 돌아섰지만, 끈질기게 내 등 뒤로 달라붙는 이우재의 시선 속에서 자유로울 수가 없었다. 도대체 내가 김도형을 좋아하는 게 어디에서 티가 났는지 모르겠다. 숨긴다고 숨겼는데도 말이다. 앞으로는 정말로 조심해야겠다고 다짐하고 또 다짐했다.

"동화야."

그로부터 며칠 뒤, 자리에 앉아 있던 내 어깨를 가볍게 건드려 오는 손길에 고갤 들자 김도형이 나를 보며 웃고 있었다. 사람 떨리게 왜 이렇게 가까이서 웃고 있는 건가 싶어 슬쩍 시선을 틀었더니, 하필 저 멀리서 나를 보고 있던 이우재와 시선이 마주쳤다. 단박에 눈썹을 구겼다. 녀석은 만면에 드러나는 내 불쾌한 기색에도 불구하고 무덤덤한 시선으로 턱을 괸 채 나를 보고 있었다.

"너만 내면 되는데."

"아, 미안해……. 여기."

나는 이우재를 노려보던 시선을 거두고 서둘러 김도형에게 노트를 건넸다. 그러자 김도형은 인사치레로 내게 고맙다는 말을 건네곤 어떠한 미련도 없이 가 버렸다. 그 모습을 바라보며 모두에게 다정한 사람을 좋아한다는 건 누구에게나 보이는 그 흔해 빠진 것에 미련을 두는 것이기 때문에 참으로 힘든 일이라 생각했다.

그러다 텅 빈 교실에 나 혼자 남았을 때, 아무도 없는데 한 번쯤 앉아 보는 것쯤이야 어떠냐며 김도형의 빈자리가 나를 유혹했다. 이끌리듯 그곳에 앉아 책상 위에 뺨을 대고 눈을 감았다.

그냥 조금 친하게라도 지내고 싶었다. 벌써 같은 반이 되고 계절이 누 번 바뀌었는데도 불구하고, 별다른 대화조차 나누어 본 적이 없었다. 김도형과 아무런 접점도 없었기 때문에 고작 짧은 인사도 가볍게 나누지 못했던 사이라는 사실을 곱씹다 보니 문득 아쉬웠다. 아쉬워 죽을 것만 같았다. 그렇게 밀려드는 아쉬움을 뒤로하고 눈을 뜨며 몸을 바로 세웠을 때였다. 그와 동시에 교실 뒷문에 언제부터서 있었는지 모를 이우재와 눈이 마주쳤다. 너무 놀라 입 밖으로는 어떠한 소리조차 튀어나오지 않았지만, 이미 내 안에서는 수차례 비명을 내지른 뒤였다. 심장은 저 아래로 추락하듯 빠르게 내려앉았다.

"……."

"……."

무슨 말이라도 해 줬으면 좋겠는데 아무런 말도 없이 그저 나를 빤히 바라보기만 하던 녀석이 곧 고개를 비스듬히 기울이며 웃어 보였다. 분명 누구에게나 호감을 품게 할 수 있는 그 미소를 보면서도 살벌한 긴장감이 온몸을 타고 흘렀다. 이우재의 미소는 마치 '거기 도형이 자리인데 네가 왜 거기 앉아 있어?'라고 묻는 것만 같았다. 숨 막힐 듯 불편해지는 공기에 대체 지금 이 상황에서 내가 무슨 표정을 짓고 있어야 할지 감이 오지 않았다.

내려앉은 침묵은 내가 김도형을 좋아한다는 사실을 방증하는 듯했다. 초조함을 이기지 못한 내 손가락은 안절부절 어쩔 줄을 몰랐다. 그런 내 손가락으로 녀석의 시선이 닿아 오는 것이 느껴졌다. 죄지은 사람이 된 기분에 사로잡혀 얼른 손가락을 말아 쥐자, 이우재의 가볍게 웃는 소리가 들려왔다.

어딘지 즐거운 듯한 그 웃음소리를 듣자마자 내 인생은 결국 여기서 끝나는구나, 나는 이제 아주 그냥 좆 됐구나, 라는 생각을 하고 있을 때였다.

"동화야, 아닐까 봐 걱정했잖아. 왜 자꾸 아니라고 해서 사람을 불안하게 해."

녀석은 내게 다소 뜬금없는 소리를 해 왔다. 예상치 못한 반응에 대체 뭔 소리를 하는 거냐고 이우재를 얼떨떨하게 바라보았고.

"거봐, 너 도형이 좋아하잖아."

"……."

"다행이다. 너도 남자 좋아해서."

"……뭐?"

"나 너 좋아하거든."

"……."

그러한 뜻밖의 말을 듣고야 말았다. 그 말의 의미를 제대로 파악하질 못해서 어안이 벙벙한 채 여전히 이우재를 쳐다보고만 있는 내게 녀석은 태연한 소리를 해 왔다.

"도와줄까?"

"……."

"내가 너랑 도형이랑 잘되게 도와줄게. 도형이랑 나 친하니까."

뭔가 앞뒤가 전혀 맞지 않는 소리에 머릿속이 혼란스러웠다. 하지만 이우재가 나를 바라보는 눈길은 그저 사색에 잠긴 듯 고요하고 잠잠하기만 했다. 나는 그러한 녀석의 얼굴을 긴장한 채 유심히 바라보며 더듬더듬 말을 이었다.

"그래, 내가 도형이를 그……. 좋아하기는 하는데……."

"역시."

"근데……. 그게 너랑 무슨 상관이야?"

"적어도 남자를 좋아하면 나에 대한 거부감이 덜할 거라고 생각했어."

"대체 무슨 소리를 하는 건지……."

"정말이야, 내가 도와줄게."

"아니 저기……. 나 지금 되게 혼란스럽거든……?"

"대신 내가 도와줄 때마다 키스해 줄래?"

"뭐?"

대화가 어디로 튈지를 모르겠다. 혼란스러웠던 머릿속은 키스라고 하는 소리에 망연해져 더욱 엉망이 되어 갔다. 양손으로 머리카락을 쥐어뜯고 있던 나는 일순 동작을 멈추고 무슨 말 같지도 않은 소리냐는 듯 녀석을 바라보았고, 녀석은 어쩔 수 없다는 듯 마치 자신이 크게 인심 쓴다는 투로 내게 말했다.

"그게 싫으면, 그냥 가볍게 네가 뽀뽀만 해 줘도 좋을 거 같은데."

뽀뽀는 결코 가벼운 것이 아닌데 이우재는 몹시 가볍다는 투로 말했다.

"싫거든……? 그리고 너 지금 네가 무슨 소리를 하고 있는지는 알고 있어?"

제정신인가?

"알아."

"……."

녀석은 너무나도 제정신이었다.

"그럼 껴안는 건? 껴안고 아무 짓도 안 할게. 안고 있기만 할게. 어?"

"……."

"안는 것 정도는 괜찮잖아."

한숨까지 내쉬며 그리 말하는데, 그것은 마치 '진짜 내가 많이 봐 줬다. 그러니까 그만 야박하게 굴어라.'라는 어조였다. 어째서 내가 녀석과 타협을 보고 있는 건지 모르겠다. 도무지 상황 판단이 안 돼 말문이 막힌 나를 향해 녀석은, "그럼 안는 걸로 하자."라고 제 멋대로 계약서에 도장을 찍듯 그리 말해 왔다.

나는 다급하게 녀석을 향해 소리쳤다.

"아니, 야, 잠깐만!"

그리고 생각할수록 도대체 이런 말도 안 되는 상황이 짜증스러웠다. 그 누구도 아닌, 하필 김도형과 친한 친구인 이우재에게 들킨 것도, 어디로 튈지 모르는 지금 이 종잡을 수 없는 대화의 흐름도 말이다.

"도와주긴 뭘 도와준다는 거야, 대체."

"나는 내가 좋아하는 사람이 행복해지면 그걸로 됐어."

"……그럼 좀 순수한 마음으로 도와줄 생각은 없어?"

"너무 손해 보는 건 또 그렇잖아."

"……."

"그리고 나도 뭔가 보상이 있어야 열심히 도울 의지가 생길 것 같고."

"……."

대화의 의지를 상실한 나는 피로감을 느꼈다. 더 이상 이 얘기를 나누고 싶지가 않았다. 이쯤에서 그만두고 싶어 자리에서 일어나 내 책상 위에 있던 가방을 챙겨 들고 교실을 빠져나가자, 녀석은 느릿하지만 보폭이 큰 걸음으로 금세 나를 따라잡았다.

"쫓아오지 마."

"왜?"

"왜냐니. 당연히 기분 나쁘니까."

"내가 널 좋아해서?"

"……."

"너도 도형이 좋아하잖아."

"아니, 그런 문제가 아니라……."

"그리고 내가 너한테 아직 무슨 짓을 한 건 아니잖아. 하고 싶지만 참고 있어, 나."

"……그러니까 그런 점이 기분 나쁘다고."

'아직'이라고 그랬다. 분명히 아직이라고. 나는 어깨를 떨며 질색했다. 내 그러한 눈길에도 전혀 물러섬 없이 가볍게 어깨만 으쓱해 보이던 이우재는 무덤덤하게 내게 말했다.

"도형이랑 친하게 지내고 싶잖아, 너."

"……."

"아니야?"

이우재의 말대로 나는 김도형과 친하게 지내고 싶었다. 가끔씩 '안녕?' 하고 의미 없이 건네 오는 인사에도 설레는 나였으니, 대화하고 같이 어울릴 수 있다는 건 내 마음을 사로잡는 제안이었다. 그리고 녀석은 충분히 그렇게 해 줄 수 있다는 듯 자신만만해 보였다.

아주 잠시 동요가 일어나 멈칫했다. 미세하게나마 동요했다는 것을 들키고 싶지 않아 재빨리 표정을 수습했지만, 녀석은 기어코 놓치지 않고 그것을 본 듯싶었다. 그 때문에 찌푸려지는 내 얼굴을 보면서도 조용히 웃고만 있었다. 나는 이우재를 향해 무슨 말을 해야 할지 몰라 그저 입을 다문 채 가만히 있었다. 녀석의 제안은 아주 그럴싸했지만, 그런데도 불구하고 이것저것 내거는 조건들이 여간 껄끄러운 게 아니라 망설이게 되었다.

"다른 마음은 없어, 진짜로. 네가 안타깝고, 또."

"……."

"그냥 내가 오지랖이 조금 넓어서 그래."

"……."

"그리고 나는 너를 좋아하니까 돕고 싶은 건 당연하잖아."

인상이 찌푸려졌다. 이우재는 그런 나를 보면서도 아무렇지 않게 말했다. 그러나 어딘지 모르게 장난스러움이 묻어나는 말투였다.

"너는 너무 의심이 많아."

"……네가 수상한 거야."

"그냥 도와주려고 그러는 거라니까, 난."

"……."

"그렇게 믿어 주면 안 돼?"

"……."

빠르게 걷던 걸음이 멈췄다. 녀석은 나를 향해 웃어 보였고, 나는 그 자신만만한 웃음이 못마땅해 그 제안을 거절했다.

그리고 며칠이 흘렀다. 운동장 그늘진 구석에 앉아 멀지 않은 농구대 근처에 나는 시선을 두고 있었다.

선선해진 바람도 농구를 하고 있는 아이들의 이마 위로 맺히는 땀을 식혀 주지 못하는 듯했다. 몇 시간씩 책상에 앉아 있다 보면 찌뿌듯한 몸을 감당하지 못하고 아이들은 종종 저렇게들 운동장으로 뛰쳐나가곤 했는데, 나는 언제나 그랬던 것처럼 그중 한명인 김도형에게 눈길을 두었다. 이제는 거의 습관과도 같았다.

멍하니 풀어놓은 내 시선은 아주 자연스럽게 김도형의 동작을 따라갔다. 깔끔하게 공을 집어넣고 돌아선 김도형이 제 친구들을 향해 활짝 웃었다. 그 순간 나는 자연스럽게 건네줄 타이밍을 몰라 내내 손에 쥐고만 있던 차가운 음료수 캔으로 시선이 떨어지며 한숨이 나왔다.

다른 아이들과 함께하는 것을 그저 우두커니 바라보고 있는 것밖에는 내가 할 수 있는 일이 없다. 그냥 친하게 지내기만이라도 했으면 싶었다. 하지만 생각하면 생각할수록 나와 김도형 사이에는 그 어떤 무언가도 없었기 때문에 지금의 내 이 소외감은 점점 더 짙어지기만 했다.

"동화야, 뭐 해?"

그래서 갑작스럽게 내 앞으로 나타난 이우재의 등장은 좋지 못했다. 제 오지랖을 감당할 수 없어 나에게까지 뻗어 온 그 제안을 곧바로 떠올리게 만들었으니까. 며칠 전 녀석의 그 말 같지도 않은 제안을 거절한 걸 아주 조금 후회할 뻔했으니까.

아무것도 아니라며 고갤 저은 뒤 자리를 옮기려는 나를 녀석이 붙잡았다.

"이거 봐."

"그거 도형이 주려는 거 아니야?"

"……."

놓으라고 해도 아랑곳하지 않고 그저 나를 한번 보다 저쪽에 있는 김도형을 향해 시선을 던지던 이우재는 알 만하다는 듯 고갤 끄덕이며 내게 말했다. 그 누구도 아닌 하필 녀석에게 치부를 들킨 기분이라 나를 붙잡은 녀석의 손길이 껄끄럽고 거북했다.

"샀는데 못 주면 아깝잖아."

"네가 신경 쓸 일 아니야."

"음……. 잘 봐."

"……."

이우재는 내게 잘 보라며 작게 속삭인 뒤 큰 소리로 김도형을 불렀다. "야, 김도형!" 그 소리가 쩌렁쩌렁 울리자 김도형의 시선이 나와 이우재가 서 있는 곳을 바라보았고, 김도형의 주변을 둘러싸고 있던 아이들의 시선까지도 전부 이쪽으로 쏠렸다. 여러 개의 시선이 한꺼번에 쏠리자 무안해진 나는 시선을 아래로 떨어뜨렸다.

이우재는 내내 내가 손에 들고 있던 음료수 캔을 빼앗아 갔다. 그리고 그걸 김도형에게 받으라는 듯 던졌다. 얼떨결에 그 캔을 겨우 받아 든 김도형이 어리둥절한 표정을 지었다. 나는 놀라 고개를 들었다.

"그거 동화가 너 마시래."

내게 퍽 친한 척 어깨로 팔까지 둘러 오며 녀석이 김도형에게 소리쳤다. 그러곤 당황한 얼굴로 바라보는 내게 눈을 마주쳐 오며 그저 어깨만 으쓱해 보일 뿐이었다.

"고마워, 동화야. 잘 마실게!"

김도형의 목소리에 멍청하게 이우재를 바라보고 있던 내 시선이 김도형에게로 향했다. 김도형은 음료수 캔을 손에 쥐고서 내게 흔들어 보였다. 깔끔하게 농구 골대 안으로 공을 집어넣고 돌아서며 제 친구들을 향해 지었던 그 미소 띤 얼굴과 같은 얼굴로 나를 향해 활짝 웃으면서 말이다.

"어때?"

멍청하게 서 있던 내 쪽으로 상체를 조금 기울인 녀석이 속삭이듯 물어 왔다. 그제야 풀어놓았던 시선을 황급히 정리할 수 있었다. 귓가로 닿아 오는 숨소리 섞인 물음에 뺨 위로 소름이 돋아 서둘러 뺨을 문질렀다.

"나는 이런 거 해 줄 수 있는데."

바라본 녀석은 고요한 얼굴이었다.

"도형이랑 친하게 지내고 싶잖아, 너."

"……"

"도와줄까?"

"……"

그 물음에 무언가 걷잡을 수 없는 충동이 일어난 나는 저번처럼 단호하게 거절할 수가 없었다.

* * *

"같이 먹자."

다음 날 이우재는 급식실에 앉아 막 밥을 먹기 시작하려는 내 곁으로 다가와 앉았다. 급식실 안을 둘러보며 빈자리도 많은데 왜 하필 여기인지 모르겠다는 내 떨떠름한 시선을 읽어 낸 이우재는 가볍게 웃으며 내게 말했다.

"나 너랑 이런 거 해 보고 싶었거든."

"어, 그래……."

"옆에 나란히 앉는 거 너무 좋다."

"……."

그런 듣기 껄끄러운 말은 제발 대놓고 하지 말라고 따지려는 찰나였다. 내 맞은편으로 누군가 앉는 기척에 무심코 고갤 돌려 바라보자 김도형이었다. 예상치도 못한 상황에 녀석을 향해 따지려고 했던 기세가 곧바로 수그러들었다. 벙벙한 표정으로 김도형을 바라보는 내내 나를 지켜보는 이우재의 시선이 느껴졌다. 녀석이 그런 나를 보며 무슨 생각을 하고 있을지는 충분히 짐작할 수 있었다. 김도형을 좋아하는 게 얼굴에서 다 티가 난다고 생각하겠지. 그래서 혹여나 한편으론 나를 비웃고 있지는 않을까 싶었지만, 이우재는 그저 무덤덤했다.

김도형은 나와 눈이 마주치자 살갑게 눈인사를 해 왔다. 그러고는 곧바로 녀석을 향해 "다른 애들은?" 하고 물었고, 녀석은 알게 뭐냐는 듯 심드렁하게 고개만 저었다.

"동화야, 혹시 너 이거 좋아해?"

반찬으로 나온 얇은 돈가스를 집어 먹고 있을 때였다. 느닷없이 나를 향해 말을 걸어오는 김도형을 향해 얼떨결에 고갤 끄덕이자, "이것도 먹을래?"라며 김도형이 자신의 돈가스를 전부 내게 주었다. 이러다간 심장이 터지겠다. 수북해진 식판 위의 돈가스를 바라보며 잠시 동안 멍하니 있던 나는 곧 뺨으로 닿아 오는 이우재의 시선에 괜히 뭘 보냐며 녀석을 향해 툴툴거렸다.

결국, 나는 더 이상 어쩔 수 없이, 모든 수업이 끝나고 우르르 교실을 빠져나가는 아이들 틈에서 이우재를 붙잡을 수밖에 없었다.

"네가 생각하는 것만큼 그렇게 많이 좋아하는 건 아니야."

"……."

"그냥……."

이우재가 앞뒤로 그네를 움직일 때마다 끼익끼익 하는 쇳소리가 작게 울렸다. 오래된 놀이터에 늦은 시간인데도 불구하고 놀이터 안은 불이 켜져 있어 그다지 으슥하지가 않았다.

나는 그네에 앉아 발밑 모래를 후비며 왜인지 뜸을 들였다. 내 입으로 이런 말까지 하려니까 괜스레 민망한 탓에 딴청을 부리게 되는 것이었다. 나는 시선을 바닥 쪽에 두고 있었기 때문에 잠자코 내 이어질 말을 기다리는 이우재가 어떠한 표정으로 나를 보고 있는지는 알 수 없었다. 그런데도 불구하고 말끝은 자꾸만 흐려졌다.

"그냥 도형이는 멋있으니까……."

"멋있다고? 걔가?"

"……."

"다들 속고 있는 거야. 걔가 얼마나 소심하고, 잘 삐치고 하는 줄도 모르고."

"……."

웬일로 녀석이 평소답지 않게 볼멘소리로 말하기에 나는 천천히 고갤 들었다. 정면을 응시하며 그넷줄에 머릴 가만 기대고 있던 이우재는 잠시 말이 없었다. 이러한 침묵은 아직 낯설어 나는 딴청을 부리며 또다시 삽처럼 발로 모래를 후빌 뿐이었다.

"그리고 원래 다들 그런 가벼운 마음으로 시작해. 시작은 별거 아니거든."

침묵을 끊어 낸 것은 녀석이었다. 운동화 안으로 들어온 모래 알

갱이들이 발바닥을 불편하게 만들었다. 이우재의 그 말은 내가 김도형을 좋아한다는 걸 확신하는 것과 다를 바 없어 운동화 속에 들어온 모래 알갱이들처럼 내 마음을 이상하게 불편하게 만들었다. 이미 들킨 마당에 감출 것도 없었는데 말이다.

"갑자기 마음이 바뀐 이유는 뭐야?"

도와줄까, 라고 물었던 녀석의 물음에 대답하지는 못했지만 결국 나는 녀석을 붙잡았고, 그건 녀석이 물었던 질문에 대한 긍정으로 받아들이기에 충분했다.

마음이 바뀐 이유는 사소했다. 음료수 캔을 받았던 그 순간 내게 고맙다고 말하며 손을 흔들어 주던 모습을 좀 더 자주 보고 싶다는 것이 이유였다. 앞으로 같이 지낼 남은 기간은 얼마 되지 않겠지만, 그리고 또 어차피 학교를 졸업하고 나면 서로 연락이 끊기는 자연스러운 수순을 밟겠지만, 그래도 아주 잠깐이라면 괜찮지 않을까, 라는 바람이었다.

"그냥."

나는 그 대답을 고작 두 단어로 얼버무려 넘겼다. 시시해서 듣지 않아도 된다는 듯. 이우재 또한 내게 더 이상 캐묻지 않았다. 그래서 그날 우리의 대화는 그게 끝이었다.

"김도형 그 새끼는 또 농구 하고 와서 배고프다고 할 거니까, 그때 이거 주면 좋아할걸."

갑자기 나타난 이우재가 그리 말하며 내 책상 위에 빵을 툭 던지듯 올려놓았다. 그러곤 내 책상 위에 던진 것 말고 손에 쥐고 있던 다른 하나는 뜯어 입에 물며 내 옆자리에 앉았다. 나는 책상 위의 빵과 녀석을 번갈아 바라보았고, 그런 내가 의아하다는 듯 고갤 기우뚱 기울인 녀석이 "왜?" 하고 내게 물었다.

"생각보다 네가 착한 거 같아서."

도와준다고 했다고 정말로 열심히 도와줄 줄은 몰랐다. 그것도 이런 식의 세심한 방법일 거라고는 더더욱. 먹을 거로 공략하라는 건가? 근데 내가 이걸 김도형에게 주는 건 조금 뜬금없고 이상하게 보이진 않을까? 나는 그런 생각을 하고 있었다.

"너 뭔가 착각하는 거 같은데."

"……."

"나 사실 그렇게 착하지만은 않아."

그런 내게 심드렁하게 대꾸하는 이우재의 목소리 사이로 빵 봉지가 바스락거리며 소릴 냈다. 그 와중에 나는 이우재가 먹고 있는 빵을 바라보며 쟤는 저걸 좋아하는구나, 그런 시답잖은 생각을 했다.

"대가 없이 뭘 하는 사람은 아니니까."

그 말과 동시에 내게 내걸었던 조건들이 떠올랐다. 나와 같은 생각을 한 모양인지 녀석이 보란 듯이 내게 미소를 지었다. 그리고 곧 내 책상 위에 놓아둔 빵을 집어 들어 어딘가로 던졌다. 그 방향으로 고갤 틀자 김도형이 보였고, 김도형은 또다시 저번 음료수 때처럼 얼떨결에 받아 놓고는 어리둥절한 표정으로 녀석을 바라보았다.

이우재는 늘어지듯 의자 등받이에 몸을 기대며 소리쳤다.

"동화가 너 먹으래."

"근데 왜 매번 네가 던지냐?"

"애가 아직 쑥스러운가 봐."

놀란 나는 어떻게 그런 말을 할 수 있냐며 녀석의 옆구리를 때렸다. 녀석은 아프다고 내게 칭얼거렸고, 그런 우리 둘을 바라보던 김도형은 가벼운 웃음소리와 함께 "잘 먹을게, 동화야." 하고 내게 말했다. 괜스레 마음이 동해 별거 아니라고 대꾸하며 재빨리 고갤 틀었다. 나를 잠자코 바라보고 있는 이우재의 시선마저 새삼 부끄러워지려 했다. 나와 눈이 마주친 녀석은 웃으며 제 빵을 내게 내밀었다.

"한입 먹을래? 그럼 우리 간접 키스 하는 건데."

"……."

"나는 그래도 좋지만."

장난기 섞인 목소리에 시끄럽다고 눈을 부릅떴다.

하지만 그냥 녀석이 내게 내밀었던 빵을 한입 베어 물고 간접 키스로 대신할 것을 그랬나, 잠시 생각해 보았다.

"그래도 약속은 약속이잖아."

"……말 안 해도 다 알고 있거든?"

선택은 언제나 중요한 것이다. 단 한 번의 선택으로 인해 이처럼 예상치 못한 길로 접어드는 것은 전혀 드물지 않은 일이었으니 말이다. 불과 며칠 전만 해도 그 어떠한 접점도 없었던 이우재와 내가 아무도 없는 으슥한 곳을 찾아 들어가 서로를 끌어안게 될 거라고는 상상조차 해 본 적 없었으니까.

방과 후 과학실 안은 그 어떠한 소음도 없이 조용했다. 그 조용함은 굳이 이곳에 나와 녀석뿐이라는 사실을 새삼스레 알려 주는 것만 같았다. 그래서인지 과학실 구석에 숨어 녀석과 마주 보고 서 있는 지금 평소와 달리 묘한 긴장감에 사로잡히게 되었다.

"안아도 돼?"

"안기만 하고 아무 짓도 안 할 거지, 진짜로?"

"안 해. 약속했으니까."

"……."

덤덤하기만 한 녀석의 표정을 보고 있자니 왜 나 혼자서만 이토록 긴장하게 되는 건지 억울했다. 마른침을 삼키며 빨리 하고 끝내자는 듯 녀석을 향해 재촉하는 눈길을 보내자 뻗어 온 팔이 곧 망설임 없이 내 등을 감싸 안았다.

그러나 나는 녀석의 품에 푹 안긴 채 어정쩡한 팔을 어떻게 두어야 자연스러워 보일까 고민하느라 녀석의 숨소리가 조금씩 거칠어지고 있다는 사실을 너무나 뒤늦게 깨달았다.

"너……. 숨소리가 좀 이상해."

"미안해. 나 지금 좀 흥분했거든."

"흥분을 왜……. 아니, 왜 흥분을……? 그런 걸 왜 하고 그러는데?"

흥분이라는 단어는 이 상황에서 그리 유쾌한 것이 아니었다. 공황 상태에 빠진 내가 말을 더듬더듬하자 나를 더욱 바짝 끌어안은 녀석이 내 어깨와 목 사이에 고갤 파묻으며 중얼거렸다.

"흥분하고 그러는 거 싫어해?"

"……좋아할 리가 있겠어?"

"자제할까?"

"어."

"노력해 볼게."

그렇게 말했던 주제에 곧바로 "근데 동화야, 장담은 못 하겠어." 라고 끌어안은 팔에 힘을 더욱 실으며 내 귓가에 대고 속삭였다.

그리고 동시에 귓가를 감싸 오는 이 그릇된 숨소리는 도저히…….

"어……. 야, 야, 야, 야! 너 흥분하지 마, 야!"

"하아, 미안해. 내 의지는 그게 아닌데 너한테서 자꾸 좋은 향이 나고 그래서."

"미친놈아! 거짓말하지 말……. 야, 너……."

제발 부디 이걸 나 때문에 세웠다고는 하지 말아 줄래? 하지 못한 그 말을 몇 번이고 속으로 되뇌었다. 불룩해진 녀석의 아래가 닿는 느낌이 들자마자 서둘러 나는 녀석을 밀어내려 아등바등 굴었다. "야, 이건 진짜 아니지! 이런 게 어디 있어!"라고 다급한 어조로 소리치자 그제야 녀석은 단단하게 나를 끌어안고 있던 팔에 힘을 풀고서 마주 본 채 내게 말했다.

"미안. 부끄러운 모습을 보였네?"

나는 그 모습에 아주 환장할 거 같았는데, 오히려 이우재는 나에게 따지듯 말했다.

"그치만 어쩔 수가 없었잖아."

"……대체 뭐가?"

"널 껴안아 본 건 처음이라 아직 적응이 안 돼서 자제하는 게 어려웠단 말이야."

"……."

"그리고 또 네가 너무……. 아니야."

"끝까지 말해."

"끝까지 말하면 네가 싫어할 거 같은데."

"말해. 말하다가 마는 게 더 찝찝하니까."

"품에 그렇게 딱 들어맞게 들어올 줄 몰랐어. 맨날 만지는 거 상상만 해 봤으니까. 막상 팔 안에 꽉 들어맞는데 뭔가 거기서부터 흥분이 되더니……."

"……."

"너한테서 좋은 향기까지 나잖아. 그걸 어떻게 참아?"

"……."

"하마터면 네 목에다가 당장 입술 문지르고 싶은 거 내가 진짜 얼마나 참았는지 알아?"

말투는 한없이 진지하나 차마 들어 줄 수가 없었다.

"이 변태 새끼야!"

"거봐, 화내잖아. 그러니까 내가 말 안 한다고 한 건데 왜 말을 하라고 해 놓고 나한테 화를 내?"

"……."

"들으면 싫어할 거라고 했잖아. 나 진짜 너무 억울하다."

"……."

녀석은 정말로 억울하다는 듯 적반하장으로 눈썹을 구겼다. 막상 녀석이 저리 나오니 이상하게 설득이 된 나는 '맞는 말인가?' 다시 한번 생각해 보았지만, 여전히 녀석의 불룩한 아래가 영 보기 껄끄럽다는 그 사실만큼은 변치 않았다.

내 시선이 닿은 곳을, 마치 녀석은 내 책임이니 네가 책임지라는 듯 이거 어떻게 할 거냐고 당당하게 말해 왔다. 마른침을 삼켰다. 다그치는 녀석의 시선을 받고 있으니 나는 정말로 저걸 내가 어떻게 해 줘야 할 책임을 진 것만 같았다.

그래서 녀석의 부름을 외면하고 일단 내 생애 그렇게 빨리 달려 본 적 없이 도망치듯 과학실을 빠져나올 수밖에 없었다.

"동화야, 너 치사하다."

"······."

"어제 그렇게 도망쳐 버리는 게 어디 있어? 약속이랑 다르잖아."

다음 날, 등교하자마자 내 옆자리로 다가와 앉은 이우재가 꺼낸 말은 그야말로 나를 기가 막히게 하기 충분했다.

"약속? 우리가 했던 약속에 그······. 그러니까, 그게 선다는 건 없었거든?"

누가 들을세라 주위를 살피며 나직이 내뱉는 내 말에 녀석은 뭘 그런 거 가지고 그러냐는 듯 물끄러미 나를 보다가 입을 열었다.

"그래도 네 생각 하면서 수습했어."

"너 정말 싫다······. 왜 그런 말을 해? 알고 싶지도 않아."

"그렇게 말하지 마, 나 상처받으니까."

"······."

책상 위에 늘어지듯 누워 눈만 위로 치켜뜬 녀석이 중얼거렸다. 무슨 말을 더 하려던 나는 결국 한숨처럼 숨을 내쉰 뒤 입을 다물어 버렸다. 이우재가 나를 좋아한다는 것쯤은 굳이 숨기지 않고 그것을 잔뜩 드러내는 저런 시선 때문에 모르고 싶어도 알 수밖에 없었다. 녀석의 마음을 투영한 듯한 깊은 시선에 말문이 막힌 나는 애꿎은 교과서만 책상 위로 던지듯 올려 두었다.

"도형이는 섹시한 스타일 좋아해."

어쩌라고? 교과서를 꺼내는 내게 대뜸 해 오는 그 소리에 녀석을 바라보자, 늘어지듯 책상 위에 누워 있던 녀석이 상체를 일으키며 어깨를 으쓱해 보인 뒤 마저 말을 이었다.

"그냥 참고하라고."

"그래, 고마워."

"……."

"왜?"

하지만 한순간 흐르는 침묵 속에서 가만 나를 바라보고만 있기에 왜 그러냐고 묻자, "근데 나는 너 같은 스타일 좋아해……."라고 묻지도 않은 것을 굳이 수줍어하며 말해 왔다. 갑자기 숨이 다 막히는 기분이었다. 나는 서둘러 주위를 살폈다. 다행히 어수선한 분위기 속에서 다들 자기들 할 일을 하느라 바빠 보였다.

"제발 갑자기 그런 소리 좀 하지 말아 줄래?"

나는 녀석을 향해 어쩐지 얼굴이 화끈거려서 소리쳤고, 녀석은 고갤 끄덕였다.

그 이후로 툭하면 내가 주었다는 핑계를 대며 무언가를 먹으라고 김도형에게 던져 대는 녀석 덕분에 김도형이 전보다 내게 살갑게 굴기 시작했다. 이우재는 늘 김도형에게 먹을 것을 던져서 주었고, 굳이 그렇게 던져서 줘야겠냐고 어느 날 물었더니 "동화야, 아직 내 마음이 곱게 건네주는 것까진 허락하지 못했어."라는 소리를 해 왔다.

하지만 그런 식으로나마 김도형과 친해진 덕분에 마주치면 김도형이 내게 장난처럼 말을 걸어올 때도 있었고, 저 멀리 보이면 내게 손을 흔들어 주는 일도 종종 있었다. 그에 마주 손을 흔들어 줄 때면 곁에 서 있던 녀석은 말없이 그런 나를 뚫어져라 바라보곤 했고, 느껴지는 시선에 고갤 돌리면 내게 "잘됐다, 그치?" 그렇게 말해 오곤 했다.

문득 '녀석은 분명 나를 좋아하는데 이게 잘된 일인가?' 생각했다. 나는 녀석을 도대체 이해할 수가 없었다. 보통은 자신이 좋아하는 상대가 다른 누군가와 즐겁게 얘기를 나누는 모습만 봐도 질투심이 끓어오르는 게 너무나 필연적이기 때문이다. 하지만 웃으면서 해 오는 녀석의 말은 전부 진심이었다.

오늘도 늘 그래 왔던 대로 이우재와 나는 수업이 끝나고 과학실로 향했다. 불 꺼진 과학실 안은 유리창을 통해 들어오는 빛 때문에 그다지 어둡지가 않았다. 나를 끌어안기 위해 한 걸음 다가오던 이우재의 가슴팍을 짚고서 팔을 쭉 뻗어 거리를 두었다. 평소와 다른 그런 내 행동이 의아한 듯 녀석은 옆으로 고갤 가만 기울이기만 했다.

나는 헛기침을 한번 하고서 빙그르르 과학실 안을 괜히 둘러보다가 입을 열었다.

"그냥 한번 물어보는 건데."

"뭔데?"

"넌 내가 만약 도형이랑 키스도 하고, 막 그래도 아무 상관 없어?"

"……."

이우재는 아무런 말이 없었다. 나름대로 내 말에 충격이라도 받은 건가 싶어 지긋이 바라보는데…….

"이 미친 새끼가! 발기하지 마!"

"미안해. 그게, 너랑 키스하는 상상을 해 버려서."

"……."

"본능이잖아. 이해하지?"

"이 변태 새끼가 뭐라는 거야……."

왜 저러는 거야, 진짜. 나는 녀석을 이용하지 않으면 안 되는 내 처지로서 지금 이게 최선의 방법이라 그렇다 치지만, 그래도 내 나름으로 녀석을 이해해 보려고 했던 시도는 녀석의 발기로 인해 무너져 내렸다.

누가 누굴 괴롭하나 싶어 버리가 시큰거렸다. 그런 내게 녀석이
말해 왔다.

"어쨌든 손 좀 빌려주면 안 돼?"

"어딜 만지게 하려는 건데? ……설마 내가 지금 생각하는 거기?
너 미쳤냐?"

"빨리 끝낼게."

"야!"

질색하며 물러서자 녀석은 푹 한숨을 내쉬며 너 진짜 치사하다,
라고 내게 말했다. 치사하다고 하는 말에 어처구니가 없었지만, 이
우재의 시선은 진심으로 나를 치사한 사람 취급하고 있었다. 하지만
그런 말을 하기엔 녀석의 불룩해진 아래가 참으로 양심이 없었다.

"왜 그런 거로 화를 내?"

하지만 양심이 없는 이우재는 오히려 자신에게서 물러서서 경계
태세를 갖추는 나를 향해 다그치는 어조로 말해 왔다.

"나는 그냥 남들보다 조금 솔직한 거잖아."

"두 번 솔직했다간 아주……. 어?! 아주 막! 어? ……그러겠다?"

"동화야, 말을 제대로 좀 해."

도대체 지금 뭐라고 하는지를 모르겠네, 라고 뒤를 잇는 녀석의
말에 괜히 자존심이 상했다. 변태 주제에 사람을 바보 취급 하는데?
그 생각에 얼굴을 찌푸리고 있는 나를 향해 녀석은 무덤덤한 표정
으로 말을 이어 갔다.

"너도 흥분하면 설 거 아니야."

"……갑자기 무슨."

"자연스러운 거잖아."

"……"

"그러니까 너무 이상한 사람 취급하지 말라는 것뿐이야."

"……"

그런 소리를 할 거라면 최소한 아래는 진정시키고 해야 내가 설득될 텐데. 그랬기 때문에 녀석의 그 말은 그다지 설득력이 없었다.

곧이어 이우재는 자신의 발기된 곳을 바라보던 고갤 들었다.

"나 이거 수습할 건데 너 계속 거기 있을 거야? 그러면 좋긴 한데……"

나직이 그리 말하며 희미하게 미소 짓는 모습을 본 나는 도망치듯 그곳을 빠져나와야 했다.

그 이후로도 녀석의 아래는 종종 불끈불끈 솟아올랐지만, 나를 불안과 두려움에 빠뜨리는 그 불끈한 하체에 질색하며 도망치는 것도 솔직히 힘에 부쳤다. 게다가 요즘의 나는 어느 정도 녀석의 그러한 모습에 익숙해지고 있었기 때문에 이젠 또 시작했구나, 하는 떨떠름한 표정을 지어 보이는 게 다였다.

오늘도 나를 향해 '안녕?' 하고 인사해 오는 녀석의 중심을 바라보며 진저리가 난다는 듯 어깨를 떨었다.

"작작 좀 못 해?"

"적응해. 이젠 그럴 때도 되지 않았어?"

"……"

너무 익숙해져서 문제지. 혼잣말에 가까운 투로 내가 중얼거리자, 이우재는 "뭐라고? 손 빌려준다고?"라는 헛소리를 해 왔다. 녀석을 향해 필요 이상으로 예민하게 굴지 않으려고 했다. 그게 이 상황에

서 네가 취할 수 있는 슬기로운 태도는 아닐지 몰라도 나름의 최선
책이었다.

며칠 뒤, 나는 수업이 끝나고 텅 빈 교실에 앉아, 어디로 가 버린
건지 자신의 책상 위에 덜렁 책가방만 올려 둔 채 사라진 이우재를
기다리고 있었다. 왜 이렇게 늦나 싶어 교실 벽에 걸린 시계를 바라
보던 그 순간, 그제야 교실 안으로 모습을 드러내는 이우재를 향해
잔뜩 벼르고 있던 나는 대체 어딜 다녀오는 거냐고 소리치려던 입
을 다물 수밖에 없었다.

"동화도 같이 갈 거야."

교실로 들어와 제 가방을 챙겨 든 녀석이 자신의 곁에 있던 김도
형을 향해 그리 말했기 때문이었다. 김도형은 나를 보며 가볍게 웃
었고, 그 때문에 얼떨떨했던 나는 "어딜?" 하고 물었다. 녀석은 그런
내 곁으로 바짝 다가와 친한 척 어깨를 둘러오며 도형이네, 라고 짧
게 대꾸했다.

김도형은 내가 자신의 집에 따라가든지 말든지 별로 크게 관심을
두고 있지 않았지만, 그럼에도 불구하고 나에게는 이 상황이 예상
치도 못했던 일이라 두근거리는 가슴을 계속 부여잡고 있었다. 이
우재는 그런 나를 힐끗거리다가 그렇게 좋으냐고 귓가에 대고 작게
속삭였다. 마치 놀리는 듯한 말투에 꺼지라고 눈을 부릅뜨자 대뜸
내 어깨를 끌어안으며 이우재가 말했다.

"동화야, 네가 그렇게 보니까 나 너무 설렌다."

"⋯⋯미쳤냐?"

저리 가, 저리 가라고! 외치며 밀어내도 녀석은 내 쪽으로 몸을 기

울일 뿐이었고, 우리 둘이 부산을 떨어 대자 김도형은 뜬금없이 자신도 끼워 달라고 팔을 양옆으로 쫙 펼쳐 뒤에서 덮치듯 나와 녀석의 어깨를 감싸 왔다. 너무나 무방비하게 있다가 뒤에서 와락 덮쳐 오는 김도형 때문에 나는 호흡을 가다듬으려 여러 번 애써야만 했다.

그렇게 김도형의 집에 도착한 뒤, 나는 어쩐지 어색해서 쭈뼛거렸다. 낯선 곳에 덩그러니 떨어져서 뭘 하면 좋을지 몰라 허둥지둥하느라 내 시선은 그나마 내게 가장 익숙한 이우재만 따라다녔다. 이우재는 익숙하다는 듯이 자연스럽게 김도형네 집 냉장고를 열어 보다가 갑자기 도로 신발을 신었고, 그 모습을 눈에 담자마자 나는 다급하게 이우재를 불렀다.

"너 어디 가?"

"음료수 사러. 마실 게 없대."

"나도."

"응?"

"나도 같이 갈래."

"……"

녀석을 따라 나설 채비를 하며 운동화를 신자 이우재가 나를 의아하게 바라보았다. 빨리 가자고 어깨를 건드리니 별다른 말 없이 김도형네 집을 나와 몇 걸음 옮기던 녀석이 마치 할 말이라도 있는 듯 곁눈질하기에 왜 그러냐고 바라보자 그제야 입을 열었다.

"왜 따라 나왔어?"

"뭐가? 음료수 사러 간다며."

"난 둘이 같이 있으라고 겸사겸사 잠시 자리 비켜 준 건데."

"그런 거였어?"

"이럴 때 더 친해지면 좋잖아."

"그건 그렇긴 한데······."

목덜미를 가볍게 쓸어내린 나는 멋쩍은 표정을 지었다.

"아직 어색하단 말이야."

"······."

"그러니까 도형이랑 둘만 두고 어디 가지 마."

김도형을 좋아하는 건 좋아하는 거였지만, 아직 단둘이 남겨졌을 때의 정적을 견딜 수 있을 만큼 친한 사이는 아니었기 때문에 어색했다. 아마도 분명 그러한 어색함을 견디지 못하고 나는 김도형에게 헛소리를 지껄일 게 뻔했다. 허둥거리는 모습을 보이고 싶지 않았기 때문에 그럴 바에야 녀석을 따라나서는 게 내겐 훨씬 나은 선택이었다.

이우재는 잠시 침묵하다가 입을 열었다.

"······사람 괜히 오해하게 왜 그런 소릴 하냐, 넌."

"뭐가?"

"아니야."

그러곤 고갤 저으며 이내 앞만 응시했고, 나는 묘하게 녀석의 기분이 가라앉은 것을 알 수 있었다. 그래서인지 마실 것을 사서 돌아오는 길 내내 말이 없는 이우재를 곁눈질하기 바빴다.

"동화야, 너 우재랑 많이 친한가 봐?"

이우재와 마실 것을 사서 돌아온 내게 김도형은 의외라는 듯 말을 걸어왔다. 생각해 보니까 우재가 안 어울리게 너는 많이 챙기는 것 같다며, 둘이 대체 어떻게 친해진 거냐고 이어지는 물음에 반사적으로 "그렇게 친한 건 아닌데······."라고 중얼거리다가 문득 옆에

선 녀석이 신경 쓰여 말을 멈추고 옆을 돌아보았다.

바라본 이우재는 그저 평소와 다름없는 표정으로 나를 그대로 스쳐 지나가며 "이거 냉장고에 넣는다."라고 김도형을 향해 외쳤다. 평소와 다름없는 모습이 분명한데도 이상하게 내 쪽을 바라보지 않고 모르는 체하는 것만 같다 여겨졌다. 기분 탓일까? 냉장고로 걸어가는 그 모습에서 눈길을 떼지 못하고 빤히 바라보았다. 이쯤 되면 한 번쯤은 시선을 의식하고 돌아볼 법했으나, 이우재는 여전히 내게 눈길을 주지 않았다. 그런 내게 김도형이 "뭐 좀 먹을래?"라고 말을 걸어왔고, 그제야 나는 이우재에게서 눈길을 뗄 수 있었다.

그 이후로 이러한 나날들의 반복이었다. 학교가 끝나면 종종 김도형의 집에 놀러 가는 일이 잦아졌고, 그 때문에 나는 전보다는 조금 더 김도형과 친해질 수 있었다. 그럴수록 이우재는 교실에서 내 옆자리에 앉아 늘어지듯 책상 위에 엎드려선 말없이 나를 올려다보는 일이 늘어났는데, 그럴 때의 녀석의 시선은 도통 무얼 말하는지 알 수가 없었다. 희미하게 나를 향해 미소를 짓기는 했지만, 나는 그게 어딘지 마땅치 않았다. 왜 그러냐고 물으면 딱히 이렇다 할 대답을 해 주지 않았으니까.

"이번 기회에 둘이 사귀어 보는 게 어때?"

급식실 안은 왁자지껄 소란스러웠다. 그러한 소란스러움 사이로 내 맞은편에 앉은 이우재가 해 오는 말이 또렷하게 들려와 국을 떠먹던 숟가락질이 멈췄다.

이 미친놈이?

밥만 잘 먹다가 무슨 소리를 하냐는 듯 황당하게 이우재를 바라보았다.

"이렇게 보니까 쌀 어울리는 것 같아서."

그런 소릴 뭐 그리 뜬금없이 하냐며 눈살을 찌푸리며 눈치를 주어도 이우재의 얼굴은 한없이 진지했다. 정확히 설명할 길은 없었지만, 나는 조금 전 녀석이 해 오는 소리가 썩 마음에 차지 않았다. 왜 그런 생각이 들었는지 스스로조차 의아해 입을 다물고 있는 나와는 달리 김도형은 그저 지나가는 농담쯤으로 여기며 가볍게 웃었다.

"아, 그러게. 동화가 여자였으면 바로 사귀는 건데."

"······."

"아쉽다."

그 말에 어색하고 뻘쭘해 멋쩍은 웃음만 짓고 있는 나를 가만 바라보던 이우재는 바람 빠지듯 웃으며 말했다.

"나였으면 동화랑 그냥 사귈 텐데 생각이 많네, 너는."

농담처럼 던진 말이었지만, 그게 뭔 소리냐며 또다시 가볍게 웃어넘기는 김도형과는 달리 나는 그럴 수가 없었다.

해가 설핏 기울어 하루가 저물어 가는 어스름한 시각, 교실에서 녀석을 기다리던 나는 잠깐 책상 위에 엎드려 눈만 감고 있으려 하다가 깜빡 잠이 들었다. 다가오는 인기척을 느끼고 잠에서 깼지만, 이대로 조금 더 있고 싶은 마음에 눈을 감은 채 움직이지 않았다. 그런 나를 누군가가 지켜보고 있는 느낌이 들었다.

교실은 찬물을 끼얹기라도 한 듯 조용했고, 창밖 너머에서 들려오는 불규칙한 소음만이 전부였다. 내게 닿은 시선이 오랫동안 이어졌고, 이제 슬슬 눈을 떠야겠다고 마음먹고 있던 그 순간.

"동화야, 좋아해."

귓가에 대고 속삭이는 목소리에 놀라 벌떡 몸을 일으켰다. 녀석의 고백은 정적 속에서 빠르게 스쳐 지나갔다. 나는 방금 귓속말을 들었던 귓가를 붙잡고서 녀석을 바라보았다.

"그러니까 자는 척은 왜 해?"

놀란 나를 심드렁하게 바라보던 이우재는 다 알고 있었다는 듯 말을 건네 왔고, 나는 귓가를 감싸고 있던 손으로 아까의 간질거리는 느낌을 떨쳐 내기 위해 연신 귓바퀴를 긁어 댔다.

"그렇다고 너는 자는 사람한테 고백은 왜 해?"

"안 자는 거 다 알고 있었어. 나는 너에 대해 모르는 게 없으니까."

"……"

뻔뻔한 기색이었다. 순간 철렁했던 가슴이 짜증스러웠던 나는 벅벅 긁어 대던 귓바퀴를 잡아 뜯을 기세로 꽉 움켜쥐었고, 그만 가자고 하는 녀석의 말에 가방을 챙겨 일어났다. 하지만 과학실로 걸음을 옮기는 내내 어째서인지 가슴은 멈추지 않고 두근거렸다. 귓가에 남은 간지러운 고백도 정작 녀석은 아무렇지도 않은데 쓸데없이 동요하며 두근거리는 가슴도 짜증스러웠다. 결국 그로 인한 짜증은 고스란히 옆에 서 있는 이우재에게로 향했다.

"근데 넌 아까 뭐 그런 소릴 하냐?"

"무슨 소리? 너 좋아한다고 한 거?"

"그거 말고, 급식실에서 도형이한테……"

"아."

"……"

뭐 어떠냐며 가볍게 어깨만 으쓱해 보이는 이우재를 보면서 한없이 심란해지는 이유를 알 수가 없었다. 과학실로 들어가 당연하다

는 늣 녀석의 품에 안긴 채 평소와 달리 나 자신이 턱없이 작아지는
기분이 들었다. 그게 문득 못마땅해 되레 녀석의 등을 꽉 끌어안았
다. 아까부터 묘하게 동요하는 것만 같은 마음이 녀석 때문이 아니
라고 증명해 보이려 허세를 부린 것이다.

"야, 이우재."

"어."

"……넌 근데 진짜로, 이게 괜찮아?"

"뭐가?"

"아니 그러니까, 내가 도형이랑 친해져도……."

"괜찮아."

곧바로 괜찮다고 하는 말에 이유도 모른 채 순간 마음이 꼬였다.
괜찮지도 않은 주제에. 또다시 정확히 설명할 길은 없었지만 나는
바로 전 녀석이 한 소리가 썩 마음에 들지 않았다.

"난 진짜로 네가 잘됐으면 좋겠는데."

그리 이어지는 녀석의 반듯한 대답에도 불구하고 꼬일 대로 꼬인
심사로 인해 나는 툭 말을 내뱉고야 말았다.

"거짓말하네."

"……."

그 말에 이우재는 아무런 대답이 없었다. 녀석은 내 등을 가만 두
드려 주기만 하다가 이내 내게서 몸을 떨어뜨렸다. 나는 가슴속에
서 미묘하게 일어나는 순간적인 충동으로 인해 나도 모르게 녀석의
팔을 붙잡을 뻔했다가 움찔하며 멈추어야만 했다.

순간 내게서 떨어져 나간 이우재의 팔이 아쉽다고 생각했다. 이
우재를 붙잡을 뻔했다는 사실이 다소 충격적이라 당황스러웠다. 멍

하니 시선을 풀어놓고 있던 내게 왜 그러느냐 묻는 녀석의 말에 아무것도 아니라 대답하며 나는 재빨리 이우재의 시선을 피한 뒤 아쉬웠을 리가 없다고 생각을 털어 냈다.

그 무렵 차츰 바람이 차가워지기 시작했다. 기온은 전과 달리 한층 더 서늘해졌고, 그 때문에 스탠드에 앉아 있던 나는 막 불어온 산들바람에 어깨를 움츠렸다. 그 순간 무언가가 어깨 위로 내려앉았다. 이우재의 긴팔 체육복이었다. 서늘했던 어깨 위로 폭 내려앉은 온기에 고갤 들자 어느 틈에 다가온 건지 모를 이우재가 보였다. 이우재는 자신이 방금까지 걸쳐 입고 있어 따뜻하게 데워진 제 체육복을 입으라는 듯 내 어깨 위에 얹어 준 뒤 내 곁에 앉았다.

우리 둘은 스탠드에 나란히 앉아 멀지 않은 곳에서 농구를 하고 있는 무리에 눈길을 두고 있었다. 나는 언제나 그랬듯이 김도형을 눈으로 좇았고, 이우재는 내 옆으로 조금 더 붙어 어깨를 닿게 했다. 의도적으로 그랬다는 것을 눈치챘지만, 나는 춥다는 이유를 핑계 삼아 굳이 떨어질 생각을 하진 않았다.

"동화야."

내내 말이 없던 녀석이 무슨 말을 하기 위해 내 이름을 부르며 막 운을 뗀 순간이었다. "동화야!" 농구를 마친 김도형이 우리 쪽으로 달려오며 나를 불렀고, 이겼다며 나에게 손바닥을 펼쳐 보였다. 나는 자연스럽게 김도형을 향해 손바닥을 펼쳤다. 그러자 그 위로 손바닥이 짝 소릴 내며 마주쳤다.

"나 방금 넣은 거 봤어?"

"응. 역전한 거 멋있더라. 너 농구 되게 잘하는 거 같다."

"나음에 같이 할래?"

"나는 별로…… 방해만 될 텐데."

"같이 해, 쉬워. 가르쳐 줄게."

"어……. 그럴까?"

나는 어째서인지 녀석을 의식하면서 일부러 더욱 활기찬 투로 김도형과 대화하고 있다는 것을 깨달았다. 웃으면서 한껏 여유 있는 척 김도형과 대화를 나누고 있었으나, 신경은 이상하게 이우재에게로 쏠려 있었다. 마치 이우재를 의식하는 것만 같아 괜스레 싱숭생숭해지는 마음에 그것을 감춰 보려 걸쳐 입은 이우재의 체육복 아래를 세게 움켜쥐었다.

그러나 그런 나와는 달리 곁눈질해 힐끗 본 이우재는 나와 김도형의 대화에 전혀 관심이 없어 보였다. 의도적으로 그러는 건지 정말로 관심이 없는 건지는 알 수 없었으나, 우리 둘의 대화에는 전혀 흥미 없다는 얼굴로 앉아 입을 다물고만 있던 녀석이 그만 자리에서 일어나려 했다. 그와 동시에 나는 반사적으로 녀석을 붙잡았다.

느릿하게 자신의 손목을 움켜쥔 내게로 이우재의 시선이 닿아 왔고, 나와 김도형의 대화는 자연스럽게 끊겼다.

왜 붙잡았냐고 묻는 듯한 이우재의 시선에 우물쭈물 입을 열었다.

"……할 말 있었던 거 아니야?"

"있었는데 까먹었어."

그리 대답하는 녀석은 웃고 있었지만, 내 기분 탓인지 몰라도 썩 기분이 좋아 보이는 얼굴은 아닌 것만 같았다.

그리고 며칠 뒤, 2학기 중간고사가 끝나자마자 현장 체험 학습이라는 명목으로 소풍을 가게 된 우리 반은 우르르 시내버스에 올라 탔다. 서른 명 가까이 되는 인원이 한꺼번에 시내버스로 올라타자 버스 안은 그야말로 정신이 하나도 없었다. 그 속에서 우왕좌왕하고 있던 내게로 누군가가 불쑥 손을 뻗어 왔다. 이우재였다. 혼잡한 공간 속에서 떨어졌던 녀석을 발견한 것에 반가운 마음이 들기도 잠시, 빈자리니까 얼른 앉으라며 녀석이 나를 끌고 가 억지로 자리에 앉혔다. 이우재의 손길에 이끌려 앉게 된 자리는 바로 김도형의 옆자리였다.

얼떨떨한 내 시선을 보며 녀석은 그저 가볍게 어깨만 으쓱해 보인 뒤 내게서 시선을 돌렸다. 분명 내 바로 옆에는 김도형이 앉아 있는데도 나는 어딘지 맥이 빠지는 기분인 게 도무지 이해가 가지 않았다.

버스 안은 시끌벅적했다. 내 옆에 앉아 있는 김도형 또한 그만큼 들뜬 목소리로 녀석을 향해 말했다.

"무슨 동물원인지 모르겠네, 애들도 아니고."

"왜, 나는 설레는데."

"아, 맞다. 동화야, 너 그거 아냐? 이우재 쟤 동물원 엄청 좋아해."

그 말에 곧바로 나도 동물원을 좋아한다 말하며 이우재를 바라보았지만, 녀석은 슬쩍 김도형을 눈짓으로 가리켰다. 의미를 알 수 없는 눈짓을 바라보고만 있자 녀석은 그런 내게 이번엔 제대로 알아들으라는 듯 손가락으로 김도형을 몰래 가리키며 집중하라고 입술을 뻥긋거렸고, 내가 대화 중간중간 녀석을 바라볼 때면 심드렁하게 김도형에게 집중하라고 입술을 뻥긋거리길 반복했다.

그리고 동물원에 도착해서도 계속 그런 식이었다. 시선 한번 마주치는 것에 더럽게 비싸게 굴 듯 의도적으로 내 쪽은 쳐다보지도 않았고, 내 근처로 다가오지도 않았다. 그랬던 주제에 한참 뒤, 돌고래 쇼장 앞에서 다시 집합하기로 하기 전까지 주어진 자유 시간 동안 코끼리를 구경하고 있던 내게로 김도형이 잠시 자릴 비운 틈을 타 스리슬쩍 다가온 녀석이 물었다.

"도형이랑 있으니까 좋아?"

어쩐지 종일 이우재의 뒤꽁무니만 눈으로 좇으며 녀석에게 외면당하고 있던 기분이었기 때문에 그 물음을 공연히 꼬아 듣게 되었다. 그래서 무뚝뚝하게 대답했다.

"그런 걸 뭘 물어봐, 당연히 좋지."

"그렇구나."

"……."

"근데 섭섭하다."

"……."

"나랑 있을 때보다 훨씬 좋아 보이긴 해서."

지나가는 말처럼 농담으로 한 소리였다. 전혀 섭섭하다는 말투가 아니었으니까. 생각에 잠겨 녀석의 얼굴을 빤히 바라보자 녀석 또한 잠자코 나를 바라보기만 했다. 한동안 눈길을 주고받던 그 순간 저쪽에서 누군가가 "이우재! 존나, 하마 찾았어!"라고 하는 외침이 들려왔다.

자신을 부르는 쪽으로 곧장 걸어가려는 녀석을 붙잡았다. 막 떼었던 걸음을 멈추고 왜 그러냐는 듯 나를 보는 이우재의 시선 속에서 생각은 두서없이 엉켰다. 지금 이 상황에서 이 새끼는 하마가 문제인가? 나는 조금 혼란스러웠다.

"이우재."

"왜?"

아니, 그래. 하마가 존나 중요할 수도 있잖아. 동물원을 좋아한다니까.

그 사이 저쪽에서는 빨리 오라며 나와 녀석을 재차 부르는 소리가 들려왔다. 숨을 깊이 들이마셔 가슴에 공기를 꽉 채우면 생각이 차분해질 거라고 생각했다. 하지만 그렇지가 않았다.

"아니, 그냥……."

"……."

"고맙다고."

"됐어, 새삼스럽게. 그렇게 고마우면 키스해 줄래?"

정적이 흐르고, 그러한 정적 속에서 내 안에서는 낯선 무언가가 자리를 잡은 듯한 기분이었다. 오히려 이러한 정적이 이해가 안 된다는 얼굴로 녀석은 내게 묻는 듯한 시선을 던졌다. 키스…….

"키스 정도는 뭐 하, 한 번쯤은 괜찮을 것도 같은데."

"……."

"가볍게 살짝……. 그 정도라면……."

"……."

말을 꺼내 놓고 스스로도 미쳤나 싶었다. 그래서 내 안에선 벌써 한차례 비명을 내지른 뒤였다. 녀석을 향한 내 경계심이 약해진 것일까. 아무리 그렇다고 해도 이런 소릴 내 입 밖으로 꺼냈다는 사실이 어처구니가 없었고, 또한 믿을 수가 없어 횡설수설했다. "아니 그러니까 내 말은……. 그냥 매일 하는 가벼운 포옹같이 그……. 가볍게 살짝……." 뭔가 통제력을 잃은 입은 자꾸만 나불거렸고.

"난 그냥 농담이었는데."

그런 내 입을 다물게 한 것은 녀석의 나직한 목소리였다.

"뭐야, 그게. 한 번쯤이라니."

녀석은 뒤이어 그리 중얼거린 뒤 잠시 침묵했다. 묘하게 날 선 목소리와 시선에 나는 내가 실수했다는 것을 깨달아 서둘러 미안하다고 사과를 하려고 했지만.

"안 할래."

녀석의 대답이 조금 더 빨랐다.

"……뭐? 왜?"

그래서 나는 멍청하게 되물을 수밖에 없었다.

"자제 못 할걸."

"……."

"네가 말하는 대로 가볍게 살짝 될 리가 없잖아."

"……."

"자제 못 할 바엔 애당초 시작도 안 하는 게 나은 거 같아서."

그렇게 말하던 녀석의 시선은 내 너머 먼 곳을 응시하는 듯했고, 그건 마치 나를 노려보는 것 같기도 했다.

그 이후 동물원에서 대화라고는 한마디도 나누지 않았던 이우재와 나 사이에는 서먹함이 자리했고, 그 서먹함은 며칠간 이어졌다. 눈치가 보였던 나는 미안하다고 사과했지만, 이우재는 내 사과에 그저 시큰둥하기만 했다. 하지만 그런 서먹한 와중에도 일부러 내 옆자리에 앉아 크게 한숨을 쉬거나 보란 듯이 늘어져 있었고, 자신의 속상함을 알아 달라고 내비치는 노골적인 태도를 이 이상 모르는 척하는 게 더 어려운 지경에 다다른 내가 물었다.

"대체 왜 그래?"

"내가 뭘?"

"원하는 게 대체 뭔데 그래."

"내가 언제 뭘 원한다고 그랬어?"

"그냥 뭔가……."

"뭔가, 뭐?"

"……아니야."

그러나 늘 돌아오는 대답은 사람 할 말 없게 하는 대답뿐이었기 때문에 그냥 대화를 포기하기로 했다. 키스, 키스 노래를 불렀던 건 애당초 본인이었으면서 막상 해 준다니까 거절해 놓고 이제 와 저러는 게 생각하고 곱씹을수록 내 기분을 떨떠름하게 했으니까.

그러나 그날 모든 수업이 끝나고 녀석이 내게 해 온 소리는 그야말로 나를 당황스럽게 했다.

"동화야. 저번에 그거, 하고 싶은데."

화장실에서 손을 씻고 있던 내 뒤에 서서 거울로 뚫어져라 바라보고 있기에 뭘 보냐고 따지려던 나는 느닷없는 이우재의 그 말에 되레 말문이 막혀 버렸다.

"……뭘?"

"키스. 한 번쯤은 괜찮을 거 같다며."

"……안 한다고 그랬잖아."

"음, 그랬는데 갑자기 마음이 변해서."

"……."

그 순간 손을 꽉 말아 쥔 것은 내가 당황했다는 것을 드러내는 증

거였다. 물줄기가 쏟아지는 수도꼭지를 잠글 생각도 하지 못하는 내 곁으로 다가온 녀석이 손수 그것을 잠가 주고서 마저 말을 이었다.

"질투했어, 사실. 내가 그렇게 매달려도 넌 나한테 키스할 생각 따윈 없었으니까."

"……."

"근데 도형이 때문에 네가 한 번쯤은 괜찮다고 하는 말에 순간 질투했는데……. 며칠 동안 생각해 보니까 내가 질투한다고 바뀌는 것도 없고 그냥 기회만 날려 먹는 거잖아."

"……."

"그렇게 생각하고 보니까 그건 또 아쉬워서."

"……."

"그러니까 할래. 해도 되지?"

아무런 대꾸도 할 수가 없었다. 녀석의 목소리가 끝에 가서는 조금 화가 난 듯 높아졌기 때문에 놀랐으니까. 이우재는 대답을 듣기도 전에 다가와 내 얼굴을 손으로 감쌌고, 그러기가 무섭게 입술이 닿았다. 처음부터 내 대답 따윈 어찌 됐든 상관없었다는 기세였다.

입술이 닿은 채 녀석에게 밀려 계속 뒷걸음질 치던 내 등 뒤로 화장실 문이 닿았고, 그 안으로 순식간에 밀려 들어갔다. 녀석은 거의 달려들 기세였고, 내가 몇 번을 넘어질 듯 삐끗해도 계속해서 입술을 벌리고 그 안으로 혀를 밀어 넣기 바빴다. 숨쉬기가 버거웠고, 밀려드는 힘을 감당할 수가 없어서 벅찼다. 고개를 반대쪽으로 돌려 보았지만 의미 없는 짓에 가까웠다. 따라붙는 입술은 내가 반대쪽으로 고갤 돌리는 것보다 빨랐다.

뜨거운 열기에 머리가 띵했다. 의도적으로 맞붙은 몸은 틈 없이 안겨 닿았고, 하체 또한 노골적으로 중심에 닿았다. 밀착한 중심을 문지르듯 움직이며 내 쪽으로 힘을 싣는 녀석을 당황스러워하며 밀어내도 밀어낼 수가 없었다. 바지 위로 흥분이 드러나 이미 존재를 갖추고 있던 녀석의 그것은 자극을 더할수록 점점 더 부피를 키워가기 시작했다.

그러한 이우재의 품 안에서 버둥거리는 내 몸짓은 한낱 부질없는 몸짓에 불과했다. 숨이 막힌다고 가까스로 소리치자 그제야 입술이 떨어졌고, 잠시 숨을 고르는 동안 마주친 눈길은 깊었다. 뺨을 감싸오는 숨결에 나는 그만 아연실색해 아무런 말도 할 수가 없었다. 팔위로 돋아난 소름은 이우재와 뒤엉키는 시선 속에서 내가 잔뜩 긴장했음을 드러내고 있었다.

"아, 미안해. 자제력을 좀 잃어버렸어."

"……."

"너무 좋아서."

"……."

"내가 말했었잖아. 가볍게는 안 될 거라고."

가슴을 압박할 정도로 뛰어 대는 심장이 목구멍을 치받고 올라올 것만 같았다. 마치 토할 것처럼 발작하듯 맥이 뛰었고, 피가 쏠려 아래가 빳빳해진 것을 느낀 것도 그때였다. 일종의 미묘한 감각의 착각일 거라고 스스로를 다독여 봤지만, 그건 착각이 아니었다. 이우재가 내 뺨을 쓸어내렸고, 뜨거운 감각에 목울대가 일렁거렸다. 마주치는 시선에 심장 박동은 더욱 빨라졌다.

망했다.

그 깨달음과 동시에 이우재가 나를 붙잡은 힘이 느슨해진 찰나 그대로 녀석을 밀쳐 내고 도망치듯 그곳을 빠져나오려 했다. 그러나 따라 나온 녀석의 재빠른 손길은 그런 나를 너무나 손쉽게 붙잡았다. 몇 걸음 채 도망가지도 못해 붙잡힌 나를 녀석은 유연하게 바라보았고, 곧이어 미끄러지듯 시선을 아래로 내리떴다.

"섰네?"

"……."

고로 나는 진짜로 망한 것이었다.

"……동화야. 나 때문에 흥분한 거야?"

"미친, 저리 가……."

"아……. 진짜로 나 때문에 흥분한 거야?"

"……너 지금 좀 무섭거든?"

"미안. 근데 너무 기뻐서, 무슨 표정을 지어야 할지 잘 모르겠어."

"진짜 말이 안 통하네."

내 아래를 눈독 들이는 시선을 읽어 낸 나는 재빨리 이우재의 손을 뿌리치고, 가장 가까이에 열려 있던 화장실 칸으로 도망치듯 들어갔다. 장담컨대 내 생애 그토록 재빠르게 행동했던 순간은 없었을 것이다. 그렇게 내가 문을 잠그자마자 녀석은 쾅쾅 문을 두들겼고, 손잡이를 마구 잡아당기기 시작했다. 그 소리가 고요한 화장실 안을 요란하게 울렸다.

"동화야, 문 열어."

"가!"

"문 열라니까."

"제발 좀 꺼지라고."

"내가 해결해 줄게."

"……."

"아, 해 준다니까?"

"필요 없다니까?"

어쩌다가 이렇게 되었는지 모르겠다. 화장실 칸에 숨어서 문을 잠그고 있는 내게 문을 열라고 소리치는 이우재의 목소리가 아무래도 심상치가 않았다. 변기 커버를 내리고 그 위에 앉아 자괴감에 몸서리치는 내게 녀석은 이번엔 설득하는 어조로 말을 걸어왔다.

"부끄러워서 그래? 괜찮아, 자연 현상이잖아."

"……."

"안 서는 게 문제지. 서는 건 부끄러운 게 아니야."

"……."

"내가 세운 거니까 끝까지 책임질게."

"제발 가라고……."

사실 거슬러 올라가 보면 가만히 있던 녀석을 건드린 건 나였다. 동물원에서 이우재에게 그런 헛소리를 지껄이지만 않았어도 오늘 내가 이 비좁은 공간 안에 갇히는 일 또한 없었을 것이다. 도망칠 곳도 없이 막다른 곳에 몰린 나는 이 상황을 타개할 수 있는 방책을 생각해 보려고 했지만, 요란하게 화장실 손잡이를 잡아 뜯을 기세로 문을 열라고 소리치는 녀석 때문에 그것도 쉽지가 않았다. 문짝은 곧 나가떨어질 것처럼 덜컹덜컹했고, 덜컹거리는 소리가 요란해질수록 한없이 불안감이 고조되어 갔다.

'와씨, 이걸 어쩌지?' 하는 순간 녀석이 문을 두드리던 소리가 멈췄다. 모든 소리가 멎은 듯 순식간에 고요해졌다. '제풀에 지쳐 이제 갔나?'라고 생각하며 몇 분이 흐른 뒤 문 쪽으로 슬쩍 다가가 귀를 바짝 붙였는데, 방심하고 있던 시이 있는 힘껏 문을 깁이당긴 녀식 덕분에 활짝 문이 열리고, 내 몸은 그대로 앞으로 고꾸라져 이우재의 품 안으로 쏙 안겼다. 연약하기 그지없는 화장실 문을 잡아 뜯을 기세로 잡아당겨 기어코 문을 연 녀석의 품으로 날 잡아가라고 알아서 굴러간 것과 마찬가지였다.

이우재는 마침내 자신의 품에 안긴 나를 꽉 끌어안으며 웃었다.

"동화야, 하마터면 너 다칠 뻔했잖아."

"……그게 누구 때문이라고 생각하는데?"

너라고, 너. 어이가 없어 대꾸했지만 이우재는 가볍게 어깨만 으쓱해 보인 뒤, 활짝 열린 화장실 칸으로 나를 다시 데리고 들어가 변기 커버 위에 앉혔다. 도망칠 곳도 없이 앞이 가로막혔다. 나는 너무나 손쉽게 열려 버린 화장실 잠금장치가 어처구니없어 허무한 표정을 지었다. 그런 내 앞으로 녀석이 가까이 다가오자 마치 내 앞날처럼 어두운 그림자가 드리워졌다.

"깊게 생각하지 마, 의미 부여 안 해도 되니까."

"……그게 그렇게 쉬운 게 아니라고."

"내가 하게 해 주면 안 돼?"

"……."

"응?"

"……."

조금 전 문을 잡아 뜯을 기세였던 누군가는 사라지고, 내 앞에는 측은한 눈빛으로 나를 바라보고 있는 이우재가 서 있었다. 응? 내가 하게 해 줘, 라고 이어지는 그 부탁하는 말투와 측은해서 못 견디게 하는 녀석의 시선 때문에 나는 순간 말문이 콱 막혔다. 어째서인지 아무런 말도 못 하겠다. 마음속에서는 미묘한 감흥이 일어나고, 초조하게 손가락만 꼼지락거리고 있는 내게 녀석이 허릴 숙이며 본격적인 자세를 취한 뒤 말했다.

"정 마음이 안 내킨다면 나를 도형이라고 생각해. 그럼 되잖아."

"어떻게 그······!"

어떻게 그러냐는 말을 끝맺지도 못했는데 곧바로 아래가 잡혔다. 바지 위로 건드린 것뿐인데도 녀석의 손길이 적나라하게 느껴졌다. 시선이 마주친 순간 아까의 측은했던 모습은 사라지고, 또다시 팔위로 소름이 돋을 만큼 섬뜩함을 느꼈다. '아니, 나 이런 거 좀 적응이 안 되는데!'라고 다급하게 외치던 내 입술로 녀석의 입술이 다가와 맞붙어 가로막히는 바람에 미처 하지 못한 말은 녀석의 입속으로 삼켜지고야 말았다.

내 바지 위를 서성이던 손은 기어코 안쪽으로 불쑥 들어와 아래를 움켜쥐었고, 그와 동시에 녀석은 자신의 바지 속 흥분한 아래 또한 움켜쥐었다. 그러나 나는 녀석에게 맨살이 그대로 붙잡혀 뜨거운 열기를 느끼자마자 곧바로 사정했고, 사정과 동시에 입술 안에서 정신없이 뒤엉키던 움직임이 멈췄다.

입술이 떨어지고, 녀석이 나를 바라보는 눈길에 나는 쥐구멍에라도 숨고 싶었다. 삽시간에 얼굴이 홧홧하게 달아올랐다.

"······."

"······."

너무나 빠른 내 사정에 우리 둘은 잠시 말이 없었다. 온몸을 장악한 나의 이 참담한 심정은 말해도 모를 것이다.

"······아니야."

"……."

"아니라고."

"괜찮아. 이해해. 급하면 빠를 수도 있지……."

"……."

변태 주제에 사람을 안쓰럽다는 듯 쳐다보기나 하고……. 무시하지 말라고 녀석을 노려보던 순간 일순 숨이 막혔다. 녀석이 나를 바라보는 시선은 애틋했고, 한 번도 받아 본 적 없는 그 애정 어린 뜨거운 시선 때문에 반쯤 벌린 입술로는 아무런 말도 나오질 않았다. 무언가 걷잡을 수 없는 것이 가슴속에서 들끓었다. 그럴 리가 없다고 나는 눈을 꽉 감아 버렸다.

"근데 나는 아직이니까 계속해도 되지?"

나직이 말한 녀석은 거기서 멈추지 않았다. 내 어깨 위로 이마를 기대며 자신의 흥분을 가라앉히기 위해 손을 움직였다. 목덜미로 닿아 오는 흥분된 숨소리를 들으며 나는 멍하니 앉아 있었다. 왠지 현실이 아닌 것만 같았다. 생각과 심장 박동은 내 통제력을 상실하고 제멋대로 굴었다. 또다시 아래로 쏠리는 흥분감을 애써 흐트러뜨리기 위해 나는 열심히 교가를 불러야만 했다.

동물원에 갔으면 그냥 코끼리나 볼 것이지 왜 녀석을 건드리긴 건드렸을까. 이우재가 이렇게 나올 걸 과연 나는 정말로 몰랐을까. 과거의 나는 대체 무슨 정신머리로 그딴 소리를 지껄인 것일까.

교가를 부르고 난 뒤 이어 애국가까지 부르게 된 나는 울고 싶어졌다. 녀석의 숨소리는 짙었고, 자기 위로를 하느라 녀석의 손바닥 안에서 마찰하는 그것의 살 소리는 그만큼 나를 자극해 와 자꾸만 흥분할 것 같았으니 말이다. 마른침을 삼켰다. 입술을 세게 깨물며 눈을 꽉 감은 나는 마음속으로 조금만 참자고 똑같은 말을 계속 되뇌었다.

다행히 삼천리 화려 강산, 애국가의 가사가 가을 하늘이 공활함에 이르자 녀석은 사정했다.

"……."

"……."

내려앉은 무거운 침묵으로 인해 미칠 것 같았다. 내게서 몸을 떨어뜨린 녀석은 말없이 가라앉은 눈으로 나를 가만 응시했고, 방금까지 야한 짓을 했다고는 믿을 수 없을 정도로 차분한 얼굴이었다. 이 상황을 어떻게 해야 잘 벗어날 수 있을지 몰라 내 시선은 허둥지둥했다. 하지만 허둥지둥하는 와중에도 녀석의 손은 되도록 보지 않으려고 했다. 저 손으로 인해 흥분했고, 사정했다는 것을 애써 부정해 보려고 말이다.

"……왜 그렇게 보는데!"

그러나 질기게 이어지는 시선을 견디지 못한 내가 오히려 뻔뻔해지자 마음먹고 소리쳤다. 이런 거 한 번 했다고 수줍은 척할 거라고 생각했다면 오산이었다는 듯 말이다. 결코 녀석의 예상대로 흘러가지 않겠다는 듯 다짐하며 당당하게 소리쳤지만.

"그냥 기억해 두려고."

"……."

예상치 못한 말을 해 와 당황하고야 말았다. 오히려 나를 예상치 못하게 한 그 말로 인해 말문이 막힌 나는 얼굴이 화끈거렸다. 그래서 그 짧은 순간 이우재를 어떤 얼굴로 바라봐야 할지 몰라 잠시 머릿속이 멍했다.

이우재는 그런 내게 미소를 지어 보였다.

"근데 우리 서로 한 발짝씩 가까워진 거 같다. 그치?"

"……할 소리냐?"

"나 이렇게 자꾸 받기만 해도 되나?"

"……."

그 뒤 나는 화장실 밖에 서서 녀석을 기다렸고, 뒤처리를 다 마친 녀석이 화장실에서 나왔다. 방금 전까지 있었던 일이 도무지 실감 나질 않았다. 하지만 함께 집으로 가는 내내 대체 뭐가 이리도 평소와 같을 수 있는지 고민했다. 무려 그런 일이 있었는데도 힐끗 바라본 녀석은 태연하기 그지없었다. 역시 변태 같은 자식이라 남다르다고 생각했다.

하지만 그날 이후로 결코 떠올리고 싶지 않은 기억은 아무리 눈을 감아도 똑똑하고 선명하게 뇌리에 박혀 떠날 줄을 몰랐다. 정말로 잊을 수 없는 순간이었다. 진심으로 내 빠른 사정을 걱정하는 듯한 말투와 안타까워하는 시선까지도 뇌리에 콱 박혀 떠날 줄을 몰라 자기 전 나는 늘 수치스러움에 몸을 떨어야만 했다.

내 어깨에 기대 자기 위로를 마친 녀석이 고갤 들어 나를 보던 눈빛은 마치 내 안을 전부다 꿰뚫어 보는 듯했고, 그래서 내 안에서 묘한 감정이 들끓었던 것을 이미 녀석이 눈치챈 것은 아니었을까 덜컥 겁이 났다.

그래서 며칠째 이우재를 의식하고 있었다. 왜 나 혼자서만 이토록 녀석을 의식하는가 싶어 억울했지만, 갑작스레 눈이 마주칠 때면 내가 녀석을 의식하고 있다는 사실을 감추기 위해 멍청한 웃음을 짓곤 했다. 그럴 때면 이우재는 그런 나를 빤히 바라보았다.

오늘도 마찬가지로 녀석과 시선이 마주쳤을 때 나는 어색하게 웃었다. 그런 나를 새삼스레 고개까지 기우뚱 기울이며 의아한 표정으로 오랫동안 바라보기에 나는 방금 전 내 표정이 그렇게나 멍청해 보였나 싶어 괜스레 뺨을 문질렀다.

"아, 뭘 그렇게 봐."

"감기 걸렸어?"

"……."

조금 열이 오른 목을 망설임 없이 감싸 오는 손길이 차가웠다. 환절기라 갑작스레 낮아진 기온으로 사실 몸이 으슬으슬하던 참이었다. 약간의 미열과 목이 칼칼한 정도라서 티가 날 줄은 몰랐기 때문에 별걸 다 눈치챘다고 생각했다. 그답지 않게 섬세한 구석이 있다고 생각하며 녀석의 손을 치워 낸 나는 멋쩍은 기분으로 녀석의 손길이 닿았던 목덜미를 쓸며 딴청을 부렸다.

"감기는 옮기면 금방 낫는다고 하던데."

녀석은 내 목덜미를 감쌌던 손을 아쉽다는 듯 말아 쥐며 중얼거렸다.

"그래서?"

"나한테 옮길래?"

"……꺼져, 변태 새끼야."

"아쉽다."

두 번 다시는 그때와 같은 일을 반복하지 않으려고 했다. 자신에게 옮기라고 말하는 녀석의 속내쯤은 어렵지 않게 파악한 내가 인상을 구겼다.

"그리고 그때 그건……. 그, 한 번쯤이라고 했잖아!"

"한 번이나 두 번이나. 어차피 했는데 또 한다고 달라지는 거 없잖아. 그리고 우리 그날 키스 두 번 했는데."

"……."

나를 당황스럽게 하는 이우재의 서슴없는 말은 늘 논리가 없는데 있는 듯했고.

"진짜 치사하다."

내가 말없이 저를 노려보고만 있으니 녀석은 한발 물러서며 사람을 좀팽이로 만들었다.

결코 친구 사이에서 오갈 수 없는 주제로 치사하네 마네 떠들며 그렇게 녀석과 복도를 걷고 있을 때였다. 반쯤 열려 있는 음악실 안으로 스치듯 우연히 본 광경에 걸음이 멈췄다. 잘 걷고 있다가 갑자기 걸음을 멈추는 나를 따라 멈춰 선 녀석이 왜 그러냐는 듯 눈으로 물어 왔다.

나는 몇 걸음 걸어왔던 길을 되돌아 걸어 반쯤 열려 있는 음악실 안을 조용히 바라보았고, 그 안에는 김도형이 낯선 여자애와 함께 서 있는 모습이 보였다. 누구라도 그 두 사람의 모습을 보았다면 그 안에서 풍기는 분위기가 심상치 않음을 알 수 있었을 것이다. 마치 고백이라도 주고받는 것처럼 두 사람 사이의 미묘한 분위기를 흥미롭다는 시선으로 바라보았다.

"쟤 저기서 뭐 해?"

그 순간 녀석의 목소리와 함께 등 뒤로 닿아 오는 온기가 느껴졌다. 내 뒤에 바짝 붙어 서서 녀석 또한 나와 마찬가지로 음악실 안을 들여다보는 움직임에 화들짝 놀라 녀석에게서 한 걸음 물러섰다.

"왜 그래?"

"어⋯⋯?"

귓속 가득 어디서 들려오는지 모를 불안한 소음이 한가득했다. 나도 모르게 참았던 숨이 그제야 터져 나오고, 그 순간 온몸으로 혼란스러움을 느낀 나는 서둘러 걸음을 옮겼다. 정신없이 걸음을 옮기느라 가슴이 쿵쿵 뛰어 대고 있다는 것도 알아차리지 못했다.

감기 기운으로 인한 열인지 그 무엇 때문인지 모르겠다. 화끈거리는 얼굴이 못내 짜증스럽기만 했다. 나는 두근거리는 가슴을 부여잡으며 고작 등 뒤로 녀석이 닿았던 게 뭐라고 이러나 싶었다. 그런 내 곁으로 녀석이 따라붙었고, 지금 이 순간 내가 녀석 때문에 초조하다는 것을 방증하듯이 이우재에게서 거리를 조금 두었다.

"방금⋯⋯. 도형이랑 그 여자애랑 분위기가 좀 그랬지?"

녀석을 의식하고 있다는 것을 감추기 위해 애써 태연한 척 목소리를 높여 물었다. "뭐⋯⋯. 그런 것 같긴 했는데."라고 말꼬리를 늘이던 이우재가 불쑥 고갤 내 쪽으로 숙여 오며 물었다.

"넌 괜찮아?"

"뭐가?"

"⋯⋯."

"만약 도형이랑 그 여자애랑 사귀게 돼도 괜찮겠냐고."

걸음이 멈췄다. 녀석 또한 나를 따라 걸음을 멈췄다. 방금 녀석이 말한 상황을 상상해도 전혀 아무렇지도 않은 자신을 깨닫곤 문득 혼란스러웠기 때문이다. 그리고 내가 단지 동요하고 있는 이유가 고작 이우재와 닿았다는 것 때문이었지 김도형이 모르는 여자애와 미묘한 분위기를 풍기고 있던 것 때문이 아니었다는 것 또한 깨닫게 된 나는 기분이 가라앉았다.

김도형이 만약 고백이라도 받는다면 나는 그걸 보고 괜찮지 않아야 하는 게 맞나? 녀석이 나를 자세히 바라보는 표정을 보아하니 아무래도 그게 맞는 것 같았다.

기웃기웃 내 얼굴을 살피려 드는 녀석의 기색은 김도형이 고백을 받아서 내 기분이 가라앉은 거라고 멋대로 판단한 듯했고.

"괜찮을 리가…… 있겠어? 당연히 싫지."

"……."

"마, 마음도 아플 거고……."

"……."

나는 차라리 녀석이 그렇게 착각하게 두는 편이 낫겠다고 생각했다.

왜냐하면 그게 더 말이 되니까. 사실 그렇다. 녀석이 착각하고 있는 것대로 내 기분이 가라앉은 것은 김도형이 고백을 받았다는 그 사실 때문이어야 했다. 내가 지금 동요하고 있는 이유는 결코 다른 이유가 되어서는 안 되는 것이다. 나는 김도형을 좋아하니까.

김도형이 다른 사람에게 고백을 받으면 내 기분이 가라앉는 게 마땅하다고 알고는 있었지만, 어째서인지 깊은 잠에 빠지지 못하고 마치 꿈속에서 헤매는 것처럼 나는 그날 이후로 며칠째 정신이 멍했다. 그건 분명 김도형이 고백을 받아서라기보다는 다른 이유 때문인 게 분명했고, 그걸 인정할 수 없었기 때문에 그날 이후로 내 상태는 그리 좋지 못했다.

"바다는 어때, 바다?"

"바다?"

"어. 동해 쪽으로. 우리 고모네가 저번에 그쪽에다 땅을 사서 펜션 비슷한 거 지었거든. 한번 놀러 오라고 그랬는데."

"존나 춥지 않겠냐?"

아까부터 아이들은 김도형을 중심으로 둘러앉아 무언가를 떠들어 대고 있었다. 나도 마찬가지로 그 안에 끼어 있었지만, 좀처럼 대화에 집중할 수는 없었다.

녀석은 그런 나를 아까부터 빤히 바라보고 있었고, 나는 그 시선을 의도적으로 피한 채 모르는 척하는 중이었다.

김도형이 킥킥거리며 칼바람 존나 다 이겨, 내가, 라고 허세를 부리는 소리가 들렸다.

"서동화, 너는?"

그리고 뒤이어 나를 부르는 목소리는 그제야 멍하니 다른 생각을 하느라 풀어놓았던 정신을 돌아오게 했다. 어느새 내게로 시선이 한가득 쏠려 있었다. 어리둥절한 내게 "넌 주말에 어쩌냐고." 다시 한번 물어 오는 김도형의 말에, 대충 웃음으로 때우며 '무슨 얘기 중이었더라…….' 곱씹어 보다가 화들짝 놀랐다.

내 손이 이우재의 허벅지 위를 서성거리고 있었기 때문이다. 대체 언제부터? 어쩐지 아까부터 따끔따끔하게 뺨으로 박히는 녀석의 시선이 이제야 이해가 되었다. 아주 미쳤다. 자리에서 벌떡 일어나는 내게로 또다시 시선이 쏠리고, 나는 화장실에 간다고 말하며 서둘러 그곳을 빠져나왔다. 그런 내 등 뒤로는 동화 되게 급했나 보다, 라고 떠드는 소리가 들려왔다.

교실을 빠져나가는 내 뒤통수로 녀석의 진득한 눈길이 달라붙는 것은 굳이 돌아보지 않아도 느낄 수 있었다. 말이 안 된다. 녀석의 예상대로 흘러가지 않으려고 했는데, 그거 한번 손으로 해 줬다고 마음이 움직이기라도 했다는 건 너무나 예상 가능하고 뻔하지 않냐 이거였다.

화장실에 들어와 손을 씻으며 마음을 차분히 가라앉혀 보려고 했다. 그러나 그 순간 '그냥 기억해 두려고.' 그렇게 말해 왔던 녀석의 목소리가 떠올랐다. 대체 뭘? 대체 뭘?! 속으로 호들갑스럽게 되뇌며 수도꼭지 아래로 쏟아지는 물줄기에 손을 박박 씻어 댔다. 머릿속이 뜨거운 열기로 들어차는 건 단지 며칠째 떨어지지 않는 감기 기운 때문일 것이라고 생각하면서 말이다.

속 시끄럽게 하는 새끼. 나는 혼잣말처럼 구시렁거렸다.

다시 교실로 돌아왔을 때까지도 아이들은 여전히 김도형의 주변에 둘러앉아 떠드는 중이었고, 교실로 들어선 나를 가장 먼저 발견한 녀석이 내게로 다가와 말했다.

"결국 바다에 가기로 했어."

"바다?"

"어."

그렇구나. 고갤 끄덕이며 빤한 녀석의 시선을 피해 딴청을 부렸다. 이상하게 마음이 초조했다. 할 말 다 끝났으면 이만 자리로 돌아가겠다는 나를 살며시 붙잡은 녀석의 손길에 나도 모르게 멈칫했다.

"동화야. 너 혹시 나한테 화난 거 있어?"

"……아니?"

"근데 왜 내 눈을 자꾸 피해?"

"……아닌데?"

"……."

나는 흔들리는 눈동자를 부여잡으려고 부단히 애썼다.

"......"

"진짜 아닌데......"

그 순간 다행히 수업 종이 울렸기 때문에 나는 녀석의 끈질긴 시선에서 벗어날 수가 있었다.

하지만 완전히 벗어났다고 생각한 것은 내 착각일 뿐이었다. 녀석이 얼마나 끈질긴 놈이었는지 잊고 있던 사실을 나는 새삼스레 다시 깨닫는 중이었다.

"진짜 화난 거 아니야?"

"아니라니까......"

체육을 하러 가기 위해 체육복으로 갈아입고 복도를 걷는 내 곁으로 졸졸 따라붙던 녀석은 고갤 기울여 내 표정을 살폈다. 나는 목 끝까지 지퍼를 채운 체육복 안으로 고갤 숙여 슬쩍 얼굴을 가렸다. 그걸 놓치지 않고 본 녀석은 명백하게 내가 자신을 피한다고 여겼다.

그래서 다짜고짜 나를 체육 창고로 끌고 들어가 벽으로 몰아세웠다. 무슨 짓이냐고 따질 겨를도 없이 녀석이 내게 말해 왔다.

"아니라면서 그럼 왜 켕기는 거 있는 사람처럼 아까부터 내 눈을 자꾸 피하는데."

"......안 피했다고 했잖아."

"거짓말 하지 말고."

"......그, 눈 좀 피할 수도 있지 너야말로 뭐가 이렇게 유난이야."

"네 말은 그러니까 날 피했다는 거네?"

"......"

때마침 수업 종이 울렸다. 좁고 퀴퀴한 체육 창고 안을 둘러보던 나는 녀석에게 수업 종을 핑계 삼아 그만 운동장으로 나가야 하는 거 아니냐고 말했지만, 물러설 기미가 보이지 않았다. 수업 종 따위는 안중에도 없다는 듯 녀석은 마저 말을 이어 갔다.

"뭐 때문인지 말로 해야 내가 알잖아. 나 너한테 미움받는 거 싫어."

"……."

'그렇게 말하기엔 이미 너무나 내게 미움받을 만한 짓을 많이 한 것 같은데……'라는 생각을 하던 찰나, 갑자기 체육 창고의 문이 열리며 남녀 두 사람이 안으로 들어왔다. 녀석의 손에 이끌려 나는 구석으로 숨어들었고, 나는 얼떨결에 구석에 숨어 막 창고 안으로 들어온 사람을 틈 사이로 살펴보았다. 막 창고 안으로 들어온 둘은 우리 반 애들이었다.

뒤늦게 왜 숨고 그러냐고 속삭이니 녀석은 손가락을 세워 자신의 입술을 가로막으며 조용히 하라는 자세를 취했다.

체육의 심부름으로 온 건지 둘은 배구공이 한가득 담겨 있는 바구니 손잡이를 한쪽씩 잡아들었다가 다시 내려놓았다. 나는 의아한 눈길로 그 둘을 훔쳐보았고, 그 사이 녀석이 내 어깨로 팔을 둘러 바짝 몸을 붙였다.

"야, 5분만."

"안 돼. 딴짓하다가 온 거 체육이 눈치채."

"5분은 괜찮아. 어차피 줄 세운다고 한참 잔소리하면서 시간 보내니까."

그러고는 느닷없이 둘은 키스를 했다. 5분이 그 5분이었던 모양인지 나는 놀라서 입술을 벙끗거리며 "뭐야, 쟤네 둘이 사귀어?" 전혀 몰랐다는 얼굴로 속삭이듯 녀석에게 물었고, 녀석은 그럴 줄 알았다는 표정으로 그 둘에게서 시선을 거둔 뒤 고갤 끄덕였다. 둘의 쪽쪽거리는 소리가 고요한 창고 안 공기를 타고 흘러와 귓가에 닿았다. 진득하게 귓가를 감싸는 그 소리에 민망해져 나는 그곳에서 황급히 눈길을 돌렸다.

그와 동시에 내 어깨를 감싸고 있던 녀석의 손으로 힘이 실리는 것이 느껴졌다. 연신 마른침을 삼키고만 있던 내가 그 악력에 고갤 들었고, 한순간 눈길이 마주쳤다. 녀석의 눈빛이 변했다는 것을 일게 된 나는 '아, 큰일났다⋯⋯.'라고 본능적으로 느꼈고, 기어코 발기한 녀석의 아래에 '이 새끼 또 상상했구나!'라고 어렵지 않게 깨닫게 되었다.

하여간 시도 때도 없는 새끼가 아닐 수 없었다. 당황해서 아, 하고 벌어진 내 입술 위로 녀석의 입술이 기습처럼 내려앉았다.

짧게 입을 맞추고 입술이 떨어진 뒤 곧바로 내 어깨를 꽉 움켜쥐고 있던 녀석이 결국 참지 못하고 나를 품에 끌어안는 바람에 무슨 짓이냐고 따질 겨를도 없었다. 갑작스러운 동작에 억, 하는 소리가 녀석의 가슴팍에 가로막히고, 내 목덜미와 어깨 위로 파고들듯 고갤 숙인 녀석의 숨소리는 언젠가처럼, 아니 그때보다 더더욱 심상치가 않았다.

쪽쪽거리던 두 남녀가 창고 안을 정확하게 5분이 흐른 뒤 빠져나갔지만, 나와 녀석은 움직이지 않은 채 어색한 침묵의 시간을 견디고 있었다. 어쩌면 나 혼자서만 어색하다고 느끼는 그 시간을 견디고 있는 걸지도 몰랐다.

"하아⋯⋯."

"……."

꾹 밀착하는 아래와 느끼는 듯한 녀석의 농도 짙은 숨소리, 아무도 없는 이 공간의 조용함은 그러한 적나라함을 한층 더 돋보이게 했다. 분명 처음 이곳에 들어왔을 때만 해도 이런 야릇한 쪽으로 흐를 분위기가 아니었는데, 스치듯 목 언저리에 닿는 부드러운 입술과 나를 숨 막히게 하는 이 모든 것들로 인해 나도 모르게 동요하며 순식간에 분위기에 휩쓸릴 것만 같았다. 그래서 일단 이우재를 진정시켜야 한다는 생각에 가까스로 입을 열었다.

"너 숨소리 좀……. 진정해 줄래? 나까지 이상해지는 거 같단 말이야……."

"솔직히 이 상황에서 꼴리지 않는다고 하면 말이 안 돼."

"……."

"그치?"

부정도 긍정도 할 수 없었다. 발기된 녀석의 하체가 밀착하며 내 것을 자극했고, 그런 나에게 보란 듯이 녀석은 아래를 붙여 오며 속삭이듯 중얼거렸다.

"……진짜 나 죽을 것 같아, 동화야."

귓가에 더운 숨과 함께 닿는 그 말에 손가락 하나 까딱할 수 없었다. 걷잡을 수 없는 충동이 밀려들었다. 솔직히 저리 가, 라고 밀어내지 못하는 이유는 어느새 닿은 서로의 중심이 꼿꼿하게 흥분을 드러내고 있었기 때문이다.

녀석은 내가 머뭇거리자 자신을 밀어내지 못할 거라는 것을 눈치챘는지 더 이상 못 참겠다는 듯 애원하는 어조로 말해 왔다.

"조금만 어? 조금만……. 움직이면 안 돼?"

"……."

"조금만 움직일게."

"아니, 아니, 야. 저기, 그……!"

이우재는 그리 말하며 맞붙은 아래를 슬쩍슬쩍 문질러 오기 시작했다. 허리가 움찔거렸다. 싫지 않을 뿐만 아니라 기분 좋기까지 한 그 자극에 나는 결국 녀석에게 몸을 기대고야 말았다.

마주 안은 채 도망가지 못하게 내 허리를 꽉 끌어안은 녀석의 팔로 힘이 실렸다. 그리고 점점 맞붙은 하체를 조금씩 문질러 오던 움직임이 커지기 시작했다. 나도 모르게 이우재의 등을 끌어안고 있다가 주먹을 꽉 말아 쥐었고, 손안 가득 이우재의 체육복이 구겨졌다. 자신을 흥분에 내맡긴 채 본능적으로 허리를 움직이는 이우재의 동작으로 덩달아 자극을 받은 나 또한 움찔움찔하며 기분 좋은 흥분에 사로잡혔다. 하지 말라는 말이 튀어나오지 않는 것은 그것 때문이었다.

꿈속에서 헤매는 것만 같은 몽롱함에 뒤덮여 한숨과 같은 숨을 뱉고 있을 때였다. 이우재는 내 체육복과 안에 입은 셔츠를 밀어 올리고 그 안으로 머릴 집어넣었다. 가슴 부근을 입에 물고 빨아 당기느라 혀가 닿아 오는 말랑한 느낌은 무척이나 자극적이어서 소름이 돋아났다. 그러나 형편없이 호흡이 흐트러지고 절로 눈이 감긴 그 순간, 집 나갔던 이성이 번뜩 다시 돌아왔다.

이런, 미친! 나는 서둘러 녀석을 밀어냈다. 착착 제가 생각했던 대로 진행되던 동작이 갑작스레 저지당하자 이우재의 얼굴 위로는 짜증스러운 빛이 스쳤다.

"아, 왜. 너도 좋았잖아."

"　너 미쳤어? 여기서 집사기 이러면 어쩌자는 거야! ……여기선 좀 그렇잖아. 네가 시도 때도 없는 건 알고 있지만 그래도 지금 은……."

수업 중이고, 또 우리는 당장 정신 차리고 체육을 하러 가야 한다고 마저 말을 이어 가려 했지만.

"아, 그런 거였어?"

내 말을 가로막은 이우재는 미처 끝맺지 못한 내 말속에서 무언가 깨달았다는 듯 대꾸했다. 그러고는 다짜고짜 내 손목을 그러쥐고서 체육 창고를 빠져나갔다. "말을 하지 그랬어."라고 중얼거리는 녀석의 얼굴은 한껏 상기되어 얼마나 흥분에 사로잡혀 있는지를 보여 주었고, 말려도 들을 기세가 아니었다.

성큼성큼 걸음을 옮기는 녀석의 걸음에는 거리낌이 하나 없었다. 지금은 수업 시간이었기 때문에 그만큼 복도는 고요했다. 그러나 그것과 상반되게 가슴은 요란하게 뛰어 귓가를 시끄럽게 울려 댔고, 내가 처한 곤란한 상황을 제대로 인지하기도 전에 녀석의 손에 이끌려 다다른 곳은 화장실이었다. 비어 있는 가까운 칸으로 끌고 들어가자마자 뒤에서 나를 꽉 끌어안은 녀석은 내 등 뒤에 이마를 기대었고, "하아, 동화야……."라고 부르는 그것을 시발점으로 다시금 유연하게 접촉을 재개했다.

동화야, 하고 부를 때마다 닿는 숨이 소름 끼치도록 뜨거웠다. 이우재는 내 목뒤에 자신의 입술은 물론, 코끝까지 비비적거렸다. 그와 동시에 엉덩이 사이로는 녀석의 발기된 중심이 문질러지기 시작했다. 나는 아랫입술을 세게 깨물며 터질 것 같은 숨소리를 억지로 참았다. 그러지 않으면 당장이라도 입 밖으로 낯 뜨겁기 그지없는 소리가 튀어나올 것만 같았다.

사방으로 가득해지는 습한 공기에 더 이상 못 참겠다는 듯 이우재가 흥분된 자신의 중심을 꺼내 손에 쥐는 소리가 들렸다. 등 뒤에서는 녀석의 손바닥 안에서 살이 마찰하는 소리가 들리고, 등 뒤로 닿는 뜨거운 열기에 결국 아까부터 나 또한 감추지 못하고 흥분을 드러낸 아래로 손이 향하고야 말았다. 이대로 있다가는 죽을 것 같아서 에라 모르겠다, 하는 심정으로 녀석과 마찬가지로 아래를 움켜쥐었다.

"하아, 동화야. 내가 아까 깜빡하고 말을 못 했는데……."

이우재는 흐트러진 호흡 속에서 말을 이어 갔다.

"이번 주말에 가기로 한 바다 말이야, 다른 새끼들이 따라간다는 거 못 가게 했어. 그래서 너랑 나 도형이, 일단 이렇게 셋이 가기로 했는데……. 잘됐지?"

녀석의 목소리를 들으며 피치를 올렸다. 아래를 그러쥔 손을 위아래로 빠르게 움직이며 포옹쯤이야, 키스쯤이야, 이런 것쯤이야, 라고 생각했다. 점점 죄의식이 얕아졌다. 익숙해진다는 게 이처럼 무서운 것이었다. 단지 처음 그 단 한 번이 어려울 뿐, 물꼬를 트기만 한다면 그다음은 결국 쉬울 수밖에 없었다.

얼마큼의 시간이 지났는지 모르겠다. 어떻게 사정을 끝마쳤는지도 기억이 나지 않았다. 손바닥 안이 축축해졌을 때는 이미 둘 다 호흡을 정리하는 중이었다.

마치 암흑과 같은 긴 정적 속에서 뒤늦게 이성을 찾은 내게로 어마어마한 민망함이 한꺼번에 쏟아져 밀려왔다. 꼼짝도 할 수 없는 내 등 뒤에선 아직 녀석이 숨을 고르는 소리가 들려오고 있었다.

기어코 사고를 치고야 말았다. 어떻게 단숨에 이성이 끊겨 버린 걸까. 침묵을 지키며 이 사태를 어떻게 수습해야 할지 몰라 동요하고 있던 그 순간, "나 오해 같은 거 안 해. 그러니까 걱정하지 마."라고 녀석이 조용한 목소리로 말해 왔다.

"······어?"

"넌 그냥 그때처럼 날 도형이라고 생각했잖아."

"······."

말문이 막혀 아무런 말도 할 수가 없었다. 분명 녀석의 말에 동의하며 고갤 끄덕여야 하는 게 맞는 것 같으면서도 아닌 것 같은 기분이 들었다. 나를 향한 배려라고 내뱉은 녀석의 그 말을 듣는 순간 기분이 나빴고 찜찜했으나, 화를 낼 수는 없었다. 나는 결코 김도형을 대신해 이우재를 이용하지 않았다. 하지만 이건 아니라고 말을 꺼내는 순간 녀석과 내가 지금까지 지탱해 온 어떤 것이 틀어질 것 같은 기분이었고, 어딘가가 어긋난 그 지점을 찾기에는 지금의 상황도 정신도 모두 정신없이 혼란스러웠다.

스스로도 확신할 수 없는 그런 감정을 느끼느라 지금 내가 할 수 있는 것이라고는 그저 말없이 뒷수습한 뒤 화장실 칸을 나와 손을 씻는 것뿐이었다.

고집스레 입술을 꾹 다물고 있는 내 얼굴을 살펴보던 녀석이 물었다.

"근데 진짜 나한테 화난 건 아니지?"

"······나도 몰라, 이 멍청아."

"뭐?"

화장실을 빠져나가려는 나를 녀석이 붙잡았고, 시선을 마주 보자마자 기이하게도 나는 어떤 설명할 수 없는 기분에 사로잡혀 가슴이 짓눌리는 기분을 느꼈다. 압박하듯 뛰는 가슴이 진정되질 않아 신경질이 나서 녀석의 손을 뿌리치고 그대로 화장실을 빠져나왔다.

체육 시간 후, 수업 시간에 어디를 갔다 왔냐며 교무실로 끌려가서 혼이 났다. 그 이후로 내내 나는 녀석과 거의 대화를 나누지 않았고 왜 그랬지, 라는 후회만 거듭했다.

"동화야. 혹시 우재랑 둘이 싸웠어?"

체육 시간 이후로 나와 이우재가 서로 말이 없자 김도형은 내게 다가와서 둘이 싸웠냐고 물었고, 그 물음에 어색한 웃음으로 대답을 대신한 뒤 고갤 돌렸다. 무심코 돌린 시선 끝에 녀석이 입을 꾹 다물고 나를 바라보고 있는 모습이 담겼다.

서둘러 시선을 돌렸다. "왜 그래?" 묻는 김도형에게 아무것도 아니라고 또다시 어색하게 웃으면서 이우재와 시선이 마주쳤던 순간 내가 떨렸던 사실을 숨겨 보려 입술만 말아 물었다.

그 일이 있고 난 뒤 며칠 동안 내 심장 박동은 심상치가 않았다. 평소와 같이 김도형과 이우재와 모여 앉아 있었다. 김도형이 자신의 형이 태워다 주기로 했다면서 주말에 몇 시까지 자기 집으로 오라고 하는 소리를 들으며 이우재는 성의 없이 고갤 끄덕이다가 눈만 들어 나를 바라보았다. 이우재와 시선이 마주친 그 순간 특정한 종류의 무언가를 느낀 내 가슴은 사정없이 뛰어 댔고, 그 바람에 결국 자리에서 벌떡 일어난 나에게로 둘의 시선이 따라붙었다.

"어디 가, 동화야?" 부르는 김도형의 목소리가 등 뒤에서 들려왔지만, 고갤 돌리지 않았다. 그러나 몇 걸음 채 걷지 못하고 교실을 낙 빠져나오사바사 설음을 범술 수밖에 없었다. 언제 따라 나온 건지 모를 이우재가 나를 붙잡았기 때문이었다.

"어디가?"

"화장실 가는 건데."

"아까도 갔다 왔잖아."

"……자꾸 마려운 걸 어떡해?"

"……."

둘러대는 내 변명에 이우재는 나를 뚫어져라 바라보았고, 그러한 이우재의 시선 속에서 거짓말쟁이가 된 것만 같았다. 침묵이 흘렀다. 주체할 수 없는 감정이 낯설어 누구나 자기변명을 위한 작은 거짓말 정도는 할 수 있다고 몇 번이고 되뇌면서도 나는 그 침묵의 시간 동안 녀석을 똑바로 바라보지 못하는 스스로가 하찮은 기분이었다.

무슨 말을 하려다가 결국 입을 다물며 내게서 시선을 거둔 이우재가 돌아섰다. 그런 녀석에게로 나도 모르게 손이 뻗어 나가 붙잡았다. 그래 놓고 나를 돌아보는 녀석보다 내가 더 놀랐고, 내 입은 어째서인지 다시금 변명하는 듯 움직였다.

"야, 그……. 너 피하는 거 아니야."

"……."

"진짜야. 너한테 화도 안 났고."

"알아. 자꾸 마려워서 그런 거라며."

"……."

"네가 그렇다고 하면 그렇다고 믿어야겠지."

내 말을 안 믿고 있다는 티를 한껏 풍기며 녀석이 그대로 돌아섰다. 아, 뭔가 이건 아닌데, 라고 생각하면서도 돌아선 녀석을 다시 붙잡지는 못한 채 멀어지는 모습을 시야에 담기만 했다.

내가 쟤를? 말도 안 되잖아. 쟨 너무 이상하고 또…….

도무지 이해할 수가 없었다. 갖가지 변명들을 덧붙이며 나는 절대 그럴 리가 없다고 내 주장에 힘을 실으려 했으나, 내 눈동자는 이미 녀석이 지나가고 사라진 자리에 자꾸만 머물렀다. 정말로 절대 그럴 리가 없다는 내 마음에 나는 과연 확신할 수 있는 것일까. 스스로조차도 확신할 수 없는 말을 하는 것만 같아 힘이 빠졌다. 떨떠름한 표정으로 이미 아무도 없는 그곳을 한참이나 바라보다가 달갑지 않은 생각들을 털어 내며 시선을 거두었다.

그런 식으로 녀석과는 애매모호한 며칠을 보냈다. 어째서인지 더 이상 과학실을 가자고 조르지 않는 것에 묘한 섭섭함이 고갤 내밀었고, 급식실에서 밥을 먹을 때 내 옆에 앉지 않는 사소한 것에 서운해졌다. 분명 내가 좋아한다고 생각하는 김도형과는 한 발짝 더 친해진 것 같았는데도 기쁘지가 않았다. 일부러 더 김도형과 있을 때는 웃으려고 했지만, 이쪽에는 전혀 관심 없는 듯 나와 김도형을 보는 둥 마는 둥 하는 녀석이 자꾸만 신경 쓰여 오히려 더 기분이 가라앉기만 해 그것도 쉽지가 않았다.

"야, 너희 둘이 화해 안 할 거야? 자꾸 눈치 보이게 할래?"

나와 이우재 사이에서 흐르는 미묘한 분위기를 참지 못하고 기어코 김도형이 한 소리를 해 왔지만, 이우재는 심드렁하게 "우리 안 싸웠는데, 동화랑 나 너보다 친해."라고 대답하는 게 다였다.

그리고 바다에 가기로 한 전날 밤, 원래였다면 김도형과 바다에 가기로 한 것에 설레며 잠 못 들어야 했는데, 지금 머릿속에 들어찬 생각은 김도형이 아니라 이우재의 관한 것이었다. 이우재의 관한 생각으로 인해 잠들지 못하는 밤이 낯설었다. 하지만 생각해 보면 낯선 것은 그것뿐만이 아니었다. 며칠간 의식처럼 녀석을 생각하는 일이 잦아졌고, 어떻게 받아들이면 좋을지 몰랐던 감정 또한 그랬다.

도저히 익숙해지지 않는 감정을 모르는 척하고 눈을 감았다. 푹 잠들기를 바라며 눈을 감았지만, 결국 깊이 잠들지 못했다. 날이 밝자마자 챙겨 놓은 짐을 가지고 김도형의 집으로 향했다. 이우재를 어떤 얼굴로 보면 좋을지 문득 새삼스러운 걱정을 하며, 이유 없이 두근거리는 가슴을 부여잡고 김도형의 집 앞에 다다랐을 때 왔냐며 나를 반기는 사람은 어째서인지 김도형뿐이었다.

나는 누군가를 찾으려고 사방을 둘러보았고, 그런 나를 향해 김도형이 말했다.

"못 온대."

"어?"

"우재 찾는 거 아니야? 우재 못 온대."

"……왜?"

"갑자기 일이 생겼다던데, 연락 못 받았어?"

"응……."

"싸운 거 아니라더니 뭐야. 어쨌든 우리 둘이 가게 생겼다."

"……."

갑자기 일이 생겼다는 이우재의 그 말은 거짓말일 게 뻔했다. 어쩐지 오늘 만날 거라고 생각해서 잔뜩 긴장하고 두근거렸던 자신에게 허무해져 힘이 쭉 빠졌다.

온갖 감정이 뒤섞인 채 원래였다면 이우재가 함께 있어야 할 빈자리를 바라보았다. 그만 타자고 말하며 트렁크에 짐을 싣는 김도형의 목소리가 생각에 잠긴 내 귓가로 아스라하게 들려왔다.

오지 않는 이우재를 떠올리자 커다란 상실감이 몰려왔다. 정말 말이 안 된다. 툭하면 나를 보고 아래를 세워 대 사람 질색하게 하는 변태 같은 새끼였는데…….

그러나 아무리 생각해 봐도 이미 답은 그것뿐이었다. 변명을 덧붙이려고 해도 잘 되지 않았고, 절대 그럴 리가 없다는 내 주장에 확신할 수 없었던 것도 그것 때문일 게 분명했다. 나는 이미 예상하고 있었으면서도 모른 체하고 눈을 감고 보지 않으려 했던 것이다.

"……도형아. 나, 바다 못 갈 거 같아."

"뭐?"

"미안해, 도형아."

"무슨……. 야!"

그러나 이미 그게 답이라는 것을 확신하고는 있었지만, 눈으로 직접 확인해야 했다. "동화야, 어디 가! 야, 서동화!" 하고 나를 부르는 소리를 뒤로한 채 달렸다. 달리면서 휴대폰을 꺼내 전화를 걸었다. 세 번까지는 무시하던 녀석이 결국 마지못해 전화를 받는다는 목소리로 내 전화를 받았고, 나는 나오라는 말만 던져둔 채 멋대로 전화를 끊어 버렸다.

그렇게 녀석의 집 근처 놀이터에 다다라 벤치에 앉아 녀석을 기다렸다. 하지만 돌연 '내가 너무 성급했던 건 아니었을까?'라는 걱정과 불안함이 뒤따랐다. 발작처럼 뛰어 대는 가슴을 진정시키려 숨을 크게 들이쉬어 보지만, 가슴은 더욱 날뛰어 댔고 불확실하게 흘러가는 시간 속에서 초조함만 더욱 커져 갔다.

그리고 누군가 멀지 않은 거리에서 나를 빤히 바라보고 있다는 느슨이 들어 고갤 늘었을 때였다. 언제부터 서 있었는지 모를 녀석과 눈이 마주쳤다. 나와 눈이 마주친 녀석은 내가 앉아 있는 곳까지 다가와 덤덤하게 말을 꺼냈다.

"안 갔어, 바다?"

"······."

"왜? 단둘이 있을 좋을 기회였잖아."

"······."

"덮칠 기회를 줘도 왜 매번 못 받아먹어?"

태연하게 말을 늘어놓는 녀석을 향해 거짓말하지 말라고 쏘아붙이고 싶었다. 가까스로 충동을 억누른 내가 녀석에게 물었다.

"너는 왜 안 가는데."

"당연하잖아. 처음부터 갈 생각도 없었어."

"······그럼 그렇다고 말을 했어야지!"

"당연히 알고 있을 줄 알았는데."

"······."

"내가 너 도와준다고 했었잖아."

녀석은 내 앞에 서서 내게 그림자를 드리우고 있었다. 낯설고도 놀라운 사실을 결국 내 눈으로 직접 확인하게 되자 어쩔 줄을 모르고 떠돌던 생각과 걷잡을 수 없었던 마음이 정리되며 오히려 차분해졌다.

"이런 거 이제 그만할래."

"······뭐?"

"너한테 도움받는 거 하기 싫어졌어. 도형이가 날 안 좋아해도 이제 상관없으니까."

"……."

짧게 침묵이 흐르고, 녀석이 한숨을 내쉬는 소리가 들렸다.

"나랑 스킨십 하는 게 불편해서 그런 거면……."

"이 멍청한 새끼야. 지금 그런 말이 아니잖아!"

"왜 갑자기 화를 내?"

이우재는 황당하다는 표정으로 나를 바라보았고, 아무것도 모르겠다는 표정을 마주한 나는 여기까지 내가 무슨 결심을 하면서 뛰어왔는데 저런 황당한 소리나 하는 건가 싶어 울컥해 소리쳤다.

"야, 너는 진짜 아무렇지도 않냐?"

"……."

"어떻게 아무렇지도 않을 수가 있는데?"

"……."

"너 나 좋아한다며. 근데 진짜로 아무렇지도 않아? 어떻게 그래? 왜 맨날 나랑 도형이랑 못 붙여 줘서 안달인데?"

"……."

"동물원 때도 그렇고……. 이번에도 누가 바다 도형이랑 둘이 가고 싶다고 그랬어?"

"네가 도형이 좋아한다고 그랬으니까. 그리고 내가 도와주기로 했잖아."

"……그래! 그게 그렇긴 한데!"

"……."

"네 말이 맞긴 한데!"

뭔가 억울했다. 녀석의 덤덤한 구석도, 무관심한 듯한 말투도 전부 나의 억울함을 부추겼다. 녀석의 황당하다는 눈길을 받아 내면서 씩

씩서리고만 있으니 결국 한숨 섞인 목소리로 녀석이 내게 말했다.

"그럼 내가 어떻게 해 주길 바라는데, 너는. 네가 원하는 걸 똑바로 얘기해."

"……."

"도형이 말고 나 좋아해 달라고 너한테 매달리기라도 해 줘? 그래서 네 짜증이 풀린다면 그래 줄 수 있어."

"……."

"그러면 넌 뭘 해 줄 건데, 나한테?"

"……."

"넌 내가 원하는 거 해 줄 수 있어? 없잖아. 그러니까 너도 나 좀 그만 건드려."

"……."

"……도형이랑 잘해 보라고 판 깔아 줬더니 그거 걷어차고 이렇게 나한테 와 버리면 어쩌자는 거야."

"……."

"네가 이러면 내가 오해할 거라는 생각은 못 해?"

평소처럼 웃지도 않고 여유 있는 말투도 아니었다. 말을 끝내고 내 앞에 주저앉아 머릴 감싸고 있는 생소한 녀석의 모습에 나는 시선을 빼앗긴 채 입을 다물고 있었다. 실은 녀석의 그런 여유를 잃은 모습이 보기에 나쁘지가 않았다.

"많이 참고 있어. 내가 널 두고 무슨 생각하는지 알면 도망갈 거 아니까. 나는 너한테 미움받기 싫으니까 엄청 참고 있는데 대체 왜 매번 건드려?"

"……."

"너 내가 너한테 달려드는 거 싫어하잖아."

"……."

"그래서 자꾸 나 피했던 거 아니었어?"

"아니야. 나는!"

"……."

"나는 바다 너랑 가고 싶었단 말이야……."

"……."

그 말에 녀석은 고갤 무릎 위로 파묻고 있던 고개를 들었다. 허공에서 시선이 맞물리는 순간, 조금 어색했다. 비스듬히 시선을 틀며 나는 마저 말을 이어 갔다.

"네가 달려드는 거 싫지 않아."

"……."

"나도 대체 네가 왜……. 왜 하필 너인지는 모르겠는데."

"……."

"좋아하나 봐."

"뭐라고?"

"……좋아한다고."

"……."

"너 좋아한다고."

의도적으로 눈을 감고 있었던 마음을 인정하고 말을 하자 왜인지 녀석은 아무런 대답이 없었다. 침묵으로써 나를 초조하게 만들 셈이었다면 녀석은 성공한 셈이었다. 녀석이 말이 없자 극에 달한 초조함으로 인해 나는 무슨 말이든 지껄일 수 있을 것만 같았다.

"좋아한다고, 네가 발기해도 이젠 기꺼이 손을 빌려줄 마음도 있고, 또 너랑 그러는 게 전혀 싫지 않고 또……."

두서없이 말을 내뱉던 그 순간, 녀석이 감격한 듯 달려들어 나를 끌어안는 바람에 하마터면 뒤로 고꾸라져 그대로 뒤통수를 바닥에 찧으며 나자빠질 뻔했다. 얼른 중심을 잡은 내가 살았다고 한숨을 돌리는 사이, 녀석이 내 품으로 파고들 것처럼 안기며 내 등을 꽉 끌어안았다.

"못 들었어, 다시 한 번만."

"……거짓말하지 마."

"발기 거기서부터 못 들었어. 다시 한 번만."

"들었잖아!"

"……동화야."

"근데 그렇다고 갑자기 달려들면 어떡해. 넘어질 뻔했잖아. 우리 둘 다 골로 갈 뻔했다고."

"나도 너 좋아해."

"어, 그래……. 알고 있어……."

"좋아해, 동화야."

"……알고 있다니까."

연신 좋아한다고 중얼거리는 녀석의 목소리가 민망하면서도 입꼬리는 자꾸만 제멋대로 풀어지려고 했다. 그러한 입꼬리를 손가락으로 꾹 누르고 있는 나를 좀 더 세게 끌어안은 녀석이 말했다.

"이제 너랑 이런 거 저런 거 다 할 수 있다는 게 너무 좋아서."

"……아."

"그게 도무지 믿기지가 않아서……."

"아, 어……."

안긴 것은 나였는데 마치 나에게 안기듯 파고들던 녀석이 내게서 몸을 떨어뜨렸다. 그러곤 마주 보며 불타는 듯한 시선과 더불어.

"동화야. 이제 너랑 섹스도 할 수 있고, 키스도 마음껏 할 수 있다고 생각하니까 너무 좋다."

"……"

해 오는 말에 별안간 엄습하는 묘한 불안감을 느꼈다. 무를까, 고백을 잠시만 무를까……. 고민해 보지만 다시 한번 나를 품에 끌어안는 녀석의 행동으로 인해 나도 모르게 맥없이 웃음이 터지는 것으로 보아 이미 때는 늦은 듯싶었다.

* * *

"니들 뭐냐?"

놀이터 안에서 자꾸만 달려들어 곤란하게 하는 녀석을 간신히 진정시킨 뒤, 가장 먼저 김도형에게 미안하다는 사과를 하러 갔다. 김도형에게서 부재중 통화가 상당히 남겨진 것으로 보아 예상은 했지만, 역시나 김도형은 화가 많이 나 있었고, 자신의 눈앞에 서 있는 나와 이우재를 황당하다는 눈길로 번갈아 보았다. 나는 슬그머니 김도형의 화가 가득한 눈동자를 피하며, "우리 화해했어……."라고 중얼거렸다. 내 옆에 붙어 있던 이우재는 그저 어깨만 가볍게 으쓱해 보였다.

이우재의 그런 반성의 기미가 보이지 않는 태도는 김도형의 화를 부추기기 충분했다. 기가 찬다는 듯 헛웃음을 내뱉은 김도형은 나중에 얘기하자고 하고서 집으로 들어가 버렸고, 아무리 생각해도 그 순간 충동적으로 김도형을 머려둔 채 녀석에게 달려가 버린 내 잘못이 컸기 때문에 나는 안절부절못했다.

"도형이 많이 화났나 봐."

나 같아도 그랬을 것 같아. 어쩌지? 묻는 내 말에도 내내 다른 생각에 잠겨 있는 듯하던 녀석이 신경 쓰지 말라고 말했다. 월요일 날 맛있는 거 사 주면 다 풀린다고 말하고는 녀석이 우리도 그만 집으로 가자며 발걸음을 돌렸다. 이우재를 따라 발걸음을 돌렸지만, 김도형이 신경 쓰여 걸음을 옮기면서도 미련이 남은 사람처럼 자꾸만 뒤를 힐끗거렸다. 그러자 어깨 위로 팔을 둘러 오며 녀석이 빨리 따라오라는 듯 나를 잡아당겼다.

우리는 한참을 걸었다. 한순간에 변해 버린 관계에 적응하느라, 곁에 있는 녀석을 새삼스레 의식하느라 나는 말이 없었지만, 왜인지 녀석 또한 어울리지 않게 말이 없었다. 지나다니는 사람들도 거의 없어서 거리는 무척 조용했다. 발걸음 소리만 들으며 걷던 내가 침묵을 깨 볼 작정으로 녀석을 향해 넌지시 물었다.

"근데 아까부터 무슨 생각을 그렇게 하나?"

내 물음에 물끄러미 나를 바라보던 녀석이 미소를 지었다.

"미리 이것저것 주문해 두길 잘한 거 같아서."

"……뭘?"

"궁금하면 지금 우리 집으로 갈래? 나는 괜찮은데."

"……아냐, 갑자기 하나도 안 궁금해졌어."

"아쉽다."

나는 그냥 말없이 걷는 편이 낫겠다고 생각했다.

그로부터 며칠이 흘렀다. 고백 이후 우리는 서로의 집을 자연스레 오갈 만큼 거리가 가까워졌고, 오늘은 무슨 생각을 하느라 어쩔 수 없다고 자신의 불끈한 하체에 대해 매번 변명하는 녀석을 보며 나는 전보다는 덜 떨떠름해했다. 또한 전보다 더 나만 보면 달려들지 못해 안달이 난 녀석에게 나름대로 적응해 가던 어느 날이었다.

"뭐지?"

이우재는 뚱하게 나를 쳐다보다가 물어 왔다.

"뭐가?"

"너 나 좋아하는 거 아니었어?"

"어. 좋아하는데, 왜."

"근데 왜 여전히 우리가 여기서 이러고 있어야 하는 건지 물어봐도 될까?"

평소처럼 운동장 스탠드에 앉아 김도형이 농구를 하는 모습을 바라보고 있는 지금 이 상황이 못마땅하다는 표정으로 녀석이 불평을 늘어놓았다.

"너 설마 아직도 도형이한테 마음 있어?"

"아니거든? 도형이는 그러니까⋯⋯."

나는 녀석을 설득할 만한 말을 고르느라 잠시 뜸을 들이다가 입을 열었다.

"나한테 있어서 뭔가⋯⋯. 닮고 싶은 그런 존재라고 해야 하나? 멋있잖아."

"멋있다고?"

"응."

"어떻게 내 앞에서 그런 소릴 할 수가 있어⋯⋯."

시무룩한 말투로 중얼거리며 녀석이 내 어깨로 머릴 기대 왔다. 처음엔 정말로 녀석이 내 말에 시무룩해진 줄 알고서 실수를 했나, 아차 싶었지만, 그건 단지 내게 달라붙기 위한 핑곗거리에 불과하다는 것을 슬금슬금 허벅지를 더듬는 손길에서 알 수 있었다.

녀석의 손은 아주 자연스럽게 내 허벅지 안쪽을 쓸었다. 흠칫 다리를 오므리며 "아, 진짜⋯⋯." 작게 중얼거린 내가 녀석을 째려보자, 뭐가 웃긴다고 녀석은 혼자서 소리를 죽이고서 어깨를 들썩거렸다.

"야, 내가 아무리 널 좋아하긴 하지만."

"나도 너 좋아해."

"그런 말이 아니라."

"응. 나도 좋아해."

"⋯⋯어쨌든, 그래. 내가 아무리 널 좋아하긴 해도, 그렇다고 해서 이런 식으로 아무 데서나 너무 가까워지자는 말은 아니었거든?"

"아무 데서가 아니면 그래도 돼?"

"⋯⋯아니."

여전히 내 어깨 위에 머릴 기대고 있던 녀석이 음, 하고 무언가를 생각하는 듯했다. 그리고 머지않아 나지막한 목소리로 입을 열었다.

"동화야, 있잖아. 네가 자꾸 도형이가 멋있다고 말하면서 정작 나한테는 튕기고 그러면 너무 서운해서 내 마음대로 하고 싶어져."

"⋯⋯협박해, 지금?"

"그냥 그렇다고 말하는 건데."

"⋯⋯."

아직까지는 무슨 일이 생기지 않았다. 하지만 조만간 아주 그럴 기세였다. 근래에 와서 부쩍 내게 그런 기색을 풍겨 대는 녀석을 내가 모를 리 없었다. 솔직히 녀석이 몸으로 밀어붙일 때면 이성이 무너져 내릴 때도 있었지만, 간신히 그 끈을 붙잡곤 했다. 녀석의 페이스에 자칫 휘말렸다간 왜인지 몸뚱이가 남아날 것 같지 않았으니까. 그리고 둘이서 그렇고 그런 짓을 할 때 뭐가 어떻게 진행되는 건지 나도 제대로 알고는 있어야 했으니까. 그래서 나는 요즘 나름대로 공부 중이었다. 아무것도 모르는 상태에서 당할 수는 없었다.

"아, 참. 동화야, 이거 봐."

막 무언가 떠올랐다는 듯 내 어깨에 기대고 있던 녀석이 몸을 바로 세우곤 자신의 휴대폰을 만지작거리다가 내게 내밀었다. 휴대폰 액정 위에는 대낮에 학교에서 보기엔 몹시도 적당하지 않은 영상이 틀어져 있었다.

아래에 깔린 남자의 위에서 다른 남자가 엉덩이 안쪽으로 미친 듯이 삽입하고 있는 동작을 바라보며 나도 모르게 침을 삼키게 되었다. 내 시선은 휴대폰 액정에서 녀석에게로 넘어갔고, 녀석은 나와 눈이 마주치자 소리 없이 웃어 보이며 말해 왔다.

"이런 자세도 나쁘지 않은 것 같지?"

"……너 진짜 그만해라."

풋풋한 녀석의 그 미소와는 참 어울리지 않는 대화였다.

그러나 어째서인지 그날 하루 종일 녀석이 보여 주었던 영상이 머릿속에서 떠나가질 않았다. 수업 시간에도 불쑥 떠올라 나를 방해하는 덕분에 교실을 가로질러 녀석에게 닿은 내 시선은 이우재를 노려보는 것에 가까웠다.

학교가 끝나고 집으로 가는 길, 그저 평소처럼 아이스크림을 먹으니 사이좋게 십으로 가던 평화로운 한때였다. 하지만 이우재는 아이스크림을 먹다가 느닷없이 내게 오늘따라 수업 시간마다 자신을 왜 그렇게 열렬하게 바라보는 거냐고 따져 댔다.

"너 때문에 수업에 집중할 수가 없잖아."

"내가 하고 싶은 소리거든?"

"네가 그렇게 뜨겁게 바라보면 내가 어떻게 해야 할지를 모르겠어. 그러니까 수업 시간엔 자제해 줘, 동화야."

"째려본 거야, 멍청아!"

"어쨌든."

그 와중에 이우재가 산 것과는 달리 내 아이스크림은 생각보다 녹아 흐르는 속도가 빨랐고, 기어코 손가락 위로 아이스크림이 흘러내려 반사적으로 짜증스럽게 외쳤다.

"아! 흘렸어."

물끄러미 나를 지켜보던 이우재는 "동화야, 너 너무 야하다."라고 중얼거렸다. 도대체 어느 포인트에서 그런 걸 느꼈는지 모르겠다. 이우재의 시선 속 나는 세상 섹시하기 그지없었기 때문에 내가 손가락만 까딱거려도 저 혼자 얼굴이 붉게 상기되곤 했었으니 말이다. 좀처럼 따라잡기 어려운 이우재의 머릿속 사정에 뭔 소리냐고 질색하다가 물었다.

"그런 건 됐으니까, 혹시 휴지 있어?"

"아니, 없는데. 그러게 왜 흘렸어."

이우재는 그리 말하면서 자연스럽게 내 손가락을 잡아 오더니 제 입가로 가져가기 무섭게 입에 넣고 빨았다. 그 때문에 나는 화들짝 놀라 반대쪽 손에 옮겨 들고 있던 아이스크림을 바닥에 떨어뜨리고야 말았다. 툭 떨어진 아이스크림이 길바닥 위에서 짓뭉개졌다. 아깝다는 생각조차 못 할 만큼 당황해서 소리쳤다.

"야, 뭐 하는 거야!"

미쳤냐고 서둘러 녀석을 밀어내고 주위를 살폈다. 목덜미까지 홧홧하게 달아오른 것만 같았다. 그런 나를 이우재는 오히려 이해할 수 없다는 표정으로 바라보았다.

"왜? 닦으려고 휴지 찾은 거 아니야?"

"당연하지!"

"그래서 내가 닦아 줬잖아."

"휴지를 달라고 했지, 누가 너더러 손가락을 빨라고……. 누가 갑자기 그런 식으로 손가락을 빨아!"

여전히 내 손가락 위에는 방금 전 이우재의 말랑한 혀가 쓸고 간 감각이 남아 나를 힘들게 했다.

"아, 뭐야. 그거 때문에 그런 거야? 말하고 할 걸 그랬나? 근데 넌 네가 손을 내밀면 내가 당연히 그럴 거라고 생각 못 했어?"

"……"

상식적으로는 누구든 그런 생각을 하지 못한다. 하지만 이우재라면 그럴 수 있었다. 이우재의 상식과 내가 가진 상식 사이에는 언제나 괴리가 있었기 때문에 나는 아무런 말도 할 수가 없었다.

"거봐, 했잖아. 그러게 누가 손 내밀래?"

"아……. 진짜 짜증 나, 너."

왠지 진 것 같은 기분에 사로잡힌 나는 성큼성큼 앞서 걸어갔고, 그런 내 뒤를 녀석은 같이 가자고 외치며 따라왔다.

"화났어?"

"안 났어."

"났잖아."

"안 났다니까?"

아무도 없었기에 망정이지 누가 보기라도 했으면 어쩔 뻔했나 싶어 이우재를 노려봐도 녀석은 그저 "동화야, 알았어. 내가 미안해. 다음부터는 말하고 할게." 하며 나를 끌어안으려 들기 바빴다. 길에선 제발 이러지 말라고 녀석의 가슴팍을 있는 힘껏 밀어냈다.

하필 이 순간 자꾸만 되살아나는 이우재가 핥았던 손가락의 느낌과 낮에 보았던 영상이 좀처럼 내게서 떠나가 주질 않았다. 그런 내 사정을 알 길 없는 이우재는 그저 나를 붙잡기 급급했다.

"누가 보잖아, 이 멍청아!"

"아무도 없었어."

"그래도 밖에선 자제하라고 몇 번을 말해?"

"나도 그러고 싶은데 자꾸 너밖에 안 보이잖아."

"……."

"그리고 아이스크림을 흘리면 누구라도 그런 생각을 할 거야."

"……아무도 안 해. 안 한다고. 공부도 잘하면서 대체 왜 상식은 없냐, 넌?"

"동화야. 오히려 네가 시끄럽게 굴어서 남들이 쳐다보겠어."

마치 나에게 책임 전가 하듯 말하는 이우재를 향해 눈을 부릅뜨자 또다시 자신을 그렇게 열렬하게 보지 말라며 녀석은 헛소리를 해 댔다. 저 좋을 대로 내 시선을 해석한 녀석에게 지기 싫어 무어라고 더 따지려던 찰나, 갑자기 생각났다는 듯 이우재가 내 말을 가로막으며 먼저 입을 열었다.

"근데, 동화야. 나 할 말 있었는데, 하마터면 너 때문에 까먹을 뻔했잖아."

"뭔데?"

"오늘 우리 집에서 자고 갈래?"

"……."

"내일 토요일이니까."

"……."

이것은 명백한 유혹이었다. 따라가면 절대 안 된다. 게다가 나는 지금 손가락으로 쏠린 감각과 낮에 보았던 영상으로 인해 한창 예민해져 있었기 때문에 더더욱 안 될 일이었다.

하지만 내가 정신을 차렸을 때 어째서인지 벌써 이우재의 방 안이었다. 평소처럼 알아서 편한 옷으로 꺼내 갈아입고 있으라고 말을 건넨 녀석이 마실 것 좀 가져오겠다며 방을 나서자 방 안은 금세 고요해졌다. 요 며칠 뻔질나게 드나들었던 방이었는데, 오늘따라 새삼스러운 기분에 사로잡히는 것은 낮에 보았던 영상 때문일 게 뻔했다.

아니, 뭐 이우재가 좀 변태 같긴 하지만 나도 그 정도는 다 알고 좋아한 거였고……. 누가 물어보지도 않은 것을 나 자신에게 연신 상기시키며 편한 옷으로 갈아입기 위해 녀석의 옷장을 열었고, 나는 옷장 구석에서 익숙한 무언가를 발견했다.

내 팬티……?

그것도 한 장이 아닌 꽤 여러 장을. '대체 이게 왜?'라고 생각하는 중에 벌컥 방문이 열렸다. 막 방 안으로 마실 것을 들고 들어서던 녀석은 내 손에 들린 팬티를 보고서 멈칫했다.

한순간 침묵이 흘렀다.

"아, 들켰네."

그리 말하는 녀석의 말투는 다소 짜증이 섞인 말투였다. 오로지 내게 자신이 훔친 팬티를 들켰다는 사실만이 마음에 들지 않는 것 같은 말투에 반성의 기미는 보이지 않았다. 어쩐지 요 며칠 팬티 개수가 줄었다 했다. 내 팬티 개수가 줄어든 것과 밀접하게 관련이 있을 녀석은 여전히 반성의 기미는 조금도 없이 그저 땅이 꺼져라 한숨을 쉬기만 했고, 황당해서 입을 딱 벌린 채 해명하라고 다그치는 내 눈길에 마지못해 입을 뗐다.

"좋아하는 사람 팬티 정도는 가지고 싶은 게 당연하잖아."

"······안 당연한 거거든?"

"달라고 말하면 줄 것도 아니었으면서."

"당연하지!"

"그러니까 내가 훔칠 수밖에 없잖아. 내가 말해서 네가 그냥 주면 내가 뭐하러 훔쳐?"

"······."

"안 그래?"

"······그래."

"거봐."

자신이 내 팬티를 훔친 것에 대해 정당성을 부여하는 이우재의 말을 듣던 나는 이상하게 반박할 수가 없었다. 이우재의 뻔뻔함은 둘째가라면 서러울 지경이었다. 반박할 말을 찾기 위해 머리를 굴리는 사이, 내 앞으로 성큼 다가온 녀석이 내가 무슨 말을 내뱉기도 전에 순식간에 입술을 겹쳐 왔다.

그 바람에 이우재가 가지고 들어온 마실 것은 이미 바닥 위로 전부 쏟아졌고 빈 컵만 나뒹굴었다. 바닥에 흥건해지건 말건 개의치 않고 키스는 점점 진해졌다. 내 몸은 속수무책으로 자꾸만 비스듬히 뒤로 기울었다. 이 상황을 대충 넘겨 버리고자 다짜고짜 입술부터 겹쳐 온 것을 알았지만, 연약한 내 이성은 진득한 접촉으로 인해 이대로 넘어가 버릴까 망설이듯 주춤거렸다.

옷이 반쯤 벗겨지고 나서야 뒤늦게 느슨해진 정신을 다잡은 내가 녀석을 밀어냈다.

"야, 이우재."

"……."

"오늘 나랑……. 뭐 해 볼 생각 하지 마."

"뭐?"

단어와 단어 사이에는 호흡이 섞였다. 엉거주춤한 자세로 자신의 가슴팍을 밀어내는 나를 보며 녀석은 얼굴을 찡그렸다.

"왜? 너도 다 알고 따라온 거잖아."

"……."

"팬티 때문에 그래? 너도 내 거 하나 가져가, 그럼."

"됐거든?"

이제 와서 이런 소리를 한다는 게 얼마나 어처구니없는 건지 잘 안다. 이우재가 자신의 집으로 가자고 말했던 그 순간 이미 둘 다 이렇게 될 것을 알고 있었으니까. 이우재는 내 목과 어깨 사이로 파고들듯 안겨 코끝을 비비적거리다가 숨을 크게 들이쉬었다. 그러곤 내 손을 잡아끌어 자신의 불룩해진 아래에 갖다 댔다.

"……그만하라니까?"

"그지난 네가 만져 주는 게 기분 좋단 말이야."

내 손등을 덮은 녀석의 손이 제 아래로 내 손을 이끌고 가 만져 댔고, 덕분에 내 손바닥 안으로 적나라한 것이 만져졌다. 하지만 뻔 뻔하게 그리 말하는 녀석을 끝내 완전히 밀어내지 못한 이유는 사실 나 또한 있는 대로 흥분했기 때문이었다. 말로는 연신 그만하라고 말했지만, 드러난 맨살을 빨아 당기며 본격적으로 은밀한 부분으로 손을 밀어 넣을 태세를 갖추는 녀석에게로 몸을 기대었고, 다시금 겹쳐지는 입술과 입술 안으로 밀어 넣은 혀끼리 뒤엉키며 예민하게 느껴지는 질척함에 결국 나는 바닥 위로 쓰러지듯 눕게 되었다.

그와 동시에 이우재는 구석 어딘가로 팔을 뻗어 무언가가 담겨 있는 상자를 끌어왔다. 그 안에 담긴 것을 자세히 볼 겨를도 없었다.

"뭐……. 뭐 하려고."

"잠깐만."

여기서 그만두면 너도 나도 둘 다 서 있는 이게 너무 아깝지 않으냐고 중얼거리던 녀석이 마저 진행하겠다며 웃었다. 이렇게 될 걸 알았지만 막상 정말로 이렇게 되고 나자 영 민망했다. 왜인지 어영부영 상황이 흘러간 거 같아 녀석의 어깨 너머 천장을 바라보던 내 시선은 정말로 이래도 되는 것인가 싶어 흔들렸다. 그 와중에도 팬티에 대해서 좀 더 구체적으로 따져 물었어야 했는데 그러지 못했다는 후회가 남았다. 하지만 유혹에 무너진 내 탓이었으니 누굴 탓할 수도 없었다.

"처음이니까 도구는 나중에 사용하자."

"도구……?"

화들짝 되물어도 이우재는 의심스러운 상자 안에서 대체 무엇을 꺼내려고 하는 건지 한참이나 뒤적거리고만 있었다.

"있어, 그런 게. 동화야, 일단 다리 벌리고 허리 좀 들어 봐."

"......어?"

그렇다면 무를 수 없는 이 상황에서 일단 모든 것을 제쳐 두고 내가 가장 궁금한 것은 어째서 너무 당연하게 나는 아래에 깔려 있어야 하는가, 였다.

왜 내가 아래에 누워 있어야 하냐고 물어볼 새도 없이 녀석이 내 바지와 속옷을 벗겨 냈다. 상황은 또다시 녀석의 손에 의해 어영부영 흘러가기 시작했고, 갑작스레 휑하게 드러난 하체에 놀라 숨을 삼켰다. 녀석과 마찬가지로 발기한 것이 중심에서 꼿꼿이 서서 존재를 완연하게 드러내자 어쩐지 와락 덮쳐드는 민망함에 고갤 틀었다. 그런 나를 보고 있던 녀석이 고갤 기우뚱 기울이며 의아한 듯 입을 열었다.

"얼굴이 빨개졌네?"

"아닌데!"

"부끄러워서 그래?"

"......참나, 그냥 더워서 그래, 더워서. 방이 왜 이렇게 덥냐?"

"그렇구나."

나를 뭐로 보는 거냐며 내가 얼마나 남자다운지를 어필하고, 이깟 걸로 부끄러워하겠냐고 으스대는 척하자 녀석이 드디어 찾았다며 상자 안에서 꺼내 든 젤과 콘돔을 내게 흔들면서 웃어 보였다.

"알아. 너 멋있고 남자다운 거. 그러니까 남자답게 다리 좀 더 벌려 보자, 응?"

"……."

"빨리."

'이 새끼 나 민망하라고 아무래도 일부러 이러는 거 같은데…….' 라고 생각하면서도 녀석의 말대로 나는 다리를 활짝 벌렸다.

문득 낮에 녀석이 보여 주었던 영상 속 아래에 깔려 자지러지던 그 사람의 모습이 떠올랐다. 나 또한 머지않아 그 사람과 같은 모습이 될 운명에 처한 것이라 생각하자 조금 주저하게 되었다. 아플 거같은데……. 그러나 내 작은 동요를 눈치챈 이우재는 주저할 틈을 주지 않겠다는 양 내 입술을 집어삼킬 듯 겹쳐 왔다. 누구의 것인지도 모르게 혀와 혀가 감기며 서로를 빨아 당겼다. 감지 않은 시선이 가까이에서 마주치자 민망해져 눈동자를 굴렸다. 따뜻한 혀가 입안을 부드럽게 돌아다니는데도 뻣뻣해진 몸의 긴장은 풀어지질 않았다. 맥박이 힘차게 뛰어 댔다. 떨어진 녀석의 입술은 미끄러지듯 내려가 턱과 목 언저리를 간질이듯 지분거렸다.

곧이어 두 팔로 바닥을 짚어 몸을 일으킨 녀석이 홀린 듯 저를 바라보고 있던 내 두 팔을 머리 위로 겹쳐 한 손으로 잡았다. 그러곤 반대쪽 손으론 흐트러진 내 머리카락을 짧게 쓸어 넘겨 주며 빙글빙글 웃었다. 어느덧 습해진 공기가 뺨을 스친다. 잠깐 팔 위로 소름이 돋았다. 이우재는 분명 웃고 있었지만, 꽤 흥분에 찬 눈동자는 그게 결코 다정한 웃음이 아니라고 말해 주고 있었다.

"동화야. 적어도 내가 세 번은 쌀 때까지 계속 가자."

"……."

이우재는 내 셔츠 끄트머리를 잡아 그대로 올렸다. 셔츠는 벗겨지지 못하고 내 머리 위 겹쳐진 손 위에 머물렀다. 녀석은 셔츠로 내 겹쳐진 손목을 묶었고, 순식간에 결박된 두 손이 당황스러워 내가 뭐 하는 거냐고 묻자 또다시 빙글빙글 웃으며 내 말을 무시한 뒤 제 말만 했다. 그러고 보니 녀석이 막무가내로 나오면 나는 당해 낼 재간이 없다는 것을 뒤늦게 깨달았다. 이 자식은 전에 화장실 문도 뜯었던 놈이었다는 것을 나는 잠시 잊고 있었던 모양이다.

"처음이니까. 그 정도면 되겠지? 내가 많이 참을게."

이우재의 두 팔 안에 가둬진 채 내게로 쏟아지는 시선과 미소를 받으며 결국 문턱까지 침범한 유혹에 나는 무너지고야 말았다.

동네
백수

동네 백수

"아이고−."

방문이 열리자마자 터져 나온 탄식과 같은 엄마의 '아이고'를 듣자마자 직감했다. 내 방을 당장 나가야 한다고. 타이밍을 찾느라 이불 위에서 비비적거리던 나는 순식간에 자리를 박차고 일어나 얻은 추진력으로 도망치듯 방을 뛰쳐나왔다.

"야, 이 새끼야! 가게 나와서 쌀자루라도 옮겨!"

그런 내가 작은 점이 될 때까지 등 뒤로는 엄마의 잔소리가 들려왔다.

엄마는 내 나이가 벌써 스물일곱 살을 넘어가고 있음에도 늘 새끼라 부르며 아기 취급을 했다. 이거 원, 세상 부끄러워 살 수가 없는 엄마의 새끼인 나는 오늘도 터덜터덜 걸음을 옮겼다.

사실 집을 나와 정처 없이 떠돌고 있는 모양새가 내가 생각해도 영 아니었다. 하지만 갈 데가 없다. 급하게 나오느라 휴대폰도 챙기지 못한 빈손과 주머니를 아무리 뒤져 봐도 천 원짜리 두 장이 전부인 내 발걸음이 다다른 곳은 어느덧 '철수 익스프레스'라는 간판을 내걸고 있는 동네 마트 앞이었다.

얼마 전까지 '철수네'였던 동네 슈퍼는 화려한 단장을 해 마트로 탈바꿈한 것이다.

그 간판을 노려봤다. 툭하면 얼굴도 모르는 '철수 익스프레스' 주인아저씨 아들과 비교를 당하던 나는 간판을 보고 있는 것만으로도 언제나 마음 한구석이 불편해졌다. 나를 한없이 초라하게 만드는 저 철수와 하필 내가 이천 원밖에 없는 이 순간 마주칠 건 뭐란 말인가.

그 순간 마트 문이 열렸다. 자동문이다. 리모델링이 좋긴 좋다. 주인아저씨인 김 씨 아저씨는 가게 앞에 서 있던 나를 향해 활짝 웃어 보이셨다. 김 씨 아저씨는 인상이 좋으시다. 건치를 드러내는 아저씨의 미소에 나는 엉거주춤 허리를 숙이며 안녕하세요, 인사를 건넸다.

"쌀집 아들, 거기서 뭐 해. 아이스크림 사 먹으러 왔어?"

김 씨 아저씨는 "드루와, 드루와." 마트 안으로 손짓하며 나를 반기셨다. 꾸깃꾸깃한 이천 원을 흔들며 오늘도 내 발걸음은 그렇게 마트 안으로 향했다.

* * *

버스 정류장 벤치에 앉아 있던 나는 한낮의 강렬한 태양 볕에 너무나 쉽게 녹아내리는 아이스크림을 수습하느라 정신이 없었다. 손

위로 흘리내리기 전에 넣어 지우려는 내 노력에도 불구하고 뚝뚝 녹아 흘러 바닥을 적시던 아이스크림이 기어코 손 위로 흘러내리기 시작했다.

어찌어찌 해결을 하고 나무 막대기만 손에 쥔 채 끈적거리는 손을 찝찝하게 바라보던 중, 누군가 물티슈를 건네 왔다. 고갤 들자 익숙한 얼굴이 눈앞으로 드리워졌다.

"오빠, 아직도 그러고 있어요?"

"……"

한 동네에 사는 데다 고등학교 시절 나를 첫사랑이라 여기며 수줍어하던 현정이었다. 현정이는 언젠가부터 내게 환상을 가지지 않았다. 환상은 바라지도 않는다. 그저 지금처럼 나를 자신의 첫사랑이라 여겼던 과거를 지우고 싶다는 시선만 아니었으면 좋겠다.

사람 잘못 보셨다며 자리에서 일어난 나는, 사람을 아주 정확하게 봤다는 현정이의 시선을 피해 달아났다.

하루 종일 도망만 치고 있는 신세가 문득 처량하다. 그렇게 동네를 돌고 돌아 마침내 '동우네' 앞에 섰다. 우리 가게다. 쌀집이랑 동우랑 대체 무슨 상관이라고 내 이름을 간판에 저리 딱 붙여 놓았는지 볼 때마다 창피스럽다. 그래도 철수보단 낫다며 난데없이 솟아나는 이름에 대한 자부심을 안고 가게 안으로 고개만 집어넣었다. 그러나 아버지를 찾던 내 눈길은 하필 엄마와 마주치고야 말았다. 그대로 도망치려 했으나, 이번엔 한 마리 노루를 발견한 암사자처럼 어마어마한 속도로 내 뒷덜미를 낚아챈 엄마에게 붙잡혔다. 엄마는 내게 쌀자루를 옮기라고 윽박질렀다.

"어휴, 저거 도대체 누구 새끼야. 어? 마트 김 씨네 아들은 공부도 잘해서 유학도 가고, 얼굴도 잘생겼고, 부모한테 효도도 한다는데."

"……."

"저건 지 친구랑 한다는 사업이나 말아먹고."

"엄마네 새끼인데요."

저 새끼의 목을 콱 썰어 버리겠다는 시선으로 노려보기에 고갤 숙였다. 묵묵히 저녁밥을 먹는데 문득 서글프기 그지없다. 오랜만에 쌀자루도 나르고, 배달까지 다녀와 몸까지 쑤셨다. 몸도 마음도 너덜너덜했다. 그 순간 숟가락 위로 올라오는 장조림에 고갤 들자 아버지는 내게 입 다물고 그 장조림이나 받아먹으라는 눈짓을 했다.

다음 날도 내 일정은 변함없었다. "야, 이 새끼야!"라고 나를 찾는 엄마의 부름에서 도망쳐 철수 익스프레스 앞에 섰을 때까지만 해도 그랬다. 한 손엔 28인치짜리는 되어 보이는 캐리어를 들고 시커먼 선글라스를 낀, 키가 훤칠한 남자를 마주치기 전까지만 해도 말이다.

그저 마트에서 아이스크림을 하나 사 먹으려고 그곳에 다다랐던 나는 난데없이 나타나 마트 앞을 서성이는 세련된 차림의 남자를 힐끗거렸다. 그 때문인지 괜히 지금 내가 입고 있는 옷을 내려다보게 되었다. 뭔가 꿀리는 기분이 들었지만, 당당해지자며 슬리퍼를 신은 발을 더 질질 끌었다.

그렇게 그 남자의 앞을 자연스럽게 지나가려 했던 순간이었다.

"저기요."

그런 나를 남자가 불러 세웠다. '저요?'라는 의미로 손가락으로 나를 가리켜 보이니 남자는 고갤 끄덕였다. 그리고 뒤이어 남자는 자신의 얼굴을 가리고 있던 선글라스를 벗었다. 선글라스 하나 벗어 내는 동작에도 무언가 삭이 살아 있는 느낌이라 홀린 듯 바라보던 나는 시커먼 선글라스 너머에 존재하는 얼굴을 마주하고 더욱 입이 벌어졌다. 꿀리지 않는 척하려 했으나 졌다. 이미 엄청 진 것 같은 기분이었다.

"여기 주인아저씨 어디 가셨습니까?"

"······그걸 왜 저한테 물어보십니까?"

"그냥 알 것 같아서 그랬습니다. 모르시면 어쩔 수 없고요."

남자는 손목을 들어 시간을 확인했다. 문득 나는 이 사람이 어딘가 익숙하다는 느낌에 사로잡혔다. 낯선 사람이 분명한데도 어디서 본 것 같은 느낌이었다. 미간을 좁히고 남자를 자세히 관찰하자, 주머니에서 휴대폰을 꺼내 들던 남자는 내 노골적인 시선에 뭐냐는 듯 덩달아 미간을 찌푸렸고, 그 순간 머릴 번뜩 스치는 것에 서둘러 나는 마트 간판을 가리켰다.

"설마 철수 씨······?"

"네?"

"그 유명한 철수 씨······?"

"누가요. 제가요?"

"네."

"근데 제가 유명합니까?"

"유학파이시라고 이 동네 소문이 자자합니다."

"아."

철수다. 김 씨 아저씨네 유학파 아들 철수가 분명했다. 큰 키와 뚜렷한 이목구비는 김 씨 아저씨와 다른데도 어딘지 모르게 일 프로 정도 김 씨 아저씨의 느낌이 묻어났다.

일단 만났으니 악수부터 하자며 내민 손을 얼떨결에 유학파 씨가 붙잡았다. 하지만 남자는 어쩐지 석연치 않은 표정이었다. '후줄근한 차림새의 낯선 이와 악수하는 게 그렇게 싫은가?'라는 자격지심은 스스로를 좀먹을 뿐이니 나는 얼른 산뜻한 생각을 하려고 애써 보았다.

"근데 철수는 저희 아버지 성함인데요."

"아."

그 순간 지난 13년간 한자리에서 오래도록 장사를 해 온 슈퍼 아저씨를 그저 김 씨 아저씨로만 알고 있던 나는 약간의 반성을 했다. 10년 넘게 이웃 주민의 이름조차 몰랐다니 스스로가 놀라울 따름이었다. 우리 집 간판을 그렇게 내걸었다고 해서 남들도 그럴 리가 없는데. 우물 안에 갇힌 사고방식을 반성하며 가슴 한구석에선 아지랑이가 피어나듯 김 씨 아저씨를 향한 미안한 마음이 따스하게 피어올랐다.

그러고 보니 예전에 마트 주인아주머니께서 "나는 우리 아저씨 얼굴 보고 결혼했잖아~"라고 말하며 호호 웃으신 적이 있었다. 나는 그 말을 믿지 않았다. 거짓말하지 말라고 속으로 그리 생각했었는데, 눈앞에 서 있는 유학파 씨의 얼굴을 보자, 그리고 그곳에서 묻어나는 김 씨 아저씨의 향기와 같은 흔적을 느끼자, 마트 주인아주머니의 말을 그제야 이해하는 나였다. 마트 주인아주머니의 의문의 1승이었다.

"저기, 손 좀 그만 놓아주시죠."

"아. 죄송합니다."

……너무 잘생기셔서 저도 모르게 그만. 수줍게 이어지는 그 뒷말에 내 목을 치고 싶었다. 다행이라면 나와 악수를 끝마치자마자 휴대폰으로 통화를 하기 시작한 남자가 그것을 듣지 못했다는 점이다. 힐끗거리는 시선을 서둘러 거두며 이제 그만 마트 안으로 걸음을 옮기려 했을 때였다.

"아이고, 아들 왔어?"

헐레벌떡 건치 미소를 지으시며 이쪽을 향해 뛰어나오는 김 씨 아저씨 때문에 멈춰 섰다. 나는 뻘쭘한 얼굴로 꾸벅 인사한 뒤 유학파 씨 이름이 그 흔하디흔한 국어책 주인공이라며, 그 와중에 단 하나 이름은 내가 낫다고 마음으로 비웃었던 게 죄송스러워지는 지난 나날들을 또다시 반성했다.

죄송한 마음을 담아 아저씨를 향해 인사를 마친 내가 다시 한번 그만 마트 안으로 걸음을 옮기려 했으나.

"쌀집 아들! 얘가 우리 아들이야."

"아, 네……."

"인사 나눴나, 서로?"

"예, 방금요."

"수혁이 너도 인사해. 이쪽이 그 쌀집 아들 동우. 박동우."

김 씨 아저씨에게 붙잡혀 또다시 유학파 씨와 인사를 나누어야만 했다.

김 씨 아저씨는 유학파 씨, 그러니까 김수혁 씨에게 아들, 배고프지, 얼른 밥 먹으러 집에 가자, 라며 손수 28인치 크나큰 캐리어를 끌어 주셨고, 반대쪽 손으론 내 손을 다정하게 잡아 오며 쌀집 아들도 밥 먹으러 와, 라고 하셨다.

"아니요. 저는 괜찮은데……."

"갈비 했어."

"그럼 신세 좀 지겠습니다."

그렇게 김 씨 아저씨의 손을 잡고 아저씨네 집으로 향하는 길, 문득 옆에 서 있던 김수혁 씨의 눈길이 느껴졌다. '진짜 따라갑니까?'라고 묻는 그 눈길을 나는 모르는 척했다.

김 씨 아저씨네서 갈비를 먹고 집으로 돌아왔더니, 이미 유학파 씨의 귀국 소식은 빠르게 퍼져 엄마의 귀에도 들어간 모양이었다.

막 신발을 벗고 집 안으로 한 걸음 들여놓던 내 귀를 사로잡는 엄마의 목소리가 들려왔다.

"그 집 아들 참 훤칠하더라고."

"……우리 아들도 괜찮은데, 왜."

아버지의 목소리는 희미했다. 저건 자신의 주장에 확신이 없어서 그러는 것이다. 아버지의 희미한 주장에 엄마는 "그 자식은 얼굴만 멀쩡하지……!"라고 시동을 걸기 시작했다. 그래서 나는 기척을 숨기고 살금살금 내 방으로 숨어 들어가야만 했다.

그리고 다음 날, "마트네 아들은 가게 일 돕는다고 캐셔 하고 있더라!"라는 말을 알람 삼아 기상한 나는 나가서 설탕이나 사 오라고 하는 엄마의 심부름을 하러 마트로 향했다.

마트로 들어서자마자 정말로 어울리지 않게 계산대에 서서 바코드를 찍고 있는 유학파 씨의 모습이 가장 먼저 눈길을 사로잡았다. 촌스러운 마트 조끼까지 입고서 삑삑, 바코드를 찍고 있는 모습이 너무나 이질적이라 눈길을 뗄 수가 없다. 그렇게 자신에게 뚫어져라 박히는 내 시선을 느꼈는지 고갤 들어 이쪽을 보는 김수혁 씨와 한순간 눈이 마주쳤다. 나는 한껏 태연한 척 고갤 돌렸다. 그러곤 괜히 눈앞에 놓인 대파의 신선도를 체크하는 척 만지작거리다가 설탕을 찾아 나섰다.

건빵 바지만큼이나 주머니들이 자기주장 하는 저 청록색과 파란색이 뒤섞인 마트 조끼를 입고 있는데, 어째서일까. 가슴팍 주머니에 꽂힌 볼펜이 마치 부토니에르와 같은 느낌을 주는 것은 대체 왜일까. 답은 알지만 알고 싶지 않았다.

세상사 아롱이다롱이인데, 이런 사람이 있으면 저런 사람도 있는 법이건만, 그런데도 그 화려한 유학파라는 타이틀이 얼마나 사람 기죽이기 좋은 타이틀인지 모르겠다. 계산을 기다리고 있는 나를 훑어보는 김유학파 씨의 눈길은 빨랐다. 내 전신을 빠르게 훑어본 눈길에서 묻어나는 것을 재빨리 캐치한 나는 기분이 좋지 않았다. 지금 나를 한심하게 본 거다. 한심하게 본 게 분명하다.

아니, 이건 좀 자격지심인가. 이렇듯 김유학파 씨의 등장은 하루하루 내게 자격지심만 안겨 주는 듯했다.

"삼천오십 원입니다."

설탕의 바코드를 찍고서 삼천오십 원을 굳이 저런 나직한 목소리로 말해야만 할까. 목소리가 참 부드럽게 굴러간다. 목구멍에 뭐 하나 걸림 없이 흘러나오는 유학파 씨의 목소리를 듣고 있으니, 빠지는 구석 하나 없는 것만 같아 괜히 배알이 꼴렸다.

빨리 돈이나 내 버려야겠다고 주머니를 뒤졌다. 그러나 주머니에서 나오는 거라곤 어째서인지 삼천 원뿐이었다. 아, 대체 왜요……. 그 때문에 설탕 가격도 모르면서 당당하게 삼천 원만 내게 쥐여 준 뒤 설탕을 사 오라고 했던 엄마가 이 순간 그렇게 원망스러울 수가 없었다.

"오십 원 없습니까?"

삼천 원을 손에 쥔 채 얼굴을 찌푸리고 있는 나를 물끄러미 보던 김수혁 씨가 물었다.

"예……. 그렇게 됐습니다."

"그냥 가세요."

아량까지 넓다. 그 순간 매일같이 김 씨 아저씨네 아들, 김 씨 아저씨네 아들 하던 엄마의 목소리가 들리는 듯했다.

"아니, 어떻게 그럽니까. 가져옵니다, 가져올 겁니다. 오십 원."

"……."

빤히 바라보는 시선은 쓸데없는 고집 있다고 말하는 시선이었다.

"박동구 씨 편하실 대로 하세요."

이 새끼 이거 일부러?

"예. 이따 봅시다, 김수학 씨."

내 말에 김수혁 씨는 헛웃음을 터뜨렸다.

자존심 회복을 위해 백 원짜리를 들고 다시 마트로 돌아왔다. 그리고 계산대 앞에서 거스름돈은 됐다며 돌아서는 나의 뒷모습은 완벽했다.

김수혁 씨는 귀국한 지 며칠 지나지도 않아 누구나 이름만 들어도 알 만한 곳으로 출퇴근하기 시작했고, 쉬는 날이면 마트에 나와 일을 도왔다. 나는 그 모습을 바라보며 '몸이 세 개인가?'라고 떨떠름해했지만, 그런 나와는 달리 엄마는 자기 자식도 아닌데 입이 마르게 칭찬을 했다. 누가 데려갈지 부러워 죽겠다고 하는 소리가 한쪽 귀에서 반대쪽 귀로 흘러갔다.

"왜, 요즘 우리 아들도 가게 나와서 돕잖아……."

아버지의 주장은 또다시 희미했다. 마지막 잎새와 같이 매가리 하나 없는 소리 또한 한쪽 귀에서 반대쪽 귀로 흘러갔다.

사람이 너무 완벽할 수는 없다고 생각했다. 분명 김수혁 씨 또한 엄청난 결함이 있을 거라 생각하며 나는 호시탐탐 그것을 노렸다. 마트 앞을 지나칠 때면 우연히 마주치는 눈길에 눈인사만 몇 번 하는 동네 이웃 사이라고 김수혁 씨가 착각하고 있을 거라 생각하던 나는 혼자 국을 떠먹다가 히히, 웃었다. 내가 무슨 생각을 하고 있는지 모르겠지? 너는 아주 하나만 걸려라, 라는 무시무시한 생각을 하며 젓가락을 뻗었다. 그러나 그 순간 반찬으로 집으려던 호박전이 사라졌다.

"너는 지금 밥이 넘어가니?"

"……."

그래도 그렇지 밥 먹을 때 이러면 안 되는 거다.

허공에 머물러 있던 내 젓가락이 테이블 위에 탁 소리가 나게 내려짐과 동시에 서러움이 터졌다.

"아! 그만 좀 해요! 그 집 아들은 뭐 솔방울로 수류탄 만들어 던지고 가랑잎 타고 압록강 건너고 그랬나?! 모래알로 쌀도 만드셨나?! 우리 집 쌀들이 다 모래였네!"

"위대하신 분 만세, 만만세다!"라고 이어 소리치자 엄마는 "저 새끼 저거 잡혀가려고 환장했네!"라며 "너 이리 안 와?!" 소리쳤다.

나는 그대로 집을 뛰쳐나왔다. 다 참아도 정말 사람 서럽게 밥 먹을 때는 그러지 말지. 설령 내가 그리 꼴 보기 싫다고 그래도 밥 먹을 때는 그러지 말지. 신세가 서러워서 마음으로 울던 내가 막 마트 앞을 지나치고 있을 때였다.

"저기요, 박동구 씨."

나를 붙잡는 목소리에 돌아섰다. 하필 이 순간 가장 보고 싶지 않은 사람이었다. 무덤덤하게 나를 보고 있는 시선은 기어코 나를 울컥하게 만들었다.

"저기요!"

"네."

"아, 왜 자꾸 동구라고 부릅니까? 우리가 이름을 그런 식으로 바꿔 부르면서 장난칠 만큼 친한 사이는 아니지 않습니까?"

"그쪽 이름 동구 아닙니까?"

"동우요, 동우. 박동우."

"아."

정말로 몰랐다는 얼굴이기에 이쪽은 그저 황당했다. 뒤이어 김수혁 씨는 무언가 깨달았다는 표정을 지었다.

"그래서 일부러 김수학 씨라고 불렀구나."

"……."

"의외로 유치한 면이 있으시네요."

"예, 제가 좀."

"저기요, 박동우 씨."

"뭡니까, 김수혁 씨."

"이거 드실래요?"

김수혁 씨가 내게 아이스크림을 흔들어 보였다. 마다할 이유가 없었다. 그게 조금 자존심 상했다.

　김수혁 씨와 나는 근처 공원 벤치에 앉아 아이스크림을 먹었다. 친하지도 않은, 더욱 분명히 말하자면 상당히 불편한 사람과 나란히 앉아 있으려니 어색하기가 이루 말할 수 없었다. 그러한 나와 김수혁 씨의 정적 사이로 새소리가 들리고, 공원을 산책하거나 지나가는 사람들의 말소리만이 들렸다. 개 짖는 소리도 들렸다. 멍멍, 멍멍멍.

　"저 싫어하시죠."

　개 짖는 소리에 정신이 팔린 상태였던 그 순간 김수혁 씨가 내게 기습처럼 물어 왔다. 하마터면 속내를 들킨 것에 놀라 들고 있던 아이스크림을 다 떨어뜨릴 뻔했다.

　"네……. 으니요?"

　"그럴 필요 없어요. 얼굴에 쓰여 있으니까."

　"그랬구나, 몰랐어요."

　그렇다면 마음이 편했다. 이제는 대놓고 싫어할 수 있으니 잘됐다고 생각했다. 햇볕에 녹아 흐른 아이스크림 한 방울이 뚝 발밑으로 떨어짐과 동시에 김수혁 씨의 입술이 열렸다.

　"저 싫어하시니까 한 가지 부탁 좀 해도 됩니까?"

　"뭔가 앞뒤가 안 맞지 않나요? 일단 뭡니까."

　"저랑 연애할래요?"

　"……네?"

　대체 이 사람이 무슨 소리를 하나 황당한 표정으로 바라봤다. 내 그러한 표정에도 지금 돌아가는 상황이 판단이 안 되는 건지 김수혁 씨는 그저 아무런 표정도 없었다. 연애하자고 내게 터무니없는 말을 던진 건 저 사람인데 어째서 태평한 건지 알 길이 없었다. 오히려 내게 뭘 그렇게까지 놀라느냐는 얼굴이었다. 나는 내가 아는 그 연애 말고 또 다른 것이 있나 싶었다.

"네?"

"……."

"네?"

"……."

"……저기, 무슨 말씀이라도 해 주세요. 말만 던져 놓으면 답니까?"

"아, 그렇게까지 놀라실 줄은 몰라서."

"……."

"그러니까 제 애인인 척 좀 해 주실래요?"

몹시 황당하다. 재차 들어도 황당하다. 기가 차서 실소를 터뜨려도 김수혁 씨는 아무런 반응이 없었다.

"뭔데 이렇게까지 서슴없습니까?"

"좀 그랬나요?"

"좀이 아니라 아주 많이요. ……혹시 저한테 관심 있으세요?"

"아니요. 별로."

"그럼 대체 뭡니까?"

"저 싫어하시잖습니까."

"그렇죠."

그러니까 더더욱 이해가 안 간다는 내 반응에.

"진짜로 정분 날 일 없고 좋잖아요."

그런 말 같지 않은 소리를 해 왔다.

"결혼 생각도 없는데 집에서는 매주 선보라고 하시고."

"······."

"회사에서는 요즘 누가 자꾸 따라다니길래, 정도가 심해져서 홧김에 남자 좋아한다고 말했더니 믿지도 않네요."

"······."

"집에서 계속 결혼 얘기 나오는 것도 어쨌든 그거대로 귀찮기도 하고······."

"······."

"아무튼 이래저래 귀찮은 일이 좀 많아서요."

이건 뭐 지금 내게 하소연하는 건가? 하소연하는 사람치곤 표정이 태연했다. 그저 뭐가 어찌 되었건 오로지 피로하고 권태롭기만 하다는 표정이었다. 김수혁 씨는 무덤덤한 어조로 늘어놓던 말을 멈추며 나를 바라봤다. 자신의 머리카락을 잔뜩 귀찮다는 듯 쓸어 넘기는 동작은 쓸데없이 각이 살아 있었다. 그늘진 나뭇잎 사이로 쏟아진 햇빛이 김수혁 씨의 얼굴에 무늬를 남겼다. 내게 고정된 까만 눈동자는 진중했다. 절대로 헛소리를 지껄이고 있는 게 아니었다.

"6개월만 어떻게 안 되겠습니까?"

"미쳤습니까?"

그대로 자리를 박차고 일어났다. 사람을 머저리로 봐도 유분수지 부탁할 걸 부탁해야 하는 거였다. 내 꼬락서니가 아무리 한심하기로서니 그런 터무니없는 소리를 들어줄 거로 생각했던 김수혁 씨가 어이없었다.

안 한다고 딱 잘라 거절하며 돌아섰을 때였다. 김수혁 씨가 그런 내 손목을 붙잡아 왔다.

"돈 드릴까요?"

"……."

"씨발, 흔들렸어. 돈 준다는데 흔들렸다고, 살짝. 미친놈이야, 나는. 그냥 나가 죽어야 돼."

"뭐야, 무슨 일 있었냐?"

"안 말해 줄 건데."

"……짜증 나게 하지 마, 너 진짜."

포장마차 안, 오랜만에 친구와 술을 마시는 중이었다. 어묵탕을 숟가락으로 연신 퍼마시다가 채워진 소주잔을 들어 단숨에 들이켰다. 먹으라고 친구가 건네는 당근 조각을 씹으며 깊은 한숨을 내쉬었다.

"근데……. 시급으로 쳐 줬을까?"

"뭐 새끼야. 안 말해 준다며, 안 궁금해."

"그래……."

"너 알바하게? 드디어 정신 차렸냐?"

"묻지 마, 안 궁금하다며."

"너 오늘따라 왜 이렇게 때리고 싶게 구냐. 맞을래?"

그렇게 술을 마시고 집으로 돌아왔을 때, 술 냄새를 풍기지 않으려고 애썼으나 결국 숨 한 번 잘못 들이쉬는 바람에 들켜 등짝을 맞았다. "만세, 만만세 하더니 술 처먹고 왔네, 이게!"라는 잔소리를 뒤로하고서 방으로 얼른 들어간 나는 술이 들어간 상태에서 등짝까지 맞고 나니 괜히 슬퍼졌다.

유학파 새끼가 나를 돈으로 어떻게 해 보려고 했던 것도 모르면서 엄마는 때리기나 하고. 베개 위에 얼굴을 파묻고 그렇게 훌쩍거리다가 잠이 들었다. 그리고 아침부터 숙취 해소도 덜 된 상태로 일어나 잡혀 끌려온 나는 쌀을 나르는 중이었다.

"대차 저기 있잖아. 저기다가 한꺼번에 올려서 이동해, 꼼수 그만 부리고."

"대차? 뭔 대차?"

"저기 큰 수레!"

처음부터 그렇게 알아듣기 쉽게 말해 주지 그랬냐며 툴툴거렸다. 배도 고프고, 속도 별로고, 기분까지 별로라 복합적으로 상태가 별로인 나는 지금 불만이 가득했다.

이것만 끝나 보라며 쌀을 이동식 대차 위에 잔뜩 쌓아 올린 뒤 그것을 끌고 드디어 가게를 막 나서려던 순간이었다. 이것만 끝나면 밥 먹으러 튈 생각에 눈에 뵈는 것 없이 신이 난 바람에, 그래서 이딴 건 빨리 해치워 버리자는 생각에 급급해서, 주위를 살피지 못해서 그랬다. 하필 수레를 있는 힘껏, 아주 힘차게 밀기가 무섭게 막 가게 안으로 들어서던 사람과 부딪히고야 만 것이다.

다급한 동작으로 재빨리 그 사람을 붙잡으려 했으나 때는 이미 늦어 버렸다. "어어……!" 하는 사이 그 사람이 중심을 잃으며 바닥에 넘어졌고, 쾅 소리가 날 정도로 뒤통수를 바닥에 박아 버렸다.

"저기요! 괜찮습니까? 괜찮아요?"

그런데 하필 그 사람이 김수혁 씨였다. 안 되는 새끼는 뭘 해도 안 되는 것이었다.

하필 엄마가 가슴으로 낳은 아들 김수혁 씨의 뒤통수를 깰 건 뭐란 말인가. 괜찮으냐고 외치며 서둘러 다가가자 짧게 않는 소리를 내며 자리에서 일어난 김수혁 씨를 보며 살아 있다고 안도할 틈도 없었다. 김수혁 씨가 통증이 올라오는 자신의 뒤통수를 짚었고, 그 뒤통수에 닿았던 손바닥 위로 묻어나는 피를 보자마자 소스라치게 놀란 나는 그만 숨이 턱 하고 막혔다. 장담컨대 내 피를 봤어도 이 정도로 놀라지는 않았을 것이다.

"피……. 피가……."

"그러게요."

"피!"

무슨 일이냐며 뒤늦게 엄마와 아버지가 가게 안으로 들어왔다. 엄마와 아버지는 기껏 대차 위에 쌓아 놓았더니 이리저리 쏟아진 쌀자루들과 함께 바닥 위에 널브러진 마트네 아들을 의아하게 바라봤다.

"무슨 일이야?"

그러곤 부모님께선 추론이 불가능한 상황을 내게 물었다. 나는 기가 막힌다는 듯 자신의 손바닥을 바라보고 있는 김수혁 씨의 손목을 잡아챘다. 그러고는 서둘러 가게 배달용 차인 흰색 봉고차에 김수혁 씨를 태웠다. 아, 무슨 일이냐니까? 재차 묻는 부모님의 물음을 뒤로하고 나중에, 라며 대충 얼버무린 뒤 차에 올라타 미친 듯이 밟아 순식간에 근처 큰 병원으로 달려갔다.

김수혁 씨가 검사를 받는 동안 초조함을 견디지 못했다. 혹시라도 뇌진탕이면 어쩌지. 불안과 초조를 이기지 못한 탓에 다리까지 달달 떨렸다. 아마 엄마는 멀쩡한 사람 인생을 망쳐 놨다고 나를 죽이려 할 것이다. 그리고 김 씨 아저씨는 자신의 잘난 아들의 뒤통수를 작살낸 나를 비난 가득한 시선으로 바라볼지도 몰랐다.

"다섯 바늘이네요."

의자에 앉아 있는 내 앞으로 MRI 촬영까지 마치고 한참 뒤 뒤통수에 거즈를 붙인 채 나타난 김수혁 씨가 내뱉은 첫마디였다.

"뇌진탕은요?"

"아닙니다."

"멀쩡하대요?"

"그러다네요."

"정말로 어지럽거나, 토할 거 같거나 그러진 않으시죠?"

"네."

"진짜죠?"

"저 멀쩡합니다. 안 죽습니다."

"제가 죽을까 봐 그렇습니다. 그쪽은 모르시겠지만, 저희 어머니께서 그쪽을 거의 마음으로 낳으셨거든요."

"네?"

"있어요, 그런 게. 근데 진짜로 괜찮은 겁니까?"

"⋯⋯."

김수혁 씨는 괜찮으냐고 재촉하듯 묻는 나를 물끄러미 바라봤다. 그 시선에 괜히 미안하고, 멋쩍고, 민망해져서 혼자 주절주절 떠들게만 된다. 그러니까 갑자기 그렇게 나타나시면 어떡합니까. 아까 피 보고 얼마나 놀랐는지 아십니까? 지, 진짜 멀쩡하신 거죠? 아, 왜 말이 없습니까, 사람 불안하게.

혼자서 그렇게 두서없이 떠들던 말들은 김수혁 씨가 입을 열면서 멈췄다.

"아픕니다."

"당연히 아프…… 예?"

"아프다고요."

"그러시겠죠. 다섯 바늘이나 꿰맸고……. 또 하마터면 뇌진탕 걸릴 뻔했으니까요……."

"미안하신가 보네요?"

"……."

그 말과 함께 닿아 온 시선에는 확고한 무언가가 있었다. 외면하고 싶은 눈동자는 내게 박혀 떠날 줄을 몰랐다. 나는 불안했고, 또 불안했다. 그리고 언제나 불안한 예감은 틀리지를 않는 법이었다.

"치료비 달라고는 안 할게요."

"……."

"제가 박동우 씨한테서 원하는 건 하나입니다."

"……."

"6개월만 연애합시다."

뒤통수가 찢어진 이 와중에도 내게 그런 소리를 해 왔다. 자신의 뒤통수가 찢어지는 한이 있어도 나와 6개월간 가짜로 연애를 해야겠다는 소리였다. 결국 나는 졸지에 유학파 씨의 애인이 되어야 할 판이었다. 그 말을 하며 짓는 김수혁 씨의 미소는 내가 결국 자기 뜻에 따를 수밖에 없다는 것에서 오는 여유로움이었다. 따라서 그 미소는 내가 망했다는 것을 극명하게 보여 주는 셈이었다.

* * *

그러한 사정으로 나의 한숨은 무거웠다. 차라리 돈을 준다고 할 때 그러겠다고 했으면 돈이나 벌었을 텐데 말이다. 이 상황이 과연 내게 타산이 맞는 건지 고민하느라 다시 한번 쏟아 뱉는 한숨이 길었다.

"노골적으로 싫다는 티 좀 그만 내시죠."

"네."

나는 지금 편의점 앞 파라솔 의자에 앉아 김수혁 씨와 말을 맞추는 중이었다. 김수혁 씨의 뒤통수에 붙어 있는 하얀색 거즈는 나의 양심을 쑤셔 댔다. 그러면서도 저 무덤덤한 표정과의 괴리감에 웃음이 터지려 했다. 하지만 절대로 그럴 수는 없어 입술을 말아 물며 괜스레 시선을 돌려 딴 곳을 바라봤다.

훗날 뇌진탕 증상이라도 나타나면 어떡합니까? 물었을 때 김수혁 씨는 도와주시면 책임지라고 안 합니다, 라고 못을 박듯 내게 말했었다. 그 말을 곱씹어 생각하며 딴청을 부리고 있던 내가 문득 궁금한 게 생겼다는 듯 김수혁 씨에게 물었다.

"근데 나이가 어떻게 되세요?"

"스물아홉 살입니다."

"아……."

형님이셨네. 혼잣말처럼 중얼거리는 뒷말에 김수혁 씨는 그저 가볍게 어깨만 으쓱해 보였다.

일단 2년 전 잠깐 한국에 들어왔던 유학파 씨와 안면을 튼 나는 그때부터 종종 메일과 메신저를 주고받다 사랑을 싹 틔우고 이러한 결과에 이르렀다고 말을 맞췄다. 마지막까지 떨떠름한 표정으로 "……꼭 이래야만 합니까?" 묻는 말에 한 치의 망설임도 없이 김수혁 씨는 고갤 끄덕였다.

그리고 며칠 뒤, 그야말로 마트네는 뒤집어졌다. 돈 들여 유학까지 보내 놨더니 사귄다고 데려온 사람이 뻔질나게 아이스크림을 사 먹으러 가게에 드나들던 나였으니 그럴 만했다. 선보라며 들이밀었던 수많은 사람들을 모두 물리치고 데려온 사람이 하필 나였으니 말이다. 우리 집 또한 마찬가지였다. 엄마는 그렇게 마트네 아들을 부러워했으면서 막상 내 반려자로 들일 생각을 하니 막막하셨던 모양이었다.

"아파요!"

"뭘 하고 돌아다니나 했더니, 뭐?!"

빗자루로 얻어터지고 있던 내가 진심으로 내 목을 날려 버리겠다는 듯 휘두르는 엄마의 손목을 붙잡았다. "이거 안 놔? 안 놔?!" 엄마는 소리쳤고, "놓으면 때리실 거잖아요!" 나는 항변했다. 아버지는 옆에서 발을 동동 구르셨다. 여보, 여보 진정해.

"평소에 그 집 아들 좋아하셨잖아요. 아들로는 무리니까 사위…… 뭐 비슷한 거로 들인다 생각해 봐요. 사위랑 아들이랑 뭐 나름대로 일맥상통하니까……."

"일맥상통 같은 소리 하네. 그게 그거랑 같니, 이 정신 나간 새끼야?"

"애기 취급 좀 그만하시고요."

엄마는 열불 터진다는 듯 다시 한번 빗자루를 휘둘렀고, 그것을 피해 그대로 집에서 뛰쳐나오자마자 마주친 김수혁 씨는 나를 위아래로 빠르게 훑어보고는.

"쫓겨났어요?"

"예, 덕분에요."

웃었다.

"웃어요? 웃음이 나옵니까?"

"미안해요."

하필 급하게 도망치느라 슬리퍼도 양쪽이 달랐다. 그걸 이제야 알게 된 나는 이마를 짚으며 고갤 숙였다. 기어코 내 입술 사이로는 짙고 짙은 한숨이 터져 나왔다. 그러곤 머리를 쥐어뜯으며 신발 꼴은 또 왜 이따위냐고 한탄했다.

"나중에 대체 뭐라고 해명해야 할지 감도 안 옵니다. 한때의 불장난이었다고 그러면 믿어 주시기나 할지……."

그 말에 김수혁 씨가 또다시 웃음을 터뜨렸다. 어울리지 않게 자꾸 웃어 대는 꼴을 보고 있자니 기분이 상해 "웃음이 너무 헤프시네요."라고 말했다. 떨떠름한 내 어조에도 불구하고 김수혁 씨는 "그랬나요? 죄송합니다."라고 간단하게 대답했다.

"그럼 쫓겨난 김에 일단 우리 집 좀 갑시다."

"네? 왜요?"

"부모님이 보고 싶다고 하시네요. 그래서 데리러 왔어요. 여기서 마주칠 줄은 몰랐지만."

"아니, 맨날 보셨으면서 뭘 또 보고 싶다고……."

그러나 결국 나는 그대로 김수혁 씨의 손에 이끌려 김 씨 아저씨네 집에 다다르고야 말았다. 문 앞에 서서 잠시만요, 아, 잠시만요, 호들갑을 떨며 심호흡하는 나를 김수혁 씨는 잠자코 기다려 주었다. 그렇게 팔짱을 끼고서 나를 관찰하고 있던 김수혁 씨는 5분간 우왕좌왕하는 내게 이제 그 정도 했으면 되지 않느냐고 물어 왔다. 고갤 들어 마주 본 김수혁 씨의 표정은 무덤덤했다. 대체 이 사람은 어떻게 이렇게나 태연할 수 있을까 존경스러웠다.

"저 지금 옷이 좀 그렇지 않습니까? 신발도 이 꼴인데, 그냥 다음에……."

"새삼 뭘 그럽니까. 매일 그러고 다니면서."

"……그러게요. 제가 좀 새삼스러웠습니다."

김수혁 씨의 말에 괜히 마음이 상한 나는 그만 들어가자고 말했다.

"나 다쳤잖아요. 먹여 줘요."

"……."

아주 환장하겠다. 마트 주인 어르신 두 분께선 결국 두 눈을 질끈 감으셨다.

집 안으로 들어가면 어느 정도 얻어터질 각오를 하고 있었다. '돈 봉투를 쥐여 주면 어쩌지?'라고 상상의 나래를 펼치던 나는 그럼 오히려 내게 이득이 아닌가 생각했건만, 눈앞에는 차려진 밥상이 놓여 있었다. 놀랐다. 그러나 "어서 와, 쌀집 아들……." 그리 말하시며 나를 애매모호한 톤으로 반기시던 마트 주인 어르신 두 분의 떨떠름한 표정은 차마 잊을 수가 없었다.

하지만 김수혁 씨의 이 환장할 짓거리에 내내 의연함을 잃지 않으셨던 두 분의 시선은 결국 갈 곳을 잃어버리고야 말았다. 내 젓가락질은 후들거리는데, 정작 김수혁 씨의 얼굴은 고요하기만 했다. 비 온 뒤 맑게 갠 하늘처럼, 청량한 숲 속의 새소리처럼 자기 혼자만 그랬다.

"팔은 멀쩡하시잖아요……?"

"이상하게 안 올라가네요, 팔이. 머리를 다쳐서 그런가."

"아— 하세요."

"저 마늘장아찌 싫어합니다."

"……예. 기억해 두겠습니다."

이 와중에도 쓸데없이 가리고 있다고 소리치고 싶었다. 거기 감자조림으로 주세요, 하는 소리에 진짜로 환장할 것 같았다.

사람이 중년에 이르면 젊었을 때보다 체력이 사라지는 만큼 열정 또한 사그라지나 보다. 며칠 만에 정신 나간 새끼라며 나를 패겠다는 열정이 사라진 엄마를 보며 그것을 깨닫는 중이었다.

그로부터 일주일이 지났다. 주말의 한가로움이 감도는 공원 안 큰 나무 아래 그늘이 드리워진 이곳은 시원했다. 습한 기운 하나 없이 보송보송한 바람이 불어오며 모든 게 적정 온도와 습도를 갖추었지만, 지금 내 표정이 땀에 절기라도 한 듯 떨떠름한 것에는 다이유가 있었다.

"뭔가……. 이건 좀 아닌 거 같지 않습니까?"

"뭐가요?"

"그러니까, 부모님들이 갑자기 너무 조용하시잖습니까."

"그러게요."

"태평하시네요."

김수혁 씨는 어깨를 가볍게 으쓱했다. 그 깔끔한 동작에 이쪽은 상당히 어처구니가 없었다.

자식 이기는 부모 없다고 결국 부모님들 쪽에서 먼저 포기하고 나와 버리니 이상하게 난감했다. 우리가 죽고 못 산다고 생떼를 부린 것도 아니고 그저 점잖게 말만 했을 뿐인데, 그냥 입에 반찬 한

번 나른 것뿐인데, 어째서 지레 겁을 먹고 저러시냔 말이다. 자식을 생각한다면 안 된다고 뜯어말려야 하는 거 아니냐 이거였다. 역시 사람이 중년에 이르면 체력도 전과 달라서 어디든 기운 쓰는 게 힘들어 그런 걸까?

"먹어요."

나는 이러다가 난데없이 장가갈 판이라 심각한데, 김수혁 씨는 이상하게 태연했다. 그저 내게 먹으라며 아이스크림 하나를 내밀 뿐이었다.

"꼬십니까?"

"그래 보입니까?"

"아니요."

"알면 그냥 받아요. 다 녹습니다. 꼬신다고 넘어오기나 하실 겁니까?"

"아니요! 당연히 아니죠."

"근데 뭘 그렇게 경계합니까, 꼬시면 넘어올 것처럼."

"와. 말 그렇게 하지 마시죠, 절 뭐로 보시고."

정색하는 내게 김수혁 씨는 얼른 받기나 하라는 듯 아이스크림을 가볍게 흔들었다.

결국, 김수혁 씨와 나는 공원 벤치에 앉아 아이스크림을 먹었다. 마지막 조각을 입에 넣고 꿀꺽 삼킨 뒤 옆을 돌아보자 손가락 사이에 벌써 다 먹은 아이스크림 막대를 끼우고 다리를 꼰 채 앉아 있는 김수혁 씨가 눈에 들어왔다. 어딜 보고 있는 건지 그저 앞만 응시하고 있는 모습일 뿐인데도 지나가던 사람들이 힐끗거리는 걸 어쩐지 이해할 수가 있었다.

"그나저나 부모님께서 상심이 크시겠어요."

"끼니 잘 챙겨 드시는 거 보면 괜찮으신 거 같습니다."

"......"

"왜요?"

"......아닙니다."

"이 정도는 해야 부모님도 포기하시죠."

"보기보다 독하시네요."

김수혁 씨는 가볍게 웃었다. 이어 나를 가만 바라보고 있기에 그냥 왠지 밀리기 싫다는 그런 단순한 이유로 부리부리하게 눈을 뜨고 김수혁 씨를 마주 봤다. 그 순간 김수혁 씨의 뻗어 온 손가락이 내 머리카락을 만지며 중얼거렸다.

"근데 머리 좀 잘라야 하는 거 아닙니까?"

"너무 서슴없이 만지시는 거 아닙니까?"

"뭔 짓을 못 하겠네요."

"못 하시겠으면 그냥 안 하시면 됩니다."

"박동우 씨는 한 마디를 안 지네요?"

"이거라도 있어야 자존심은 지킵니다."

"아아."

이해한다는 듯 고개를 끄덕이던 김수혁 씨는 느닷없이 혼자 웃음을 터뜨렸다. 왜 웃는지 이유를 알 수 없어 눈살을 찌푸리는 내게 김수혁 씨가 말했다.

"박동우 씨 되게 재밌는 거 아세요?"

"압니다."

그 말에 다시 한번 작게 웃음을 터뜨렸다. 사람이 말을 하는데 왜 자꾸 웃는지 모르겠다. 저기요, 부르자 김수혁 씨가 웃음기가 남은 표정으로 나를 바라봤다. 군더더기 하나 없이 뚜렷한 이목구비가 나를 향하자 뱃속에서부터 끓어오르는 부러움으로 인해 작게 혀를 찼다.

"너무 어처구니없는 거에 자꾸 터지시는 거 아닙니까?"

황당해서 대꾸하자 그저 언제 웃었냐는 듯 "그랬나요?"라는 대답을 해 와 사람 할 말 없게 만들었다.

"이제 그만 들어가죠."

그리 말하며 자리에 일어나던 김수혁 씨가, 문득 생각났다는 듯 근데 아까 박동우 씨 어머니가 박동우 씨 찾으시던데, 라고 작게 중얼거렸다.

우리 사이가 그리 유쾌한 사이는 아니지만, 그럼에도 불구하고 내 뻗어 나간 손은 김수혁 씨의 손을 붙잡고야 말았다. 엄마가 나를 찾고 있다는 그 말에 꽤나 다급하게 튀어 나가 자신을 붙잡는 내 손길을 보며 지금 이게 뭐냐고 묻는 듯 바라보는 시선이 내게 닿았다.

엄마가 나를 찾고 있다고 하기에 내가 또 무슨 사고를 쳤나 싶었다. 김수혁 씨를 방패 삼아 가게로 들어섰다. 나를 향해 곧바로 이 자식이 쌀자루는 안 나르고 어딜 쏘다니고 있냐고 소리를 지르던 엄마는 눈앞에 서 있는 김수혁 씨를 보며 멈칫했다.

"안녕하세요."

김수혁 씨는 여간 뻔뻔한 사람이 아니었다. 우리 엄마를 향해 무려 웃는 얼굴로 인사를 했다. 엄마는 그동안 입만 열면 늘 김 씨 아저씨네 아들 하며 <용비어천가>를 불러 놓고 갑자기 어울리지 않게 근엄한 표정을 지었다.

"자네, 여기 와 좀 앉아 보게."

김수혁 씨는 엄마가 앉으라며 끌어다 놓은 플라스틱 의자에 앉았다.

"그래, 우리 아들 어디가 마음에 들어서……."

"엄마! 우리 수혁 씨 뒤통수 깨져서 머리 아프니까 그런 거 물어보지 마."

그리고 나는 서둘러 그 자리에서 김수혁 씨를 데리고 가게를 빠져나왔다.

"우리 수혁 씨요?"

"뭐요."

빨리 저리 가 버리라는 듯 김수혁 씨의 등을 떠밀었다. 되도록 우리 엄마 눈에 띄지 말라는 충고를 건네도 듣는 둥 마는 둥 하더니 그럼 그만 간다며 손을 흔들었다.

"주말 잘 보내요."

"내 주말 내가 알아서 합니다. 얼른 가세요."

그렇게 김수혁 씨를 보내 놓고 집으로 돌아왔을 때, 무심코 거울에 비친 모습을 바라보자 아까 전 김수혁 씨가 했던 말이 생각나서 그런지 몰라도 괜히 머리카락을 만지작거리게 되었다.

"……길긴 길었네."

딱히 누가 자르라고 해서 자르는 건 아니었다. 그저 때가 됐다고 여겨져서 미용실로 향하는 것뿐이다, 라는 합리화로 떡칠하며 나는 다시 집을 나와 미용실로 향했다.

월요일 아침. 간만에 상쾌하게 눈이 떠졌다. 그것도 굉장히 아침 일찍 말이다. 상쾌하게 눈이 떠진 내게 아침부터 유치원에 배달 좀 다녀오라는 엄마는 정말 한시도 나를 가만두지 않는 것 같다고 생각했다. 무슨 이 이른 시간에 배달이냐고 따져도 고객님이 원하시니 어쩔 수 없다는 대답만 내놓았다.

일어나면서도 무슨 일이야, 싶을 정도로 내 기준 새벽이라고 생각되는 시간에 기상한 나는 결국, 쌀을 실은 흰색 봉고차를 운전하며 유치원으로 향했다.

그러던 중 출근 중인 김수혁 씨를 발견했다. 늘 끌고 다니던 차는 어디에다 둔 건지 서둘러 택시를 잡으려고 차도 쪽으로 손을 뻗는 중이었고, 웬일로 내가 월요일부터 일찍 일어났던 이유는 아마도 김수혁 씨의 저 안 어울리게 지각하는 모습을 보려고 그랬던 건 아닐까 하고 짐작해 보았다.

간만에 일찍 일어난 나는 당당하게 가게 배달용 흰색 봉고차의 조수석 유리창을 내리며 소리쳤다.

"늦었습니까?"

나를 발견한 김수혁 씨는 꽤나 놀란 표정을 지었다. 하, 뭘 이런 걸로 놀라느냐며 뻐기듯 나는 물었다.

"태워다 줘요?"

"……."

"뭡니까? 왜 그렇게 보시는데요."

"지금 아침 아닙니까?"

생략된 말속은 '네가 왜 이 시간에 일어나 있느냐'일 것이다. 지금 나의 모습을 퍽 의외라고 생각하는 게 표정에 고스란히 다 드러났다. 참 솔직한 사람이 아닐 수 없었다. 가끔은 이런 날도 있고 저런

날도 있지 않겠냐고 말하며 안 탈 거면 그냥 간다고 하니 금세 김수
혁 씨가 조수석으로 올라탔다.

"어디 가던 중 아니었습니까?"

"유치원 배달 있습니다."

"배달부터 가야 하는 거 아닙니까?"

"그쪽 데려다주고 가도 늦진 않을 거 같아서요."

"왠지 고맙네요."

"아이스크림 사 주셨잖아요. 퉁 치죠, 이걸로."

그 말에 아아, 작게 소리 내며 김수혁 씨가 등받이로 편하게 몸을
묻었다. 나는 그런 김수혁 씨를 힐끗거리다가 물었다.

"근데 차는 어쩌고 택시 타려고 했습니까?"

"금요일에 회식 있어서 회사에 두고 왔거든요."

"아."

"근데 머리 잘랐어요?"

김수혁 씨가 불쑥 물어 왔다. 어쩐지 뻘쭘했다. 핸들을 쥐고 있지
않은 반대쪽 손으로 뒷목을 가볍게 쓸었다.

"네, 뭐……. 길긴 긴 거 같아서요."

"……."

"그쪽이 자르라고 해서 자른 거 아닙니다."

"……."

"저도 계속 잘라야겠다고 생각하고 있었거든요?"

"누가 뭐라고 했습니까?"

"자꾸 빤히 보시니까 하는 소리 아닙니까."

"그냥 보기 좋아서 봤습니다."

"……."

잘려 나간 머리로 인해 어쩐지 목덜미가 허전했다. 그곳으로 김수혁 씨의 시선이 닿았다 떨어진 것 같다고 느껴졌다. 바람 빠지듯 웃는 김수혁 씨의 웃음소리를 들으며 괜히 말을 돌렸다.

"근데 지각도 하시는 거 보니 왠지 인간적이십니다."

"박동우 씨도 아침에 일어날 줄 아는 사람이셨네요."

"지금 드문 경험 하시고 계신 겁니다."

생색을 내자, 또다시 바람 빠지는 가벼운 웃음소리가 들렸다. 그리고 뒤이어 저기 앞에 세워 주면 된다고 하는 말에 차를 세웠다.

고맙다는 말과 함께 차에서 내린 김수혁 씨가 몇 걸음 걷다가 다시 되돌아왔다. 막 출발을 하려다가 다시 되돌아오는 김수혁 씨를 보며 의아해 뭐 두고 내리기라도 했나, 조수석을 살펴보고 있던 내게 김수혁 씨가, "머리 진짜 잘 어울려요."라고 웃으며 말하곤 다시 돌아서 회사로 향했다. 나는 난데없이 사람 설레게 구는 행동에 망연히 있다가 서둘러 차를 돌렸다.

아침 일찍 일어나는 바람에 하루가 길었다. 벌써 눈을 뜨고 몇 시간이나 지난 것 같은데 해는 아직도 중천에 떠 있었다.

거울 앞에 서서 머리카락을 만지작거리며 오전에 있었던 일을 곱씹었다. 생각하면 생각할수록 잘생긴 사람에게서 잘 어울린다는 칭찬을 받은 게 기분이 썩 나쁘지 않았다. 히죽 새어 나가는 웃음이 그걸 너무나 증명하고 있었다.

김수혁 씨는 생각보다 첫인상과 달랐다. 다가가기 힘들게 생긴 것치고 보기보다 웃음이 꽤 헤펐다. 처음엔 안 그랬던 것 같았는데……. 혹시 낯을 가리는 스타일인가? 오전에 보았던 미소를 떠올리고 있던 그 순간, 귓가를 파고드는 휴대폰 너머 목소리가 까랑까랑했다.

─아오, 상사 새끼 패고 싶다는 욕구가 막 단전에서부터 솟아올라온다고. 김 부장 이 개새끼가 말을 계속 바꾸잖아. 초 단위로 그 새끼가 했던 말을 다 써 놔야 한다니까.

아까부터 친구와 통화 중이었지만, 사실 거울 앞에 서 있는 나는 내내 다른 생각을 하는 데 빠져 있었다.

"새끼야, 끊어. 지금 백수한테 회사 생활 얘기를 하냐? 이 눈새 새끼야."

─그래서 저녁에 술 마시자고.

"네가 사는 거지?"

그러한 이유로 해가 저물자마자 동네 포장마차로 달려갔다. 오늘의 메뉴는 두부김치와 오돌뼈볶음이었다. 친구는 상사 욕을 하느라 여념이 없었고, 나는 오돌뼈를 씹으며 적당히 동조하듯 고갤 끄덕여 주었다. 왜냐하면, 얻어먹는 처지였으니까.

"나 곱창볶음도 먹을래."

"아, 밥 먹으러 왔냐?"

"여기 곱창볶음 하나요."

막 주문을 마친 그 순간 포차 안으로 익숙한 사람이 들어섰다. 김수혁 씨였다. 그리고 김수혁 씨 뒤로 따라 들어오는 세 명을 보며 나도 모르게 표정이 굳었다. 그런 나를 보며 친구가 왜 그러냐는 듯 뒤를 돌아보았고, 김수혁 씨 뒤를 따라 들어온 셋과 오랜만이라고 손까지 흔들면서 인사를 했다. 반갑지 않은 동창들과의 조우에 나는 그저 나무젓가락만 이로 씹어 대고 있었다.

"여기서 뭐 하세요?"

"보시는 대로요."

김수혁 씨는 나를 발견하곤 다가와 말을 걸었다. 초면인 내 친구와는 고개만 가볍게 숙이며 인사하고는 다시 나를 봤다. 나는 내 뒤통수를 툭툭 두드리며 물었다.

"여기 꿰맸는데 술 마셔도 됩니까?"

"그냥 후배들 술 사 주려고 온 겁니다."

그에 김수혁 씨는 짧게 대꾸했다.

저쪽 테이블에 먼저 둘러앉아 있는 셋에게로 시선이 향했다. 김수혁 씨와 후배 사이라니, 역시 한 다리씩만 건너면 이 세상 모두가 다 아는 사이라는 게 정말 사실일지 몰랐다. 저쪽과 이쪽은 서로가 서로를 반기지 않는 시선만 짧게 주고받았다. 나는 김수혁 씨를 향해 그럼 즐거운 시간 보내시라 말했다.

셋이 둘러앉아 있는 테이블로 멀어지는 김수혁 씨의 뒷모습을 바라보며 중얼거렸다.

"난 쟤네들 싫어."

"쟤들도 그럴 거야."

"너는 내 편 들어 줘야 하는 거 아니냐?"

"이 나이에 편 가르기 하냐? 그냥 신경 쓰지 말고 마셔. 근데 너 저 사람이랑 아는 사이야?"

"그냥……. 뭐."

한 동네에서 살다 보면 이래저래 보기 싫은 사람도 마주치며 살게 된다. 떨떠름한 입안으로 술을 쏟아부었다. "쟤 사기당하고 아직도 저러고 사네?"라는 어렴풋한 소리가 들려왔다. 듣고 싶지 않아도 들리는 대화를 무시하라며 친구는 내게 말했지만, 안 그러려 해도 공연히 위축이 들어 자꾸만 어깨가 좁아들었다.

짜증이 나서 자리에서 일어나자 어디 가냐는 친구의 물음이 뒤따랐다. 바람 좀 쐬고 오겠다고 말한 나는 그대로 포차 안을 나섰다. 오전만 해도 좋았던 기분이 이젠 공기마저도 텁텁하게 느껴질 정도로 별로였다. 짜증을 못 이겨 소리를 내지르곤 여러 가지 욕을 내뱉었다. 그러며 괜히 굴러다니던 빈 캔을 그 새끼들 얼굴이라 생각하고 걷어차고 있을 때였다.

"욕 되게 잘하시네요."

"……아, 뭡니까. 놀랐잖아요."

등 뒤에서 느껴지는 기척에 놀라 돌아보자 김수혁 씨가 서 있었다. 한바탕 욕을 내뱉고 나니 억눌렸던 감정이 조금 나아진 뒤라 조금 누그러진 채, 그리고 어쩐지 민망해서 "담배 피우러 나오셨습니까?" 묻자 "저 담배 안 피웁니다."라고 대꾸하며 김수혁 씨가 내 곁에 섰다. 일순 정적이 흘렀다. 뒤늦게 술기운이 한꺼번에 올라와 얼굴이 뜨거웠다. 양 손바닥으로 뜨거워진 얼굴을 쓸어내리며 한숨을 내쉬었다.

"뭐, 들어서 아시겠지만 한심하다고 생각하셔도 딱히 변명도 못 하겠네요."

"……."

"왜 저 새끼들이랑 놉니까?"

"그럼 놀지 말까요?"

"……됐습니다."

내 떨떠름한 표정을 가만 바라보고 있던 김수혁 씨가 말했다.

"이미 지났는데 잊어버려요. 어쩔 수 없잖아요. 상황이 나쁘다고 자꾸 과거를 탓해서 뭐합니까."

"……."

"지난 일에서는 되도록 뭔가를 찾으려고 하지 않는 편이 좋아요."

"……뭔데 갑자기 멋있는 소릴 합니까?"

"멋있었습니까?"

"……아니요."

그렇다고 대꾸하려니 영 내키지 않아 내뱉은 내 대답에 가볍게 웃던 김수혁 씨는 말없이 느릿느릿 몇 걸음 걸어 나와 거릴 두고 섰다. 몇 분간 잠자코 서로 마주 본 채 서 있었다. 그러다가 문득 떠올랐다는 듯 김수혁 씨가 말을 꺼냈다.

"박동우 씨 그러고 보니까, 솔직하지 못한 게 꼭 그분 닮았네요."

"누구요?"

"'동백꽃'의 점순이."

"……뭡니까. 밑도 끝도 없이. 지금 제 성격 별로라고 욕하시는 거죠?"

아닌데. 조용하게 이어진 뒷말은 마치 혼잣말 같았다. 말투에는 웃음기가 묻어 있었다. 김수혁 씨는 손목을 들어 시간을 확인했다.

"박동우 씨."

"왜요."

"이 안으로 다시 들어가고 싶지 않아 보이시는데."

"……."

"나랑 다른 데 가서 한잔할래요?"

느닷없는 제안이었지만, 망설이던 나는 이끌리듯 그러자 하고 고 갤 끄덕였다.

"다른 데라더니 집이었습니까?"

"싫어요?"

"싫고 좋고 제가 가릴 게 뭐 있나요. 근데 방 따로 구해서 사시는 줄은 몰랐습니다."

혼자 살기엔 조금 넓은 듯한 느낌의 집 안은 특별하게 두드러진 것 없이 깔끔했다. 과하지도 그렇다고 뭔가 빠진 듯 허전한 것도 없이 적당했다. 대체 이 인간은 모자란 게 있을까 싶어 거실을 빙그르르 둘러보며 중얼거리고 있는 나를 보고 김수혁 씨는 편한 곳에 앉으라는 말을 해 왔다.

"근데 친구분은 괜찮아요?"

"뭐, 괜찮겠죠."

김수혁 씨를 따라가던 길, 갑자기 포차 안에 두고 나온 친구가 생각나서 뒤늦게 전화했더니 내게 그런 쌍욕을 할 수가 없었다. 휴대폰 밖으로 새어 나온 친구의 욕설을 들었던 김수혁 씨가 그것을 염두에 두고 묻는 것에 괜찮을 거라고 대답했다.

"시간도 늦었는데 그냥 자고 가요."

"그래도 됩니까?"

"뭐, 우리 사귀는 거 부모님들도 다 아시는데 새삼 내외합니까?"

"아. 왜 갑자기 그런 식으로 말을……. 괜히 느낌 이상하잖습니까."

소파에 적당히 앉으려다가 그 말을 들으니 갑작스레 괜히 왔나 싶은 기분에 사로잡혔다. 자기가 뭘 어쨌냐며 바라보는 무덤덤한

김수혁 씨의 시선을 피해 고갤 돌렸다. 괜스레 민망해진 나는 끌어
안고 있던 쿠션을 주먹으로 퍽퍽 내려치다가 단호하게 말했다.

"전 바닥에서 잘 겁니다."

"선 긋습니까?"

"……아. 진짜 그만하시죠?"

"아, 이런 거에 약하시구나."

질색하는 나를 보며 매우 재미있다는 어조였다. 잠시만 기다리라
말한 김수혁 씨는 곧 편한 옷으로 갈아입고 나왔고, 금세 우리 둘
앞에는 술상이 차려졌다. 어색해서 멋쩍었던 기색은 술이 들어가자
조금씩 사라졌고, 내 입은 가볍게 나불거리기 시작했다.

"취직은 언제 할 거냐고 하면서 막상 맨날 가게 끌려 나가잖아요.
가게 도우라고 쌀 나르게 하잖습니까."

"어차피 취직 준비도 안 하잖아요."

"……저기요, 뭡니까?"

"뭐가요?"

"사실을 너무 말하지 마세요. 사실이어도 기분 별로니까요."

"……."

"그쪽도 실은 저 되게 한심하게 생각하시는 거 다 압니다."

마른오징어를 씹으며 꽤나 뺀질뺀질해 보이는 얼굴로 빈정거렸
다. 그런 나를 묵묵히 바라보고 있던 김수혁 씨는 별안간 실소를 터
뜨렸다. 그 웃음에 왜 웃느냐는 듯 눈썹을 찡그리니, 비스듬히 소파
쪽으로 등을 기대며 나를 바라봤다. 손가락으로 턱을 만지작거리며
생각에 잠긴 듯 굴던 김수혁 씨의 입이 열렸다.

"별로 그렇게 생각한 적 없는데요."

"……."

"제가 그렇게 생각할 거라고 왜 단정 지어서 먼저 그렇게 생각해요?"

"……."

"사실은 본인이 가장 그렇게 생각하고 있는 거 아닙니까?"

"……집에 갈래요."

"자고 간다면서요."

"됐거든요. 사람 기분 다 상하게 해 놓고."

"미안해요."

"……."

일어나려 하자 손목을 붙잡아 왔다. 그 때문에 어정쩡한 자세를 취하게 된 나는 반쯤 들었던 엉덩이를 다시 바닥에 붙였다. 마지못해 자리에 앉는 나를 향해 가볍게 웃던 김수혁 씨가 입을 열었다.

"재밌어서 그랬어요, 표정에 드러나는 게."

"놀립니까?"

"그러게 진심도 아니면서 본인에 대해 왜 그런 식으로 말해요."

"진짜 집에 갑니다?"

"알겠어요, 안 할게요. 미안해요."

"사과에서 참 진정성이 안 느껴지네요. 그것도 능력입니까?"

"글쎄요."

"근데 그거 실밥 언제 풀어요?"

"이번 주에요."

"진짜 술 마셔도 괜찮습니까?"

"덧나면 박동우 씨가 책임지시면 됩니다."

"······아, 싫은데."

김수혁 씨는 비워진 내 잔에 술을 채워 주었고, 너무 솔직한 거 아니냐고 말해 왔다. 싫은 건 싫은 거라 답하며 나는 채워진 잔을 들어 빨리 건배나 하자고 다그쳤다.

그리고 눈을 떴을 때, 가장 먼저 떠오른 기억은 술을 마시다가 필름이 끊기기 직전의 가장 마지막 기억이었다. 김수혁 씨의 아버지 이름이 철수셨냐고, 나는 그거 김수혁 씨 이름인 줄 알았다고, 사실은 철수보다 동우가 훨씬 낫다고 볼 때마다 그런 생각 했었다고, 그래서 날 박동구라 불렀을 때 그렇게 빡이 칠 수가 없었다고······.

지난밤, 그런 허접쓰레기 같은 소리를 히히 웃어 가며 했던 것이다. 아침에 그걸 하나하나 되짚어 보고 있으니 아주 소름이 끼쳤다. 눈을 뜨고 한참을 누워 그 소스라치는 기억을 곱씹어 보자 나 진짜 어제 또라이였네, 라는 자기반성과 더불어 탄식이 절로 흘러나왔다.

멍청하게 풀어져 있을 얼굴을 쓸어내리고 있다 보니 새삼 무언가가 이상했다. 이를테면 이 폭신한 감촉 같은 것 말이다. 어제 분명 바닥에서 자겠다고 당당하게 선을 그어 놓고 정작 몸뚱이에 감기는 침대 위의 이 폭신한 감촉 말이다.

"아, 진짜······."

무려 집주인의 침대를 차지하고 있던 나는 뭐 어쩌다가 내가 여기서 자게 된 걸까 생각해 보려 했으나, 떠오르는 게 딱히 없었다. 그냥 내가 기어 올라가서 잔 것으로 추정할 뿐이었다. 그랬을 가능성이 가장 컸으니까.

그러는 사이 벽에 걸린 시계는 오후 2시를 가리키고 있는 것이 보였다. 심지어 남의 집에서 눈을 뜬 지금이 아침도 아니었다. 뒤척임 하나 없이 너무나 푹 잤다는 사실에 다시 한번 아주 소름이 끼쳤다.

그제야 몸을 일으켰고, 집 안이 고요하다는 것을 알았다. 어떻게 머리 위에 두고 자기는 한 모양인지 더듬더듬 손을 뻗어 베개 근처에 있던 내 휴대폰을 찾았다. 문자가 남겨져 있었다. 집에 마땅히 먹을 건 없을 거라며 라면 있을 테니 내키면 그걸로 해장이라도 하라는 김수혁 씨의 문자였다. 친절하기가 아주 이루 말할 수가 없었다.

"민폐 끼쳤네요."

그래서 김수혁 씨의 퇴근을 기다렸다. 해가 저물고 김수혁 씨의 집 바로 앞 편의점 근처를 어슬렁거리던 나는 절대 민폐 끼치고는 살 수 없다며 뭐라도 사겠다고 굴었고, 그런 이유로 편의점 파라솔 의자에 앉아 우리는 컵라면을 먹게 된 것이다.

힐끗힐끗 곁눈질을 하고 있으니, 김수혁 씨는 자신에게 할 말이 있냐고 물었다.

"본의는 아니었습니다."

그 말에 김수혁 씨는 가볍게 웃으며 나무젓가락을 내려놓은 뒤 플라스틱 의자에 등을 기대곤 내게 물었다.

"혹시 어제 어디까지 기억나세요?"

"네?"

"저한테 또라이라고 한 건 기억납니까?"

"……."

"막 욕도 했는데."

"……."

"차마 입에 담을 수 없는 아주 심한 욕이요."

"⋯⋯설마요."

일단 발뺌해 보지만, 손바닥에 땀이 고이는 이유는 내가 충분히 그랬을 가능성이 있기 때문이었다. 눈동자의 초점이 서서히 흐려졌다. 젓가락으로 라면을 든 채 굳은 듯 멈춘 나는 그것을 먹을 생각도 못 한 채 대체 입에 담을 수 없는 심한 욕이 뭐였을까, 라는 생각에 잠겼다. 하도 많아서 감이 안 왔다.

그 순간 듣기 좋은 나직한 목소리가 들려왔다.

"거짓말입니다."

그 때문에 절로 맥이 빠졌다.

"아, 장난합니까? 쫄았잖아요."

"그러니까 술을 적당히 마셨어야죠. 자기가 뭘 했는지 기억도 안 납니까?"

"그만하시죠. 부모님처럼 구는 건 저희 부모님 두 분이시면 충분합니다."

"근데 심한 욕 하신 적은 있나 보네요. 방금 주춤거리는 거 보니까."

"⋯⋯진짜 그만하시죠."

먹던 라면까지 내려놓고 정색했다. 그러자 김수혁 씨는 그런 나를 바라보다 물어 왔다.

"아이스크림 드실래요?"

"네."

"안 먹는다고는 안 하시네요."

"그럼요, 당연하죠. 저는 매운 걸 먹었더니 약간 딸기 맛이 당깁니다."

뭐 하고 있냐고, 말을 꺼냈으면 얼른 아이스크림 사 와야 하는 거 아니냐는 내 눈빛에 기가 막힌다는 듯 웃던 김수혁 씨는 결국 자리에서 일어났고, 우리는 사이좋게 아이스크림까지 먹은 뒤 헤어졌다.

* * *

아버지는 며칠 전 뜬금없이 주꾸미를 잡으러 가셨다. 배 타는 가격만 해도 만만치 않아 엄마는 많이 잡아 오지 않으면 가만두지 않겠다고 으름장을 놓았고, 아버지는 수십 마리쯤은 거뜬하게 잡아 오겠다는 말을 남긴 채 주꾸미를 잡으러 가셔 놓고 정작 주꾸미 대신 갑오징어 열 마리를 잡아 오셨다. 능력이라면 그것도 능력이었다. 엄마는 무척이나 만족스러워하셨고, 회 떠서 먹겠다고 냉장고에 넣어 두었으며, 나는 그것을 훔쳐 오늘도 김수혁 씨네로 달려갔다.

"안주요."

"이젠 그냥 막 오시네요."

"무려 갑오징언데 싫습니까? 이거 자연산입니다."

"오징어는 원래 다 자연산입니다."

"그래서 싫습니까?"

"일단 들어오세요."

그날 이후로 몇 번 더 김수혁 씨네서 술을 마셨더니 이곳만큼 편한 곳도 없었다. 나는 집에 있는 것을 안주로 들고 김수혁 씨의 집에 찾아드는 일이 점점 잦아지기 시작했다.

한참을 술로 달리고 시계를 보았을 때, 벌써 시간은 12시에 가까워져 있었다. 아쉬움이 남았지만 그만 가야겠다고 말하며 자리에서 일어나자 테이블에 턱을 괴고 있던 김수혁 씨는 나를 붙잡듯 말했다.

"벌써 가게요? 그냥 자고 가요."

"안 됩니다. 요즘 외박이 잦았더니 눈치 보여서요. 자꾸 뭐 하고 다니는 거냐고 엄마가 의심을 하셔서."

"나랑 논다고 하면 되죠."

"그게 그리 좋은 대답은 아닌 것 같은데요. 아무래도 그래서 더 의심받는 거 같기도 하고……."

"아직도 집에서 저 반대합니까?"

"그럼 찬성하겠습니까? 그리고 김수혁 씨도 내일 출근해야죠."

게다가 오늘은 무려 갑오징어를 들고 튀었으니 만약 외박까지 한다면, 들고 튄 갑오징어 개수만큼 곱해서 맞을지도 모를 일이었다.

적당히 오른 술기운은 사람을 기분 좋게 했고, 원래 술자리는 이렇게 웃으며 헤어질 수 있을 때 파해야 하는 것이다. 자리에서 일어서는 나를 따라 김수혁 씨가 일어나며 그럼 바래다주겠다는 말을 해 왔다. 됐다며, 애도 아니고 뭐 혼자 못 가겠냐고 하는 찰나 약간의 비틀거림을 김수혁 씨가 캐치하며 부축해 주었다. 그거 보라고 하는 소리에 결국 깜깜하고 고요한 길을 김수혁 씨와 나는 나란히 걷게 되었다.

거리는 고요하고 또 고요했다. 걷는 발걸음 소리 하나하나가 귀에 박혀 올 정도로 모든 것이 숨을 죽인 듯했다. 어깨를 나란히 한 채 길을 걸으면서 이상하게 평소와 달리 대화가 단절된 느낌이 들었다. 분명 웃고 떠들며 방금까지도 함께 술을 마셨던 걸로 기억하는데, 고작 몇 분 사이에 돌연 어색함이 감돌았다. 힐끗힐끗 김수혁 씨를 살펴보던 나는 새삼스럽다는 생각이 들어 뒷목을 주무르다가 술만 마셨다 하면 괜히 기어가게 되는 인형 뽑기 기계를 발견하곤 이 어색함을 깨 보기 위해 김수혁 씨를 붙잡았다.

"저거 한판 할래요?"

내 손가락 끝이 가리키는 곳을 바라보던 김수혁 씨는 별로 내키지 않는 얼굴을 했다. "……인형 좋아합니까?" 묻는 것에 그럴 리가 있겠냐며, 저건 그냥 뽑는 성취감에 하는 거라고 말한 뒤 기어이 김수혁 씨를 끌고 그 앞에 섰다.

천 원은 이천 원이 되고 이천 원은 금세 삼천 원이 됐다. 기계는 마치 나를 약 올리는 듯 굴었고, 손에 쥘 수 없으니 갖고 싶은 욕심만 커져 갔다. 처음엔 저게 갖고 싶다는 마음에 시작한 것이 아니었는데, 돈을 만 원쯤 넣고 보니 이젠 오로지 저걸 가져야만 하겠다는 생각에 사로잡혀 있던 그 순간이었다.

"박동우 씨, 손가락이 예쁘네요."

스틱을 쥐고 있던 내 손가락을 가볍게 건드리며 해 오는 김수혁 씨의 말에 느닷없이 얻어맞은 가슴이 쿵 내려앉고야 말았다. 동시에 기계의 집게가 인형을 떨어뜨렸다. 김수혁 씨에게 닿아 있던 내 시선은 마주 보며 나를 향해 웃어 오는 표정을 보곤 천천히 제자리로 돌아왔다.

아……. 깜짝 놀랐다. 서늘한 바람 한 줄기가 뒷목에 스쳤다. 나는 별안간 서늘해진 뒷목을 쓸며 괜히 짜증을 냈다.

"……뭡니까. 김수혁 씨가 갑자기 건드리는 바람에 놓쳤잖아요."

"손가락이 예뻐서 그랬습니다. 미안해요."

서글서글한 웃을 보며 이 사람이 갑자기 왜 이러나 싶어 이상하게 곤란스러웠다. 묘하게 감당하기 벅차다고 느껴지는 미소에 나는 인상을 찌푸렸다.

"저기요."

"네."

"……혹시 이런 식으로 아무한테나 끼 부리고 그러십니까?"

"끼 부린 적 없는데."

"방금 그게 그건데요."

"조금 건드린 거 가지고 뭐 그럽니까."

"저 아무나 닿고 그러는 거 별로 안 좋아합니다."

"그랬구나. 근데 박동우 씨는 일단 나랑 사귀는 사이잖아요. 내가 아무나는 아니지 않나?"

"아, 진짜……."

"알겠어요. 장난 안 칠 테니까 하던 거 계속하세요."

김수혁 씨는 팔짱을 끼며 인형 뽑기 기계 쪽으로 비스듬히 몸을 기댔다. 한껏 여유 있어 보이는 몸짓이 못마땅했다. 그 모습을 가만 바라보고만 있으니 얼른 하라며 고갤 까딱 흔드는 작은 동작까지도 여유가 묻어 있는 것만 같았다. 나는 다시 고갤 돌렸지만, 계속해 뺨으로 닿아 오는 시선은 어쩐지 숨 막힐 듯 불편했다. 의식하는 바람에 스틱을 쥐고 있는 손가락에는 쓸데없이 힘이 들어갔다. 이상하게 시선을 둘 곳 몰라 방황하는 눈동자가 낯설었다.

"진짜 만지지 마세요. 알겠습니까? 장난치지 마세요."

계속 웅얼거리는 나를 보며 김수혁 씨는 바람 빠지듯 웃었다. 그러곤 얼른 하기나 하라는 듯 재촉할 뿐이었다. 서늘한 밤공기가 또다시 뒷목을 스쳤고, 나는 얼굴을 찌푸렸다.

다음 날 아침 눈을 떴을 때 내 머리맡에는 어제 뽑은 인형이 놓여 있었다. 나는 가진 현금을 다 잃어서 그만 가자고 돌아섰고, 그런 나를 붙잡은 김수혁 씨가 자신도 한번 해 보겠다고 하고서 딱 천 원만에 보란 듯이 뽑아서 날 준 그 인형이었다.

"……재수 없네."

생각할수록 그렇다. 일련의 이러한 사건으로 보면 어지간히 사람 자존심 상하게 하는 사람인 건 분명한데, 나는 인형의 눈을 빤히 바라보며 왜인지 김수혁 씨를 떠올리고 있었다. 인형을 바라보던 시선은 어느새 내 손가락에 머물렀다. 내 손가락이 예쁜가? 별생각을 해 본 적 없었는데, 김수혁 씨가 그렇게 말하니까 또 그렇게 보이는 것도 같았다.

그리고 토요일이 되었을 때 나는 괜히 엄마의 근처를 서성거렸다.

"엄마, 뭐……. 심부름 갈 거 없어요?"

정신 사납게 하지 말라는 엄마에게 그리 묻자 별일이라는 듯 나를 바라보며 난데없이 장롱 속에서 겨울옷을 꺼내셨다. 나는 두 팔 가득 지금 이 여름이라는 계절에 상당히 걸맞지 않은 겨울옷들을 끌어안고서 대체 이게 다 뭐냐는 듯 바라봤고, 엄마는 그런 내게 그걸 세탁소에 맡기라고 말해 왔다.

"아니, 이런 거 말고요. 마트나 뭐……. 그러니까 마트를……."

평소엔 툭하면 마트에 가서 뭘 사 오라고 시키더니 오늘따라 그런 말이 없었다. 우물쭈물하고 있는 나를 보던 엄마는 느닷없이 "냉장고에 있던 그 많은 갑오징어는 누가 다 옮겼을까?"라고 물어왔다. 나를 보고 대체 왜 갑오징어를 떠올린 건지 모르겠다. 결국 나는 서둘러 집을 나설 수밖에 없었다.

세탁소에 겨울옷을 맡기고 돌아오는 길, 토요일인데 연락도 없는 김수혁 씨를 떠올리며 얼굴을 찌푸렸다. 사실 원래도 주말이라고 연락을 잘하는 것도 아니었기 때문에 내가 생각해도 참 새삼스러운 생각이다 싶었다. 참나, 아주 어처구니가 없네, 라고 스스로를 비웃던 내가 다다른 곳은 어째서인지 마트 앞이었고, 어떻게 해야 아주 자연스러우며 자연스럽고 또 자연스럽게 마트 안으로 들어설 수 있을까 고민하다 보니 정말로 이루 말할 수 없을 만큼 새삼스럽게 구는 나 자신을 발견해 황당해서 굳은 듯 멈췄다.

대체 뭔데 이렇게…….

"박동우 씨, 거기서 뭐 하세요?"

우두커니 서서 소름 끼치게 수줍어 보이는 짓에 대해 고민하던 찰나, 익숙한 목소리가 들려왔다. 그 목소리를 들은 나는 재빠른 순발력을 발휘해 마트 밖에 깔려 있던 수박 중 하나를 통통 두드렸다.

"어? 김수혁 씨, 참 우연입니다. 안녕하세요."

순발력을 발휘한 덕분에 아주 자연스러웠을 내 인사에 마트 조끼를 입고서 재고 관리를 하고 있던 김수혁 씨가 내 쪽으로 다가왔다.

"수박 사러 왔어요?"

"네."

수박 꼭지를 만지작거리면서 이건 좀 시들었네요, 라고 말했다.

"수박 꼭지는 신선도랑은 상관없어요. 어차피 자르자마자 보통 대부분 시들어 버리니까요."

"그렇구나……. 음……."

"수박을 이렇게 뒤집어서 이 뒷부분, 여기가 좁아야 합니다."

"아……."

"박동우 씨."

"예?"

"저한테 무슨 할 말 있습니까?"

"아니요. 저 수박 사러 왔다고 했잖습니까."

나는 서둘러 김수혁 씨가 들고 있는 수박을 가리키며 그거 달라고 말했고, 얼떨결에 주머니에 있던 돈을 다 털어 수박을 사 들고 집으로 향하며 이유 모를 자괴감에 시달렸다. 세탁소에 보내 놨더니 난데없이 수박은 들고 나타난 나를 보던 엄마의 황당하다는 시선은 덤이었다.

자괴감은 반나절간 이어졌다. 내가 오늘 가진 전 재산과 맞바꾼 수박을 노려보던 나는 냉장고를 뒤지기 시작했다. 다른 건이 없을까 싶어 말이다. 무슨 기가 막힌 안주라도 들고 가서 술을 마시자고 해 볼까 하는 사이, 그런 나를 발견한 엄마가 소리쳤다.

"저 새끼 저거 또!"

맨날 제가 좋아하는 애만 생겼다 하면 집에 있는 거 다 갖다 퍼 주더니 또 시작했다고 엄마가 혀를 찼다. 내가 언제 그랬냐고 대꾸를 해 보지만, 구체적으로 언제라며 하나하나 짚어 갈 태세를 갖추는 엄마를 보자마자 피하는 게 상책이라 여겼다. 그래서 뒤적거리던 냉장고 문을 닫았다.

아니다. 아니야. 지금 대체 뭘 하는 건지 모르겠다. 맥없이 냉장고 문을 닫은 나는 이번엔 찬장을 뒤지기 시작했다. 허기가 지니 몸도 마음도 이상하게 내 뜻처럼 되지 않는 것 같아 일단 배라도 채우자 싶어 시리얼이나 꺼내 우유에 말아 먹을 생각이었다. 그러나 손가락 끝에 닿은 무언가가 바닥으로 추락함과 동시에 쨍그랑 소리를 냈다. 일순 모든 동작이 멈췄다. 이 모든 게 이루어지기까지 불과 몇 초도 지나지 않았다는 게 어이없을 따름이었다.

엄마가 김수혁 씨만큼이나 나보다 더 자기 자식처럼 여기는 게 하나가 더 있었는데, 그것은 찻잔이다. 방금 바닥 위에서 산산조각이 난 그 찻잔인 로열 크라운 더비 노르망디와 앙투아네트를 바라보는 내 시선은 바람 부는 들판의 갈대처럼 흔들리고 있었다. '우리 앙투아네트~' 콧노래를 부르며 아주아주 가끔씩 홍차를 타 마시던 엄마의 모습이 머릿속을 빠르게 스쳐 지나갔다. 아까워서 아주아주 가끔씩만 꺼내 쓴다는 엄마의 산산조각이 난 노르망디와 앙투아네트는 밀려드는 인생에 대한 회의감과 내 존재 가치에 대해 다시 한번 곱씹는 계기가 되어 주었다.

나는 엄마에게 얻어맞기 위해 태어난 걸까. 그렇지 않고서야 하는 짓마다 엄마를 거슬리게 할 수는 없었다.

저게 하나에 이십 얼마라고 그랬던 거 같은데……. 단종 됐다며 어쩌고 했던 거 같은데……. 생각을 하는 사이, 방금 뭐 깨지는 소리는 무슨 소리였냐며 방을 나온 엄마와 나는 눈이 마주치고야 말았다.

"아. 그래서 여기 이러고 있었구나."

공원 벤치에 앉아 김수혁 씨가 건네는 아이스크림을 먹으며 울적한 마음을 달래는 중이었다. 나는 세상 심각해서 죽을 것 같은데 김수혁 씨는 자신도 모르게 내가 했던 말을 곱씹어 보다가 혼자서 다시 한번 터졌다. 내가 아무리 째려봐도 입가와 눈가에는 여전히 웃음이 매달려 있는 모양새가 얄미웠다.

"웃음이 나옵니까? 예? 상당히 예의가 없으시네요."

"아, 미안해요."

"매번 이러니까 사과에서 진정성이 안 느껴지는 겁니다."

"박동우 씨랑 있으면 재밌어서 그럽니다."

"……."

그 말과 더불어 짓는 미소에 느닷없이 가슴 한복판을 세게 얻어맞은 나는 바닥으로 시선을 떨어뜨리며 혀를 찼다. 무언가 못마땅했다. 저번 새벽에도 이랬던 기억이 있었다. 그 비슷한 느낌을 떠올리던 나는 불쑥 아무튼 웃지 말라고 김수혁 씨에게 괜히 소리쳤다.

"알겠어요. 미안해요."

"따지고 보면 이게 다 김수혁 씨 때문입니다."

"내가 왜요?"

"그……."

엄마의 찻잔이 깨진 건 시리얼을 먹으려고 찬장을 뒤졌기 때문이었고, 찬장을 뒤진 건 허기가 지니 몸도 마음도 이상하게 내 뜻처럼 되지 않는 기분 때문이었고, 그렇게 된 것은 애당초 이게 다 계획에도 없던 수박을 샀기 때문이었다.

하지만 수박을 산 건 그저 충동이었고, 그 충동은 그러니까, 라고 해명할 수 없는 막다른 곳에 다다라 왜 자신의 탓이냐고 의아해 묻는 김수혁 씨의 시선이 점점 난감해질 때였다. 어머, 오빠! 누군가의 목소리가 들려왔다. 나와 김수혁 씨의 시선이 동시에 목소리가 들려오는 쪽으로 향했고, 바라본 곳에는 현정이가 있었다. 여기서 뭐 하냐고 내 쪽으로 다가오는 현정이의 물음은 전에 버스 정류장에서 내게 물티슈를 건넬 때와는 사뭇 달랐다. 몇 년 만에 내게 살갑게 말을 건네 오는 현정이가 적응이 되지 않아 멍하니 바라봤다.

곧 현정이의 시선은 자연스럽게 내 옆에 앉아 있던 김수혁 씨에게로 닿았고 이어 반색했다. 이제야 왜 평소라면 나를 무시하며 지나쳤을 현정이가 내게 다가와 먼저 말을 걸어온 건지 알 수 있었다.

"이쪽은 누구……?"

"박동우 씨랑 그냥 아는 사이입니다."

"그러시구나."

내가 소개를 해 주기도 전에 알아서 스스럼없이 김수혁 씨에게 인사를 건넨 뒤 내게 바짝 다가온 현정이는 속삭이듯 말했다.

"오빠, 다음에 나랑 얘기 좀 해요."

그리 말하며 아쉽다는 눈길만을 남긴 채 내게 손을 흔들며 멀어졌다. 현정이를 바라보며 새삼 나를 첫사랑이라 여기며 따라다니던 적도 있었는데, 라는 추억에 잠시 잠겼다. 그러자 돌연 옆에 앉은 김수혁 씨가 또다시 못마땅해졌다. 휙 날아가 자신에게 박히는 내 날카로운 시선에 김수혁 씨는 그저 고개만 기우뚱 기울였다. "왜요?" 그리 묻는 목소리가 참 듣기 좋았다.

"거, 인기 많으셔서 참 좋으시겠습니다."

"갑자기 빈정거리는 이유를 알 수가 없네요."

"……아닌데요, 빈정거린 거."

"지금 그러고 있는 게 빈정거리는 겁니다."

"제가 빈정거리는 걸 배운 적이 없어서 할 줄 모릅니다."

"잘하시는 것 같은데."

"아, 저기요."

"네, 알겠어요, 미안해요."

내 말을 가로막는 김수혁 씨의 사과에 어처구니가 없어 헛웃음을 지었다.

그 순간 바람이 불었다. 고갤 돌려 바라본 눈앞에는 어느새 땅거미가 내려앉고 있었다. 슬슬 어두워지기 시작하는데, 덜컥 집에는 어떻게 들어가야 할지 걱정이 들었다. '오늘은 여기 벤치에서 자야 할까?'라는 생각을 하는 내게 김수혁 씨가 지금 내 고민과 같은 것을 물어 왔다.

"근데 진짜 집에는 안 들어갈 겁니까?"

"네, 그리고 안 들어가는 게 아니라 못 들어가는 겁니다."

그 말에 가볍게 웃는 소리가 들렸다. 웃지 말라고 타박을 하려던 내 말은 이어지는 김수혁 씨의 뒷말로 인해 삼켜졌다.

"그럼 그냥 우리 집에서 자고 갈래요?"

"……."

어쩐지 머뭇거리게 되는 이유를 알 수 없었다. 뻔질나게 드나들었던 주제에 말이다. 평소답지 않게 머뭇대는 내가 의아한지 가만 바라보는 시선이 느껴졌다.

"민폐 끼치는 것 같아서……."

곧바로 얼씨구나 따라가자니 아무래도 뭐했다. 마음에도 없는 소리를 괜히 한번 해 보는데, "평소에도 늘 끼치고 있어서 괜찮습니다. 새삼스러운 소리 말고 그만 갑시다."라고 말하며 자리에서 일어나는 김수혁 씨였다.

그렇게 결국 김수혁 씨의 집으로 들어서게 되었다. 평소라면 잘만 아무 곳에나 먼저 주저앉아 술부터 달라고 졸랐을 텐데 이상하게 쭈뼛거렸다. 빈손으로 들어와서 그런가? 그런 생각을 하는 내 어깨를 가볍게 잡아 오는 손길에 움찔 놀라 고갤 돌렸다.

"계속 서 있을 겁니까?"

김수혁 씨와의 거리가 가까워 저리 가라며 밀어냈다. 그러고는 늘 그랬듯 바닥에 주저앉아 소파 쪽으로 등을 기대고 있자 김수혁 씨는 싱겁게 웃으며 내게 물었다.

"술 마실래요?"

"네."

"안주 할 만한 게 딱히 없는데…… 박동우 씨, 뭐 먹고 싶은 거 있습니까?"

"저는, 그냥, 음……."

뜸을 들이고 있는 내게 김수혁 씨가 시선을 맞춰 오며 가만 기다려 주었다. 생각해 보면 다른 사람들과는 달리 내게 언제나 느긋하고 다정했다. 나는 문득 그런 김수혁 씨에게 궁금한 게 생겼다는 듯 물었다.

"근데요."

"네."

"저한테 왜 잘해 주세요?"

"……."

그걸 이 타이밍에 갑자기 물어 올 줄 몰랐다는 듯 잠시 허공을 바라보며 김수혁 씨가 생각에 잠겼다. 나는 이상하게 그 모습을 바라보며 입술이 말랐다. 무슨 대답을 기다리는지도 모르면서 마치 무슨 원하는 대답이라도 있는 것처럼, 그 대답을 기다리는 것처럼 초조했다.

초조함에 검지 손톱이 엄지를 꾹꾹 눌렀다. 아주 짧은 정적 뒤 김수혁 씨는 너무나 당연하다는 듯 아무렇지 않게 내게 말했다.

"연애하기로 했잖아요."

"아."

그거 때문에 그랬구나, 라는 생각은 당연한 건데도 이상하게 기분을 씁쓸하게 만들었다. 배달 책자를 흔들며 뭐 먹고 싶은 거 있냐고 뒤이어 재차 물어 오는 김수혁 씨에게서 나는 고갤 돌린 채 아무거나 시켜 달라고 말했다.

술상은 금세 차려졌다. 술을 마시는 속도가 평소보다 빨랐다. 연거푸 들이붓고 있으니 김수혁 씨는 말없이 그런 나를 한참 동안 바라보다가 느닷없이 물어 왔다.

"근데, 아까 공원에서 마주쳤던 그분은 누굽니까?"

나는 들고 있던 치킨 가슴살을 입에 넣다가 되물었다.

"누구요? 현정이요?"

"네."

웬 관심을 다 보이나 싶어 조금 놀라 김수혁 씨를 바라보자, 내게 시선을 마주쳐 오며 두 분 친한 것 같던데, 라고 중얼거렸다.

"예전엔 그랬는데 지금은 뭐……. 그냥 그냥요."

"둘이 귓속말도 하고 친해 보이던데요."

속사정을 알 길 없는 김수혁 씨의 눈에는 그게 친해 보였던 모양이었다.

"걔가 저 좋아했어요, 예전에. 지금은 관심도 없지만요."

"좋아했다고요?"

"네."

"근데 왜 지금은 관심도 없는데요?"

"놀립니까?"

내 꼴 좀 보라는 듯 나는 내 몸뚱이를 가리켰고, 김수혁 씨는 그저 웃었다. 비웃나 싶어 미간이 좁아지는데, 김수혁 씨는 내 구겨지는 표정에도 아랑곳하지 않았다. 몸을 늘어뜨리며 소파 쪽으로 등을 기대는 느긋한 동작을 취한 뒤 가만 나를 바라볼 뿐이었다. 마치 관찰하는 듯한 시선이 한차례 나를 훑고 지나간 뒤 김수혁 씨의 입이 열렸다.

"괜찮은데, 왜요."

"아, 놀립니까? 이왕 놀리는 거면 아까 걔한테 아주 사귄다고 말씀하시지 그러셨어요?"

"그래도 되는 거였으면 그럴 걸 그랬나요?"

"됐습니다. 그만합시다."

"놀리는 거 아닌데요."

"……."

"박동우 씨가 그분도 아닌데 그분 마음을 어떻게 다 압니까?"

"보면 알거든요?"

"봐도 잘 모를 거 같은데."

김수혁 씨는 장난치듯 말했다. 장난을 칠 기분이 아닌 나는 왜인지 입맛이 달아났다. 들고 있던 치킨 가슴살을 내려놓고 옆에 있던 차가운 물을 마셨다. 그러곤 충동처럼 물었다.

"그럼 김수혁 씨가 여자라면 저랑 사귈 수 있겠습니까?"

"우리 사귀고 있잖아요."

"아, 그런 거 말고 진지하게요. 그러니까……. 제가 여자라면 김수혁 씨가 저한테 키스 같은 거라도 할 수 있겠냐는 겁니다."

"여자라면요?"

혼잣말처럼 내게 중얼거리던 김수혁 씨의 어조에는 의아하다는 기색이 담겨 있었다.

"굳이 박동우 씨가 여자가 되어야 그걸 압니까?"

"……."

"전 지금 상태로도 충분히 할 수 있을 거 같은데요."

"네?"

"대답이 됐습니까?"

"……거짓말하지 마세요."

"거짓말 같습니까?"

"……."

그 말과 동시에 소파 쪽에 기대고 있던 몸을 바로 세운 김수혁 씨가 내 쪽으로 가까워졌다. 그리고 순식간에 다가온 입술은 한 치의 망설임도 없이 내 입술 위에 닿았다. 한쪽 손은 바닥을 짚은 채, 뻗어 온 반대쪽 손은 내 뒤통수를 감싸며 힘을 실어 눌러 닿은 입술을 더 더욱 가깝게 붙였다. 바닥을 짚고 있던 김수혁 씨의 손은 어느새 내 손목을 감았다. 힘이 쏠리는 것을 버티고 버티던 나는 결국 무너지고 야 말았다. 더 이상 버티기 힘든 힘으로 인해 바닥 위로 쓰러지듯 눕게 되었고, 그 때문에 세워 둔 빈 술병들이 밀려 넘어지며 소릴 냈다.

입을 맞춘 채 빈 병들이 쓰러진 곳으로 무심코 돌아간 내 고개를 김수혁 씨가 턱을 잡아 다시 자신을 보게 만들었다. 입술 속으로 들어온 혀는 진득하게 감기고, 입술은 빨아 당길 듯 삼켜졌다. 감지 않고 뜬 두 눈이 서로를 바라보고 있자 심장은 토할 것 같이 뛰었다. 밀어내야 함이 마땅한데도 그럴 수 없을 만큼 기분이 좋았다. 어느새 내 위를 차지한 김수혁 씨의 다리와 내 다리가 얼기설기 얽

히기 시작하며 제대로 자세를 갖추기 시작할 즈음이었다.

"분위기 이상해지는데 그만둘까요?"

"……."

적나라한 소리와 함께 입술이 떨어졌다. 낮고 가벼운 웃음소리와 더불어 김수혁 씨가 뺨을 살살 만져 오며 말을 건네 왔다. 왜인지 그만두겠다는 말이 아쉬워 그저 김수혁 씨의 셔츠만 구겨져라 움켜쥐고 있던 나는 머리가 어지러웠다. 열이 오른 것 같기도 했다.

반쯤 벌어진 내 입술은 다물릴 생각초자 못했다. 내뱉는 숨이 상대방의 입술 가까이 닿을 만큼 가까운 거리에서 조금의 아쉬움도 없이 말끔해 보이는 얼굴을 마주 봤다. 짧은 정적 속에서 묘하게 경쾌해 보이는 그쪽과는 달리 이쪽의 얼굴은 구겨져 갔다. 사실 갑작스레 떠나간 입술이 나는 상당히 아쉬웠기 때문이다.

이러면 안 돼, 안 돼! 그러면서도 자꾸만 그곳으로 뛰어들고 싶은 불나방과 같은 심리일지 모른다. 이러면 안 된다는 건 이성으로는 충분히 이해하지만 내 입은 결국 이성을 반했다.

"여기까지 와 놓고 지금 빼는 겁니까?"

그 말에 기가 찬다는 듯 짧게 웃던 김수혁 씨가 말했다.

"빼긴 누가 뺍니까? 박동우 씨 놀랄까 봐 그런 거죠. 지금도 놀란 거 같은데."

"누가 놀랍니까? 제가요? 그럴 리가요."

조금 오른 취기를 빌려 괜한 허세를 부렸다. 의도적인 건지 흘러가다 보니 이런 자세가 된 건지는 모르겠지만, 실은 아까부터 닿아 있는 아래쪽이 몹시 불편함에도 말이다. 그 순간 김수혁 씨가 미세하게 몸을 움직였다. 그러자 닿은 아래쪽으로 무게가 실리며 하마터면 민망한 소리를 낼 뻔했다. '방금 그거 일부러?'라는 생각에 눈살을 찌푸리자, 잠자코 나를 내려다보고 있던 김수혁 씨는 "음……." 하고 뜸을 들이다가 내 이마 위 머리카락을 손가락으로 가볍게 쓸어 주었다. 분명 별거 없는 동작이었는데, 이상하게 피부 위로 닿는 그 손길에 움찔거렸다.

"박동우 씨, 흥분했네요?"

아래쪽이 닿아 있으니 모를 리가 없을 것이다. 그러니 아니라고 부정하는 건 오히려 시간 낭비와 같았다. 하지만 그런 걸 표정 변화도 없이 말해 오니 왠지 더 민망해져 한숨처럼 중얼거렸다.

"……닿았으니까요. 그러니까 좀 움직이지 마시죠? 피차 곤란한 상황인데."

"어떻게 하는 줄은 알아요?"

"그, 뭐……. 잘……?"

그렇게 머뭇거리고 있는 사이, 불쑥 엉덩이를 감싸 오는 손길이 느껴졌다.

"이 뒤에 넣을 겁니다."

"아, 왜 갑자기 거길 만집니까?! 놀랐잖아요!"

"뭐 이거 가지고 그래요, 이제부터 더한 것도 할 텐데."

"……."

내 입으로 이런 말을 남자에게 중얼거리는 날이 올 거라고 생각해 본 적이 없었다.

"그냥 손으로만, 서로 그, 빼 주는 건……."

그러나 나는 지금 그 말을 하고 있었다. 김수혁 씨는 짧게 헛웃음을 지었다.

"방금 전까지 빼냐고 따지던 건 누구였습니까?"

"그러게요. 근데⋯⋯."

움켜쥐고 있는 엉덩이에서 손이 떠나가질 않아 진퇴양난인 상태였다. 빙글빙글 시선이 한동안 천장 위를 돌다가 마른침을 삼켰다.

"⋯⋯왜 당연하게 제가 깔립니까? 자세가 몹시 그러네요."

"싫습니까?"

"싫은 게 아니라⋯⋯."

"⋯⋯."

"저도⋯⋯. 김수혁 씨한테 잘할 수 있습니다."

어디 가서 꿀리지 않는 크기를 가졌다. 그것을 어필하듯 당당하게 말하는 나를 멈칫한 채 바라보던 김수혁 씨는 이내 웃음이 터졌다. 내 어깨와 목 사이에 한참 동안 고갤 숙여 파묻고는 웃어 댔다. 그 웃음소리가 귓가를 파고들어 간지럽고, 머리카락은 뺨에 닿아 간지럽고, 들썩일 때마다 움직이는 진동이 간지러워 자꾸만 안달이 났다.

열은 오르고, 입고 있는 옷이 답답했다. 그러면서도 뭔가 내가 매달리는 처지가 된 것 같아 떨떠름했다. 아, 저기요. 부르는 소리에 그제야 김수혁 씨가 고갤 들었고, 얼굴 한가득 재미있다는 기색이 드러나 있었다.

"왜 웃습니까? 저 지금 진지하거든요?"

"쫄았습니까?"

"아니요?"

"쫄았으면서 허세는."

"안 쫄았다고 했잖습니까."

"박동우 씨."

"네."

"그럼 박동우 씨가 다음에 나 해 주려면 잘 배워 둬야겠다는 마음가짐으로 깔리면 되겠네요."

"네?"

"아. 그리고 술 취해서 나중에 기억 안 난다고 하는 거 저 싫어합니다."

"……안 그럽니다."

"그럴 거 같은데."

왜인지 자꾸만 뜸을 들이면서 내 자존심을 상하게 했다. 여유 있게 지어 보이는 미소가 나를 놀리는 것만 같아 결국 더 이상 참지 못하고 뻗어 나간 내 손은 김수혁 씨의 멱살을 잡아끌었고, 곧바로 입을 맞췄다.

* * *

등 뒤에서 느껴지는 열기가 뜨겁고, 그만큼 더운 숨이 머리 위로 쏟아졌다. 나는 후들거리려는 다리를 제대로 지탱하려 애썼다. 두 무릎은 바닥을 지탱하고, 반으로 숙여진 상체는 소파 위에 파묻힌 상태였다. 한차례 끝마친 콘돔이 바닥에 떨어져 있는 게 어렴풋한 시야로 담겼다. 벌써 이걸로 두 번째였지만, 또다시 발기된 성기는 흥분을 감추지 못하고 있었다.

삽입된 성기가 반쯤 빠져나갔다가 다시 안으로 깊이 파고들 때마다 생소하면서도 기분 좋은 자극에 휩싸여 끓어오르는 흥분을 어디에 제대로 풀어야 할지 갈피를 잡을 수가 없었다. 이런 적은 처음이라 머릿속이 엉망이었다. 홧홧하게 달아오른 열기가 삽시간에 온몸을 둘러쌌다. 그래서 민망함도 모르고 신음 소리를 감추려고 하지도 못했다.

피부와 피부는 틈 없이 맞닿아 땀에 젖었다. 손바닥에 자국이 남을 만큼 꽉 말아 쥔 주먹 위로 김수혁 씨는 자신의 손을 겹쳐 내 손을 펼쳤다. 뒤이어 손등 위를 전부 덮고 손가락 사이사이 자신의 손가락을 끼워 넣었다.

삽입하는 동작은 본능에 휩싸여 거칠기 그지없었지만, 이상하게 성급하진 않았고 소소한 동작은 또 이렇듯 다정했다. 고갤 돌려 옆을 바라보자 곧바로 입술이 겹쳐졌다. 혀와 혀는 뭉개지듯 얽혔다.

김수혁 씨의 반대쪽 손이 빳빳하게 선 성기를 감싸 오더니 움켜쥐었다. 피부 위로 감기는 느낌이 적나라했다. 하지만 미끄러지듯 아래위로 움직이는 손길에 갈피를 잡을 수 없었던 흥분이 전부 쏟아져 나왔다. 속 시원하게 내지르고 싶은 신음 소리는 입술로 가로막혀 상대방의 입속으로 전부 삼켜졌다.

"여기 물어뜯고 싶게 생겼네요."

키스를 하던 입술이 떨어지기가 무섭게 곧바로 내 어깨를 이로 물었다. 아프다며 작게 내지르는 소리에 코끝과 입술로 방금 전 이로 물었던 그곳을 문지르곤 애무하듯 살살 굴리며 혀가 그곳을 훑았다. 살끼리 닿는 질퍽거리는 소리와 성기가 안으로 들어올 때마다 질척거리는 소리가 여전히 거실을 한가득 메우고 있었고, 그 사이를 신음 소리가 채웠다. 마찰하는 그곳이 뜨거워 눈을 질끈 감았다. 가로막힌 시야 덕분에 김수혁 씨가 몸을 앞으로 치댈 때마다 낮게 내뱉은 목소리가 가슴을 더욱 쿵쿵 뛰게 했다.

다리가 후들거려 주저앉을 듯 떨리자 김수혁 씨의 두 팔이 허리를 꽉 끌어안았다. 더욱 깊이 안쪽으로 파고드는 동작에 목구멍에 숨이 걸리고, 그런 내 목덜미와 귓가를 입술로 물었다 놓기만 하던 김수혁 씨가 곧 뒷목을 이로 세게 물었다. 아파! 아파, 이 새끼야! 뭉개지는 발음으로 욕을 하자, 뭐가 웃긴지 어깨까지 들썩거리며 웃었다.

머지않아 사정을 마치고, 잠시 움직임이 멎었을 때 그제야 온몸이 얼얼하다는 것을 느꼈다. 빼지 않고 그대로 삽입한 채 김수혁 씨는 한참이나 나를 끌어안고 있었다. 등 뒤에서 세게 안아 오는 열기를 노출된 피부 위로 적나라하게 느끼며 소파 위에 뺨을 대고 반쯤 누운 나는 내 손등 위로 겹쳐 깍지를 끼고 있는 손에 시선을 두었다.

낮 뜨거웠던 소음들이 사라지고 정적이 찾아오자 그제야 지금 무슨 일이 벌어졌는지 깨달았다. 이게 무슨 일이야, 대체 이게 무슨 일이지. 그럼에도 완전히 되돌아오지 않는 이성 때문인지 정신이 몽롱했다. 멍하니 소파에 뺨을 댄 채 생각에 빠져 있던 나는 삽입했던 성기가 빠져나가는 것에 생각이 끊겼다.

아랫배에 꽉 들어찼던 무언가와 온몸을 감싸고 있던 열기가 빠져나가자 순식간에 허전해지는 기분이 들었다.

하지만 늘어지는 몸을 바로 세우기가 무섭게 김수혁 씨가 바닥에 앉으며 자신의 허벅지 위로 올라오라 눈짓했다. 믿을 수 없다는 듯 바라봤다. 그러니까 발기되어 있는 상대의 성기를 말이다.

"……또요?"

"아, 못 해요?"

"……."

"못 하겠어요? 아까는 잘해 줄 수 있다고 하지 않았나?"

"……."

"말만 그랬던 거였어요?"

"제가……. 제가 못 할 거 같습니까?"

짧은 정적이 흘렀다. 김수혁 씨의 시선에 결국 할 수 있다는 말이 기어코 내 입에서 흘러나가고, 올라와 앉으라고 했던 허벅지 위에 올라타 앉으며 보란 듯이 발기된 성기를 스스로 집어넣었다. 움찔거리며 구멍 안에 끼워 넣고 끝까지 다 삽입하자마자 참았던 숨이 한꺼번에 터졌다. 마주 본 상태는 생각보다 상당히 부끄러웠다. 그래서 두 눈을 질끈 감게 됐다. 그런 나를 향해 잘했다는 듯 입술 위에 키스해 주며 상체를 꽉 끌어안은 김수혁 씨가 위로 쳐올리듯 허리를 움직였고, 그 움직임에 맞춰 끊어질 듯한 신음 소리가 짧은 간격으로 또다시 흘러나왔다.

아침에 눈을 뜬 나는 절망했다. 눈을 뜨자마자 어제 일어났던 일들이 머릿속을 빠르게 스쳐 지나갔기 때문이다. 게다가 증거처럼 몸에 울긋불긋 흔적까지 남아 있는 것으로 보아 꿈이 아닌 것은 확실했다.

미쳤나? 미쳤던 게 분명했다. 마치 그 순간 사고 회로가 정지되지 않고서야 이건 말이 안 됐다. 처음 키스해 올 때 주먹을 날렸어도 모자라는데, 나중에는 내 쪽에서 먼저 안달하는 바람에 손수 잡아 끌어당겨 키스까지 했다.

술 취해서 그런 거 같은데, 그렇게 말하지 말라고 김수혁 씨가 선수 치면서 말했기 때문에 그 말도 못 한다. 게다가 더 절망스러운

것은 어디 내놓아도 꿀리지 않는 앞은 써먹지도 못하고 몇 번이나
갔다는 사실이었다. 솔직히 만져 줄 때 왜 이렇게 좋을까 싶을 정도
로 좋았다. 이게 말이 되나 싶지만, 어제 있었던 일이니, 그리고 온
몸이 두들겨 맞은 것처럼 얼얼한 거 보니 부정하고 싶어도 현실이
분명한 것 같아 부정할 수도 없다.

고갤 옆으로 돌리자 자고 있는 김수혁 씨가 눈에 담겼다. 가만 감
겨 있는 눈에서 잘빠진 콧날을 따라 내 시선은 입술까지 내려왔다.
김수혁 씨의 반라 상태까지 마무리로 눈에 담자마자 양손을 들어 얼
굴을 가린 나는 문득 울고 싶어졌다. 어제 좋긴 좋았다. 그래서 왠지
더 슬픈 것만 같았다. 가슴은 이상하게 두근거렸다.

평온한 얼굴로 잠들어 있는 김수혁 씨를 흔들어 깨워 우리 어제
사고 쳤다고, 이렇게 태평하게 잠이나 자고 있으면 안 된다고 말하고
싶었지만, 막상 깨워 놓고 마주 볼 생각을 하자 엄두가 나질 않았다.

나는 살금살금 침대 위에서 기어 나왔다. 그러곤 아무것도 걸치지
않은 내 몸을 확인하자마자 아아, 작게 탄식하며 양손으로 얼굴을
가린 뒤 잠시 쭈그려 앉아 깊은 한숨을 내쉬었다.

마음을 추스르고 서둘러 거실로 나가자 그곳엔 옷가지들이 널브
러져 있었다. 여기저기 흩어져 있는 그 옷들을 보자 입에선 또다시
탄식처럼 세상에, 라는 말이 터져 나왔다. 불쑥 어제 저 한가운데서
있었던 일이 뭉게뭉게 피어오르려 해 누구보다 빠르게 옷을 꿰어
입고 김수혁 씨의 집을 나서려던 찰나였다.

"도망갑니까?"

등 뒤에서 들려오는 목소리에 소름이 끼쳤다. 쿵 하고 심장이 저
바닥 아래까지 내려앉는 줄 알았다. 현관문 손잡이를 잡은 채 천천

히 뒤를 돌자 여전히 반라 상태인 김수혁 씨가 벽에 기대서 있었다.

"어……. 일어나셨네요? 도망이라니요. 말씀이 지나치십니다."

"나는 또 나 따먹고 버리고 가는 줄 알았습니다."

"예?"

무슨 말을 저렇게 아무런 표정도 없이 노골적으로 하는지 모르겠다. 나는 손사래를 쳤다. "저 못 믿습니까?" 외치는 그 말에 김수혁 씨는 그저 말없이 나를 볼 뿐이었다. 아무래도 못 믿는 것 같았다.

"엄마가, 배달을 좀……. 가야 한다고 그래서……. 아무튼 이따가 연락드리겠습니다."

그렇게 되지도 않는 핑계를 대곤 김수혁 씨의 집을 뛰쳐나왔다. 그러고는 낮부터 엄마 몰래 집으로 기어 들어가 방 안에 틀어박혀 술을 마셨다. 혼란스러운 만큼 술이 마구 들어가고, 미친놈아, 이러지 말자, 해도 자꾸만 떠오르는 살색 향연들에 돌아 버리겠는 중이었다.

문득 처음에 나누었던 대화가 떠올랐다. 자신을 싫어하니 정분 날 일 없고 좋지 않으냐는 말이 이제 와 괜히 신경 쓰였다. 알게 뭐냐 소리를 지르며 소주를 넘겼다. 그렇게 알딸딸하게 달아올랐을 즈음 휴대폰이 울렸다. 액정 위로 뜨는 이름에 멈칫하며 받아 말아 고민을 하다가 피할 이유가 없다 싶어 전화를 받았다.

"여보……. 네, 여보세요?"

—연락한다면서요. 사람 기다리게 합니까?

"어……. 죄송합니다."

사실 까먹고 있었다. 적당한 핑계도 대지 못한 채 어물어물하고 있으니 난데없이 침묵이 흘렀다. 나는 휴대폰 너머의 정적이 이상해 귀에 대고 있던 휴대폰 액정을 다시 한번 확인했다.

-술 마십니까?

"……아니요?"

-취했습니까?

"아닌데요. 안 취했습니다."

-술 마시는 게 맞기는 맞는 거네요.

"……."

-어딥니까?

"안 말해 줄 겁니다."

지금 김수혁 씨의 얼굴을 보는 것은 조금 곤란하다 싶었으니 나는 뻗댔다. 내 대답에 잠시 뜸을 들이던 김수혁 씨가 한숨을 쉬는 소리가 들렸다.

-취한 거 같은데 몇 시까지 거기 있을 겁니까?

"시간은 저에게 중요한 게 아닙니다."

-……박동우 씨, 얼른 집에 들어가세요.

"저 안 들어갈 겁니다. 김수혁 씨가 뭔데 들어가라 마라 합니까?"

이미 집이지만 집에 들어가지 않겠다며 까닭 없이 자꾸만 반항했다. 휴대폰 너머는 또다시 정적이 맴돌았다. 곧 헛웃음 소리가 들리고, 그럼 알아서 하시라는 말과 함께 전화가 끊겼다. 시비는 내가 걸어 놓고 끊긴 전화에 이상하게 서운해지려는 마음을 스스로도 이해할 수 없어 또다시 술잔을 들었다.

"어휴, 이 쓸모없는 자식."

토요일에는 여러 가지 사고를 치고, 일요일에는 내내 방 안에 틀어박혀 술을 마시다 보니 어느새 월요일 아침이 되었다. 엄마의 욕과 함께 내 앞으로는 황태해장국이 놓였다. 엄마는 아직 노르망디와 앙투아네트를 산산조각 낸 나를 용서하지 않았다. 안 그래도 마음에 안 드는 아들 해장국을 만들어 주려니 눈에서는 살기가 쏟아져 나오는 모양이었다. 그 살기에 어깨는 좁아지고, 숟가락을 들고서 황태해장국만 휘젓고 있으니 아버지가 얼른 먹으라는 듯 마늘장아찌를 내 앞으로 밀어 주었다.

김수혁 씨는 마늘장아찌 싫어하는데…….

반찬 주제에 공연히 아침부터 나를 슬퍼지게 했다.

하지만 문제는 그게 아니었다. 잊어버리려고 해도 자꾸만 떠올랐다. 내 입에서 어쩜 그렇게 민망하기 짝이 없는 신음 소리가 흘러나왔을까. 길을 걷다가도 문득문득 떠올라 "악!" 소리를 내지르는 내 등짝을 후려친 엄마가 놀랐다며 쌀 나르다가 뭔 소리는 지르고 난리냐고 한 소리를 해 왔다.

하루 종일 정신을 빼놓고 있던 나는 이 문제를 이렇게 덮어 두기만 해도 될까 고민에 빠졌다. 없던 일로 치기엔 몸이 기억하고 있으니 그것도 쉽지가 않았고, 어쩐지 그날 통화했을 때 무뚝뚝했던 목소리가 신경 쓰여 하루가 저물 즈음 나도 모르게 어슬렁거리던 발걸음이 김수혁 씨의 집 근처에 다다라 있었다.

그렇지만, 아직 얼굴을 보자니 민망했다. 허벅지에 올라타라 했다고 냉큼 올라탄 게 생각하면 할수록 너무나 민망했다. 대체 왜 그리 적극적으로 행동했을까. 도저히 안 되겠다 싶어 발걸음을 돌리려던 순간, 익숙한 사람이 시야에 담겼다. 익숙한 사람은 당연하게 김수혁 씨였고, 김수혁 씨 맞은편에 서 있는 여자는 처음 보는 사람이었다.

여자는 꽃다발을 들고 있었다. 그것을 김수혁 씨에게 건넸고, 여자에게서 그걸 건네받은 김수혁 씨의 얼굴 위로 가벼운 미소가 번졌다. 그 모습을 보는 순간 문득 나는 무언가를 깨달아 버렸다.

나와 김수혁 씨는 고작 6개월짜리일 뿐일 테고, 그날은 술에 의한 충동과 다름없었을 테고, 그로 인해 생각보다 큰 사고를 쳤다지만, 애들도 아니었으니 굳이 의미를 둘 필요가 없었다. 또 김수혁 씨 주변엔 저런 사람들이 잔뜩 널렸을 것이다. 그러니 쓸데없이 마음을 크게 두면 나만 손해였고, 마음 둬 봤자 나만 힘들어질 게 뻔했다.

여자는 자신의 차에 올라타며 멀어졌고, 그것을 배웅하듯 바라보고 있던 김수혁 씨가 뒤를 도는 순간 나를 발견했다. 도망칠 타이밍을 놓쳐 주춤 뒤로 한 걸음 물러서던 내 앞까지 빠르게 다가온 김수혁 씨가 내게 말했다.

"안 그래도 연락하려고 그랬는데, 오늘 바빠서 시간이 없었거든요. 그래도 다행히 이렇게 마주쳤네요."

"아, 네……."

그러곤 잠시 어울리지 않게 뜸을 들였다. 김수혁 씨의 생소한 기색에 돌연 불안감을 느꼈다. 그럴수록 원치 않는 쪽으로 생각이 기울었다. 서늘한 느낌이 뒷목을 스치고, 나는 그곳을 손으로 가만 쓸었다.

"박동우 씨, 그날……."

아무 일도 없었다는 듯 넘어가 아무 일도 없던 것으로 만들면 됐다. 김수혁 씨 또한 있었던 일을 분명 없던 일로 하자고 할 게 뻔했다. 본인도 후회스러울 것이다. 하지만 그런 말을 잘난 사람에게서 들을 바에야 이쪽에서 먼저 선수를 치는 편이 나았다.

나는 서둘러 김수혁 씨의 말을 가로막았다.

"저도요."

"네?"

"저, 저도 그렇습니다. 뭐 그런 일 한 번 있었다고 바뀌는 건 없다고 말씀드리고 싶었습니다."

"……."

"어쩌다가 한 번씩 분위기에 홀려서……. 다 그런 거 아니겠습니까? 신경 쓰지 마세요."

"……."

"제가 막 매달리거나 하지 않으니까 걱정 마세요. 김수혁 씨가 처음 말씀하셨던 대로 6개월 만에 깔끔하게 끝낼 수 있습니다."

"……."

"의미 같은 거 안 둡니다. 사실 저 굉장히 깔끔하고 쿨하거든요. 이런 거에 익숙하기도 하고요."

"익숙하다고요?"

"네."

"……."

김수혁 씨는 입을 다물고 한참이나 나를 바라보다가 재차 물어왔다.

"정말로 익숙하다고요?"

"네."

"감정 그런 거 정말로 일절 없었습니까?"

"그야……. 당연하죠. 저 그렇게 구질구질한 사람 아닙니다."

"……."

"술 먹고 다들 한 번씩은 그런 사고쯤 치는 거 아니겠습니까?"

"······."

돌연 감도는 정적이 무거웠다. "김수혁 씨?" 하고 부르는 내 목소리에 바닥을 바라보고 있던 김수혁 씨가 시선을 들었다. 빤히 바라보는 시선은 어쩐지 노려보는 것에 가까워 괜히 움찔거렸다. 아침에 엄마가 황태해장국을 끓여 주면서 나를 이렇게 봤던 거 같은데······.

하지만 눈치를 살피던 내가 김수혁 씨를 향해 혹시 내가 뭐 실수한 거 있냐고 물으려던 순간 김수혁 씨의 입이 먼저 열었다.

"다행이네요."

"네······. 뭐."

이미 예상하고 있었지만, 막상 돌아오는 그 대답에 나는 왠지 쓸쓸해졌다.

김수혁 씨가 나를 보고 있는 시선에 멋쩍은 기분이 들었다. 그 시선을 피해 내려다본 시야로 김수혁 씨의 구두와 내 슬리퍼가 담겼다. 이런 사소한 구석에서조차 나는 아주 초라하기 그지없었다. 슬리퍼를 짝짝이로 신고 김수혁 씨의 집에 처음 인사를 갔던 날도 그러지 않았는데, 오늘따라 나는 이 슬리퍼를 신은 나 자신이 한없이 초라해지는 것만 같았다.

"나한테 잘할 수 있다던 그때 그 패기가 그냥 나온 게 아니었네요?"

김수혁 씨가 들고 있는 그 꽃다발만큼이나 예쁜 여자는 누구였냐고 따져 묻고 싶었다. 하지만 나는 그럴 주제가 안 된다고 생각하고는 스스로 기분이 상했다.

그것을 감추려고 오히려 더욱 당당하게 말했다.

"예. 다 경험에서 나온 겁니다."

"……."

쥐뿔 있지도 않은 경험을 운운하는 내 말에 김수혁 씨의 가벼운 웃음소리가 이어졌다. 이걸로 다 됐다는 듯 나도 김수혁 씨를 따라 웃었다. 하지만 아무런 표정도 없는 김수혁 씨의 표정을 보곤 내 웃음기 또한 서서히 사라졌다.

"박동우 씨 재밌는 사람인 거 알고는 있었는데."

"……."

"생각보다 훨씬 재밌는 분이셨네요."

그렇게 말을 하는 김수혁 씨는 별로 재미있어 보이지 않았다.

"그럼 이만 가 보겠습니다."

빈정거리는 게 분명한 말투로 인해 공기가 불편해져 그만 돌아서려고 했다. 하지만 내 손목을 김수혁 씨가 붙잡았다. 붙잡는 손길은 마치 뿌리치기라도 하면 당장이라도 한 대 칠 기세였다. 뭐가 이 사람을 이토록 화나게 만든 건지 당황스러웠다.

붙잡힌 손목을 잠시 내려 보던 시선을 들어 김수혁 씨를 바라보자 붙잡은 기세와는 달리 의외로 표정은 덤덤했다.

"저는 박동우 씨 성격이 그런 줄은 몰랐습니다."

"……."

"내가 여태까지 박동우 씨를 상당히 잘못 알고 있던 것 같네요."

"뭐……. 이제라도 잘 아셨으면 된 거 아니겠습니까."

"그럼 오늘도 나랑 잘래요?"

"예?"

"쿨하시다면서요. 감정도 없고. 박동우 씨한테는 이런 거 별로 어려운 일도 아닌 거 같은데."

"……."

"제가 갑자기 하고 싶어졌는데."

"……."

"어때요?"

아니다. 무척이나 어려운 일이었다. 오늘 종일 생각나 신경 쓰일 만큼 말이다. 오늘뿐만이 아니라 사고 친 그날 이후로 쭉. 하지만 본의 아니게 문란한 인간으로 낙인찍힌 듯싶었다. 난감했다. 그 때문에 대답이 없는 나를 향해 김수혁 씨는.

"아, 막상 닥치니까 어려워졌습니까?"

"……."

그리 물어 왔다. 얼굴 위로 번지는 부드러운 미소가 문득 얄미웠다. 지금 김수혁 씨가 손에 들고 있는 꽃다발만큼 예뻤던 여자한테도 이렇게 살갑게 웃었던 걸 떠올리자 돌연 심사가 꼬였다. 나는 기가 막힌다는 듯 실소를 터뜨렸다. 보란 듯이 어처구니가 없다는 기색을 숨김없이 드러내자 붙잡힌 손목으로 힘이 실리는 게 느껴졌다.

"그럴 리가 있겠습니까?"

"……."

당장 들어가자고 먼저 앞장서서 김수혁 씨의 집으로 들어섰지만, 막상 침대 위에 눕게 되자 한없이 막막해졌다. 이럴 생각은 조금도 없었는데, 어째서 침대 위에 누워 있는 게 된 건지 마음이 착잡하기 이를 데 없었다. 맨정신에 하려니 돌겠다. 양손 위에 얼굴을 파묻고 울고 싶지만 이제 와 그럴 수는 없었다.

김수혁 씨의 두 팔 사이에 그리고 두 다리 사이에 가둬진 나는 최대한 덤덤한 표정을 끄집어내려 애썼다. 쏟아지는 시선에 가슴이 두방망이질 쳤다. 김수혁 씨가 아무런 말도 없이 나를 보고 있으니 나 또한 무슨 말을 하면 좋을지 몰라 그저 비스듬히 시선을 틀어 김수혁 씨의 어깨 너머 천장을 바라보며 뭐라도 해야 할 것 같다는 생각에 속으로 양을 세던 순간이었다. 얼굴 위를 덮쳐 올 듯 가까워지는 김수혁 씨의 입술을 서둘러 손바닥으로 가로막았다.

"뭡니까?"

김수혁 씨의 표정이 구겨지고, 손바닥에 가로막힌 목소리는 뭉개져 들려왔다.

"키스는 하지 맙시다."

"……."

"그러니까, 이런 거까지 하면 좀……. 서로 좋아하는 사이 같잖습니까."

"……."

나는 슬그머니 눈치를 살피며 김수혁 씨의 입술을 가로막고 있던 손을 치웠다. 황당하다는 눈길을 받으며, 쭈뼛쭈뼛 입고 있는 셔츠 끄트머리를 붙잡고 "옷부터 벗으면 되겠습니까?"라고 물었다. 김수혁 씨는 나를 빤히 바라보다가 헛웃음을 터뜨렸다. 정말로 어처구니가 없다는 웃음이었다.

"박동우 씨, 오늘 사람 여러 번 재밌게 하시네요."

"제가 뭘요."

"옷부터 벗어요, 그럼."

그리 말하며 자신의 셔츠 단추를 풀기 시작하는 김수혁 씨를 보고 있으니 또다시 마음이 착잡해지기 시작했다.

허리 아래엔 베개가 받쳐진 채 다리 하나는 김수혁 씨의 어깨 위에 걸쳐졌다. 삽입되는 성기가 빠르게 치대고, 퍽퍽 하며 살과 살이 닿는 노골적인 소리가 적나라하게 방 안을 울렸다.

김수혁 씨가 내게 부딪혀 오듯 움직일 때마다 몸 안에 자리한 근육들이 선명하게 움직이는 것이 눈에 담겼다. 그리고 뒤이어 낮게 신음 소리를 내며 입술을 혀로 쓸어내리는 모습을 보자 문득 목이 말랐다. 알량한 자존심 때문에 괜히 키스하지 않겠다고 뻗댔던 게 후회스러웠다. 하지만 나에게 그거 빼면 남는 게 뭐 있나 싶어 두근거리던 가슴이 돌연 싸해지고, 당장에라도 저 입술 위에 내 입술을 갖다 붙이고 싶은 충동을 자제했다. 입술 사이로 흘러나오는 신음 소리마저 참아 보려고 늘어뜨렸던 팔을 들어 입술을 틀어막았다.

"하아…… 진짜 해 보자는 겁니까, 지금?"

팔을 이로 세게 물며 웃웃, 가로막힌 답답한 소리만 내고 있자 마치 집어치우라는 듯 김수혁 씨가 내 팔을 잡아당겼다. 옆으로 틀었던 고개는 턱을 잡아 바로 하며 자신을 보게 했다. 마주 본 두 눈은 어딘지 짜증스러운 기색을 품고 있었다. 그에 괜히 울컥했지만, 그러한 마음과는 달리 흥분에 달뜬 곳곳은 뜨겁고, 어느덧 그 흥분 때문에 눈가에 맺혔던 눈물이 뺨을 타고 흐르기까지 했다.

두 손목은 김수혁 씨가 한 손으로 틀어쥐어 내 머리 위에서 세게 잡아 짓눌렀다. 침대 위로 짓누르듯 힘을 실어 움직이지 못하게 하고서 뒤이어 보란 듯이 성기를 깊숙이 찔러 넣은 탓에 신음 소리와 함께 고개가 절로 꺾였다. 하아, 하아, 숨을 내쉬자, 고갤 숙여 다가온 김수혁 씨가 내 목을 물었다. 그리고 혀를 내어 문지르듯 목울대를 핥았다. 숨이 막혔다. 고갤 가로저으며 그만하라는 듯 굴어도 오히려 다시 한번 그곳을 물어뜯을 뿐이었다.

몸은 거의 반으로 접혀 어느새 서로의 상체가 맞닿았고, 내 팔은 김수혁 씨의 땀에 젖은 등을 세게 끌어안고 있었다. 이미 닿아 있던 상체 사이에서 한 번의 사정을 마친 내 성기가 서로의 맞닿은 배 안에 문질러지면서 흥분을 이기지 못하고 다시금 크기를 키웠고, 두 다리는 상대의 옆구리에 끼워져 몸을 쳐올릴 때마다 허공에서 흔들렸다.

서로의 어깨와 목 사이에 고갤 파묻고, 맨등을 끌어안은 채 딱 붙은 몸을 쳐올릴 때마다 하나처럼 들썩였다. 그렇게 꾹꾹 밀고 들어오던 성기가 머지않아 사정을 마치고, 잠시 숨을 고르는 듯 김수혁 씨와 맞닿은 가슴이 함께 들썩이기가 무섭게 내 몸은 돌려졌다.

아래에 받치고 있던 베개 탓에 몸이 뒤집힌 순간 엉덩이가 위로 조금 솟아올랐다. 좀 쉬자고 반항할 틈도 없었다. 그 안으로 망설임 없이 김수혁 씨가 또다시 삽입했다. 그리고 몸을 숙여 겨드랑이 사이로 팔을 넣어 상체를 바짝 끌어안은 채 앞뒤로 허릴 움직였다.

귓가에 닿은 숨소리가 짙었다. 물지 말라 해도 자꾸만 어깨며 목덜미를 물어뜯고 입술과 혀로 그곳을 간질였다. 뒤로 빠졌다가 앞으로 움직이는 동작이 마치 애태우듯 느릿했다. 느리지만 무게를 실어 더 들어올 틈도 없이 안으로 깊숙이 밀고 들어와 묘하게 답답했다.

좀 더 빠르게 움직여 달라는 말이 기어코 내 입 밖으로 새어 나오게 할 작정인 듯싶었다. 그리고 나는 결국 침대 위에 고갤 처박고 빠르게 조금만 더 빠르게 해 달라고 웅얼거렸다. 벌어진 두 다리를 더욱 벌리듯 김수혁 씨의 다리가 내 두 다리를 각각 양옆으로 넓게 밀어 자신의 발로 움직이지 못하게 고정하곤 물었다.

"뭐라고 하는지 잘 안 들리는데."

끌어안긴 가슴팍에 닿은 김수혁 씨의 손은 불거진 유두를 짓눌렀다. 흐읏, 움츠러들며 비음 섞인 소리에 바람 빠지듯 웃는 소리가 귓가에 더운 숨과 함께 닿았다. 고갤 침대 위에 파묻고 있던 나는 열이 오른 내 귀를 입술로 물었다가 코끝으로 비비적거리는 것을 느꼈다. 간지러워 닿을 듯 말 듯 하게 애태우는 흥분에 자꾸만 안달이 났다. 몸을 움츠리는 그런 내게 김수혁 씨가 귓가에 대고 다시 한 번 물었다.

"박동우 씨, 나 못 들었는데. 해 달라는 대로 해 줄 테니까 다시 한번 말해 봐요."

기억하는 것은 여기까지였다. 좀 빨리 움직여 달라고 외쳐도 그런 식으로 못 들은 척 무시하는 탓에 결국 물색없이 지난밤 나 스스로 엉덩이를 흔들었던 게 떠올라 울고 싶었다.

내 쪽에서 엉덩이를 위아래로 움직였고, 그것에 맞춰 함께 움직여 온 김수혁 씨와의 지난밤이 참 좋았다. 무척이나 좋았기 때문에 나는 또다시 울고 싶은 것이었다.

날이 밝았을 때 내 옆자리는 이미 휑하니 비어 있었다. 그렇게 박아 놓고도 일찍 일어나 출근을 한 김수혁 씨가 존경스러울 따름이었다. 나는 침대 위에서 몸을 일으켰고, 뻐근한 몸뚱이에 잠시 주춤거렸다. 뒤이어 다 벗은 몸의 적나라함에 새삼스레 덮쳐 오는 부끄러움으로 몸을 떨다가 욕실로 향했다. 근육통이라도 온 듯 온몸이 쑤셨고, 거울을 보자 여기저기 물어뜯기고 빨린 흔적이 아주 가관이었다.

그걸 거울에 멍하니 비춰 보고 있으니 문득 짜증이 나고, 속이 쓰리며, 비참해졌다. 그리고 별안간 서글퍼졌다. 괜히 잘난 척하지 말 걸. 뒤늦게 후회하며 목 근처에 물린 자국을 짜증스레 손가락으로 쓸었다.

"이 새끼 이거, 이라도 간지럽나……. 대체 뭘 이렇게 물어뜯어 놨어."

혼자서 씩씩거리다가 문득 칫솔 두 개가 나란히 꽂혀 있는 것을 의식한 나는 서둘러 이를 닦은 뒤 내 칫솔을 쓰레기통에 넣어 버렸다. 뭔데 막 같이 사는 것 같고 그러냐며, 이제부터는 진짜 안 올 거라고, 절대 자고 가는 일 따윈 없을 거라고 다짐한 뒤 그렇게 김수혁 씨의 집을 빠져나왔다.

하지만 그렇게 패기를 다지며 김수혁 씨의 집을 뛰쳐나와 놓고 막상 방 안에 누워 전화를 기다렸다. 기다리지 말자고 하면 할수록 시선은 오히려 자꾸만 더 휴대폰으로 향했고, 그게 자존심이 상해서 휴대폰을 저 멀리 밀어 두었다가도 엉금엉금 기어가서 잠잠하기만 한 액정을 빤히 바라보기를 몇 번째 반복 중이었다.

아, 왜 연락이 없어. 그런 생각을 하다가 먼저 해 볼까, 하고 아주 자연스럽게 움직이던 손가락이 멈칫했다. 이내 또다시 저 멀리 휴대폰을 밀어 놓고 연락하기를 포기했다. 네가 안 하면 나도 안 한다 이거다. 제가 먼저 자길 따먹었네 어쩌고 했던 주제에 어이가 없었다. 아주 정말 어이가 없었다.

그래서 괜히 김수혁 씨가 천 원에 뽑아 준 인형의 목을 세게 졸랐다. 솜을 터뜨려 버릴 기세로 인형을 쥐어 패다가 저 멀리 인형을 던져 버리고 대자로 방 안에 뻗어 누웠다.

뭐가 이렇게 진 것 같은 기분인지 모르겠다. 이기고 지고 할 것도 없는데 나는 왜 이렇게 진 것 같은 기분에 사로잡혀 있는 것인지 알 수가 없었다.

멍하니 천장을 바라보고 있으니 어느새 창밖은 저녁 어스름이 내려앉았다. 도저히 이대로는 답답해서 안 되겠다는 듯 벌떡 일어나 기분 전환 겸 산책이라도 할 생각으로 집을 나서려고 했지만, 얇은 셔츠만 걸치고 나가자니 목 언저리에 남은 자국들이 영 신경 쓰였다. 울긋불긋한 자국들을 손가락으로 쓸어 보다가 혀를 찼다. 하여간 도움이 안 되는 인간이었다.

결국 한여름에 얇은 바람막이를 꺼내 입은 나는 목 끝까지 지퍼를 채운 뒤에야 집을 나설 수 있었다. 그러나 산책을 하던 발걸음이 어슬렁어슬렁 걸어 다다른 곳은 어째서인지 김수혁 씨의 집 근처 편의점 앞이었고, 말 목을 잘라 버렸던 김유신 장군님의 마음처럼 나 또한 나의 이 두 다리를 잘라 버리고 싶다는 생각을 하던 찰나였다.

"형. 근데 그때 걔랑 아는 사이예요?"

목소리가 들리는 쪽으로 당연하게 고개가 향했고, 무심코 고갤 돌린 곳에는 내가 내내 연락을 기다리고 있던 누군가가 막 편의점을 나오고 있었다. 나도 모르게 몸을 숨겼다. 구석에 몸을 숨긴 채 그들을 엿보고 있는 나는 어째서인지 자꾸만 당당하게 드러낼 수 없는 처지가 되어 가는 것만 같았다.

김수혁 씨는 그때 포장마차에서 보았던 놈들과 함께 편의점을 나와 그 앞에 펼쳐 놓은 플라스틱 의자에 앉았다.

나는 종일 김수혁 씨를 기다렸는데, 김수혁 씨는 아무렇지도 않게 자신의 일상을 보내고 있었던 모양이다. 그게 한없이 서운해지며, 묘한 감정이 가슴을 찔러 왔다.

"잘나가던 애가 어쩌다 그렇게 됐는지 모르겠더라고요. 혹시 걔가 형한테 돈 빌려 달라고는 안 해요?"

"맞아, 걔가 형한테 돈 빌려 달라고 할 것 같은데. 뭐 그런 찌질한 새끼랑 어울려요."

명백하게 나를 향해 빈정거리는 소리들을 듣고 있으니 발은 붙은 듯 움직이지를 않았다.

"그래서 지금 뭐 하자는 거야?"

귓가를 사로잡는 익숙한 목소리에 고갤 들었을 때 어렴풋하게 보이는 김수혁 씨는 웃고 있었다.

"나한테서 무슨 얘기가 듣고 싶은 건데."

"……."

"돌려 말하지 마. 나더러 너희랑 같이 박동우 까 달라는 거 아니야."

"아뇨. 그냥 저희는 형 괜히 곤란한 상황 닥칠까 봐 미리 말씀드리는 거예요. 저희가 하는 말 새겨들어서 나쁠 거 없잖아요."

"난 박동우 좋아하니까, 듣기 싫게 자꾸 그딴 소리 하지 마."

"……."

김수혁 씨의 손가락이 가볍게 테이블을 두드렸다. 어처구니가 없다는 표정으로 싱겁게 웃으며 자신의 입술을 만지작거리는 그 느릿한 동작이 내 눈에 천천히 담겼고, 왜인지 내 눈엔 더할 나위 없이 완벽했다. 아니, 그래. 뭐 일단 가짜긴 하지만 나름대로 사귀는 사이라고 감싸나…… 싶으면서도 매일 구박만 받다가 이런 말을 듣게 되니 괜히 설렌다.

먼저 일어나겠다며 일행들을 향해 말한 뒤 김수혁 씨가 자리를 벗어나는 모습까지 눈에 담았던 나는 한동안 발이 붙어 버린 듯 움직일 수가 없었다.

금방 사그라질 줄 알았던 떨림은 좀처럼 진정되지 못했다. 곱씹어 생각할수록 김수혁 씨는 좋은 사람이라 생각했다. 거기까지만 했으면 좋겠는데, 아무래도 내 마음은 거기까지가 아닌 모양이었다. 그래서 내가 왜 종일 진 것 같은 기분에 사로잡혀 있었는지를 이제야 깨닫게 되었다.

왜 산책은 하러 나간다고 나대 가지고. 더워 죽겠는데 꾸역꾸역 바람막이까지 걸치고 왜 산책은 하러 나가서 그런 소리를 듣고 말았을까. '난 박동우 좋아하니까.' 머릿속 한가득 들어찬 그 말이 떠나지를 않았다. 멍하니 앞을 응시하며 넋을 놓은 채 지나다니는 사람들에게 시선을 두고 있던 나는 "아, 오빠!" 하고 내 팔뚝을 찰싹 때리는 현정이의 손짓으로 인해 정신을 차렸다.

"내 말 듣고 있어요? 근데 더워 죽겠는데 바람막이는 왜 입고 나왔어요?"

"사정이 다 있어."

"아무튼, 그 사람 연락처 좀 알려 줘요. 아니면 오빠가 자리 한번 마련해 주면 안 돼요?"

"……"

주머니에서 내내 진동하던 휴대폰이 멈췄다. 나는 어제 그대로 편의점 근처를 서성이다 도망쳤고, 그로부터 얼마쯤 시간이 지났을 때부터 오는 김수혁 씨의 전화를 전부 무시하는 중이었다. 아마도 어마어마하게 열 받았을 것이다. 누군가에게 자신의 연락이 씹혀 본 적이 없는 사람일 테니 못해도 우주만큼 열 받았을 것이다.

나는 김수혁 씨의 전화를 받아야만 하는데 도저히 그럴 수가 없었다. 무지막지하게 창피하고, 쪽팔리고 그랬으니까. 마음을 두면 나만 손해일 게 뻔한데, 눈앞에 너무나 당연하게 미래가 그려지는데 나는 어쩌자고 김수혁 씨를 좋아하게 되어 버린 것일까, 착잡했다. 사정을 모르는 현정이는 그런 내게 김수혁 씨를 소개해 달라 졸라 댔고, 바로 어제 마음을 깨달은 나로서는 이게 참 난감하기 그지없었다.

쏟아지는 답답한 한숨과 함께 양손으로 얼굴을 쓸어내린 나는 현정이를 향해 꽤 비장하게 말했다.

"그 사람 나랑 사귀는데."

"……."

"……."

"아, 오빠."

"……."

"소개해 주기 싫으면 싫다고 해요, 그냥."

이게 정상이다. 현정이는 황당하다는 얼굴로 그만 자리에서 일어났고 별꼴을 다 보겠다고 째려본 뒤 내게서 멀어졌다.

이게 분명 정상인데도 불구하고 나는 평생 이 망할 김수혁을 마음에 품고 외로움을 동반한 채 구질구질하게 늙어 갈지도 몰랐다. 그런 나와는 달리 김수혁 씨는 잘났으니 우리 관계가 끝나는 6개월 뒤 뭐가 돼도 나보다는 잘 살겠지, 라는 생각이 들자 파도처럼 우울함이 밀려왔다.

나도 소소한 즐거움을 추구하며 인생을 꾸려 나갈 거라 다짐하고 일어섰다. 위안이 필요한 내게 몇 시간의 즐거움을 주는 만화방으로 달려가 만화책을 펼쳤다. 하지만 정말로 즐거움은 고작 몇 시간

뿐이었다. 그마저도 김수혁 씨 때문에 온전히 즐기지도 못했다.

터덜터덜 집으로 향하는 발걸음이 천근만근 무거웠다. 그 무거운 발걸음은 누군가 붙잡는 손길로 인해 멈춰 세워졌다. 돌아보지 않아도 충분히 알 수 있었다.

"칫솔 버렸던데, 내가 그걸 무슨 의미로 해석하면 됩니까?"

멈춰 선 나에게 김수혁 씨는 단단히 벼르고 있었다는 듯 물어 왔다. 가슴이 철렁 내려앉았다. 원래도 잘생겼다고 생각했던 얼굴은 마음을 깨닫기가 무섭게 더욱 빛을 발해 마주 보기가 꺼려졌다.

"전화도 안 받고."

"……."

"일부러 이럽니까?"

"……그냥, 그냥 버린 겁니다."

"그냥?"

"칫솔이 상했고, 또 색깔도 별로고……. 저 초록색 안 좋아합니다."

"지금 그걸 믿으라고 하는 소립니까?"

"저기요."

"네."

"제가, 그러니까……."

"……."

김수혁 씨에게 붙잡힌 손목의 맥이 미친 듯이 뛰는 게 느껴졌다. 고스란히 김수혁 씨의 손바닥 안으로 그게 전부 느껴질까 무서웠다.

"나중에 연락드릴 테니까 일단 좀 놓아주시면 안 될까요?"

"또 연락 무시할 거 아닙니까?"

"아, 왜 이렇게 사람을 못 믿습니까?"

"못 믿게 만든 게 누군데요."

"……."

"매번 사람 기다리게 만든 게 누굽니까?"

"……."

하지만 김수혁 씨는 결국 아무 말이 없는 나를 오랫동안 바라보다가 길게 한숨을 내쉬곤 내 손을 놓아주었다. 고갤 숙이고 있는데도 얼굴 위로 꽂히는 김수혁 씨의 시선이 선명하게 느껴졌다.

"그날 나랑 잔 것 때문에 그래요?"

"그래서 그런 거 아닌데요! 그리고 저……. 의미 같은 거 안 둔다고 이미 말씀드렸잖아요."

"……."

내 감정을 있는 그대로 드러내 보이고 싶지 않아, 마음에도 없는 변명이 뒤따랐다. 결국, 무슨 말을 하기 위해 달싹거리던 김수혁 씨의 입술이 꾹 다물렸다. 오래는 못 기다린다는 말과 함께 먼저 돌아섰고, 나는 멀어지는 모습을 눈으로 좇으며 진짜 이게 아닌데, 라는 생각에 얼굴을 쓸어내렸다.

그리고 그렇게 며칠이 지났을 때였다.

"너 요즘은 왜 너네 수혁 씨네 안 가니?"

"……."

"이것저것 집에 있는 거 다 퍼다 나르더니 요샌 왜 잠잠하냐고."

느닷없이 엄마가 내게 물어 왔다. 나는 밥상에 놓인 갖가지 반찬들을 흐린 눈으로 바라보며 시선을 풀어놓고 있었다.

"박동우?"

"엄마. 엄마도 날 한심하게 생각하는 거 다 알아요. 당연하지. 나는 한심한 게 사실이니까. 사기도 당했고, 있는 돈도 다 날려 먹었고, 가진 것도 없고…….”

“…….”

“밖에선 찌질하다고 욕이나 먹고 그러니까…….”

“갑자기 애 왜 이래?”

엄마가 아버지에게 눈짓했다. 아버지와 엄마의 시선이 내게 닿는 게 느껴졌다. 곧이어 엄마는 갑자기 큰소리를 내며 나를 다그쳤다.

“누가 너더러 한심하대? 멍청하대? 누가 그랬는데, 누가!”

……멍청하다고는 안 그랬는데.

절로 한숨이 터졌다. 내가 조금이라도 잘났으면 좋았을 텐데, 라는 생각을 했다. 그랬다면 아마도 곧바로 당당하게 김수혁 씨에게 차일 각오를 하더라도 고백이라도 한번 해 볼 수 있었을 텐데 말이다. 하지만 지금 내 이런 꼴로 차이는 건 너무나 구질구질하고 처량해 보이지 않냐 이거였다. 아마도 회복이 불가능할 것이다. 그 때문에 며칠째 내쉬는 한숨은 짙었다.

게다가 내가 그렇게 말했다고 그래도 정말로 김수혁 씨에게서는 아무런 연락이 없었다. 내가 하겠다고는 했다지만, 시간이 흐르면 궁금해서라도 한 번쯤은 생사 확인이나 안부 인사, 겸사겸사 전화를 해 보는 게 보통 아닐까. 이제 내가 필요 없다 이건가 싶은 기분이 들었다. 제가 필요할 때는 잘만 찾더니 이제 볼일 다 봤다 이건가. 한번 땅을 파기 시작하자 지구 내핵까지 뚫을 기세였다.

생각해 보니 요즘 들어 우연에 기대 마주치기도 힘들었다. 게다가 그날 표정이 별로 안 좋아 보이던데 알고 보면 나한테 헤어지자고 할 타이밍을 노리느라 그랬던 건 아닐까. 하면 할수록 치닫는 생각은 굉장히 부정적이었다. 이래서 사람은 바깥바람도 쐬고 그래야 했다.

빨간색 펜으로 이름 쓸 거야, 라며 괜히 이면지 위에 마구잡이로 김수혁 씨의 이름을 써 대며 심통을 부리다가 보니 오히려 더 보고만 싶어졌다. 난 정말 진상이다. 진짜 이러면 안 되는데 김수혁 씨가 보고 싶어지는 바람에 착잡함을 이기지 못하고 친구에게 숨이나 한잔 하자고 불렀다.

포장마차 테이블 위에 안주로 놓인 두부김치를 먹으며 머뭇거리고 있으니 어울리지 않는 짓 그만하고 할 말 있으면 얼른 해 보라기에 천천히 운을 뗐다.

"아니, 있잖아. 내가 잤어, 누구랑 잤는데……."

"미친, 진짜? 누구랑?"

"누구라고 물어보면 내가 누구라고 말해 줄 거 같냐? 그리고 욕하지 마, 이 또라이야."

"이 새끼는 놀면서 아무것도 안 하는 거 같은데 할 거 다 하고 다녀."

"부러우면 회사 때려치우고 너도 놀든지."

결국 가망성 없는 상대와는 그냥 끝내야지 그걸 질질 끌고 있냐고 혼나기만 했다. 내일 출근해야 한다며 친구가 떠나가고 혼자 남은 나는 울적한 기분을 달래기 위해 덩그러니 앉아 소주를 마시다가, 다 깔끔하게 정리해 버리겠다는 생각으로 충동처럼 김수혁 씨에게 전화를 걸었다. 당장 포장마차로 나오라는 내 전화에 곧 모습을 드러낸 김수혁 씨가 테이블 위에 올려 둔 빈 병들과 나를 말없이 바라보다가 맞은편에 자리했다.

나는 이제라도 나의 삶이 올바른 방향으로 흘러가야 한다고 마음을 다잡으며 고개까지 꺾어 술잔을 넘겼다.

"박동우 씨, 취한 거 같은데 그만 드시죠."

김수혁 씨는 그런 나를 보며 한숨을 쉬었다.

"안 취했습니다."

"보통 술자리에서 그런 소리 하는 사람들이 가장 많이 취했더라고요. 그리고 박동우 씨 눈이 이미 취했습니다."

"김수혁 씨."

"네."

"저 누구 발목 붙잡고 안 그럽니다. 그런 거 너무 자존심 상하고 구차해 보이고, 안 그래도 후줄근하게 다니는데 더 후줄근해 보이니까요."

내 말을 듣는 김수혁 씨는 말이 없었다. 나는 술기운에 어슴푸레해진 시야로 김수혁 씨를 바라보며 계속해 말을 이었다.

"그렇다고요, 그냥……. 그냥 저는 그렇다고 알려 드리고 싶었습니다."

"저 들으라고 하는 소린가요?"

"그럼 제가 지금 누구 들으라고 합니까?"

"제가 박동우 씨 발목 붙잡았습니까?"

"예?"

"돌려 말하나 해서요."

"유학도 다녀오신 분이 왜 이렇게 사람 말을 못 알아듣습니까?"

"……."

"그러니까 제가 하고 싶은 말은."

"……."

"그러니까, 제가 하고 싶은 말은요……."

"네. 말하세요."

잘 하지도 못하는 술을 연거푸 몇 잔 들이켜고 난 뒤 탁 소리가 나게 테이블 위에 소주잔을 올려 두었다. 시야가 핑그르르 돌았다. 가만 팔짱을 낀 채 나를 바라보고 있던 김수혁 씨의 얼굴을 보자 다시 한번 착잡해져 내려 둔 술잔을 들었다.

"지금 꽤 취한 거 같은데, 그만 마셔요."

그런 내 손목을 잡으며 그만 마시라 해 오는 말이 쓸데없이 다정했다. 다 그만두겠다는 말을 하려는데 하필 오늘따라 뭉개진 시야 속에서도 더 잘생겨 보였다. 하필 왜 오늘따라 더 다정하고, 잘생기고 난리냐는 원망이 피어올랐다.

마음을 다잡고 김수혁 씨를 바라봤다. 무슨 일을 하기 위해선 강하고 또 담대하라고 했다. 숨을 크게 들이쉬고 내뱉는 동시에 참았던 말이 터졌다.

"전 못 헤어집니다."

그리고 내 입에선 계획과는 다른 말이 튀어 나가고야 말았다.

"네?"

"못 헤어진다고요!"

"……."

씩씩거리며 김수혁 씨를 노려보고 있자 주변을 둘러보던 김수혁 씨는 여기서 할 얘기는 아닌 거 같으니 일단 일어나자며 나를 잡아 끌었다.

계산을 마친 뒤 밖으로 나왔다. 술을 마시기 시작하고부터 시간이 얼마나 흘렀는지는 모르겠다. 거리가 한적하고, 지나다니는 차들이 드문 것을 보며 그저 늦은 시간이겠거니 짐작할 뿐이었다. 김수혁 씨에게 붙잡힌 채 걸음을 옮기던 중 몇 걸음 걷다가 멈춰 섰다. 멈춰 선 나를 김수혁 씨가 의아한 듯 불렀다.

"박동우 씨."

그 부름은 도화선이 되었다.

"진짜 저한테 이러시면 안 되는 겁니다."

호흡을 가다듬으려 애썼다. 가빠 오는 호흡과 날뛰어 대는 가슴이 버거웠다. 진정해 보려고 해도 이미 생각과 심장 박동 모든 것이 통제력을 벗어난 뒤였다.

"도대체 뭐가요?"

"아, 그러니까 박동우 좋아한다는 소릴 거기서 왜 합니까? 그거 완전히 사람 꼬시는 거죠."

"무슨……."

"꼬시려고 작정한 거 아니고서야 절대 그런 소리 못 합니다."

"……."

"듣는 사람 설레게 그딴 소리는 왜 합니까? 그래 놓고 아무렇지도 않은 표정만 짓고 있으면 답니까? 예? 나는 억울한데, 왜 그쪽은 아무렇지도 않은 건데요."

"……."

"저 꼬신 건 김수혁 씨 아닙니까?"

"……."

"꼬셔 놓고 이제 와서 발 빼면 그만입니까? 절대 안 됩니다. 전 그쪽 못 놔준다고요."

"……."

"조상님이 와도 안 되는 건 안 되는 겁니다. 아시겠습니까?"

"무슨 소리를 하는 건지 모르겠지만, 왜 얘기가 이쪽으로 튑니까?"

"제가 김수혁 씨에 비해 꿀리는 게 많다는 거 압니다. 사기도 당해 봤고 그래서 사업도 말아먹어 봤으니까요. 저 거집니다."

"……."

"보시다시피 가진 거 하나 없는데, 제가 어디 가서 김수혁 씨만한 사람을 만납니까?"

말하는 내내 상당히 억울했지만, 사실이었다. 그런데 또 그게 사실이라는 점이 나를 더욱 억울하게 했다.

"그러니까 누가 나한테 잘해 주라고 했습니까?"

"……."

"생각 없이 잘해 주는 것도 잘못인 거 아세요?"

"……."

"게다가 그 새끼들은 형, 형 잘도 하는데 나는 왠지 생각해 보니까 거리감도 느껴지는 거 같고……."

"혹시……. 편의점에서 후배들이랑 있던 거 봤어요?"

"보면 안 됩니까?"

"형이라고 부르고 싶으면 그렇게 하세요."

"하라고 하면 내가 못 할 거 같습니까?"

내가 두서없이 떠드는 동안 팔짱을 낀 채 나를 바라보고 있는 김수혁 씨의 모습은 마치 지금 내 모습을 재미있다고 말하는 것만 같았다. 나는 숨을 몰아쉬며 김수혁 씨를 노려봤고, 김수혁 씨는 태연하게 나를 바라보다가 처음 갔던 날 얘기를 꺼냈다.

"박동우 씨가 그날 나한테 그러지 않았습니까? 익숙하다면서요. 뭐 그런 일 한 번 있었다고 바뀌는 건 없다고."

"……."

"분위기에 취한 거라면서요."

"차일까 봐 그랬습니다! 익숙하긴 뭐가 익숙합니까?"

나만 분통 터지고, 그리고 또 역시나 나 혼자만 분통이 터졌다.

"내가 그쪽 앞길 막을 겁니다. 혼삿길 다 막아 버릴 겁니다."

내 말에 김수혁 씨가 웃음을 터뜨렸다. 웃어? 나는 그 웃음에 어처구니가 없어 실소를 터뜨렸는데, 미치겠다고 속삭이며 웃고 있는 김수혁 씨를 보고 있자니 열이 받았다. 아직 끝난 게 아니라고 외치는 내게 김수혁 씨는 계속하라고 가볍게 손짓했다.

"그때 그 여자는 대체 누굽니까?"

"여자?"

김수혁 씨는 내 말에 기억을 떠올려 보려는 듯 허공을 한참이나 바라보며 생각에 잠겼고, 답답해진 내가 왜요, 그때 꽃다발 들고 와서, 어쩌고저쩌고 따지자 떠올랐는지 아, 하는 소리와 함께 내게 말했다.

"친구인데요."

"뻥치지 마세요. 친구가 뭐 그렇게 예쁩니까? 어떻게 친구가 그렇게 예쁠 수가 있습니까?"

"……박동우 씨 술 깨고 얼마나 창피하려고 그래요."

"안 취했다고 말씀드렸잖아요."

"부모님 결혼기념일이라 친구한테 꽃다발을 주문한 거뿐인데……. 아. 혹시 그럼 그날 박동우 씨 질투했습니까?"

"네."

"박동우 씨가 질투도 합니까?"

"뭡니까. 나는 그런 거 하면 안 됩니까?"

내 대답에 또다시 김수혁 씨가 웃음을 터뜨렸다. 나의 분통이 터지는 것도 모르고, 내가 오늘 김수혁 씨를 저주하기 위해 빨간 펜으로 이름을 쓴 것도 모르면서 웃긴 왜 웃는지 모르겠다. 그래서 아주 잠시 머리로 들이받아 저 잘난 콧대를 분질러 버릴까, 고민했다.

"아. 웃지 마시죠? 저 상당히 진지합니다, 지금."

"박동우 씨."

"네."

"그럼 이번엔 진짜로 나랑 연애할래요?"

"······예?"

"저도 진지하게 하는 소립니다."

"······."

"저 박동우 씨 좋아합니다."

그때와 같은 연애하자는 물음이 놓였다. 말문이 막혀 가만 바라보고 있는 내게로 김수혁 씨가 한 걸음 다가와 거릴 좁혔다. 거리는 어두컴컴하고 한적했다. 건물과 가로등이 뿜어내는 어슴푸레한 빛이 다가온 김수혁 씨의 얼굴 가득 내려앉고 그 위에 번진 미소를 바라보며 홀린 듯 서 있던 내게로 곧 입술이 닿았다. 나는 손을 뻗어 도망가지 못하게 김수혁 씨의 목을 끌어안았다.

날이 밝았을 때 내 몸은 익숙하지만 익숙하지 않은 침대 위였다. 눈을 뜨자마자 접시 물에 코를 박고 나가 죽어야 한다는 생각과 밀려드는 쪽팔림, 후회, 그리고 거듭되는 번뇌까지 마친 나는 고갤 돌렸다.

"잘 잤어, 동우야?"

"⋯⋯."

대체 어제 내가 기억하지 못하는 무슨 일이 있었던 걸까. 느닷없는 반말에 몹시 당황하는 바람에.

"네, 형."

내 입에서도 절로 그 소리가 튀어나왔다. 기어코 김수혁 씨는 웃음이 터졌고, 나는 내 몸 상태부터 확인했다. 다행히 아무런 일도 일어나지 않은 모양이었다. 여전히 김수혁 씨가 나를 보고 있는 시선에는 재미있다는 기색이 가득했다. 사람을 가지고 놀고 있는 게 못마땅해 뭘 그렇게 쳐다보냐 따지니 이어지는 말이 정말 사람 할 말 없게 했다.

"나는 박동우 씨가 날 그렇게까지 좋아하는지 몰랐습니다."

"⋯⋯."

"근데 또 술 취해서 그냥 해 본 소리는 아닐까 싶기도 하고."

"⋯⋯."

하아⋯⋯. 깊은 한숨이 절로 터져 나왔다. 가슴께를 두 손으로 누르다가, 슬금슬금 이불을 머리끝까지 뒤집어쓴 채, 결국 이렇게 된 거 뻔뻔해지는 수밖에 더 있겠나 싶었다.

"그거 본심 맞는데요."

"⋯⋯."

"제가 형을 아주 많이 좋아합니다."

그 말에 또 웃음이 터지는 김수혁 씨 때문에 몹시 쪽팔려 죽겠다.

부스럭거리는 소리가 들리고, 옆자리가 휑해지는 느낌이 들어 머리까지 뒤집어쓰고 있던 이불을 슬쩍 내려 눈만 내놓자, 나를 내려다보고 있던 김수혁 씨와 떡하니 시선이 마주쳤다. 가슴이 쿵 내려앉았다. 아주 내가 이 사람을 좋아한다고 광고를 하는 수준이었다.

"그렇게 계속 누워 있지 말고 나 출근 좀 시켜 줘요."

"출근이요?"

"오늘은 박동우 씨가 운전하는 차 타고 싶은데."

그러한 이유로 오늘도 우리 집 배달용 흰색 봉고차는 활기차게 도로를 달렸다.

운전 중인 나는 평소와 달리 양손으로 핸들을 꽉 움켜쥔 채 오로지 앞만 바라봤다. 뺨으로 닿아 오는 열렬한 시선에 끙끙 앓다가 결국 민망함에 되레 목소리가 커졌다.

"아, 뭡니까? 그만 쳐다봐요."

"닳습니까?"

"네. 닳습니다."

"그럼 아껴 봐야겠네요."

"……."

"왜요?"

"그런 소리도 할 줄 아십니까?"

당연하다는 듯 아주 가볍게 고갤 끄덕이던 김수혁 씨는 손가락을 뻗어 내 머리카락을 만지작거렸다. 한시도 가만히 있지 않는 김수혁 씨의 손가락이 어느새 뒷목을 스치듯 쓸었고, 목을 움츠리며 째려봐도 그 손가락을 치울 생각을 하지 않았다.

"운전에 방해되거든요?"

"머리 좀 잘라야 하는 거 아닙니까?"

"머리 왜요? 별로 안 길었는데."

"뒤에 목 드러나게 시원하게 다 쳐 버려요."

"예? 뭐하려요?"

"그래야 잘 보이고 좋잖아요. 자국 내기도 좋고."

"아. 김수혁 씨 변태입니까?"

"네."

"……참 할 말 없게 하시네요."

조수석에 등을 기댄 채 김수혁 씨는 그저 바람 빠지듯 웃으며 내게 저 앞에 세워 달라 말했다. 내리려고 준비를 갖추는 모습을 말없이 바라보고 있을 때였다. 갑자기 무언가 까먹었다는 듯 고갤 든 김수혁 씨가 나를 본다. 왜요? 뭐 까먹었습니까? 물으려는 순간 얼굴이 가까이 드리워졌다. 놀라 뒤로 빠지려 하는 뒤통수로 어림도 없다는 듯 김수혁 씨의 손이 닿았다. 빠르게 입술이 닿았다 떨어지고, 그 때문에 굳어 있는 내게 김수혁 씨는 웃으며 말했다.

"이따 봐요."

"……."

그리 웃으며 차에서 내리는 김수혁 씨의 뒷모습을 바라보고 있자니 이상하게 뭔가 당한 기분이 들었다.

* * *

김수혁 씨는 바쁘다. 알고는 있었던 사실이지만, 요즘 들어 일이 많아 늦게 들어오는 일이 더욱 잦아졌다. 어제는 일찍 끝날 거 같다며 자신의 집에 가 있으라고 하기에 빈집에 누워 뒹굴뒹굴하며 김수혁 씨를 기다렸다. 일찍 온다더니 시간은 11시를 훌쩍 넘었고, 한참을 침대 위에서 비비적거리고 있다 보니 마치 주인을 기다리는 강아지가 된 듯해 내 기분이 썩 유쾌하지 못하던 찰나, 김수혁 씨가 들어왔다. 자신의 집에 가 있으라고 말해 왔기 때문에 내심 무언가를 기대했던 나는 씻고 나오자마자 곧바로 곯아떨어진 김수혁 씨가 매우 어이없었다.

그러한 이유로 토요일 아침, 상쾌한 아침 새소리를 들으며 기상했음에도 내 기분은 상쾌하지가 못했다. 뻗어 누워 있는 김수혁 씨를 보며 조금 심란했다. 빡세게 일을 했으니 피곤한 건 당연할 텐데 나만 혼자서 욕정에 휩싸여 있던 것 같아서 말이다. 근데 또 그럴 거면 왜 기다리라고 했나 싶었다. 사람 옹졸해지게 만드는 김수혁 씨가 얄미워 때리고 싶은데 때리자니 생긴 게 좀 아깝기도 해서 휴대폰으로 자는 모습만 몇 장 찍은 뒤 몸을 일으켰다.

배도 고픈데 먹을 거 없나 찬장을 뒤져 겨우 라면 하나를 꺼내 나 혼자 끓여 먹을 거라고 결의를 다지던 순간, 기척도 없이 다가와 허리를 끌어안는 손길이 느껴졌다. 고갤 숙여 내 등 뒤에 얼굴을 비비적거리는 김수혁 씨의 피곤해 죽겠다고 중얼거리는 소리가 나지막하게 들려왔다.

"라면 한 갠데요."

"아, 그래요?"

"어제 나를 열 받게 했으니까 나 혼자 다 먹을 겁니다."

"어제 뭐 기대했었구나."

"……아니요?"

"나는 얼굴 본 지도 오래돼서 얼굴이라도 보고 싶어서 그랬어요."

"……"

"늦게 들어와서 미안해요."

말하면서 김수혁 씨의 손이 셔츠 안으로 들어오려고 했다.

"저기요. 정중하시든가 변태 같든가, 한 가지만 하시죠. 사람 헷갈리게 하지 마시고요."

"전 두 가지 다 잘합니다."

피곤해 죽겠다 하면서도 한쪽 손은 셔츠 안을, 반대쪽 손은 라면 봉지를 쥐고 있는 내 손가락 위를 서성거렸다. 손가락이 간지러웠다. 바람 빠지듯 웃는 웃음이 목 언저리에 닿았다. 나는 괜히 귓가를 만지작거리다가 물었다.

"너무 만지시는 거 아닙니까?"

"예뻐서 그러는데, 왜요?"

느닷없는 어택에 어제의 꾸깃꾸깃 구겨졌던 기분이 퍽 나아지려했다. 그래서 라면 한 개도 나눠 먹을 마음이 생긴 나는 조금 누그러진 톤으로 물었다.

"그럼 토요일인데 오늘 우리 뭐 합니까?"

"아, 저 선약 있습니다."

"네?"

허리를 감고 있던 손을 풀어내고 곧바로 돌아서서 마주 보자 뭐 문제 있냐는 태연한 얼굴이었다. 아, 정말 짜증 나는 새끼가 아닐 수 없었다.

이러면 안 된다는 걸 알지만……. 나도 바쁠 줄 안다. 너만 바쁜 거 아니다. 나도 바쁠 줄 안다 이거다.

김수혁 씨가 씻는 사이 몰래 집을 나와 별다른 목적도 없이 성큼 성큼 걷던 걸음이 멈췄다. 전봇대에 붙어 있는 부업 광고 종이가 눈 길을 사로잡았기 때문이었다. 고민에 빠졌다. 오징어 다리처럼 종이 아래 너덜너덜 휴대폰 번호가 쓰여 있는 부분은 이미 몇 개 뜯어져 있었다. 유혹을 느꼈다. 바람이 불어 그 종이들이 흔들흔들할 때마 다 마치 내게 부업으로 이 마스크 팩이라도 접어 보라는 듯 손짓하 는 것만 같았다.

"거기서 뭐 해, 쌀집 아들?"

그 순간, 누군가 나를 불러와 돌아보자 김 씨 아저씨다. 멋쩍게 꾸 벅 인사를 건네자 김 씨 아저씨는 이리 와 보라며 내게 손짓하셨다.

"아, 아저씨. 분명 제가 아까 아저씨 포를 차로 먹어서 장이었잖 아요. 그런데 어째서 지금 아저씨 포가 두 개예요? 은근슬쩍 올려 두셨죠? 와, 치사하시다."

"아이, 쌀집 아들은 왜 이렇게 장기를 잘 두는 거야."

김 씨 아저씨의 손짓에 이끌려 간 나는 지금 아저씨의 마트 뒤 후 미진 구석에서 커다란 플라스틱 양동이를 뒤집어 놓고 그 위에 장 기판을 올려 둔 채 장기를 두는 중이었다. 김 씨 아저씨는 결국 장 기판 위에서 자신의 포를 밖으로 빼냈다. "아저씨, 정말 이러시면 곤란합니다?"라고 하는 말에 딴청을 부리다가 갑자기 "어, 잠시만!" 하셨다. 그러곤 주머니에서 휴대폰을 꺼내시며 나 전화 왔어, 라고 하시기에 얼른 받으시라고 하니.

"그래, 아들. 무슨 일이야?"

김 씨 아저씨의 입에서 튀어나온 '아들'이라는 소리에 나는 손에 들고 있던 장기짝을 떨어뜨리고야 말았다. 헐레벌떡 손을 휘저었다. 손가락으로 내 입술을 가로막기까지 하며 김 씨 아저씨를 향해 열심히 아저씨 아들에게 나의 존재를 알리지 말라고 신호를 보냈다.

"둘이 싸웠어?"

"……아뇨, 그럴 리가요."

통화를 끝마친 김 씨 아저씨의 물음에 나는 그저 어색하게 웃을 뿐이었고, 아저씨는 "싸웠네, 싸웠어."라고 들으라는 듯 혼잣말을 하셨다.

장기를 끝마치고 다시 터덜터덜 걷던 걸음은 습관처럼 우리 집 가게 앞에 다다랐다. 쌀집 이름은 '동우네'지만 정작 동우는 늘 이 안으로 들어서기까지 여러 번 마음을 추슬러야 한다는 것을 알까 모르겠다. 어젠 집에도 안 들어오고 이 시간까지 어딜 그렇게 싸돌아다녔냐고 벌써부터 한 소리를 들은 기분으로 막 가게 안으로 발을 들여놓았을 때였다.

"어, 왔어요?"

약속이 있다던 김수혁 씨가 우리 가게에 앉아 막 가게 안으로 들어선 내게 손을 흔들며 웃어 보이는 모습이 눈에 담겼다. 어리둥절하게 그 모습을 바라보며 사태를 파악하기도 전에, 김수혁 씨의 맞은편에는 온화한 얼굴로 "어디 다녀오니, 아들?"이라 말하며 나를 바라보는 엄마가 있었다. 낯설었다. 그리고 그러한 엄마의 앞에는 노르망디와 앙투아네트를 대신할 척 보기에도 비싸 보이는 찻잔이 놓여 있었다.

하하 호호 하는, 그 소름 끼치게 다정한 분위기를 견디지 못하고 결국 도망치듯 가게를 빠져나왔다. 어느새 하루는 저물어 가고 노을 지는 저녁, 도망치듯 그곳을 빠져나온 나는 저녁노을이 아름답기 그지없다는 감상을 하며 공원 안 벤치에 앉아 있었다. 그로부터 한참 뒤 다가와 앞에 서는 기척에 고갤 돌리자 김수혁 씨가 나를 내려다보던 시선과 마주쳤다.

"왜 이제 옵니까? 한참 기다렸잖아요. 우리 엄마가 또 내 욕했죠?"

"별로 안 했어요."

"하긴 했다는 거네요."

"뭐, 말을 엄청 안 듣는다고 하시더라고요."

"걸러 들을 건 좀 걸러 듣죠……. 아니 근데 선약이 그거였으면 말을 하지 그랬습니까? 사람을 아주 좀팽이로 만듭니까? 괜히 도망쳤잖아요."

그런 내 뺨을 양손으로 잡아 온 김수혁 씨가 고갤 숙여 입을 맞췄다. 순식간에 끼쳤던 상쾌한 스킨 향이 코끝에 바람처럼 스치고 사라졌다.

"……와, 이젠 아주 거리낌도 없습니다?"

"거리낄 이유가 없으니까요."

김수혁 씨는 가볍게 웃으며 내 뺨을 잡았다가 놓은 뒤 내 옆에 앉았다. 나는 결국 어쩔 도리가 없이 기분이 풀어진 것을 인정해야만 했다. 이러니 뭐든 김수혁 씨보다 능숙한 척하려 해 봐도 쉽지가 않은 것이다.

"화는 다 풀렸어요?"

"별로 화난 건 아니었거든요? 바빠서 얼굴도 자주 못 보고 그런다고 해서 별로 화 안 났습니다. 주말에 약속 따로 잡아 놓고 말도 안 해서 화난 거 아닙니다."

다리를 꼰 채 앉아 천천히 흔들고 있던 김수혁 씨는 웃음을 터뜨리곤 내 어깨 위로 머리를 기댔다. 그러곤 이내 무언가를 생각하는 듯하다 말을 꺼냈다.

"그때 내 후배들 말인데."

"아, 그 새끼들?"

그 말에 김수혁 씨가 바람 빠지듯 웃었다.

"왜 사이가 안 좋습니까?"

"열등감이죠."

"열등감?"

"그 새끼들이 좋아하던 애들이 하나같이 다 날 좋아했으니까요."

"아."

"한때는 좀 날렸습니다."

"그럴 거 같아요."

"……."

"왜요?"

"놀리는 거 아니죠?"

"아닌데."

"근데 대체 왜 제 기분은 김수혁 씨가 저를 놀리는 거 같은지 모르겠네요."

"기분 탓입니다."

그 말과 함께 자리에서 일어난 김수혁 씨는 노을 진 풍경과 어우러져 조금 나른해 보였다.

"그만 같을까요?"

이렇게 있는 시간이 조금 아쉽다고 느끼던 순간, 이번엔 뺨에 입술이 닿았다. 놀라 주변을 살피며 뺨을 움켜쥔 나를 보며 뭐가 웃긴지 한차례 웃음을 흘렸다.

"아, 진짜! 밖에선 좀 자제합시다."

그 말에 그저 어깨만 으쓱해 보이는 것으로 보아 내 말을 제대로 알아듣지 못한 듯했다.

"진짜 그러지 마세요."

"왜요? 계속 그럴 건데. 그래야 사귀는 느낌이 좀 나지 않습니까?"

"저 엄청 좋아하시나 보네요."

"네."

"……자꾸 사람 할 말 없어지게 하실 겁니까?"

"물어보니까 대답한 것뿐입니다."

그리 말하며 웃어 보이는 미소가 얄미웠다. 하지만 빨리 일어나라며 맛있는 거 사 주겠다는 말에 맛있는 것은 언제나 옳기 때문에 얼른 김수혁 씨를 따라 자리에서 일어났다.

그때 갑자기 김수혁 씨는 무언가 생각났다는 듯 몇 걸음 걷던 걸음을 멈췄다.

"아, 박동우 씨한테 이걸 물어본다는 게 계속 딴소리만 했네요."

"뭔데요?"

"내가 며칠 동안 쭉 생각해 봤는데……."

"……."

"우리 같이 살래요?"

짧은 정적이 흐르는 동안 김수혁 씨의 얼굴 위에는 여전히 미소가 번진 채였다. 내가 얼씨구나 좋다고 그렇게 말할 줄 알고 나를 보며 생글생글 여유 있게 웃는 모양인데 어림없다고 생각했다. 숨을 크게 들이쉬며 쿵쿵 뛰어 대는 가슴을 진정시켰다. 그러나 안 돼, 안 돼, 하는 사이 이미 그곳으로 뛰어드는 불나방처럼 늘 그래 왔듯 내 입은 내 이성을 반했다.

"네."

대답은 마치 그 말을 해 주길 기다리고 있었다는 듯 빨랐다.

김수혁 씨가 사 준 저녁을 먹고 집으로 돌아왔다. "짐 챙겨서 바로 와요, 여기서 기다릴게요."라는 말에 그렇게 바로는 못 나간다고, 엄마도 아버지도 설득할 시간이 필요하고, 하며 머뭇대자 그저 운전석에 앉아 나를 가만 바라보던 김수혁 씨는 "바로 나올 수 있을 겁니다."라고 말했다.

뭔 소리야. 뭔데 저렇게 확신하듯 말하는 걸까 싶어 떨떠름하게 김수혁 씨의 차에서 내려 일단 집으로 들어갔다. 집으로 들어서자마자 현관 바로 앞에는 캐리어가 떨렁 놓여 있는 게 보였고, 그것과 함께 서 있던 엄마는 내가 신발도 벗기 전에 그 캐리어를 토스하듯 넘겨주었다.

"……뭔데요, 이게."

"네 짐. 오늘부터 너네 수혁 씨네 가서 살 거 아니야?"

"……어, 그렇긴 한데요."

대체 아까 내가 없던 사이 엄마와 김수혁 씨는 가게에서 무슨 대화를 나눈 것일까?

"반대 안 해요?"

그리 묻자 엄마의 표정은 반대할 이유가 하나 없다는 듯 평온했
다. 오히려 자신이 왜 반대하냐고 말하는 듯 보이기까지 해서 무척
이나 혼란스러웠다. 사위로 들인다고 생각하라 말했을 때는 나를
패 죽일 기세로 때렸으면서 지금은 아주 등 떠밀 듯 나가라 군다.

"아니, 저기, 엄마! 엄마!"

내게 머뭇거릴 틈조차 허락할 수 없다는 듯 캐리어와 함께 떠밀
려 집에서 쫓겨났고, 현관문을 닫기 직전에 엄마는 내게 김수혁 씨
를 꽉 붙잡으라는 말만 남겼다.

"왔어요?"

"대체 무슨 짓을 한 겁니까?"

"저는 그냥 박동우 씨를 책임질 수 있다고 넌지시 말만 조금 했습
니다."

질질 캐리어를 끌고 나오자 차에 기대서서 기다리고 있던 김수혁
씨가 나를 향해 웃었다. 다정하게 건네는 말과 미소는 분명 불순물
하나 섞이지 않은 듯한데, 왜 이렇게 나는 저번부터 계속 당한 것
같은 기분인 건지 모르겠다.

김수혁 씨

이번에도 또다시 사진을 내밀어 보여 주시는 부모님은 나에게 어
떠냐고 물어보셨다. 어떠냐고 물어도 솔직히 잘 모르겠으니 그저
사진만 가만 바라봤다. 한국에 가끔 들어올 때면 다시 돌아가야 한
다는 핑계라도 있었지만, 이젠 완전히 돌아왔으니 자리를 잡을 때

가 되지 않았냐고 슬그머니 건네는 말에 더는 마땅한 핑곗거리가 없기 때문이었다.

정말로 귀찮기도 했고, 별 흥미를 느끼지 못했던 터라.

"그만하세요. 저 남자 좋아합니다."

"……."

하는 수 없이 나름대로 진지하게 어이없는 무리수를 뒀는데.

"아들, 우리가 그 소릴 믿을 것 같니? 하하!"

역시나 안 믿으셨다. 하지만 믿게 하면 될 일이었으니 크게 걱정은 하지 않았다. 있으면 데려와 보라는 도발까지 하시기에 그저 적당한 상대를 빨리 찾아야겠다고 생각하고 있던 차에 눈에 걸린 사람이 박동우 씨였다.

그래서 그로부터 얼마 뒤, 나는 보란 듯이 박동우 씨를 부모님께 데려간 것이다. 데려와 보라고 하셔서 데려왔다는 내 말에 부모님은 아무런 말이 없었다.

박동우 씨와는 처음 악수를 하는 순간 알았다. 아, 나를 싫어하는구나, 라는 것 정도는 말이다. 초면인데도 숨김없이 그 기색이 드러났고, 본인 또한 그걸 숨길 생각이 전혀 없어 보였다. 그래 놓고 무슨 생각인지 집까지 따라와 갈비를 먹었다. 그것도 상당히 잘 먹었다. 생각보다 뻔뻔한 그 모습은 제법 인상 깊게 남아서 나는 종종 박동우 씨를 관찰하곤 했는데, 처음엔 이름이 동구인 줄 알고 생긴 것과 이름 사이의 괴리감 때문에 더더욱 인상 깊게 남아 그랬던 듯 싶었다.

아버지 가게를 돕던 중 무심코 돌아보니 박동우 씨와 박동우 씨 어머니가 보였다. 하던 일도 멈추고 나는 그곳을 바라봤다.

"빨리빨리 못 와?"

"그렇게 급하셨으면 아주 어제 출발하라고 하지 그랬어요."

그 말에 박동우 씨 어머니가 박동우 씨를 노려보는 시선은 마치 '이 새끼가?' 하고 말하고 있었다. 박동우 씨는 그 시선에 얼른 자신의 어머니 곁으로 따라붙었고, 장을 보고 오는 길인지 박동우 씨의 양손에는 무언가가 잔뜩 들려 있었다. 너는 하여간 맞을 소리만 골라서 한다며 박동우 씨를 향해 어머니의 다리가 올라가는 모습을 가만 바라보고 있었는데, 때리지 좀 말라고 소리치던 박동우 씨가 우연히 멀찍이 떨어져 서 있던 나를 발견했다. 시선이 마주치기가 무섭게 뭘 보냐고 내게 눈을 부라리는 그 모습에 나도 모르게 웃음이 터졌다.

본인은 위협이라고 나름대로 사납게 눈을 떴지만, 그다지 무섭지가 않았다. 오히려 제법 귀엽다고 느꼈다. 그래서 종종 바락바락 소리치는 모습에 눈길이 오랫동안 머물곤 했다. 왜 맞을 걸 알면서 저럴까 싶기도 했고. 그 모습을 바라보며 괴롭히는 재미도 있을 것 같다는 생각을 했었다.

내 뒤통수가 찢어지고 결국 마지못해 떨떠름한 표정으로 내가 내민 제안에 그러겠다고 박동우 씨가 고갤 끄덕인 이후로 사무실에 앉아 있을 때면 문득 박동우 씨가 갈비를 뜯던 모습이 떠오를 때가 있었는데, 그럴 땐 나도 모르게 일을 하다가 혼자 웃음이 터지곤 했다.

"왜 그래?"

"아니, 갈비를 너무 잘 먹잖아."

"뭐?"

"있어, 그런 게."

평소답지 않게 시답잖은 거에 웃음이 터지는 일이 잦아졌고, 그저 나를 싫어하니 귀찮은 일은 없을 것 같아 단순히 적당한 상대라고 생각했던 것과는 달리 같이 있으면 꽤 재미있기까지 했다.

첫인상과는 달리 겪어 보니 사람은 나쁘지 않다고 생각했던 것은 점점 꽤 괜찮다는 생각에까지 이르고, 함께 있는 시간이 재미있는 것은 물론, 누군가가 안 좋은 소리를 하는 것을 박동우 씨가 들었을까 싶어 걱정돼 따라 나가기까지 하면서도 나는 그때까지도 단순히 인간적인 호감이라 생각했었다.

"진짜 술 마셔도 괜찮습니까?"

"덧나면 박동우 씨가 책임지시면 됩니다."

"……아. 싫은데."

싫다고 하면서도 잔을 들어 내게 건배를 하자 재촉하는 모습을 바라보며 웃음이 샌다. 한 잔, 두 잔 늘어 가는 술에 어느새 알딸딸하게 달아오른 박동우 씨의 고개가 기우뚱 옆으로 기우는 것을 관찰하듯 바라보던 나는 끝내 이끌리듯 달아오른 뺨 위에 내 손을 가져다 댔다. 곧바로 내칠 줄 알았던 것과는 달리 박동우 씨는 한껏 취해서 히히 웃고만 있었다.

"김수혁 씨 손 되게 시원하네요."

"그래요?"

"네! 왜 이렇게 시원합니까?"

"글쎄요."

그리 말하며 내 손바닥 위에 얼굴을 기울이며 눈을 감는 박동우 씨의 모습은 생각보다 무방비하다고 느껴질 정도였다. 왜인지 평소처럼 웃음이 나오지 않았다.

그 모습을 바라보며 과연 나는 이 사람을 향한 감정이 단순한 호감일까, 아닐까를 거듭 고민했다. 어째서 이끌리듯 손이 나간 것인지 생각해 보았다. 문득문득 떠오르는 것은 정말로 단순한 호감에서 비롯된 것일까. 나는 내 행동들을 되짚어 보며 어딘지 모를 허점을 깨달았고, 주말 잘 보내라는 말에 미련도 없이 멀어지던 모습을 자꾸만 돌아보았던 것에도 정말 아무런 이유가 없었던 게 분명한 것일까, 다시 한번 생각하게 되었다.

그래서 어느 순간인지도 모르게 내 시선은 박동우 씨의 입술에 닿았고, 과연 나는 이 사람과 키스를 할 수 있을까 없을까, 그것을 생각하기에 이르렀다. 누군가를 두고서 이런 고민을 하는 것은 처음이었다. 공기의 흐름이 미묘하게 변한 것을 그제야 눈치챘다. 손바닥 위에 닿은 뺨의 열기가 옮겨 와서 그런 건지 손바닥이 뜨거웠다.

"박동우 씨."

부르자 눈을 뜬다. 나는 손에 닿은 뺨을 감싸고 귓가를 손가락으로 가볍게 쓸었다. 박동우 씨는 이 순간 나를 피했어야만 했다. 하지만 느릿하게 감겼다 뜨는 얼굴에는 졸음이 가득해 보였고, 사고는 감았다 뜨는 눈동자만큼이나 느릿해 보였다.

곧이어 내 상체가 기울어지고, 그림자는 마치 덮칠 듯 박동우 씨의 얼굴로 드리워졌다. 스치듯 아주 짧게 입술이 닿았다. 그리고 그 짧은 순간 모든 것이 명백해졌다.

"민폐 끼쳤네요."

"……."

하지만 박동우 씨는 어제 나와의 일을 기억도 못 했다. 민폐를 끼쳤다며 당당한 얼굴로 라면을 사더니, 또다시 당당하게 딸기 맛 아이스크림을 사 달라고 요구하는 태도에 어쩐지 허무해서 헛웃음만 나왔다. 상대방이 너무나 당당하니 화도 나지 않았다. 그러나 유치한 마음까지는 막을 수는 없었다. 아이스크림 냉장고에서 일부러 딸기 맛이 아닌 다른 맛을 꺼내 와 내밀었고, 그런 내게 어이없다는 시선을 보내는 것을 모르는 척했다.

"아, 이게 뭡니까? 내가 분명히 딸기 맛이라고 하지 않았습니까?"

"박동우 씨."

"왜요."

"그거 알아요?"

"다짜고짜 그렇게 말하면 제가 알겠습니까?"

"나는 늘 갖고 싶은 건 다 가졌어요."

"네?"

"한 번도 그래 보지 않은 적이 없어서……."

갑자기 무슨 소리냐는 듯 박동우 씨는 고갤 기우뚱 기울였다. 나는 하던 말을 멈추고 턱을 괸 채 눈앞에 있는 사람을 바라봤다.

"그래서요?"

"그냥 그렇다고 알려 드리는 것뿐입니다."

"뭔데 갑자기 자랑은 하고 난리입니까? 정말 다양한 방면으로 재수 없으시네요."

어제 박동우 씨는 술에 취해서 늘어져 있을 게 아니라 어떠한 수를 써서라도 나를 피했어야만 했다. 그렇게 하지 않았으니 6개월이 6개월에서 끝나지 않게 되어 버린 것이다. 나는 이 책임이 상대방에게도 있다고 생각했다. 그러한 이유로 나는 박동우 씨의 입에서 날 좋아한다는 소리를 꼭 들어야만 했고, 내 앞에 있는 상대방은 나에게 언젠가 내가 원하는 그 대답만 내놓으면 된다는 결론을 내렸다.

"박동우 씨."

"네."

"아무것도 아닙니다."

"불러 놓고 뭡니까?"

못마땅하다는 듯 찌푸리는 얼굴을 마주 보며, 그러한 속마음을 감추곤 나는 가볍게 웃어 보일 뿐이었다.

* * *

오늘도 나의 아침은 어김없이 자고 있는 김수혁 씨의 사진을 여러 장 찍는 것으로 시작했다. 주말이라고 평소보다 깊이 잠든 김수혁 씨의 얼굴을 감상하듯 바라보았다. 뺨으로 따가운 햇볕이 스며드는 것도 모르는지 자는 얼굴이 고요하기만 하다. 햇볕이 눈, 코, 입, 굴곡진 윤곽을 따라 그림자를 만들었고, 그로 인해 얼굴 윤곽이 더욱 뚜렷하게 두드러졌다. 몰래 자고 있는 모습을 사진으로 찍을 때마다 생각했지만, 얼굴 하나는 인정하는 부분이었다.

열심히 찍은 사진들을 사진첩에서 쭉 훑어본 뒤 만족스럽게 웃은 나는 침대 위에 휴대폰을 대충 올려 둔 뒤 침실을 벗어나 아침으로 먹을 식빵을 토스터에 구웠다. 노릇노릇해진 빵에 잼을 발라 놓고 아침을 먹자고 김수혁 씨를 깨우자 피곤한지 웅얼거리는 소리가 들린다. 뭐라고 하는지 정확하게 알 수 없으니 일단 무시하고, "이보세요, 이봐요." 베개 위에 얼굴을 파묻은 김수혁 씨의 어깨를 잡아 흔들었다.

"빵 다 눅눅해지기 전에 일어나요."

"저 원래 눅눅한 거 좋아합니다."

"장난하지 말고 일어나시죠."

"장난 아닌데."

김수혁 씨는 그 말과 동시에 손을 뻗어 고갤 숙인 내 뒷목을 잡아 끌어당겼다. 그 덕분에 고꾸라진 내가 침대 위로 얼굴을 파묻게 되자 그 모습을 보고 웃는다. "진짜 아침부터 한 대 맞고 싶습니까?" 하고 터져 나올 뻔한 내 짜증을 김수혁 씨가 가로막으며 입을 열었다.

"아, 참. 궁금한 게 있는데."

그 말과 동시에 언제 내 휴대폰을 챙긴 건지 김수혁 씨가 휴대폰 속 사진첩을 열어 내 앞으로 들이밀었다. 그러자 반나체로 잠든 김수혁 씨의 얼굴들이 내 눈앞으로 드리워졌다.

"이게 다 뭡니까?"

소리 없이 나를 향해 부드럽게 웃는 얼굴은 퍽 재미있다는 표정이었고, 나는 슬그머니 김수혁 씨의 시선을 피하며 대답했다.

"보시면 알잖아요."

"몰래 찍어 놓고 꽤 당당하네요."

흠, 관찰하듯 자신의 사진을 바라보던 김수혁 씨는 갑자기 포즈를 잡아 주었다.

"사진이 다 자는 거뿐인데."

"……."

"이렇게 된 거 제대로 다시 찍어 봐요."

나 참, 어처구니가 없어서……. 뭔데 저렇게까지 적극적으로 나오나 싶었지만.

"서로 찍어 주고 그러는 거 좀 남사스럽지 않습니까?"

일단 휴대폰 카메라를 켰다.

"그런가요?"

"뭐, 김수혁 씨가 포즈 잡은 게 아까워서 찍긴 찍는데요."

"박동우 씨, 참 말이 많네요."

"저기요, 카메라 보지 말고 포즈 좀 자연스럽게요, 자연스럽게."

아주 오랜만에 맞이한 한가로운 토요일 아침의 시작은 포토 타임이었다.

아침을 먹은 뒤 편안한 침묵 속에서 함께 거실에 앉아 드라마를 보았다. 널 사랑해, 혜미야! 혜미야! 남자 주인공이 여자 주인공을 향해 애절하게 외쳐 대는 소리가 거실을 울렸다. 저거 요즘 우리 아버지가 자주 보는 거라고 한마디를 하자 김수혁 씨가 그러냐며 고갤 끄덕였다. TV 속 주인공 남녀는 어느새 너를 사랑한다며 노래를 부르던 남자가 여자에게 반지를 건네고 있었다. 반짝이는 조명 속에서 반지를 주고받는 모습을 본 나는 서로의 사랑을 굳이 식상하게 꼭 저런 반지로 표현해야 하는 것일까, 라는 생각을 하며 저런거 너무 뻔하고 진부하지 않으냐고 중얼거렸다. 그러자 곁에 앉아 있던 김수혁 씨가 나를 돌아보는 시선이 느껴졌다.

"왜요?"

"식상한가? 보기 좋지 않아요?"

김수혁 씨의 말이 생각보다 너무나 의외라서 물었다.

"저런 거 좋아해요?"

"싫어하진 않아요."

"……."

"그리고 가끔은 너무 뻔하고 식상해도 그것만큼 확실한 것도 없을 때가 있으니까요."

"……."

뭐야. 의외로 저런 거 좋아하는 편?

저런 거에는 관심도 없고 무덤덤할 줄 알았던 김수혁 씨의 입에서 흘러나온 나온 말이 너무나 예상외라 물끄러미 바라보자, "왜 그렇게 봐요?" 슬며시 웃으며 해 오는 물음에 "아무것도 아닙니다……." 대답하며 고갤 돌린 나는 생각에 잠겼다.

그로부터 며칠 뒤 오랜만에 가게에 나와 일을 돕다가 잠시 쉬는 시간, 엄마의 손가락에 끼워진 결혼반지를 바라보며 생각했다. 사실 잘생겨서 불안하기도 하니까, '정말로 저렇게 반지라도 끼워 놓으면 괜찮을까?' 하고. 물끄러미 엄마의 손가락에 시선을 둔 채 "그거 금이에요?" 물으니 엄마는 느닷없이 나를 경계하더니 손가락을 감추며, "아이고. 이이는 어디 갔어?" 하고 말을 돌린 뒤 자리에서 일어났다.

묻지도 못해? 괜히 억울해 가게를 빠져나가는 엄마의 뒷모습만 망연히 바라보다가 차츰 생각은 점점 내가 너무 얻어먹는 처지인 것 같아 반지는 꼭 내 손으로 끼워 주겠다고 혼자 다짐하기에 이르렀고, 이참에 그럼 프러포즈를 하면 되겠다고 거창해지기 시작했다.

그렇지만 무슨 돈으로 반지를 사나 싶어 눈물짓던 나는 내가 그럼 그렇지 뭐, 라고 이내 포기했다. 그때, 휴대폰이 문자가 왔다며 울렸고, 확인하자 현정이었다. 왠지 곤란한 상황이 닥칠 것만 같다는 예상은 정확했다.

어스름한 시각, 편의점 앞 플라스틱 의자에 앉아 캔 맥주를 마시며 현정인 나를 향해 본론을 꺼냈다.

"아, 오빠. 진짜 이럴 거예요?"

"그러니까 내가 말했잖아. 그 사람 나랑 사귄⋯⋯."

"저 진짜 진지하거든요?"

"나도 진지하게 하는 소리야."

나는 캔 맥주를 한 모금 마시며 현정이의 다그치는 시선을 슬그머니 피했다. 왜 안 믿지. 아스팔트로 잘 정돈된 바닥을 내려다보며 김수혁 이 인간, 참 여러 가지로 사람 곤란하게 한다는 생각을 했다.

이 상황을 은근슬쩍 잘 넘길 만한 방법으로 나는 휴대폰을 꺼내 들어 귀에 가져다 대며, "어? 형? 아이고, 웬일이야? 오랜만이네?" 하고 통화하는 척을 했고, 현정인 하던 말을 멈추며 팔짱을 끼곤 플라스틱 의자에 몸을 묻었다. "응, 잘 지내지 응응, 그래. 지금? 어, 알았어. 어어, 거기서 보자." 하고 혼자서 통화를 마친 내가 "이걸 어쩌냐, 아는 형이 갑자기 좀 보자네?" 곤란한 표정을 지으며 현정이를 향해 그만 가 봐야겠다고 하려던 찰나였다.

"박동우 씨. 여기서 뭐 합니까?"

익숙한 목소리가 들리는 쪽으로 고갤 돌리자 막 퇴근을 한 김수혁 씨가 서 있었다.

김수혁 씨의 등장에 현정이의 얼굴 위로 화색이 돌았다. 안녕하세요, 인사를 건네는 목소리는 내게 말을 건넬 때와는 사뭇 달랐다. 현정인 정말로 과거에 내가 자신의 첫사랑이라는 사실을 완전히 잊은 듯싶었다. 어쩐지 씁쓸해졌다.

김수혁 씨는 현정이를 향해 가볍게 인사를 건넨 뒤 나를 가만 바라보다가 "근데……." 하고 운을 뗀 뒤 내게 물었다.

"아는 형?"

그에 나는 방금 전 내가 혼자서 통화하는 척했던 것을 들었나 싶어 "어……." 하는 소리나 내며 눈치를 살폈다.

"아, 퇴근하시는 길인가 봐요?"

그 사이 현정이는 김수혁 씨를 향해 다시 한번 말을 건넸고, 나를 보던 시선을 돌려 김수혁 씨가 현정이를 향해 물었다.

"네. 근데 두 분은 여기서 뭐 하세요?"

"그냥 우연히 만났어요."

"아, 우연히……."

그리 중얼거리며 김수혁 씨는 나와 현정이를 번갈아 봤다. 대체 무슨 상상을 하고 있는 건지 김수혁 씨는 미심쩍다는 눈길을 내게 두었다. 저기, 번지수가 좀 틀린 거 같은데, 라는 말은 속으로 삼켰다. 사실 김수혁 씨가 무언가 단단히 착각하고 있는 것 중 하나가 현정이에 관한 것이었다. 현정인 나에게 마음이 없다고 아무리 말을 해도 도무지 믿지 않는 이유를 모르겠다. 편의점 앞에서 사이좋게, 물론 어디까지나 김수혁 씨의 시선에서 봤을 때 사이좋게였지만, 어쨌든 맥주를 마시고 있는 모습이 탐탁지 않은 모양이었다. 나와 현정이를 번갈아 바라보는 폼이 딱 그랬다. 나는 눈치를 살피며 엉거주춤 자리에서 일어났다.

"현정아, 다음에 얘기하자. 아는 형이……."

김수혁 씨는 내가 미처 말을 마무리 짓기도 전에 성큼 다가와 어깨 위로 팔을 둘러 왔다. 의아하게 바라보는 현정이의 시선 따위는 안중에도 없었다.

"……아는 형이 보자고 그래서."

멈칫했던 말을 마무리하며 서둘러 자리를 벗어나는 나를 따라 걸음을 옮기면서도 김수혁 씨는 현정이를 향해 산뜻한 웃음과 함께 친절하게 자신도 먼저 가 보겠다는 인사를 잊지 않았다. 하여간 친절하기도 하다. 그러니까 현정이가 포기를 못 하는 거라고 속으로 곱씹는 내게 김수혁 씨가 물어 왔다.

"박동우 씨, 근데 아는 형도 있습니까?"

"……."

"매일 포장마차 가는 그 친구 말고 아는 사람 없지 않아요?"

"아. 있어요, 그런 형."

실체 없는 '아는 형'에 대한 추궁이나 현정이를 향한 못마땅한 자신의 시선이 얼마나 쓸모없는 것인지 김수혁 씨는 모를 것이다. 알고 보면 전부 그쪽 탓인 것도 모르면서 말이다.

"그냥, 그런 일이 좀 있었습니다. 아무것도 아니니까 신경 쓸 필요 없어요."

"내가 박동우 씨에 대해 몰라야 하는 것도 있습니까?"

"……뭡니까? 질투해요?"

"그렇다면요?"

"……."

하, 이 나이에 이런 새치름한 감정을 느낄 줄은 몰랐다. 당당하게 되돌아오는 말에 말문이 막힌 나는 그대로 입을 다물어 버렸고, 김수혁 씨는 자꾸만 실체 없는 '아는 형'에 대해 추궁했다. 박동우 씨 친구 없잖아요, 대체 누군데요?

나는 생각보다 유치한 인간이었는지 그게 퍽 기분 나쁘지 않아 즐기기로 했다. 김수혁 씨는 아는 형이 대체 누구인지 고민하는 듯했고, 나는 물끄러미 김수혁 씨의 손가락을 바라보며 역시나 반지를 끼워 놔야겠다고 생각했다. 그리고 꼭 내 손으로 끼워 줘야겠다고, 이참에 마음먹은 프러포즈까지 하자고 다시금 거창한 계획을 세우기 시작했다. 하지만 난 대체 왜 이리도 거지인가, 뒤따르는 생각에 우울했다. 오늘도 마지못해 쌀집에 앉아 가게를 보고 있던 나는 또다시 마스크 팩을 접는 부업이라도 해야 하는 걸까, 생각에 잠겨 있었고.

"어머, 그거참 큰일이네."

엄마의 목소리에 고갤 들었다. 열려 있는 가게 문 밖에 서서 누군가와 대화 중인 엄마의 맞은편에 서 있는 사람은 언젠가 보았던 사람인지 어딘지 익숙해서 눈을 가늘게 뜨며 기억을 되짚어 보았다.

"배달할 사람 구하는 것도 일이겠어."

엄마의 말에 맞은편 상대방은 그러게요, 라고 대답하며 웃었다. 뒤이어 찹쌀은 얼마냐고 묻는 그 사람의 얼굴이 번뜩 머리를 스치고 지나갔다. 꽃집! 김수혁 씨의 친구인 그 꽃집이었다. 나는 벌떡 일어나 문밖으로 뛰쳐나갔다. 그리고 요란하게 나타난 나 때문에 대화를 멈춘 둘을 향해, "그거 제가 할게요!" 하고 외쳤다.

"남편분이 다쳐서 잠깐 동안만 제가 하기로 했어요."

"……."

"우리 동네에서 꽃집 하시는 줄은 또 몰랐네. 근데 그 친구분 결혼했었나 봐요?"

"……."

앞으로 꼬박꼬박 나올 테니까 엄마 가게에서 일을 하는 대신 일당이라도 달라고 우기기까지 했다. 등짝을 얻어맞긴 했지만 아버지의 도움으로 하루 이만 원이라는 나름의 수확은 있었다. 김수혁 씨 친구네 꽃집 배달도 대신 해 주고 있는 돈을 열심히 긁어모아 볼 작정이었다. 김수혁 씨의 무릎을 베고 소파 위에 누워 TV를 보며 중얼거리고 있던 나는 내 나름대로 돈 나올 구멍이 생기자 기분이 좋아 히히, 웃음이 샜다. 그런 나를 의아하게 내려다보던 김수혁 씨는 아까부터 말이 없었다. 게다가 머리카락을 만지작거리던 손길까지 멈추기에 나는 눈을 들어 김수혁 씨를 향해 물었다.

"왜 그렇게 보는데요."

"무슨 일 있어요?"

"왜요?"

"갑자기 돈을 벌겠다고 하니까 이상해서요."

"……."

"무슨 사고 쳤습니까? 그래서 돈이 필요한 거면 그냥 나한테 말해도 돼요."

"……."

사람이 돈을 번다는 건 너무나 당연한 일인데, 김수혁 씨의 한껏 진지한 시선을 받고 있자니 내가 살아온 삶을 어째서인지 다시 한 번 되돌아보게 된다. 내가 그렇게 글러 먹은 인간이었던가?

"그런 거 아닙니다."

"말 안 해 줄 겁니까?"

"때가 되면 다 알게 되니까 재촉하지 마시죠."

"대체 뭐길래……."

미간을 찌푸린 김수혁 씨가 뒤이어 무언가 마땅치 않다는 어조로 입을 열었다.

"일단 넘어가긴 하는데, 박동우 씨가 자꾸 요즘 나한테 비밀을 만드는 기분이 드네요."

"그래서 서운합니까?"

내 물음에 잠시 김수혁 씨가 말없이 나를 내려다보다가 헛웃음을 지었다. 그게 할 소리냐고 추궁하는 눈빛을 거두며 한발 물러선 김수혁 씨가 입을 열었다.

"아무튼, 바빠도 다음 달 첫째 주 화요일에는 시간 빼놔요. 집에 밥 먹으러 가야 하니까."

"왜요?"

"생일이거든요."

"네?"

"생일이요."

"누구요?"

"저요."

"……."

"됐다고 했는데 굳이 밥은 먹어야 하지 않겠냐고 하셔서요. 박동우 씨 갈비 좋아하지 않아요? 갈비 하실 거 같으니까⋯⋯."

"아니, 그걸 왜 지금 말합니까?!"

벌떡 일어나 다그치는 나를 향해 뭐 그리 놀라느냐며 김수혁 씨는 가볍게 어깨만 으쓱해 보였다. 오히려 몰랐냐는 듯 되묻는 표정은 무덤덤했다. 전혀 몰랐거든요? 황당해서 묻는 말에 안 물어보길래요, 라고 대답해 그대로 굳었고, 박동우 씨 생일은 12월 1일인 거 전 알고 있었는데, 라고 묻지도 않은 것을 말해 사람 할 말 없게 만들었다.

생일이라는 말을 듣고 나자 한 달밖에 남지 않은 기간에 마음이 촉박해졌다. '그래, 일단 이벤트면 생일이지!' 하고 생각하며 이거, 내가 반지 줬는데 너무 감동해서 울면 어떡하지, 라는 쓸데없는 고민과 더불어 어떻게 하면 좀 더 멋있게 프러포즈를 할 수 있을까, 기왕이면 멋있는 게 좋은데, 라고 겉멋만 잔뜩 들어 생각하다가 보니 하루하루 늙어 가는 기분이었다.

이벤트라는 게 이렇게나 힘든 것인지 몰랐다. 그러면서도 무슨 일 있냐고, 요즘 안색이 왜 그러냐고 묻는 김수혁 씨의 물음에는 무언가를 감추기 위해서 아무것도 아니라며 자연스레 웃어 보여야만 했다.

쌀집과 꽃집을 오가며 평소답지 않게 바쁜 나날들을 보내던 내가 수중에 드디어 팔십만 원 정도를 쥔 날, 드디어 반지를 사러 갔다. 백화점 1층 매장 앞에서 몇 번을 망설이다가 겨우 발을 들여놓은 나는.

"반지요? 요즘 유행하는 디자인은 이거죠. 여자 친구분 주실 건가요?"

"에, 어, 예……."

당장 그걸로 주세요, 라고 외치며 사이즈는 어떻게 되냐는 물음에 김수혁 씨가 잘 때 몰래 측정한 종이 띠를 건네며 "이 정도 될 건데……." 어물어물했다. 자신이 생각했던 사이즈가 아닌지 조금 당황하는 듯했던 직원이 곧 표정을 정돈하며 웃어 보였고, "……남성용으로 주시면 좋겠는데." 그리 말하며 나도 그저 직원을 따라 웃었다. 그 뒤 포장해 주는 반지를 들고 후다닥 나왔다. 고작 반지 하나 사는 게 뭐 이렇게 민망한 건지 모르겠다. 그렇게 수중에 있던 팔십만 원은 흔적도 없이 사라져 버렸다. 유행하는 디자인을 선택한 비용은 생각보다 만만치가 않았다.

"이거 박동우 씨 겁니까?"

"……."

그랬는데……. 소파에서 자고 있던 나를 흔들어 깨우는 것에 눈을 뜨자, 그토록 꼭꼭 숨겨 두었다고 생각했던 것이 눈앞에서 흔들거리고 있었다. 청소하다가 찾았다며 김수혁 씨가 내 앞으로 포장된 반지가 들어 있는 작은 종이 가방을 들이밀며 재차 물었다. 아니, 그게 왜 거기서 나와……? 망연자실한 내 눈동자는 지진이라도 난 것처럼 흔들렸다.

"박동우 씨?" 부르는 소리에 나는 소파 위로 쓰러지듯 누웠고, 맥이 풀린 내 망연자실한 기색을 뒤늦게 눈치챈 김수혁 씨가, "아, 설마 내 생일 선물이었어요?"라는 소리를 해 내 속을 뒤집어 놓았다.

"장난합니까, 진짜?"

벌떡 일어나 화를 내며 소리쳐도 어째서인지 김수혁 씨의 얼굴 위에는 미소가 완연했다. 그 얼굴을 보고 있으니 어쩐지 화를 내는 것도 의미 없어져 넋이 나간 꼴로 중얼거리며 대답했다.

"맞습니다. 생일 선물. 알면 좀 모르는 척해 주는 게 매너 아닙니까?"

"비싸 보이는데 무슨 돈으로? 아, 배달?"

"이거 별로 비싼 것도 아닙니다."

그러나 여전히 며칠 남은 생일을 앞두고 나의 이벤트를 망친 김수혁 씨를 향해 괜히 심통이 한가득 실린 목소리가 나왔다.

"삐쳤습니까? 내가 뭐 그런 건 줄 알고 찾았겠어요. 화 풀어요. 모르는 척할 걸 그랬네. 미안해요, 눈치 없게 굴어서."

연신 달래 주려고 하는 김수혁 씨는 미안하다고 하는 소리와는 달리 얼굴 한가득 미소를 짓고 있었다.

"웃깁니까?"

"아, 그러게. 왜 이러지."

"내가 진짜 멋있게 끼워 주고 싶었는데 이게 다 뭡니까?"

"지금 끼워 줘요. 그럼 멋있을 거 같은데."

"생일날……. 하아, 됐습니다. 손가락 이리 주세요."

"직접 샀어요?"

"네."

반지를 사러 갔을 때의 기억이 떠올라 잠시 민망해져 으, 어깨를 떠는 나와는 달리 어깨가 들썩거리는 김수혁 씨는 자못 즐거운 듯 웃고 있었다. 나는 김수혁 씨의 손가락에 반지를 끼우면서도 떨떠름한 표정을 지우지 못했다.

"저기요, 아. 그만 좀 웃지 그래요?"

"미안해요."

"……됐습니다."

"근데 나랑 결혼하자는 말을 박동우 씨가 이런 식으로 먼저 해 올 줄은 몰라서 막상 기분이 좋네요."

"너무 앞서 가시는 거 아닙니까?"

"어디까지 하는지 지켜보려는데 너무 귀여워서 못 기다리겠더라고요."

"……."

"반지 샀을 거 같긴 했는데."

"네?"

낮은 웃음소리와 함께 해 오는 말에 잠시 말문이 막혔다. 마치 이미 다 알고 있었다는 것만 같은 말투에 어리둥절해하는 내 뺨을 가만 쓸어 주며 김수혁 씨가 다시금 느긋하게 입을 열었다.

"내 생일 몰랐잖아요."

"그거야……."

"뭐 물어보면 제대로 대답도 안 해 주고."

"그건……."

"자꾸 현정 씨랑 만나고?"

"현정이는 김수혁 씨를 좋아하는 거라니까요?"

"어쨌든 사람 자꾸 서운하게 하길래요. 그래서 반지 이거 모르는 척해 줄까 하다가, 너무 티 나길래."

그것도 어려워서 뭐 그렇게 됐다고 성의 없는 설명을 덧붙이는 김수혁 씨를 향해 너무나 황당하고 어이가 없어 소리쳤다.

"그렇다고 내 이벤트를 망칩니까?"

"이벤트 그거, 지금부터 하면 되죠."

그러며 곧바로 소파 위에 나를 눕혀 그 위로 올라탄다. 너무나 순식간이라 말릴 틈도 없이 입술을 겹쳐 왔고, 옷이 벗겨진 것 또한 순식간이었다. 나는 어째서 이 인간에게 매번 늘 당한 것만 같은 기분인 건지 모르겠다고 생각했다.

수림
(愁霖)

수림(愁霖)

　부모님이 나를 잠시라는 명목으로 외할아버지 댁에 맡겼을 때 나는 열두 살이었다. 아버지의 사업이 안 좋아지고, 꾸역꾸역 어떻게든 해 보려던 것을 결국 수습하지 못한 부모님은 형편이 나아지면 꼭 데리러 오겠다는 말과 함께 나를 한적한 이곳에 맡기며 할아버지를 향해 내내 허리를 숙였었다.

　잠시라는 말은 참으로 기약이 없는 말과 다름없었다. 그랬기 때문에 지내던 곳을 떠나와 친구도 아무것도 없는 이곳에 혼자 떨어졌다는 사실은 나를 줄곧 우울하게 하기 충분했다.

　잡초만 가득한 마당 구석에 쭈그리고 앉아 막연하기만 한 잠시라는 그 시간을 세어 보던 내게 할아버지는 이곳은 공기도 좋고 하늘에 별도 많으니 좋지 않으냐고 다정하게 말을 건네 왔지만, 고작 그러한 말들은 나를 위로해 주기엔 턱없이 부족했다.

"그런 게 나랑 무슨 상관인데요?"

그렇게 대꾸하는 나를 향해 할아버지는 쓸쓸하게 웃어 보이기만 했었다.

그리고 이튿날 내 또래의 모르는 누군가가 할아버지 집으로 찾아 왔다. 할아버지 집 대문을 거리낌 없이 열고 머리만 내민 그 애는 다짜고짜 "한철민 씨 계세요?" 하고 우리 할아버지를 찾았다. 나는 툇마루에 앉아 멍하니 시간을 흘려보내고 있다가 대뜸 할아버지의 이름을 부르는 그 애를 황당하다는 표정으로 바라보았고, 그 애는 툇마루에 앉아 있는 나를 뒤늦게 발견한 뒤 마치 신기한 것이라도 바라보는 듯 할아버지를 찾던 입술을 다물며 나를 오랫동안 바라보 았었다.

그게 임윤과 나의 첫 만남이었다.

그 뒤 할아버지는 녀석을 나에게 소개해 주며 친하게 지내라고 말했다. 녀석은 할아버지 댁과는 멀지 않은 곳에서 살았고, 몸이 건 강하지 못하다고 했다. 원래는 도시에서 살다가 건강 때문에 이곳 으로 내려오게 되었다는 말을 덧붙이던 할아버지는 도시에서 아주 잠깐 살았다는 그것으로 그 애와 나의 공감대를 형성시켜 보려는 듯 굴었다. 동그란 눈이 호기심을 가득 담은 채 나를 바라보며 쑥스 러운 낯빛을 하는 게 보였다.

"안녕?"

"……."

외로워 보이는 내게 친구를 만들어 주려던 할아버지의 마음을 알 면서도 그 순간 인사를 건네는 그 애를 무시하며 나는 방으로 들어가 버렸다. 하지만 녀석은 내게 무시를 당했음에도 불구하고 지치지도 않는지 울적해 보이는 내 곁을 그날 이후로 계속해 맴돌았다.

할아버지는 녀석을 꽤나 아꼈다. 그동안 그걸 이유 삼아 녀석은 매번 할아버지 댁에 놀러 왔던 모양이지만, 요즘 할아버지 댁에 녀석이 놀러 오는 대부분의 이유는 내가 있어서였다. 할아버지를 따라다니면서도 힐끔 곁눈질하며 나를 살펴보는 걸 알고 있었으니까.

어느 날은 내게 자신이 그려 온 그림을 내밀기도 했다. 임윤이 내 앞으로 뜬금없이 내밀어 보인 그림을 보며 얼핏 할아버지가 녀석이 굉장히 그림을 잘 그린다고 했던 말이 떠올랐다. 그리고 실제로도 정말 그랬다. 아마도 내게 받으라며 그림을 내민 그 행동은 제 나름의 위로 방식이었던 것 같았지만, 나는 녀석의 위로 따위가 필요한 게 아니었기 때문에 녀석의 그림은 내 기분을 나아지게 하지 못했다.

"나 친구는 사실 네가 처음이야."

"⋯⋯."

가슴 아래로는 볕이, 그 위로는 그늘이 드리워지게 툇마루에 누워 눈을 감고 있던 어느 날이었다. 오늘도 내 주변을 맴돌던 녀석이 내게 그런 소릴 해 왔다. 시골에는 아이들이 많지 않았고, 또 녀석은 몸이 아파 학교도 자주 빠질 테니 가까이에 있는 나를 제멋대로 친구로 여기고 있는 모양이었다. 못마땅해져 감았던 눈을 떴다. 그러나 그 순간 시야로 들어오는 녀석의 설레는 표정을 마주하자 어째서인지 한바탕 쏘아붙이려던 말문이 막혀 버렸다.

내 침묵 속에서 녀석은 지치지도 않는지 또다시 자신이 그려 온 그림을 내게 내밀었다. 매번 녀석이 건네는 그림들을 무시했지만,

그 순간만큼은 녀석이 내미는 것을 말없이 받아 들 수밖에 없었다. 그러자 녀석은 기분 좋은 듯 웃었고, 당황스러워진 나는 내 행동에 여러 가지 핑계를 대기 시작했다. 볕을 쬔 배가 따뜻해서 오늘은 기분이 좋았으니까, 이따금씩 이곳에서도 그런 기분 좋은 날은 하루쯤 있어야 했으니까. 그러니까 오늘은 거슬리는 소리를 하는 녀석을 향해 내가 왜 네 친구냐고 딴지를 걸며 이 기분을 망치지 말자고.

하루는 마당에 핀 들꽃을 바라보고 있었다. 할아버지에게 녀석이 물었다. 이런 꽃의 이름은 누가 지어 주는 거냐고. 그 물음에 할아버지는 웃으며 발견한 사람이 지어 주는 거 아니겠냐고 녀석에게 대답해 주었다. 할아버지의 대답을 들은 이후로 녀석이 나를 가만 바라보는 시선을 눈치챘다. 묘한 기분을 느꼈다. 그 어떠한 말도 없이 단지 나를 바라보고 있는 것뿐이었는데, 확실한 감정이 실려 있는 것만 같은 시선이었다.

발견되지 못한 것을 누군가 발견하게 되면 가장 먼저 그것에 이름을 지어 준다. 발견한 사람의 이름을 따서 지어 주기도 하고, 또는 발견한 사람이 자신의 마음대로 이름을 짓기도 했다. 그때부터 그것은 존재하게 된다.

"내 이름이 네 거였으면 좋겠다."

"……."

빤히 나를 바라보던 녀석이 내게 그렇게 말했다. 이름 없는 들꽃을 발견한 누군가가 그것에 이름을 지어 주었을지도 모른다는 할아버지의 말을 듣고 난 다음 녀석의 첫마디였다.

생각해 보면 우리는 이때부터 늘 애매하고 모호한 경계선을 유지

했다. 녀석이 나를 오랫동안 바라보는 일이 잦아지기 시작했고, 순리를 거스르고 싶지 않은 나는 그걸 모른 체하는 나날들이 이어졌다.

학교에서 집으로 돌아가는 길, 돌담 틈 사이에는 보라색 제비꽃이 피어 있었다. 봄이 온 것을 알리는 그곳에 발이 묶인 녀석은 걸음을 멈추고서 한참 동안 그 꽃을 바라보다가 내게 말했다.

"나는 항상 너만 보면 가슴이 뛰어."

"……."

늘 어렴풋하게 느껴 왔기 때문에 사실 놀랍지도 않았다. 고백은 마치 일상을 이야기하는 것과 같았고, 녀석에게 있어 나를 좋아하는 일이 너무나 당연하다는 말투였다. 대수롭지 않게 건네는 그 말은 듣는 나조차 당연한 사실로 받아들일 정도였다.

"네가 좋은가 봐, 난."

그 말과 동시에 녀석은 내게 미소를 지었다. 부끄러워하지도 않고 그리 말하는 녀석의 눈동자에 담긴 다정함을 외면하기 위해 고갤 돌렸다. 슬그머니 내리뜬 시야로 돌담의 작은 틈에 피어 있는 제비꽃이 담겼다. 그 순간 내 이름이 네 거였으면 좋겠다고 했던 녀석의 말이 떠올랐다. 그때의 나는 그게 무슨 뜻인지 정확히 몰랐지만, 지금은 얼핏 알 것도 같았다. 나로 인해 존재하고 싶다는 고백과 같은 말이었다는 것을 말이다.

내가 제비꽃을 기다리는 이유는 단 한 가지였다. 봄이 오면 부모님이 가끔씩 할아버지 댁에 찾아와 나를 살피다가 가곤 했었으니까. 그러한 이유도 모르는 녀석은 단지 내가 이 꽃을 좋아한다고만 생각했다.

"나는 너 안 좋아해."

"싫어하는 거 아니면 괜찮아."

"……."

우리가 언젠가는 이루어질 수 있다고 믿는 녀석의 천진함이 싫었다. 마냥 모든 것을 그런 식으로만 바라보는 게 왜인지 싫었다. 너는 내가 어떻게 해 줬으면 해서 자꾸만 그딴 말을 하는 거냐고 물어도 딱히 녀석은 잘 모르겠다는 표정을 짓기만 했다.

돌이켜 생각해 보면 어느 순간부터 녀석이 입버릇처럼 달고 살던 말이 있었다.

"네가 좋으면 나도 상관없어."

조금 거슬러 올라간 기억을 꺼내 보면 아마도 우리가 처음 만난 뒤 며칠이 지난 그때부터 함께한 대부분의 시간 동안. 그랬기 때문에 녀석의 손에 들린 것이 더 커 보인다고 할아버지에게 따지듯 말하는 내게 녀석은 늘 망설임 없이 자신의 것을 내밀곤 했었다. 너해, 라는 그 말과 함께.

그런 식으로 녀석이 내게 양보하는 것이 당연했음에도 불구하고 나는 녀석이 항상 못마땅했다. '넌 나보다 가진 게 많아서 아쉬운 게 없는 걸까?' 하는 꼬인 생각을 했으니까. 그래서 "진우야." 부르며 나를 따라오는 녀석을 일부러 밀쳐 넘어뜨린 적도 많았다. 그런데도 내가 분했던 것은 아무리 밀쳐 넘어뜨려도 녀석은 울지 않았으며 그저 멀거니 나를 바라보고 있다는 점이었다. 숨이 찰 법한데도 나를 따라잡겠다고 달려오는 녀석의 맹목적인 미련함이 싫었다.

사실 알고 있었을지 모른다. 내 반항기의 괜한 화풀이 대상이 전부 녀석이었다는 것을 말이다. 딱히 큰 이유는 없었다. 단지 녀석이 운이 나쁜 것뿐이다. 나는 녀석을 미워했다. 화풀이 대상이 필요했던 내게 나를 좋아한다는 사람은 미워하기에 적당한 존재였으니까.

하지만 녀석은 묵묵히 입을 다물고 나를 바라보았다. 마치 무언가를 알아 달라는 그러한 시선을 나는 줄곧 외면해 왔다.

어느 날 녀석이 느닷없이 내게 물었다.

"너도 비 좋아해?"

나를 오랫동안 바라보는 일이 잦아지기 시작한 만큼 멍하니 정신을 빼놓고 있는 일 또한 잦아진 임윤은 종종 어딜 보고 있는 건지 정확히 알 수 없는 초점으로 창밖을 바라보다가 생각에 잠기는 게 특기라면 특기였다. 생각이 많아서 그러는 건지, 그게 아니라면 생각이 아예 없어서 그러는 건지는 당최 알 수가 없었다. 저렇게 멍하니 창밖을 바라볼 때는 표정 위로 드러나는 것이 별로 없어 녀석의 생각을 짐작하기가 어려웠다.

그렇게 한참을 멍하니 앉아 있다가 문득문득 녀석은 내게 질문을 던져 오곤 했었다. 그날도 그런 날 중 하루였다.

"싫어."

"왜?"

녀석은 정말로 궁금하다는 눈동자로 나를 바라보았지만, 사실 내 대답은 늘 정해져 있었다. 네가 좋아하니까. 나는 임윤이 비가 내리는 날을 좋아한다는 것을 알고 있었다. 네가 좋아하는 것은 그냥 싫었으니까. 만약 네가 비를 싫어했다면 나는 비를 좋아했을 것이다. 이것은 내 심술과 다를 바 없었다.

"젖는 게 싫어. 축축하고 찝찝한 게 기분 나쁘잖아. 땅도 질퍽거리고."

"······그렇구나."

말없이 나를 바라보던 녀석은 늘 그랬듯 아무런 표정도 없이 오랫동안 나를 바라보다가 조용히 시선을 돌렸다. 그러고는 다시 유리창 위에 맺힌 물방울들을 물끄러미 바라보며 혼잣말처럼 중얼거렸다.

"그럼 나도 싫어."

하고. 네가 좋으면 나도 상관없어, 네가 싫으면 나도 싫어. 그건 언제나 녀석이 입에 달고 사는 말이었다.

날이 갈수록 말투와 표정 모든 것에 무심함이 깃들어 가던 주제에 나를 보는 눈빛만은 그렇지가 않았다. 그런 녀석이 싫었다. 내게 호기심을 가진 듯 왜냐고 묻는 것도, 녀석의 관심 범주에 드는 것도, 그 말도 안 되는 감정을 나에게 아주 자연스럽게 내비치는 것도. 그래서 나는 어째서 녀석의 기준이 늘 내가 되어야 하는 것인지 늘 알면서 모르는 척을 했다.

* * *

복도를 걷던 걸음이 자연스럽게 멈췄다. 녀석의 그림 때문이었다.

학교 복도에 걸린 녀석의 그림은 감상할 줄 모르는 나조차도 발을 사로잡아 홀린 듯 바라보게 했다. 풍경화였을 뿐인데도 빛과 어우러진 그 그림은 나를 그곳에 오랫동안 묶어 두었다. 녀석의 그림이라면 일부러 보지 않으려고 했기 때문에 생각해 보니 이렇게 우연히 보게 된 것은 꽤 오랜만의 일이었다.

녀석에게 재능이 있다는 것을 알게 된 것은 시간이 조금 흐른 뒤였다. 그림을 잘 그리는 것은 알고 있었지만, 고작 중학생이었는데도 아이들은 물론, 어른들의 입에서도 오르내리는 순간들이 많아진 것을 알게 되었으니까.

자식밖에 모르는 다정한 부모님, 큰 집, 풍족한 생활, 가진 재능. 그것들을 시샘할 수밖에 없는 자신이 싫었다.

"미술 시간에 그렸는데, 복도에까지 걸릴 줄은 몰랐어."

"……깜짝이야."

누군가가 옆으로 다가오는 기척도 느끼지 못할 만큼 나는 복도에 걸린 녀석의 그림을 한참이나 바라보고 있었다. 돌아보자 곁에 선 녀석이 자신의 그림을 바라보며 중얼거리고 있었다. 네가 볼 줄 알았으면 좀 더 신경 쓸걸. 이어지는 뒷말은 작게 속삭이는 혼잣말에 가까웠다.

그림 속의 풍경은 푸르고, 반짝거렸으며, 계절감이 느껴질 만큼 생동감이 넘쳤다. 좀 더 신경을 쓸 걸 그랬다는 녀석의 후회와는 어울리지 않을 만큼 말이다.

물끄러미 자신의 그림을 보고 있던 녀석이 고갤 돌려 나를 향해 물었다.

"마음에 들어?"

"별로."

"마음에 들면 너 줄게."

그런 황당한 소리를 하면서도 표정이 조금도 변하지 않았다. 정말로 달라고 하면 그 자리에서 그림을 떼어 줄 것 같은 기세에 됐다며 돌아섰다.

녀석은 나와 몇 걸음 거리를 두고 뒤에서 따라왔다. 복도를 걸어 학교를 빠져나와 어느덧 버스 정류장 앞에 다다를 때까지 우리 둘은 말이 없었다. 친근한 대화보다는 이러한 침묵에 더 익숙해질 대로 익숙해져 있는 사이였다.

그렇게 버스 정류장 앞에 서서 집으로 가는 버스를 기다리던 나는 길 한쪽 구석에서 형체를 알아보기 어려운 동물 사체를 발견했다. 우연히 돌린 시선 끝에 담긴 그것을 보며 얼마 전까지 할아버지 댁 앞마당을 제집처럼 드나들던 고양이가 며칠 전 길바닥 위에 죽어 있던 것이 문득 겹쳐 떠올랐다.

그리고 나와 마찬가지로 차에 치여 죽은 동네 개의 시체를 한참 동안 보고 있던 녀석이 중얼거렸다.

"죽었나 봐."

"……."

"불쌍하다."

나는 종종 사라지는 것들에 대해 생각했다. 파도가 휩쓸고 간 모래사장 위의 흔적, 태양 아래에서 증발해 사라지는 물방울, 공기 중에 뒤섞이는 연기, 희석되는 향기, 할아버지 댁의 빈 마당. 결국은 그곳에 있었다는 흔적조차 모르게 희미해지다가 감추는 것들을 말이다. 그렇게 사라지는 것들을 생각하며 익숙해지려고 했다. 익숙해지면 금세 무뎌지곤 하니까. 하지만 무엇 때문에 익숙해지려는 것인지도 모르면서 그랬다.

어느 날 갑자기 모습을 드러냈다가 어느 날 갑자기 사라져 버리는 것들은 많았다. 서글픈 운명에 처한 것들에 대한 생각은 끝내 녀석에게로 다다른다. 녀석도 언젠간 그렇게 사라져 버리는 것일까. 어른들이 뒤에서 수군거리는 소리에 의하면 오래 살지 못할 거라고들 하던데. 원래 뒷말하기 좋아하는 사람들의 몇 년째 이어지는 헛소리라는 것쯤은 알면서도 말이다.

"……왜?"

"뭐가."

"할 말 있나 해서."

오랫동안 녀석에게 머물러 있던 내 시선을 느끼곤 돌아본 녀석과 눈이 마주쳤다. 할 말 있냐는 듯 묻는 시선에 아닌 척 고갤 돌리자 어느새 저 멀리 버스가 다가오는 것이 보였다.

버스를 타고 집으로 돌아가는 길, 열어 놓은 버스 창문으로는 바람이 들어와 머리카락을 엉망으로 헝클었다. 버스의 라디오에서는 철 지난 유행가가 흘러나오고 있었고, 덜컹거리는 버스 안에는 사람이 거의 없어서 그런지 그 낡은 소리가 빈 공간을 크게 울렸다.

녀석은 창문에 머리를 기댄 채 생각에 잠긴 듯 멍하니 어딘가에 시선을 둔 채였다.

"슈퍼 아저씨가 그랬는데……."

그렇게 한참을 멍하니 창밖에 시선을 둔 채 말이 없던 녀석이 여전히 시선은 허공 어딘가에 던져둔 채 운을 떼며 내게 말을 건넸다.

"내가 곧 죽을지도 모른대."

"……."

"지금까지 산 것도 오래 살았다면서."

다소 무미건조한 말투치고 내용은 그렇지 않았다. 나는 녀석이 말하는 슈퍼 아저씨를 떠올렸다. 불쾌하기 짝이 없는 인상, 숱이 없는 머리카락과 늘어진 티셔츠를 입고 슈퍼 앞에 자리한 평상에 앉아 막걸리를 마시며 동네 사람들과 이 이야기, 저 이야기 떠들기 좋아하는 사람이었다.

"어떻게 생각해?"

"……나도 몰라. 왜 그런 걸 나한테 물어봐."

"슈퍼 아저씨도 그랬고, 동네 할머니들도 그랬어. 내가 오래 못살 거라고."

"……."

"다들 그래."

권태로운 얼굴을 한 녀석의 시선은 끝없이 창밖의 어딘가에 머물렀다. 오후의 나른한 햇빛이 그러한 녀석의 얼굴 위로 떨어졌고, 햇빛으로 얼룩진 모습은 어쩐지 더더욱 녀석을 생기 없어 보이게 해 이곳과 저곳의 경계를 희미하게 만들었다. 그 때문에 순간이지만 덜컥 가슴이 내려앉았다.

"안 죽어. 넌 다른 사람들 말을 믿냐?"

"……."

"그냥 개소리잖아."

별안간 못마땅해져 목소리가 높아졌고, 내 높아진 목소리에 창문에 기대고 있던 녀석은 고갤 바로 하며 나를 똑바로 바라보았다. 적막에 휩싸인 우리 둘 사이를 철 지난 유행가가 채웠다. 노래 가사는 유치하고 시답잖기 그지없었다.

이런 껄끄러운 이야기는 별로 하고 싶지가 않았기 때문에 나는 그만하라는 듯 녀석을 노려보던 시선을 돌렸지만.

"죽으면 모두에게 잊히겠지만 네가 날 잊어버리는 건 싫어."

"……."

꿋꿋하게 이어지는 녀석의 그 말에 기어코 화가 치밀어 나는 안고 있던 내 책가방을 녀석에게 집어 던졌다.

녀석의 가슴팍을 때린 내 가방이 바닥으로 볼품없이 떨어졌다.

"재수 없게 왜 자꾸 죽는다는 말을 꺼내!"

그 말을 끝으로 버스가 멈추자마자 내려 빠르게 달렸다. 녀석이 숨이 차서 따라오지 못하도록 서둘러 달렸다. 재수 없는 새끼. 왜 자꾸 죽는다는 헛소리를 해 대서 사람 기분을 잡치게 만들어. 이를 악물고 속으로 끊임없이 녀석을 향해 욕을 하며 집으로 향하던 나는 길목에 있는 슈퍼를 발견하자마자 걸음이 멈췄다. '슈퍼 아저씨가 그랬는데……' 하던 녀석의 말이 떠오른 탓이었다.

멈췄던 두 발은 슈퍼 앞으로 향했고, 나는 마치 그곳에 화풀이를 하듯 슈퍼 앞 아이스크림 냉장고를 발로 걷어찼다. 무슨 짓이냐며 주인아저씨가 나와서 나에게 소리칠 때까지 여러 번.

그리고 그날 밤, 무슨 일 있었냐는 할아버지의 말도 모르는 척하고 내내 방 안에만 누워 있었다. 변덕스럽기 짝이 없는 기분과 도무지 종잡을 수 없게 구는 심란한 감정 때문에 나를 혼란스럽게 하는 것으로부터 될 수 있는 한 멀어지고 싶었다. 녀석이 죽거나 말거나 내 알 바도 아닌데 알 수 없는 불안과 의미 모를 심란함을 느껴야 하는 게 싫었다. 그래서 밤늦은 시간 내 책가방을 가지고 찾아온 녀석을 일부러 30분이나 기다리게 만들었다.

"미안해, 진우야."

"……."

"화내지 마."

"……."

집 앞으로 나가자 녀석이 내 가방을 내게 내밀며 미안하다 말해 왔다. 녀석은 늘 그래 왔듯 나를 탓하지 않았다. 내가 늦은 시간 이유도 없이 저를 밖에 세워 두고 기다리게 했음에도, 가방을 집어 던졌던 사람이 나였음에도 말이다. 아마 그 어떠한 이유가 있었어도 녀석은 나를 탓하지 않았을 것이다.

내가 가방을 가져가지 않으니 금세 초조해져선 입술을 깨문다. 좋아한다는 것을 잔뜩 티 내는 얼굴로 나를 보고 있으니 그 감정을 모를 리가 없었다. 누구라도 그럴 것이다. 결국 안절부절못할 거면서 사람을 떠보긴 왜 떠본 건가 싶었던 나는 녀석을 향해 말했다.

"네가 날 좋아한다고 느끼는 건 다 착각이야."

바닥을 향해 있던 녀석의 시선이 그제야 나를 향했다.

"그냥 친구라고 처음 생겼던 게 나여서 그런 거뿐이라고."

"……."

"너는 내가 아니어도 상관없어. 그날 이 집에서 처음 본 게 다른 애였으면 그 애를 좋아한다고 느꼈겠지."

"……네가 그걸 어떻게 알아."

"알아. 아니까 앞으로 내 앞에서 좋아한다는 말 같은 거 다시는 꺼내지 마."

"……."

"불편해."

자신의 감정을 단정 지어 말하는 내게 녀석은 아니라고 부정하며 억울해했지만, 녀석이 내게 무슨 말을 꺼내기도 전에 그 시선을 무시하고 나는 집으로 들어가 버렸다.

버스는 오늘도 덜컹거리는 낡고 요란한 소리를 내며 달렸다. 그날 이후로 우리는 누가 먼저랄 것도 없이 아주 자연스럽게 버스에서 한 자리 건너 따로 앉아 집으로 향하기 시작했다. 각각 서로에게서 고갤 돌려 유리창 밖에 시선을 둔 채로 말이다.

줄곧 이곳이 싫었다. 혼자 떨어진 낯선 곳이라서 싫었고, 밤이 되면 빛도 없이 깜깜해져 무섭도록 고요한 시골길이 싫었다. 밤마다 들리는 새소리는 그러한 분위기를 한층 더 스산하게 만들어 무서웠다. 원래 다니던 학교보다 학생 수가 현저히 적은 것도 싫었고, 그나마 있는 중학교는 시설이 낡았으며, 그마저도 하루에 몇 대 다니지도 않는 버스를 타고 다녀야 해서 싫었다. 그래서 늘 이곳에서 빠져나갈 기회가 생기기만을 바라고 있었다. 제비꽃을 기다리며 부모님이 오실 때마다 대체 언제 나를 데려갈까 생각했다. 버스 창문 밖의 익숙한 풍경들을 눈에 담으며 오늘도 그러한 생각들에 여념이 없었다.

하나둘씩 버스에서 사람들이 내리고 종점에서 몇 정거장 전 녀석과 내가 내려야 할 정류장에 다다를 즈음이면 버스 안에 사람이라곤 녀석과 나 그렇게 둘뿐일 때가 많았다. 버스 안은 한적했고, 한가로이 부유하는 먼지들은 마치 빛처럼 반짝거렸다. 우리는 버스의 마지막 승객이었다. 버스에서 내리자 아직 가라앉지 않은 여름의 태양은 머리 위로 떨어져 그림자를 길게 늘어뜨렸다. 녀석은 나를 뒤따라 걸었고, 두 개의 긴 그림자는 걸을 때마다 겹쳐졌다가 떨어지길 반복했다. 가끔씩 손을 뻗으면 마치 두 그림자가 손을 잡은 듯 겹쳐지는 녀석의 유치한 짓을 모르는 척했다. 그저 미련한 새끼라고 생각하기만 했다.

걸음은 오래가지 않아 할아버지 댁 앞에서 멈췄고, 녀석도 그런 나를 따라 덩달아 걸음을 멈췄다. 뒤를 돌아 녀석을 한 번 곁눈질하듯 바라보는 것으로 잘 가라는 인사를 대신한 뒤 대문 안으로 몸을 밀어 넣었다. 하지만 멀뚱히 서 있던 녀석이 여간 신경 쓰이는 게 아니라 다시 돌아설 수밖에 없었다. 평소와 달리 대문 안으로 들어 가려던 동작을 멈추는 나를 향해 녀석의 눈동자는 기대감을 설핏 드러냈다. 머뭇거리던 나는 결국 그 시선을 외면하지 못하고 부주 의하게 굴고야 말았다.

"야, 밥 먹고 갈래?"

"그래도 돼?"

"⋯⋯들어와."

그럼에도 불구하고 여전히 버스에서 우리는 각자 따로 앉아 생각 에 잠긴 듯 서로에게서 고갤 돌리고 창밖을 바라보았다.

"하진우!"

복도 끝에서 누군가 나를 부르며 달려왔다. 하도 서두르는 기색 이라 뭐 좋은 소식이라도 있나 싶어 궁금해서 기다렸더니 한다는 소리가 기대와는 다른 소리였다.

"임윤 그 새끼, 또 쓰러졌다며?"

"⋯⋯아, 그래?"

"뭐야. 너 몰랐냐? 아까 난리 났었는데."

종종 햇볕이 강한 날이면 그곳에 오래 서 있다가 쓰러지곤 하던 녀석은 체육 시간에도 잘 나가지 않았다. 무슨 일로 간만에 쓰러졌 냐고 물으니 "체육 시간 때라던데?" 하며 친구는 심드렁하게 대꾸했 다. 내가 뭐 꼭 그 자식 시다바리도 아니고 개에 대해서 알고 있어 야 하냐며, 내 알 바 아니라고 대꾸한 뒤 그래서 뭐 어쩌라고 싶어 돌아서려 했지만, 발은 붙어 버린 듯 움직이질 못했다. 정말이지 짜증이 치밀었다.

"그래서 걔 어디 있냐?"

결국 친구에게 녀석의 위치를 물었다.

양호실로 내려오니 하나밖에 없는 양호실 침대 위에 누워 있는 녀석이 보였다. 잠이 들었는지 가만히 눈을 감고 누워 있는 녀석을 바라보며 생각했다. 대체 언제부터였을까, 하고. 녀석의 중심에 내가 세워지고, 나를 기둥 삼아 녀석의 일상이 굴러가기 시작한 것이 말이다. 아무리 이상하다고 말을 해도 들어 처먹는 태도를 보이지 않았고, 자꾸만 자연스럽게 자신을 감정을 내비치는 녀석과 나 사이를 곱씹어 생각했다.

나에게는 한가득 고민을 안겨 준 주제에 참 태평한 새끼가 아닐 수 없었다. 가만 잠든 얼굴을 바라보다가 한숨을 쉬었다. 이런 헛짓거리에 있지도 않은 기력을 쏟아붓는 녀석이 어처구니가 없어서 헛웃음이 나오다가도 정작 가장 어처구니가 없는 것은 사는 게 여유가 있으니까 녀석이 이런 허무맹랑한 짓에 매달릴 수 있다고 이 순간에도 녀석을 시샘하는 나였다. 멀쩡한 것도 확인했고, 녀석과 마주하고 있으면 이렇듯 내 안의 한심한 꼴만 드러나는 것 같아 그만 자리에서 일어서려는데 손목이 붙잡혔다. 멈칫하고 돌아보자 느릿하게 깜빡이는 눈동자가 나를 바라보고 있었다.

"뭐야, 안 잤어?"

묻는 말에도 대꾸 없이 찬찬히 내 얼굴을 뜯어보던 녀석의 눈길이 차근차근 다물린 내 입술을 따라 올라와 눈언저리에 머무는 것이 느껴졌다.

"나 아픈데."

"……."

"조금만 더 있다가 가면 안 돼?"

싫다고 뿌리치려고 했지만, 기운 없어 보이는 녀석을 보니 차마 그렇게까지는 할 수 없어서 어쩔 수 없이 나는 자리에 다시 앉았다.

"멍청아, 그러니까 뭐하러 체육 시간에 기어나가. 날도 더운데."

녀석은 그저 말없이 미소 짓다가 느리게 눈을 깜빡거리기만 했고, 나는 그 시선을 피해 양호실 벽면을 응시하며 허공에 눈동자를 맥없이 던져둘 뿐이었다.

며칠 뒤 비가 내렸다. 동네 하천의 물이 불어날 정도로 비가 쏟아졌다. 툇마루 아래로 늘어뜨린 종아리로는 연신 빗물이 튀었다. 할아버지 댁 마당을 제집처럼 드나들던, 얼마 전에 죽은 그 고양이를 떠올리다가 자리에서 일어나 우산을 챙겼다. 그리고 머지않아 발걸음이 멈췄다. 굴다리 근처 고양이 무덤 앞에 쭈그리고 앉아 있는 녀석을 본 나는 대체 어느 틈에 저곳에 고양이 무덤이 있다는 것을 녀석이 눈치챘던 걸까 생각했다. 두 미간이 좁아진 채 쭈그려 앉아 있는 녀석의 곁으로 다가갔다. 걸을 때마다 빗물을 밟아 찰박거리는 발소리가 들렸다. 그 소리와 제게로 가까워지는 기척을 느끼고 무심코 고갤 든 녀석이 나를 발견하곤 퍽 당황한 표정을 지었다.

"너 여긴 어떻게 알았어."

"……."

내 물음에 녀석의 입술은 자신이 불리한 상황이라는 것을 증명하는 듯 꾹 닫힌 채 침묵을 유지했다. 안 봐도 뻔하다. 길바닥 위에 죽어 있던 낯익은 고양이를 이곳에 묻어 주었던 내 뒤를 몰래 따라왔다거나, 혹은 묻어 준 이후 며칠 뒤 무덤이 잘 있는지 확인차 들렀던 내 뒤를 몰래 따라왔다거나 둘 중 하나일 것이다. 그렇지 않고서야 알려 준 적도 없는 이곳을 녀석이 알 수는 없었으니까.

"네가 여긴 어떻게 알고 왔냐고."

"······이거, 그 고양이 무덤이지?"

"······."

"요즘 왜 안 보이나 했거든."

"······."

내 추궁에 녀석은 말을 돌리며 물었다. 마당을 제집처럼 드나들던 고양이만큼이나 녀석 또한 할아버지 댁에 제멋대로 드나들었으니 녀석도 알고 있는 고양이였나 보다. 퍼붓는 빗물에 혹시나 떠내려가지는 않을까 싶어 우리 둘은 말없이 고양이 무덤을 지켜보고 있었다. 정을 줄 만하니까 죽어 버렸다. 고양이의 시체를 발견했던 날 나는 이럴 줄 알았으면 마음을 주지 말 것을 그랬다고 밀려오는 허무함과 싸우느라 한참을 서 있었다.

지난 기억을 떠올리던 내 생각의 끝이 그 순간 문득 다다른 곳은 녀석이었다. 이렇게 함께 있는 게 너무나 당연하다고 느껴져 마치 내 일상의 일부인 듯, 원래 내가 가지고 있었던 것처럼 녀석이 그런 존재가 되어 버리면 어떻게 하나 싶어 덜컥 걱정이 들었다. 서둘러 생각을 털어 내며 자리에서 일어나자 내 동선을 따라 움직이는 녀석의 시선에 갈 거니까 따라오지 말라고 선수를 치며 말했다. 녀석의 시선은 오랫동안 등 뒤로 박혀 왔고, 그 때문에 마음속 심란하고 시끄러운 소음들을 다행히 격한 빗소리가 우산을 튕기며 덮어 주었다.

벚꽃이 지고, 그 다음 아카시아와 라일락 향기로 가득한 길마저 저물면 푸른 잎들 사이로 쨍한 햇빛이 반사되기 시작해 한여름의 무더위에 이르렀다. 영원처럼 끝나지 않을 듯 이어지던 열기가 식고, 어느새 초록색 잎들이 메말라 바닥 위를 나뒹굴 즈음이면 그로부터 얼마 지나지 않아 눈이 내렸다. 1년의 흐름은 이렇듯 순식간이었고, 올해의 첫눈은 11월 말 어느 날이었다.

1년의 끄트머리에서 문득 녀석과의 비슷했던 눈높이가 어느 틈인가 달라져 이젠 내가 녀석을 볼 때면 아주 약간 시선을 들어 올려다봐야 한다는 것을 깨달았다. 그 사실이 새삼스러워 나도 모르게 오랫동안 녀석을 쳐다보고 있었는지 어색하게 웃으며 녀석이 물었다.

"왜?"

곁에 앉아 있는 녀석을 실속 없이 곁눈질하던 시선을 거두었다.

"아니야, 아무것도."

우리 둘은 툇마루에 앉아 진눈깨비처럼 흩날리는 첫눈을 감상했다. 마당은 잔뜩 메말라 있었고, 날씨가 추워져서인지 드나들던 길고양이들도 요즘은 자취를 감춘 듯 보이질 않았다.

허공을 향해 입을 벌리자 차가워진 공기 때문에 내뱉는 숨이 희뿌옇게 형체를 갖췄다. 그렇게 딴청을 부리며 조금 전부터 물끄러미 내게 닿아 있던 시선을 이번엔 내가 모르는 척하고 있었다.

"진우야."

결국 녀석이 그런 나를 부른다. 고갤 돌리자 코끝과 양 볼이 빨갛게 된 녀석과 시선이 마주쳤다. 녀석은 나를 향해 미소를 지었지만, 그 미소는 왜인지 우울함이 내재된 듯했다. 마주쳤던 녀석의 시선은 툇마루 바닥에 아무렇게나 올려 둔 내 손에 잠깐 닿았다가 다시금 나를 향했다. 천천히 녀석의 손이 뻗어 오고, 그 손은 내 목에 둘러 있는 목도리의 흐트러진 매무새를 틈 없이 단단하게 고쳐 주었다. 나는 슬쩍 그런 녀석의 손을 밀어냈고, 녀석은 바람 새는 웃음소리를 내며 내게 물었다.

"안 추워?"

"어, 별로 안 추워. 나보다 네가 더 추워 보이거든?"

"나도 안 추워."

"뻥치네."

"진우야."

"왜."

"취미긴 한데, 아버지가 그림 그리라고 창고 정리해서 작업실을 만들어 주셨는데……."

"……."

"놀러 올래?"

"……나중에."

"응."

둘려 있던 목도리 안으로 고개를 파묻었다. 바라본 녀석의 머리카락은 마치 춤을 추는 듯 바람에 헝클어지고 있었다. 시선이 이끌리듯 녀석을 바라보고 있던 나에게 왜 그러냐고 묻는 녀석의 물음에 그저 고갤 가로저으며 다시 마당 한복판으로 시선을 던졌다. 기온은 점점 떨어져 싸라기눈이 날리기 시작했다.

겨울 내내 녀석은 자신의 작업실이라고 생긴 곳이 있었음에도 매일같이 할아버지 댁으로 와 여러 가지 물감을 펼쳐 둔 채 그림을 그렸다. 날도 추운데 매번 이곳까지 오느라 얼굴은 찬 바람에 쓸려 빨개졌고, 그런 녀석을 바라보며 추운데 왜 왔냐고 묻는 내게 녀석은 소리 없이 웃는 웃음으로 대답을 대신하곤 했었다.

"귤 많이 먹으면 노래진다던데. 진우야, 너 얼굴이 좀 노래진 거 같아."

"맛있잖아, 상관없어."

"맞아, 그래도 넌 귀여우니까."

"야."

"응?"

"……됐어. 하던 거나 해."

그림을 그리던 녀석은 곧잘 곁에 늘어져 앉아 책을 읽으며 귤을 까먹고 있는 나를 향해 말을 걸곤 했다. 내 손끝은 겨울 내내 노랗게 물들어 있었다.

나는 가끔씩 읽고 있던 책을 덮으며 종이 위에 번지는 녀석의 그림을 바라보기도 했다. 그럴 때면 어느 순간 시선이 느껴졌고, 무언가 할 말이 있는 듯 달싹거리는 녀석의 입술을 발견한 나는 녀석이 내게 고백과 비슷한 종류의 말을 하기라도 할까 싶어 곧바로 덮었던 책을 다시 펼치곤 했다. 그러면 녀석은 말없이 다시 그림을 그리기 시작했다. 방 안의 공기는 늘 미묘한 침묵으로 싸여 있었다.

머지않아 끝나지 않을 것 같았던 겨울이 저물고, 오지 않을 것만 같았던 봄이 찾아왔다. 4월의 어느 날, 녀석이 자신의 집에서 엄마가 말려 두었다는 봉숭아 씨앗을 들고 와서 할아버지 댁 마당 구석에 있는 화단에 심었다.

그리고 그게 싹이 틀 즈음, 부모님이 할아버지 댁에 내려왔다.

봄마다 부모님이 할아버지 댁에 한 번씩 내려올 때면, 할아버지 댁 대문 밖 담벼락 아래에 녀석이 쭈그리고 앉아 있는 것을 알고 있었다. 역시나 올해도 마찬가지였다. 심부름을 가기 위해 자전거를 끌고 나오자마자 내가 본 것은 담벼락에 등을 기대고서 청승맞게 쭈그리고 앉아 있는 녀석이었다. 해가 저물어 희미한 가로등 불빛 아래 어깨를 늘어뜨리고 있는 모습이 녀석을 더욱 청승맞아 보이게 했다. 꼴사나운 새끼. 나는 괜히 바닥을 한 번 걷어찼다.

"너 뭐 하는데, 여기서."

그냥 지나칠까 하다 결국 지나치지 못하고 다가가 녀석의 운동화를 가볍게 툭 걷어차며 물었다.

"······그냥."

그러자 사람 맥 빠지게 하는 대답만 돌아왔다.

"들어올 거면 들어오고 말 거면 얼른 가. 여기서 이렇게 사람 신경 쓰이게 하지 말고."

"진우야."

"왜."

"······."

"왜 불렀는데."

"······아니야."

내가 부모님을 따라가기라도 할까 봐 불안해서 저러는 건지, 어지간히도 사람 신경 쓰이게 하는 꼴사나운 모습에 결국 한숨이 나왔다. 녀석과 나 사이의 정적이 불편해 찌르릉, 찌르릉, 자전거의 벨만 울리던 나는 가볍게 주먹을 쥐었다 폈다.

"······나 심부름 가는데, 같이 갈래?"

침묵을 깨는 내 물음에 가만 고갤 들어 나를 물끄러미 쳐다보던 녀석은 자리를 털고 일어났다.

　녀석과 나 사이는 이렇듯 별반 달라진 것 없이 이어질 줄로만 알았다. 하지만 학년이 바뀐 그쯤 나는 우연한 계기로 말을 몇 마디 트게 된 같은 반 여자애와 친해졌다. 진우야, 안녕? 살갑게 인사를 건네는 같은 반 여자애를 향해 조금씩 호감을 품은 게 시작이었다.
　"먼저 가."
　"……."
　"나 볼일 있어."
　그래서 그 여자애와 시내에 가려고 녀석을 먼저 보내는 일이 잦아졌다. 그러니 녀석 또한 우리 사이의 작은 변화를 눈치채는 데 오래 걸리지 않았다.
　내가 누군가를 좋아하게 된다는 막연한 생각을 할 때마다 나를 좋아한다 말하는 녀석이 가장 먼저 머릿속을 차지하는 일이 그 여자애 덕분에 조금 줄어들었다. 그 때문에 나는 녀석을 떠올리는 일이 적어질 수 있다면 더욱 그 여자애에게 집중하고 싶었다.
　묻고 싶은 게 잔뜩 있는 녀석의 얼굴을 그런 식으로 계속해서 외면했다. 먼저 가라는 내 말에 입술만 달싹거리다가 돌아서는 녀석을 보면서 이렇게 된다면 너도 언젠가는 나를 포기할 수 있지 않을까, 라는 터무니없는 생각을 하기도 했다.
　"올해도 너랑 같은 반이 아니라서 아쉽다."
　쉬는 시간마다 가끔씩 우리 반을 찾아오던 녀석은 내게 습관처럼 그 말을 중얼거렸고, 그에 흥미 없다는 듯 대꾸도 하지 않았다. 녀석은 그런 나를 멀거니 바라보다가 이내 턱을 괴곤 교실 어딘가에 시선을 두었다.

"쟤였구나."

"……."

"요즘 네가 친하게 지내던 애가."

녀석의 중얼거림에 그제야 고갤 든 내가 녀석과 같은 곳에 시선을 두었다. 내가 호감을 품고 있던 여자애였다. 마치 그 애를 관찰하는 듯, 온 신경을 그곳에 집중하는 모양새로 녀석의 시선은 길게 이어졌다.

"많이 친해?"

"알아서 뭐하게."

"그냥, 궁금해서. 궁금할 수는 있잖아."

"같은 반 친구야."

"……."

"곧 종 칠 거 같은데 그만 가."

"……."

나는 그때 녀석의 미묘하게 달라진 기색을 눈치챘어야 했다. 무슨 꿍꿍이인지 그날 이후로 심심찮게 그 여자애와 붙어 있는 녀석을 볼 수 있었기 때문이다. 신경을 쓰지 않는 척하려 했다. 그 여자애가 내게 녀석에 관해 물을 때도, 그 때마다 수줍을 얼굴을 하는 것도 전부 기분 탓이려니 하려 했다.

"진우야, 혹시 윤이 이런 거 안 좋아하려나?"

"……."

"취향을 잘 모르겠어서. 너는 친하니까 잘 알 거 아니야."

여자애는 내게 작은 상자를 보여 주며 조언을 구하듯 물었다. 그 안에는 직접 만들어 하나하나 포장한 쿠키가 들어 있었고, 그걸 보고 어설프게 미소 짓던 나는 고갤 틀었다. 목 언저리를 주무르며 나도 잘 모르겠다는 흐지부지한 대답을 내놓을 때도, 계속 내 착각이려니 생각하려고 했다.

하지만 얼마 뒤 처음 호감을 느꼈던 그 여자애는 녀석에게 고백을 했고, 그날 하루 종일 화가 나 있는 내 곁을 맴돌며 녀석은 내 화를 북돋았다. 집으로 가기 위해 가방을 챙기는 내 옆에 서서 안절부절못하던 녀석이 "진우야." 하고 나를 불렀고, 그 목소리에 기어코 내내 참고 있던 화가 치밀어 손에 들고 있던 것을 집어 던졌다. 교실은 이미 전부 빠져나가 아무도 없어 고요했기 때문에 녀석의 팔을 스친 내 노트가 종이를 펄럭거리며 먼발치에 떨어지는 소리가 요란하기 그지없었다.

"짜증 나게 하지 말고 꺼지라고 했잖아. 무슨 좋은 소리 듣겠다고 자꾸 알짱거리는데."

"나는 걔 안 좋아해, 알잖아."

"걔가 널 좋아하는데 그게 무슨 상관이야."

"……."

"일부러 그랬지?"

"……."

"일부러 그랬잖아, 너."

"……."

일부러 그 여자애에게 다가가고, 다정하게 대해 줬던 걸 알고 있었다. 착각이려니 하려 했지만, 내가 그걸 모를 리가 없었다. 녀석은 아무런 대답이 없었지만, 그 침묵이 긍정을 의미하고 있었다.

"걔가 널 좋아한다잖아."

"나는 너 좋아해."

"……"

"……내가 너 좋아하고 있는 거 너도 알잖아."

"……"

녀석은 이렇듯 늘 서슴없이 자신의 마음을 고백해 왔다. 뭐가 자랑이라고 태평하게 그런 말을 지껄이는 건지 모르겠다. 꼬여 버린 심사로 인해 기어코 내 말투는 날이 서고야 말았다.

"그래서 나더러 어쩌라는 건데."

"……"

"네가 날 좋아하는 게 정상이야? 남자끼리 그러는 거……. 이상하잖아."

"……"

"이상하다고."

"……"

"여자 사귀어 봐. 혹시 알아? 네가 나 좋아한다고 느꼈던 것도 사실은 그게 아니었을지도 모르잖아."

"……"

말을 내뱉어 놓고 나자 심장이 요동치기 시작했다. 분명 나 스스로도 녀석에게 이렇게까지 말하는 것은 아니라는 생각에 미쳤기 때문일 것이다. 그럼에도 불구하고 나는 끝까지 녀석이 상처받을 만한 말을 골라 내뱉었다.

"나중에 괜히 후회하지 말고, 이왕 고백도 받았는데 걔랑 사귀어 보든가."

"……."

"내가 이런 충고 해 줬다고 고마워하는 날이 올지 누가 또 알아?"

"……왜 그런 식으로 말하는 건데."

"……."

"왜 그런 식으로 말하냐고……."

"……."

속으로 삼키며 화를 참으려는 듯 말아 쥔 녀석의 주먹이 보였다. 녀석의 말끝은 떨리고, 때리지도 않았는데 흠씬 두들겨 맞기라도 한 듯 얼굴은 볼품없이 구겨져 있었다. 가슴을 불편하게 하는 그것들로부터 피하기 위해 나는 고갤 틀어 녀석을 보지 않았다. 저를 외면하고 더 이상 아무런 말도 없이 서 있자 결국 녀석이 먼저 교실을 빠져나가 버렸다.

눈앞의 녀석의 빈자리를 확인하자 이상하게 죄책감에 젖어 처음으로 되는대로 내뱉은 말이 후회스러웠다. 그리고 그 후회는 내 안에서 형편없이 크기를 키워 가며 가슴을 답답하게 짓눌렀다.

그 이후로 꽤 오랫동안 녀석과 대화를 나누지 않았다. 버스 정류장에서 마주쳤을 때도 녀석은 내게 우연히 눈길을 두는 일조차 없었고, 쉬는 시간마다 점심시간마다, 그렇게 틈만 나면 찾아오던 발걸음도 끊겼다.

그게 벌써 얼마나 되었더라……. 난데없이 떠오른 그 생각에 교과서 위에 머물던 시선이 글자들 위에서 헤매기 시작했다.

그래서 아쉽기라도 해? 그딴 건 생각해서 뭐하나 싶어 다시 수업에 집중을 하려고 해 보지만, 벌써 같은 곳만 여러 번 읽고 있다는 것은 이미 생각이 다른 곳으로 흘러가고 있다는 것과 같았기 때문에, 더 이상 수업을 따라가는 게 무의미했다. 애써 집중해 보려고 했던 생각을 집어치우고 창밖으로 시선을 던졌다. 어느새 훌쩍 흘러간 계절이 눈에 담겼다.

어쩌면 처음부터 내가 바라던 일이었을 텐데도 일상에 작은 균열이라도 생긴 기분이 드는 게 의아했다. 그만큼 사람이 어딘가에 익숙해진다는 것은 때론 참 무서운 일인 것이다. 녀석의 부재를 의식하고 있다는 게 못마땅했다. 하지만 누군가의 부름을 녀석이라 착각하고, 때론 교실 뒷문에 눈길을 두며 녀석을 떠올릴 때마다 시간이 지나면 이것도 익숙해질 것이라고 대수롭지 않게 생각하며 머릿속을 되도록 텅 비게 하려 했다.

그렇게 녀석이 내게 발길을 끊은 시간 동안 나는 녀석에게 차였던 그 여자애를 위로해 주었고, 얼마 지나지 않아 사귀게 되었다. 하지만 고작 3개월이 끝이었다. 조금 허무했다.

"아, 맞다. 너 그 소문 들었냐?"

"뭐."

"왜, 임윤 말이야."

그로부터 얼마간의 시간이 흐른 어느 날, 친구의 입에서 나온 녀석의 이름에 내내 흘려듣던 대화에 집중하게 됐다. 설렁설렁 고갤 끄덕이던 것도 멈추고, 내리뜨고 있던 시선을 들어 친구를 바라보자 주위를 살피던 친구가 내 쪽으로 상체를 조금 가까이 하며 비밀스러운 얘기라도 하는 듯 낮게 속삭였다.

"존나, 걔 미친 거 같더라."

"⋯⋯대체 뭐가?"

"미술이랑 사귄다던데?"

"……."

놀라서 반쯤 벌린 입술을 다물지도 못하는 내 반응을 보며 친구는 그럴 줄 알았다는 듯 덤덤하게 말을 이어 갔다.

"놀랍지 않냐? 걔 요즘 미술실에서 산다는 소리가 있더니. 존나 대박이지?"

"……사실이래?"

"모르지. 근데 소문이 나온 거 자체도 뭐가 있으니까 나온 거 아니겠냐?"

"……."

친구는 고개를 저으며 "어떻게 선생이랑 사귈 생각을 하지? 나이 차이 얼마냐. 대박."이라고 뒤이어 무어라고 말을 이었지만, 내 귀엔 더 이상 그 무슨 소리도 들리지가 않았다. 방금 들은 말들로 인해 느낀 당황스러움과 혼란스러움이 좀처럼 사그라지지를 않았기 때문이다.

"야, 임윤!"

"……."

그래서 버스 정류장에서 녀석과 마주친 순간 나도 모르게 녀석을 불러 세워 버리고 말았다.

삼삼오오 정류장에 무리 지어 있는 그 틈에서 느릿하게 돌아보는 시선이 곧바로 내게 닿았다. 한 치의 비켜남도 없이 마치 내가 그곳에 있었다는 것을 처음부터 이미 알고 있던 사람처럼 말이다.

"너……. 그러니까, 그……."

"……."

고작 한동안 보지 못했다고 생각했는데, 무슨 생각을 하고 있는 건지 당최 짐작하기도 어려운 얼굴로 오랫동안 나를 바라보는 녀석이 꽤 낯설게 느껴졌다. 어딘지 딱 집어 말할 수는 없었지만, 전과는 묘하게 달라진 분위기 때문에 머뭇거리는 그 사이 타야 할 버스 한 대가 지나가 버렸다.

침묵이 길어질수록 그만큼 어색함이 부피를 키워 갔다. 녀석은 잠자코 나를 기다려 주었지만, 삼삼오오 떼 지어 있던 무리들이 사라지고 녀석과 나 단둘만 남게 되자 더더욱 견딜 수 없는 어색함이 덮쳐 와 입술이 좀처럼 떨어질 생각을 하지 않았다. 선생님이랑 사귄다니. 이젠 아주 막나갈 작정인가? 하지만 뒤늦게 내가 무슨 상관인가 싶어 결국 그만두자고 마음을 먹게 되어 버렸다.

"……됐다. 아니야, 아무것도."

"……."

허무하게 버스를 놓친 바람에 우리는 아주 긴 시간 동안 버스를 기다려야만 했다. 패기 있게 녀석을 불러 세워 놓은 것치곤 보잘것 없는 결과였다.

버스 안에는 각자의 분주한 시간 속에 빠진 사람들 몇몇 뿐이었다. 기우뚱 기운 머리는 창문에 닿아 버스가 덜컹거릴 때마다 일정하게 그곳에 머리를 쿵쿵 찧었다. 졸음이 쏟아질 듯 한가로운 공기 사이로 언젠가 들었던 그때 그 철 지난 유행가가 들려왔다. 그 속에서 우리 둘은 마치 겉도는 것만 같았다. 녀석의 시선은 창밖의 먼 곳을 응시하고 있었고, 어딘지 모르게 서늘한 기색에 곁눈질하던 것을 관뒀다. 나는 왜인지 순간 조여드는 가슴을 세게 짓눌러야만 했다.

"그러고 보니 요즘 윤이가 안 보이던데."

"……."

"둘이 싸웠니?"

그날 저녁을 먹다가 느닷없이 물어 오는 할아버지의 물음에 대답 없이 꾸역꾸역 밥만 삼켰다. 열심히 밥만 삼키다 보니 이상하게 코끝이 시큰해졌다. 싸웠냐고 묻는 그 별거 없는 말에 괜히 울컥하게 된 탓이다. 내가 그렇게 잘못했냐고 묻고 싶었다. 하지만 물을 수 없는 질문이었기에 밥과 함께 목 안으로 삼켜 버렸다.

더 이상 예전 같을 수가 없었다. 미술 시간에 미술 선생님을 볼 때마다 친구가 했었던 그 말이 생각나서, 미술 선생님과 함께 있을 녀석의 모습이 멋대로 상상돼서, 자꾸만 도화지에 시선을 처박기만 했다. 그런 내 곁으로 미술 선생님의 기척이 느껴질 때마다 나는 긴장을 하게 됐다.

"이쪽은 좀 더 진하게 색칠해야 할 것 같은데."

"……네."

그리 말하며 살며시 웃어 주던 미술 선생님이 곁을 스쳐 지나가고, 문득 녀석에게도 저렇게 다정하게 웃어 주곤 했을까, 그래서 녀석이 선생님의 다정함에 이끌려 마음을 주게 된 것일까, 생각하다가 선생님에게 두었던 시선을 재빨리 거두며 얼굴을 구겼다.

"미술이랑 그거 진짤까? 너 임윤 걔랑 친하잖아. 물어봤냐?"

옆에 앉아 있던 친구는 멀어진 미술 선생님을 힐끗대다가 내 옆구리를 팔꿈치로 찔러 오며 속삭였다.

답답했다. 생각이 날 듯 말 듯 떠오르지 않아 머릿속을 간질이는 기억처럼, 끄집어내려고 애쓰면 애쓸수록 구석으로 숨어 버려 애태우는 그러한 것처럼 임윤과 미술 선생님을 함께 떠올리면 가슴이 답답해지는 느낌이었다.

그나마 다행이라면 미술 시간은 일주일에 몇 번 없다는 점이었다. 고작 일주일에 두 번 정도 있는 것조차도 불편해서 미칠 노릇이었으니 말이다. 미술 선생님의 친절한 미소를 있는 그대로 받아들이지 못하는 일상을 보내던 나는, 점심시간 한가하게 운동장 구석 그늘진 곳에 멍하니 앉아 있는 녀석을 우연히 발견하곤 화가 났다.

내가 왜 이렇게까지 불편해해야 하는 건데. 그것도 너 때문에. 불쑥 삐딱한 감정이 치솟아 이쪽으로 패스하라는 친구들의 외침을 무시하고 녀석이 앉아 있는 곳을 향해 축구공을 발로 차 버렸다. 공은 정확하게 녀석에게로 날아갔고, 나는 녀석의 어깨를 의도적으로 맞히고도 당당하게 그쪽을 노려보았다. 갑자기 뭐 하는 거냐고 놀라 소리치는 친구들과는 달리 녀석은 그런 내게 아무런 말이 없었다.

이유도 모른 채 가슴에 끌어안고 있는 이 불필요한 감정으로 인해 찜찜한 나날들이 이어졌다. 그러한 나날들 중 이따금씩 복도에 걸린 녀석의 그림이 내 발을 붙잡곤 하는 때가 있었다. 오늘도 복도에 걸려 있는 녀석이 그린 풍경화를 아무 생각 없이 바라보던 찰나, 대체 내가 뭐 하는 건지 모르겠다는 생각이 머릴 스쳤다. 어쩐지 스스로가 유치하다는 생각도 들었다.

그리고 머지않아 금세 찬바람이 불기 시작하기가 무섭게 모든 색들이 바래 가는 계절에 이르렀다.

"진우야, 이거 윤이네 좀 가져다주고 올래?"

"……지금?"

"해 지기 전에 얼른 다녀와라. 곧 어두워지니까."

"……."

말린 고추를 막 방앗간에서 빻아 온 할아버지가 고춧가루를 담은 커다란 비닐 하나를 내게 건네며 말했다. 그것을 바라보기만 하며 내키지 않아 자꾸만 지금 가야 하냐고 말만 늘어뜨리고 있다가 빨리 가라고 채근하는 할아버지의 눈길에 결국 별수 없다는 듯 그것을 가지고 자전거에 올라탔다.

"아, 씨……."

짜증스레 머릴 헝클었다. 녀석의 집 앞에는 진작 도착했지만, 녀석과 마주치면 왠지 불편하고 껄끄러울 거란 그 생각에 내내 사로잡혀 있었기 때문인지 벨을 누르려는 손가락은 한참을 망설이게 되었다. 하지만 그 걱정은 결국 쓸모없는 걱정이었다. 어서 오라며 반기는 사람이라곤 녀석의 엄마뿐이었으니까. 나도 모르게 긴장하고 있었는지 뻣뻣하게 굳어 있던 어깨가 그제야 축 늘어졌다.

아주머니께서 건네주신 사과 주스를 마시던 나는 괜스레 집 안을 두리번거렸다. 두리번거리던 시선이 아주머니와 무심코 마주치자 어쩐지 열없어 얼른 남은 주스를 목 안으로 넘기곤 유리컵을 식탁 위에 올려 두며 자리에서 일어났다. 그런 나를 향해 아주머니는 가벼운 미소를 지으며 말했다.

"우리 윤이는 창고에 있는데."

"아……. 네."

"얼굴 보고 안 가고?"

"그냥 가려고요. 더 어두워지기 전에 가야 해서요."

하지만 인사를 하고 나와 돌계단을 밟고 내려온 뒤 넓은 마당을 가로질러 가던 중, 마당 한쪽 구석에 있는 창고 쪽으로 어느 틈인지도 모르게 시선이 가 닿았다. 예전에 창고를 정리해서 작업실처럼 쓴다고 했던 녀석의 말을 떠올리던 나는 어느덧 창고 앞까지 다가갔고, 잠시 망설이다가 문을 열었다.

창고 안은 불도 켜지 않아 어두컴컴했고, 그 한가운데 희끄무레한 형체가 보였다. 녀석이었다. 그림을 그리다가 의자에 앉아 깜빡 잠이라도 든 모양이인지 의자에 늘어지듯 앉아 고갤 비스듬히 기댄 모습이었다.

대체 녀석이 무슨 생각을 하고 사는 건지 모르겠다. 잠든 녀석을 바라보며 녀석의 가슴속에서 일어나는 그 바람 잦은 일을 도무지 모르겠다는 생각을 했다. 마치 모든 것을 집어삼키기라도 한 듯 옅은 숨소리조차도 들리지 않는 막막한 어둠 속에 놓여 있는 녀석을 보자 별안간 덜컥 가슴이 내려앉았다. 고요함 속으로 한 발짝씩 가까이 다가가는 내 발걸음 소리만이 귓가를 크게 울렸다. 시야를 사로잡는 녀석의 얼굴을 바라보던 나는 마른침을 삼키고 입술과 코 근처에 손을 가까이 대었다.

희미한 숨이 불규칙하게 손끝에 닿기가 무섭게 마치 찬 공기가 목덜미를 스치기라도 한 것처럼 팔 위로 소름이 돋았다. 숨이 닿는 것이 당연한데도 불구하고 어째서인지 살아 있다는 것을 확인하며 안도하다가, 그곳에서 도망치듯 빠져나온 나는 뒤늦게 막연한 기분에 사로잡혔다.

다음 날, 등굣길에서 녀석과 마주쳤을 때 이상하게 손에 힘이 들어갔다. 잠깐 마주쳤던 시선을 피해 얼른 반대쪽으로 고갤 돌리며 뻣뻣해진 손바닥을 쥐었다 펴길 반복했다. 어제 저녁 창고 안에서 몰래 녀석의 숨을 확인했던 일을 애써 기억하지 않으려고 했다.

그래서인지 오늘따라 미술실로 향하는 발걸음이 더더욱 내키지가 않은 기분이었다. 그림을 다 그린 도화지를 미술 부장에게 내밀었을 때, 미술 부장은 내 그림과 얼굴을 번갈아 바라보다가 미간을 좁히며 못마땅하다는 표정으로 내게 말했었다.

'그거 어제까지였잖아.'

'미안. 까먹었어.'

'이미 미술한테 어제 다 제출했는데. 네 건 그냥 이따가 따로 가서 내.'

'……'

그러한 이유로 결국 늦게 제출하게 된 그림을 들고 마지못한 걸음으로 미술실 앞에 다다라 미술실 문고리를 잡아 돌렸다. 미술실엔 미술 선생님 외에 누군가가 함께 있었는지 막 문이 열린 좁은 틈 사이로 즐거운 대화 소리가 들려왔다. 그 속엔 귀에 익은 목소리도 섞여 있었다. 묘하게 들려오는 목소리가 익숙하다고 생각하며 고갤 들었을 때, 눈에 담긴 것은 녀석과 미술 선생님이 함께 있는 모습이었다.

녀석의 얼굴 위로는 오랜만에 보는 미소가 걸쳐 있었고, 얼핏 손을 잡은 것처럼 보이는 두 사람의 모습에 나는 놀라서 멈춘 듯 서 있었다. 기척을 느낀 선생님의 시선이 내게 닿았다.

"어?"

선생님이 나를 향해 소리를 내며 알은체를 하자 뒤이어 녀석의 시선이 내 쪽으로 향했고, 나는 녀석의 시선이 닿기가 무섭게 그곳에서 도망쳤다.

소문이 정말로 사실이었다는 것에 놀라서 잔뜩 당황한 채로 일단 그곳에서 정신없이 도망쳤지만, 머지않아 뒤따라 나온 녀석에게 붙잡히고야 말았다. 내가 당황한 것만큼이나 당황한 녀석의 시선이 나를 보고 있었다.

"뭐야…… 왜 따라오는데."

"그야, 네가 도망치니까……."

내 손목을 꽉 움켜쥔 채 녀석은 나를 끌고 후미진 구석으로 향하면서도 숨이 차서 가슴을 부여잡고서 한참이나 숨을 골랐다. 찡그린 얼굴이 괴로워 보였다. 그러게 뭐가 그렇게 다급하다고 뛰어왔을까. 죽으려고 환장했나? 내가 저를 보며 어떤 생각을 하는지도 모르는 녀석은 겨우 숨을 고른 뒤 무슨 말을 하기 위해 입을 열었고, 나는 그것을 가로막고서 물었다.

"너 진짜 미술이랑 사귀기라도 해?"

"뭐?"

"그냥 소문인 줄로만 알았지……. 너 진짜로 미술이랑 사귀는 거냐고."

"……."

"제정신이냐?"

"……."

아직 오지 않은 겨울이라도 섞인 듯 냉랭한 바람이 불었다. 공기는 청명하고 산뜻했다. 하얀 입김이 나올 정도로 오늘따라 날씨는 쌀쌀했지만, 놀란 마음은 좀처럼 불어오는 바람에도 식지 않았다. 내 물음에 녀석은 반쯤 벌린 입술을 다물 생각도 하지 못한 채 나를 잠자코 바라보기만 했다. 그러다 이내 몇 번씩 헛웃음을 짓다가 내게서 고갤 돌려 바닥을 향해 시선을 내리뜬 채 말했다.

"그게 너랑 무슨 상관이야?"

"뭐?"

"어차피 너는 상관없잖아. 내가 누굴 만나든."

"……."

녀석은 움켜쥐고 있던 내 손목을 점점 세게 조이듯 잡았다. 바로 조금 전 미술실에서 보았던 표정과 달리 무심한 말투와 그늘이 드리워진 표정이었다. 우리 둘 사이로는 정적이 흐르고, 팽팽하게 당겨진 공기는 긴장감을 드러냈다.

"마음대로 해, 멍청한 새끼야."

걱정을 해 줘도, 씨발. 속으로 욕을 삼키며 녀석의 손을 치워 내곤 돌아서려 했지만 또다시 곧바로 붙잡히고야 말았다. 무슨 생각을 하는 건지 알 수 없는 표정으로 나를 빤히 바라보기만 하는 녀석을 향해 놓으라고 말했지만 소용없었다. 손을 뿌리치려고 할수록 녀석은 더욱 강하게 옥죄어 왔다.

한순간 마주친 시선 속 깊어진 눈동자는 손가락도 까딱할 수 없게 만들었다. 찬찬히 뜯어보는 내밀한 눈길에 나도 모르게 주춤거리게 되며 터질 듯한 압박감을 느꼈다. 머리가 아플 정도로 지끈거리는 불안함에 몸이 뻣뻣하게 굳어 갔고, 팽팽한 공기 속에서 이대로 어딘가로 튕겨져 나갈 것만 같았다.

그러한 내게로 비스듬히 기울여 다가오는 녀석의 얼굴이 곧 시야를 한가득 메울 만큼 가까워지자 심장은 터질 듯 뛰기 시작했다. 밀어내야 했지만, 어째서인지 몸이 말을 듣지 않았다. 숨을 들이쉬고 내쉬는 것을 서로가 느낄 수 있을 만큼 가까워진 거리에 어찌할 바를 모르는 사람처럼 속수무책으로 서 있던 그 순간, 차가운 공기를 가르며 내 입술 위로 녀석의 입술이 닿았다. 닿은 입술을 피하지 못했다. 피할 생각조차 하지 못했다는 게 더 정확했다. 마치 녀석이 내게 흔적을 남기는 듯 아주 짧은 입맞춤이었다. 모든 것을 집어삼 킨 침묵과 정적만이 흘렀다. 빤히 바라보는 시선에 나도 모르게 마른침을 삼켰다. 비록 닿았던 순간은 짧았으나 입술 위에는 아직도 입술이 닿아 있는 것 같은 느낌이 선명했다.

여전히 좁은 거리를 다시금 좀 더 좁혀 온 녀석과 한 번 더 입술이 닿았고, 나는 그제야 떨리는 손으로 녀석의 가슴팍을 짚어 밀어내곤 말했다.

"이게……. 뭐 하는 짓이야."

"왜 안 피했어?"

"……."

"피할 수 있었잖아."

"……타이밍을 놓쳤어."

"……."

"다시는 이러지 마."

하지만 녀석은 돌아서려는 나를 묻고 싶은 게 많은 표정으로 붙잡았다.

"너."

"……."

그냥 그 순간 피하면 안 될 것 같아서 그랬을 뿐이었다. 매번 내치기만 했던 게 마음에 걸려 평소답지 않게 순간 미안한 마음이라도 생겨 그랬던 것인지는 모르겠지만, 아무리 변명을 하려고 해 보아도 결국 내 행동이 부주의했다는 것을 부정할 순 없었다.

"별로, 아무렇지도 않아."

"진우야."

"너랑 이랬다고 해서 전혀 떨리지도 않는다고, 나는"

"……."

거짓말이었다. 사실은 당장이라도 터질 것처럼 가슴이 뛰고 있었으니까. 놀라서 그랬든, 내가 모르는 어떤 다른 이유에서 그랬든 일단은 가슴이 감당하기 어려울 만큼 뛰어 댔다. 그것을 들키고 싶지 않았기 때문에 더더욱 나는 녀석에게서 도망치고 싶다는 생각에 사로잡혀 다시 한 번 더 놓으라고 말을 하려 했지만, 기어이 울 것 같은 얼굴을 마주하자 차마 더 이상 말을 이을 수가 없었다.

무언가 북받쳐 올라오는 감정이 머릿속을 어지럽혔다. 그래서 시선을 바닥 위로 떨어뜨려 이 순간 애처로운 눈길을 피하는 게 내가할 수 있는 최선이었다.

"대체 왜 그렇게 보는데."

"진우야……."

"그럼 내가 너한테 주먹이라도 내리꽂아야 속이 시원하겠냐?"

"……모르겠어."

"안 피해도 지랄할 거면, 뭘 어쩌라는 건데 나더러."

"나도 잘 모르겠어……."

녀석의 울먹이는 목소리가 기울어진 고개와 함께 내 어깨 위로 내려앉았다. 그 무게감은 마치 녀석을 향해 책임 전가 하는 듯 말하는 나를 비겁하다고 나무라는 것만 같았다.

비가 올 것 같은 축축한 공기의 흐름을 읽었다. 교실 창문 밖으로 보이는 나무가 우거진 산에는 뿌옇게 안개가 끼어 있었다. 산은 흐린 날과 어우러져 오늘따라 외따로 떨어져 나온 듯 고요해 보였고, 나는 창밖의 그 고요함에 빠져 있었다.

며칠 전부터 계속 녀석의 목소리가 내려앉았던 어깨 위가 괜스레 무거워지는 것을 참아 내는 중이었다. 물결처럼 퍼져 있는 안개를 멍하니 바라보며 습기 먹은 듯 눅눅하고 찜찜한 기분을 달랬다.

곧 비가 내리기 시작하자 한 방울씩 창문에 흔적을 남기던 빗줄기는 차츰 굵어지기 시작했다. 수업을 이어 가던 선생님의 목소리가 빗소리에 파묻히기 시작할 즘 머지않아 쾅 소리를 내며 하늘이 무너질 것처럼 천둥이 쳤고, 기어코 그 천둥소리에 교실은 소란스러워졌다. 하지만 그것도 잠시였다. 조용히 하라며 선생님이 교탁을 두드리는 소리에 흐트러졌던 교실 속 분위기는 다시 한곳으로 집중되었기 때문이다.

오랜만에 비가 내리고 난 다음 기온이 뚝 떨어질 전망이라고 했던 일기 예보가 정확했던 모양인지 오후가 될수록 날씨는 쌀쌀해졌다. 하교하기 위해 우르르 빠져나가는 틈에 섞인 나는 팔에 일어난 찬 기운을 손바닥으로 문지르며 학교 건물 입구로 향했다.

비가 내리는 날은 무엇 하나 빠짐없이 물먹은 듯해 비와 함께 아래로 자꾸만 가라앉았다. 건물 입구로 달리는 발소리가 평소보다 묵직했고, 그 외의 작은 소리들도, 공기도, 기분도, 아래로 축 가라앉아 무거웠다. 덩달아 무거워진 발걸음이 곧 입구에 다다랐을 때였다. 여러 명의 틈에 섞여 있어도 유독 눈에 띄는 녀석을 발견하자마자 걸음이 멈췄다.

회색빛 하늘을 올려다보며 주머니에 손을 넣은 채 허공을 향해 고갤 젖힌 모습이 눈에 담겼다. 녀석의 반쯤 벌어진 입술 사이로 내뱉어진 얕은 숨은 뜨거운 입김이 되어 흘러나왔다.

하얗게 드러난 목을 따라 시선을 움직여 녀석의 잔잔한 모습을 눈에 담은 채 고민했다. 길게 고민하는 것에 비해 딱히 대단한 이유는 아니었다. 그저 녀석의 빈손이 신경 쓰였을 뿐이었다. 다른 아이들은 하나둘씩 분주하게 우산을 펼치며 사라지는데도 여전히 그곳에 가만 서 있는 모습이 여간 신경 쓰이는 것이 아니라, 언제나 녀석은 나를 그런 사소한 이유로 신경 쓰이게 했었기 때문에 결국 다가가 녀석의 팔을 붙잡았다.

"......어?"

나지막이 내뱉은 녀석의 목소리가 들렸다. 놀란 듯 나를 돌아보던 표정은 금세 가라앉았다. 물끄러미 응시하는 녀석의 시선이 어쩐지 입을 맞춘 그날 이후로 얼마 지나지 않았음에도 이상하게 오랜만인 기분이었다.

묘하게 낯선 녀석의 시선을 마주 보지 못하고서 비스듬히 시선을 내리뜨며 말했다.

"우산 없으면 같이 쓰고 가든가."

"......."

하지만 녀석은 나를 가만 응시하다가 고갤 틀며 무심한 투로 대답했다.

"괜찮아, 그냥 가도 돼."

그러고는 망설임 없이 빗속으로 뛰어들었다. 그런 녀석을 불러 세우려 무의식중에 서둘러 한 발짝 걸어 나갔던 발걸음이 멈추고, 녀석을 붙잡는 것 대신에 멀어지는 뒷모습을 바라보면서 이 상황에서 뭐가 중요한지 구분도 못 하는 멍청한 새끼라고 욕을 했다.

그날 버스를 타고 집으로 향하는 내내 창문에 맺힌 빗방울들이 빛을 반짝거리며 비추는 것을 응시하며 녀석이 내뱉었던 뜨거운 숨과 회색 하늘을 올려다보던 모습을 떠올렸다.

그렇게 한바탕 비가 쏟아지고 난 그 다음 날, 학교에 다녀온 뒤 툇마루에 누워 찬 바람을 쐬고 있던 내게 할아버지가 말했다.

"윤이 많이 아픈가 보더라."

"……."

분명 그 비실비실한 새끼는 감기에 걸렸을 것이다. 이미 오늘 학교에 나오지 못한 것도 알고 있었기 때문에 내심 아파서 그럴 거라고 짐작하고 있었다. 그리고 그 이유가 어제 비를 맞았기 때문이라는 것 또한 마찬가지로. 할아버지의 말을 듣는 둥 마는 둥 하고 있자, 할아버지는 진우야, 하고 나직이 나를 불렀다. 왜인지 그 목소리는 나를 나무라는 것만 같았고, 녀석이 비를 맞은 게 마치 전부 다 내 탓이라고 하는 것만 같았다.

사실 어제 곧바로 녀석의 뒤를 따라갔지만, 버스 정류장에서 보지 못했다. 아무리 둘러보아도 녀석의 흔적도 찾을 수 없었기 때문에 집까지 걸어가는 미친 짓을 했을지도 모른다고 막연하게 짐작하고 있었다. 그러니 아프다는 사실이 딱히 놀랍지는 않았으나, 할아버지의 그 나직한 부름이 가까스로 숨겨 놓은 내 근심거리를 건드리기라도 했는지 불쑥 짜증이 치솟아 오르는 것은 막을 길이 없었다. 미련하게 퍼붓는 비를 맞고 갈 만큼 나와 마주치고 싶어 하지 않았던 것은 녀석이었다. 내 탓이 아니었다. 그 때문에 불퉁한 목소리가 애꿎은 할아버지를 향해 튀어 나가고야 말았다.

"그럴 줄 알았어, 그 새끼는."

"진우야."

"나는 우산 같이 쓰고 가자고 그랬는데 걔가 싫다고 그랬어!"

"……"

"내 탓 아니야."

"……"

"내 탓 아니라고. 할아버지는 아무것도 모르면서."

내 탓이 아니라고 중얼거리는 내게 할아버지는 유리병에 담긴 생강차와 곶감 한 상자를 내밀었다. 윤이네 가져다주고 오라는 그 말에 머뭇거리다가, 얼마나 꼴사나운 모습을 하고 있을지 두 눈으로 직접 확인하겠다는 듯 결국 심부름을 핑계 삼아 녀석의 집으로 향했다. 그리고 어서 오라며 반겨 주시는 아주머니를 향해 물었다.

"……윤이 많이 아픈가요?"

내 물음에 아주머니는 나를 향해 미소를 머금으며 많이 괜찮아졌다고 대답해 주었다. 진우가 걱정해 주니 윤이가 많이 좋아하겠다, 라고 덧붙이는 말에 괜스레 불편해진 마음을 달래는 데 여념이 없던 내게 아주머니가 말했다.

"진우가 얼굴 보고 가면 우리 윤이가 좋아할 거야."

그 말에 애써 짓는 내 미소는 어색했다. 그래서 서둘러 그 자리를 피하기 위해 녀석의 방으로 향했고, 방문을 열자마자 침대 위에 가만히 누워 있는 녀석이 보였다.

"……꼴이 이게 뭐냐? 그러게 누가 어제 고집부리래?"

녀석의 침대 곁으로 가 털썩 바닥에 주저앉자마자 꺼내는 내 말에 녀석이 눈을 떴다. 내 시선은 공연히 바닥을 떠돌며 허공에 그림을 그렸다.

"그러니까, 내가 같이 쓰자고 그랬잖아."

"……."

"버스는 씨발, 또 왜 안 탄 거야, 어제."

어제 엄청 추웠는데. 속으로 생각하다가 기어이 짜증이 나고야 말았다.

"네가 그러면 내가 양심이라도 찔릴 줄 알았냐?"

"너 가."

"……."

"……가라고."

"너 보러 온 거 아니거든? 할아버지가 아주머니한테 곶감 가져다 주라고 그래서 온 거야."

"……."

"너 보러 온 거 아니야."

시선은 바닥에 갇힌 채 같은 곳을 맴돌기만 했다. 우리 둘 사이로 침묵이 흘렀다. 하염없이 내려다보고 있던 바닥과 우리 둘 사이에 흐르는 침묵은 내게 녀석을 향한 쓸데없는 연민과 죄책감을 느끼게 했다. 녀석을 대할 땐 종종 막연한 기분에 사로잡히곤 했다. 갈피를 잡을 수 없게 아득하기만 한 문제이다 보니 괜히 녀석에게 짜증을 부리게 되는 것만 같았다. 짜증의 반쯤은 나를 향한 책망이었다. 뒤늦게 이게 아닌데, 라는 생각에 한숨이 나왔다.

한차례 생각을 정리한 내가 침묵을 깨고 입을 열었다.

"……전에 내가 여자 사귀어 보라면서 막말한 건 사과할게."

"……."

"사실 나 개랑 사귀고 얼마 전에 헤어졌어."

"알고 있었어."

"그러시겠지."

"……."

"그리고……."

머뭇거리며 뜸을 들여도 녀석은 잠자코 내 이어질 말을 기다려 주었다.

"미술 샘이랑 만나는 거는 되도록 그만둬."

"……."

"뭐야, 그게……."

또다시 그런 건 이상하다며 충동적으로 튀어나오려는 목소리를 눌러 담았다. 녀석이 이불을 조금 더 끌어 올리려고 부스럭거리는 소리만 들렸다. 뒤이어 메마른 한숨 소리가 귓속을 파고든 다음에야 비로소 녀석이 입을 열었다.

"선생님이랑 사귀는 거 아니야. 그냥 가끔씩 상담하러 간 거뿐이야. 사귈 리가 없잖아……."

"……."

"……어차피 너는 크게 신경도 안 쓰겠지만."

아니었구나……. 괜히 바닥만 손가락으로 비비적거리는 나를 향해 녀석을 말을 이어 갔다.

"그래서 내가 너한테 왜 이런 말도 안 되는 소문을 해명하고 있어야 하는 건지 나도 잘 모르겠는데, 그러면서도 안 하면 안 될 거 같은 기분인 거 알아?"

"……."

"네가 오해하는 건 싫으니까. 다른 애들은 그렇게 생각하든지 말든지 신경 안 쓰는데, 난 그냥 네가 오해하는 건 싫어."

팔을 들어 눈을 덮는 바람에 얼굴의 절반이 가려져 녀석의 표정은 잘 보이질 않았다. 하지만 표정을 보지 않아도 어떤 표정일지 눈에 선했다. 그 표정을 짓게 만든 게 나라는 사실이 괜히 억울했다.

"야, 내가 그렇게 잘못한 거야?"

"……."

"내가 그렇게 잘못한 거냐고……."

거기까지 말을 한 나는 왜인지 녀석이 울지도 모른다고 생각해 입을 다물었다. 애당초 네가 날 좋아하지 않았으면 될 일이었는데, 라고 속으로 되뇌며 나는 또다시 녀석에게 책임을 전가했다. 내 물음에 녀석은 말이 없었고, 나는 그저 그런 녀석을 보며 이상하게 서럽고 암담한 마음이 들었다. 가슴이 답답했지만, 단지 그건 녀석이 너무 멍청하게 굴어 화가 난 것 때문이라고 생각했다.

이러다가 언젠가는 괜찮아지겠지, 라는 막연한 생각을 하는 것 외에는 어찌할 도리가 없었다. 우리는 한동안 말이 없었고, 그렇게 일단은 묻어 두는 모양새가 되었다.

내 기준에서 녀석은 이상했다. 밋밋하고 굴곡 없는 몸을 더듬어 보던 내 손은 맥없이 바닥으로 떨어졌다. 생각이 너무 일차원적인가. 괜스레 허무해졌다. 시선 둘 곳을 몰라 눈동자는 끊임없이 천장을 돌아다녔다. 이상한 새끼. 진짜 이상한 새끼였다. 아무리 생각해 봐도 이상한 새끼였지만, 나를 보는 시선은 의심할 나위 없이 내게 늘 진심을 말하고 있었기 때문에, 내가 끝까지 녀석에게 매정하게 굴 수 없게 만들었다. 완전히 외면할 수는 없었지만, 그렇다고 해서 받아 줄 수도 없었다. 그렇기 때문에 나는 불확실하고 미묘한 것 사이에서 갈등하며 중심을 잡기 위해 늘 고민했다.

그리고 얼마 뒤, 할아버지의 심부름을 하러 슈퍼에 갔던 나는 감기로 며칠을 앓아누웠던 녀석에 대해 슈퍼 아저씨가 평상에 앉아 이러쿵저러쿵 사람들과 떠들어 대는 소리를 들었다. 슈퍼와 멀지 않은 곳에서 건강원을 하는 아저씨도 슈퍼 아저씨의 말에 혀를 차며 동의한다는 듯 고갤 끄덕였다. 무언가 사러 나왔던 몇몇 아주머니들은 평상에 발이 묶여 슈퍼 아저씨의 말을 듣느라 여념이 없었다.

풍겨 오는 막걸리 냄새가 코끝을 찔렀다. 정신을 차렸을 때 이미 나는 평상 앞에 서 있었다.

"그러는 아저씨나 죽어 버려요."

동네가 작아 남들의 집 사소한 것까지도 이렇듯 다른 사람들의 입에 종종 오르내리곤 했다. 일상과 같은 일이었기 때문에 한두 번도 아니었으니 그저 무시하면 될 법한 일이었다. 그러나 지나치지 못하고 어른들에게 기어코 하지 말아야 할 말을 내뱉고야 말았다. 그 때문에 동네에서 버릇없는 애로 낙인찍히는 순간이었다. 사실 그건 자신들의 잘못을 내게 뒤집어씌워 가리려는 수작일 뿐이라는 것을 알고 있었다. 그래서 내 말을 듣고 당황한 슈퍼 아저씨의 발치에 슈퍼에서 막 사 들고 나온 간장을 집어 던졌다.

슈퍼 아저씨는 그제야 나를 향해 "저 버릇없는 새끼가?!" 하고 소리치는 것을 시작으로, "너 이리 안 와?! 너희 할아버지가 어른한테 그런 식으로 말하라고 했어, 어?!" 시끄럽게 악을 써 댔다.

그런 와중에도 들고 있던 간장을 바닥에 집어 던진 내 머릿속에는 앞으로 동네에서 제일 가까운 이 슈퍼는 더 이상 이용할 수 없다는 생각밖에 없었다. 나에겐 이 순간 그게 조금 아쉬울 뿐이었다.

그대로 슈퍼까지 타고 왔던 자전거에 올라타 동네 한 바퀴를 돌았다. 왜 내가 괜히 분해서 속을 삭여야 하는지도 모르는 채 한참을 달리다가 하천에 자전거를 세웠다. 뒤늦게 돌아온 정신은 내게 망함을 고했다. 망했다. 이제부터 슈퍼를 가려면 어떻게 해야 하지? 버스를 타고 나가야 하나? 귀찮아 죽겠네…….

하천의 물결은 잔잔하고 단조로웠다. 듬성듬성 나 있는 강아지풀이 바람에 흔들렸다. 무의미하게 하천을 바라보며 그런 생각에 빠진 채 돌을 던졌다. 물속으로 풍덩 소리를 내며 돌이 가라앉았다.

"여기 있었네."

이곳에서 멍하니 앉아 있는 것 말고는 뭘 하면 좋을지 몰라 상당한 시간을 흘려보냈을 즈음, 쌀쌀해진 기온에도 불구하고 어딘가에서 들려오는 풀벌레 소리를 가르며 바스락거리는 발소리가 들리기가 무섭게 익숙한 기척이 느껴졌다. 녀석이었다. 어떻게 알고 나타난 건지 내가 자전거를 세워 둔 곳에 자신의 자전거를 나란히 세우며 녀석이 내 쪽으로 다가왔다. 하지만 나는 돌아보지 않은 채 하염없이 단조로운 물결만 눈으로 좇았다.

"진우야, 할아버지가 너 찾던데……."

"……."

"할아버지 화나셨더라."

"……."

"그러게 왜 그랬어."

"네가 대신 맞아 줄 거 아니면 조용히 해."

벌써 할아버지의 귀에 소식이 들어간 모양이었다. 할아버지에게 한 소리를 들어도 하릴없는 일이었다. 한숨을 내쉬는 내 옆으로 녀석이 자리를 잡고 앉았다.

"진우야, 내가 그 얘기 했었나?"

"무슨 얘기?"

"새 둥지 얘기."

나와 마찬가지로 하천의 물결을 바라보며 내내 말이 없던 녀석이 저답지 않게 시답잖은 얘기를 늘어놓기 시작했다.

녀석의 집 마당에 심어진 라일락 나무 위에 새가 둥지를 틀었다는 얘기, 바닥에 떨어진 새는 아직 날지 못해서 날갯짓이 무의미했다는 얘기, 겨우겨우 나무를 타고 올라가 둥지에 다시 새를 넣어 주었다는 얘기, 그러다가 하마터면 나무에서 떨어질 뻔했다는 얘기. 그런 녀석의 이야기를 나는 가만 들어 주고 있었다. 왜냐하면 녀석이 내게 하고 싶은 말은 그게 아니라는 것쯤은 이미 알고 있었기 때문이다.

한참이나 서두를 길게 늘어놓던 녀석이 잠시 뜸을 들이다가 내게 말했다.

"미안해……."

"……."

"나 때문에 슈퍼 아저씨한테서 괜히 안 좋은 소리 듣게 해서."

"너 때문에 아니야."

"……."

"그 아저씨가 먼저……!"

"……."

"……됐어."

슈퍼 아저씨에게 그런 말을 하게 된 이유는 딱히 모르겠지만, 나는 녀석을 싫어하니까 적어도 녀석 때문만은 아니어야 했다. 그냥 슈퍼 아저씨가 재수 없어서 그랬던 거다. 걸걸하게 내뱉는 단어마다 듣기가 껄끄러워서, 막걸리 냄새도 오늘따라 고약해서, 그래서 그랬던 거다.

"어쨌든 너 때문은 아니니까 네가 미안해할 필요 없어."

"……."

"나 그만 갈래."

"……."

자리에서 일어난 나를 따라 녀석의 시선이 움직였다. 웅크리고 앉아 있는 녀석을 그곳에 내버려 두고 나는 혼자 집으로 향했다.

집으로 돌아와 할아버지에게 혼이 나고, 혼이 나는 순간에도 나는 내가 잘못한 게 없다고 생각했다.

그날 밤늦도록 잠들지 못한 채 여러 가지 생각들에 잠겨 정신이 없었던 탓에 결국 다음 날 늦잠을 자고야 말았다. 눈을 뜨고 시간을 확인하자마자 서둘러야겠다는 생각조차 들지 않을 정도로 아예 늦어 버리니 무언가 다 포기하게 되어 오히려 마음이 편해졌다.

느릿느릿 준비를 해 학교에 도착했을 때는 2교시가 끝난 다음이었고, 뒤늦게 등교하는 나를 향해 친구는 이제 오냐며 알은척을 해 왔다.

"웬일로 지각이야?"

"늦잠 잤어."

"담임이 너 교무실로 오라더라."

알겠다고 고개만 끄덕이며 자리에 앉았을 때, 내게 인사했던 친구가 모여 있던 아이들과 나 때문에 끊긴 대화를 마저 이어 가기 시작했다.

"존나 수상하다니까? 백퍼야. 미술이랑 걔. 내가 또 한 눈치 하잖아."

끊겼던 대화는 미술 선생님과 녀석이 사귄다는 얘기였다. 그 말을 듣는 순간 가방을 정리하던 손길이 멈추고, 나도 모르게 불쑥 대화에 끼어들게 되었다.

"야, 그거 헛소문이야. 그러니까 그만해."

흥미롭다는 듯 모여 있던 아이들은 "뭐야, 헛소문이었어?" 하고 금세 시시하다는 투로 중얼거렸다. 친구는 내 말에 빤히 나를 바라보았다. 모여 있던 아이들이 친구를 향해 넌 뭐 정확하지도 않은 걸로 떠드느냐고 나무라기 시작하자 친구의 표정은 어딘지 못마땅해졌고, 이내 픽 나를 비웃었다.

"네가 어떻게 알아?"

"알아, 그냥 알아."

"본인이 그래? 아니라고?"

"어. 그러니까 확실하지도 않은 거 가지고 그렇게 이상한 소문내지 마."

"그럼 맞는다고 하겠냐."

"……."

"저도 너한테 말 못 할 정도로 쪽팔린가 보지."

"거짓말하는 애 아니야."

"그걸 네가 어떻게 아는데."

"……알아. 그냥 안다고 했잖아."

"그냥 안다고?"

명백하게 비꼬는 말투에 이쯤 되자 나 또한 기분이 상했다. 그렇지 않아도 아침부터 늦잠을 자는 바람에 하루가 시작부터 꼬이는 것만 같아서 친구를 향해 그만하자는 듯 굴었지만, 친구는 그럴 생각이 없어 보였다.

"그게 뭐냐? 그게 더 이상해."

"……."

"임윤이랑 친하다고 자꾸 감싸고돌면 너도 똑같은 새끼 된다?"

"……."

"내가 다 너 생각해서."

"야."

"……."

"내가 아니라고 하는데 네가 뭘 안다고 계속 맞는다고 지껄이는데."

"뭐? 너 말이 좀 그렇다?"

"네가 임윤 그 새끼에 대해 나보다 뭘 더 잘 안다고 다 안다는 듯 지껄이냐고."

"야, 하진우!"

슈퍼 아저씨도, 건강원 아저씨도, 동네 할머니들도, 이 새끼도. 도대체가 아는 것도 없으면서 떠들어 대는 건 쉽다.

목소리가 높아지기가 무섭게 결국 친구와 다툼으로 번졌다. 어제부터 참 되는 일이 없다고 생각했다. 뭐 때문에 싸웠냐는 담임의 말에 친구와 나는 계속 침묵했다. 지각까지 가중 처벌 된 나는 교무실에서 하루 종일 반성문을 썼고, 그곳에서 빠져나오자 날은 어느덧 저물어 가고 있었다. 모두가 빠져나간 텅 빈 복도를 터덜터덜 걷는 내 발소리만 공허하게 울렸다. 낮에 친구에게 맞아 욱신거리는 한쪽 빰을 문지르다가 곧 발걸음이 교실에 다다랐을 때였다. 복도와 마찬가지로 텅 비어 있을 줄 알았던 교실에는 내 자리에 앉아 엎드려 있는 녀석이 보였다.

교실에는 아직 물러가지 않은 어슴푸레한 빛들이 어둠 속에서 미적거렸다. 한쪽 빰을 책상 위에 댄 채 내가 서 있는 교실 뒷문을 바라보는 녀석의 눈이 느릿하게 감겼다가 뜨이기를 반복했다. 어쩌자고 그런 눈으로 나를 보는 건지 모르겠다. 내가 녀석에게 기대감이라도 심어 주었던 걸까. 그렇다면 내 잘못일까. 나는 결국 도망치듯 시선을 바닥으로 떨어뜨릴 수밖에 없었다.

"뭐 하는데, 여기서."

다가가 물으니 물끄러미 바라보기만 하던 녀석의 내내 무표정하던 얼굴 위로 작게 미소가 떠올랐다.

"기다렸어. 같이 가려고."

녀석이 미리 챙겨 두었던 내 가방을 내밀며 말했고, 미묘한 분위기를 풍겨 숨 막히게 하던 교실을 빠져나와 우리는 정류장으로 향했다. 정류장에서도, 버스에서도, 버스에서 내려 집으로 향하는 길에서도 우리는 내내 말이 없었다.

겨울은 어둠이 빠르게 찾아왔고, 드문드문 있는 가로등은 간신히 빛을 비추는 정도였다. 어두워진 길은 인적이 끊긴 듯 마치 깊은 밤과 같은 느낌이었다. 그래서인지 기척이라고는 오로지 내 뒤에 서 있는 녀석의 것만 느껴졌다. 온통 신경이 쏠리는 등 뒤가 불편했다.

나는 느릿하게 걸었다.

"친구랑 싸웠다며."

그런 내게 녀석은 느닷없는 타이밍에 말을 걸어왔다.

"어."

"왜?"

"……."

"왜 싸웠어?"

"그냥."

"……."

"넌 알 거 없어."

"진우야."

그러나 이상하게 녀석의 부름은 왠지 내가 친구와 싸운 이유를 다 알고 있는 것만 같은 느낌을 들게 했다.

"알 거 없다고 했잖아, 넌."

"……."

걸음을 멈추고 돌아섰다. 녀석은 대체 나에게서 무엇을 확인받고 싶어 하는 걸까. 서로 마주 본 채 잠시 말이 없다가 침묵을 견디지 못한 내가 먼저 돌아서 버렸다. 이런 미묘한 기분은 정말이지 질색이었다. 참을 수 없을 만큼 가슴이 묵직해지는 것은 분명 화가 난 기분 탓일 것이다.

친구와는 그날 이후로 인사조차도 나누지 않는 사이가 되었다. 딱히 나라고 저런 놈과 어울리고 싶다는 생각이 들지 않아 무시를 무시로 대응했다. 그리고 그 이후로 녀석은 다시금 종종 우리 반 교실까지 찾아오곤 했다.

어느 날, 잠들어 있던 나는 언뜻언뜻 간지러운 느낌이 들어 눈을 떴고, 눈을 뜨자마자 내 책상 곁에 쭈그리고선 턱만 책상 위에 올려 둔 채 나를 뚫어져라 보고 있던 녀석과 눈이 마주쳐 당황했다.

"많이 피곤해?"

"……."

그 순간 화들짝 일어나는 나를 보며 녀석이 지었던 가벼운 웃음이 난데없이 가슴 안쪽을 건드려 오는 바람에 멍하니 녀석을 바라볼 수밖에 없었다. 무슨 까닭에 팔랑이듯 가슴이 두방망이질하는 것일까. 계절은 차가운데도 불구하고 교실 안은 아지랑이가 피어난 듯 가물가물해져 시야가 어렴풋해진다. 오로지 뚜렷한 것은 녀석뿐이었고, 왜 그러냐며 녀석의 고개가 기우뚱 한쪽으로 기우는 것을 보고서야 내가 녀석을 꽤나 오랫동안 바라보고 있었다는 사실에 놀랐다. 하지만 황급히 정신을 차리며 아무 일도 없었다는 듯 말했다.

"……왔으면 깨우든가."

"그냥."

갑자기 짜증이 일어났다. 올라오는 신경질을 참으려 입술을 씹어 대던 나는 양손으로 얼굴을 쓸어내리다가 진우야, 하고 다정하게 불러오는 녀석의 목소리에 움찔거렸다. 바로 방금 전 가슴이 뛰었던 게 이상하게 억울해서 녀석을 향해 꺼지라고 하려 했으나, 어쩐지 마주 본 얼굴에 맥이 빠졌다.

"너 혹시라도 나 잘 때 무슨 이상한 짓 한 건……. 아니다. 됐어."

"……."

녀석은 말없이 또다시 희미한 웃음을 지었고, 나는 고갤 돌려 버렸다.

그렇게 겨울이 가고 봄이 왔다. 녀석이 할아버지 댁 마당에 심어 놓았던 봉숭아가 저 혼자 씨앗을 터뜨려 겨울 내내 땅 밑에 숨어 있다가 또 다른 꽃대로 모습을 드러낼 때까지도 우리 사이는 별반 달라진 게 없었다. 달라진 거라고는 고작 중학교를 졸업하고, 고등학교를 가게 되었다는 것뿐이었다.

그러나 열일곱 살 여름 어느 날, 예고도 없이 부모님이 찾아왔다. 평소처럼 툇마루에 늘어져 있던 나는 예상치 못한 부모님의 등장에 놀라 어안이 벙벙했고, 부모님은 그런 나를 향해 반갑다는 듯 웃어 주었다. 하지만 늘 그래 왔던 순서를 어기고 난데없이 나타난 것으로 인해 실은 그 다정한 미소에도 불안하고 초조함을 느꼈다.

"이제 사는 것도 조금 괜찮아졌고 해서, 진우 고등학교부터는 저희가 있는 곳에서 다니게 하고 싶어서요."

엄마는 할아버지에게 그리 말했다. 나에겐 예상치 못한 말이었으나, 할아버지는 이미 부모님이 등장했을 때부터 예상하고 있었다는 듯 말없이 그저 나를 지긋이 바라보기만 했다.

갑작스러웠다. 분명 부모님에게서 그 말을 듣기만을 바라던 날이 있었다. 그때가 되면 아무런 망설임 없이 당장 부모님을 따라나설 거라 생각했으며, 그 마음은 지금도 변치 않았다고 여겼기 때문에 부모님에게서 그 말을 듣는 순간, 갑작스럽다는 생각을 가장 먼저 했다는 것 자체에 스스로도 놀랐다. 문득 내가 부모님을 따라가는 것에 망설이고 있음을 깨달았다. 머릿속이 조금 멍했다.

그렇게 며칠이 지나고 여름의 찌는 더위가 기승이던 날이었다.
"임윤!"

최고 기온은 30도를 매일같이 아주 우습게 넘겼고, 습도가 치솟는 만큼 불쾌지수가 함께 치솟는 여름날이었다. 매미는 한철 제 몸을 불태우려는 듯 시끄럽게 울어 댔고, 나는 그러한 매미만큼 목청이 터져라 녀석의 이름을 부르며 사라진 녀석을 찾고 있었다.

녀석이 말도 없이 갑자기 사라졌다며, 몇 시간째 연락도 안 된다는 녀석의 부모님이 할아버지 댁으로 찾아왔었다. 내게 짐작 가는 게 없냐고 묻는 말에 머릿속으로 짚이는 구석이 있어 녀석을 찾아보겠다고 나섰다. 분명 녀석이 사라진 화근은 내일 내가 부모님을 따라 도시로 돌아가게 된다는 것을 알게 되었기 때문일 것이다.

하필 금방이라도 비가 쏟아질 듯 하늘은 회색빛이었고, 한참을 뛰어다닌 탓에 땀이 흐르는 몸은 온통 찝찝했다. 동네를 샅샅이 돌아다녔다. 그리고 빗방울이 하나둘 떨어져 뺨을 때릴 즈음 내가 녀석을 발견한 곳은 아주 허무하게도 굴다리 밑이었다. 녀석은 언젠가 내가 묻어 주었던 고양이 무덤 앞에 쭈그리고 앉아 있었다.

"한참 찾았잖아."

"……."

화가 났지만 화를 내진 않았다. 녀석을 살살 달래서 빨리 집으로 돌아가는 것이 목표였으니까. 그리고 사실 발견하자마자 발로 걷어차 버리겠다고 다짐했지만, 녀석이 무릎을 끌어안은 채 웅크리고 앉아 있는 모습을 보자 맥이 빠져 버렸고, 내 부름에도 나를 돌아보지 않는 모습이 꽤나 처량하고 불쌍해서 그럴 마음을 사라지게 했다.

"야, 임윤."

녀석은 내 부름에도 하염없이 고양이 무덤만 바라보았다.

"안 어울리게 요란 떨지 말고 그만 가자."

"……."

"다들 너 찾아. 그러게 전화는 왜 안 받아서……."

"……."

"곧 비도 올 것 같은데, 너 그러다가 감기 걸려."

"나는 아무것도 몰랐는데……."

"……."

"진우야, 나는 아무것도 몰랐다고."

"……어차피 여기 계속 있을 것도 아니었어, 처음부터."

"그래도 미리 말은 해 주지……."

"……."

한 방울씩 떨어져 피부에 닿는 빗방울을 닦아 내고 있을 때였다. 잠시 말을 멈춘 녀석이 상황과 어울리지 않게 뜬금없는 소리를 하기 시작했다.

"가끔씩 막연할 때가 있어. 창고에 앉아서 붓은 들었는데 뭘 그리고 싶은지 모를 때."

"……."

"그때마다 널 생각하면 갑자기 그리고 싶은 게 떠올랐어. 항상 널 생각하면 금방 그림이 그려졌으니까."

"……."

"그래서 네가 없으면 사실 그림 같은 거 별로 그리고 싶지도 않아. 솔직히 뭘 그려야 할지도 잘 모르겠고."

"……."

녀석이 내게 무슨 말을 하는지 잘 모르겠지만, 이상하게 얼핏 알 것도 같았다. 녀석은 울컥 올라오는 것을 삼켜 내려는지 잠시 뜸을 들이다가 한 자, 한 자 힘주어 내게 물었다.

"……안 가면 안 돼?"

"……."

나는 대답하지 않았다. 녀석은 기어코 웅크린 채 소리를 삼키며 울었다. 들썩이는 어깨는 서러워 보였고, 그걸 바라보던 나는 눅눅한 무더위 속에서 한동안 까마득한 기분을 느꼈다.

* * *

밤하늘은 달무리가 져 있었다. 학교가 끝나고 집으로 돌아가는 길, 무심코 하늘을 올려다보다가 생각에 잠겼다. 휴대폰 너머로는 익숙한 목소리가 흘러나오는 중이었다.

줄곧 그곳을 싫어했다. 분명 그랬다고 늘 생각해 왔기 때문에 원래 살았던 곳으로 다시 돌아가면 당연히 좋을 줄 알았지만, 돌아온 이곳이 좋지도 싫지도 않아 처음엔 그게 너무 당혹스러웠다. 며칠간은 함께 살게 된 부모님조차도 낯설었고, 할아버지 댁 툇마루를 그리워했다. 툇마루 아래로 늘어뜨린 발 아래로 내리쬐는 햇빛과 그곳에 앉아 시간을 죽치며 계절이 변해 가는 것을 바라보던 일이 그리웠고, 비만 오면 물이 불어나 넘쳐 대던 동네 하천마저 그리웠다.

할아버지는 잘 지낸다고 하셨다. 가끔씩 할아버지에게 연락할 때마다 나는 묻고 싶은 것이 있었지만, 공연히 여러 가지 다른 말들만 내뱉다가 결국 아무것도 묻지 못하고 전화를 끊기 일쑤였다.

-잘 지냈어?

"……."

그러던 차에 한동안 연락이 없던 녀석에게서 한 달 만에 온 연락이었다. 후텁지근한 열기는 어느새 선선해진 공기로 변해 있었다. 휴대폰을 통해 귓가로 들려오는 목소리는 나직하고 차분했다. 멍하니 거리 한복판에 멈춰 서 버린 나는 휴대폰 너머로 들려온 녀석의 목소리를 귓가에 새기며, 반가운 마음이 드는 것을 애써 떨쳐 내려 했다. 너도 잘 지냈냐는 말이라든지, 왜 그동안 연락이 없었냐는 말이라든지 등등 묻고 싶은 말들은 그저 가벼운 한숨이 되어 입술 새로 흘러나왔다. 괜한 희망을 심어 주고 싶지 않아 고르고 고르던 내가 내놓은 대답이라고는 "응." 짧은 한마디뿐이었다.

우리의 문장과 문장 사이에는 공백이 많았고, 녀석의 말에 내가 대부분 그랬구나, 라고 대꾸하는 게 전부였다.

—고양이 무덤이 사라졌어. 잘 좀 지켜볼걸.

거기서 더 이을 만한 말을 찾지 못하며 채워지지 못한 빈 공간으로 대화는 듬성듬성 이어졌다. 그리고 전화를 끊었을 때 그림은 잘 그리고 있냐고 물어볼 걸 그랬나 생각하다 이내 접었다. 내가 그걸 물을 처지가 못 된다고 생각했으니까.

그 이후로 녀석은 곧잘 연락을 해 오곤 했다. 나는 녀석이 늘어놓는 심상한 말들에 대답을 해 주는 게 다였다. 녀석의 물음에 짧게 대답해 놓고 나면 대답이 너무 성의 없었던 건 아닐까 고민하기도 했지만, 녀석은 딱히 신경 쓰는 것 같아 보이지 않았다.

쓸데없이 부지런하기만 한 시간은 속절없이 흘러갔고, 며칠째 연락이 끊긴 녀석을 가끔씩 생각하며 보내던 어느 날, 며칠 만에 녀석에게서 연락이 왔다.

—오늘 아팠어.

아팠다는 녀석의 말에 공부를 한다며 책상 앞에 앉아 연습장 위에 끄적거리던 펜의 움직임이 멈췄다.

"뭐야, 요즘도 픽픽 쓰러지고 그래?"

―가끔.

"그렇구나."

―아파서 전화했어. 이러다가 내일 죽을지도 모르는데 얼굴 보러 올래?

"……."

―안 오면 후회할지도 몰라.

"죽는다는 말 좀 하지 마. 내가 그거 싫어하는 거 알잖아."

―근데 정말 죽을 것 같아서 그래.

"……."

―아파서.

우리는 나이에 걸맞게 좀 더 철없고, 시답잖으며, 가볍고 가벼운 대화를 즐겨야만 했음에도 종종 그러지 못했다. 무의식적으로 찡그리고 있던 미간을 뒤늦게 눈치챈 나는 표정을 풀었다.

무척이나 약았다. 녀석은 내가 아프다는 그 말에 약하다는 것을 알고 그러는 것이다. 더 이상 마음이 동요하기 전에 그만 끊겠다는 말을 하는 내게 녀석이 말해 왔다.

―진우야, 보고 싶어.

"……."

혹시 내가 잊고 있기라도 했을까 봐 잊지 말라고 상기시켜 주는 그 말에 무슨 대답을 해 주어야 할지 좀처럼 떠오르지 않아 침묵이 흘렀다. 내가 가지고 있는 녀석을 향한 마음이 녀석이 품고 있는 마음과 같은 범주에 속하지 못했기 때문에 녀석의 보고 싶다는 말로 인한 상념은 무거운 추가 달린 듯 깊이 가라앉았다.

－별 뜻 없었어. 친구끼리도 보고 싶을 수는 있잖아.

"……."

덧붙이는 녀석의 말에도 기어이 아무런 대답도 하지 못하고 전화를 먼저 끊어 버릴 수밖에 없었다.

가을은 얼마 버티지 못했다. 별안간 바람이 불기 시작하더니 예전만 못한 온기에 겨울이 생각보다 빨리 찾아온 것을 깨달았다. 첫눈이 내렸고, 교실 창문 밖을 바라보며 언젠가 녀석과 툇마루에 앉아 싸라기눈이 내리는 것을 감상하던 때를 생각했다. 녀석의 우울함이 내재된 듯 보이던 미소를 떠올리다가 겨울 방학을 앞두고 나는 한동안 연락이 없던 녀석에게 곧 할아버지 댁에 내려간다는 문자를 남겼고, 녀석은 답장을 하지 않았다.

겨울 방학 보충이 끝나자마자 할아버지 댁으로 내려갔다. 낼 수 있는 시간은 고작 일주일뿐이었는데도 기차에 몸을 실었다. 네 시간을 넘게 달려 작고 낡은 역에 도착해 버스를 타러 자연스럽게 향하던 발걸음이 문득 멈췄다. 그건 역 안쪽에 있는 대합실에서 스치듯 본 예상치 못한 누군가 때문이었다.

몇 없는 사람들 사이에서 목도리에 고갤 파묻고 의자에 느슨하게 기대앉아 있는 녀석은 무심한 얼굴로 바닥을 내려다보고 있었다. 창문으로 들어오는 햇빛이 녀석을 비췄다. 우중충한 빛깔의 바닥을 뚫어져라 보고 있는 녀석은 그 햇빛을 받아 반짝거리는 듯했다. 우뚝 그 자리에 선 채 홀린 듯 그 모습을 바라보았다. 뒤늦게 내 시선을 느낀 녀석이 그제야 고갤 들어 나를 발견했다.

무심하게 바닥을 보던 눈으로 순식간에 가득해지는 다정함과 얼굴 위로 번지는 희미한 미소는 와락 하고 내게 덤벼들었다. 나를 볼 때면 늘 그래 왔던 버릇처럼 짓는 얼굴이었지만, 꽤나 오랜만에 마주한 탓일까. 아주 순식간에 머릿속에 장면처럼 새겨졌다. 아마도 그 순간 나는 꽤나 멍청하게 풀어진 얼굴이었을 것이다.

"왔어?"

"……."

나는 직감했다. 방금 내가 본 녀석의 그 모습은 앞으로 내가 녀석을 떠올릴 때 가장 먼저 떠올릴 이미지로 깊이 남게 되었다는 것을 말이다.

"늦었네?"

자리에서 일어난 녀석이 내 앞으로 다가왔고, 바로 직전의 여운이 남은 내 시선은 여전히 녀석을 가만 응시하고 있었다. 그런 내가 낯설다는 듯 애매한 웃음을 걸친 녀석이 왜 그러냐고 물어 왔다. 다른 생각을 하다가 들킨 것처럼 서둘러 아무것도 아니라 대답한 나는 남은 여운을 떨쳐 내기 위해 끊임없이 다른 생각을 하려 애쓰며 그만 버스 정류장으로 발걸음을 옮겼다.

"이 시간에 도착하는 거 어떻게 알았어, 근데?"

"할아버지가 알려 주셨어."

우리는 아주 오랜만에 나란히 버스에 앉았다. 쌓였던 눈이 녹은 질퍽한 길을 달리는 버스는 연신 덜컹거렸고, 거기서 거기인 것 같은 풍경은 창밖으로 빠르게 멀어졌다.

멍하니 창밖에 시선을 두고 있는 녀석은 우리가 꽤 오랜만에 만났음에도 별다른 말이 없었다. 그래서인지 더더욱 버스 안은 쥐죽은 듯 고요했다.

버스에서 내려 할아버지 댁 앞에 도착해서야 발걸음이 멈췄다. 머리카락은 찬 바람에 나부껴 헝클어지고, 목도리에 파묻혀 보이는 거라곤 빤한 눈동자뿐인 녀석의 시선을 피해 어긋나게 눈길을 두었다. 그런 내 시야로는 어느새 우리의 발치까지 물들인 노을이 담겼다.

"안 추워?"

마땅한 할 말이 없어 물었더니 녀석이 가만 웃으며 내게 대답했다.

"안 추워."

"……그래."

"진우야."

"왜?"

"……아니야. 아무것도."

"……."

아쉬움이 묻어나는 녀석의 말투를 들으며 나는 몇 번씩 애꿎은 바닥만 걷어차다가 난감한 기분을 떨쳐 내기 위해 녀석에게서 그만 돌아서려고 했다.

"그만 들어간다. 너도 얼른 가."

"……응."

하지만 녀석은 늘 내 뒤에 서서 등 뒤를 불편하게 하는 재주를 가졌기 때문에 결국 등 뒤를 따끔거리게 만드는 녀석의 눈길로 인해 몇 걸음 걷지 못하고 다시 돌아설 수밖에 없었다. 어쩔 도리가 없었다. 머뭇거리느라 또다시 애꿎은 머리카락만 잡아당기던 나는 들어와서 같이 밥이라도 먹고 가라는 말을 간신히 건넸다. 그 말을 건네는 것이 나를 역에서 기다렸을 녀석에 대한 최소한의 의무와 배려라고 생각하며 말이다.

녀석은 살며시 미소 지었다.

"그래도 돼?"

"할아버지는 알 거 아니야, 네가 나 기다린 거. 근데 너 그냥 집에 가라고 그랬다고 하면 할아버지가 나한테 뭐라고 하니까……."

내 말투는 꽤나 무심했을 텐데도 뭐가 좋은지 녀석은 실없이 웃으며 내 뒤를 따라 들어왔다.

그렇게 함께 밥을 먹고 난 뒤 오랜만에 익숙하고 따뜻한 방 안에 앉아 있다 보니 밀려오는 졸음을 이기지 못하고 금세 늘어졌다. 방 안에 누워 깜빡깜빡 감았다 뜨는 눈으로 천장을 바라보고 있는 나를 한동안 물끄러미 바라보던 녀석이 느닷없는 소리를 해 왔다.

"너는 내가 싫어?"

"……."

다소 생뚱맞은 질문에 눈살을 찌푸려도 녀석은 정말로 대답을 원하는 건지 그저 나를 가만 응시한 채였다. 고갤 돌려 옆에 앉아 있던 녀석을 바라보던 눈길을 다시 천장으로 던진 나는 별수 없다는 듯 대답했다.

"내가 널 싫어하는 건 아마 네가 날 좋아한다는 사실 때문일걸."

"그렇구나."

곧바로 싱거운 대답이 돌아왔다. 그 빠른 대답은 오히려 녀석이 정말로 알고 대답하는 건가 싶은 의심을 품게 만들었다.

"그럼 내가 널 안 좋아해야 네가 날 좋아해 줄 수 있는 거였구나."

"……."

"그렇다면 네가 날 좋아할 리는 절대 없겠다."

"……"

그리 이어지는 녀석의 말은 거의 혼잣말에 가까웠다.

평범하게 살고 싶은 것뿐이었다. 튀는 짓을 하지 않고 그냥. 그랬기 때문에 녀석의 중얼거림을 들은 나는 아무런 말을 할 수가 없었다. 뒤늦게 그딴 거 알게 뭐냐고 졸음이 묻어나는 시야로 천장을 눈에 담으며 꼬인 생각을 했고, 침묵이 흐르는 사이 나도 모르는 게 깜빡 잠이 들어 버렸다. 시간이 흘러 잠에서 깼을 때는 이미 한밤중이었고, 어쩐지 불편하다 싶었던 등 뒤에서는 녀석이 자고 있었다.

화들짝 놀라 몸을 일으킨 내가 녀석을 흔들었다.

"야, 집에 가서 자."

방 안은 어두웠고, 모로 누워 있는 녀석이 어슴푸레한 시야로 담겼다. 왜 여기서 자고 있는 건지 놀라 녀석을 흔들어 깨웠지만, 깨어날 듯 얼굴만 찡그리다가 이내 녀석은 다시 잠이 들어 버렸다. 그 순간 다시 한번 녀석을 흔들어 깨우려던 손길이 멈춘 것은 몰아치는 바람 때문에 창문이 덜컹덜컹 세차게 흔들렸기 때문이었다. 조금 고민하던 나는 별수 없다는 듯 녀석을 흔들어 깨우던 손길을 거두었다.

막 잠에서 깬 피곤함 때문인지 혹은 날이 밝으려면 아직 한참이나 남은 새벽 미명에 흐릿해진 정신 때문인지, 잠이 든 녀석의 얼굴을 바라보다가 새삼스럽게도 연민을 느꼈다. 그걸 떨쳐 내겠다는 듯 세차게 고갤 흔들며 다시 바닥에 드러누웠다. 그러자 이번엔 '그렇다면 네가 날 좋아할 리는 절대 없겠다.' 하고 말하던 녀석의 목소리가 귓가를 왕왕 울리는 것만 같아 귀를 틀어막고 싶었다.

나는 몸을 잔뜩 웅크린 채 녀석과 반대쪽을 바라보며 잠을 청했다.

봄이면 파릇파릇하고, 여름이면 녹색으로 물드는 거리는 겨울의 삭막함만이 감돌았다. 높은 언덕 위에 지어진 정자까지 자전거를 끌고 올라가 그곳에 앉아 아무것도 하지 않은 채 시간을 보내는 무의미함이 좋았다. 오늘도 나는 코가 빨개질 정도로 찬 바람을 맞으며, 한눈에 들어오는 마을을 내려다보며 빈둥거렸다. 찬 겨울일수록 햇살은 기분을 느슨하게 풀어놓았고, 그렇게 정자에 앉아 빈둥거릴 때면 시간이 아주 느리게 흘러가는 착각이 들곤 했다.

그곳에서 내려와 할아버지 댁에 도착하면 나를 기다리고 있던 녀석은 내게 어딜 다녀오는 거냐 물었고, 그냥 산책을 했다는 말로 둘러대며 어느덧 어영부영 일주일이 흘러갔다.

"진우야, 너 여기 있었네?"

"……."

"계속 찾았어."

집으로 돌아가기 하루 전, 굴다리 아래에 갔던 나는 언젠가 녀석이 말했던 대로 고양이 무덤이 사라진 것을 확인하며 괜스레 생각에 잠겨 있었다. 내가 이곳에 있는 건 어떻게 알았는지 녀석이 나를 부르며 나타났고, 하필 이 순간 녀석이 내 앞에 나타났기 때문에.

"너 아프지 좀 마."

"응?"

"아프지 좀 말라고."

"……."

"……그냥 그런 게 있어."

"……."

나는 녀석에게 그런 말을 할 수밖에 없었을 것이다.

돌연 침묵이 감돌았다. 들리는 소리라고는 바람에 나부끼는 메마르고 건조한 풀 소리뿐이었다. 순간 견딜 수 없을 만큼 까마득하게 다가오는 침묵 때문에 나는 그만 가자며 돌아섰다. 녀석은 그런 나를 붙잡으며 마치 하고 싶은 말이라도 있는 듯 입술을 달싹거렸다. 녀석이 나를 응시하는 시선에는 고요함이 가득했고, 그 때문에 무언가 아주 중요한 애기를 할 것만 같았다. 그래서 듣고 싶지 않았다. 질문을 들으면 답을 내놓아야 했으니까. 우리 둘 사이를 메운 서툰 감정을 그냥 모르는 척 외면하고 싶었다. 그래서 고요한 시선을 받아 내던 나는 시선을 틀었다.

"나 내일 집에 가야 돼. 피곤하니까 그만 가자."

"……."

"하고 싶은 말 있으면 다음에 해."

"……."

찬물을 끼얹듯 녀석에게 내가 돌아가야 함을 일깨워 주었다. 그러자 녀석은 맥없이 나를 붙잡았던 손을 놓아주었다.

겨울 방학이 끝나고 별다른 일 없이 시간은 흘렀고, 그동안 녀석과 나 사이는 역시나 별반 달라진 것이 없었다. 녀석에게서 연락이 오면 받았고, 나는 늘 그래 왔듯 싱거운 대답만 내놓을 뿐이었다. 괜한 말을 늘어놓아 의도했던 것과는 다른 의미를 주어 녀석의 마음을 흔들고 싶지 않았으니까.

그렇게 어느덧 여름을 앞둔 시점이었다. 교실 창문 밖은 무성한 초록 잎 사이로 쏟아지는 햇살이 날이 갈수록 뜨거워지는 중이었다. 멍하니 그곳에 시선을 빼앗긴 채 생각에 잠겨 있던 나를 툭 건드는 손길이 느껴져 돌아보자 얼마 전에 맹장 수술을 하느라 며칠 동안 결석을 한 짝이었다.

"금방 왔네? 며칠 더 안 나오는 줄 알았는데."

"야, 나 진짜 죽는 줄 알았어."

그 소리가 엄살은 아니었던 모양인지 며칠 만에 본 얼굴은 나름대로 핼쑥한 게 꽤 설득력 있었다.

"그게 그렇게 많이 아프냐?"

"장난 아니었다고."

그러며 친구는 주저리주저리 자신의 경험담을 떠들어 댔다.

"아무튼 몸에 있는 건 함부로 떼어 내는 게 아니야."

"……그렇구나."

하지만 나는 그런 친구를 바라보며 잠시 다른 생각에 빠져 있었다.

"뭐야, 무슨 생각을 그렇게 하냐? 사람이 말을 하는데."

"아, 미안. 그냥 누가 좀 생각나서."

"뭐? 누구?"

"……있어."

흘러가는 생각의 대부분은 아주 뜬금없게도 녀석에 관한 것들이었다. 내가 아는 애는 신장이 하나던데 걔도 너처럼 아팠을까 싶어서, 라는 말을 삼키며 대충 미소로 대답을 때웠다.

나는 겨울 방학 이후 종종 그런 식으로 녀석을 생각하는 일이 잦아지기 시작했다.

한여름의 날씨는 유난스러울 만큼 더웠다. 기차에서 내리자마자 덮쳐 오는 열기에 얼굴이 절로 구겨질 정도로 말이다. 손으로 아무리 부채질을 해 보아도 사실 별로 도움이 되지 않았다. 나는 서둘러 역 안쪽으로 열기를 피해 달아나듯 움직였고, 그렇게 열기를 피해 역 안으로 들어왔을 때 가장 먼저 눈길이 닿은 곳은 대합실이었다.

그 안쪽을 살펴보며 이상하게 빈 공간에 시선이 오랫동안 머물렀다. 녀석이 보이지 않았다. 당연한 것인데도 난 뭘 기대했던 걸까. 뒤늦게 누군가에게 속내를 들킨 것처럼 멋쩍은 기분이 들어 그곳에서 시선을 거두며 도망치듯 걸음을 옮겼지만, 버스를 타러 가기 위해 밖으로 나오자마자 서둘러 옮기던 발걸음은 멈추고야 말았다. 역 앞에 쭈그려 앉아 있는 녀석을 발견했기 때문이다. 그 순간 나는 내가 방금 전 빈 대합실을 보며 무엇을 기대했던 건지 아주 정확하게 알게 되었다.

그래서일까, 어쩐지 막연한 기분이 들어 나는 역 앞에 쭈그려 앉아 있는 녀석의 시선이 내게 닿을 때까지 아무것도 하지 못한 채 우두커니 서 있을 수밖에 없었다.

시간은 그동안 불확실한 속도로 흘렀다. 머지않아 녀석의 시선이 내게 닿았을 때 나는 당황했지만 한껏 태연한 척하려 했다.

"더운데 뭐 하냐, 여기서."

"그냥. 너 온다고 하길래."

"……."

몇 달 만에 마주 본 녀석은 묘하게 분위기가 달라져 있었다. 그건 녀석의 손가락 사이에 끼워진 담배 때문만은 아닐 것이다.

"인생 아주 막살기로 작정했냐?"

녀석의 손가락 사이에 끼워진 담배를 의식하며 물었다. 녀석은 말없이 나를 바라보다가 가볍게 웃었다.

"걱정해 주는 거야?"

"……."

"네가 걱정해 주니까 좋다."

"……등신 새끼야, 지금 그런 말이 나오냐?"

"그러게."

하지만 가벼웠던 웃음은 가벼웠던 만큼 금세 사라지고, 녀석은 어느새 내게서 고갤 돌려 버렸다. 무심한 얼굴이 되어 허공을 응시하는 녀석의 표정은 예전에 종종 생각에 잠기다가 내게 뜬금없는 물음을 던져 오던 그때처럼 당최 무슨 생각을 하고 있는지 알 수 없는 잠잠한 표정이었다.

삼켰던 연기를 내뱉자 희뿌옇게 연기가 퍼졌다. 녀석에게서 나던 풋내는 어느새 그 담배 연기로 덮여 있었다. 낯설었다. 그래서 더욱 자세히 바라보게 된 녀석은 살이 조금 빠진 듯했지만, 그렇다고 해서 헬쑥해 보인다기보단 오히려 예민해 보이는 분위기를 풍겼다.

어딘지 훌쩍 커 버린 것만 같은 녀석의 조금 달라진 분위기를 통해, 이젠 서로 모르게 된 각자의 일상이 더 많아졌다는 것이 새삼스레 와 닿았다. 그 때문인지 불과 몇 달 사이에 전과 달리 이상하게 거리감이 느껴졌다. 그동안 연락을 주고받았을 때는 우리가 별반 달라진 게 없다고 느꼈던 게 착각일 만큼 말이다.

"그만 가자, 진우야. 너 볼이 익었다."

"……."

"많이 더워?"

자리에서 일어난 녀석이 내게 그만 가자고 말해 왔을 때 나는 물끄러미 녀석을 바라보다가 입을 열었다.

"너 좀 변한 거 같다."

"그래? 잘 모르겠는데, 난."

"키도 좀 큰 거 같고."

"그런가……."

그리고 그 거리감은 녀석의 달라진 분위기뿐만 아니라 왠지 나를 별로 반가워하지 않는 것 같은 녀석의 기색을 이미 내가 느끼고 있었기 때문일지도 몰랐다. 나도 모르게 실망했다. 녀석이 나를 보며 무척이나 반가워할 거라고 기대라도 했던 모양인지, 예상했던 것보다 밋밋한 반응이 허전하고 어색했다. 녀석에게 나를 향한 반가움을 원하는 묘한 심리적 모순으로 스스로가 참 어이없으면서도 말이다.

무슨 반응을 기대했던 것일까. 난감하고 당혹스러운 기분이 나를 덮쳤다. 녀석의 밋밋한 반응을 통해 허전해하는 스스로를 납득할 수 없어, 애써 내가 느끼고 있는 지금 이 기분에 대한 적당한 이유를 찾아보려 했지만, 결국 찾지 못한 채 찜찜한 기분에 시달리며 할아버지 집으로 향하는 버스에 올라탔다.

"임윤."

"……."

"들어왔다가 가."

"……."

마음은 이유 없이 불안했고, 헤어지는 길목에서 그냥 돌아서려는 녀석을 붙잡아 세운 채 한참을 머뭇거리던 내가 들어왔다가 가라는 말을 꺼냈을 때, 고개를 젓는 녀석의 모습을 통해 그 불안함은 짙어졌다. 답을 내릴 수 없는 문제를 끌어안게 된 나는 그 불안감을 어떻게 해야 할지 몰랐다. 달갑지 않은 생각들이 떠올라 마음이 산란해질수록 이 문제를 붙들고 씨름하고 싶지 않아 오히려 침묵하려했다. 묻어 두면 괜찮아지겠지 하는 생각으로 말이다.

하지만 멀어지는 녀석의 뒷모습은 나를 기어코 찜찜하게 만들며 잔상처럼 남아 괴롭혔다.

겨울 방학 때와는 달리 녀석은 내 앞에 거의 모습을 드러내지 않았다. 그나마 우연히 마주칠 때면 녀석이 입술에 물고 있는 담배가 그렇게 거슬릴 수가 없었고, 무심한 눈동자 또한 그랬다.

"진짜 죽으려고 환장했냐?"

담배를 빼앗아 바닥에 던지며 밟아 버렸다. 짓이겨진 꽁초를 바라보던 녀석이 중얼거렸다.

"이런 걸로 안 죽어."

"뭐?"

"왜 화를 내는 건지 모르겠어."

"화낸 거 아니야. 난 그냥."

"그러지 마, 진우야. 내가 착각하면 너도 싫잖아."

"……."

"나는 너랑 감정이 달라서 사소한 거에 자꾸 의미 부여 하고 싶어지니까, 내 걱정 하지 마."

하지만 농담인지 진담인지 알 수 없는 가벼운 말투에 오히려 내 얼굴만 구겨지기 일쑤였다.

이튿날, 아침부터 툇마루에 늘어지듯 누워 있던 나는 눈에 거슬리는 무언가 때문에 벌떡 일어나 마당 한쪽에 있는 화단을 바라보왔다. 봉숭아꽃은 활짝 펴서 마치 나를 놀리는 것만 같았다. 녀석이 언젠가 마당에 심어 두었던 그 꽃은 매번 어김없이 꽃대를 드러냈다. 뽑아 버릴까. 그런 심술궂은 생각을 하다가 이내 다시 벌러덩 드러누웠다.

곤경에 처한 듯 어찌할 바를 모르겠는 불안함은 마치 심각한 오류와 같았다. 아주 조금씩 그리고 서서히 작아지는 기분을 느끼게 했다. 불현듯 억울한 마음이 들어 다시금 벌떡 일어나 충동처럼 이끌리듯 향한 곳은 녀석의 집이었다.

아주머니는 나를 향해 웃으며 오랜만이라 말했고, 그 순간 나는 이곳에 발을 들인 것을 후회했다. 막상 녀석이 창고에 있다는 말에 그 앞에 서기는 했지만, 그곳에 발을 들여놓을 명분이 부족했기 때문이다.

"……미치겠네."

여긴 왜 왔지? 뭘 어쩌자고 왔지? 억울하다 따져도 뭐가 억울하냐는 말에는 답할 수 있는 게 아무것도 없었다. 내가 지금 뭐 하는 짓이지, 싶어 나 자신이 하찮아지는 것만 같아 그만 돌아서려 했다. 하지만 그 찰나, 창고의 열린 문틈으로 어렴풋하게 보게 된 모습은 나를 멈춰 서게 만들었다. 뒤늦게 아주머니의 말이 떠올랐다. 녀석의 친구가 와 있다는 말이 말이다.

처음 보는 여자애였다. 그럴 수밖에 없는 게 이제는 함께하는 일상이 적었으니, 내가 녀석에 대해 모르는 게 생겼다고 해도 이상할 게 하나 없었다.

녀석의 창고에서 모르는 여자애와 함께 있는 모습을 보고, 그 둘의 친밀한 분위기를 읽어 내며 그만 돌아가야 한다고 머릿속에선 누군가 외쳐 댔지만 몸은 여전히 말을 듣지 않았다. 그리고 분명 문틈 사이로 녀석과 눈이 마주쳤다고 생각했을 때, 그 여자애와 녀석이 보란 듯이 입을 맞추는 걸 보게 되었다.

내리쬐는 햇볕으로 인해 화상을 입은 것처럼 머리가 화끈거렸다. 분명 눈이 마주친 것 같았는데 착각이었을까. 문틈 사이로 보게 된 것을 곱씹듯 생각하며 나는 창고 앞에 한참을 쭈그리고 앉아 있었다.

"연락도 없이 웬일이야?"

그리고 머지않아 창고 밖으로 나오는 두 사람과 마주쳤다. 수줍은 표정의 여자애와 무슨 생각을 하고 있는지 알 수 없는 무표정의 녀석을 눈에 담으며 방금 전 들은 물음이 참 새삼스럽다는 생각을 했다. 언제부터 서로의 집을 오갈 때 연락을 했었다고 말이다.

나에게 녀석은 늘 풀 수 없는 문제와 같았다. 그래서 침묵을 택하는 쪽이 내가 녀석의 마음에 대해 할 수 있는 최선이라 믿었다.

녀석은 말이 없는 나를 물끄러미 응시하다가 물었다.

"왔으면 들어오지 여기서 뭐 했어?"

"그냥, 방해하기 싫어서."

"……."

"둘이 좋아 보이길래."

"……."

자리에서 일어났다. 다시금 침묵이 흐르고, 낯선 여자애는 나와 녀석을 번갈아 보다가 우리 둘 사이에 흐르는 미묘한 분위기를 읽어 내고는 어색한 얼굴을 했다. 더 이상 내가 있을 곳이 아니라는 생각이 들어 그만 가려고 하자 녀석이 나를 붙잡았다. 잡힌 손목으로 온 신경이 쏠리기가 무섭게 그곳이 어떠한 열기에 휩싸인 듯 뜨거워지기 시작했다.

"계속 기다렸을 텐데, 들어왔다가 가."

"……."

여기서 한참이나 앉아 있었던 걸로 보면 이유가 있었을 게 분명한데, 사실 잘 모르겠다. 녀석은 나를 창고 안으로 밀어 넣으며 여자애를 데려다주고 오겠다고 말한 뒤 창고 안에 나를 남겨 둔 채 문을 닫았다. 창고 안으로 발을 들일 때 불었던 한 줄기 바람마저 어느새 종적도 없이 사라지고 텅 빈 곳에 나 혼자 남겨진 기분이었다.

그 떨떠름한 기분을 떨쳐 내려 녀석의 작업실인 창고 안을 둘러보았다. 묘하게 우울한 분위기를 내뿜는 녀석과는 다르게 그림들은 하나같이 밝은 색으로 칠해져 기운이 넘치는 듯했다. 그렇게 하나하나 둘러보던 내 시선이 익숙한 그림에서 멈췄다.

예전에 중학교 복도 벽에 걸렸던 그림이었다. 이 그림을 챙겼구나. 넋을 잃고 바라보고 있던 나는 곧 익숙한 기척과 동시에 창고 문이 열리고 바깥 공기가 경쟁하는 듯 안으로 밀려 들어오는 것을 느꼈다. 돌아보자 문 앞에 기대서서 비스듬히 시선을 내리뜨곤 내가 보고 있던 그림에 시선을 두고 있는 녀석이 보였다.

몇 초 혹은 몇 분이 흘렀을 것이다.

"보통은 눈에 밟히는 걸 그려."

침묵을 깬 것은 녀석이었다.

"근데 내 눈에 밟히는 건 생각해 보니까 뻔하더라."

"……."

언젠가 들었던 얘기와 비슷한 얘기였다.

"사실 너랑 떨어져 지내면서 보고 있지 않으면 잊을 수 있을 거라

고 생각했는데, 안 보이니까 자꾸 생각하게 되고, 그러다 보면 잊을
틈 없이 너만 생각하고 있더라고."

"⋯⋯."

"그래서 내가 되게 짜증 나고 구질구질한 걸 깨닫고 나니까 네가
나를 왜 별로 안 좋아하는 건지도 알 것 같았어."

체념으로 가득한 말투는 어쩐지 가볍게 들렸고, 내 마음 한편 어
딘가를 건드렸다. 덕분에 불쑥 치미는 무언가를 참지 못한 나는 무
심코 말을 내뱉었다.

"아까 걔는 사귀는 거야?"

"아니, 아직."

'아직'이라는 말은 사귈 것을 염두에 두고 하는 소리일까. 나를 가
만 응시하는 시선을 마주 본 채 입을 열었다.

"잘 어울리더라."

"⋯⋯."

하지만 분명 스스로도 확신할 수 없는 말을 하고 있다는 것을 알
았다. 한참이나 녀석은 잠자코 있었고 나는 무슨 말이라도 꺼내 이
불편한 침묵을 깨고 싶었지만 뜻대로 되지 않아 그대로 서 있었다.

"잘 어울린다니⋯⋯."

"⋯⋯."

"진우 네가 그렇게 말해 주니까 고맙네."

"⋯⋯."

한참 만에 내게 그리 대답하는 목소리는 무덤덤했다. 우리의 대
화는 그런 식으로 끝이 났고 나는 그날 밤 밀려오는 우울로 인해 밤
늦도록 잠들지 못했다.

창고 밖에 앉아 있는 내내 아마도 확인을 해 보고 싶었던 것일지 몰랐다. 그래서 뒤늦게 깨달았다. 왜 떠나지 못하고 그 앞에 앉아 있었던 것인지를 말이다.

녀석과 낯선 여자애 그 둘 사이의 내가 모르는 친밀한 분위기로 인해 내가 그 순간 느꼈던 것이 질투심이었고 그게 바로 밤늦도록 밀려오는 우울의 근원이었다.

기차역까지 데려다주겠다는 할아버지를 한사코 말린 뒤 그만 집으로 가기 위해 할아버지가 챙겨 주신 것들이 담긴 종이 가방을 다시 한번 고쳐 들고서 막 대문을 나섰다. 하지만 몇 걸음 채 걷지 못하고 그 자리에 곧바로 멈춰 설 수 밖에 없었던 것은 문밖 담벼락 앞에 녀석이 서 있었기 때문이다.

그 일이 있고 며칠 만이었다.

예상치 못한 마주침에 흠칫 놀란 나와 달리 나를 기다렸던 모양인지 녀석은 그저 담담한 표정이었다.

"……."

"……."

여름 햇살은 아침부터 뜨거웠다. 숨이 끊어질 듯 끊임없이 울어대는 매미 울음소리가 우리 둘의 정적을 한참이나 채워 주었다.

"오늘 가는 거야?"

"어……."

어째서인지 초조했던 기다림이 한계치에 다다르기 직전 녀석이 드디어 입을 열었고, 그와 동시에 바닥을 돌아다니던 내 시선이 멈췄다.

"역까지 바래다줄게."

"……."

그 말에 고갤 들었을 때 마주친 시선은 내가 녀석을 싫어하고 있다는 허울만 남은 것 같은 기분에 사로잡히게 만들었다. 내가 정말로 녀석을 싫어하고 있는 게 맞을까 하는 의심이 들기 시작했다. 머리가 화끈거렸다. 의심은 꼬리에 꼬리를 물기 시작해 생각을 늘어뜨렸고, 머리가 복잡해지기 시작한 지금 나의 관심은 오로지 네가 그 애와 사귈까, 사귀지 않을까였다.

나는 인정할 수 없는 이 기분을 달래기 위해 녀석의 시선을 피해 허공을 바라보는 수밖에 없었다.

"……됐어. 혼자 갈 수 있어."

"이대로 헤어지면 아쉽잖아."

"……."

"있는 동안 별로 보지도 못했는데."

"……."

"역까지 바래다주고 싶어."

"넌……!"

나를 좋아한다고 했던 주제에 정말로 그 애와 사귀는 걸까? 하지만 결코 가벼운 호기심에서 나온 것처럼 자연스럽게 물을 수는 없었기 때문에 입을 다물게 되었다. 확실하게 마무리 짓지 못한 대화는 결국 그렇게 끝이 난 셈이었다.

아무런 말도 꺼낼 수가 없어 아랫입술만 씹어 대며 또다시 희미하게 일어나는 동요로 인해 서서히 작아지는 기분을 느꼈다. 아침부터 머리로 내리쬐는 뜨거운 열기 때문인지 그게 아니라면 대체 무엇 때문인지 자꾸만 바닥이 울렁거리며 솟아올랐다가 내려앉는 듯한 불쾌한 기분을 느끼던 나는 이 상황에서 벗어나고 싶어 녀석을 향해 짜증스레 대답했다.

"······내가 애냐? 됐으니까 따라오지 마."

"······."

따라오면 정말로 한 대 패기라도 할 듯 노려본 뒤 그대로 돌아섰다. 그러자 등 뒤로 녀석의 시선이 한참이나 따라붙었다. 녀석의 시선은 나를 숨 막히고 답답하게 했다.

그날 이후 잠 못 드는 밤이면 녀석의 시선을 떠올렸다. 사실은 녀석의 시선이 떠오를 때마다 잠들지 못했다는 것이 더 정확했다.

지금까지 내가 해 왔던 여러 가지 선택들과 판단들이 잘못되었던 건 아닐까, 고민하느라 잠들지 못한 새벽이 길었다. 내가 갖고 있는 신념을 때려 부숴 보려고 치열하게 생각해 보았지만, 늘 어느 일정한 선을 넘어야 하는 것이 두려웠다. 평범함에서 어긋난다거나, 보통에서 벗어나 남들과 다른 무언가가 되고 싶지 않았다. 안전한 지금 이곳에서 머물고 싶다고 생각하는 순간 이내 체념에 다다랐고, 그건 가끔씩 이렇게 생각하는 것 자체를 무의미하게 만들었다.

고민하고 또 고민했다. 생각이 애먼 곳으로 탈선하지 않고 일정한 궤도를 빙글빙글 돌 수 있게 말이다. 그건 분명 내가 한 선택을 옹호하고 싶어 변명거리를 끄집어내기 위해 숱한 변명을 덧대어 붙이려고 애쓰는 것과 같았다.

–우리 오랜만이다.

"바빴어."

－그럴 거 같았어.

"……."

그로부터 얼마간의 시간이 흐르고 어느 정도 마음을 비워 냈을 때였다. 한동안 피하던 녀석의 전화를 받았다. 녀석은 바로 어제 통화하기라도 한 듯 심상한 투로 내게 중얼거렸다.

－여긴 11월 초인데도 벌써 눈이 왔어.

"신기하네. 여긴 가끔 비만 와."

－너 겨울마다 손 노랗게 귤 까먹고 그랬는데, 요즘도 그래?

나는 책상 앞에 앉아 눈에 들어오지도 않는 글자들을 눈에 담으며 가만 녀석의 말들을 들었다.

"아직 안 그래."

－진우야.

"왜."

－너랑 잡았던 손의 느낌이 기억 안 나.

"……."

하지만 느닷없이 던져 온 녀석의 말에 얻어맞아 멈칫한 나는 나도 모르게 미간 사이에 힘이 들어가며 얼굴이 구겨졌다.

－미안. 이런 얘기 싫어하지.

가슴이 쿵쿵 뛰었다. 무어라 따지고 싶었지만, 전혀 미안하지 않은 녀석의 말투에 할 말을 잃은 나는 그저 튀어나온 샤프심만 툭툭 연달아 부러뜨리기만 하다가 의자 등받이에 늘어지듯 등을 기댔다. 진짜 짜증 나는 새끼라고 속으로 중얼거리며 고갤 젖혔다.

멍하니 천장을 바라보고 있는 무방비한 내 귓가로 녀석의 목소리가 막을 수도 없이 흘러들어 왔다.

−할아버지네 마당에 제비꽃 피었더라.

"거짓말하지 마."

−진짠데. 나도 놀랐어.

"……."

−보러 올래? 너 그거 좋아하잖아.

"별로 좋아한 적 없어."

녀석이 잠시 말이 없자 정적이 흘렀다. 마치 전화가 끊기기라도 한 듯 조용했지만, 나는 참을성 있게 녀석의 이어질 말을 기다렸다.

−그래?

"……."

−안 좋아했구나.

또다시 짧은 정적이 흘렀다. 나는 그때까지도 고갤 젖히고 천장을 바라보고 있었다.

−네가 뭘 좋아했는지 하나도 잊어버리고 싶지 않은데, 이젠 잘 모르겠어. 네가 뭘 좋아했는지."

"……."

−진우야. 너 보러 가도 돼?"

"……."

그 물음에 어째서인지 별로 마주치지 못했던 지난 여름 방학 때의 녀석이 떠올라 괜한 치기가 솟아올랐다. 짜증이 났다. 오늘 밤은 녀석과의 통화로 인해 분명 잠 못 드는 밤이 될지 모른다는 생각이 들어 벌써부터 피곤해졌으니까. 나는 이유 모를 이 불안함이 싫었는데 어째서 녀석은 나를 자꾸만 그런 불안함 속에 던져 넣는 것인지, 하여간 짜증 나는 새끼가 아닐 수 없었다.

"아니. 안 돼."

—…….

"오지 마."

녀석을 보고 나면 나는 또다시 심란해질 게 뻔했다. 그래서 분명 오지 말라 말했고, 그에 따른 녀석의 침묵은 내 말에 수긍한다는 대답이라 믿었다. 그 때문에 그로부터 얼마 후 난데없이 우리 학교 교문에서 녀석을 보게 되었을 때, 이젠 아예 나를 무시하기로 작정한 거라고 생각할 수밖에 없었다.

믿을 수 없어 아무리 바라봐도 분명했다. 비가 부슬부슬 내리고 있어서 교문 앞은 하교하는 아이들로 혼잡했지만, 그 안에서 어렵지 않게 나는 녀석을 찾았다. 비록 비는 내리지만 우산을 쓰기엔 애매한 그런 날씨였다. 눅눅한 비 냄새가 풍겼다. 그래서 오늘따라 녀석은 더욱 우울한 빛이 짙어 보였다.

"아니 미친, 형기 그 또라이 같은 새끼가 조또 모르면서 정화한테……. 야, 하진우. 듣고 있냐? 뭐야, 왜 그래?"

"……."

갑자기 걸음을 멈춘 내게 친구는 왜 그러느냐 물었고, 나는 뒤늦게 아무것도 아니라 대답하며 그대로 교문 앞에서 나를 기다리고 있었을 게 뻔한 녀석을 지나쳐 걸었다. 녀석은 자신을 스쳐 지나가는 나를 붙잡지 않았다.

한참을 걸었다. 옆에서 친구는 계속해서 떠들어 댔지만, 사실 무슨 말을 하고 있는 건지는 잘 몰랐다. 하염없이 바닥만 보고 있던 녀석이 자꾸만 떠올라 도무지 대화에 집중을 할 수가 없었기 때문이다.

아, 진짜……. 짜증 나는 새끼.

사거리에서 먼저 간다고 손을 흔드는 친구를 보내고도 그 자리에 우두커니 서 있던 나는 하필 날씨는 왜 이리 지랄맞을까 생각했다. 그러자 발걸음은 하릴없이 다시 걸어왔던 길을 되돌아 걷기 시작했고, 머지않아 다다른 곳에는 여전히 녀석이 아까와 같은 볼썽사나운 꼴로 서 있었다.

"내가 오지 말랬잖아."

"……."

"그게 그렇게 어렵냐?"

"……."

이런 말밖에 할 수 없어서 유감스러웠지만, 이건 네 탓이라 여겼다. 날을 골라도 꼭 저 같은 날을 골라 나를 보러 왔다고 생각했으니까. 애매한 새끼. 하여간 존나 구질구질한 새끼. 대체 나는 너랑 뭘 하고 싶은 건지 모르겠다는 막막함으로 인해 생겨난 짜증은 애꿎은 녀석에게 분풀이처럼 향했다.

"왜 왔어. 나한테 뭘 기대했는데."

"……."

"내가 너 무시하고 그냥 지나가는 거 존나 붙잡지도 못할 거면서, 왜 왔냐고."

"그냥 얼굴 보러 온 거야. 갑자기 보고 싶었으니까."

"……."

"보고 싶었어."

"……."

이따금씩 차가 지나가는 소리만 들렸다. 아까의 혼잡했던 순간을 떠올리기 어려울 만큼 인적인 끊긴 듯 주변은 고요했다.

입술을 꾹 다물고 있는 녀석을 향해 좀체 무슨 말을 하면 좋을지 떠오르는 것이 없어 달싹거리던 입술 사이로 기어코 한숨만 나왔다. 복잡한 심정을 대신 설명하듯 한숨은 깊은 곳에서부터 길게 흘러나왔다.

"너 학교는 어쩌고."

"빼먹었어."

"야, 임윤."

"학교 빼먹는 거 하루쯤은 괜찮잖아."

"괜찮긴 뭐가 괜찮아."

"얼굴 봤으니까 됐어."

"……."

"잠깐 얼굴만 보려고 왔어, 진짜야."

"……."

"너 곤란하게 할 생각은 없었어. 그만 갈게."

시종일관 담담한 표정이었다. 되레 그게 나를 이상하게 불안하게 했지만, 별다른 말 없이 멀어지는 뒷모습을 바라보던 시선을 거두며 나는 녀석을 불러 세우려던 입을 다물어 버렸다.

한 번은 불러 세웠어야 했을까. 뒤늦게 그런 생각도 들었지만, 이내 발길을 돌렸다. 시종일관 담담했던 녀석의 표정이, 그리고 오늘따라 짙었던 녀석의 우울함이 단편적인 모습으로 머릿속을 스쳤다. 자꾸만 따라붙는 생각들은 돌아서는 발길을 붙잡으려 했고, 그 생각들을 치워 내기 위해 다른 생각을 해 보려고 애써 봤지만, 쉽지가 않았다.

가까스로 겨우 머릿속을 비워 내고 난 뒤 집에 도착했을 때였다. 막 집에 들어서 현관 앞에 선 채 신발도 벗기 전인 나를 향해 다가온 엄마가 급하게 내게 말을 건넸다.

"진우야, 할아버지한테서 연락이 왔는데 급하신가 보더라. 윤이라고 네 친구라는데, 오늘 혹시 그 애 봤니?"

"……윤이? 임윤?"

엄마의 입에서 나올 거라고 생각해 본 적이 없는 녀석의 이름이 새삼 낯설게 들렸다. 현관 앞에 멈춰 서서 엄마의 이어질 말을 기다리던 내가 그 다음 듣게 된 것은 뜻밖의 소식이었다.

"갑자기 없어져서 찾고 있다고 하던데."

"없어졌다고?"

놀라서 되물으니 걱정스러운 얼굴로 엄마가 고갤 끄덕였다.

불안함은 방어할 새도 없이 덮쳐 와 나를 사로잡았다. 부디 별일이 아니길 바랐다. 내가 그딴 식으로 녀석을 돌려보냈기 때문에 제발 별일이 아니기를 바랐지만, 뒤늦게 혹시나 싶어 주머니에서 꺼내 확인한 휴대폰에는 할아버지의 부재중 통화가 여러 통 남겨져 있었고, 그걸 확인하자 덜컥 가슴이 내려앉았다. 왜인지 안 좋은 일일 것만 같았다. 그리고 예상은 빗나가질 않았다.

"아니 글쎄, 그 애 부모님이……."

할아버지의 연락을 받은 엄마가 전달해 준 소식을 듣자마자 녀석이 나를 왜 찾아왔는지 어렴풋이 알 것 같아서 그렇게 보내는 게 아니었다고 곧바로 후회했다. 가슴이 빠르게 고동쳤다. 나는 녀석이 대체 무슨 생각으로 학교 앞에서 나를 기다렸을까 생각해 봤지만, 도무지 무슨 심정이었을지 짐작조차 가지 않았다.

종종 녀석의 집에 할아버지의 심부름으로 가게 될 때면 나를 반기던 아주머니의 얼굴이 머릿속으로 떠올랐다 사라졌다. 엄마가 해 주었던 말을 다시금 떠올려 생각하던 나는 어디 가냐는 엄마의 목소리를 뒤로하고 그대로 다시 집을 뛰쳐나왔다.

녀석의 부모님이 오늘 아침 교통사고로 돌아가셨다. 사고가 난 그 자리에서 곧바로 즉사했다고 했다.

빠르게 달려 내가 도착한 곳은 고작 학교 앞이었고, 녀석은 없었다. 당연한 일이었다. 턱 끝까지 차오른 숨을 고르며 전화를 걸어 봤지만, 받지 않아 막막해졌다. 까마득한 초조함에 사로잡혀 입술 안쪽을 씹듯 깨물던 나는 택시를 잡아타고 일단 기차역으로 향했다. 하지만 여러 사람이 뒤엉켜 있는 그곳에서 녀석을 찾기란 쉽지 않은 일이었다.

답답함에 어째서인지 눈물이 쏟아질 것만 같았다. 결국 화를 내며 속으로 욕을 했다. 물론 그건 나 스스로를 향한 욕이었다.

아무런 소득도 없이 기차역을 나오자 부슬부슬 내리던 빗줄기는 조금씩 굵어지기 시작했고, 교복이 빗물에 눅눅하게 젖어 갈 때까지 멈춘 듯 그 자리에 서서 아무리 전화를 걸어 보아도 녀석은 내 전화를 받지 않았다. 무너지듯 주저앉아 머리를 감싸며 그렇게 말하지는 말 걸 하고 또다시 후회했다.

불안함에 며칠을 시달렸다. 그 이후로 녀석에게서는 아무런 연락이 없기 때문이었다. 그나마 겨울 방학이 될 때까지 할아버지에게서 녀석의 소식을 대신 전해 듣는 것으로 녀석에게는 별일이 없다는 것을 막연하게나마 알고 있을 뿐이었다. 하지만 직접 목소리를 듣고 확인한 것은 아니었으니 나는 나대로 답답함을 끌어안고 있었다.

그런 답답한 상태인 나는 종종 녀석을 생각했다. 녀석의 작업실인 창고 안에서 멍하니 앉아 있을 녀석을 멋대로 상상해 떠올리기도 했고, 넓은 집 안에 혼자 앉아 있을 녀석을 상상하기도 했다.

그래서 겨울 방학이 되자마자 할아버지 댁으로 내려가는 기차에 몸을 실었다. 유리창에 뿌옇게 서린 습기를 손바닥으로 대충 닦아 낸 뒤 빠르게 멀어지는 풍경을 바라보았다.

비슷비슷한 풍경이 한참이나 반복된 뒤 방송이 나왔다. 꾸벅꾸벅 졸다 보니 어느덧 내려야 할 역에 곧 도착이었다.

기차에서 내려 뻐근한 목을 주무르고 찬 바람을 피해 서둘러 걸음을 옮겼다. 하지만 걸음을 서두르는 이유가 단지 찬 바람 때문만은 아니었다.

그러나 서두르던 걸음이 얼마 걷지 못하고 멈춰 버린 이유는 무심코 돌아본 대합실 안에 어째서인지 녀석이 앉아 있었기 때문이다.

처음엔 그저 잘못 본 거라고 생각했다. 여기 있을 리가 없다고 생각했으니까. 떠올랐다 사라지는 그러한 것들처럼 환상 같은 것일지도 모른다고 생각했지만, 아무리 자세히 봐도 분명 녀석이었다.

녀석은 이번에도 어김없이 나를 마중 나온 것이었다. 내내 연락도 되지 않았던 주제에 말이다.

얼굴을 보게 된다면 보자마자 잔뜩 화가 나서 쏘아 대려고 마음을 먹고 있었다. 그날 말을 하지 그랬냐고, 사람 나쁜 놈 만들고 좋았냐고, 연락은 또 왜 없었냐고, 내 연락은 왜 안 받았냐고, 그런 일이 있었으면 말을 했어야 할 게 아니냐고, 말을 했다면 내가 그날 너를 그렇게 보내는 일은 없었을 거 아니냐고. 그렇게 하고 싶은 말이 분명 무척이나 많았다.

사색에 잠긴 얼굴로 대합실 안에 앉아 있는 녀석은 무언가를 깊이 생각하고 있는 듯했다.

사실은 가장 먼저 진짜 걱정했었다고, 괜찮으냐고 묻고 싶었다. 하지만 막상 얼굴을 보자 입은 붙어 버린 듯 움직이지를 않았다. 멍청하게 서 있는 것밖에 할 줄 모르는 사람처럼 우두커니 서서 대합실 쪽을 바라보고 있는 내게로 주변을 느리게 둘러보던 녀석의 시선이 닿을 때까지 나는 그렇게 한참을 서 있었다.

"진우야, 오랜만이야."

눈이 마주치자 녀석은 나를 향해 미소를 지었다.

"……웃지 마, 이 새끼야."

그리고 내 입에서 나온 말이라고는 한심하게도 고작 그게 전부였다.

버스는 눈이 녹아 질퍽한 거리를 빠른 속도로 달렸다. 우리는 나란히 앉았고, 녀석은 나직한 목소리로 아무렇지 않게 이번 기말고사는 너무 어려웠다는 말과 며칠 전까지 눈이 내렸다는 말을, 또 이번 방학에는 내가 빨리 내려온 것 같다는 그런 일상적이고 어딘지 의무적인 말들만 늘어놓았다.

"모르는 고양이가 마당에 새끼를 낳았는데 일곱 마리나 낳았어."

"일곱? 많네……."

"귀엽더라."

"……."

"한번 구경 와. 아빠가 누군지는 모르겠는데, 몇 마리는 엄마랑 털색이 달라. 나중에 보여 줄게."

"······응."

대꾸를 하긴 했지만 뭐라 더 이을 만한 말도 없던 나는 지금 녀석과 이런 대화를 나누는 게 맞는 건가 싶어 잠시 물끄러미 녀석을 바라보았다. 왜인지 대화는 겉을 빙빙 도는 것만 같았고, 마치 외워 온 말들만 늘어놓는 것 같았다. 이런저런 말을 늘어놓던 녀석은 내 빤한 시선에 왜 그러냐고 물었고, 나는 아무것도 아니라 대답하며 고갤 돌렸다.

진짜 괜찮은 걸까. 차마 전하지 못한 말들이 목구멍을 답답하게 했다. 버스에서 내려 할아버지 댁 앞에 섰을 때 그만 가겠다며 돌아서는 녀석을 붙잡아 세운 나는 한참을 머뭇거렸다. 좀처럼 입이 떨어지질 않아서였다. 녀석은 참을성 있게 나를 기다려 주었다.

"진우야. 나 괜찮아."

그리고 결국 녀석은 아무런 말도 하지 못하는 나를 내내 별다른 표정도, 말도 없이 오랫동안 바라보다가 그리 대답해 주었다.

할아버지 댁에 방학 때마다 내려오면 늘 툇마루를 차지하고 늘어져 있는 시간이 대부분이었다. 차고 건조한 바람이 뺨을 한바탕 쓸고 지나가자 피부는 금세 붉어졌다. 웬일로 할아버지 댁에 찾아온 녀석은 그런 내 옆에 앉아 말이 없었다.

힐끗 곁눈질하던 것을 그만두었다. 목도리를 두른 그곳에 고갤 파묻고 있다가 느닷없이 "아이스크림 먹으러 갈래?"라고 물었고, 그런 나를 바라보며 "추운데······."라고 대답하면서도 따라나서는 녀석이었다.

그리고 이곳에서 며칠을 지내는 동안 동네 사람들이 녀석이 지나갈 때면 수군거리는 것을 어렵지 않게 알게 되었는데, 그건 오늘도 마찬가지였다. 집을 나선 지 얼마 되지도 않아 지나가는 사람에게서 불쌍하다는 말을 들으면서도 녀석은 별다른 내색을 하지 않았다. 오히려 울컥하는 쪽은 나였다. 무슨 생각을 하고 있는 건지 읽어 내기 어려운 표정을 짓기만 하는 녀석을 바라보며 답답해진 나는 녀석의 손목을 낚아채듯 움켜쥔 뒤 수군거리던 사람들을 피해 빠르게 걷기 시작했다.

화를 참으려던 내가 성큼성큼 어딘가로 향하면서 무의식중에 녀석의 손목을 자국이 남을 정도로 세게 꽉 움켜쥐고 있다는 것을 깨달았다. 티를 내지 않으려고 해도 방금 듣게 된 말로 인해 내 기분이 좋지 않다는 것이 무의식중에 드러나고만 증거였다.

바쁘게 움직이던 발걸음이 멈추고 녀석의 손을 놓아주었을 때, 이미 우리의 목적이었던 아이스크림은 사라진 지 오래였다. 숨을 고르는 나를 녀석은 말없이 바라보며 자신의 손목을 문질렀다.

아무런 표정도 없이 생각에 잠긴 듯한 얼굴이 창백하고 서글퍼 보이는 이유는 아까 사람들이 수군거리던 그 말들 때문일까. 애가 부모 잡아먹는 사주라고, 부모 목숨을 갉아먹어 원래 죽었어야 할 애가 결국 지금까지 산 거라고, 평상 앞에 앉아 있던 할머니들은 녀석을 향해 그렇게 말했었다.

녀석은 이미 익숙하다는 표정이었지만, 나는 네가 그것들에 익숙해지지 않았으면 했다.

"진우야."

두서없이 엉키는 짜증스러운 생각들을 가로막은 것은 녀석의 목소리였다.

"우리 고양이 보러 갈래?"

"……."

평소였다면 무슨 고양이냐고 백번 따졌을 나는 말없이 녀석을 뒤따랐다.

"귀엽지."

"……."

아주 오랜만인 녀석의 집 마당 한쪽 구석에 우리는 쭈그려 앉았다. 조그맣게 속삭이는 녀석의 목소리를 들으며 아기 고양이들이 뒤엉켜 있는 박스 안을 바라보던 내가 물었다.

"오늘 너희 집에서 자고 가도 돼?"

"……."

한참의 침묵 끝에 너 좋을 대로 하라고 녀석은 대답했다.

그렇게 어영부영 나는 겨울 방학 내내 녀석의 집에서 보냈다. 보충에 나오지 않느냐며 학교에서 오는 연락은 무시했고, 집에서 오는 연락에는 금방 돌아갈 거라고 매번 반복적으로 대답하며 말이다. 보통이라면 진작 집으로 돌아가야 했지만, 벌써 집으로 돌아가야 할 시기를 넘긴 건 이미 오래전이었다.

그러한 이유로 내 휴대폰이 울릴 때면 녀석은 말없이 불 켜진 휴대폰 액정을 바라보았고, 나는 얼른 울리는 전화를 꺼 버린 뒤 휴대폰을 뒤집어 두곤 했다.

무슨 일 있냐는 친구들의 연락에는 딱히 그런 건 없다고 답장을 보냈다. 내가 친구들에게 문자를 보낼 때면 녀석은 나를 가만 지켜보았고, 왜 그러냐고 물으면 아무것도 아니라며 고갤 저을 뿐이었다. 그러고는 한동안 생각에 잠긴 듯 말이 없었다.

가끔씩 할아버지 댁에 가서 밥을 먹을 때면 언제 올라갈 거냐는 할아버지의 물음에는 아직 방학이니 잘 모르겠다고 대답하는 게 전부였다.

그러는 동안에 어느덧 방학은 끝이 다가왔다. 집으로 돌아가야 할 날이 머지않은 시점에 이르렀다. 미루고 미루기만 하던 시간이 어느 틈인가 코앞으로 다가와 있었던 것이다.

불을 끄고 거실 소파에 앉아 녀석과 함께 영화를 보고 있으면서도 서로 말이 없을 뿐, 사실 우리 둘은 은연중에 미루던 끝이 다가온 것을 느끼고 있었다.

정적이 흐르는 삭막한 거실 안을 영화 대사가 채웠다. 그리고 그때 어김없이 내 휴대폰이 울렸다. 나는 늘 그래 왔듯 울리는 전화를 꺼 버렸고, 뒤집어 둔 내 휴대폰을 물끄러미 바라보던 녀석이 나를 불렀다.

"진우야."

"왜."

"……아니야, 아무것도."

하지만 유심히 나를 보던 녀석은 이내 아무것도 아니라 대답했고 얼마 지나지 않아 그대로 일어나 방으로 들어가 버렸다. 녀석이 자리를 비우자 갑자기 남은 영화는 나 혼자서 봐야 한다 생각하니 왜인지 시시해졌고, 곧 깜빡 잠이 들었다. 그리고 한참 뒤 잠결에 느껴지는 기척에 눈을 뜨자 소파 위에 누워 있는 내 위를 차지하고서 나를 내려다보고 있는 녀석과 눈이 마주쳤다. 나는 녀석의 두 팔 사이에 가둬진 채 녀석의 쏟아지는 시선을 피할 곳도 없이 받고 있었다.

남아 있던 졸음이 순식간에 달아났다. 반듯이 누운 채 꼼짝도 하지 못하며 한참 동안 눈을 마주친 채로 있었다. 어둑한 거실은 찬물이라도 끼얹은 듯 조용했다. 윙윙거리는 기계음만 간간이 들려오고, 그 외의 모든 것이 숨을 죽인 듯 고요했다.

입술이 마르고, 가슴은 미친 듯이 뛰어 댔다. 화상이라도 입은 듯 녀석의 시선이 닿은 곳이 화끈거릴 지경이었다. 너무나도 선명한 시선이 내 안을 마치 꿰뚫어 버릴 듯 나를 바라보았다.

무섭도록 조용한 침묵을 깬 것은 녀석이었다.

"왜 안 피해?"

"……."

"타이밍을 놓쳐서?"

숨이 막힐 정도의 정적을 가르고 들려오는 녀석의 목소리에 가슴이 짓눌리는 압박감을 느꼈다. 공기만큼이나 고요한 표정은 오히려 나를 겁먹게 만들었고, 녀석의 태도에 압도당한 나는 어떤 저항도 할 수가 없었다.

마치 발작하듯 뛰어 대는 심장 소리가 들렸다. 가까운 거리는 마음을 산란하게 했다. 나는 침묵을 지키는 것 말고는 이 순간 무엇을 하면 좋을지 몰랐기 때문에 아무런 말도 할 수가 없었다.

"너는 나를 어디까지 받아 줄 생각이야?"

"……."

분명 이대로 나를 덮칠 거라 생각했지만, 그 말을 끝으로 오랫동안 나를 바라보던 녀석이 그대로 일어나 방으로 들어가 버렸다. 그제야 온몸이 굳은 듯 긴장에 사로잡혀 있었다는 것을 깨달았다. 나는 멍청하게 천장을 바라보고 있다가 진이 다 빠진 듯 소파 아래로 한쪽 팔을 늘어뜨렸고, 반대쪽 팔을 들어 눈두덩을 덮었다. 깊은 곳에서 빠져나오는 듯한 숨이 길게 토해졌다.

속절없이 시간이 흐르는 동안 어느새 푸르스름한 빛이 들어오는 것을 알았다. 새벽이 가고 적막을 가르며 해가 떠올라 서서히 날이 밝기 시작한 것이었다.

내가 혹시 녀석을 방해하고 있었던 걸까. 그만 집으로 돌아가야 겠다고 생각했다. 어차피 방학도 끝나가는 마당이었으니 말이다. 한숨도 자지 못하고 일어나 할아버지 댁으로 돌아간 나는 짐을 챙겨왔고, 다시 돌아온 녀석의 집에는 아무도 없었다.

야옹거리는 소리가 나는 곳에 쭈그리고 앉아 녀석을 기다렸다. 박스 안에 뒤엉킨 아기 고양이들이 꿈틀거리는 것을 바라보며 한참을 그렇게 있었다.

"여기서 뭐 해? 아침에 안 보이던데."

"……."

손에 모종삽을 들고 나타난 녀석을 바라보다가 곧 개학이라는 말을 건네며 그만 돌아가야 한다고 말했다. 나는 천천히 자리에서 일어났고, 녀석의 시선은 한참이나 박스 안에 닿아 있었다. 내내 녀석이 바라보고 있던 아기 고양이들이 울어 대기 시작했다.

"오늘 아침에 애네 엄마가 죽은 걸 봤어."

혼잣말처럼 중얼거리는 녀석의 말을 듣자 녀석의 손에 들린 모종삽으로 다시 한 번 눈길이 가닿았다. 가만 고양이들을 바라보기만 하던 녀석의 시선이 드디어 내게 닿았고, 곧 나를 향해 물었다.

"진우야, 혹시 내가 불쌍해?"

"뭐?"

"불쌍해서 같이 있어 주나 했어."

물끄러미 나를 보는 눈동자는 도무지 무슨 생각을 품고 있는지 알 수가 없었다.

"……그런 거 아니야."

"그러면?"

"……."

"솔직해도 되는데."

"……."

그리고 웃으며 아주 자연스럽게 말을 건네는 녀석에 반해 나는 그럴 수가 없었다.

"나 불쌍하지 않아?"

"……."

"나 불쌍하잖아. 이제 부모님도 없는데."

"대체 지금 나랑 뭐 하자는 건지 모르."

하지만 녀석은 내가 무슨 말을 할지 눈치채기라도 한 듯 내 말을 가로막았다.

"그러니까 이제 나 좀 좋아해 주면 안 돼?"

"……."

웃어넘기는 듯한 농담처럼 아주 가볍게 던져 온 말이었다. 그럼에도 불구하고 정작 나는 녀석을 따라 가볍게 웃을 수가 없었다. 말문이 막혀 서 있는 나를 향해 녀석은 바람 빠지듯 웃으며 곧 시선을 내리떴다.

"진지하게 듣지 마. 그냥 해 본 소리니까."

"……."

"잘 가. 배웅은 네가 싫어할 거 같으니까 안 할게."

돌아서는 뒷모습은 마치 그때 교문에서 나를 기다리다가 돌아섰던 그 모습을 떠올리게 했다. 녀석의 뒷모습이 눈에 밟히다 못해 흘러넘칠 지경이었다. 어쩐지 불러 세우지 않으면 안 될 거 같은 기분이 들었다.

"야, 임윤!"

결국 녀석을 부른 내 목소리에 걸음을 멈춘 녀석이 돌아섰다. 녀석의 발걸음마다 묻어나는 쓸쓸함이 마치 내 탓인 것만 같았다. 그래서 약간의 거리를 두고 마주 선 이 순간 내가 녀석에게 할 수 있는 말은 이것뿐인 것만 같았다.

"……미안해."

"……."

불편한 정적이 길어지고, 짙어지는 불안함에 드문드문 깊은 숨을 몰아쉬었다. 걸어갔던 만큼 다시 되돌아와 내 앞에 서는 녀석의 발끝이 바닥을 향해 내리뜨고 있던 시야로 담겼다.

"뭐가?"

"……."

"왜 나한테 사과를 해?"

"그냥 그래야 할 것 같아서……."

"……."

위로해 줘야 할 것 같았지만, 도무지 무슨 말을 건네며 위로를 해야 할지 모르겠다. 또다시 한참의 침묵이 흐르고 막연한 기분에 둘러싸여 있는 내게 녀석은 기나긴 침묵 끝에 "나한테 그렇게 미안하면……." 하고 운을 뗀 뒤 물었다.

"그럼 키스해도 돼?"

"······."

처음부터 대답을 바라고 물은 건 아니라는 듯, 대답 따위는 어찌 되든 상관없었다는 듯 거리를 좁혀 다가왔다. 어쩐지 밀어낼 수가 없어서 그저 바라만 본 채 서 있는 내게로 가까이 다가온 녀석의 조심스러운 손길이 뺨에 닿자 내 모든 감각이 뺨으로 쏠렸다. 손이 닿은 뺨이 화끈거렸다. 뚫어지게 바라보는 녀석의 눈길과 뺨을 움켜쥔 녀석의 손길은 어떠한 거리낌도 없었다. 감각이 쏠린 그곳이 뜨거워지기가 무섭게 망설임 없이 다가온 입술이 입술 위에 닿았다.

벌어진 입술 사이로 들어온 살이 입안을 채웠다. 그것을 밀어내지 못한 건 무언가 늘 빚지고 있다는 그 기분을 떨쳐 내고 싶었기 때문일지 몰랐다. 이것으로 녀석의 감정을 그동안 모른 척했다는 죄책감을 덜어 보려고 했기 때문일 것이다.

어깨가 움찔 떨리며 몸이 주춤 뒤로 물러서자 그럴수록 녀석은 오히려 더욱 세게 끌어당기며 아플 정도로 내 어깨를 꽉 쥐었다.

한참을 맞닿아 있던 입술이 떨어진 뒤, 숨 막힐 것같이 뜨겁고 애틋하게 바라보는 시선에 가슴이 터질 것만 같았다. 온몸에서 쿵쿵거리는 소리가 귓가를 울릴 정도로 그 울림이 커서 당황스러웠고, 그러한 당황스러운 문제에 부딪혀 어찌할 바를 모르는 내 어깨 위로 무게감이 내려앉았다. 녀석이 내게 이마를 기댄 탓이었다.

녀석의 목소리는 아주 나직했다. 착 가라앉은 목소리와 말투는 차분했다.

"늘 네 뒤를 따라가면서 이대로 네가 날 돌아보지 않으면 어쩌지 불안하고 무서웠어. 근데 그래도 좋았어. 네 그림자에 파묻혀서 너한테 내가 안 보인다고 해도 좋았어."

"……."

"그래서 가끔은 그걸로 만족하려고 했어. 근데……."

"……."

"너는 막상 내가 포기하려고 준비하면 그제야 한 발짝 다가오는 것 같아. 내 착각이겠지. 알아. 근데 착각인 거 아는데도 기대하게 돼. 아닌 거 아는데도 자꾸 기대하게 된다고."

"……."

"그래서 힘들어. 가끔씩 비참하고."

"……."

"내가 이런 기분을 느껴야 하는 게 당연한 거야?"

"……."

"내가 널 좋아하면 안 되는데 좋아하니까 난 당연히 상처받아도 되는 거야?"

나의 침묵을 메우듯 내가 대답할 수 없는 녀석의 질문은 계속되었다.

"방학 때마다 내려왔던 이유가 뭐야?"

"……."

"할아버지네 가려고 그랬던 게 전부였어?"

"……."

"그 이유에 정말로 나는 단 한 번도 포함된 적 없었어?"

"……."

질문은 쏟아지듯 계속되었지만, 내가 답할 수 있는 것은 아무것도 없었다. 그 어떠한 것에도 대답하지 못하는 내게 녀석은 씁쓸하게 중얼거렸다.

"방금 그 사과는 뭐야."

"……."

"……왜 사과를 하는 건데."

"……."

"여전히 너는 내가 널 좋아하는 걸 이상하다고 생각하는구나……."

부정할 수 없었다. 짧게 내쉰 녀석의 한숨이 목덜미를 뜨겁게 간질였고, 찬 바람이 불어 녀석의 머리를 헝클 때마다 코끝을 스치는 향이 마음을 뒤숭숭하게 흔들었다.

"네가 원하는 대로 내가 널 좋아하지 않았으면 좋았을 텐데."

"……."

"근데 사실 나는 뭐가 이상한 건지 잘 모르겠어. 그러니까 진우야."

"……."

"이제 그만 오면 안 돼?"

"……."

"너 보는 게 힘들어."

"……."

"……내가 정말 힘들어서 그래. 네가 그만 왔으면 좋겠어."

"……."

"이제 여기 안 왔으면 좋겠어, 진우야."

수많은 질문에 결국 아무런 대답도 하지 못하고 그렇게 끝나 버렸다. 예고도 없이 찾아온 끝으로 인해 문득 상실을 깨달은 가슴은 그곳으로 찬 바람이 들이닥치는 듯 뻥 뚫린 것만 같았다.

* * *

집으로 돌아가는 기차 안에서 나는 내내 멍하니 창밖을 응시하기만 했다. 녀석의 체념을 그럴 수 있다고 이해하면서도 사실은 이해하고 싶지 않은 모순으로 머릿속이 그야말로 엉망이었기 때문이다.

무릎 위에 팔꿈치를 괴며 푹 숙인 얼굴을 두 손으로 감쌌다. 할아버지 댁에 처음 내려왔던 겨울 방학 때 역에서 마주쳤던 순간 나를 보며 웃던 녀석의 표정이 떠올랐다. 아주 순식간에 장면처럼 새겨졌던 모습이라 머릿속 한쪽을 차지하고 있던 그 기억을 곱씹어 보던 나는 아무래도 항상 녀석이 내게 그런 표정을 지어 줄 거라 믿고 있었던 모양이었나 보다.

뒤늦게 생각해 보니 관계의 주도권을 내가 쥐고 있다는 어처구니없는 생각을 하고 있었다. 대체 나는 내 애매모호한 태도에도 녀석이 언제까지고 나를 좋아할 거라는 왜 그런 대책 없는 생각을 했던 것일까. 지금 내가 느끼고 있는 이 당황스러움은 분명 그 이기적인 생각에서 비롯된 아주 불편한 내 마음이 적나라하게 드러났기 때문이었다.

창밖의 풍경은 빠르게 멀어졌다. 고조되는 생각들을 애써 누르며 창문에 머릴 기댔다. 유리창의 찬 기운으로 머릿속의 열기를 식히며 눈을 꽉 감았다. 그저 갑작스러워서 당황스러운 것뿐이라고, 결국 언젠가는 이렇게 될 일이었다고 스스로에게 다짐하듯 생각했다.

그리고 다시 일상으로 돌아온 나는 바쁘게 지냈다. 새벽의 빈 시간에 생각이 불쑥 찾아오지 않을 만큼 바쁘게 말이다.

그러는 사이 어느 날 갑자기 할아버지가 돌아가셨다. 밤길에 넘어져서 다치셨는데 그때부터 시름시름 앓기 시작하다가 돌아가셨다. 나는 퉁퉁 부은 눈으로 할아버지의 영정 사진을 망연히 바라보며 너무나 갑작스러운 끝을 실감했다. 끝은 언제나 왜 늘 이런 식으로 갑자기 찾아오는 것일까, 그런 생각을 했다.

녀석은 내가 없는 틈에 장례식장에 다녀갔다고 전해 들었다. 이제 녀석과 나 사이를 이어 주던 것은 전부 남김없이 사라져 버린 기분이 들었다.

벚꽃이 지고, 아카시아와 라일락의 꽃이 저물고, 영원처럼 끝나지 않을 것만 같이 푸른 잎들 사이로 내리쬐던 햇빛의 열기가 식으면 어느새 초록 잎들은 메말라 바닥 위를 나뒹굴었다. 그리고 그로부터 얼마 후 눈이 내리면 어느새 훌쩍 시간이 흘러간 사실을 새삼 깨닫곤 했다.

그렇게 시간이 흘렀다. 1년의 흐름은 순식간이었다.

치열하게 매달렸던 수능이 끝났고, 짧았던 머리카락도 많이 자랐고, 나이의 앞자리가 바뀌었다. 해가 바뀌었어도 아직은 겨울이라 찬 바람이 불었고, 어느 날은 눈이 내리기도 했다.

하필 오늘도 눈이 내렸다. 이맘때 날씨는 변덕스럽기 짝이 없었다. 낮엔 분명 맑았던 하늘이 오후가 되자 어느새 흐려지기가 무섭게 이 정도로 눈을 퍼부을 거라곤 생각지도 못했다.

시야를 방해할 정도로 흩날리는 눈길을 뚫고서 추위에 꽁꽁 둘러싼 목도리 속으로 얼굴을 반쯤 파묻은 채 오랜만에 친구들과 만나기로 한 약속 장소로 걸음을 옮겼다.

왜 이런 날 약속을 잡았을까 후회했다. 눈이 오는데도 사방은 사람들로 북적거렸다. 이리저리 치이며 약속 장소로 향하는 내내 다시 집으로 돌아가고 싶다는 생각과 혼자서 싸우다가 막 메시지가 온 휴대폰을 꺼내 들어 확인한 뒤 다시 주머니에 집어넣고 고갤 들었을 때였다. 가늘게 뜬 시야로 얼핏 익숙한 누군가가 걸린 나는 서둘러 약속 장소로 향하던 걸음이 차츰 느려지다가 결국 길 한복판에 멈춰 서 버렸다.

난데없이 천둥 번개가 쳤다. 천둥소리는 요란했다. 날씨는 언제나 예측할 수 없이 변덕스러웠다. 그리고 그러한 날씨만큼이나 예측 불가능한 것 또한 사람의 마음이었다. 아주 우연히 스치듯 시야에 걸린 익숙한 누군가를 보고 심장이 철렁 떨어졌다. 다 잊어버린 채 잘 지내고 있다고 생각했던 게 우스울 정도로 말이다.

빠르게 달렸다. 번화가의 인파 속으로 섞여 들어가기 전에 붙잡아야 했다. 우리가 이런 곳에서 마주친다고 해서 반가울 사이도 아니었지만, 그 순간은 오로지 시야에서 사라지기 전에 붙잡아야 한다는 생각밖에 없었다.

"임윤! 야! 임윤!"

숨이 찼다. 몰아쉬는 숨은 하얀 입김이 되었다. 숨을 고르느라 반쯤 숙였던 고개를 들고 어깨를 붙잡아 돌려세운 사람을 확인하자마자 맥이 풀렸다.

일순 침묵이 흘렀다. "누구세요?"라고 물어 오는 낯선 사람은 내게 어깨를 붙잡힌 채 의아한 눈빛을 했다.

아니었구나……. 마음속에서 아쉬움이 일어났다. 그리고 그 아쉬움은 동시에 불현듯 어떠한 것을 상기시키고야 말았다.

깨달음은 언제나 아주 사소한 것으로부터 시작했다.

"제가 착각을…… 죄송합니다."

문득 상실감을 깨달았다. 이제 와 상실감을 느끼는 것도 어처구니가 없었지만, 녀석의 빈자리를 느끼기까지 나에겐 아마 이만큼의 시간이 필요했던 모양인가 보다. 뻥 뚫린 가슴으로 들이닥치는 이 허전함이 어디에서 오는지를 정확하게 알게 된 나는 차라리 평생 몰랐으면 좋았을 거라는 생각을 했다. 얼굴 위로는 이제 막 깨닫게 된 것으로 인한 낭패감이 적나라하게 드러났다.

대체 무슨 자신감으로 녀석이 늘 내 곁에 머물 거라고 생각했을까. 나는 녀석을 끝없이 밀어냈던 주제에 말이다. 스스로에 대한 하찮음을 인식하며 발작처럼 밀려오는 후회로 인해 못이 박힌 듯 그 자리에 서 있었다. 여태까지 잘 잊고 지냈다고 생각했지만, 거짓말처럼 금세 누군가에 대한 갈망을 느꼈기 때문이다.

생각해 보면 나는 늘 인파 속에 섞여 있던 녀석을 곧잘 찾아내곤 했었다. 그건 비단 녀석의 눈에 띄는 외모 때문만은 아니었을 것이다.

한참 뒤 약속 장소에 도착한 나를 향해 왜 이렇게 늦었냐고 화를 내던 친구가 이내 말끝을 흐리곤 당황한 얼굴로 내게 물었다.

"……야, 너 울어? 뭐야 무슨 일 있었냐?"

"……."

"사람 당황스럽게 뭐야, 왜 그래."

진짜로 구질구질했던 건 나였다는 사실을 새삼스럽게 깨닫자 나 또한 가볍지 않은 마음이었다는 것을 알게 되었다.

참 안타까운 일이지만 사람은 뭐든지 잃고 난 뒤에야 뒤늦게 그

가치를 깨닫곤 했다.

"나, 가 봐야 할 것 같다."

"갑자기 어디를?"

"미안, 나 먼저 갈게. 급한 일이 있어."

"야! 하진우!"

녀석이 말하던 눈에 밟힌다는 말이 이런 것이었을까. 순간순간 모든 게 녀석으로 보이기 시작했다. 차곡차곡 가슴 안쪽에 쌓여 있었던 감정이 이제야 존재감을 한껏 드러내며 버거울 만큼 가슴을 뛰게 했다.

그래서 충동처럼 당장 표를 끊었고, 내려가는 기차에 몸을 실었다. 지금 당장 녀석을 만나지 않으면 안 될 것만 같았다.

나와 녀석 사이를 끊임없이 생각했다. 그 사이엔 아무것도 존재하지 않을 거라고, 더 이상 남아 있는 것은 아무것도 없다고 생각했는데, 이 순간 결국 허무한 웃음만 나왔다. 무엇 때문에 녀석의 마음을 모르는 척하기 위해 아등바등 굴었고, 무엇 때문에 녀석에게 상처를 주었던 것일까 싶어서 말이다. 이렇게 발걸음이 다다른 곳은 결국 녀석의 집 앞이었는데 말이다.

하지만 문은 닫혀 있었고 두드려도 열리지 않았다. 닫혀 있는 문에서부터 휑한 한기가 느껴졌다. 손길이 닿은 지 오래되었다는 느낌을 주었지만, 날이 저물어 어둑어둑해질 때까지 나는 막연히 이곳에 앉아 녀석을 기다릴 수밖에 없었다. 무모한 짓인 걸 알지만 처음부터 다른 계획은 없었으니 어쩔 수가 없었다. 애당초 이곳까지 왔을 때 만나지 못할 거라는 생각조차 하지 못했으니 여기서 기다리는 것 말고 내가 할 수 있는 일이 없었다.

이제야 네가 나를 기다리고 있지 않았으면 나는 너를 만날 수 없었다는 것 또한 알게 되었다.

가로등은 이미 수명을 다해 사방은 깊은 밤처럼 어두웠다. 이따금씩 저 멀리 지나가는 자동차 불빛이 반짝거리는 게 보였지만, 이곳까지 그 불빛은 미치지 못했다.

칠흑 같은 밤이 차가웠다. 겨울 특유의 차갑고 맑은 공기에 둘러싸여 한참을 막막해했다. 녀석은 나를 기다렸을 때 늘 이랬을까? 늘 이러한 막막함을 느꼈을까? 녀석은 기차역 안 대합실에서 대체 무슨 생각을 하며 나를 기다렸던 것일까.

이대로 얼어 죽으려나. 이제 이곳에 살지 않는 걸까. 싸늘한 한기가 느껴지는 이곳이 마치 녀석의 마음을 말해 주는 것만 같아 불안했다. 내가 너무 충동적으로 내려오긴 했지만, 앞으로 어떻게 해야 하지 몰라 갖가지 생각들을 마구잡이로 늘어놓고 있을 때, 바스락거리는 소리와 함께 내리깔고 있던 시야로 누군가의 운동화가 담겼다.

"나 이제 여기 안 사는데."

고갤 들어 굳이 얼굴을 확인하지 않아도 그게 녀석인 것쯤은 어렵지 않게 알 수 있었다. 오랜만에 들은 반가운 목소리에 눈앞이 흐려지는 것을 막기 위해 입술을 세게 깨물었다. 울컥한 목구멍으로 뜨거운 덩어리진 것이 느껴졌다.

"……어쩐지 한참 기다려도 안 오더라."

가까스로 목소리를 냈다. 고작 녀석의 운동화를 시야에 담는 것만으로도 가슴이 조여 오는 통증을 느꼈다. 반가움과 미안함과 여러 감정이 뒤섞여 뛰어 대는 가슴을 진정시켜 보려 숨을 크게 들이

쉬었다. 폐부 깊숙이 들이마신 차가운 바람이 가슴 안쪽에 닿았다.

녀석이 가볍게 바닥을 툭 걷어차며 중얼거렸다.

"우리가 못 만날 거라는 생각은 안 했어?"

"못 했어."

"……."

"……여기까지 오는 데 서두르느라 그런 생각은 못 했어."

줄곧 시선이 느껴지는데도 나는 고갤 들 수가 없었다. 그런 나를 향해 녀석은 말을 이었다.

"조금 기다리다 그냥 갈 줄 알았어."

"……."

"사실은 두고 온 게 생각나서 여기 들렀다가 아까부터 보고 있었거든."

"……."

"대체 무슨 생각으로 이러고 있는 거야. 날도 추운데……."

녀석의 목소리는 착 가라앉아 있었다.

"넌 내가 그냥 돌아갔으면 좋겠어?"

"……."

그제야 고갤 들어 녀석에게 물었다. 정작 내 물음에는 대답을 하지 않는 녀석이었고, 나는 속절없이 한참이나 흐르는 침묵을 깨고 가까스로 입을 열었다.

"너를 어떻게 해야 할지 모르겠어."

"……."

슈퍼 아저씨도, 동네 할머니들도, 하도 다 안다는 듯 잘난 체들 하기에 어른이 되면 뭔가 확실하게 알게 될 줄 알았다. 하지만 남들이 말하는 어른이 되었어도 나는 고작 나이의 앞자리가 바뀐 것 이외엔 여전히 그때와 별반 달라진 게 없었다. 언제나 확실한 것은 많지 않고 어쩌면 하나도 없을지 몰랐다. 그저 마음이 이끌리는 것을 선택하는 것뿐일지도 모른다.

아무 말도 하지 못하는 나에게 녀석이 물었다.

"그러니까 오지 말라고 했잖아."

"……."

"너는 아직도 내가 불쌍해?"

고개를 저었다. 주머니에 손을 넣은 채 목도리에 안으로 얼굴을 파묻고서 표정을 숨기듯 가린 녀석은 그렇게 서서 한참 동안 말이 없었다. 물끄러미 바닥을 향해 있던 녀석의 시선이 내게 닿았고, 우리는 잠자코 서로의 얼굴만 마주 보았다. 녀석은 이 침묵을 깨뜨리지 않을 생각인 것처럼 입을 꾹 다문 채였다. 나는 시선을 마주한 이 순간을 평생 잊을 수 없다고 직감했다. 가슴이 두근거렸다.

"미안해서."

"뭐가?"

"너무 늦은 거 같아서."

"……."

내가 너를 좋아하고 있다는 그 간단한 사실을 그때 인정했더라면 하는 후회를 했다. 문득 이제 와 이런 말을 하는 나를 녀석이 이젠 더 이상 좋아하지 않을지도 모른다는 생각이 들었다.

하지만 여기까지 와 버렸기 때문에 더 이상 가리고 숨길 것도 없는 처지인 나는 내 생각의 끝이 결국 어디인지를 물었을 때 또다시 숱한 변명거리를 끄집어내지 않고 머릿속에서 들끓고 있던 생각을 그대로 내뱉어야만 했다.

"좋아해."

"……."

"그래서 네가 생각나서 왔어."

"……."

"미안해."

"……."

내 말을 들은 녀석은 멍하니 나를 응시하기만 했다. 전혀 예상하지 못했다는 그 표정을 바라보는 동안 내 심장은 끊임없이 벌컥거리길 반복했고, 녀석의 반쯤 벌어진 입술에서 흘러나올 말을 기다리느라 불안하고 또 초조했다. 가슴이 조여들며 또다시 시야가 흐릿해지려 할 즈음 녀석이 고갤 푹 숙였다.

"진우야."

"……."

"네가 그렇게 말하면, 아무리 네가 미워도 나는 싫다고 말 못 해."

"……."

"알잖아."

그 말과 함께 숨죽여 우는 모습을 보며 이기적이었지만, 나는 마침내 마음이 놓이고야 말았다.

이곳에서 녀석이 시선이 닿은 곳곳마다 스며 있을 과거의 기억 속에는 분명 상처가 더 많을 것이다. 그렇기 때문에 어느 순간 우리의 비슷했던 눈높이가 점점 차이 나고, 그동안 늘 내 곁을 맴돌던 그 시절 녀석의 마음을 나는 전부 안다고 말할 수는 없었다.

나는 그저 좀 더 빨리 붙잡지 못한 것을 후회할 뿐이었다. 네가 우리 학교 앞에 부슬부슬 내리는 비를 맞으며 서 있던 그날 붙잡지 못했던 것을 후회했고, 그보다 더 거슬러 올라가 부모님이 나를 데리러 왔을 때, 최고 기온은 30도를 매일같이 아주 우습게 넘겨 습도가 치솟던 그날, 안 가면 안 되냐고 묻던 그 말에 가지 않겠다고 대답하지 않은 것을 후회했다. 그랬더라면 녀석의 불안함이 조금이나마 덜했을지 모른다고 생각했으니까.

목도리에 얼굴을 파묻은 채, 소리를 삼키며 울고 있는 녀석을 향해 말했다.

"당당하게 아무 데서나 드러낼 수도 없는 관계야."

"……."

"누구한테도 말할 수 없고."

"……."

"떳떳하지도 못해."

늘 내가 고민했던 것들을 차근차근 늘어놓고 있을 때였다.

"……상관없어. 그런 거."

내 말을 가로막으며 울음 섞인 목소리로 녀석이 내게 상관없다고 말해 왔다.

"누가 보는 곳에서는 손도 못 잡아."

"안 보는 곳에서 잡으면 돼."

"나는 지금까지처럼 너한테 말도 예쁘게 못 할 거고……."

"괜찮아."

조용한 침묵 속에서 시선이 맞물렸다. 처음 할아버지 댁 문틈 사이로 고갤 내밀고서 우리 할아버지를 찾던 녀석이 잔상처럼 스쳐 지나갔다. 내게 자신이 그려 온 그림을 주겠다고 흰 도화지를 팔랑거리며 들고 내 곁을 맴돌던 녀석의 모습이 잇따라 머릿속을 스쳤다.

"처음부터 그런 건 다 상관없었어."

"……."

나는 이 순간 녀석에게 고정된 내 시선이 부디 그 어떠한 의심의 여지도 없이 좋아한다고 말하고 있길 바라고 또 바랐다.

윤

딱히 대단한 동기가 있었던 것은 아니었다. 뚜렷한 무언가 때문에 그런 마음을 품게 되었는지는 기억나지 않았지만, 그저 나에겐 그냥 그렇게 되는 모든 것이 자연스러웠다.

하염없이 마당을 바라보는 고요한 얼굴이 좋았다. 봄이 오면 꽃을 바라보던 눈이며, 여름이면 나뭇잎 사이로 비추는 햇살에 찌푸려지는 표정이며, 찬 바람이 불기 시작할 즈음이면 입 밖으로 새어 나오는 하얀 숨결까지도. 그 어떤 것 하나 시선을 사로잡지 않는 것이 없었다.

하지만 가장 좋아하는 모습을 꼽으라면 슈퍼 아저씨의 앞에서 나를 끌고 가던 모습이었다. 진우에게 끌려가는 내내 끈적끈적하게 아이스크림이 녹아 손 위로 흘러내렸지만, 전혀 찝찝하지 않았다. 그걸 찝찝하다 느낄 새도 없었다. 나보다 더 화가 난 얼굴을 바라보는 것에 정신이 팔려 있었으니까.

한참을 걷던 진우가 걸음을 멈춘 뒤 돌아서서 내게 화를 냈다.

"멍청아! 그 아저씨 앞에서 괜히 알짱거리지 말라고."

"난 별로 상관없는데."

"……자꾸 속 터지게 할래?"

진우는 어처구니가 없다는 얼굴로 나를 보다가 답답하다며 짜증이 한껏 담긴 한숨을 내쉬었고, 나는 그 순간에도 멍하니 진우가 말할 때마다 움직이는 입술에 시선을 빼앗긴 채 가슴이 간질거리는 것을 참고 있었다. 나를 한심하다 여기는 것은 안중에도 없이 그저 손을 뻗어 만지고 싶다는 생각을 할 뿐이었다. 하지만 그때 내 손은 녹아내린 아이스크림으로 끈적거려 만질 수가 없었고, 아마 손바닥이 끈적거리지 않았어도 나는 진우를 서슴없이 만질 수 없다는 것쯤은 무의식중에도 알고 있었다. 진우는 내가 그러는 걸 싫어했으니까.

"아무튼 저 아저씨 보면 피해. 짜증 나는 소리만 하니까."

"……."

나는 언제쯤 너를 마음껏 쓰다듬어 볼 수 있을까.

내가 잘하는 건 그것뿐이라 그림을 주어도 심드렁하고, 매일 내게 무뚝뚝하게 굴기만 하다가도 결국은 이럴 때면 나보다 더 열을 내는 얼굴을 했다. 무심한 듯 굴었지만, 가끔씩 나 때문에 다른 사람들을 향해 한없이 열을 내는 진우를 보며 그제야 마음이 선명해졌다. 나는 진우가 나 때문에 남들에게 화를 내는 얼굴이 좋았다.

중력을 거스르지 못하고, 관성을 무시할 수 없듯 마치 자연의 법칙처럼 마음이 그랬다. 물이 아래로 흐르는 게 당연한 것처럼 나의 모든 건 너에게로 흘러가 생각의 끝은 늘 너였다. 그걸 거스를 수가 없었고, 그랬기 때문에 마음이 가는 것을 멈춰 보려고 해도 쉽지가 않았다.

"할아버지. 저 진우 좋아하나 봐요."

"응?"

처음 내 마음을 진우의 할아버지에게 고백했을 때 할아버지는 그저 내 머리를 쓰다듬어 주며 웃어 주었다. 그러고는 지금처럼 사이좋게 지내라는 말을 해 주는 할아버지를 향해 좀 더 정확하게 내 마음이 어떤 형태인지 말을 하고 싶었지만 참았다.

그 무렵 점점 나는 누군가의 말 한마디에 흔들리며 사소한 행동 하나에 마음이 움직이는 일이 잦아지기 시작했다. 그리고 내 외로움은 어디에서부터 오는 건지 늘 고민했다.

어느덧 봄을 알리는 제비꽃이 피었고, 그것을 바라보며 문득 깨달은 듯 입을 열었다.

"네가 좋은가 봐, 난."

"나는 너 안 좋아해."

"싫어하는 거 아니면 괜찮아."

사실은 괜찮지 않았다. 그리고 내가 괜찮지 않다는 것을 진우가 알아주었으면 했다. 나는 비로소 내 외로움이 어디에서부터 오는지 알 수 있었다.

우리 둘이 함께 툇마루에 앉아 내리는 첫눈을 보던 날, 어느 순간 진우가 잠이 들었고, 아주 깊이 잠들었다고 확신할 수 있었던 것은 어깨 위로 느껴지는 무게감 때문이었다. 깨어 있었다면 절대 내게 기댈 리가 없었을 테니까.

내 어깨에 기대 잠들었다는 사실 때문에 너무 떨려서 돌아보지도 못하고 하염없이 마당밖에는 볼 수 없었던 나는 진우가 자고 있을

게 뻔한데도 들킬세라 두근거리는 마음을 진정시키려고 공연히 허공을 바라보며 숨을 골라야만 했다.

"진우야…… 자?"

"……"

대답 대신에 일정한 숨소리만 귓가에 들렸다.

싸라기눈이 흩날렸다. 시선은 그곳에 두고 있지만, 신경은 온통 참을 수 없는 간지러움으로 물든 어깨 위로 쏠려 있었다. 그저 그런 눈앞의 풍경이 생소한 느낌으로 다가오는 것은 분명 그것 때문일 것이다. 그래서 그 순간 나는 충동을 이기지 못하고 그만 애꿎은 허공을 향해 고백을 했다.

"좋아해."

"……"

"……좋아해, 진우야."

잠들어서 내 말을 듣지 못했을 게 분명했을 텐데도 혹시라도 들었을까 봐 가슴이 뛰었다. 이 순간을 어깨 위에 아로새기고 싶었던 나는 진우의 잠든 시간이 영원처럼 길었으면 했다.

진우의 무뚝뚝한 얼굴 위로 아주 드물게 웃음이 번질 때면 가슴이 설렜다. 비록 미소는 희미하고 스쳐 지나가듯 잠깐이었지만 말이다. 하지만 그것을 누군가는 아무렇지도 않게 자주 볼 수 있다는 사실을 눈앞에서 확인했을 때, 내가 어디까지 꼴사나워질 수 있는지를 알게 되었다.

내겐 아주 가끔씩 보이던 미소를 그 여자애에게는 너무나 쉽게 드러내며 아무렇지 않게 그 여자애와 일상을 공유하는 게 싫었다.

그쪽이 더 어울리고 자연스럽다는 것을 알고 있었기 때문에 더더욱. 그로 인해 그 일상에 내가 있을 자리가 없다는 것을 적나라하게 깨닫게 되는 것만 같았으니까. 그래서 이런 생각을 하고 있다는 게 실은 무척이나 꼴사납다는 것을 알면서도 진우가 그 애와 친해지는 게 싫어 둘 사이를 차지한 것은 아주 유치한 마음에서 비롯된 것이었다.

그랬기 때문에 결국 그 여자애에게서 내가 고백까지 받았을 때, 가장 먼저 진우가 아니라 나라서 다행이라는 마음이 들었다. 애초부터 나는 그 고백을 받을 생각 따윈 없었다.

"나중에 괜히 후회하지 말고, 이왕 고백도 받았는데 걔랑 사귀어 보든가."

"……."

"내가 이런 충고해 줬다고 고마워하는 날이 올지 누가 또 알아?"

진우에게 그 말을 듣고 그대로 교실을 뛰쳐나와 집으로 향하던 나는 빠르게 움직이던 걸음이 멈춘 다음에야 얼굴이 축축해졌다는 것을 알았다. 그 길목에서 우연히 마주친 할아버지는 울고 있는 내게 무슨 일이냐고 물었다.

"할아버지. 저 진우 좋아해요."

"……."

"정말로 많이 좋아해요."

언젠가와 똑같은 말을 하는 내게 할아버지는 그때와 달리 아무런 말도 하지 않았다. 하지만 침묵을 유지한 채 할아버지가 내 곁에 서 있어 주는 것이 그 어떤 말보다 더한 위로가 되었다.

아무렇지 않은 척했지만 사실은 괜찮지 않았다. 언제나 거절당할까 봐 두려웠다. 나는 언제나 너의 하루가 궁금했지만, 그 마음을 꾹 눌러 참아야만 했다.

잊어야 한다고 생각하면서도 사실 잊어야 할 이유를 몰랐다. 좋아하는 거 앞으론 나 혼자, 그냥 아무도 모르게 할 생각이었다. 나는 진우에게 그만 오면 안 되겠냐는 말을 했던 그날 아무도 없는 곳에 숨어 주저앉아 무릎 위에 얼굴을 파묻고 한참을 울었다.

"……."

깜빡깜빡 눈을 감았다 뜨자 어슴푸레한 시야로 익숙한 천장이 보였다. 방금까지 꾸었던 꿈이 생생한 탓에 아직 비현실적인 감각이 남아 있었다. 현실과 꿈의 경계선이 흐릿했다.

멍하니 천장을 바라보던 내 귓가로 어렴풋하게 빗방울이 유리창에 부딪치는 소리가 들려와 현실을 일깨워 주었다. 그제야 어딘지 허전하다 느껴진 내가 서둘러 옆자리를 확인했다. 텅 빈 옆자리에 철렁 가슴이 내려앉아 한참이나 멍하니 그 빈자리를 바라보았다.

뒤늦게 침대 아래로 두 발을 내디뎠다. 왜인지 초조해져 몸을 일으켜 세우려는 그때 방문이 벌컥 열리며 진우의 목소리가 들려왔다.

"일어났냐? 무슨 잠을 그렇게 오래 자."

"……."

"일단 이거 챙겨 먹어."

종이 가방 안에서 비타민이랑 이것저것을 꺼내며, "근데 이런 거 막 먹어도 되나, 너? 몸에 좋다고 해서 일단 집에서 막 가져오긴 했는데……."라고 중얼거리고 있는 진우를 바라보고 있는데도 이상하게 방금까지 꾸었던 꿈이 계속되는 것만 같았다. 나는 이런저런 상넘에 젖은 채 중얼거리는 진우의 목소리를 듣고 있었다.

부모님이 돌아가셨던 그날 나는 무슨 생각으로 너희 학교에 찾아
갔던 걸까. 집으로 돌아가는 길에 사무치도록 외로웠던 것만은 아
직까지도 기억이 난다.

"곧 날도 더워질 텐데 요즘 밥 같은 건 잘 챙겨 먹고는 있……."

"……."

"너 울어?"

진우의 눈이 점점 커졌다. 놀라서 다급하게 뻗어 온 손이 내게 닿
았다. 얼굴을 더듬거리는 진우의 손을 사실 아직까지도 믿을 수가
없었다. 내 얼굴이 아닌 침대 위에 무방비하게 놓여 있던 진우의 반
대쪽 손을 잡았다. 손바닥을 마주 대고 손가락 사이에 내 것을 끼워
넣었다. 그러고는 "왜 그래, 갑자기?"라며 내게 물어오는 당황한 진
우를 곧바로 끌어당겨 안았다.

"눈을 떴는데 네가 없잖아."

"……애냐?"

황당하다는 투로 대답하면서도 정작 밀어내지 않는다. 그에 나도
모르게 웃음이 나오자 내 어깨 위에 턱을 올려 두고 있던 진우가,
"알다가도 모르겠네……."라는 혼잣말을 하는 소리가 들려온다. "야,
임윤, 임윤." 하고 진우가 내 이름을 불러올 때마다 어깨가 울리는
게 좋았다.

"내가 어디 도망가는 것도 아닌데 뭘 그러냐, 넌……."

"그러게."

"야, 울지 마. 너 울면 내가 약간……. 아니 조금 많이, 왠지 모르
게 일단 미안해지니까……."

"좋아해, 진우야."

"……."

"진심이야."

"……알고 있어."

"응."

"어……. 근데 좀 느닷없네. 진짜 왜 그러는데. 꿈꿨어?"

갑자기 쏟아진 내 눈물에 놀랐을까 봐 걱정되면서도 한편으론 마음이 놓였다. 머리카락 위에 코를 묻자 익숙한 향기에 또다시 눈물이 핑 돌았다. 그렇게 옆에 있다는 것을 생생하게 피부로 느끼며 꿈이 아니라는 사실에 다시 한 번 안도했다.

팔에 힘을 실어 더욱 세게 끌어안았다. 따뜻한 감촉에 마음이 놓여 그렇게 하염없이 끌어안고만 싶었다.

눈 내리는 날

화실을 정리하고 화실 안에 작게 딸린 사무실 안으로 들어왔다. 문을 닫자 소리가 차단되어 마치 모든 것이 멈춘 듯 고요했다. 바라본 창밖은 잎이 다 떨어져 앙상한 나뭇가지가 휘어질 정도로 바람이 불고 있었으나, 고요한 이곳은 마치 바깥세상과는 다른 곳 같았다. 들리는 소리라곤 틀어 놓은 가습기에서 습기가 퍼져 나가는 작은 소리뿐이었고, 그 희미하게 들려오는 소리 덕분에 시간이 멈추지 않고 흘러가고 있다는 것을 알 수 있었다.

가습기에서 뿜어져 나가는 습기는 허공에서 흔적도 없이 사라졌고, 그 사라지는 지점을 바라보며 의자에 늘어지게 앉아 있던 순간, 나른한 정적을 깨는 휴대폰 벨 소리가 울렸다.

액정 위로 뜨는 이름에 나도 모르게 웃음이 나왔다. 귓가에 휴대폰을 가져다 대자 익숙한 목소리가 들려왔다.

─너 이번에 수채화 클래스 8주 과정인가 한다고 하지 않았나?

"응."

─그거 인원 다 찼어?

"아니, 아직."

─잘됐다.

진우의 목소리를 들으며 다시 한 번 창밖으로 시선을 던졌을 때 어느새 눈이 내리기 시작하는 것이 보였다. "어……. 근데 진우야. 지금 눈 내려. 첫눈인가?" 그 말에 진우 또한 그제야 창밖을 확인했는지 "어? 진짜네?" 하고 대답했다.

눈을 감았다. 그리고 떠올렸다. 진우는 창문 위에 손가락을 대어 볼 테고, 습기 찬 유리창 표면을 가볍게 쓸어 볼 것이다. 나는 감았던 눈을 뜨고 진우가 그렇게 할 법한 행동을 상상하며 일어나 창가로 다가가 손가락을 뻗어 습기 찬 유리창을 쓸었다. 손가락 끝이 금세 차가워지고, 축축한 습기가 묻어났다.

진우의 목소리가 휴대폰을 통해 흘러나와 귓가에 닿았다.

─아니, 무슨 얘기를 하다가 우연히 그 말을 꺼냈는데 사무실 사람이 관심을 보이더라고.

"진우야."

─왜?

"그냥 불러 봤어."

―야, 진짜 집중 안 하지. 너.

　"근데 언제 올 거야?"

　―이제 곧 출발할 거야.

　눈 오면 차가 좀 막힐 텐데. 진우의 혼잣말에 가까운 그 중얼거림 뒤로 무어라 더 이어진 통화는 곧 여기로 오겠다는 말과 함께 끊겼다. 통화를 끝마치고 창밖을 내려다보고 있으니 이미 내 마음은 벌써 저 앞까지 나가 있었다. 툭툭 가볍게 책상을 두드리던 손가락을 말아 쥐고 결국 걸어 두었던 코트를 걸쳐 입은 뒤 건물 밖으로 나갔다.

　불어오는 바람이 역시나 세다. 해는 서서히 저물고 있었고, 첫눈치고 굵은 눈발이 비스듬히 날려 바닥으로 연신 떨어졌다. 날씨가 추우니 거리에는 사람이 아무도 없었다. 하나둘 켜지기 시작한 가로등 불빛에도 불구하고 어스레하기만 한 거리는 싸늘한 적막함이 감돌았다. 그 한가운데 서서 손바닥을 펼쳤다. 손바닥 위로 내려앉은 차가운 눈이 체온에 금세 녹아내리고, 찬 바람에 손이 얼기 시작했다. 손가락 마디마디가 바람에 쓸려 붉어지고, 한참을 그렇게 서 있었을 즈음, 시야로 진우의 차가 담겼다.

　대충 길가 한쪽으로 주차를 마치고 차에서 내린 진우가 밖에 나와 있는 나를 보고서 눈을 크게 떴다. 반가워 손을 흔들었더니 한소리를 해 올 기세로 눈썹 사이가 좁아지는 게 보였다.

　"뭐야, 왜 나와 있어."

　"그냥."

　"춥잖아. 안에 있지. 감기 걸리잖아. 아프고 싶냐? 어?"

　"나와 있으면 좀 더 빨리 볼까 싶어서."

"……."

내 말에 기가 찬다는 듯 헛웃음을 짓는 진우를 따라 나도 그저 웃었다. 곧이어 내 손을 잡아 오며 엄청 차갑네, 중얼거리곤 오래 기다렸냐고 물었다. 차가운 손으로 체온이 옮겨 와 따뜻했다. 진우의 물음에 고갤 저었지만 내 말을 믿지 않는다는 것이 표정에서 다 드러났다.

그만 가자고 한쪽 팔을 들어 진우의 어깨를 감싸 끌어안았을 때, 진우는 잠시 어딘가를 무심코 바라보다가 멈칫했다. 덩달아 시선을 돌리자, 화실이 있는 이 건물 근처에 종종 나타나 돌아다니던 강아지가 죽어 있는 게 보였다. 그것을 잠자코 바라보고 있던 진우가 그만 가자며 먼저 걸음을 옮겼고, 나는 그 순간 진우의 어색한 미소를 보며 입을 다물었다.

"갑자기 생각났어."

어느새 해는 완전히 저물었다. 건물 밖으로 뿜어져 나오는 빛들로 인해 거리는 반짝거렸다. 조수석에 파묻히듯 등을 기대고 있던 나는 운전대를 잡고 있는 진우의 손을 바라보고 있었다. 붉은 신호등에 멈춰 서 있던 진우는 그제야 입을 열었다. 진우의 손에 머물러 있던 시선을 들어 옆얼굴을 바라보았다. 단정하게 떨어지는 얼굴 윤곽을 오랫동안 바라보고 있으니, 멋쩍은지 내 시선이 머문 자신의 뺨을 가볍게 쓸어내리며 진우가 입을 열었다.

"다른 척했지만 사실 그때 그 동네 사람들이랑 나도 똑같았어."

"……."

"언젠가 네가 사라질지도 모른다고 믿었던 거 같거든."

"……."

"생각해 보니까 그때 네가 그렇게 된다는 게 사실은 너무 싫었던 거지. 불안하기도 했고."

"안 어울리게 갑자기 감성적이네."

"외롭게 해서 늘 미안하게 생각하고 있어."

"……."

그냥, 그렇다고……. 작게 이어지는 뒷말은 희미해서 들릴 듯 말 듯 했다.

종종 그 시절에 내가 품었던 우울함과 무기력함을 떠올리곤 하는 진우는 하염없이 마당을 바라보던 그때의 모습처럼 고요하고 여전히 싱그러웠다. 나는 너를 원망하지 않는다.

그 생각과 동시에 신호가 떨어지고, 자동차가 움직였다. 차 안 라디오에선 벌써부터 크리스마스 캐럴이 흘러나오는 중이었다. 거리는 온통 회색으로 뒤덮여 앙상한 가지들을 더욱 추워 보이게 했다. 잔상처럼 스치는 불빛들은 곳곳에서 반짝거렸지만, 차가운 공기 때문인지 거리는 여전히 삭막하다는 느낌으로 먼저 다가왔다. 그러한 느낌이 시야로 한가득 담김에도 불구하고 이상하게 나는 편안한 기분이 들었다.

"괜찮아. 지금은 네가 있으니까."

"……."

"이렇게 네 차에 태워 주기도 하잖아."

"야……. 나 엄청 진지하게 말한 거야."

"알아."

"……."

"나한테는 네가 내 가족이니까 외롭지 않다는 소리야, 이젠."

그렇기 때문에 앞으로 남은 긴 시간의 흐름 속에서도 나는 더 이상 외롭지 않을 것이다.

내 말이 떨어짐과 동시에 차 안에는 정적이 흘렀다. 본인이 시작해 놓고 막상 쑥스럽기라도 한 건지 내 고백에 정작 진우는 말이 없었다. 편안한 정적 속에서 몸을 깊숙이 묻었다. 그리고 핸들 꽉 쥔 진우의 손등 위로 두드러진 뼈를 바라보며 가볍게 웃었다.

나는 창문 위로 비스듬히 머릴 기대며 운을 떼었다.

"중학교 때 미술 선생님 기억나?"

"미술?"

"네가 나더러 사귀냐고 했던."

"아……."

진우는 멋쩍은 듯 그게 언제 적인데 그 얘길 꺼내는 거냐고 했다. 나는 문득 떠오른 그때를 생각하며 중얼거렸다.

"선생님은 내가 너 좋아하는 거 알고 있었는데."

"뭐?"

"내가 선생님한테 말했거든. 미술실엔 그냥 가끔씩 상담하러 간 거라고 했었잖아."

"아, 상담……."

조금 놀란 듯 진우가 내 말을 따라 중얼거렸고, 나는 가볍게 웃으며 말을 이어 갔다.

"그리고……."

"뭐가 또 있냐?"

"할아버지도 알고 있었어."

"할아버지? 우리 할아버지?"

"응."

이번엔 정말로 깜짝 놀랐다는 얼굴로 나를 보기에 앞에 보라 말하니 서둘러 고갤 돌린다. "뭐야, 처음 알았어……"라고 예상조차 못해 꽤 많이 놀랐다는 투로 넋이 나가 중얼거리는 목소리에 내가 너한테 말 안 했으니까, 라고 태연하게 대답해 주었다.

그렇게 몇 마디 대화를 나누다 보니 어느덧 우리는 곧 집에 도착했다. 집에 들어가기 전에 근처에서 저녁으로 먹을 것을 샀고, 그것을 같이 먹으면서 별로 중요하지 않은 그저 그런 얘기를 조금 더 나누었다.

요즘 개봉한 영화라든지, 진우의 회사 사람들이 무슨 드라마가 재미있다고 했었다는 얘기라든지, 화실에 오는 사람들과 농담처럼 주고받았던 얘기라든지. 그런 얘기를 나누며 저녁을 먹었고, 하루를 마무리하며 침대 위에 누웠다.

막 씻고 나오자 피곤한지 한쪽 뺨을 베개 위에 거의 파묻다시피 한 진우가 눈을 느리게 감았다 뜨며 내게 눈길을 둔 채 중얼거렸다.

"근데 오늘 너한테 들었던 할아버지 얘기는 정말 너무 충격적이다……."

"그랬어?"

"응."

잊을 수가 없다며 잠이 묻어나는 목소리로 연신 중얼거리던 진우가 곧 잠이 들었다. 나는 잠든 진우를 바라보았다. 이젠 네가 내 옆에 있다는 게 아주 자연스러운 일이고, 네 일상에 내가 있을 자리가 분명하다는 것이 새삼스레 감격스러웠다.

진우의 옆에 누워 눈을 감으며 잠을 청했다. 특별할 거 없이 아주 평범한 일상을 공유하는 그러한 사소함을 원했다. 이젠 그게 너무나 당연했고, 그리고 또 앞으로도 그렇게 살아가는 게 당연하다는 생각을 하자 나도 모르게 웃음이 나왔다.

마침.